谨以此书献给改革开放40周年，宁夏回族自治区成立60周年，地级吴忠市成立20周年！

编 委 会

吴忠文学精品选

兰德明 主编

（上）

黄河出版传媒集团
宁夏人民出版社

图书在版编目（CIP）数据

吴忠文学精品选（全 2 册）/ 兰德明主编. — 银川：宁夏人民出版社，2018.7

ISBN 978-7-227-06931-7

Ⅰ. ①吴… Ⅱ. ①兰… Ⅲ. ①中国文学—当代文学—作品综合集—吴忠 Ⅳ. ① I218. 433

中国版本图书馆 CIP 数据核字（2018）第 182862 号

吴忠文学精品选 兰德明 主编

责任编辑 杨 皎 赵学佳
责任校对 白 雪
封面设计 赵 倩
责任印制 肖 艳

黄河出版传媒集团
宁夏人民出版社 出版发行

地　　址 宁夏银川市北京东路 139 号出版大厦（750001）
网　　址 http://www.yrpubm.com
网上书店 http://www.hh-book.com
电子信箱 nxrmcbs@126.com
邮购电话 0951-5052104 5052106
经　　销 全国新华书店
印刷装订 宁夏银报智能印刷科技有限公司
印刷委托书号 （宁）0010329

开　　本 720mm × 980mm 1/16
印　　张 43 字 数 600 千字
版　　次 2018 年 8 月第 1 版
印　　次 2018 年 8 月第 1 次印刷
书　　号 ISBN 978-7-227-06931-7
定　　价 78.00 元

序

兰德明

文艺是时代强劲的号角，最能代表一个时代的风貌，最能引领一个时代的风气，肩负着培育和维护中华民族的精神纽带、强化中华民族认同的职责。文学则具有特定时代印记，是真实的年轮积淀，散发着清新的泥土芳香，闪烁着朴素的哲理光辉，具有鲜明的地域性、群众性和引领性。

吴忠是一个古老的城市，建城两千多年，黄河资源富集、地域风情浓郁、文化底蕴深厚；吴忠是一个充满生机活力的年轻城市，经济发展稳中有进，民生福祉不断改善，转型发展进程加快，社会环境安定团结。近年来，市委、政府坚定文化自信，秉承自治区党委提出的“小省区办大文化”理念，为发展和繁荣文化产业奠定了坚实的物质基础，营造出了适宜文学艺术事业发展的人文环境，文学事业整体呈现出生气盎然、欣欣向荣的态势。中青年作家成绩突出，八零九零后作家创作势头强劲，一批勤奋、有成就的骨干作家在区内外的文学界有了一席之地，创作了多部具有宁夏特色、宁夏风骨、宁夏气派的文学佳作。这样的阵容和梯队，呈现出吴忠文学的勃勃生机，展示了吴忠文学的强劲活力，预示着吴忠文学的美好未来。与此同时，深入生活、扎根基层、服务人民正在成为广大作家的真挚信念和自觉行动，时代主题和社会主义核心价值观主旋律在文学中体现得更加全面、更加深刻，为繁荣发展社会主义文艺事业、谱写实现中华民族伟大复兴中国梦的吴忠篇章作出了积极贡献。

在改革开放40周年、宁夏回族自治区成立60周年暨地级吴忠市成立20周年之际，由吴忠市委宣传部、市文联编辑出版的《吴忠文学精品选》，收录了李进祥、张学东、马占祥、马悦、马慧娟等40余名作者的69部在国内省级以上刊物刊发转载的作品，涵盖小说、散文、诗歌、文学评论等文学形式。入选这套丛书的既有获得全国大奖的成名作家，更多的是默默无闻的基层作家。这些基层作家中，有的是地道的农民，在农田和稿纸上同时耕耘，汗滴滋润着禾苗，也滋润着文学；有的是打工者，一边为生计而奔波，一边为心灵而书写。他们扎根基层，传承吴忠这块土地上悠久的中华优秀传统文化，纪录吴忠几十年来社会主义建设的辉煌成就，反映城乡人民生活的巨大变化，作品主题鲜明，品位高雅，思考深入，意境丰富，表达独特，具有较高的思想性、艺术性、群众性和生活性，产生了良好的社会影响。本书编辑过程中，共征集到300余件作品，我们组织专家对稿件进行严格复评，因为字数、篇目的局限，一再忍痛割爱，最终成册。

这套书的出版，是吴忠作家的又一次集体亮相，是吴忠文学成就的进一步展示，也是给宁夏回族自治区成立60周年、地级吴忠市成立20周年的献礼。

最是人间留不住，朱颜辞镜花辞树。《吴忠文学精品选》恰是当代吴忠作家留下的穿越岁月而依然常青的文学记忆，是他们以独特的文学视角对这片土地日新月异社会生活的描述，饱满生动地展现传统的故土、现代的都市、细碎的琐事、辛勤的劳动、不屈的品质、美好的爱情、独特的景观、特殊的民俗，是他们对现实生活的深切感悟、真情表白和热忱礼赞。

伟大的时代需要崇高的精神来支撑和推动，崇高的精神需要杰出的文学作品来激励和讴歌。惟愿我市的文学爱好者们不忘初心，坚守文学理想，按照习近平总书记要求的那样，一如既往地坚持以人民为中心的创作导向，聚焦中国梦的时代主题，做到“胸中有大义、心里有人民、肩头有责任、笔下有乾坤”，用心灵和时间锤炼作品，孜孜以求，精益求精，创作出思想精深、艺术精湛、制作精良的文学佳作，讴歌党、讴歌祖国、讴歌人民、讴歌英雄，讲好吴忠故事、传播吴忠声音、展示吴忠形象。

（兰德明：吴忠市委常委、宣传部部长、统战部部长）

2018年8月8日

目 录 / CONTENTS

小说

小说

二手房

李进祥

一

马六十和婆姨黑梅花买了一套二手房。

马六十、黑梅花，听名字就知道是一对农村婆姨汉子。农村人到城里，一般都是先买二手房。城里人换新房，农村人接旧房。旧房便宜，又省装修。还有一点，一般人不知道，二手房里藏着很多秘密，城里人生活的秘密。他们买下这套二手房，当然不是要找啥秘密。主要原因是离他的五金店近，这样住家开店两不误。马六十和婆姨在这个城市里开着一家五金店。选择开五金店，是经过了好些年的准备，既准备本钱，也看行情。城里人一般都开服装、电器啥的，再不行也要开烟酒、特产店。开那样的店，看着干净、整齐，也能挣大钱。马六十却没办法跟城里人学，开服装店，马六十自认没那样的眼光，城里人喜欢穿啥，他把不准。开电器，也没有那么多的本钱。开烟酒、特产店，要熟人多，有单位照顾才行。马六十没有熟人，更不认识啥单位管事的，没办法开。开五金店脏些、累些，城里人喜欢干净，不愿受苦，都不愿意干。一般都这样，城里人不愿意干的，才能轮上乡下人干。城里人不愿意干，但还必须用。灯管灯泡、铁丝电线、钉子螺丝啥的，过日子都要用。城里人也得过日子，也得买这些东西。马六十就开了家五金店，生意也还不错。生意是不错，就是不稳定。因为房子是别人的，城里人的。这些年，房价一个劲儿地往上涨，租金也是隔一段就涨。有的房东只是涨价，有的房东看他们生意好了，还撵他们走。啥原因不说，就叫他们搬走。马六十没办法，只能找房子搬走。七八年时间，他们已经换了四五个店面了。现在的这家房东还算好，开了两三年了，还没有要撵他们走的意思。马六十就及时地交房租，交房租的时候，还稍带点老家带来的土产。按理说，拿钱租房子，用不着这样巴结人的，但住家也好，开铺子也罢，谁都不愿多搬家。搬一次，损失一次。尤其是开铺子，那么多的货，搬一次又花钱又受苦。再说了，好容易开熟了，拉了点老买主，换一次店面，就又得从头来。马六十希望的是，能稳定地开下去。当然了，最希望的，是有一间自己的店面。说实话，马六十这些年攒下的钱，也够买一间店面了。马六十很想买一间，可是婆姨不同意。婆姨想买住房。在先买店面、还是买住房的问题上，马六十和婆姨的意见不一致。马六十的意见是先买店面，说要是买下间店面，就用不着搬来搬去的了，每年还能省下三四万的房租。马六十想的是挣钱，婆姨想的却是过日子。婆姨说，几个孩子还在老家，没人管没人顾的，没娘娃一样。一年也见不上几次面，见了认生，就像是三下旁人一样。老人越来越老了，也没法照顾。这样几头子扯着，哪像个过日子的样子？钱挣少些，够花就行了，一家人在一起才像个家。婆姨的话有道理，儿女才是他们的命根子，是他们最终的希望。他们有三个孩子，两个女儿，一个儿子。农村一般规定生两个，但没有儿子的，可以生三个。在农村，他们不算是超生，也不算是儿女最多的；农村，特别是山区，计划生育抓得松些，生四五个的都有。但在城里，就显得太多了。儿女假期过来，或者是有人问起来了，他说三个孩子，城里人就睁大了眼睛，张大了嘴巴，不敢相信他们生那么多，也不敢相信他们能养活三个孩子。他们还真把三个孩子养活了。早些年，他在外面打工，婆姨在家里抓孩子。后来，开了铺子，马六十一个人顾不住，就把婆姨也带到城里来了，孩子留给父母照看。他们只是按月给家里寄钱，供养孩子吃穿，供养孩子上学。几个孩子都长大了，大女儿上高中，小女儿上初中，儿子上小学，都在老家那边上。上得咋样，马六十也不知道。老家那边的教学质量不好，马六十想把孩子转到城里来上。但到城里来上学，得有户口，没有户口就得找人，还得花钱。花钱还不是三个两个，听说入一个学生得好几万。马六十舍不得花冤枉钱，再说了，来了也没地方住。有了房子，就有了户口，孩子就能转过来上学了。这里的教学质量好，孩子就能考上大学了。实际上可能没这么简单，但马六十就是这样想的。马六十就决定了先买住房。穿衣吃饭量家道，有多少钱，就买多大的房子。大房子、新房子买不起，就想着能买一套小点的旧房子。这套房子的要价正好与他手头的钱差不多，就买下了。房子是六楼带阁楼的。六楼是顶楼，冬天冷、夏天热的，价钱就便宜些。再说了，现在的人，都不愿多爬楼梯，价格就更便宜些。90多平方米的房子，两室两厅，40多万就买下了。关键是还带着阁楼。阁楼也装修了，铺着木地板。虽说是低些，容易碰头，但住人睡觉完全可以。马六十这些年一直都是前店后屋地住着。说是后屋，但并没有隔开，下面做饭，上面搭着个吊床住着，吊床离房顶也就一米多些，爬进去睡觉还行，坐起来都有些困难。这样一比较，就觉得阁楼已经很高很宽敞了。要是让他选的话，他倒愿意住阁楼。阁楼还有个好处，老家那边来亲戚了，就可以住下。阁楼那么大，打地铺能住下十几个人。房子咋住，马六十也想过了，并且跟婆姨合计过了。婆姨说，干啥都得有规矩，住房子更得讲规矩，啥人就得住在啥地方。下面两间卧室，主卧就像是家里的上房一样，得留给老人住。没有个小的住上房，老人住偏房的道理。马六十说，父母怕是不来。婆姨说，来不来的再说，房子先得留着。婆姨这样说，马六十心里就暖暖的，眼睛也暖暖地看着婆姨。父母这些年，拉扯一家人，的确不容易。老也老了，还下地干活，还操心他家的三个孩子。该把父母接过来，叫他们享享清福了。父母在农村住惯了，不一定来。但来不来的，留下一间房子，是一份心。婆姨说，另一间卧室，他们两口子，还有小儿子一起住。两个女儿就住在阁楼上，一边一个，想通着也行，想隔开的话，就中间拉一道帘子。婆姨这样分，马六十觉得很周到。只是感觉有点委屈女儿。女儿大了，住在阁楼上，出进都得佝腰。佝惯了，到外面腰也伸不直。俗话说，穷养儿子富养女，不能太憋屈了女儿。可是又一想，过去的大户人家，都是把女儿养在楼上面的。楼上就应该是小姐的闺房。电影上也是那样演的，小姐款款地从绣楼上走下来，裙子在楼梯上拖着，感觉像仙女下凡一样，非常好看。不光是过去的大户人家，连外国人都是这样的。马六十记得上初中时，看过一本苏联小说，书中的小姐就是住在阁楼上。他那时候还不知道阁楼是个啥东西，长啥样，就是觉得好。

小姐住的地方，一定是好地方。那本小说的名字，小姐的名字都忘了，阁楼倒是记住了。没想到自己家里也有了阁楼，自己的女儿也能住上阁楼了。这样一想，更觉得婆姨分得好。婆姨比他念的书还少，只上过两年小学，只能识数、认几个字、会写自己的名字。婆姨的名字叫黑梅花。马六十平时不叫婆姨的名字，有事了就叫“哎”。有一回，婆姨在后面做饭，他在前面看着。铺子里来了几个顾客，马六十顾不过来，就喊婆姨，“哎”了几声，婆姨没有答应。马六十一着急，想起婆姨的名字了，就喊了一声“黑梅花”。这回婆姨听见了，就出来了。等顾客走了，他笑说婆姨，这才到城里几天，学上城里人了，不喊名字不答应了。婆姨说，啥呀，锅里炒菜，滋啦啦的，我没听见。你喊黑梅花，我还愣了呢，半天才想起我叫黑梅花。你说也是呀，农村女人苦死苦活的，连个名字都苦没了。婆姨的声音涩涩的。马六十就说，那我以后就喊你名字，说着，就喊了几声：“黑梅花，黑梅花。”婆姨噗嗤笑了，说：“行了，喊着咋这么别扭。”马六十说：“我也觉着别扭。”又笑着说：“不是我喊得别扭，是你的名字本来就别扭。”梅花本来是白的、粉的，叫白梅花、粉梅花都行，你偏叫个黑梅花，哪有个黑梅花？婆姨说：“我本来就姓黑，我大就姓黑，莫不成为了起个好名字，把姓也改了。”马六十说：“不会再起个啥名字。你说你大咋给你起了这么个名字?”婆姨说：“才不是我大起的，是小学老师起的。”马六十说：“你们的老师水平也太低了。”婆姨有点恼了，说：“就你水平高！你大水平高！你老师水平高！水平高，咋给你起了那么个名字？马六十，是六十岁了，还是六十斤重？我知道了，怕是考试经常考六十分吧。要是考八十、九十、一百的，不就考上大学了。考上大学，就能娶上个城里女人了，叫啥黑牡丹、黑玫瑰的，就不是我这个没水平的黑梅花了。怨我大干啥？怨我老师干啥？怨就怨，你没那个命。”马六十赶忙说：“我早就认命了。你看，马六十、黑梅花，多般配，一听就不像城里人的名字。再看看我俩的穿着，油是油、土是土的，看着也不像个城里人。”婆姨冷着脸子说：“人不像个城里人，心怕是像个城里人了。”婆姨看来是真恼了。马六十赔笑说：“开个玩笑，你还真气呀。”婆姨说：“我不是气，是怕。前些天你就嫌我穿得不好，今儿又嫌我名字不好。你是到城里了，有钱了，不想要我了吧！”马六十忙说：“叫你买件子衣裳穿，那也叫嫌你。我是看着你昏天黑地苦着，穿得又旧又脏，我心里疼的。”两口子平日里很少说啥疼呀爱的，说出个疼字，马六十低下了头。婆姨说：“我不知道穿新衣裳呀！你看这抓铁抓油的，能穿个啥好呢？再说了，紧攒着供娃娃上学，还要买房子呢，哪有个闲钱穿衣裳。”婆姨的声音也软乎了。婆姨是个贤惠女人，从来没讲究过吃穿。到城里这些年了，一点儿都没变，还是个农村女人的样子。马六十一方面觉得踏实，一方面也觉得对不起婆姨，心里还真有些疼。

他想着，等将来日子好了，叫婆姨也好好打扮打扮，打扮得就像城里女人一样。他买房的这家房主就是个典型的城里女人。房子是通过房产中介买的，直到办过户手续的时候，才见到房主。房主是个女人，40多岁——也许30多岁，城里女人的年龄很难看清。同样没有看清的是她的相貌。应该是很清瘦的一张脸，但戴着一副很大的太阳镜，长长的直发又半遮半掩的，几乎没看清面相。衣服也是宽袍大袖的那种，看不出身材的胖瘦来。马六十起初以为她那天是有意那样打扮的，要过户拿钱，不想叫人认出来。或许还有不想让他这个新户主认出来，记住她的意思。但想想又觉得不对，她应该平常就是那样打扮的，那头发、眼镜、衣服，搭配得很协调，与她整个人很相随，与她的气息很相随。说到气息，马六十想起来了。她身上有一种淡淡的艾草味，有点苦、有点甜、有点臭、有点香，混合在一起，是一种好闻的怪味。城里女人身上一般都有一股好闻的怪味。城里女人身上没有汗臭味，那样的味道，应该是香水味。城里女人一般都洒香水，不会熏艾草。艾草是长在乡村的，城里又不长艾草。也真是怪，女房主身上的艾草味就有些没有来由。房间里也是一种淡淡的艾草味，马六十在收拾房子的时候，一直都能闻到那种味道，但始终没有找到那股味道的来源。

二

刚过完户，拿到钥匙，马六十和婆姨就张罗着收拾房子。说是收拾，并没有找装修的，房子本来就装过，用不着重新装修，不必要花那个冤枉钱。收拾也就是打扫，把一些没用的东西扔出去。只能是一个人去收拾，另一个得留下看铺子。想着刚开始垃圾古董的多些，就留下婆姨看铺子，马六十去收拾房子。房子有大半年，也许是一年多没住人了，到处都落满了尘灰。地上散乱地扔着些纸箱子、旧书报啥的，显出搬过家的痕迹，但好像并没有搬走多少东西。沙发、柜子、电视机、洗衣机都在，连窗帘、床垫这些都在。马六十知道城里人换一次房子，就换一次家具电器，但这样搬家的，还是有些出乎他的意料。他记得家里搬到移民村时，啥东西都装上了，连烧火的柴棒都没拉下一根。穷人搬家是怕过不好，富人搬家是要过得更好。马六十想不到女房主的新家是啥样子，就这个旧房子，他已经觉得很阔气了。地上铺着木地板，墙上贴着墙纸，各处都包满了柜子，顶上装着吊灯，还要啥。装修风格和屋里的摆设也洋气，按时新的说法是文艺气。马六十看着喜欢。马六十虽然没念多少书，但他上初中的那会儿，正是文艺最吃香的时候，满世界的文艺气。马六十也沾了点，只是后来打工赚钱过日子的，把那点文艺气给散没了。满世界的文艺气都给散没了。女房主身上还有些，就不错了。她不光是有点文艺气，还喜欢农村。窗帘是白底蓝花的，沙发是白底蓝花的，像过去农村人穿衣服的粗布。客厅的灯罩像是用麦草做成的，餐厅的灯罩是绣花的，就是农村人绣的那种花。尤其是，餐厅的墙纸是砖样的，顶上拉了许多的绿藤蔓，吊着好几个黄色的葫芦。只是拉的是葡萄的藤蔓，吊着的却是葫芦。她可能是分不清，但马六十分得清。不过，这样已经不错了，坐在下面吃饭，就像农村人坐在葫芦架下、葡萄架下一样。她喜欢农村，马六十就觉得有点亲切。她喜欢农村，最后把房子卖给农村人，这也算是一种缘分。再一想，她也

许就是想这样装修房子，并不一定喜欢农村，谁知道呢。好多城里人周末往农村跑，吃农家饭、住农家屋，高兴得不得了，真要叫他们到农村去，哪个都不愿意去。城里人总有些虚虚假假的东西。比如说餐厅的暖气片，就装成壁炉的样子了。那样的壁炉，马六十在外国电影里见过，外面是个炉台，里面是红彤彤的柴火，那是真的壁炉。外面是炉台的样子，里面装着暖气片，当然就假了。假是假，但看着也挺好看的。假壁炉上散乱地放着一些药瓶子、药盒子。那么多的药，咋就扔掉了？过期了？买那么多的药干啥，她有啥病？假壁炉上还有一个很大的白玻璃瓶，圆形的，广口、窄腰、宽底，很像上初中时，化学课上老师做实验用的一种玻璃瓶，但更厚实，也更好看。马六十说不上那瓶子的样式，只是觉得好看。像一个女人一样，说不出的好看。马六十见过类似瓶子，在哪里见过却想不起来了，应该城里人用水泡花的瓶子。花本来是长在土里的，城里人却喜欢用水泡花。花瓶里的水早就干透了，只留下一圈圈的水渍。花也早就枯死了。枯蔓从瓶口上耷拉到假壁橱上，又从假壁橱上拖到地上，在地上伸出好长的一截。马六十不知道这是一种啥花，竟能长出这么长的蔓来。蔓干枯了，蔓上的叶子也都干枯了，像长虫褪下的皮一样，白森森的，叫人感觉有些不祥。马六十想尽快把枯蔓从瓶子里揪出来，扔掉。可枯根粘在瓶子上了，马六十一揪，差点把瓶子拉倒了。马六十一手抓住瓶子，一手使劲一揪，才揪出来。几片枯叶飒飒地响着，掉到地上了。挂在半空中的一截蔓，没有依附，也随着起来了，但在地上的一截枯蔓却紧抓着地，很不情愿被扯起来，发出筋骨折断的声响来。马六十心里很不舒服，使劲扯起来，很厌恶地把它扔进垃圾桶里，真像扔一条死蛇。忽然，马六十发现，在枯蔓的稍头上，有一截是绿色的。仔细一看，真是绿的。四五寸长的一截绿蔓，两三片猫耳朵一样细小的绿叶。它竟然还活着！马六十想不到它是咋活下来的。

主人离开后，瓶子里的水慢慢地干了。花根使劲贴着瓶子，想从瓶子上吸出点水来，可玻璃瓶能装水，却不能生出水来。花根慢慢地干枯了，临死前，把最后的一点水分、一点营养送给花蔓。这截花蔓也很快干枯了，把水分和营养送给

下一截花蔓。就这样，一截死，一截生，再一截死，又一截生，一寸一寸，一毫一毫，把营养和水分往下传递，把生的希望往下传递。枯死的藤蔓也不放弃，从地上，从空气中绝望地吸收水分，往下传递，为的是最梢头的那截能活下去。马六十忽然感动了，他想起家里的一些事情来。听父亲说，太爷是为了避乱，带着一家人跑到六盘山区来的。跑到山里了，还害怕被发现，就在一个深沟的下面，挖了几孔窑洞住下来，在山坡上开出些荒地种粮食。住在那样的地方，连麻雀鹞鹰都找不到，更别说是官兵土匪了。安生是安生了，就是见不上人，太孤了。见个囫囵日头都难，早上十点才升起来，下午四五点就落了。出行也不方便，换点盐巴布匹都困难。到爷爷这一辈，在山头上盖了几间草房，才算是亮堂了。不久，解放了，搞合作化，政府就把他们家迁到就近的村子里。村子在塬上，几十户人家。最初还安生，不久开始了一次又一次的运动。搞运动就得有对象，可村里实在找不出啥地富反坏的。村里其他人要么是本家，要么是沾亲带故的，就爷爷一家人来路不明。来路不明，就有了很多想象的余地。就像一块地，种啥它就长啥；就像一张纸，写啥就是啥。有说他们家是土匪的，有说他们是特务的，反正村里得有个批斗的对象，就把爷爷定成四类分子。大会小会的，都要拉到台上批斗。开始的时候，村里人还知道爷爷是凑数的，批斗也只是走走过场。时间长了，爷爷的四类分子似乎就坐实了，批斗得越来越厉害。爷爷气不过，但没办法，为了一家人，只能熬着。没有熬到脱帽子，就去世了。爷爷 60 岁的时候，有的马六十，就给他起名字马六十。不久，包产到户。村里分土地的时候，其他人家分得多，也都分到好地，就马六十一家分得少，还是些薄地。父亲去理论，村里人说是父亲一家人是外来户，本来就没有地，能给分点地，就不错了。父亲一气之下，想搬到太爷曾住过的地方。跑过去，却连点痕迹都找不见了。山顶上的草房搬家时就拆了，沟底下的窑洞也塌了，连洞口在哪里都找不见了。种过粮食的土地也早就荒了，和周围的荒山连成了一片。窑洞可以重新挖，荒地可以重新开，可住在那里，娃娃上学就没办法了。父亲对几个娃娃上学看得很重，特别是对马六十。父亲指望着他们能考上学，离开那个村子，走出那座山。可马六十

弟兄姊妹几个没一个念成书的。其他几个小学毕业就不念了，马六十念得最多些，初中毕业。父亲没办法，只能叹气认命。父亲是个倔人，娃娃考不出去，他认命了，但他不想叫娃娃们和他一样过一辈子。他一直想着离开那个村子，离开那座山。过了些年，搞移民搬迁，父亲想走，村里人也不想留，一家人就搬到移民村了。移民村土地少，收成不多，主要靠打工。马六十很早就到城里打工了，后来才扎站下来，开起那个五金铺子。

马六十一直想着能在城里长久扎站下去。他不是为自己，是为了儿女。他想太爷把一家人带出灾祸，带到六盘山来。爷爷把一家人从山沟里带到山顶上，从没人烟的地方带到村子里。父亲又把一家人带出大山，带到移民新村。每一代人往前都走了一步。到他这一代，他要把儿女从村里带到城里。他来到城里十几年了，打工也好，开铺子也罢，他从来没感觉到自己是城里人。他没有城里户口，没有户口就不算城里人，没有户口儿女都不能在城里上学。获得城里户口的最好办法就是买房子，这座城市规定，有了房子，就有了户口。他现在有房子了，就自然有了城里户口了，是城里人了。最重要的是儿女从今往后，就是城里人了。马六十小心地把那截绿的花蔓掐下来，托在手掌上，仔细地看着。马六十认不出那是啥花。马六十认识粮食，大麦小麦糜子谷子胡麻豆子的；认识野草，灰条棉蓬冰草苦蒿猫儿头狗牙刺啥的。马六十不认识花，叫不出多少花的名字来。虽说不认识，但花确实活着，花蔓掐断的地方有绿色的汁水，花叶也像地里刚长出来的嫩芽一样，闪着生命的光泽。虽然只剩下一截梢头，没有根了，但有点水的话，它也许能活下去，重新发出根来的。马六十决心救活它。他往那个玻璃瓶里倒了点水，把花蔓泡进去。玻璃瓶太大了，太深了，花蔓泡进去整个给淹没了。马六十觉得这样不行，花草和人一样，也得透气。他翻找出个水杯子，接了点水，泡上了。花蔓在水里，花稍花叶在水上面。马六十不知道它能不能活下来?他盯着看，一个细小的水泡从花蔓断口处长大了、冒起来了，又一个细小的水泡生出来了。有水泡，说明花蔓在吸水；能吸水，说明它能活。马六十这会儿非常希望它能活下去。

三

马六十把屋里扫了一遍，把窗台、灶台擦了一遍，又把地板擦了一遍，就不知道该收拾些啥了。男人家，不会收拾屋子，更重要的是，他不知道哪些东西该扔掉，哪些东西该留下。这家人留下的东西太多了，有几纸箱子衣物，都打好箱子了，也没拿走。这哪像是搬家，简直就像逃亡一样，就把金银细软拿上了，其他的全扔下了。虽然中介、房主都说过了，房子里所有的东西都是他的，由他处理，但不管是留下自己用，还是随便扔掉，马六十都觉得有些不舒服。留下用吧，好像平白无故地占了别人的便宜，还有点受人施舍的味道。马六十从来都不占别人的便宜，更不愿受人施舍。扔掉不用吧，又确实觉得可惜了。马六十是过了苦日子的，从来不糟蹋东西。收拾不下去了，第二天，马六十守铺子，换了婆姨黑梅花收拾房子。黑梅花找到房子就花了很长时间。黑梅花到城里四五年了，但总是不认路。她觉得城里的路好像都差不多，楼也长得差不多。在铺子附近走走还行，稍走远些，就会迷路。马六十鼓励她到街上转转，买点衣服啥的，她都怯着不敢去。马六十又不能陪着她出去，两个人都出去了，铺子就得关门，铺子关一阵，就是损失。马六十给她说好公交车路线，她也记不住；马六十怂恿她打车，她又舍不得花钱。所以，这几年，她就在铺子附近的商店里买点日常用品，在铺子附近的早市上买点蔬菜啥的，很少出去转街。她随着马六十看了两回房子，但还是没有记住路，没有记住楼号楼层。找了好半天，才算是找到了。开门进去了，还怕是走错了。定神看了，房子就是。尘土扫掉了，垃圾收拾了，房子显得新了、亮了。黑梅花看着心里喜欢，但不敢相信这就是自己家的房子。房子里没有一件东西是自家的，没有自家的样子，没有自家的气息。住惯了的家里，有自家的样子，有自家的气息。这个房子的气息却是陌生的。她记得刚嫁到马六十家时，有过这样的感觉。结婚好些天了，她都觉得婆家的气息和娘家的气息不一样，她找不到家的感觉。慢慢地，她的气息融入了婆家，婆家的气息也融到她身上，她就觉得是自己的家了。村子也是，刚开始也是生疏的，但后来，人、房子，包括牛羊鸡狗都分得清了。在农村，谁家的房子就像是谁家的，谁家的娃娃就像是谁家的。最神奇的是，谁家的牛羊时间长了，都像这家的人。模样像了，气息像了。城里就不一样，城里的气息是混杂的，没法分辨。房子是一样的气息，车子是一样的气息，人也是一样的气息。黑梅花一直都不习惯城里的气息。在城里四五年，她一直觉得不是自己的地方。现在明明站在自家的房子里，她还是觉得闯进了别人家。惶惑好半天，才开始收拾。收拾屋子，她当然要比马六十在行些。男人家收拾屋子，就像小娃娃洗脸，只顾脸蛋，耳朵背后、脖子根儿往往是不会洗的。只有女人才知道屋子最隐秘的地方，知道从哪些角角落落开始收拾。

女人眼睛最先看到的，总是厨房。厨房装得很简单，下面一圈橱柜，一个灶台。橱柜面子是人造石的，白底带黑点。这颜色新的时候鲜亮，但不耐脏，时间长了，会落下老垢甲。马六十昨天把尘土擦掉了，一些黑黄的油渍却现出来了。柜门是红色的，本来应该是鲜红的，时间长了，成了暗红色，也有些油点子。厨房上面并没有装柜子，只有一个抽油烟机鼻子一样突出在半墙上。油烟机是老式的那种，口朝下，张得很大。里面外面都有一层黄色的油脂子，吸烟管上也是一灰土。黑梅花知道，厨房灶台就这样，天天用着看不出来，时间长了不用，油渍就跑出来了。虽然这样想，黑梅花心里还是觉得这家的女人不勤快，至少在做饭收拾锅灶上不勤快。听说城里的女人都这样，大多吃饭馆，不在家里做饭。就是做饭，也是凑合。城里女人有工作、有应酬，心思本来就不在做饭上面。哪像农村女人，一辈子就是围着地头、围着锅台转。女人苦，农村女人更苦。奶奶、母亲、婆婆，哪个活出个女人的样子？到她也一样。前些年，马六十在外面打工，她一个人在家里，要做饭抓娃娃，又要照顾老人，还要下地干活。在家里的时候，她还感觉自己是个女人，到了地里，她也不知道自己是男是女了。锄草、壅粪这些本来是女人的活计是她的，犁地、摆耧、种糜谷、种洋芋，这些男人的活计也是她的。一到地里，她就换上一身旧衣服，浑身沾满了土，看不出男女来。她有时还换上马六十留在家里的旧衣服。穿上马六十的旧衣服，最初是无意的。但穿上了，好像马六十就在她身边了，马六十就和她一起在干活了，她感觉不孤了，感觉温暖了，甚至感觉马六十的力量也传到她身上了。所以她下地的时候，大多都穿着马六十的旧衣服。村里人都夸她能干，公公婆婆也说她苦性好。大女儿有一回到地里给她送饭，冲着她喊了声爸爸，说她以为爸爸回来了。母女俩笑了，笑着笑着，都满眼的泪花。女儿是想爸爸了，她当然也是，可有啥办法呢。这些年，村里的男人都出外打工，哪家不是家没个家样，男人没个男人样，女人没个女人样。孩子更是，有爹有妈的，却过得跟孤儿一样。男人出去打工，说是为了家，家却散了；大人出去，说是为了孩子，孩子却失了怙。这都是咋了，黑梅花也不知道了。这回好了，有了房子，一家人就能到一起了，能过上和城里人一样的日子了。黑梅花仔细地收拾着，真感觉是在收拾自己的家。洗干净油烟机抽烟管，洗干净了灶台橱柜。橱柜里还有些留下锅碗瓢盆，两个炒菜锅，黑乎乎的，她不想用了，就没有洗。几个碗碟盆子的，她也不想用了，但还是洗出来了。洗干净了，也许还有用处。她想不通，好好的锅碗，这家的女人咋就这样扔掉了。扔掉的东西不止这些。上阁楼的楼梯下面，装成了柜子。柜子上小下大，是三角形的，分成三层。最上面一层放的是包，各式各样的包。有男人背的，女人背的，还有些是文件包。她把柜子里面擦干净，又把那些包上面的尘土擦干净。擦干净了，那些包看着像是新的。仔细看了，才发现这些包全是新的，有几个包里衬包的纸和泡沫塑料都没去掉，包根本就没用过。不用，买这么多包干啥？新新的，为啥搬家没拿？黑梅花想不明白。她盯着那些包看着，在一个包上看到了一行字，“西部大开发座谈会纪念”。她上过几年小学，认识一些字。认出这几个字，她才一下子明白了，这些包都是开会发的。城里人过年过节的，就发东西。当官的人家，没年没节的也有人送东西。这家人可能当着啥官，经常出去开会。开会发的包，这家人看不上，就塞在那里了，搬家的时候也没拿。看不上用了，我们用。黑梅花心里说。她把那些包都分开了，有两个马六十能用，三个自己能用，还给大女儿分了三个，小女儿分了两个，儿子分了三个，就这样，还没有分完。剩下的，拿回去送给亲戚，就说是新买的。她把那些包又一个个小心地放到柜子里，这回感觉放的是自己家里的东西。她忽然心里一惊，这是咋了？咋能贪念别人的东西呢?！自己从来没有这样贪念过别人的东西。回去叫马六十打电话找那家人来，把他们的东西都拿走。最下面一层是放鞋的。拉开柜门，满柜子的旧鞋。拖鞋、布鞋、皮鞋都有，还有几双皮靴子。这几年，连农村女人都穿皮靴子，黑梅花也想买一双的，但前些年下地干活，穿不成，这几年到城里了，没舍得买。皮靴子只是沾了浮土，擦干净，黑亮亮的，要是穿上了，谁也看不出来是穿了别人的旧鞋，只是看着好像有点小，自己怕穿不上。城里女人脚小，腿细。黑梅花也就是这样一想，并没有试着穿。她把鞋子一双一双地整出来，只有一只拖鞋是单个的，其他都是成双成对的。只是旧了，没有一双是破的，都还能穿。黑梅花心里又是一阵叹息。叹息过了，她才发现，所有的鞋子都是女式的，没有一双男人的鞋。这个家里没有男人？女人是个寡妇？寡妇急急慌慌地搬家，是又嫁人了吗？她在城里这几年，也知道城里人爱离婚，过得好好的，说离就离了。这家的女人也是离了又嫁了？黑梅花心里闪过几个疑问，她又赶紧把这个念头掐掉了，平白无故的，把人家想成个寡妇，这不是咒人吗？她把鞋柜里面擦干净了，把鞋子也一双双地擦干净了，整齐地摆进鞋柜里。连那只单个的拖鞋也放进去了，另一只也许还能找见呢。她想。她还想，女人还会来拿这些鞋子吗？要是不来拿的话……有这样的想法，她觉得不好，但在心里，她甚至有些希望她不会来拿。鞋柜上面是一层敞门柜子，散乱地放着几把雨伞，几双旧手套，还有口罩手提袋啥的。一把红色的雨伞，已经坏了，半边能撑开，半边耷拉着。两把塑料雨伞还能撑开。手套口罩也全是女式的。还有一个旅行箱，紫色的，给啥东西压了，有点变形，拉链也没有完全拉上，像撇着嘴。黑梅花犹豫了一阵，还是把箱子打开了。里面空空的，只有一张粉红的火车票。夹层里有点鼓囊，掏出来，是一叠裤头，还有几个避孕套。避孕套她见过，但那样的裤头她却没有见过。不是平常穿的那种，好像是塑料做的，很薄。女人为啥穿那样的裤头，她不知道。过了好半天，她才想明白了。那样的裤头装在旅行箱里，明显是出门才穿的。出门不好洗，穿脏一个，扔掉一个。那她出门为啥还带着避孕套？她是跟自己的男人出门，还是和别的男人？听说城里人对那事很随便，男女对上眼了，睡到一起了。也就是听说，黑梅花不敢相信那是真的。那样的事，咋能随便呢？前些年，马六十在外面打工，几个月大半年才回家一趟，她有时候也想，不想是假的。想了，就对别的男人多瞅了几眼。也就多瞅了几眼，她都觉得对不起马六十。村子是移民村，杂人杂姓的，也有男人想占她便宜，话来话去，动手动脚的事情也有过。她感觉不到也就过去了，要是感觉到了，她就觉得那个男人很恶心。也就那样，她都觉得自己脏了，马六十回来，她都怕他看出来。这会儿手里拿着避孕套，还有那个女人的裤头，她虽然是个女人，又是一个人在屋子里，但黑梅花还是有些脸红心跳，好像是被人看见了，好像那些东西是她的，好像她要做啥事一样。她赶紧把裤头避孕套原样装进去，把箱子拉链紧紧地拉上了。拉链拉住，箱子嘴也不撇了，瘪下去的地方也起来了，鼓囊囊的，好像装满了东西，好像藏着很大的秘密。中午到铺子里吃饭的时候，她几次想把这个秘密说给马六十，但刚想说，脸就红了。红了几次脸，也没能说出口来。马六十以为她是高兴的，也没有追问。黑梅花就被这个秘密压得饭都没有吃出滋味来。

四

下午，黑梅花主动去收拾房子。她从铺子里拿了个电水壶，还有个电磁炉过去。电水壶、电磁炉都是进货的时候，厂家送的，还有电饭锅啥的。铺子里用的就是，她还攒了一套，准备着有新房子用的。这会儿虽说房子还没收拾好，急着拿过去，就是想在那个房子里放点自家的东西。全是别人的东西，没有自家的东西，感觉房子不是自家的。

两件东西放在灶台上，黑梅花心里踏实了些。她开始收拾储藏室。储藏室连着厨房，不大，很潮，很乱。里面用木板隔出四五层来，每层都堆满了东西。有几个奶粉罐，铁的，挺好看。打开看，两个是空的，一个里面装着些杂粮，豆子小麦的掺和在一起。城里人肉呀菜呀的吃多了，也想着吃点杂粮。在黑梅花的心里，粮食是不能糟践的，不过这些粮食已经有了霉味，只能倒掉了。还有一个里面是半罐暗红的辣椒面，起了白虫子，把黑梅花吓了一跳。黑梅花是农村女人，但她还是怕虫子。有几个糖果盒、方便面盒，里面也装着些调和面啥的，黑梅花不敢再打开看了，她怕再有啥虫子钻出来，就倒掉了。有一个小竹篮，里面有些干叶子。干叶子的空里又伸出几根嫩芽来，像扁豆芽一样，又细又黄。她把干叶子清出来，那几根菜芽还在，细细一看，是从竹筐下面长上来的。她把竹筐翻过来，发现竹筐下面竟结着两块生姜，是新鲜的，湿润的，又生了根，紧紧地抓住竹筐。房子空了一年了，咋会有新鲜的生姜呢。这要是城里人，一定想不通。黑梅花是农村人，想了想，就明白了。这家人买了生姜，本来是放在竹筐里的。时间长了，竹筐里的生姜发芽生根了，没人管，它慢慢地长大，在竹筐下面结出新的生姜来。还没人管，新的生姜在下面又生根发芽了。农村人家地窖里放洋芋萝卜，时间长了不管，也就这样，洋芋芽萝卜苗在地下、在暗处，也能长疯了。黑梅花记得，村里有家人，搬到城里去了。走的时候，忘了地窖里的洋芋萝卜。洋芋萝卜却没有忘了生长，它们的芽在地下攒足了劲，冲开了地窖口，挤挤挨挨地长出来，看得人心惊。长出叶子还不算，还开了花，下面一定又结上新的洋芋了。没人管的话，它们会一年一年地长下去。黑梅花想，要是农村人都进城了，那些麦子豆子糜子谷子的，没人种，没人管，是不是也会这样自己生自己长呢？黑梅花就能想到这些，再多的她不会想，也没时间想。她得紧赶着把房子收拾出来。隔板上还有两个玻璃瓶子，里面红红的，不知是醋还是酱油？一个没开口，满满的；一个开了口，剩下半瓶了。黑梅花把瓶塞拔开，闻到一股浓重的酒味。是红酒。这家的女人也喝酒？一个人在家里喝？为啥？地上一个泡菜坛子，上面扣着个碗。坛子重重的，好像里面还有泡菜。黑梅花不敢揭开碗，只把坛子挪出来，等马六十来了倒掉去。地上还有些石头，大大小小、奇形怪状的，不像是腌菜用的，像是捡来玩的。好多城里人都是，到河边、野地里捡石头玩。做了底座摆在家里，还有的卖了赚钱。黑梅花不明白，一个石头有啥好玩的。移民村那里过去是河滩地，满地的石头，年年往出捡，就是捡不完。她见了石头就泼烦。她把那些石头都收拾出来，扔进垃圾袋子里了。有一块石头不一样，仔细看，是石头刻出来的人头，细脖子、长脸、深眼窝，像个外国人。这个石头像她留下了，留下干啥，她不知道。

石头清理完，地上开阔了，显出些撒在地上的米面来。不管是城里人，还是农村人，米面都得吃。墙角处还有一卷黄纸，发潮了，上面有些水印。翻开看了，是黄表纸，里面还包着些印好的纸钱。女人的啥人去世了，她给烧纸呢？城里人的坟不知在啥地方？人都在马路上烧纸。黑梅花刚来城里的时候，有一天擦黑的，看到马路边到处是烧纸的人，还把她下了一跳。她赶紧把那些纸装进垃圾袋子里。纸卷下面有一个黑乎乎的罐子，拿出来，是个熬药的砂罐，和农村人用的砂罐一模一样，和她家里用过的砂罐一模一样。婆婆一直有病，不愿到大医院里去看，就找个小铺子，抓些草药回去吃。黑梅花给婆婆熬药，熬出半碗黄汤，婆婆皱着眉头喝下去。喝了些草药，婆婆的病不见好，也没坏下去，就那样熬着。农村好多老人都这样。想不到城里人也熬草药，还用的是一样的砂罐。看到这个砂罐，她忽然觉得和城里人近了一些，和这家人近了一些。收拾完储藏室，就开始收拾主卧室。主卧连着阳台，显得很大。阳台上有一个洗衣机，一个烫衣板，还有些半瓶的洗衣液、半袋的洗衣粉啥的，一件旧线衣，几只旧袜子，也还有几块烂石头，显得很脏乱。靠近窗子的原因吧，尘土也多。好半天才收拾干净了。其他的都没用，不知洗衣机还能用吗？好像是全自动的，她还不会用，叫马六十过来看看再说。主卧里没有床，地上放着个席梦思床垫。是床给搬走了，还是这家人就睡这样个床垫？黑梅花看到是放婚纱照的地方，现在却是空的。要是在的话，就能看看这家人到底长啥样了，尤其是这家的女人。黑梅花边收拾东西的时候，边想女人的模样，就是想不出来，模模糊糊的，只是个影子。影子还是马六十说的，马六十见过那女人，也没看清她的模样，说那女人留着长头发，穿着宽衣服，带着大眼镜，好像故意不让他认出来。这又是为啥呢？认出来了也不会跟她家攀亲戚。也说不定就是怕农村人跟她攀亲戚呢！城里人就这样，本来的农村亲戚都不愿意认的。这样想过了，黑梅花又觉得想多了。谁搬家还能把婚纱照给扔下呢，就是搬多少次家，也不会把婚纱照给丢掉。黑梅花和马六十结婚的时候，也照过几张，最简单的那种，但她一直都保存着。搬家的时候，都是用床单包好了，怕给蹭坏了。要是往来搬家的话，也一定要拿过来，就摆在这几个搁板上。她用抹布擦搁板，却擦出一只手镯来。不知是玉的，还是翡翠的，绿莹莹的非常好看，只是断成两截了，成了两个半环。黑梅花在电视上看过，知道这样的一个玉石手镯，好的要几万、几十万呢。这么贵重的手镯咋就弄断了呢？黑梅花觉得可惜。她把两截对在一起，看着完整了。要是用啥胶水粘一下，也许还能戴呢。黑梅花记得小时候，家里一口缸破了，都是找人箍起来。装水不行，还能盛米面、腌菜用。没想到的是，在另一块搁板上，又擦出一对耳坠来。耳坠顺着抹布，掉到地板上了。她捡起来看，是白色的，有花纹，吊着细穗子。黑梅花细细地擦干净了，银亮银亮的。不知是银子的，还是白金的？要是银子的，还便宜些，要是白金的，就值钱多了。值钱多少，这是人家的。手镯断了，可能是人家不要了，耳坠子很显然是放在上面，忘记了，搬家的时候没有看到，落下了。人家不要的东西，可以留下用，人家落下的东西，那要还给人家。黑梅花把两截断镯子，一对耳坠子都放回到搁板上了。黑梅花开始收拾衣柜。衣柜是包出来的，没法搬走。衣柜很大，从房顶到地上，占了一面墙。最上面是一层小门柜，太高了，够不上，黑梅花没有打开看。下面是衣柜，三个大玻璃门，推开看，同样还留下不少衣服，挂着的、叠着的，还有散乱地放着的。衣服的姿势好像是随时等着主人来用，好像是主人家昨天才取用过。细看，衣服上落了一层浮土，显然是很长时间没穿过了。黑梅花把那些衣服一件件地拿出来，到阳台上，把浮土轻轻地拍掉了。羽绒服、小棉衣、外套、裙子、裤子、秋衣，啥衣服都有。几乎全是女人的衣服。只有一件男人的衬衣，蓝方格的，但还装在盒子里，没有拆开。看来女人真是一个人过的，家里没有男人。但这件男人的衬衣，又是哪来的？搬家的时候，为啥又扔下了？黑梅花想不通了。收拾了一天屋子，她好像发现了一些秘密，好像知道了女人的一些事情，好像女人就近在眼前了。可是越收拾，女人的秘密好像越多了，女人的形象越模糊了，越远在天边了。真的是远在天边。黑梅花觉得，自己和女人相比，一个在地下，一个在天上。自己这些年，苦死累活的，没穿过几件像样的衣服，没有几天打扮得像个女人。看着女人留下，应该是不要的那些衣服，黑梅花心里有些酸。女人留下的东西，叫黑梅花知道了女人的一些不堪，但这些东西像一面镜子，也把黑梅花自己的一些不堪照出来了。黑梅花默默地收拾着，手脚都变得慢下来了。突然，在一件秋衣下面，出现一堆头发，女人的头发。她感觉那是女人的头，吓得尖叫了一声，脑子里闪出很多恐怖的念头。她真想跑到铺子里，把马六十喊过来看。但她毕竟是农村女人，胆子大些，不习惯一惊一乍的。定下神来看，不像是人头，就是头发。小心地拿起来，是一个假发套。真头发做的，烫成波浪卷儿，染成淡紫色。

黑梅花忽然笑出声来。她不光是笑自己把假发当成了人头，还笑城里女人的头发原来都是假的。难怪那些女人，头发今天一个样，明天又一个样，看着那么漂亮，原来都是假的。她笑着把假发搭在自己头上，心里说，弄假的谁还不会呀。她不知道搭上假发自己变成啥样，在衣柜玻璃上看，看不分明。她又到卫生间的镜子上看，这回看清了。

镜子里的自己烫发披肩，一下子变得洋气了许多。只是假发没有戴好，还露出自己的头发。她对着镜子，把假发慢慢地戴端正，把自己的头发完全盖住了。这会儿再看，根本看不出是假发，就像是自己的头发。长发披肩的样子是她睡梦里有过的，是她心底里有过的，但就是从来没有这样收拾过。前些年在村里的时候，田里爬，土里刨的，没办法，也没那个心情。这几年到城里，也是缠电线、抓螺丝的，也没那个心思。这会儿看着镜子里的自己，真像是做梦一样。就当是做梦吧，要做梦就做个全乎的梦吧。她忽然想起女人的那些衣服来。她走到卧室里，把那些衣服挑出几件来，选定了一件白底碎蓝花的裙子，裙子的式样她说不上，反正看着好看。她把卧室的窗帘拉上了，把自己的衣服一件件脱下来，脱得只剩下内衣。胸罩旧了，松松垮垮的，平日里并没在意，但这会儿看着很碍眼，她一下子揪下来了。还有裤头，裤头少，洗得勤，线缝都开了，她缝补过了。这会儿不看，她都觉得难为情。她想起女人的旅行包里有一沓裤头，她遮住身子出去拿了一条来换上了。她把挑出来的裙子穿上了，裙子有点紧，她还是穿上了。一双肉色的丝袜，也穿上了，丝袜可松可紧，好穿。她站起来，穿上鞋。自己的鞋这会儿穿上，显得非常难看。她从鞋柜里拿出一双短靴子来，穿上了。鞋有点小，夹脚，靴筒也有点窄，勒腿，但她还是硬蹬上了。她这会儿没有一点穿别人衣服的感觉，她好像有点兴奋，又有点跟人赌气的意思。都穿好了，她又到镜子前去看。镜子里的自己一下子变年轻了，变好看了，变得连自己都认不出来了。镜子里简直就是个城里女人，她这会儿不是看自己，就是看一个城里女人。她盯着镜子看，镜子有点小，看不到全身，她就踮起脚尖看。看着看着，她真有些恍惚了，感觉这就是自己本来的样子，感觉自己这会儿是穿好了要到街上去转街，要到单位去上班。但镜子里的自己不走，她也迈不开脚。她有些喘气，身上脸上有些热。镜子里的自己脸也潮红了，黑里透红的，那是自己的脸，但身子不是自己的，手脚不是自己的，连心也不是自己的。她真感觉控制不了自己的心了，她的心被镜子里的自己控制了。镜子里的自己走开了，走到卧室里，是熟悉的卧室；走到客厅里，是熟悉的客厅；走到厨房里，是熟悉的厨房。她好像在这里住过好些年了，一点儿陌生感都没有了。她边走边看着，想看着自己的家。她还看了看窗外，窗外的样子也似乎是熟悉的。她还想到阁楼上去看看，去看啥她不知道，就是想上去看看。她踏上楼梯，楼梯有些陡，裙子有些紧，鞋也有点不合脚，但她还是往上走。阁楼上却有些陌生，走到别人家的感觉又出来了。她赶紧往下走。穿着高跟鞋下楼梯，更不好走，一下子就踏空了。她栽倒了，滚下来。幸亏是假壁炉挡住了，没有摔得很重。假发歪了，一只鞋子掉了，裙子的扣子也崩掉了。她一下子就清醒了，一瘸一拐地跑到卧室里，把身上的衣服全脱掉，把自己的衣服又换上了。

她跌坐在床垫上，好半天才缓过神来。缓过来了，她也没有动，愣愣地坐着，脑子里空空的，心也空空的，整个人都像是给掏空了。直到感觉膝盖那里有点疼，额角那里也有点疼。大概是摔倒给蹭破了。膝盖破了，藏在裤子里，谁也看不出来；额角要是破了，马六十问起来，咋说呢?她赶紧到镜子上去看，额角那里有点红，但没有破，她心里安稳了些。她又看了看镜子，镜子里是自己微黑的脸，是自己的身子，自己的手脚。刚才镜子里的那个女人不见了，一点儿痕迹都没有了。

但她分明又看到了那个女人还在镜子里，虚虚的有个影子，好像印在镜子里了。黑梅花想，马六十要是看镜子，不知能不能看到？她要是看到了，会咋想？他要是看到自己今天样子，又会咋想呢？

黑梅花忽然有些伤心，从来都没有过的伤心。她感觉眼泪就要涌出眼眶了，哭声就要冲出嗓眼了，但她还是压住了，没有哭出来。她已经隐忍惯了。

五

回到铺子里，她还感觉乏乏的。马六十问她收拾得咋样？她随便答了两句。她答话的声音哑哑的，就像真哭过了一样。好在马六十没有在意，马六十是个粗心的人，很少在意她身上的变化。有时候，她穿一件新衣服，马六十好几天才能看到。平日里已经习惯了，可是今天，她就对马六十有些怨。又一想，马六十要是真问起来，她不知该说些啥。她心里装不住事，也许会把穿别人衣服的事说出来，也许还会哭出来。她还真有些想哭出来。这一天真奇怪，黑梅花觉得自己有些多愁善感了。黑梅花默默地做了晚饭，吃饭的时候也是低了头不说话。马六十端起饭碗，就来了个顾客。回来吃了半碗，又来了一个顾客。第三个顾客来，黑梅花赶出去看了。两人就没顾上说话。平常就是这样，但是今天，黑梅花觉得，饭都吃不好，这样过日子，图个啥呢？想是这样想，铺子还是一直开到十点钟。平时就这样，反正闲着也是闲着，吃住都在铺子里，开着门，有时还进来换灯泡线板的，能卖点钱。更不可能有啥周六周天了，过年过节都没几天休息。黑梅花觉得，还是城里上班的好。不过，她没有说出来。关了门，爬到吊床上睡下了。黑梅花才说："房子里还留着好些东西呢。"马六十说："就是，我也看着有些东西呢。"黑梅花说："你跟人家咋说的？"马六十说："说啥？"黑梅花说："那么些东西，人家要不要，你也不说。"马六十说："我也没管还有那么多的东西。"黑梅花说："你不是看了几回房子吗？"马六十说："你也看了着呢。"黑梅花说："价是你说的。"马六十说："价是跟中介说的。"黑梅花说："中介咋说的？"马六十说："中介说的是囫囵话，就说整个房子都是。"黑梅花说："人家说没说房子里的东西。”马六十说：“说是没说，我觉着是包着东西的。城里乡里一个道理，在农村买别人的院子，院子里的果树、园子里的韭菜，不能单算钱吧？”黑梅花说：“果树韭菜拿不走，东西能拿呢。”马六十说：“拿走拿不走的，道理一样的。”黑梅花说：“道理是道理。你跟人家说开了吗，没说，好像是咱昧了人家的东西。咱穷是穷，不明不白的东西咱不要。”马六十说：“对着呢。我记得中介好像说过电视机、洗衣机、沙发啥的，还说过我们搬进去就能住，不用再买的话。”黑梅花说：“还有衣服、鞋啥的，说了吗？”马六十说：“小东西没说。”黑梅花说：“你还是打电话问问。”马六十说：“今天晚了，我明天问中介。”黑梅花说：“衣服、鞋啥的是房主的，最好问问房主。要是拿的话，叫她快来拿了去。”马六十说：“房主的电话不知道。”黑梅花说：“中介知道呢吧？”马六十说：“我明天问。”黑梅花这才心安了些，但还是没落到实处，翻了几次身，吊床咯吱咯吱地响了一阵。马六十也翻了几次身，吊床吱吱嘎嘎地响了一阵。干了一天的活，累了，两个人还是都睡着了。早上起来，黑梅花想起昨天的事，不想去收拾屋子，就说电视机、洗衣机那些东西她不会弄，她看铺子，叫马六十去收拾。马六十这些年开五金铺子，电线电路的，学了些。闲了，还爱摆弄个电器啥的，电饭锅、电磁炉坏了，他都能鼓捣好。房子里的那些电器，不知道人家要不要？不要的话，收拾好了还能用；要的话，就用不着收拾了。婆姨说得有道理，应该问好一下，不明不白的东西，不能用。

他就给中介打了个电话。中介可能早就忘了他，删了他的电话。接了电话就问：“先生你好，买房还是卖房？我们是大型房产中介，不管是买房还是卖房，保证你满意。”等中介把一大堆话说完，马六十才说：“我前几天在你们那里买了一套房。”中介马上说：“是吗？房款付清了吗？是要办贷款还是过户？你放心，不管是要办贷款还是过户，保证你满意。”马六十说：“房钱都给了，过户手续也办了。”中介的口气立马变了，质问道：“那你还有啥事？手续做过后，我们一概不负责了。”马六十小心地说：“我不是找啥事，我就是想问一下，屋子里还有些旧东西，咋办？”中介说：“旧东西？你自己扔掉不就行了。”马六十说："不知道房主人家要不要，麻烦你给问一下，我不知道她电话。"中介很不耐烦地说："哪个房子，你说，我查一下。真是麻烦。"马六十说了小区楼号房号，那边就挂了电话。过了一会儿，中介回过电话来，就说了四个字："问了，不要。"就又挂了电话。中介的态度这样，马六十没法计较。有那四个字，他就放心了。收拾屋子的时候，心里也好多了。他先收拾电视机。电视机是很大很厚的那种，早过时了，不值钱，也不好搬，但接上电，按下开关，屏幕亮了，只是没有图像。找到机顶盒，开了，还是没有图像，应该是欠费了。城里就这样，水电煤气电话啥的，都是先交费才能用，没费就停了。等搬进来住的时候，再去交费，或者干脆把铺子里的户转过来。铺子里有个小电视机，是前几年房东家淘汰的，300 块卖给他了。300 块钱买个电视机，他以为占了便宜，以为是房东照顾他。过了几天，一个收旧电器的，把三轮车停在铺子门口，进来买螺丝。马六十看他是个乡下人，正好三轮车上有个电视机，就问价钱。那人说："你要的话，150 块，我 100 块收的。"马六十没有回价，那人又说："真心要的话，130 块也行，我从楼上背下来，就挣个苦钱。"马六十赶紧说："我就是随口问问，我有电视机呢。"说着，还朝自家的电视机努了一下嘴。那人顺着马六十努嘴的方向看过去，看到了电视机，就说："老板，你是想卖掉旧电视吧，你这个小些，不过不用从楼上背下，我也给你 100 块，咋样？"马六十忽然就动气了，大声说："我不买也不卖。"他动气实际上是冲着房东的，也是冲着自己的。他气房东这样算计他，也气自己笨，多花了 200 块钱。马六十这会儿想起来，就觉得，房子里留下的电视机是给他的补偿。父亲一直都给他说，娃娃，要吃亏呢，吃了小亏，有大补偿呢。他一直按着父亲的话做的，一直都吃亏，可很少得到过补偿。这回算是真得到了。不光是电视机，屋子里留下的这些东西，都是给他的补偿。这样一想，他心里豁然开了，没有受人施舍的感觉了。

机顶盒旁边还放着个 DVD。他家里没买过，但他还是鼓捣着会用。插电，按开关，灯亮了，嘶嘶响着，软驱一出一进的，很顺溜。找个光盘放上，应该就能看了。洗衣机也是，通上电，按照键盘上的指示，按下按键，水就往里面淌。水淌满了，就转起来。马六十没往里面放衣服，就让它空转着。这样洗洗也好，城里人懒些，啥东西都放在洗衣机里洗。煤气灶有些问题，不打火。煤气“扑出”地响着往出冒，就是不见火。马六十拿打火机点了，火苗一下子窜上来，差点烧了他的眉毛头发。他试着一手拧开关，一手点打火机。煤气一出来，就点着了。蓝火苗热烈地烧着，马六十看着高兴。有了火苗，就有了家的感觉。热水器却打不开。热水器也用的是煤气，但和煤气灶不一样，没地方点火。马六十试了好多种办法，就是打不开。他想尽快把热水器收拾好，收拾好了，就能洗澡。铺子里吃饭睡觉没问题，就是没办法洗澡。他和婆姨有时候到附近的澡堂子洗洗，但那要花钱，所以大多时候，都是用湿毛巾擦擦。擦洗不干净，身上就一直有味道，农村味。爱干净的城里人就会嫌弃他们。城里人嫌弃农村人，往往就是嫌弃农村人脏。不是心脏，农村人心是干净的，是身上脏。农村人没条件洗澡，再说了，天天跟土打交道，也习惯了。城里人不一样，把洗澡看得很重，有些人天天要洗澡，还有些一天要洗几次澡。马六十觉得，一天洗几次澡，就有些过了。但现在在城里住下了，就得洗澡，要想成为城里人，就得洗澡。尤其是孩子们，以后就是城里人，就得学城里人的习惯。这样一想，马六十觉得热水器是个大事，得找人来修修。他想起楼道里贴着些小广告，修水暖、通下水啥的，不知有没有修热水器的。他开门出去看，楼道齐人高的地方满是小广告，花花绿绿的。有些是纸片，有些是印章。印章比纸片好，想撕撕不掉。有个蓝印章就是修热水器的。马六十打过电话去，对方接了，问了小区楼号房号，说马上就到。马六十刚想问价钱，对方就已经挂了电话。洗衣机还转着，马六十过去看。还没等转停，就有人敲门。隔着门问，说是修热水器的，还真快。开了门，进来一个小伙子。小伙子好像熟门熟路，进来就径直地走进储藏室，热水器就在那里挂着。马六十有些纳闷的时候，小伙子已经在热水器上拧了几下，又出来把洗手盆上的水龙头把手转了个方向，再抬起来。水龙头出水了，那边的热水器也响起来。小伙子又到卫生间，还是把水龙头转了个方向，抬起来，水喷射出来，这边的热水器又响起来，里面闪着红蓝的火苗。马六十这才明白，热水器的开关就在水龙头上。热水器好好的，是自己不会用，白白找了个人来修。他还在这样想的时候，小伙子说：“好了，五十。”马六十说：“五十？这么贵?”马六十说的是普通话，有意无意说出普通话来，连他自己都有些憋。小伙子说：“上门二十，修理三十，都这价。”小伙子说的不是普通话，有点六盘山一带的口音。马六十说：“你又没修。”小伙子说：“没修咋好了？干了活不给钱，是不是?”马六十说：“不是不给，是你要得太高了。”小伙子说：“上门二十，修理三十，就这价。这会儿嫌高了，玩人呢!”马六十说：“老乡，便宜点。”马六十用了老家的话。小伙子说，啥老乡，我干活挣钱，你给钱。马六十知道遇上愣头青了，就赶紧往出掏钱。掏出一把零钱来，数了数，只有三十八块五。他拿着钱，尴尬住了。小伙子不接，看着他，眼神中的意思很明显，不够，再掏。马六十说，身上就这点钱，真没有了。小伙子又盯了他几眼，一把抓过钱，转身就走了，边走边说了几句不干不净的话。马六十想追上去理论，又忍住了。他呆站着，有些恼，也有些愧。每当被城里人涮了，他都是又恼又愧。这回被老乡涮了，他觉得更恼更愧。他本来想热水器修好了，先洗个热水澡，这会儿一点儿洗澡的意思都没了。也不想收拾房子了，就回铺子里吃午饭。吃饭的时候，他只说电视机、洗衣机、煤气灶都修好了，没说修热水器的事。婆姨听了，满脸的高兴。

六

吃过饭，马六十想了想，还是自己去收拾房子，要是婆姨去了，遇上这样的事，更不好。听说城里还有些人，假装查水表修煤气灶，进门抢东西欺负女人。抢东西家里没啥，女人要是给欺负了，那还咋活？看来住在城里，啥事都还要提防着些。以前看到城里人铁门铁窗的，谁敲门的话，还要隔着门镜看半天，这会儿也理解了。他进屋先试了一下热水器，水龙头往右边一转，抬起来，水淌出来，热水器就开了。一会儿，水龙头里就有了热水。马六十苦笑了一下，吃亏长见识，有啥办法。想想，房主留下这么多东西，自己占便宜了，占了便宜就得吃点亏。吃亏也不大，才几十块钱，再说了，是占城里人的便宜，吃老乡的亏，也算值。遇上事情了，马六十总是这样解劝自己，解劝开了，心里就好些。他又开始收拾房子。阁楼上还有些电器。最显眼的是一套卡拉OK，一对高大的音箱，一台播放机，都整齐地摆放着，只是落满了尘土，几个话筒散乱地放在各处，话筒线蛇一样缠绕着，还保持着最后一次用过的样子。这样的卡拉OK机，他好些年前就见过，那时候他还在城里打工。年轻人精力好，白天干活，晚上没事干，心里燥，就和工友到外面唱卡拉OK。那时候唱卡拉OK，有些在房子里，更多是在大街上。房子里要钱多，他们进不去，大街上便宜，一块钱唱一首。天一擦黑，卡拉OK摊子就摆出来了，放开音乐，一会儿男男女女地围起一大圈人，有城里人，有乡下人，有本地人，有外地人，互相不认识；有唱的，有听的，有看热闹的，还有故意挤出挤进揩女人油的。女人尖叫一声，或者是骂几句，都被卡拉OK的声音淹没了。卡拉OK音量开得很大，唱歌的人也扯着嗓子吼，半条街都给震动了。马六十那时候年轻，听着感觉很带劲，有时候也花几块钱吼上几嗓子。马六十不爱唱歌，五音不全，就是想发泄一下。大多数时间不唱，就是听着、看着，累了，觉得没意思了，才回工地上去睡觉。马六十那时候就没想过哪一天自家买一套卡拉OK，这会儿还是觉得它没啥用。他不爱唱歌，婆姨黑梅花也不会唱歌。也许孩子们喜欢呢，他想。这些年他一直在外面跑，见面少，有时候连孩子的模样都忘了，孩子喜欢啥，不喜欢啥，他真的不知道。好像小女儿有点喜欢音乐，上小学的时候，嚷嚷着要参加学校的音乐兴趣班。参加兴趣班，就得买电子琴。电子琴要一千多，马六十没舍得买。女儿抱怨了几次，也就罢了。马六十当时给女儿说的，也是给自己说的理由是，学习最重要，学那些乱七八糟的，影响成绩。这几年他才知道，城里人把孩子的学习看得比啥都重，不光在学校里学，还让孩子参加各种辅导班，请老师在家里辅导。不光是学知识，还学钢琴、电子琴、手风琴，还有画画，写毛笔字啥的。说是要孩子全面发展，要孩子不输在起跑线上。自己的孩子呢，除了在学校里学的那点，再啥也没有了。学校也不好，考试也考不过城里孩子，已经是输在起跑线上了。想想，真是有些不公平。这样不公平的事情多了，马六十很少想，她这会儿想的是，有些对不住孩子。他想把卡拉 OK 收拾好，孩子们来了，想唱就让他们唱一唱。他接上电，找到开关，却不见机子响，话筒也没有声音。鼓捣了半天，还是没有声气儿。也许是自己不会弄，也许是坏了。自己不会弄，慢慢找人再看。这会儿他不想找人来，怕跟修热水器的一样，涮他。就算是坏了，也舍不得扔了。卖给收旧电器的，也许能换百八十块钱呢。就是摆在那里，也是一件家具，挺好看的。再说了，阁楼上很空阔，没有多少东西。拐角处还有个电脑桌，上面放着个电脑。也是很老的那种，鼻子疙瘩一样。电脑桌是蓝色的，电脑也是蓝色的，这家人好像喜欢蓝色。喜欢是喜欢，却还是扔下了，应该是换了新的了。有了新的，就不要旧的了。马六十家里从来都没有买过电脑，新的旧的都没有。他不会用，也觉着没啥用处。大女儿好像提过电脑的事，她在县城上高中，学了电脑，说电脑上能查资料，能帮助学习，还说有好多同学家里都有电脑。大女儿很懂事，很体谅他们，很少直接要啥东西，要的话，也是转着弯儿说说。马六十听明白女儿的意思了，但假装不明白，还是没有买。这个电脑旧是旧了，但说不上还能用。主机、键盘、鼠标啥的，很多的线，往哪儿接，马六十不会。先放着吧，女儿应该会接，等女儿来了再说。电脑桌边有个光盘架子，上面插着很多光盘，旁边还堆着一些。这些光盘是干啥用的，马六十不知道，就整了整，依旧放在那里。阁楼两边都包成了柜子，柜子里放着些书。马六十以前很爱看书，这些年几乎不看书了，但看到书，他还是很爱惜的。他爱惜书，一个原因是为自己。他只上过初中，没念成书，在心底里，一直是有着遗憾的。有时候想起来，觉得要是念成书，考上大学的话，现在的日子就不一样了，过的也许就是另一种生活了。也许婆姨不是现在的婆姨，孩子也不是现在的孩子了。这样的念头也只是一闪，不敢说出来，也不敢再往深了想。要是真的婆姨不是现在的婆姨，孩子不是现在的孩子，他还觉得怪怪的。自己已经这样了，还是这样最好。只是孩子们不能再走他的老路了，孩子们一定要多念书。他爱惜书，另一个原因就是为孩子。他不能给孩子们教多少知识，也讲不出多少道理来。他只是给孩子们说，要爱惜书，爱了啥多啥，糟了啥缺啥呢。孩子们要钱买其他东西，他还疼钱，要说是买书，他二话不说，就给钱。这会儿看到这么多的书，马六十心里非常高兴。他慢慢地把那些书都整理好。顾不上细看，也不会分类，他就按照大小、样式整理起来，一本都不想丢掉。书里还夹杂着这些本子，纸张，他翻开看看，写过的，就扔掉，没写过的，就留下了。一个带扣子的笔记本，翻开看，写过了，细看，是日记，写了满满的一本子。他只看了几行，就合住了。别人的日记，不能看。他单独放开了，还有些信件，也单独放开了。这些都是别人的秘密，要么还给人家，要么烧掉，看是不能看的。有一把干花，很大的一把，本来应该是各种颜色和样式的花，这会儿都干透了，花的模样颜色都看不清了，扭结在一起，没有一丝儿生气了。干枯的花儿叫人看了难受。花儿是谁送给女人的？为啥放在这里干成这样了？马六十不知道。一处柜子里是些颜料罐，还有调色盘、画笔。调色盘上还有些红的绿的蓝的颜料，都已经干结了，颜料罐也干了，挤不出颜料来。这家还有人画画呢，是女人，还是男人、孩子？他只见过这家的女人，没见过男人、孩子，无法想象他们。应该是女人，那个女人看着就像是画画的。还真找到了画儿，柜子边上立着两个框子，翻过来，是画儿。看不出画的是啥，把上面的土擦干净了，还是看不清。走远些看，才看清了。一张是画成的，画了些苹果、葡萄、香蕉，还有几个玻璃瓶。玻璃瓶上的白光很显眼。另一张画的是一个篮子里放着些花，叶子画上了，花却只有个轮廓。为啥没画成放下了？也许是有啥事了，也许是来人打搅了，也许是她心情不好，不想画了。女人心情不好，又是为啥？马六十试着想那个女人，想她在阁楼上都做些啥。女人在阁楼上看书。应该有个躺椅的，女人躺在摇椅上，翻开一本书，静静地看着。看累了，女人打个哈欠，眯上眼，睡过去了，一只手里还拿着书，在摇椅边。女人的手很白、很瘦，蓝色的血管清清楚楚。女人在阁楼上画画。画画只能坐个小凳子，旁边是调色盘、画笔和颜料，前面是画架画框，画布很白，很洁净。女人拿起画笔，却好像是不忍心在洁白的画布上涂上颜色。女人皱了一下眉，还是涂上了，是一块蓝色，女人喜欢蓝色。是要画天空，还是要画树叶，女人犹豫了，举着手。女人的身姿很优雅。女人在阁楼上喝茶。茶桌是树根做的那种，漆成黄亮的木色。茶壶茶杯都是白底蓝花的，很小巧。女人翘着一条腿，靠在木椅子上，端起茶杯，抿了一口，热气在她脸上散开来。女人的面容很清瘦。女人在阁楼上唱歌。不是一个人，是一群人，女人约了一些朋友来。女人在中间，其他人在她周围，他们的面目很模糊。音乐响着，其他人唱着，唱得很杂乱，噪音一样。女人有点听不下去了，她忽然起身，抓过话筒唱起来。女人没有跟着音乐唱，她唱了一首很忧伤的歌，是她自己的歌。唱完了，其他人叫起好来，女人却低下头，头发垂下来，遮住了她的脸。女人的头发又黑又长……

女人好像真的在做着这些事。女人在做着这些的时候，马六十好像就在身边看着，女人好像就是他的女人。马六十一段段地想着，他好像被女人迷住了，好像被摄了心魄一样，半天才醒过神来，心惶惶地跳了好一阵，才平静下来。他不敢在阁楼上多呆了，赶紧下楼来。春天的日子短，太阳已经落了，外面一片红光。红光照进屋子里，又亮堂又虚幻。

虚的毕竟是虚的，该回去吃饭了。马六十忽然有个想法，叫婆姨黑梅花把饭送过来。他给婆姨打电话说了，婆姨说，铺子咋办？马六十说："先关掉，晚上开着，也挣不了几个钱。"

七

黑梅花来的时候，屋里暗下来了。

马六十打开餐厅的灯，三个灯头，一个亮着，两个不亮。餐桌凳子也没有，马六十只能捧着饭盒，蹲在地上吃。好在这样吃饭，他早就习惯了。只是这样才发现，屋子里还是有很多东西被搬走了，真要住家过日子的话，还得添一些才行。马六十吃饭，婆姨黑梅花挨屋转着看，还到阁楼上看了一趟。边看边说，你忙了一天，没见收拾个啥呀。马六十嘴里含着饭说："我把电器啥都收拾好了。"黑梅花没听清楚，没再应声。等她转了一圈过来，马六十已经吃完饭了。这样三刨两咽地吃饭，也早习惯了。马六十捧个空饭盒蹲在地上，黑梅花就看到他的头顶。他头顶上沾满了灰尘，头发也显得灰灰的。黑梅花心里有些疼惜，伸手在他头上刨了刨，说："头都脏了，弄点热水洗一洗。"提到热水，马六十一下想起热水器来。他没说找人修热水器的事，就说热水器修好了。说着站起身，过去给黑梅花演示。他打开厨房的水龙头，一会儿，热水出来了。马六十怕热水白淌了，就用饭盒接住了。马六十高兴地说："你以后洗菜洗锅，就不用冷水了。"黑梅花也笑着说："城里人洗锅洗菜，都是男人的活儿。"马六十说："洗就洗，谁还不会呀。"说着又到卫生间，打开洗澡的蓬头，一会儿，马六十手伸进浴房里接了，热水出来了。黑梅花也用手接，真是热的。马六十说："以后洗澡不愁了。"黑梅花说："你这会儿就洗洗，看浑身脏的。"马六十说："要不你先洗，我在外面看着，我会弄，你不会弄。"黑梅花看着他，没说话，表情的意思是，能行吗？马六十说："有啥不行的，这是我们家。"马六十豪气地说出"我们家"几个字，黑梅花也似乎受到鼓励了。她还是没说话，用表情说了，那我就洗了。马六十说："你洗，我在外面看着。"马六十打开灯，关上门，出来到储藏室那边看着热水器。热水器呼呼地响着，里面的火苗烧得很欢实。马六十仔细地看，发现热水器上还有两个旋钮，一个是管火大小的，一个是管温度高低的。原来水温高低也是能调的。他过来隔门问，水热着吗？黑梅花含混地应了一声。马六十又问："烫不烫？"黑梅花还是含混地应着。隔着门，水声响着，她可能没听清。马六十干脆推开门问。门一开，黑梅花叫起来："你出去，快出去。"马六十说："我就是问一句，热不热，烫不烫？我不看。"说是不看，还是看了一眼。隔着浴房玻璃，又有热气罩着，就看到了一个影子。这样影影绰绰的，反而叫他心里一动。黑梅花洗出来，马六十也洗了。人洗精神了，显得衣服更脏更旧了。黑梅花想起衣柜里有一件新衬衣，拿出来叫马六十穿。马六十问是哪来的，黑梅花说了，马六十就不穿。黑梅花说："你不是打电话问了吗？人家说啥都不要了，新新的衣裳不穿，还扔掉去吗？"马六十这才穿了。穿上新衬衣，马六十一下子显得年轻了，亮堂了，帅气了。黑梅花瞅着他，幽幽地说："咱以后也亮亮堂堂地活几天人。"马六十说："对，亮亮堂堂的。"说着他起身把各屋子里的灯都打开了，整个屋子一下子亮亮堂堂的了。灯光把屋子照满了，屋子里的旧东西都变新了，真是一个新的家了。尤其是客厅里，壁龛上的两个彩色射灯亮了，把整个屋子都染成迷幻的了。这样的灯光，这样的氛围，黑梅花当姑娘的时候想过，在梦里有过，但醒来的时候，从没敢想过。这会儿，她反倒有点紧张，不知该说点啥，做点啥。马六十也是，他知道这样的灯光叫浪漫，城里人这时候会说点甜甜蜜蜜的话，做点腻腻歪歪的事，但他不会，他不知该说点啥，做点啥。他忽然说，电视机好着呢，就是没通，DVD 也好着呢，我拿个碟来看。

说着起身道阁楼上拿碟去了。马六十腾腾腾地上楼梯，黑梅花的心也跟着腾腾腾的。马六十走开了，她轻松了些，但隐隐也有些失望。马六十拿了个碟片，又腾腾腾地下楼了。他蹲在那里，开了电视机，又把碟片装好了。电视机闪了一阵蓝光，接着就有了画面。马六十就和黑梅花坐在旧沙发上看电视。在铺子里，他们也是关了店门后，就看一会儿电视。看电视是他们唯一的娱乐活动。电视画面有点抖，有点模糊，慢慢清楚了，是一男一女，在做那事。现在的电视上，常有这样的镜头，一家人没法在一起看。要是孩子们都过来了，就把铺子里的电视机也搬过来，她和马六十看一个，孩子们看一个。黑梅花这样想着，以为电视上那样的镜头一闪就过去了。没想到，那一男一女还在做，动作越来越大，还发出了声音。马六十忽然明白了，那是一盘黄色光碟，他赶紧关了 DVD，把碟片取出来。碟片是他随手拿的，谁知道那一堆碟片里还都有些啥东西。要是孩子们来看到了，那还了得。他又腾腾腾地上楼，把那些碟片全都抱下来，扔进垃圾袋里。看来，城里人留下的东西，有些能用，有些不能用。黑梅花问："哪来的那个东西？"马六十说："我也不知道，顺手拿的。"黑梅花说："城里人咋看那些东西？"马六十说："谁知道呢。"黑梅花说："还是个女人呢。"马六十说："啥女人？"黑梅花说："这家的女人。"马六十说："这家的女人咋啦？"黑梅花说："这家的女人好像是个寡妇。"马六十说："谁知道是不是寡妇，不要乱说。"黑梅花说："一个寡妇在家里看那些干啥？"马六十说："改心慌呗。"黑梅花想起前些年，马六十在外面打工，她留在家里，有时也心慌。看来农村的女人有心慌的时候，城里的女人也有心慌的时候。女人搬了新家，有男人了吗？还心慌吗？

她不知道。她这会儿觉得，城里也好，农村也好，穷也罢，富也罢，一家人在一起，不心慌，最好。她不由得把头靠在马六十身上。马六十伸手揽住她，出气有些粗。两个人好长时间都没有这样依偎过了，两个人有些激动，越搂越紧了。马六十抱起黑梅花，到大卧室里，把她放到床垫上，就要开始。黑梅花说："窗帘子没拉上，叫人看见了。"马六十喘着气说："看让看去，这是我们家。"黑梅花说："你瓜了。"马六十说："我就瓜了。我就想瓜一回，叫他们看看。"

前些年，分开的时间多，见面的日子少。后来两个人到了城里，住在铺子里。吊床架在半空中，动弹一下，吱吱扭扭地乱响。他们就很少做，就是做，也是抬不起身子。这会儿，马六十就想宽天宽地地做一回，亮亮堂堂地做一回。黑梅花却不行，她坚持拉上窗帘，关掉灯，还翻出一条毯子来，盖上了。做完了，拉毯子盖好，黑梅花才开了灯。

两个人躺着，没说话。黑梅花心里一片橘黄色。眼前也是，橘黄的灯光照亮了橘黄的墙纸，整个屋子都是暖暖的橘黄色。墙纸不是纯色的，还有淡淡的浅绿色花纹，缠枝纹，也许是旧了，看不清，细细瞅，才能看清。她盯着床头上面的墙纸看，那些淡绿缠枝纹越来越清晰，从底色中浮出来，一个连着一个，连成一大片，不到头。这些暗处的花纹，叫她吃惊了。忽然，在花纹的缝隙中，出现了一些红的斑块，像是血。她翻身坐起来，看到床头边的墙纸上真有些暗红的血斑。黑梅花惊恐地说："你看，墙纸上好像有血。"马六十翻身起来说："哪是？"黑梅花指给他看。马六十看到墙上星星点点有些暗红的印子，好像是血迹。但他嘴里说："咋可能是血呢，墙上咋会有血呢。"黑梅花说："你说那是啥？"马六十说："对了，城里蚊子多，蚊子拍死在墙上，留下的血。就是的，没问题，擦干净就好了。"马六十赶紧拿了个湿毛巾来擦，能擦掉，一会儿都擦干净了。墙上的印迹擦干净了，他心里的却还在。别人住过的房子，总有些不明不白的印迹。

八

马六十和黑梅花又收拾了几天，又发现了一些不明不白的印迹。小卧室里面搬空了，只剩下一张床。尽管空着，但还是能看出有个女孩在里面住过。墙纸是粉色的，壁灯是带花的，墙上还到处是贴画。女孩是谁？是女人的女儿？她多大了？又去了哪里？找到了好几个旧手机，从直板的、翻盖的到触屏的都有，还有一堆乱线，充电器、耳机啥的，都搅缠在一起。应该是一个手机，一个充电器，一个耳机的，但马六十找了半天，互相配不上。还找到了一个小盒子，里面装的是钱。几张花花绿绿的小票子，还有一些钢蹦子。都是外国钱。认不出是哪国的钱，但肯定是外国钱。女人哪来的外国钱？还是零钱？想想，明白了，女人是出过国。这几年，城里人好多都跑到国外去旅游。马六十给婆姨黑梅花说了。黑梅花说："别人的钱不能要，不管是中国钱外国钱，还有那个耳坠子、手镯啥的，都该还给人家。"马六十说："不是问过了吗，她说了不要了。"黑梅花说："你又没说有钱有耳坠子，这些东西她说不定是忘掉了。"黑梅花坚持要马六十再打电话问一下。马六十只好又给中介打电话。中介这回记住了他的电话，接了就问："你还有啥事？"马六十说："我前几天在你们那里买了一套房。"中介打断他的话说："我知道，房钱都给了，过户手续也办了，你还啥事？"马六十说："我就是想找一下房主，问一下，还有些东西，问她要不要？"中介火了："又是旧东西？不是给你问了吗，人家不要了。你有病是不是？"中介挂了电话，马六十也没办法了。中介是他买女人房子的中介，也是他联系女人的唯一中介。中介不给联系，他就没法联系到女人。不光是马六十想找，还有人也找她。一天，马六十正在屋里，有人敲门。马六十没有在门镜上看，就开了门。马六十还不习惯看门镜。进来一个男人，人很瘦，戴个眼镜，有些书生样。男人看到他，有些诧异。马六十问："你找谁？"男人说："这是季红的家吗？"马六十说："这是我家。"男人扫了屋子一眼，自言自语地说："没错，是这房子。"马六十问："你有啥事？"男人说："我找季红。你是季红的……丈夫吧？"马六十说："我不认识啥季红，我叫马六十。"男人说："我记得季红好像住这里。"马六十说："这是我的房子。"男人问："你住了多长时间了？"马六十说："我刚买的房子。"男人有自言自语地说："她把房子卖掉了。"马六十问："你说啥？"男人说：

“你是不是买的季红的房子?”马六十说：“好像是，我忘了。”马六十隐约记得过户的时候，女人签的名字好像是季红，但又记不真切了。男人说：“她现在在哪里？你有她电话吗?”马六十说：“我不知道她在哪里，也没有她电话。”男人说：“我是她……朋友。我没别的意思，就是想找到她，你告诉我吧！”马六十说：“我真的不知道。”男人说：“你买她的房子，怎么会不知道呢?”马六十说：“房子是通过中介买的。我真的不知道。”男人像是给马六十说，又像是自言自语说：“我给她打电话，打不通，她肯定是换号了。她把房子也换了。”男人有些沮丧地转身出门，马六十关门的时候，他又回身说：“你要是找到她电话的话，给我说一声，我把电话留给你。谢谢了！”

男人慢慢地下了楼。男人是谁？他找季红干啥？马六十不知道。马六十把这事说给婆姨，黑梅花说：“肯定是她男人。把女人甩了，走了。现在后悔了，跑来找了。男人都就这样。”马六十说：“看你说的。”黑梅花说：“我说错了吗?你是没钱，要是有钱的话，保不定也跑了。”马六十说：“咋又扯到我身上了。”黑梅花说：“你们男人都一样。你说他跑来找季红干啥?”马六十说：“我不知道。季红是谁，我也不知道。”黑梅花说：“房主是叫季红吗?”马六十说：“我忘了。”黑梅花说：“你还念了中学呢，连个人名字都记不住。”马六十说：“我记住个女人名字干啥。”黑梅花说：“记住了，好联络呀！熟门熟路的。哎，你说，他咋就找到我们房子里了，说不定还就是呢。”马六十说：“城里的房子都像得很，也说不定是找错了。”在农村，一个村子就是一个村子，一个家就是一个家，一个人就是一个人，弄不混，找不错。到城里，就不一样了，说找不到就找不到了。活着别人不知道，死了别人也不知道。想到这些，马六十还真有些后悔在城里买房了。后悔也只是一闪念。在城里有了房子，还是叫人高兴的。还有多少农村人，买不起房子，才在城里租房子住。房子买下了，算是在城里扎下根了。收拾完屋子那天，他发现泡在水杯里的那截绿藤，活了，还发根了。才几天时间，白生生的根芽有一寸多长了，还长了一片新叶子。马六十心里非常高兴。他盯着那片新叶子看，看到一种生命的光泽，心好像被拨了一下。新叶子很嫩，就是有些发黄，小麻雀嘴一样。马六十觉得，花草泡在水里不好，还是栽到土里好。他想找个花盆，找不到，只找到了一个空鱼缸。他到小区花园里挖了点土来，放到鱼缸里，把绿藤栽进去了。鱼缸里种花，马六十没觉得有啥不好。收拾完屋子，马六十算是明白了，城里人的房子不光是用来居住的，还是用来潜藏秘密的。农村人的秘密藏在土地里，城里人的秘密藏在房子里。城里人心里事情多，当多得心里装不下时，就把它藏在房间的一个个角落里。马六十觉得，这个屋子里所有的东西都收拾完了，这家人的所有秘密他都知道了。但叫他没想到的是，他在阁楼上面又发现了一个储藏室。储藏室装得很隐蔽，其他地方都装的是柜子，这一块用的是推拉门。推拉门拉得很严实，他和婆姨都没有看出来。尽管他收拾了这个屋子，但把储藏室的门打开时，还是把马六十惊呆了。储藏室前高后低，显得很幽深。猫腰钻进去一看，里面东西堆得满满的。草草地看了几眼，就看到了很多的旧衣服旧床单被罩窗帘沙发垫啥的，还有洗衣机电风扇之类的，还有几个毛熊玩具坐着躺着，光照进去，它们好像也受惊了，睁着黑黑的眼睛瞪着马六十。马六十赶紧往出退，不小心碰到了啥，铮铮嗡嗡地一阵响，他一看，是脚碰到了一把吉他。马六十不知道那里面还藏着些啥，还有些啥秘密。他甚至觉得那里面藏着老鼠，藏着蛇的。消停下来想想，那应该是这家人上一次搬家的时候搬过来的。上次搬家的时候，这家人的日子应该还稍差一些，旧东西也舍不得丢掉，都搬来了。搬来，却没啥用处，就放在那里忘掉了。把那些东西再清理出来，就能发现这家人过去的一些事情，但马六十不想再收拾了。等住下来，慢慢再收拾吧。发现别人的秘密，有些意思，但也是负担。人的秘密也是人的负担，换房子有时也是为了甩掉负担。他不想买了别人的房子，把别人的负担也背上。想是这样想，事情却并没有结束。一天，他收到一条短信，是女房主发来的。女房主问他是不是马六十，说她是从中介那里找到他电话的，说有一件东西落在屋里了，她要来拿一下，说她过来的时候，再跟他联系。她没说要取啥东西，但马六十感觉那一定是一件非常重要的东西。马六十想不出会是啥东西。他给黑梅花说了，黑梅花说："肯定是耳环手镯啥的，要么就是衣服，女人嘛，最看重的是衣服首饰。要真是的，叫她来拿去了，正好。”马六十却觉得不是。对女人来说，值钱的不一定是重要的。重要的往往是一些不值钱、不起眼的东西。也许是那个日记本，还有那些信。那里面也许藏着一段往事、一段情感。马六十心里有些嘀咕。会不会是给清理掉了？如果是那样，该咋办？按说房子卖给他了，他有权利进行清理，但要真把她的一件重要东西扔掉了，马六十心里还是有些过意不去。马六十反复地想他扔掉的和留下的东西，想不出来哪件东西很重要，哪件东西不重要？他以为知道城里人的秘密了，知道女人的秘密了，这会儿才感觉到，还一点儿都不知道。她要来拿一件啥东西呢？

（原载《广州文艺》2016 年第 3 期，《小说选刊》2016 年第 5 期转载）

【作者简介】

李进祥，中国作家协会会员，宁夏文学院签约作家，宁夏作家协会副主席。著有长篇小说《孤独成双》、短篇小说集《换水》、系列中短篇小说《清水河人物》等。鲁迅文学院第十三届高研班学员。小说集《换水》荣获第十届少数民族文学创作“骏马奖”，短篇小说《四个穆萨》获鲁迅文学奖提名。现供职于宁夏作家协会。

父亲的婚事

张学东

一

若不是让小妹半夜三更打电话吵醒，父亲的那档子事他还一直蒙在鼓里。寡廉鲜耻！程仁脑子里闪电般蹦出四个字来。想到当事者究竟是自己的老父亲，马上又觉得，这种思想苗头来得太过尖刻，甚至不无恶毒。但是，他又分明听出小妹的倾诉声里，还带着那种蒙羞后的难堪与震怒后的余火，以至于跟他这个长兄讲电话时，还有些怒不可遏的火药味道。

大哥，你说说看，老爷子他咋变成这鬼样子了，亏他做出这号丢人现眼的事……我都替他感到害臊！

萦绕在程仁眼皮周围的朦胧睡意，顿时让电话声震得无影无踪，他后背不无颓废地斜靠着床头，下意识地从床头柜上摸出一根香烟，又尽量侧过脑袋，手机夹在耳朵和肩膀头之间，火头一亮，第一缕烟气就从两只鼻孔喷了出去。迷幻的烟雾在黑色的空气中有些黏稠滞涩，跟现实纠缠不清的样子，半天也不愿意轻易散开似的，一味地笼罩在宽大的红木床头上方。唯见天花板的吸顶灯上的那几串水晶玻璃珠子，在烟头明灭间，闪射出一丝诡谲的亮光，隐约可见一只小小的人影，像只幽灵，不露一点儿声色。

这是他的老习惯，不管何时，只要从床上爬起来，头等大事就是先点一根烟熏上再说，离开了这个兴奋剂，他的大脑就会一片空白，无法运转，更不能集中精力去思考那些棘手的问题。习惯成自然，这世上几乎每个人都是依赖性动物。老婆被烟呛得咳嗽两声，猛地翻身坐起，头发葳葳蕤蕤披散着，活脱脱电影里诈尸女鬼的样子。让不让人睡觉？三更半夜接电话，还抽烟？你可真够烦人的！老婆满嘴嘟哝着，忽又怒气冲冲地下地奔向卫生间去了，他们住的主卧有个单独的卫生间，咝咝的一股细水声从隔壁传来，清晰入耳，接着就是马桶喷水的轰鸣声，带着一股女人的怨气，彻底打破了这午夜中的沉寂。电话那头，小妹程信还在不停唠叨，简直跟那个著名的祥林嫂一模一样，程仁却始终不置一词。大哥，你倒说话呀，咱们得连夜想出个法子，不能由着老爹这样瞎胡闹！好了好了好了，我知道了，你先睡吧，有啥话咱天亮再说，行不？天塌不下来！他可不想惹得老婆半夜里跟自己置气，就急匆匆挂了小妹的电话，想了想干脆连手机也关掉为妙。

可事情并不能都像手机那样随时挂断或关闭，相反，它就悬在半空，不明不暗，不阴不阳，不上不下，或者就像一把利刃，闪着银光，随时会掉下来，在自己的脸上或身上，砍出一道深深的血口，留下永久的疤和刻骨铭心的痛。很快，老婆就从卫生间踢踢踏踏回来了，程仁赶忙在烟缸里掐灭了烟头。烦死了，刚才谁的电话？老婆的身体气哼哼地埋进被子里。他轻描淡写地回了句，还能是谁，程信的呗。老婆倒是不再纠缠此事了，却很用力地往她那边扽了一把被子，像是要故意报复一番他似的。程仁的半拉身体立刻就裸露在外面了，他那汗毛浓密的大腿，活像一只古怪的道具，突兀地搁在被子外面，显得格外丑陋。房子换大了，床也变宽了，可被子似乎还是那么大点，两口子挤盖一床被子，就像爱情电影里的那些痴男怨女似的，想想实在是很荒唐的一件事，他早就想刷新旧弊，搬新家前就放话出来，说还是个人盖个人的被子来劲，谁都别影响谁，睡得舒坦些。可老婆却死拗死拗的，说什么你要造反吗，想换被子，干脆连我这个黄脸婆也一起换掉吧，要不咱就分床，各睡各的好了。女人总是这样：小题大做。男女结婚图什么呢，不就是图个天天睡在一起，一床被子盖着多贴心，收拾起来也方便啊，弄两床厚被子堆在那里，鼓鼓囊囊收拾起来不嫌烦啊！老婆总是常有理。这种时候他只能委曲求全了。

现在，程仁不得不把身子往中间靠拢，尽量去迁就老婆。他知道有时迁就女人，就等于迁就了婚姻，迁就这个家，结婚有二十多个年头了，儿子眼看就要大学毕业了，他当然懂这个理，凡事都要认真计较起来，准得搞得鸡飞蛋打家破人散。老婆本来背对着他，见他无声地靠拢过来，才把自己的身子柔柔软软地摆平了，她连着打了两个哈欠，一股女人的香酥气息，就在程仁义的鼻息间游走起来，老婆的一只手曼妙地落在他的胸口上，稍作停留，指尖便若有若无地挠动起来，他的胸大肌微微地颤了几颤，老婆便热乎乎地侧过身子朝他沾来。老夫老妻了，对于彼此的需求都太熟稔了。这自然是老婆发出的信号，放在往常他准会兴奋起来，就势翻身，将对方压在下面，程式化地癫狂一番。可今夜，或者说此时此刻，程仁一点儿心思也没有，非但没有，甚至都厌恶起那种事了。

小妹的话几乎密不透风，灌满了他的脑壳和每一根神经。根据程信那通颇为露骨的描述，他能想象老爹在家都干了些什么。一个六十五六岁的老头子了，那方面还蛮有需求的，在外面找了女人不说，还明目张胆地往家里带，压根不把自己的儿女们放在眼里。看来，这回是要动真格的了，听程信说那女人还拖着个小油瓶子，这叫什么事啊？小妹今年也是奔四的年纪了，因为她家住的离老爹最近，又是小女儿，自从母亲病逝后，照料老人的任务就自然而然落在程信肩上。其实，老爹的身骨腿脚都还硬朗，平时小妹也就是隔三差五过去看上一眼，顺带买点生活用品，再帮着拾掇一下屋子。等到节假日，大伙才会一起过去，给老人做顿好吃的，陪他说说话聊聊天。几个人事先讲好的，程信主要负责出力，他和程礼兄弟俩则每年都拿出点儿钱来交给小妹，权作是大伙一起孝敬老人的。今天已是腊月二十三，小年了，再没几天就是除夕，小妹当然得惦记着过年的事，想去问问老爹需要置办点儿什么年货，过两天她好一并去采买。没想到那个小寡妇和小油瓶子都在，瞧那意思，他们仨已经其乐融融地过上小日子了。房间收拾得一尘不染，最可气的是，阳台上居然晾晒着一套艳粉色的胸罩和内裤，一看就知道是新买回来，刚过了一水，连标牌都没来得及剪掉，这八成是老爹给那个小狐狸精买的呗。还有让人感到气愤的，本来程信是想等那女人走后要跟老爹好好谈谈，可老人竟然当着外人的面说，没啥事了，早点儿回去吧，这里用不着她操心。这无异于下了逐客令。小妹回到家后觉得实在窝火，躺在床上翻来覆去睡不着，越琢磨越觉得事态非常严重，后来终于忍不住爬起来给大哥打了电话。

像是要逃避老婆突如其来的温存，程仁也装模作样地上了一趟卫生间，顺手带了烟躲在里面一个人抽起来。尼古丁的气味迅速聚集在有限的空间里，他仿佛置身于不久前去北京出差所遭遇的那种无所不在的雾霾当中，整个人忽然失去了方向感和平衡度，思绪都变得漫漶而又滞涩了。母亲离开他们时的样子又艰难地浮现在眼前，那实在是不堪回首的，若不是今晚情况特殊，若不是事情赶着，程仁是不愿意再去想这些的。病入膏肓的母亲，早被大夫判了死刑，一次次可怕的放疗化疗，几乎把一女人彻底摧毁了，没有头发，没有眉毛，没有女人最起码的样子，皮肤苍白得像一层薄薄的窗户纸，浑身上下尽是干柴样的骨头，剧烈的痛疼如影随形，每日就靠注射盐酸吗啡或杜冷丁来缓解。有那么半年光景，兄弟姊妹都不停奔走在医院和各自的家庭之间，忧愁、叹息、无奈和眼泪一刻不曾停止过，后来还是父亲做了个断然的决定，说别让你妈再受这号罪了，让她痛痛快快走吧。至今想起，那最后一幕还有些惊心动魄的罪恶感。大妹程智大学毕业后，一直留在外省工作，成家以后每年春节举家回来一趟，那次应该是程智在这个家里度过的最长的一段日子。程智一直都不赞成，她甚至为这事跟父亲拌过几次嘴，照程智的意见，应该立即带着母亲去外地寻求更好的医院和治疗，但父亲死活不依，说既然是绝症，何必让你妈那么遭罪，甚至还说，将来要是他也有那么一天，你们几个赶紧让我走，千万别花那冤枉钱。后来还是开了个临时家庭会议，就在住院部楼下，那个简陋的小凉亭里，还能怎样，他和弟弟程礼后来也都点了头，男人总是更理智一些。小妹其实也不忍心，只是一个劲哭，不表态。父亲就说，那就算三比二，少数服从多数吧。大妹恨得咬牙切齿，不等父亲把话说完，就扭头跑回母亲的病房了。母亲走后连着几个春节，程智都不肯回家过年，只是在三十那晚，给程仁他们发发短信，或打个电话拜年……

讨不讨厌，进去老半天不出来，你便秘啊。老婆的抱怨声再度响起时，程仁才慌忙摁下冲水开关，水流声咆哮着，像个颓废的中年男人，被谁惹火了正在找地方发泄。他磨磨蹭蹭走到床边，老婆的身子居然移到他睡觉的位置上，显然，她还在等他，看来缓兵之计未能凑效。他犹豫着在床沿上坐下来，床垫像个娇气的女人吱扭了一声，他还没来得及脱掉拖鞋，老婆的手臂又藤条样缠绕到他的腰胯上，三十如狼四十如虎，到了他们这种年纪，事情好像都颠倒过来了，十年前总是他猴急猴急地一遍遍缠磨她，也不管她情绪好赖；十年后也许真的有些审美疲劳了，很多时候都是她先发出信号，而他更多是在支支吾吾或顺水推舟。今晚的情绪已经被严重破坏了，那个小寡妇，那套艳粉色的胸罩和内裤……一切都让他感到恶心，对，就是恶心，一不小心吞到了绿头苍蝇，只想找地方呕一通。他突然瓮声瓮气地说，你能往里挪点儿吗，让人咋睡？老婆显然愣了一下，随即用鼻子哼了一声，对他的装傻和冷淡给予鄙视，睡睡睡，就知道睡！随即猛地一翻身，几乎把整床被子都卷跑了……更年期的女人最是难以琢磨。

第二天上班的路上，刚一开机便滴滴地弹出一串未接来电，全都是小妹打的。程仁一边开车，一边皱着眉头回了电话。小妹的口气依旧火急火燎，怎么办，大哥你到底想出好点子没有？真是急死人了！又说，我刚给二哥去电话了，你猜这家伙咋说的，他说天要下雨娘要嫁人，还是顺其自然吧，这个没良心的，怕是早就忘了咱妈在世时多疼他了。这倒是事实，做母亲的总是疼爱自己的小儿子，加上程礼自幼就很乖巧，很讨母亲欢心，功课成绩也不太用人操心，母亲就紧着把家里的好吃的留给他。后来有了两个妹妹，母亲偏心依旧，常常惹得程智和程信都很有意见，总戏谑说，母亲重男轻女思想严重，她俩就像是路边捡来的。

程仁的脑子还蒙蒙的，夜里睡得太差，加上老婆跟他怄气，冷屁股对着他，还故意惩罚他不给被子盖，最后他只好灰溜溜钻进儿子的房间，迷糊了一觉，两个人竟然破天荒地闹起了分居。分开睡也好，省得为那点事拌嘴窝火。老婆起床后鼻子不是鼻子脸不是脸，连早餐都没给他准备，她自己只喝了一袋牛奶，就不辞而别了，唯独客厅的盼盼防盗门被甩得山响，这是老婆发出的一次严正的抗议。有什么好抗议的，不就是没有响应她一下吗，过去她不是也经常用这种方式对待他吗？谁规定的，男人就不能偶尔合理地拒绝一次？可见，所谓的男女平等，不过是句口号，喊喊罢了，永远不可能平等。由此，他又想起身边那些已经离了婚的家伙，冠冕堂皇的理由都是什么感情不合啦，长时间分居啦，说到底还不就是为了那点儿摆不上桌面的破事。程仁倒是想跟老婆解释解释，可话到嘴边又艰难地吞咽了，毕竟那是自己的老父亲，在老婆面前随便发议论，自己也觉得脸上无光。最近以来，他确实发现老婆越来越自我了，晚上他习惯于躺在沙发上看新闻看体育节目，而她总是低着头摆弄那只苹果手机，不外乎上微信、发留言、看视频，那种嘟嘟的提示音不绝于耳，间或，能听到她嘿嘿发笑像个痴人，让他觉得莫名其妙。不过有时，他又觉得这样挺好，省得有人跟他抢遥控器，跟他唠叨什么狗血剧情，智能手机让每个人都拥有一台便携式电脑，想看什么就看什么，想玩什么就玩什么，真是太自由了。

小妹最后不无狡黠地嘱咐他，反正眼看就过年了，要不这样，大哥你抽空也去老爹那边打上一头，假装关心一下嘛，顺便也好摸摸底啊。程仁觉得言之有理，不能单单凭着一套狗屁内衣，就给这件事情盖棺定论，那未免太草率了，万一情况不像小妹描述的那样，只是一场误会呢，到头来再惹得老头子动了怒伤了身，大伙谁也别想消消停停过这个年。小妹的性格他还是了解的，平时眼里揉不得一粒沙子，遇到一点鸡毛蒜皮的事，就爱瞎吵吵，嗓门比谁都大，啥事一到她嘴里，不免有些夸张的味道。至于程礼，在姊妹们心目中的地位本来就不太高，一方面过去母亲在的时候事事都偏向他，时间长了两个妹妹多少有点妒忌他；另一方面，程礼这个人严重惧内，媳妇的话就是圣旨，逢年过节大伙聚在一起，但凡屁大点事，他都要早请示晚汇报的，简直离开媳妇就没了主张。

在程仁看来，弟弟这种做派还不都是母亲当年惯出来的，从小衣来伸手饭来张口的，长大了对家庭其他成员漠不关心，有时甚至表现得相当自私。时隔多年，程仁依然记得，当初在医院讨论母亲病况的情景，父亲让程礼发表意见，他说什么还是听大伙的，大妹就不客气地问他，难道你不是家里的成员，难道你没有自己的思想，小妹也说你是儿子当然得拿个主意，他半天支支吾吾才冒出一句，我媳妇的意思是，别让妈太煎熬了。这话一出口，大妹首先就气愤难平地说，笑话，妈是你自己的妈，跟你媳妇有啥关系，她说这话是怕到时候让你们掏腰包吧。兄妹俩为此大吵了一架，一个脸红，一个脖子粗的，那天若不是在医院里，说不准真就动手了。

二

年味渐近渐浓。街道和生活区里时不时传来一串噼噼啪啪的炮竹声，间或，还有那种暴躁如雷的二踢脚，呼啸着直蹿到半空中，骤然炸裂，空气里的火药味裹挟着一股兵荒马乱的气息，非要打破现有的那些稳定秩序不可。发明爆竹的家伙八成有点儿心理阴暗，很擅长恶作剧，或者纯粹是吃饱了撑的，偏搞出这么个鬼名堂来吓唬人。从昨晚到现在，心里一直装着事，程仁下班后就没有回家，而是直接开车奔父亲这边来了。正好，单位工会发了一盒带鱼，一桶色拉油，外加一塑料罐正林瓜子，他都让门卫师傅帮忙扔进车后备箱里。想着瓜子留给老婆享用，女人总是喜欢坐在沙发上，用它们噼里啪啦打发时间，这样也省去了她没事找事地跟他瞎叨叨的麻烦；至于带鱼和色拉油，干脆都提溜到父亲家里，正好算是个由头。每年三十傍晚，大家都要聚在父亲家里吃团圆饭的，这样也省得小妹再去采购这些了。

父亲住的这个地方年头不短了，那还是二十多年前单位分配的，六十来平方米的老式福利房，如今小区四周早被拔地而起的酒店和写字楼团团包围了，巨大的楼影如乌云一般很险恶地投射下来，走进这里，路人不由得心里直发寒气。家属楼的外墙皮脱落得不成体统，远远看去，竟活像一条奄奄一息的老癞皮狗；仅有的一小片空地上，几乎见不到一丝阳光，腊月里飘过的两场大雪堆积如故，一条被人见天踩踏过的甬道，显得脏兮兮的；背阴处被谁随便泼了脏水，冻成很厚很硬的冰盖子，几摊狗屎或小孩粪便很扎眼地冻结在上面，仔细瞧，还有人丢弃的避孕套和带血的卫生巾，真是叫人恶心得想吐。

程仁始终眉头紧蹙，两只手里拎着年货，像杂技演员那样，踮着脚尖，左拧右闪，半天总算是屏住气息突出了重围，然后一头冲进眼前的楼门洞里。当初母亲就是从这里，被儿女们七手八脚抬出去的，直到她生命的最后一刻，再也没能回来。一晃几年过去了，作为长子，他除了每年清明节开车载着弟妹们，去山边的公墓给母亲上上坟烧烧纸钱，似乎再也没有为母亲做过什么。至于那个被母亲撇在世上的孤零零的老头子，有时几乎快被做儿子的给淡忘了，一如眼前这栋破败不堪的老楼，被有关方面遗弃了一样，如果今天不来，他简直快记不起它龌龊的样子了。究其原因，不外乎是忙孩子忙工作忙家庭忙事业，可忙来忙去又能怎样呢，自己不过是个庸庸碌碌的常人，既没生出三头六臂，更不可能叱咤风云，不过饱食终日，得过且过，无所用心，说来真是惭愧啊，到头来竟连老父亲什么时候有了新欢也全不知晓。

给程仁开门的不是老人，而是一个四五岁光景的陌生男孩，小脸蛋肉嘟嘟的，耳朵稍有点儿招风，但眉眼鼻子还算周正，清澈懵懂的眼神里，透着一股小孩子特有的好奇和稚气。门刚拉开一道窄缝，这张小脸蛋就鲜活地探伸出来，嫩生生地问了句，叔叔，你找谁呀？因为小妹已经提前给他打过预防针了，所以程仁倒也不觉得特别惊讶，他的目光只跟孩子稍一碰触，便径直越过小家伙头顶，朝屋内探寻而去，从他这个方向可以看见，厨房里有人影在袅袅的热气中晃动。他随手将两件年货放在紧靠鞋柜前的地板上。

小男孩的兴趣立刻被地上的东西所吸引，他先拿小手提了提色拉油的红色手环，油桶纹丝不动；孩子有些失望地嘟囔了一句什么，又撒尿似的蹲下身子，抻长脖子，去仔细研究那只扁而长的纸盒了，盒面上印着银灰色的带鱼模样，鱼的眼睛又黑又亮，孩子似乎看懂了，突然激动地叫了起来，哦，鱼鱼，鱼鱼！随即，小家伙便一溜烟地，跑进北面正在轰轰作响的厨房里去了，同时小嘴不停嚷叫着，妈妈，妈妈，是鱼鱼，你快来看鱼鱼呀。

直到此时，一个腰间扎着花布围裙、头上套着一只普通的蓝色塑料袋的女人才从厨房走出来，她手里掂着个油乎乎的锅铲，显然是在里面做饭。她倒是生得眉清目秀，嘴唇涂过粉红色的唇膏，两弯眉毛也是精心地画过的，身材不胖不瘦，仅从面相看，也就三十五六岁的样子。女人也盯着程仁上下打量着，但很快她的脸上就浮出一层自带熟的笑意，显然没有把他当陌生人看待，而是对他不无熟悉的样子。她嘴里一连声说，你是程家的老大吧，跟照片上的人一模一样，刚刚不好意思，油烟机太吵了，我没听到敲门声。然后，她又很客气地让他，你快坐吧快坐吧，我锅里还炒着菜呢。说罢，就急忙转身回厨房忙去了。

程仁愣了一愣，心想，看来小妹所言还真是一点不假，这女人俨然一副女主人的姿态嘛，这让他心里很有些不自在起来。他没有立刻在沙发上坐下来，而是倒背着双手，心情复杂地从客厅走到南面的卧室，又从这里走进北面的次卧，然后像是被什么东西牵引着径直去了阳台。这时，他才留意到，家里包括阳台在内的窗户，都被擦得透亮透亮的，所有的家具床铺也都收拾得整整齐齐。阳台的衣架上倒是晾着几件外衣，能看出来，多数是父亲的，也有一两件女人的，当然还有那个孩子的小衣裤。不过，小妹电话里所说的崭新的女人内衣，他始终没有看见。八成是小妹敏感的目光引起了女人的警惕吧，或者，人家早已经穿在身上了也说不定。这样想时，他眼前兀自闪现出那个女人只穿着艳粉色贴身内衣的婀娜模样，心里竟有股不可抑制的纯属于男人的幽暗漾动，他忙掩饰什么似的干咳了两声。

男孩像只乖戾的小哈巴狗，猛不丁就窜到他脚边来了。此刻正抬起毛茸茸的小脑壳，很吃力地盯着他望。很久没有被这么点儿的小孩盯视了，自从儿子读了大学以后，程仁觉得身边一下子清静了，孩子的成长过程太快了，几乎一眨眼那只小鸟就羽翼丰满了，学会单飞了，再不需要两只老鸟的庇护了。眼下，这个小孩子让他多少有些想多看几眼的冲动，甚至想跟他说说话。于是，他就地蹲下身子，这样一来，孩子就不用总抬着眼皮费劲地瞧着他了。

喂，几岁啦？程仁拿那只被烟熏得焦黄的手指勾了勾对方的小鼻子。

我，我，我妈妈说，我过了年就，就五岁了。孩子鼓着小红嘴，一本正经地回答。

他嘿嘿地笑了，觉得真逗，小孩子说起话来总让人忍俊不禁。

叔叔怎么只看见你妈妈，那你爸爸呢？

这个问题看似漫不经心，实际上是他此刻最关心的。孩子却有些犹豫起来，像是识破了对方的奸计，一只小手慢慢地爬上脑壳，轻轻挠个不停，同时，斜着身子转动小眼珠，好像这个问题太大又太难，又或者是要等大人授命才能回答。

怎么？你连爸爸在哪都不知道？

他死死盯着孩子的眼睛，好清澈透明的眼珠，简直像水晶制成的，黑白分明，干干净净，一尘不染。

妈妈说，妈妈说……孩子有些胆怯地连连往后缩退着小身子，活像只小鸡遇见了居心叵测的老鹰，但似乎又无法避开对方追询的目光，妈妈说，要是有人问起爸爸，我就说爸爸他……

亮亮！

没等孩子把话说完，那个女人冷不丁冲过来，一把抓起孩子的小手，嘴里说，亮亮就知道缠人，快去卫生间洗洗手，准备吃饭了。

说这话的工夫，女人像是很不经意地瞥了他一眼，眼神多少有些愠怒。他还注意到，对方头上的蓝塑料袋没了，头发是悉心挽了髻的，用一只漂亮的琥珀色的发簪束着，看着不失雅致。很快，女人又微笑着说，这孩子有点儿人来疯，对了，你怕是也没吃呢，待会儿老程回来，你们爷俩干脆一起吃吧。

老程？程仁心里顿时泛起一股被人冒犯的不悦滋味。这个不足四十岁的女人，居然管自己年迈的父亲直呼老程，也太没大没小了，真是岂有此理，妈的，她到底凭什么？又一想，幸亏自己按照小妹的意思过来了，否则的话，接下来的这个年，真不知该怎么过呢，到时候年夜饭上，冷不丁冒出这么一个奇奇怪怪的女人，大伙该叫她什么，阿姨，还是小妈？这实在太荒谬了！

女人倒是压根没有注意到他此刻的情绪波动，接着说，老程他呀，每天雷打不动，不到钟点是不会下班的！程仁完全听懵了，下班？什么意思？他可从没听小妹说起过，父亲在哪里兼职上班。女人这次倒是猜出了他的疑惑，忙堆起笑脸，用几根雪白的手指做了一个搓摸的动作，嘴里说，你爸每天上午，都在街边的老年人棋牌室搓麻将，跟上下班一样准时，不到饭口不回家。他迟疑地“哦”了一声，眼睛却盯着女人涂了红色指甲油的手指，那手很白，也很细腻，不像是长期操持家务的样子，右手的中指和无名指上，都戴着黄灿灿的戒指，看那成色应该是24K纯金的；随即，他又注意到耳坠同样也是，灿然鲜亮，勾勒出成熟女人特有的风韵。她整个人简直被这些行头装饰得比新娘子也不差，哼，兴许这些玩意都是父亲拿退休金买给她的吧？他又禁不住胡思乱想了，父亲每月的退休金少说也有两三千块，给女人买买衣服化妆品和首饰，还是绰绰有余的。一想到父亲的退休金，竟都花在这个女人身上，他简直嫉妒得够呛，虽说他并不指望花父亲的钱，可也不忍心这些钱都打了水漂。

卫生间的水流声哗哗响着，女人诧异着想起什么似的，突然丢下他，快步循着水声跑去了。很快，程仁就听见女人提高了八度的尖嗓门，亮亮，你又玩水，怎么那么不听话，弄得满地是水，都能养鱼了，看妈妈不揍你！随即，就听到啪啪两声，一准是巴掌打在屁股蛋上了，孩子呜哇一声号啕起来，这声音来得异常刺耳。程仁很久没有领教过小孩子那种歇斯底里的哭闹声了。他忽然觉得，这个女人也许并不像表面看上去那般和颜悦色，相反，某些时候她会很凶的。

果不其然，墙上的石英钟当当地指向十二点的时候，父亲准时准点用钥匙打开房门进来了。这时程仁正翘着二郎腿，心事重重地坐在沙发上，若有所思地吸着烟，女人刚才给他倒了热茶，不过他连碰都没碰茶几上的杯子。父亲似乎一点儿也不感到吃惊，只是淡淡地瞅了他一眼，就径自低下头去鞋柜里找拖鞋，色拉油正好挡住了半拉柜门，父亲动手往开移油桶时才问了句，是从班上直接过来的？又说，我不爱吃这种油，寡得很，没啥味道，待会儿还是拎回去，你们留着自个吃吧。

程仁没接父亲的话茬，而是把最后一口烟一丝不落全部吸完，才用力在烟缸里捻了捻烟头。他又听见父亲咕哝道，你呀，就不能把那个烟少抽上点儿，对自己身体没啥好处！他这才掩饰似的开口说话，再有几天就过年了，我顺路来看看，你这里还需要啥，到时候也好去买。话一出口，连自己都觉得虚伪古怪，似乎是完全按照小妹给他事先设定好的路数在笨拙地出牌。也没啥需要的，今年三十，你们几个过来吃现成的，我们能对付得了。往年，父亲可从没说过这样的话，今年似乎底气十足，而且，父亲还用了“我们”，显然是指他跟那个女人吧。程仁一下子竟没了措辞，父亲太过直言不讳了，看来小妹说得一点不错，他们在这里正儿八经过上幸福的小日子了，已无需儿女插手。

父亲刚换好拖鞋，先前哭过鼻子的小家伙，便虎虎势势地蹦到他跟前，跳着脚问，给我买好吃的了没有？父亲闻声立刻跟换了个人似的，精气神都大不一样了，仿佛年轻了二十岁，他笑逐颜开地弯下腰去，一把将孩子抱在自己怀里，同时腾出一只手，从裤兜里摸索出一只包装花哨的棒棒糖，举在孩子眼前轻轻晃动着。亮亮，喜不喜欢这个？快拿小嘴嘴亲亲我这里，不然就给妈妈吃了。孩子几乎毫无保留地，把那小红嘴以及肉脸蛋都贴在父亲脸上了，那个亲昵劲让人牙根都要冒酸水了。老人哟哟地叫唤着，很受用地一个劲拿下巴颏上的灰白色的胡茬蹭那张肉嘟嘟的小脸，边蹭边亲，笑声哈哈不断，完全沉醉于天伦之乐中了。孩子趁机拿到了自己喜欢的糖果，迫不及待地用小手撕扯上面的塑料包装纸。父亲旁若无人地抱着孩子，向卧室走去。

整个过程程仁都看在眼里，父亲对待小家伙的架势，如同自己亲生的，他脑子里不由得又瞎琢磨开了：父亲到底在给这孩子扮演一个什么样的角色，爷爷？伯伯？抑或是爸爸？这样一想，越发让他感到浑身都不自在，一个儿子的尊严前所未有地受到了亵渎和侵犯，假如真是那样，那未免太荒唐了，他们兄妹四个又算什么呢，难道让这小不点管他们叫哥哥姐姐不成，真他娘乱了套了！想到这里，他简直气不打一处来，便愤愤地起身大步走进父亲的卧室。

爸，这个孩子到底是……问这话时程仁又多少有些犹豫了，照他的脾气应该直截了当，比如父亲跟这娘俩到底是什么关系，可一时又不想问得那么露骨了，毕竟面对的是上了年纪的老父亲，万一哪句话呛着终归不妥，可不问问清楚，又实在是憋得人难受。小家伙旁若无人地坐在床沿边，两只小脚不无得意地晃动着，小嘴有滋有味地吮吸着糖果，腮帮子一鼓一鼓的，甜蜜的滋味让人羡慕，他可完全不在乎大人们说些什么。父亲窸窸窣窣脱掉了外套，里面是一件手工编织的烟灰色毛衣，针脚很细密，图样也很新潮，使整个人看上去精神焕发。

你是问亮亮吧，他是那个小苏的儿子。对了，我还没来得及跟你细说，小苏男人出车祸没了，孤儿寡母过日子不容易，她一直在咱们这里做着钟点工，就是上门做饭洗衣服那种。说起来，小苏还是居委会介绍给我的，说她人可好了。你看，每天三顿三晌给我做饭吃不说，屋子也是她拾掇的，这女人手脚勤快得很，闲不住，待会儿你正好留下来，尝尝她的手艺，保准你也爱吃。父亲一股脑地说着，几乎没有半点卡壳，像是练过好多遍的台词，一切似乎都合情合理，程仁实在寻不出什么破绽。

程仁始终在悄悄地察言观色。这中间，他又一次看了看眼前那几扇明亮的玻璃窗，不用问一定是那个叫小苏的女人的功劳。也许，小妹真的有些敏感过头了，不就是父亲从外面请来的钟点工或月嫂之类吗，作为儿子，他倒是举双手赞成的，老人家确实应该雇个人，照顾一下自己的生活和起居。心里这样想着，脑子里那根神经已不再如先前那样紧绷着了，继而，换了另外一种和缓的口气，甚至笑着对父亲说，爸，这事你做得对，我们几个都不常在身边，小妹家里还有个婆婆要照顾，你这边是得有个像样的人给操持操持。

父亲听到程仁这么说，也就会意地点了点头。爷俩拉话的工夫，客厅那边传来女人热情洋溢的招呼声，老程，你们快过来吃吧，我都弄好了。

这次，程仁倒是没有再去挑那女人的理。

三

一接到大妹的电话，程仁便开车往机场赶，航班延误得一塌糊涂，他在候机厅几乎迷糊了一觉，那娘俩才拖着箱子拎着包，从国内到达口昏昏沉沉挤出来，这年头回家过年还真是有种逃荒的味道。大妹依旧留着短发，永远都是一副假小子样，不过看上去还是挺干练的；女儿娇娇的个头蹿得快撵上她妈妈了，面颊和眉眼多少透着一股程智少女时代的味道。但娇娇的性格一点儿也不像她妈妈，有点儿害羞、含蓄，嗓门小得跟病猫似的，她大概招手问了声大舅好，但程仁压根什么也没听到。

程智倒是直言不讳，说大哥你看到了，娇娇这孩子一点儿也不随我，说起话像蚊子嗡嗡。程仁说，女孩子家嘛，总是温柔点儿好。程智马上敏感地反问道，那大哥的意思是嫌我不够温柔？这种时候，当大哥的只能打哈哈了，难得大妹心情不错，能主动带着孩子，不远千里地飞回来，跟大伙一起过年，仅凭这一点，他就得高挑大拇指了。于是，他忙转移话题，说她事先也不通报一下，怎么搞突然袭击。这时，娇娇总算伸过脑袋再次出声了：我妈她就是想给你们一个惊喜呀！程仁轻摸了一下娇娇的额头说，呵呵，这个惊喜好啊，姥爷要是知道咱们娇娇也回来了，不定多高兴呢……

他的话刚出口，程智就把话插了进来，口气却是淡淡的。对了，她姥爷人还好吧？程仁依稀觉得大妹似乎话中有话，便想到几天前的事，说不定小妹嘴快，早已跟她通过电话了，不然依照程智的性子，怎么可能突然跑回来，要知道此前的几个春节，她可都是缺席的，理由不外乎是，娇娇假期要参加课外补习班，或者，孩子感冒很严重还在打吊瓶，再不就是，她和丈夫节日需要值班，诸如此类。可转念又想，做女儿的回家探望老人，还需要什么理由吗？她不回来情有可原，她能回来也是本分，自己可别再节外生枝。他思忖着嘴里说，老爹他呀，能吃能睡也能玩，放心吧。程智坐在副驾驶位上，把目光瞥向他，有种不无质疑的味道，好像在问，真像你说的那样，还是别有隐情？好在，她还没来得及再询问什么，娇娇又好奇地从后排探过头说，姥爷真的也爱玩？那他都玩些什么呀？程仁回头看了娇娇一眼，笑道，还能玩什么，当然是搓麻喽。娇娇听后嘟了嘟嘴，连着打了两个哈欠，半天不说话了。大妹显然有些亢奋，回来的路上嘴巴几乎没停过，不是问这就是问那，程仁觉得自己活像个新闻发言人。

安顿这母女俩睡下，早已过了凌晨一点，人还有点儿兴奋，一时半会儿睡不着。这时老婆忽然提起儿子的事，说晚上儿子来过电话了，下学期就要参加毕业实习，所以，这个寒假他想在外地跟同学一起过。程仁听了就有些不高兴，这小子，不是说好了晚几天回来吗，怎么突然又变卦了，难得娇娇跟她妈回来一趟，可真不懂事。老婆却不以为然地说，这事怨不得儿子，她们不也是突然决定来的？再说不就是过个年吗，没几天的事，少咱儿子一个，也没什么大不了的。程仁觉得老婆就是太纵容儿子了，早知道这样，元月份一放假，就该让儿子赶紧买票回来。现在木已成舟，说什么也晚了。两口子难免又为此事口角了几句，搞得彼此心情很不爽，后来谁也不想搭理谁，就背靠背赌气睡了。

早晨大妹一起床，便不顾旅途劳顿，提出要带娇娇去看姥爷。程仁听了，心中的一块石头总算落了地，他生怕大妹还记恨当年的事，不肯好好去见老爷子呢。可他因为单位例会脱不开身，说只能把她俩送过去，到时候他就不进去了。其实，他也是有意要避开这场时隔多年的父女会面，好给他们点儿单独的时间，彼此好说说话。程智笑着说，你可别把我当外人了，其实用不着你送的，我闭上眼睛也找得到老爹家的门。但程仁还是坚持把这娘俩拉上了车，路上，他觉得很有必要再罗嗦两句。大妹，老爷子的性格你是知道的，这几年你都没回来过，说不准他心里还堵着什么疙瘩呢，到时候要是嘟囔你两句什么，只当左耳朵进右耳朵出，千万别跟他拗着劲，毕竟大过年的嘛。程智听他这么说，只好吐了吐舌头，放心吧，大哥，我也不是三岁小孩。娇娇听大舅这么一说，还真有点儿紧张，问万一姥爷挑了理，该怎么办。程仁忙安慰道，放心，不会的，姥爷只要见了咱娇娇，高兴还来不及呢，还生哪门子气。等她俩下车的时候，程仁又忽然想起两天前在父亲那里见过的女人，又简单地跟程智交了个底。大妹听后，半开玩笑似的跟他说，除了女钟点工，还有别的猫腻吗？他嘿嘿一笑说，你这张嘴啊，还是这么不饶人！程智便撇着嘴道，这就叫江山易改，本性难移嘛。

这天后来发生的一幕，程仁压根没有料到，还是娇娇在电话里原原本本向他学说的。原来，大妹刚一下车，就给小妹拨通了电话，两个人约好去老爹家见面。事实上，从程信家到父亲那边步行也就二三十分钟，知道姐姐突然回来了，小妹激动得什么似的，急忙打的赶了过来。姐妹俩好久没见面了，当街抱在一处，又是笑又是哭的，惹得娇娇都差点儿流泪了。小妹一个劲拿手掌拍打着程智说，姐你真没良心，待在大城市里，把我们都忘光了吧。大妹则红着眼圈说，忘了谁，也忘不了你这个死丫头。娇娇打圆场说，我妈平时最惦记的就是小姨。小妹这才把娇娇搂在怀里，说好孩子都长这么高了，快让小姨稀罕稀罕。随后，她们娘仨才兴高采烈地往老爹家走去。

小妹身上常年都揣着这边的家门钥匙，进屋自然是不用再敲门的，再说这天早晨她们去得确实很早，又想着要给老人一个天大的惊喜，所以，就用那把钥匙轻轻打开了房门。三个人提溜着大妹从外地带回来的礼物，径直走进屋去。小妹大嗓门惯了的，进门就嚷嚷起来，爸，爸，你快出来瞧瞧，看谁回来了！可是，她连着叫了几嗓子，始终没见老爹的人影，却忽然听见卧室里传来一个女人含混的声音，你爸他下楼买早点去了。大妹简直吃了一惊，当即愣在客厅里，像是大白天撞到了女鬼。小妹二话不说，上前一脚，便踹开了卧室门，气冲冲地闯了进去。

那个叫小苏的女人，显然刚被她们吵醒，正迷迷糊糊从床上爬起来，手忙脚乱地往身上套羊毛衫呢。那个小不点儿，就躺在妈妈身旁，还在睡梦中呢。小妹见状，早已火冒三丈高了，如果说上一次仅仅是在阳台发现了女人内衣什么的，这回她可算是真正抓到了现行，证据确凿。

喂，谁让你睡在这里？起来，快给我起来！小妹气急败坏地冲上去，一把就扯开了女人身上的被子，一双白皙的大腿就毫无遮掩地裸露出来，在晨曦中闪着刺眼的白光。我就知道你不是个好东西，没想到你脸皮这么厚，赖在这里了！

起初，那个叫小苏的女人确实有些战战兢兢，可事情发展到这一步，尤其是小妹完全撕破了脸，不管不顾地跟她叫嚷起来，她反倒让自己镇定下来，甚至不再慌乱什么了，而是慢条斯理地往腿上套着裤子，嘴里不紧不慢地解释着。事到如今，我也不想隐瞒啥了，你也都看到了，我和老程确实好了一阵子了……这话一出口，小妹的肺管都要气炸了，她忽然失去理智像犯了歇斯底里症。狐狸精，不要脸，真不要脸……她一面恶狠狠地谩骂着，一面顺手抄起床头柜上的一只搪瓷茶杯，用力砸在地板上，水花溅起老高，墙壁都湿了一大片。睡熟中的小男孩终于被惊醒了，一头钻进妈妈怀里，呜哩哇啦哭个不休，身体哆嗦得像只受了惊的小兔子。小苏赶紧抱过自己的孩子，一边宝贝宝贝地哄着，一边愤愤地说，有啥话最好找你爸说去，犯不着冲我们孤儿寡母使性子发火的，但凡老程发句话，我们立马卷铺盖走人，一刻也不多留……说着，她竟也失声号啕起来，仿佛受了天大的委屈。

这种时候，大妹当然什么都看明白了，不过，她始终没有像小妹那样闯进去大吵大闹；娇娇长了这么大，还是头一次经历这种糗事，而且，是在多年没有回来过的姥爷家里，本来满心期待亲人重逢的美好一刻，现在心情简直郁闷到极点。换句话说，眼前这戏剧性的一幕，完全让这对归乡省亲的母女感到震惊了。大妹在公司做白领多年，头脑当然比小妹清醒得多，她知道这样无休止的吵闹，根本无济于事，也许还会适得其反，毕竟父亲不在现场，而且男女问题向来又是一个巴掌拍不响的。所以，关键时刻，她还是把小妹从卧室里生拉硬拽了出来，妹妹你冷静点儿好不好，有啥话咱等老爷子回来再说也不迟。小妹后来离开时，恨恨地撂下一句，我真想不通，老爹他咋就能堕落成这样子，把我们兄弟姊妹都当成傻子了！接下来，姐俩几乎怒气冲冲地跑下楼去，那阵子也就八点半光景，外面冷飕飕的，西北风卷起空地上纸屑和雪末子胡乱飞舞，她们宁愿在外面受冻，也不想再踏进那个房间半步。

娇娇在外面冻得鼻青脸肿，两只脚不停地在原地跺来跺去，妈妈和小姨都在一旁呼呼地生闷气，谁也不肯理睬她。好在没站多久，娇娇就看见了姥爷摇摇晃晃朝楼洞方向走来，他两只手里都拎着食品袋，里面装着两盒豆浆，还有油条和鸡蛋摊饼。姥爷走过来的时候，也明显愣了一下，以为自己眼花了，先抬起手背揉揉眼睛，见真是自己的女儿和外孙女，一时喜出望外，脸上跟开了花似的，笑眯眯地朝她们快步迎上来。可是，没等老人开口说话，小女儿早就劈头盖脸冲他嚷闹起来，好啊，你现在扯起谎来，眼皮都不眨一下，那天你跟我咋说的，后来你跟我大哥又是咋说的？还说什么一个钟点工做饭的，我看你倒是成了人家娘俩的保姆了！啧啧，你也老老几十岁的人了，让儿孙们说你点儿啥好呢……

娇娇事后在电话里对程仁说，大舅，你是不知道，那一刻真是要多尴尬有多尴尬啊，小姨几乎指着我姥爷的鼻子，就跟我们学校教导主任，修理最淘气的差生一样不留情面，而妈妈呢，尽量把脸撇向一边，一副事不关己高高挂起的样子，或者，她压根就不打算过去认姥爷似的。娇娇很有些忿忿不平，她说姥爷当时的模样真的挺悲催的，愣在那里像只木偶。透过娇娇的电话讲述，程仁完全能够想象当时的情形，小妹倒是先放在其次，大妹毕竟远道归来，偏偏遇上这种糟心事，她的心情可想而知。至于老爹，也真是自作自受，就算有了这种事，也不该掖着藏着吧，纸里能包住火吗？早早跟儿女们沟通一下，也不至于搞得如此被动。他倒好跟儿女们玩起了明修栈道暗渡陈仓，还想搞什么金屋藏娇，连他这个长子也都被蒙骗了。这下有戏看了，大过年的捅出这么大个娄子，看他到时怎么收场。

这次，小妹的革命立场异常坚定，她当着老爹的面急赤白脸又振振有词，要是你不把那个狐狸精撵走，从今往后你就当没有我这个女儿。大妹倒是什么话也没有说，这多少有些奇怪，放在以前，她的嘴可是最不饶人的，但这次她却自始至终没有发言。

程仁暗想，也许这些年来，大妹内心深处承受了众叛亲离带来的苦果，表面上看，是她不愿意回来跟大家团聚，可实际上呢，她恰恰在为自己当年地决绝离去，忍受了太多的寂寞和别愁。时过境迁，她应该更成熟些了，毕竟连女儿都跟她个头一般高了。

四

下班回来，程仁便觉得家里的气氛有些不妙。大妹和小妹正在客厅里不咸不淡地嗑着瓜子，表情似乎都有些凝重。后来快吃饭的时候，程礼也急匆匆被她俩召唤来了。说心里话，别看兄弟俩同居一城，可程仁至少有大半年没跟程礼照过面了，所谓兄弟情义，不过是每年过节才互相走动那么一下，平时都在忙各自的生活，谁也见不到谁的面。

时光仿佛倒转了，姊妹们又急吼吼聚在一起，开这种临时性家庭会议。跟几年前有所不同的是，上次的气氛特别沉痛和悲哀，可以说每个人心里都湿漉漉的，甚至是在滴血；这回气氛虽说也有那么点儿沉重，但更多的还是作为子女心理上所承受的那种蒙羞后的尴尬。对于要讨论的这件大事，或者干脆叫作丑闻吧，除了程礼一人之外，对于其他三人可以说都已是眼见为实了，证据确凿，铁板钉钉。小妹之前也在电话里把情况跟程礼简单交代了，所以，大伙坐下来稍微寒暄了一会儿，主要是因为程智昨晚刚回来的缘故，总得象征性地拉拉家常吧，之后便直奔主题。

这种情景还是会让人下意识地要去回想伤心的过往。母亲去世后，这一大家子人，在很多时候像是失去了主心骨，丧失了家庭凝聚力，尽管他们的关系没有发生任何变化，哥哥还是哥哥，妹妹还是妹妹，但曾经那种完整无缺的家庭氛围，遭到了某种不可逆转的重创，说分崩离析似乎过了，可多年来就那么一蹶不振的，像一艘旧船摇摇晃晃搁浅在时光的河湾里。况且，几年前的那个历史节点，对于每一个人来说，又都是不堪回首的。当年主持家庭会议的是父亲，如今变成了这次会议的重要议题或声讨对象：老爹的事咱们得好好合计合计。作为长兄的程仁，只能将这个问题摆在桌面上，好让大伙一起讨论。大伙你看看我，我看看你，彼此都有心事，又都忍无可忍。

程信说：依我看这事没商量，明天咱们就让那女人滚蛋！

程礼说：就是，小妹说得在理，她算老几呀，敢大言不惭地赖在老爹家里。

程信说：二哥，你可别小看那个狐狸精，你们没见她说话时的样子，好像我们老爹离不开她似的！

程礼说：问题就在这里，老爹要是铁了心跟人家好，咱们几个就算说破了天也白搭。

程仁说：我真是搞不懂，老爹咋会喜欢这种女人，就算他想找个老伴过日子，也得岁数大小各方面都相当吧。

程信说：谁说不是，老牛啃嫩草，老不正经，让人不知该说他什么好呢。

程仁说：这女人确实还不到四十岁，长相也过得去，你们说她跟老爹在一起到底图啥呢？

程信说：明摆着的，还用问吗？老爹有退休金，还有那套房子，再不值钱也得三十来万，万一将来人家老城区统一改造的话，怕还远远不止这个数呢！现在的女人，一个比一个现实，老爹要是个穷光蛋、捡破烂的，傻子才会死乞白赖地跟他好！

程仁说：那天我还真是亲眼所见，那女人手上戴着两只黄灿灿的24K金戒指，还有耳坠和项链，都是一色金子的，说不定都是咱家老爷子花的钱。

程礼说：小妹和大哥说得一点儿没错，那女的说跟老爹好了一阵子了，老爷子能不在她身上花钱吗？俗话说，手里没把小米，恐怕连鸡也哄不住，我担心到时候，她会不会乘机再讹咱爹一笔损失费？

程信说：做她的大头梦去吧，白吃白喝白住老爹的，还想要钱，门也没有！

程仁说：你们可千万别小觑了那女的，我觉得她可不是什么省油的灯。

程信说：这么说我们还怕她不成，大不了上法院告她！

程礼说：干脆明天一早，就去跟她摊牌。

程信说：对对对，事不宜迟！

…………

七嘴八舌吵到最后，大伙甚至开始摩拳擦掌了，恨不得马上就冲进父亲家里，把那个小寡妇轰跑为快。

直到这时，一直坐在那里沉默不语的程智终于开口说话了。

程智说：还有一个最重要的情况，不知你们都考虑过没有——万一，我只是说万一啊，他俩偷偷办了手续，就是领了结婚证，咱们现在跑去跟人家摊牌，是不是很可笑？这种情况电视里早就播过，往往都是做儿女的极力反对，到头来人家照样走到一起了。

程信说：姐，那照你的意思，就任其发展下去，我们全都装聋作哑？

程智说：其实，有些话我真的不想说，说了我知道会惹你们不高兴，会伤姊妹间的和气。可这件事情我实在是感到很奇怪，也很痛心。奇怪的是，老爷子跟一个女人好了这么久，甚至已经到了同居的地步，大家居然才刚知道；痛心的是，老人眼里完全没有儿女，没有这个家，这么大的事，他居然也不跟任何一个子女说起。老话说父慈子孝，看看我们这个家现在都成什么样子了！当然我说这话也没有逃避责任的意思，我也是这个家里的一份子，这几年我反思了很多，我觉得自己有时确实非常自私，总考虑自己的那点儿感受，经常忽略了其他人……我觉得做女儿自己非常失败，做姊妹也很不合格。

这番话一出口，所有人都缄默不语了。

五

说好第二天，四个人要在老爹那边碰头的，可是程仁和程智都到了半天，坐在车里左等右等，就是不见那兄妹二人露面。只好再打电话去催，程信不无抱歉地解释，说她婆婆昨晚不小心把脚脖子崴了，非得有人在身边伺候，让他们先谈着，自己一忙完马上赶过来；程智的手机打过去，总是那句该死的语音提示，对不起您拨打的电话暂时无法接通。程智无奈地摇了摇头，说早就猜到是这种局面，二哥鞋底子抹油——开溜了，小妹事出有因一时半会儿又脱不开身，只好让咱俩当出头鸟了。

程仁气不打一处来，用拳头砸了一下方向盘，搞什么名堂？关键时刻一个个都掉链子，我看咱们这个家算是彻底完蛋了，一点凝聚力都没有。程智倒是在一旁劝大哥别生气，说生气有什么用，再说人多嘴杂，他俩不来也成。程仁苦笑一下说，患难见真情，看来这事得靠你了。程智又拿话试探，大哥，你是不是觉得特难为情？程仁不好意思地点点头，啧着嘴说，嗨，谁说不是？这事还真不怎么好开口，毕竟是老人嘛，轻不得，也重不得，你说老爷子这不是给人出难题吗？

程智想了想说，你猜，昨晚睡觉的时候，娇娇跟我怎么说的？她说，你们全都神经过敏，不就是姥爷跟人家谈恋爱了吗，让他顺其自然就好了。程仁怪笑着说，看不出来，这孩子想得还挺开。程智接着说，娇娇还说，人老了就跟孩子一样，既然是孩子，就要按孩子的天性来对待，他有好奇心，也有冲动，你们想扼杀姥爷的好奇心，根本不可能，索性就让他随性去吧，一味地横加干预和阻挠，最终只能适得其反。这就像她班上的那些早恋男生一样，老师和家长越是强烈阻止，人家私下里越是谈得风生水起。程仁完全被娇娇的这通奇谈怪论给说蒙了，但仔细咂摸咂摸，又似乎不无道理。思谋了一会儿，程仁说，问题是，咱老爹毕竟不是孩子，这么一大家子人都看着呢，他也不能太为所欲为了吧，长辈总得有个长辈的样儿。

后来的主意还是程智给拿的，她说这阵子去家里反倒无益，那个女的在场总是不大方便，好多话都说不开，干脆把老爷子约出来，找个地方坐下来慢慢聊。程仁也觉得有道理，就忙把手机拨过去，老人在电话里明显迟疑了一下，口气多少有点生硬。程仁只好开门见山地说，爸，你要是没啥事的话，我和大妹想请你喝个茶。老爹沉默了片刻，才犹犹豫豫地说，也好，我正好也有话说。挂了电话，程仁不无紧张地说，看来这回老爷子十有八九是要跟咱们摊牌了，我怎么突然有种兵临城下的感觉。程智却抿嘴一笑，谁说不是，我们不是眼看都有点逼宫的味道吗。于是，两个人相视苦笑一下，又静静坐在车里等待。

程智盯着车窗外面望了一会儿，嘴里淡淡地说，其实，那天在楼下见到老爹，我连一句话也没有跟他说，小妹一直不停嘴地数落他，我当时就觉得心里特别堵、特别痛，就像是被针扎了一下，这些年我好不容易快把过去的事忘得差不多了，可老爷子偏偏又闹出这么一出，一下子就把我那种归心似箭的好心情全部破坏掉了，我甚至开始后悔，这次真不该冒冒失失带着娇娇跑回家来。可有时，我又觉得，老天像是要有意惩罚我，惩罚一个女儿的种种不孝，说心里话，这几年我对老爷子确实够冷漠了，不管怎么说，父亲终归是父亲，女儿毕竟还是女儿。昨晚躺在你家的床上，翻来覆去怎么也睡不着，后来就胡乱回想当初老妈临走前的情景，她那皮包骨的可怜样子，忽然变得那么清晰，一切都好像是头天刚发生的事。后来不知不觉又迷糊着了，还破天荒地做了一个梦。梦中老妈拉着我的手，泪水涟涟的，看着叫人好心酸啊，要知道这些年我是极少能梦见她老人家的。这次真是奇了怪了，你猜老妈在梦里跟我说什么，她说我的好闺女，你可算回家来了，有件事妈要安顿你，你们千万不要怨恨你爸，他身边的那个女人是我让他去找的，我把他一个人丢在那个空荡荡的家里，不放心啊，要是能有个人给他做做伴，妈在那边也就安心了……

程仁看见大妹眼里倏忽闪起了点点泪光。

父亲大人终于出现了。他的脚步看上去多少有些蹒跚，不再像几年前那样风风火火，兄妹俩的目光就不约而同地从车内转向街对过。这阵子，街上车水马龙的，想横穿过马路并不太容易，那些汽车一个赛一个开得凶狠跋扈，呼啸着在街道上横行，极少数骑自行车的本来就冻得瑟瑟发抖，又被这些车辆挤在中间，不得不使出浑身解数，左拧右拐，摇摇晃晃，个个都是一副亡命天涯的窘相。父亲夹杂其间，迷失了方向似的走走停停，间或，惶惶地抬起头来，朝四下里瞅瞅望望，一时拿不准主意是该前进还是后退。他那半灰半白的头发在人流中晃动得格外刺眼，曾引以为荣的工人阶级最有力的双臂，也已无奈地耷拉下来，变得松垮垮，那发了福的腰身也不再挺拔，相反每往前迈出一步，他都会下意识地用一只手在腰眼处撑那么一撑，像是要给自己注射一剂强力针，才能勉强走下去……

程仁远远看着，心里多少有些不舒服，就顺口说要不要去接他一下。程智马上反应过来，你开着车呢，还是我下去吧。于是，大妹迅速跳下车，朝父亲那边一路小跑过去。多年未回家的闺女，脚步飞快地奔向自己的老父亲，这一幕的确来之不易。程仁始终待在车里吸着烟，透过朦胧的烟雾，他倒是也注意到，父女俩见面时的某种不自然或不协调，就像是两个彼此很陌生的人初识，尤其是，当大妹伸出手去，想要善意地搀扶对方一把的时候，老人明显地往旁边闪躲了一下，不无某种抵触和矫情，一点儿也没有配合对方的意思，客气得实在不像是一家人了。程仁暗想，也许老爹嘴里还在小声嘀咕呢，用不着你，我自己能行。

对，这是父亲的口头禅，记得上次他去父亲家里的时候，就听他说过类似的话，但有时他也想父亲之所以这样说，不外乎是不想表露出自己已经老迈不堪，凡事已经离不开儿女搀扶和照顾了，这一点他多少还能理解。

不过，此刻大妹只是稍作迟疑，并未跟他计较什么，她的动作不无女儿家特有的亲昵和执拗，竟毅然将父亲牢牢地搀扶住了，那感觉多少有点儿要绑架对方的意思。父亲显然也拗不过女儿，只好由着她去了。两个人并肩躲闪着过往的车辆，像是在虚拟的游戏世界里联手闯关，他们总算是双双走过了熙熙攘攘的马路。这种场面对程仁来说久违了，他的心头不由得泛起一股暖意，抑或仅是酸楚，他仿佛要刻意掩饰什么，忙把自己的脸撇向马路的另一边。

好说歹劝，兄妹俩总算是把父亲硬拉进街边的一家茶楼里。若依照父亲的意思，坐在车里谈就可以了，何必再多花茶水钱呢。事实上，这个点喝茶的人寥寥无几，茶楼显得空荡荡的，昨夜腐朽的烟气和茶锈味始终在空气中缭绕着，给人一种邋遢和慵懒的印象。因为没有旁人，他们随便找了个靠窗的位置坐了下来，父亲始终盯着兄妹俩一言不发，又似在察言观色静待其行，那表情说不上是烦恼，还是忧虑。老板打着黏稠的呵欠，服务员尚未到岗，他只能亲自端上来一壶铁观音和两三盘瓜子、杏仁之类。程智先忙着给父亲和大哥各斟了一杯茶，然后才给自己倒了，将茶杯紧紧握在两只手里取暖，袅袅的热气弥漫着三个人，缥缈的茶香中透着些许苦涩，一如生活的原味，而每个人的脸上，都笼罩着一层淡淡的气雾，显得阴郁而迷茫，神情都有些捉摸不定。这中间，程仁和程智互相悄悄对视了一下，像是都在催促对方先开口似的，可最终却是父亲先说话的，老人肯定也是有备而来的。

我的事，你们几个，恐怕是，都知道了吧。父亲半是嗫嚅，半是自语着，说出的话倒是言简意赅直冲要害。等他终于抛出这句也许是早就准备好的开场白后，整个场面就变得更加的不尴不尬。老人似乎并不在意这些，他稍稍停顿了一会儿，像是故意要弄出点儿动静，打破眼下快要腐朽的沉闷，嗞嗞啦啦地吹着杯面，又热热地抿了几口茶，再将茶叶梗咂出嘴皮，突然扭头，呸地一声啐在旁边的地上，才继续说话。本来，我是想缓缓的，过了年再跟你们讲，可这两天都到家里撞上了，俗话说选日不如撞日，我们也不想再瞒着谁了。我跟这个小苏，交往了有一年多，觉得她人不错，心眼好，能持家，照顾人没得说，到了我这把年纪，也不图啥，只要能在家里给做个伴就成了。父亲说到这里忽然刹住口，不无狡黠地望向他们兄妹二人，脸上有种叫人难以琢磨的味道，是豁出去，是木已成舟，或二者兼而有之，甚至还有点儿可怜巴巴的劲，好像一切都是受人指使的，非得逼着他走这步棋不可。程仁偷偷瞥了一眼大妹，对方却始终低着头，在沉思什么，模样凝重。

爸的意思是……你俩非在一起不可了？果然，程智的话一出口，程仁就感到某种直面矛盾理直气壮的讨伐意味了。他生怕大妹再往下说过激的话，忙接过话头说，之前，咋一直也没听爸说起这事，怎么一下子就冒出这么个小苏来？关键是，我们还一点儿都不了解她，她到底是个什么来头，跟你好是真心，还是假意？现在社会太复杂了，尤其她一个寡妇女人，还带着个小孩子，万一是人家精心编好的圈套呢，到时候出了事，可怎么得了，这些情况总得容我们考察考察再定吧……

哪知，父亲不等他把话说完，腾地从椅子上立起来，眼前的茶杯差点掀翻了。老人颌下的那撮短须颤抖着，真是天大的笑话！你们都把我当成三岁娃娃了，好赖人也分不出来？我这辈子过得桥，比你们走得路还多！老大，你给我说说，爸以前上过谁的当，受过哪个的骗？哼，我算看出来了，说一千道一万，你们是诚心不想让我找老伴儿啊，今天老子把话搁在这，你们高兴五八，不高兴四十，反正，我跟小苏已经在一起过日子了，你们几个看着办吧！

程仁见父亲真的急眼了，忙起身拽住老人的胳膊，想让他重新坐回到椅子上，嘴里央求道，爸，你这又何苦呢？谁敢说你的不是，咱们这也就是随便闲聊吗，又不是在开批判大会，您犯不着又急眼又较真的。再说，这大过年的，万一生气窝火，伤了身子咋办？父亲听他这么说，才又呼呼喘着粗气，勉勉强强坐下来，脸色比先前阴沉得更甚。

程智一直都显得比较冷静，父亲冲大哥发火的时候，她始终不卑不亢的，这时她再次说话了，显然这番话是经过深思熟虑的。我觉得，爸说的话一点儿不错，婚丧嫁娶本来就是人之常情，即便是做子女的，也不能随便干涉父母，就拿那天小妹的做法来说，我个人也不太赞成，犯不着跟人家一个女的口角争执。话说回来，这件事打一开头，爸您确实没太顾及儿女们的心情，这个也是事实。您毕竟是上年岁的老人了，膝下又有一堆儿孙，小辈们也都有自己的思想了，别的不说，就拿您外孙女娇娇来说，这两天小家伙的心情就非常郁闷，她说自己都快没有勇气过年了，她甚至还批评了我这个当妈妈的，说我们都太敏感太狭隘了。我承认，我们确实存在类似的心态。可现在的问题是，爸突然决定要跟那个女人在一起生活了，这不能不引起大家伙的猜想和担心吧，所以，我们才变得有些焦虑，有些抓狂，甚至还有些不知所措！爸，我真心希望，您老人家也能设身处地替孩子们想想，替这一大家子人想想，好不好，千万别太感情用事。

程仁觉得大妹到底是姊妹中学历最高的，又常年在大城市里生活打拼，说话就是有分量，至少有礼有节，不温不火，让人不由得要暗竖大拇指，想必这下父亲应该挑不出什么理来了。他心里想着，还是偷偷扫了一眼坐在对面的老人，那张绛紫色的老脸正由盛怒转向羞赧和茫然，不再一味地吹胡子瞪眼，也不再高高在上，而是片刻地沉默下来，说明这些话他还是能听得进去的。这时，程仁又听见大妹语气不无沉重地叫了声爸，然后照直说下去了。

本来，昨晚我们几个都碰过头了，约好今早都来家看您的，可现在的情况您也看到了，别人好像都有不来的理由，可我和大哥必须得来，而且，弄不好可能还得惹您老人家动怒发火，过不好这个年。但是，我们完全是为您和这个家着想的，毕竟妈她老人家现在不在了，她走得太早，把好多事情都留给了您和我们，您想追求晚年的幸福生活，这无可厚非，只要合情合理，我相信大家都能理解和接受。不过，您是不是也要稍微考虑一下孩子们的感受？单这一点，我觉得小妹那天虽说做得有些过分，可那也合乎情理，在没有取得孩子们的赞成以前，那个小苏就贸然留宿在家，这多少是有些不太妥吧，毕竟那个家是我妈曾经住过的地方，那里有儿女们太多太多的记忆，谁也不想亲眼看到，自己最美好的回忆随便被外人践踏吧，小妹那天之所以出言不敬，我想跟这个不无关系。那个女人不明不白住在咱家里，确实让谁都觉得不太舒服。所以，我觉得当务之急是，能不能让她先从家里搬出去，至少，等我们一家子人团团圆圆地把这个年过完再说吧……

父亲活像一头老牛哞地抬起头，脸色青铁铁的，身上仿佛挨了谁重重一鞭子，他双手一撑劲，忽地从椅子上立起身，颌下的灰白胡须根根都在扑颤着，脸色真的已经相当难看了，几欲发作的程度。可大妹说话的方式和声调语气，无论如何都不足以促使他当场爆发一场牛脾气，他才又忿忿然地，无可奈何地垂下头思谋着什么了，最后低调而恼羞地咕哝了一句，啥破茶嘛，喝得人直想上厕所……就闷声闷气地转过身，呼哧呼哧走开了。

临街有无聊的家伙往空中扔双响炮，大清早的那种突兀的叮咚声，听着着实有点儿惊心动魄。两个人这才意识到，明天可不就是大年三十了。

六

跟往年除夕相比，今年家里人头最是齐全。程仁之前少不了又挨个给弟弟妹妹安顿了一番，说凡事都要以大局为重，眼下先把这个年对付完再说，所以，去老爷子那边吃年夜饭，谁都不准再提那件事。大伙虽然表了态，可都觉得，大哥分明有些前怕狼后怕虎的，依照小妹的说法，就算这个年不过了，也决不能跟老爷子妥协，否则，家里就得多出一个小妈了。程仁皱着眉头道，这不是妥不妥协的问题，关键时刻你们一个个鞋底子抹油，溜得比兔子还快，到时候还不是把我跟程智晾在那里，当你们的替罪羊了，还好意思说这说那。小妹那张嘴巴这才让堵瓷实了。

当大伙浩浩荡荡涌进父亲家里的时候，所有人都怔住了，客厅里已经满满当当摆好了两桌子酒菜，冷热荤素大鱼大肉海鲜蔬菜搭配得十分齐全，孩子们喜欢的饮料，男人们要喝的白酒，女人们钟情的红酒，一切都应有尽有。往年这些事情，都要等儿女们到全了，大伙齐动手去张罗，今年父亲却来了个大刀阔斧的改革，甚至就连饺子也是现成的，就等一会儿下锅了。程仁那颗始终悬着的心，才算咽进肚子里，他真怕昨天茶楼里的谈话惹怒了老爷子，搞得这个除夕夜冷锅冷灶没法过去，现在看来，父亲终究还是识大体的，到底也是个老革命，这点觉悟还是有的。

小妹进屋先神神秘秘满屋子转了一大圈，感觉像个十足的暗探，后来她还把程智单独拉进卫生间，反手锁了门嘀咕，咦，太阳从西面出来了，老爷子今儿是怎么了，我咋觉得像是要给咱们摆鸿门宴呢？程智倒是看得开，说即便是鸿门宴，那也是老爹亲自摆下的，咱们呀，只能照单全收。小妹又狐疑道，这些菜八成是那个女人准备的吧，她知道咱们这个点要来吃晚饭，所以趁大伙来之前开溜了。程智说，眼不见心不烦，只要今天她不露面就行。小妹还是疑神疑鬼地，说她总觉得今天情况不太妙。

两人扯悄悄话的工夫，父亲已经开始招呼大伙上桌了。一时间，板凳桌椅的腿儿吱吱乱响，儿子儿媳女儿女婿坐了一桌，另外一桌由娇娇跟几个小兄妹坐了，明显的，这代人要比程仁他们更活跃也更欢乐，气氛一下子就被搞热乎了。父亲很可能是被这群叽叽喳喳的小家伙感染了，他说难得娇娇能回来过年，非要凑过去跟孩子们挤在一起热闹热闹，他还给每个孩子挨个发了压岁钱。这种时候，大家倒觉得老人还是挺可爱的，多少还有点儿老小孩的样儿。接下来，父亲提议儿女们共同举杯，跟往年一样，他大概又要发表热情洋溢的春节祝词了。每年，父亲的祝酒词都是洋洋洒洒长篇大论，从国际局势到国内形势，再到一家老小吃喝拉撒睡，可以说是高瞻远瞩面面俱到，逗得大伙捧腹发笑，而每次几乎都是在小妹的强烈抗议下，父亲才不得不草草收兵偃旗息鼓。哪知，今天大伙刚刚站起来，正准备洗耳恭听的时候，外面却有人敲门了，大伙就有些纳闷，娇娇刚去把门打开，一个满头银丝弯腰驼背的老太太颤巍巍走进来了，竟是程仁他们的老姑母——父亲这辈人总共姊妹五个，另外三位已相继谢世了，如今父亲在这世上只剩下这个唯一的老妹妹了。

老姑母来了，大伙自然少不了寒暄一番，小辈们又挨个过来给老人鞠躬拜年，之后老姑母才被程仁他们让过去坐了那桌的上席。小妹冲坐在身旁的程智挤了挤眼，压低嗓门说，看吧，我就说没那么简单，这回人家怕是救兵来了。话音虽小，还是让程仁听到了，他赶紧冲她俩摇头挤眼，意思是千万别造次。

酒喝到第三圈时，桌上的菜也动得差不多了，父亲那桌的孩子们早让糖果啦鸡腿啦鱼虾啦饮料啦撑得肚皮溜圆，一个个就不愿意再乖乖地坐着了。很快，娇娇就让几个表兄妹拉扯着呼噜呼噜下去玩了，楼下顿时传来一阵鞭炮和蹿天猴的吱吱响声，孩子们在外面大呼小叫，年味一下子被他们喊得浓俨了。屋里的大人似乎也受到孩子们的感染，也都喝得更欢畅起来，猜拳行令，频频举杯，面红耳赤。这中间，程仁带着姊妹几个依次给老姑母和父亲敬了酒，父亲今天海量，跟每个儿子儿媳女儿女婿都干了满杯，尽管大伙一个劲劝他少喝点，意思意思就行了，可他打着酒嗝坚持道，没事，今儿爸高兴，咱这一大家子难得这样团聚。

后来父亲就栽晃着身子走到程智跟前，他嫌美中不足的是，大妹的女婿没能一起回来过年。程智忙解释事出有因，又保证来年春节一定让娇娇爸爸也回来，陪老爷子好好喝一场。父亲笑笑说，回不回来其实也不重要，只要你们有那个心就好。显然，父亲话里是有话的，程智知道老人还是在挑她的理，就忙举起酒杯说，爸，都是我们不好，现在我替娇娇爸爸再给您敬个酒，以前做的有啥不周的地方，您千万别往心里去啊。说着，跟父亲手里的杯子挨了一下，一饮而尽了。父亲大概还想说点什么，程仁忙过来打圆场，说大妹其实早想回来了，今年清明节就跟他提过这事，他说统共放两天假，来来回回尽坐飞机玩了，就没同意，上坟的时候他还在老妈跟前叨叨过这事呢。父亲听了这话，也就不好再怨什么了，便吱啊一声喝了大妹敬他的那杯酒。或许是母亲的话题太过沉重，尤其这种时候被抛出来，欢乐的气氛中平空注入了一股悲情的味道，虽说是有点不合时宜，但又能恰到好处地遏制某种不良情绪的滋生繁衍。

父亲后来又连着喝下了五六杯，终于栽晃着身子趴在桌上，脑袋不受控制地左右乱歪歪。老姑母这时就怪怨起来，你们几个也真是，咋让你爸喝那么多，一点儿都不知道心疼他。回过头就指使程仁程礼，赶紧把他架到床上去歇着，又让两个儿媳妇沏了浓茶，端过去好给醒醒酒。在这个家里除过父亲，就数老姑母德高望重了。父亲老早以前常跟孩子们念叨，说他小的时候，姑母跟他最亲最近，家里有好吃的，都互相惦记着对方，妹妹犯了错，哥哥总是替她扛着；妹妹在外面受了坏孩子欺负，哥哥总是不顾一切跑出去给妹妹出气，经常被打得鼻青脸肿；哥哥大了要结婚了，是妹妹连天连夜一针一线给他赶制的新婚喜被；等妹妹出嫁的日子，哥哥一直把妹妹送到婆家去，临走不忘瞪着眼睛给妹夫交代，这辈子要好好待她，不然准没他好果子吃，吓得新妹夫半天不敢吭声。后来，哥哥有了孩子，工作忙分不开身，半个月才能回一趟家，又是妹妹大老远跑来帮着伺候嫂子和带孩子，程仁姊妹小时候真没少给姑母添乱。可惜的是，姑母一生也没生下一男半女，姑父年轻时常常为这事跟她吵吵闹闹，有时姑母实在气不过，就赌气跑回哥哥家里住上一阵子散散心。母亲在世时嘴里总记挂着姑母的种种好处，说当年要是没有她帮衬，真不知该怎么办呢，所以，母亲在去世前也没忘叮嘱儿女们，将来一定好好好孝敬老姑母。

等把父亲伺候着在床上躺安生了，老姑母才又提议说，让你爸睡他的觉去，可也别浪费了这一桌子好酒好菜，咱们娘儿几个好好乐呵乐呵。难得姑母今天兴致这么高，大伙当然得众星捧月般围着她，又重新坐了。桌上的菜都凉了，程信自告奋勇，端进厨房里挨个热了一遍，程智帮忙打下手，新的一瓶酒又打开了，兄弟姊妹又说要好好敬敬老人。这时，老姑母却摆摆手说，咱也改改规程吧，以往都是男人当酒令官，今儿这个酒令官就让我老婆子也过过瘾。大伙没有不同意的，都说人老了像孩子，看来老姑母也不例外。于是，程仁就把刚启开的那瓶白酒款款放在老姑母面前。老姑母很郑重地把椅子往桌前拉了拉，又把身子坐端正了，才冲大伙说，酒桌上谁官最大？然后她拿手指着自己说，当然是我老婆子，所以你们今儿都得听老姑母的，谁要是不听话，就乖乖罚上一杯。说着，她已颤巍巍地拿起酒瓶，往自己眼前的三个杯里倒酒，老人手抖得厉害，酒水都洒到外面去了，程仁本想伸过手去代劳，可老人摇着头拒绝了，你是这家里的老大不假，可我这酒令官挂了帅，凡事都得按我的心思办，你就算是天王老子也没用。

老姑母的认真劲，还真把大伙逗乐了。老人自己先端起杯子喝了一满杯，才吱吱咂着嘴皮说，咱也别高声大嗓地划拳了，吵得四邻不安，也没啥意思，干脆这样办吧，你们每个人都给老姑母讲一段自己小时候的事，不过可有一条，不管谁讲啥事，都得是跟爹妈有关的，谁若是跑了我这个题，就得老老实实把这三杯酒都喝光。别说，老人的这个建议还真有点儿新意，于是，大家或低下头或闭上眼开始静静寻思。

程信脑子转得最快，头一个举手要发言，老姑母目光慈爱地盯着最小的侄女说，哼，还别说，你们几个里面就数老四的故事最多。程信说姑母的意思是嫌我小时候太皮了呗，这话惹得大家都哈哈笑了。程信就大大咧咧讲开自己的故事了。她说上小学那阵子，有一年春节，爸妈在伙房里忙着做红烧肉，大锅里煮了满满一锅肉块，肉都是老爸一刀一刀切出来的，四四方方的，看着好喜庆，老妈负责煮肉，撇锅里的肉沫子，让她往灶里添柴火，火苗子呼呼叫着，伙房里的肉桂香气越来越浓了。她实在是禁不住诱惑，就老抬头往锅里瞅，汤花正在翻滚呢，发白的肉块一起一伏，快馋死人了。这时，她发现伙房里只剩下她一个人，爸妈都不知上哪里去了，大人不在正好，她就用大漏勺捞起一块，拿嘴就去啃，差点把她烫了个半死，肉却还硬邦邦的，根本啃不动。她气得又把肉扔进锅里，嘴皮子火辣辣疼，越想越来气，就想再能搜腾点什么解解馋呢，翻腾来翻腾去，就在碗橱的最里面找到了一小罐蜂蜜，那是老爸专门买回来做红烧肉上色用的，她早就垂涎欲滴了，可一直被老妈像宝贝似的锁在斗橱里，没想到这阵子它却鬼使神差地现身在厨房里，想来是老天爷特意犒赏她的。她猴急慌忙地拿小勺子蒯了往嘴里送，甜死了，美死了，那滋味真叫一个幸福，心说蜂蜜真是世上最好吃的东西。这样左一勺右一勺，一小罐蜂蜜转眼蒯下去了一大半，眼看要见底了，这时她听见外面有脚步声，忙撂下罐子，躲在灶坑前，假装埋头干活……

讲到这里，程智他们都快笑破肚皮了，都说怪不得你是家里最胖的，原来小时候偷吃了太多的好东西，那年你害得咱仨都受了株连，爸妈鼻子不是鼻子脸不是脸的，把我们挨个审贼一样审了一遍，没想到都是你这个小偷干的好事。老姑母也笑得流了眼泪，她揉着浑浊的老眼说，老四那时候没一点儿姑娘样，整天猴高爬低的，难怪你们爸妈总跟我叨叨，说这丫头将来可嫁给谁呀。程信就绯红着脸说，姑母他们都讨厌，人家故事还没讲完呢，就一个个跑来乱打岔，全都该罚酒了，每个人必须喝一满杯才成！老姑母止住笑声说，别看我上岁数了，可这眼不花来耳不聋，你刚讲的那些个都跑了题了，赶紧自个喝一杯吧。程智附和说，就是就是，小妹尽讲她自己了，压根没有爸妈什么事，理该受罚的。程信还想抵赖什么，早被她身旁的两个嫂子端了酒围住硬灌了一气。气氛一下子就活络起来，大伙都在绞尽脑汁琢磨该讲点什么好，程礼平时不吭不哈，今天喝了酒也变得活跃起来，争着说该他讲一讲了。

程礼说在他念初中那会儿，不知怎地就迷上了跳迪斯科，那时上课下课老想着去跳舞的事，礼拜六和礼拜天总往街上跑，去赶工人文化宫的群众舞会，学习成绩眼看就掉下来了，老师非让他请家长不可，他当然不敢让老爸去，就扭屁虫似的给老妈做工作，让她去学校随便应付一下老师，还央求她千万别跟老爸说起这件事。可老爸后来不知怎地，还是知道了他赶舞会的事，有一晚他跳舞跳得太尽兴了，竟忘了时间，结果等人家舞会散了，他到外面一看，晚上偷偷骑出来的老爸的自行车没了，满场子找了老半天，连个车影子也没有，后来只好灰溜溜回家了。那时一家还住在平房里，院门已经上锁了，他怕惊动家人，就蹑手蹑脚翻墙爬进来，可做梦也没想到，老爸一个人坐在院里葡萄架下的小马扎上，正气呼呼地抽着烟等他呢，看来东窗事发了，他吓得打了两个激灵。老爸声色俱厉问他，这么晚到底干啥去了，他撒谎说去同学家补习功课了，老爸又问是哪个同学，他随便胡诌了一个名字。老爸又问那自行车呢，他说落在同学家了。老爸听完二话不说，转身去煤房把那辆自行车推了出来，他这才傻眼了，知道老爸整个晚上都在盯他的梢。扯谎的代价当然是巨大的，老爸后来进屋把书包拎出来，挂在他脖子上，然后默默地打开了院门，一本正经地对他说，你这个扯谎溜屁的小混蛋，老子再也不想管你了，你爱去哪个同学家，就去哪个同学家，从今往后，这个家你休想再踏进一步。那晚不管老妈后来出面怎么苦苦求情，哭鼻子抹泪，老爸自始至终都没有松口……那以后他才痛改前非开始好好学习了。

程礼一口气讲完，他似乎忘了老姑母先前的规定，竟自己主动端起一杯酒爽快地喝了下去，像是在惩罚当初自己的少不更事，大伙也没在意，只顾低着头想心事。唯独程智注意到了这个细节，就说，我们仨光记着二哥一直被妈娇生惯养着，真没想到他也有过败走麦城的一段呢。程礼讪讪一笑道，现在你们知道了，其实老爷子当年对我够狠的，大半夜的硬是把我撵到大街上去流浪，这辈子我都忘不了那种滋味啊。老姑母接过话头说，你爸那叫恨铁不成钢，要是都像你妈那样只顾护犊子，你后来不知怎么样呢。说着，老姑母就把目光移到程智脸上了，咱们的三尖尖打小性子就倔，也没少惹爹妈生气，我说的没错吧。于是，程智就接着姑母的话题说，老姑母记性可真好，我这个人用身边好朋友的话说，就是太以自我为中心了，还有那么点儿自以为是，所以总是忘了考虑别人的感受，到头来惹得姥姥不疼舅舅不爱的。程仁听了就说，大妹这话算是说到点子上了。程信马上道，大哥故意打岔，姑母该罚他一杯！老姑母点点头，说老大多嘴该喝。程仁只好抿了一口。

于是程智言归正传。说起来，咱们每个人跟爸妈都有太多太多的过往，他俩辛辛苦苦把咱们拉扯大不易，一转眼老妈走了也好几年了，老爸也到了该颐养天年的时候了，今天我突然就想起来，那年我要去外地上大学了，老爸那阵子整天喜笑颜开的，说心里话，他这个人一直不苟言笑的，我一直觉得他不够亲切，可那年他一下子变得有些奇怪，跟换了个人似的。记得我出发前，爸非要在家里张罗着摆两桌酒席，用现在的时髦话叫谢师宴，那时好像还不兴上街吃，当然街上也没那么多馆子。家里那次真叫一个忙乱和热闹，老爸几乎把我从小学到初中再到高中的所有班主任和主要代课老师都请来了，我记得那天就是咱妈和姑母在厨房忙乎吧？老姑母听到这里，一个劲点头称是。程智接着道，就在那天，咱爸喝高了，后来醉得一塌糊涂，我们老师跟他说了好几声再见要走了，他死活从后面拽着人家的自行车坐架不撒手，嘴里一个劲说，没把老师陪好抱歉得很，老师客气地说喝好了喝好了，老爸又说你们把我闺女培养成大学生，这个恩情喝多少酒也报答不了。就那样，他一直缠着老师不让出门，后来老师对我说，这辈子他教过那么多学生，还就数咱爸是最重情义的一个人……可不知为什么，就在老妈走的那年，我又觉得咱爸是这世上最残酷最薄情寡义的人，我确实打心里恨过他，因为我总在想，当初要是他不执意做那个决定，也许咱妈还能多活几年，我知道自己这种想法其实很偏执，那种病根本不以谁的意志为转移，不是想治好就能治好的，可我的心里就是结了个死疙瘩，好多年总也解不开，我不是不想回家，而是不敢回来，怕一到家往事都涌上心头……程智说到这，眼泪早已经止不住淌下来了。老姑母也跟着动了感情，一个劲地揩抹着皱巴巴的眼圈，干瘪的嘴唇嗫嚅着，好闺女，这大过节的，咱不提那些陈芝麻烂谷子了……

终于，轮到程仁开讲了。他想了想说，我干脆给大家讲个小故事助兴吧。说从前，有户人家，家里生了姊妹四个，老大是个聋子，老二是个哑巴，老三是瘸子，老四呢，偏又是个瞎子。未等程仁再往下讲，程信早笑得前仰后合，说大哥真有你的，你不是拿他们比咱们四个吧。一时逗得大伙都乐了。程仁倒是不动声色，继续讲他的故事。说有那么一天啊，爹又在外面喝得酩酊大醉，他脾气本来就坏，回到家指桑骂槐地又跟老婆掐了起来，他嫌弃老婆这辈子太窝囊，尽给他生了一堆废物，将来连个养老送终的人都没有。两个人越吵越凶，后来还真动起手来，妈无端地挨了爹的辱骂和耳光，实在是气不过，就哭着鼻子一口气跑回娘家去了。爹呢，醉醺醺地倒在堂屋的炕上，只顾呼呼大睡，两口子都忘了灶里有火，锅里煮着饭。结果，这柴火就引着了灶房，火越烧越旺，转眼间就把整个家院烧成了火焰山样。好在那天，老大老二都在外面玩耍，别看老二说不出话，数他耳朵最尖，老远就听到了家里的动静，忙给老大用手使劲比画。老大看明白了，拉起哑巴弟弟的手拼命往家跑。老三老四平时基本都待在家里，不怎么出门去，爹妈大吵大闹他俩当然都听到了，后来大火烧起来的时候，多亏了老三，用双手一点一点爬进堂屋，先把老四从里面拖出来，自己又不顾危险爬进堂屋去救人，爹身子太沉了，又醉成一团烂泥，即便用上吃奶的力气也搬不动，就在这个节骨眼上，老大老二双双赶回来了，兄弟俩赶紧冲进火海，总算是把爹拖了出来。

姑母最后听罢才说，你们个个都讲得好，老二和老四呢，讲自个小时候怎么调皮捣蛋，怎么惹爸妈生气了，听着让人又想笑啊，又想抹眼泪；老三讲爹妈对自己的养育恩，和自己对爹妈的情义，我觉得做闺女的应该像老三这样，得时时刻刻记着爹妈的好处；老大听着是在讲故事，可这里头有咱们做儿女的大道理在呢，子不嫌母丑，狗不嫌家贫嘛。姑母今儿也想就着你们几个的话，多唠叨两句。我知道你们这些天气都不顺，老人的事让你们烦心了，其实想开了，这又有啥呢？你爸这辈子说起来也够难肠的，打小小的时候，就没了爹妈，全凭兄弟姐妹互相帮衬着带大，不大点儿就跟着老钳工师傅做学徒，半夜里还要给人家端尿盆子，啥样的苦没吃过，啥样的罪没受过？后来好不容易在工厂站稳脚跟，从学徒工转成正式工，自个后来也当上了师傅，一个月能挣几十块钱养家了。说起来，你妈当年就是他一手带出来的女徒弟，一来二去两个人有了感情，再后来就有了你们这个家，有了你们姊妹四个。虽说这工人家庭的日子过得紧紧巴巴，也总算是把你们都养大成人了，可谁能想到你妈福分浅，偏又半道得了那么个症，撒开手撇下你爸走了。俗话说，亡人先升天界，这活人还得好好活着啊，你们都有各自的小家小业，兄弟姊妹，各锁柜子，可你爸还得守着这个空房子，一个人吃，一个人睡，一个人活，身边连个说话的人都没有，想想他一个人能不孤清得慌吗？依我看啊，孝就是顺，顺就是孝，他眼看奔七十了的人了，人活七十自古稀少，他还能活多长呢？你们的心思我老婆子最清楚，嫌他不吭不哈就找了个伴，嫌他老老几十岁，还挑那么年轻的，其实这有啥呢，这世上男人哪个不喜欢年轻貌美的，真要找个七老八十的丑八怪，恐怕你们还不答应呢，就算放开了让他可劲地找，顶多也就剩下几年光景吧。我们都老了，说得再难听点儿，黄土末子眼望就盖到脖颈上了，都是有今没明儿的人，你们做儿女的，但凡能顺着老人的心思，就都顺着点呗……

七

大年初一上午。儿女们自然还要上门来的，得好好给老人拜个年，可去那里才知扑空了，狠敲了半晌门，也没一丝一毫回音。大伙忽然有种不好的预感，以为老人的身体出了什么状况，毕竟昨天酒喝得高了些，好在程信身上有现成的钥匙，急忙动手拧开了房门，这才知晓家里已然人去楼空了。

一伙儿女如无头苍蝇满屋子乱撞，南屋、北屋、厨房、阳台，就连小小的卫生间也没逃过，搜寻的结果是，老爷子居然结结实实给大伙唱了出空城计。真是叫人匪夷所思！这大年初一的，他人能上哪去呢？按理说么，每年初一这天，父亲总是一清早就穿戴齐整，一个人坐在屋里静候儿女们的到来。这是一年当中最当紧的日子，儿孙团聚，其乐融融，这一天父亲会给几个小孙子小孙女压岁钱，儿女们也都各自给老人备了年礼，什么营养滋补品、服装鞋帽、便携式老年人健身器等等，都是孝敬老爷子的好东西。众人寒暄一会儿，父亲便会招呼大伙赶紧上桌子开始激战——打麻将。这种时候，老爷子很有些老将出马的架势，他常年都在小区外面的棋牌乐里摸牌打发时间，可谓寒暑不断，比他过去上班时还要准点，牌技自然不赖，什么清一色、一条龙、对对碰，时不时还下一两道鱼子，玩得那叫一个顺风顺水，又兼老谋深算，几乎总是他在和牌赢钱，惹得孩子们个个龇牙咧嘴不停抱怨，说这哪里是在玩牌，纯粹是给老头子送银子来了。老爷子始终在那里嘿嘿乐着，一副多多益善的老财迷相，嘴里还不住地叨叨，准备银子喽准备银子喽，这把非自抠不可。

还是娇娇眼睛最尖，她无意中一抬头，就发现客厅冰箱门上贴着一张字条，急忙撕下来递给妈妈。程智拿在眼前扫了一眼，上面写着：这两天我答应陪小苏出去转转，你们就好好过年吧，千万别惦记我们。这张字条真不啻为一枚重磅炸弹，轰隆一声巨响，把所有的儿女都惊呆了：老爷子准是疯了，大过年的竟撇下一大堆儿孙，带着狗屁小寡妇出门逍遥快活去了，这算怎么一回事！直到这时，程仁他们也才如梦方醒，原来昨天的和谐欢宴确是早有预谋的，一切都是为了今天打铺垫的，包括老姑母那番语重心长的话，甚至还有父亲的酩酊大醉，大伙全都不明就里地钻进了该死的圈套中。

儿乎每个儿女都被这张该死的字条给激怒了。程信简直气不打一处来，嘴里直嚷嚷，看吧，看吧，我昨天就说，老姑母准是咱爸搬来的救兵，专门来和稀泥的，这回你们都信了吧，人家这叫缓兵之计，我们就像大哥故事里讲的聋子瞎子，都傻乎乎地让骗了！更好笑的是，等现在什么都明白了，可咱们只能待在这里，一个个像个瘸子似的，追不能追，撵不能撵。

一时之间，大伙的心情都变得莫名而复杂，那个女人到底有什么好的，老爷子非要铁了心跟她好去，难道儿孙们都不重要，难道大伙还比不上一个寡妇？这个问题再度困扰着每个人，如果说此前不过是怀疑和揣测，现在事情完全坐实了，父亲就是这么孤注一掷，一意孤行，甚至不再需要隐瞒什么，白纸黑字，写的再清楚明白不过：他就是要选择这种好日子，光明正大地带上小女人出门逛去。自然，又少不了一番七嘴八舌的热议，就像联合国临时召开安理会，绝大多数常任理事国都认为非得予以严厉制裁，否则不足以平民愤，而那个手持木槌准备一锤定音的重量级人物，已经被吵得头晕眼花了，完全失去了自己的主张。这种时刻，程仁忽然觉得，做大哥真是一件吃力不讨好的事，弟妹们的矛头基本都指向了他。

程信忍不住先发飙了，这事明明都怪大哥，昨天偏不让我们提，现在人家远走高飞了，看你怎么收场！

一向对家事有些漠不关心的程礼，这阵子也不无狐疑地质问起了程仁，大哥，我老觉得你是不是有啥事瞒着我们？

老二，别扯淡了，我能有什么好隐瞒的？程仁脑门的青筋都蹦起多高，他觉得自己真是有口难辩了。平心而论，这次父亲的事他确实知之甚少，他已经记不得有多久没有好好跟父亲坐在一起聊一聊家常了，更不要说是这种本来就难以启齿的个人感情问题，因此，对于父亲的最新的思想动态，他完全忽略掉了。或者说，父亲在他心目中，早已经垂垂老矣，老胳膊老腿，定了型的，不会再发生任何改变，就如一株大半截都枯朽了的老树，根本不可能再度回春，不过是一天天挨光阴，混吃等死罢了，他又何曾想到过，老人会有这方面的需求，而且，会如此的强烈，不择手段。

这一伙人里，唯独大妹还算比较理智，她见大哥脸色已十分难看，就过来打圆场说，事到如今了，咱们就别怪天怪地的，要怪就怪咱们自己，都太麻木了。可小妹还是不依不饶，她乜斜着白眼球说，大哥就是把她的话当耳旁风了，她明明打过几个电话提醒过他的，要是大哥能及时跟老爷子谈谈，做做工作，事情也不至于发展到今天这么荒唐的地步。程仁简直快被妹妹给气晕了，他竟像个大男孩似的蹲在地上，双手胡乱搓揉着头发，俨然一副失败者的沮丧嘴脸，他不满地咕哝着，谁说没谈，前天到底是哪条小狗约好去见老爹，临时又不露面的？程智见大哥真的急眼了，又忙补充说，我和大哥确实跟老爷子摊过牌，结果怎么样，你们也知道，老爷子在茶馆里说是要去上卫生间，可他自个一道金光溜了，把我跟大哥傻傻地晾在那里。

大伙吵吵得正不可开交的工夫，程仁的手机忽然叫了起来，掏出来一看却是儿子打来的。他正憋着满腔的火气没处发泄，便抓起手机，大声吼嚷起来，你个臭小子，还记得你老爸的死活啊，大过年的不老老实实回家，就知道一个人在外面躲清静，你还是不是咱程家的长孙了！

儿子在电话那边一个劲给程仁赔礼道歉，最后才言归正传说，爸，你听我解释好不好，不是我不想回家过年，主要是因为，爷爷说他好多年没出过远门了，在家呆着闷得慌，他想趁着过年这几天来南方转转，我正好又放寒假没事，就帮忙订了机票和旅馆，爷爷还要让我一定替他保密，现在我已经在机场等着接爷爷呢，所以，才斗胆敢给你们打这个电话，我这也算是替爸妈尽了孝心，没有功劳总还有苦劳吧。

儿子说得轻轻松松，程仁却觉得自己仿佛石化了，呆住老半天没了言语。现在的情况是，就在他们兄妹几个对父亲的行为指指点点不恭不敬的时候，儿子却在遥远的南方全心全意地恭候着爷爷的到来。且不论事情的对与错，单就儿子的懂事程度和一番孝心，这屋子里似乎谁也比不了。程仁只是茫然地冲手机哦哦了几声，最后才尽量平缓语气说，那你小子可要多费点儿心，爷爷我就交给你了。儿子马上给他打了保票，让他放一百二十个心，说已经把接下来几天的行程都替爷爷安排好了，一定会照顾好老人家，让他开开心心的。

当程仁一字不落地将这个突来的消息通报给大家的时候，房间里至少安静了一刻钟，每个人都变得有些心事重重的。

又是程信率先打破了沉默，她气冲冲地说，这到底算什么？老爸这分明就是成心的，表面看他是想出去转一转，可实际上呢，还不是想通过这事逼咱们就范，这叫和平演变，到时候生米煮成熟饭，我们几个还能怎么样？

这次程仁当机立断打断程信的话道，小妹，你也别太胡咧咧，咱爸还不至于那样阴险吧，再说退休这些年，他确实哪里也没去过，这回能出去散散心，又有大孙子陪着，我看也不是啥坏事情嘛。

程信听了，很不服气地梗着脖子道，那他干嘛神神秘秘的，还非要带上那个狐狸精？搞得跟要去私奔似的，成啥体统嘛！

没等程仁再开口说什么，程礼也在一旁添油加醋，就是嘛，大过年的，亏他怎么想出来的！八成都是那个坏女人挑唆的！

这下，程信总算是找到了帮手，忙附和道，二哥这话在理，反正都是咱爸花银子，人家落得个潇洒开心，免费旅游，谁不喜欢。

程仁实在不想再听他们这样东拉西扯，就说事情已经这样了，总不能把他们追回来吧。

哼，追是追不回来了，可大哥你得好好给你儿子叮嘱叮嘱，让他千万把爷爷给盯紧了，别让那个狐狸精钻了空子！

程信回头说这番话的时候，眼神中忽然有种很狡黠的东西在闪烁。

够啦！够——啦！！

一直站在旁边安安静静的娇娇，突然失声尖叫起来。少女激愤的声音里几乎带着歇斯底里的味道，一下子就把在场的所有长辈全都震住了，霎时，房子里变得鸦雀无声。程智稍一愣神，简直有点儿不敢相信自己的耳朵，当她意识到，那种可怕的尖叫声是从自己女儿那副柔弱的身体里迸发出来时，才红着脸不无尴尬地快步走过去，狠狠瞪了娇娇两眼。

你疯了，乱嚷什么？这里哪有你小孩子家说话的份！

这个时候，娇娇的脸色的确非常难看，眼神中迸射出豁出去的味道，胸口正往外一鼓一鼓地，做母亲的还从未见自己的孩子这样激动过呢。

不等程智再次开口说话，娇娇就像打开了的话匣子，一股脑地冲大伙道：

你们口口声声都在数落姥爷的不是，好像姥爷真的让每个人都蒙羞了似的，可我觉得你们更有问题，姥爷不辞而别，他偌大年纪，出一次远门多不容易，可你们有谁真正关心过他的健康和平安，你们在乎的只有自己的面子，你们太自私了、太冷漠了！

程智压根没料到，一向文文弱弱的乖乖女，讲起话来竟跟大人似的，一套一套的，又那么地不知轻重，她的脸上再也挂不住了，忙低着头用力推搡着娇娇的肩膀，想要把她弄到别的屋子去，绝不能再由着孩子信口雌黄了，但娇娇此刻就跟犯犟的牛犊似的，任凭谁也休想搬得动她。

娇娇变成一只好斗的小母鸡，一边用力反抗母亲的推搡与拉扯，一边继续向所有人嚷道：

妈，你别管我好不好，你就让我把话说完，这几天人家都快郁闷死了，要是不说出来，我会活活憋死的！本来好好的一个年，这下都让你们给搅黄了，就算姥爷真想跟那个女人结婚，那又能怎么样，地球又不会毁灭，世界末日也不会到来！再说，姥姥都走了那么久，姥爷又没犯哪门子法，难道他再婚了，从此就不再是姥爷了？还有，你们是否想过，也许将来有那么一天——对不起，我只是假设——假如你们自己也遇到跟现在姥爷一样的状况，你们希望自己的孩子——也就是在座的我们——怎么来对待你们呢，是置之不理，还是冷嘲热讽，横加干涉……

程智万万不能再允许女儿这样唐突下去了，她实在是忍无可忍，猛地挥起手来，给了娇娇一记耳光。

放肆！你这孩子，也太没大没小了！

耳光声太响亮了，啪的一声，像炸开的炮仗，一时间屋子里的人又全都愣住了。

那一刻，娇娇惊愕地拿手捂着涨红的脸蛋，滚滚的泪珠儿就在眼眶里直打转，她狠狠地咬了咬嘴唇，鲜红的樱桃般的下唇便留下一排清晰的牙印。最后，她愤愤地撂下一句，你们太让人失望了，就头也不回地冲进卫生间去，并随手锁闭了房门，只闻得水龙头哗哗啦啦在响。

八

父亲回来的那天已是正月初八。

程智娘俩是搭乘头天傍晚的航班飞走的，程仁依然开车去机场送行。一路上，娇娇始终泪眼迷蒙地望着车窗外，一语不发。那天之后，娇娇跟母亲的关系一直很僵，以至于吃饭两个人都不愿在同一张桌上坐着，谁也不想跟谁说一句话，或许，孩子正处在青春期的缘故吧，有些叛逆情绪也在所难免的。程仁尽量在她们娘俩中间周旋和调停，可这小姑娘身上确实有股子罕见的倔劲，可以毫不夸张地说，跟少女时代的程智几乎一模一样。所以，他才半开玩笑地劝程智说，有其母必有其女，你就原谅孩子吧。

分别的一刻，程智用力跟大哥拥抱了一下，同时，若有所思地说，这些天她反反复复想过了，老爷子的事还是顺其自然吧，老姑母说得在理，就算放开了让他找，还能找几个呢，只要他自己觉得晚年幸福就好。她还提及当年母亲那桩事，说她其实早就原谅了父亲，她相信父亲是疼爱母亲的，所以才能断然做出那个不得已的决定，这些年她只是一直不能说服她自己。现在，一切都过去了，明年这时候，她保证一家三口会一起回来过年的。

大人说话的工夫，娇娇就静静地站在旁边，兴许她也听到了母亲的谈话，在跟大舅作别的时候，终于忍不住呜咽起来，晶莹的泪珠儿扑簌簌地像断了线的珍珠，一颗一颗无声砸落。程仁赶紧拍抚着娇娇的后背说，好孩子，不哭，不哭……你在舅舅眼中是最懂事的！记住，千万不要记恨你妈妈，她那也是为你好。娇娇的额头终于轻轻地碰了碰他的胸口。

初八这天，因为单位头天上班要查岗脱不开身，程仁只好让程信去机场接人。程信在电话里一百二十个不乐意，说美得那个狐狸精，难不成还要拿八抬大轿抬她进门？程仁道，让你去你就去，难道连老爷子你都也不管了！程信这才嘟嘟哝哝闭了嘴，又说，那你可得给我报销来回的路费啊。快到中午饭口时，程信突然兴冲冲打来电话，听那口气像中了刮刮奖头彩一样乐不可支。哥，我告诉你个好消息吧，这下他俩肯定臭了！程仁丈二和尚摸不着半点儿头脑，什么香了臭了的，让你接的人呢？程信回答说，当然接到家了，老爷子见了我，还有点儿不好意思呢，我就拿话揶揄他，这回您老游山玩水逛美了吧，你猜他咋说的，他红着脸皮，半天挤出仨字，美个屁。这时，那个狐狸精拉着小崽子背着行李随后跟了出来，我压根没拿正眼瞧她，故意搀起老爷子的胳膊大步往外走。等一出大厅，我正拿眼睛踅摸民航大巴在哪停呢，你猜怎么着，那个狐狸精径自招手拦住一辆出租车，拉起孩子钻进车里就颠了，连头也没回一下。我就纳闷了，忙问老爷子，喂，人家怎么撇下你自己先溜了，是不是不要你了？你猜老爹当时是啥表情，那张脸啊，就跟吃了半斤黄连似的，半天才拿鼻子哼了哼，气呼呼地说，走就走呗，好像谁离开谁活不成。后来坐大巴回家的路上，我又拿话套他，可老爷子气得鼓鼓的，多一个字也不想跟我谈。我说，你那是活该的，谁让你放着好好的年不过，偏偏别出心裁出去旅游，还带上那么个狐狸精，不受气才怪呢。没想到老爷子这时真的火急了，差点没从椅子上蹦起来，他气冲冲地瞪着我说，往后不准再提那个姓苏的。

过去一周的时间里，父亲和那个小苏究竟在外面发生了些什么，程仁也是后来从儿子嘴里零星探知的。儿子大概碍于爷孙间的情面，起初也是三缄其口，难露其详，只说也没啥大不了的，都是些鸡毛蒜皮的小事，让程仁还是亲自问爷爷去。后来经不住程仁再而三地追问，才透了其中的一两个小细节。

据儿子讲，刚去南方的头三天，倒也风平浪静，主要就是带着他们逛了附近的一些名胜古迹和市内的公园广场什么的，爷爷跟那个女的每天都有说有笑的，两个人还一左一右牵着那个小家伙，儿子还乘机给照了好多相片。后来到了第四天头上，那个女的就提出来，不想再去看什么风景了，她说要上街好好逛逛大商场去。儿子欣然点头了，便带着他们去了当地最著名的步行街，那是这个南方城市最重要的一条十里洋场，中国每年的进出口交易会都是在这里举行的，国内外的各种商品货物琳琅满目应有尽有，女人们一到这种地方就像到了天堂，眼睛通常都不够使了，脚底下根本迈不开步。

那女的尤其喜欢试衣服，天性使然，什么T恤、裙子、长裤、风衣、外套，甚至真丝睡衣，穿了一件又一件，惹得人家服务员都一个劲抛白眼。爷爷就像忠实的老仆人，抱着那个小孩子，傻呆呆地戳在旁边干等着。这样大半天逛下来，那女的总算是挑上了一件自己满意的水红色长裙，一问价钱要好几千块呢，说是什么世界名牌，爷爷皱着眉头说，又不是金丝银丝做的，咋那么老贵老贵的。那女的不以为然地说，你老土了吧，这叫纯天然真丝的，穿在身上对我们女人的皮肤最有好处，我早就想买一件了，只是一直碰不上称心如意的。爷爷摇着头坚持说，要不咱们再往前面转转，兴许还有更好的呢。

其实，儿子知道爷爷嫌贵，就说他知道一个更好的地方，那里的东西绝对物美价廉。后来，儿子就辗转地把他们领到火车站附近，一个专门搞服装批发和集散的大市场里，果然儿子很快就找到了类似的女装铺位，一打问，同样的裙子还真比商场便宜十几倍，爷爷当即就大方地要掏出钱给买了。哪知，那女的却没了好心情，眼睛不是眼睛，鼻子不是鼻子的，甚至连那衣服都懒得再试一下，嘴里唧唧咕咕，说这种破地方能有啥好货，还说爷爷是诚心拿这种地摊货打发叫花子呢。爷爷说不就是件衣裳么，穿在身上还不都一个样，咱干嘛花几千块冤枉钱呢。那女的急赤白脸，乜斜着眼睛说，这根本不是钱不钱的问题，这说明你老程心里压根就没我这个人，你把钱看得比命还当紧。爷爷听了这话，也多少动了气，忙争辩说，我大过年的带你们娘俩出门逛，把一家儿女都撇在家里，你还说这种没良心的话。那女的一听更来了劲，一手卡腰，一手指着爷爷嚷，不提这个还好，你一提他们，我浑身上下都想冒火，你那些狗屁儿女，哪个能像我那样尽心尽力伺候你？我让你花千把块买件衣裳，你就心疼得不行了，你留着那些退休金，将来是买棺材板用，还是等百年之后，让你那帮孝子贤孙们挥霍去！这话实在太过分了，连儿子也听不下去，老人当时简直快被气晕了，他一定没想到那女的会说出如此不堪的话，他浑身上下都筛糠样颤抖起来，好在儿子在身旁及时扶住，老人才不至于瘫在地上。

接下来两天，老人哪都没去，成天就闷在儿子学校附近的小旅馆里。南方的那种小旅馆非常简陋，主要是为了方便每年新生报到时，那些陪送学生的家长临时住宿用的。人家小苏每天洗漱完毕，照样描眉画眼拉着孩子上街去闲逛，顶多出门的时候不咸不淡撂一句，走了，饭自己解决吧。儿子说，那两天爷爷的心情糟透了，一整天也不说一句话，总是一个人呆呆地趴在窗前，盯着外面那片绿油油的芭蕉叶出神。南方的雨水说来就来了，漫漫漶漶下个没完，雨点劈劈啪啪敲打着外面的芭蕉叶，也敲打着模糊的窗玻璃，房间的光线渐渐暗淡下来，爷爷的身影变得瘦小而又孤单，偶尔发出的叹息声，让房间显得更加阴郁。

儿子说，他实在是无法理解爷爷当时的心情，只是从爷爷跟那女人的言谈举止间获悉，他俩的关系出现了不可弥合的裂痕。对此，儿子没有向程仁表达任何个人看法，也许只是出于对年迈的爷爷最起码的尊重。他倒是反问过家里人都是什么态度。

程仁只得在电话里敷衍一番儿子，说大家意见不太统一，关键要看爷爷自己的想法。儿子沉默了一会儿才说，早知道这样，他真不该帮爷爷这个忙的，爷爷当初并没有跟他说实话，只说是想带一个亲戚和小孩来南边散散心的。程仁想了想说，儿子你做得没错，不然爷爷会更伤心的。

九

春天真是不经过，刮几场恼人的沙尘暴，就到一年一度的清明节了。

父亲提前给程仁通了电话，说今年也想去坟上看看。往年，都是程仁带着兄妹们去扫墓的，父亲只在家中母亲遗像前上炷香，默默祷告一番。程仁就说，山上一开春风大飕冷的，您老腿脚又不方便，能不去就不去了吧，当心再受凉感冒。哪知老人的牛脾气又来了，冲着电话嚷叫，狗日的，我就是想去看看你妈，这个你也管啊？吓得程仁再不敢吱声了。这中间，程智也主动来电话，一是打问父亲近来的状况，二是也有回家上坟的打算。程仁就说，老爷子最近安生得很，能吃能睡的，就是麻将打得太凶，小妹说他整天泡在麻将馆里不动窝，颈椎病都快打出来了，劝他也没用，不过忙一点儿也好，省得他一个人又胡思乱想的。他还劝大妹别再兴师动众跑回来了，说那根本不值当，等大伙给母亲烧纸的时候，替她念叨念叨就成了。

其实，程仁还是跟大妹隐瞒了一件事，就是那个小苏后来到父亲家里狠闹过两回。

头次儿女们都不在身边，事后小妹还是听父亲家对门的女邻居讲的，说那女人一直哭哭啼啼的，一阵寻死一阵觅活，好像是来求老程原谅她什么的，具体说些啥，听不太真切。另外一回，小苏是带了帮手一同来的。这次父亲大概感觉到情况不妙，就在打开房门之前，先给程仁程信他们拨了求援电话，等儿女们急急火火赶到时，屋子里已经吵得天翻地覆了。

一个五大三粗的中年男人，自称是小苏的远房表兄，口口声声要父亲赔偿一笔青春损失费，说他表妹不能白白让一个糟老头子占了便宜，若是不拿出十万块来私了，他们就要上人民法院起诉打官司。程仁自然要据理力争，说这本来就是两厢情愿的事，她一个已婚女人，难道不明白吗，谁也没强迫她这样做。程信更是当仁不让，说小苏原本只是居委会介绍来伺候老人的，放着好好的月嫂不做，自己心甘情愿赖在别人家里，撵都撵不走，我们还想告她图谋不轨呢。就这样，双方又是一番火力相拼，无非是公说公有理，婆说婆有理，最后实在闹得难开交了，程礼也是急中生智，就拿出手机威胁说，干脆打 110 报警算了，不要再跟他们罗嗦下去！姓苏的女人或许自觉理亏，才悻悻灰灰地带那男人撤了。

再后来，这事也就不了而了了。但程信一直很怀疑父亲，她说老爹一准是私下里出了点儿血，肯定是拿钱封了那狐狸精的嘴，不然的话，那女的怎能善罢甘休呢。程仁倒也疑惑过，但他实在不想再提及此事，生怕事情真闹大了，于双方都没有好处，尤其是他自己，毕竟还要在机关单位混饭吃呢。

吃一堑总得长一智。姊妹几个里面数程信心眼最活泛。有一天，她又像往常一样去帮父亲收拾屋子，趁老人坐下吃饭不留神的工夫，她偷偷地钻进卧室，从柜子底里取走了那张房产证，她总担心老爷子哪天又犯糊涂病。不过，这件事小妹可再也没对大哥他们讲。

（原载《人民文学》2017 年第 5 期，《小说选刊》2017 年第 6 期、《作品与争鸣》2017 年第 7 期相继转载，入选漓江出版社《2017 中国年度中篇小说选》。）

【作者简介】

张学东，生于 1972 年，中国作家协会会员，宁夏文坛“新三棵树”之一，国家一级作家，宁夏作家协会副主席，在《人民文学》《中国作家》《十月》《当代》《作家》《山花》《天涯》等刊发表长、中、短篇小说逾 400 万字，作品被《新华文摘》《小说选刊》《小说月报》《中篇小说选刊》《北京文学·中篇小说月报》《作品与争鸣》等转载，连续入选年度中国优秀小说选本百余种，并 4 次荣登中国小说学会等国内权威性年度小说排行榜。部分作品被译介到俄罗斯、日本、加拿大、北美及中国台湾地区。获《中国作家》《上海文学》《北京文学·中篇小说月报》等刊优秀小说奖、宁夏文学艺术小说一等奖、宁夏优秀文化创作奖等。已出版中短篇小说集 8 部。现为《朔方》副主编。

三儿的礼花

马　悦

一

刘阿姨把一粒药片给三儿手里时，是一个冬天的下午。

风冷飕飕地刮，像无数的刺芒扎人肌肤。躺在平板车上的三儿向左观望，他的脸永远向左不能向右，而且他的那双眼睛总是湿漉漉地，大睁着，目光里满是祈求。

这是他长年累月形成的一种状态，无法改变。三儿的身子却是平展地仰躺着，端庄得像从战场上退下来的一位受伤的战士。身子裹挟在冷风中，为了不至于从车子上滑下来，一只手牢牢地抓住车底板。车底板是铁皮做的，在风里比石头冰冷百倍，那冷是有型的，硬撅撅地硌人骨头。三儿感觉自己被冷风快吃掉了，一口一口地咬，发出碎裂的声响。随着黄昏的来临，起初的疼，钻心，凛冽，无法抵御，渐渐地浑身就麻木了，从头发的缝隙向全身漫延，直到脚尖，那10根脚趾头已经变为紫色，血液似乎凝固了，脚趾像粪球一样脏兮兮的，包裹在上面的一层垢甲也保护不了它们。在风中，三儿瑟瑟发抖。

平板车距离地面也就半尺高的距离，远远看，似乎三儿就睡在地上。身上有一件棉袄，入秋已经穿上了，是一件薄薄的棉袄，纽扣已经脱落得不知去向，腰间系着一根细麻绳，似一条长虫温存地缠绕着他。衣服的四角，针线已经开缝，棉花露出来，一朵一朵的，像洁白的牡丹花点缀在身上。刚刚穿上袄子，季节的缘故，有些热，还出汗。现在四角缝隙钻满了冷风，如一件单衣，好在身上压着一条毯子，经风吹雨淋日头晒早已褪色，那上面满是尘土、枯枝、细碎的叶片，和没有棱角的纸屑。大街上行人匆匆，都忙着采购。医院门口远比街道上热闹，各种卖吃喝的摊点，吆喝声不断。医院大门的门眉上打着一条横幅，上面还有白色的字，三儿不认识字，可是横幅两端挂着大红灯笼，不是一个，是两对，四个，大红的色泽扎眼。这是一个节日的象征，三儿知道春节将要来到了。

每一年，只有春节这个盛大的节日才能看到大红灯笼。三儿还知道，在春节，大年三十的晚上人们要放鞭炮。到处的爆竹声，满天的礼花，黑夜瞬间变为白昼。那个时候，假如妈妈没有来接他，三儿可以把整个放礼花的过程看完，整个夜空都被点燃了。那真的是人间少有的盛景！三儿幸福地大张着嘴巴，一串口水从嘴角流下来，三儿越开心，口水流得越多。夜已深了，寒风刺骨，可礼花却把温暖传递到三儿身边，那会儿他忘记了冰冷、疼痛、僵硬、麻木的吞噬，要是手能腾出空来的话，他还会鼓掌。他的一只手压在胸前，不，确切地说，压在胸前的纸盒子上。盒子里的钱是他一天讨要的收入，然而，三儿感觉那不是一天的收入，是一年的收成。这份收成汇集了众人对他的关爱、温馨、真挚、热情，驱散了他一年来所有的不快、伤痛、牵挂、煎熬、失望、等待、期盼，还有不可名状的不舍，留下的只有满心的感激。妈妈在春节到来时要包饺子。那是最开心的时刻！一想到这，三儿感觉手脚开始软活了些，感觉就在自己家的烤箱跟前，一团旺旺的火苗舔着他的皮肤，他的手指头开始动起来，先从右手，一个一个地动，数数儿一样，一直到左手的最后一根小拇指上。每一根被动的指头看上去干巴巴的，像枯枝，可是有热热的血液在流淌，所以就生动。妈妈说了，三儿辛苦了一年，在春节的这一天要改善。一年里究竟乞讨了多少钱，三儿不知道，妈妈知道，看妈妈的表情收入是可观的，作为儿子的三儿，有必要去问吗？在平常，在一年 365 天的日子里，只有大年三十的晚上三儿才能吃上饺子。所以三儿特别期盼大年三十那个夜晚的来临。妈妈在那一晚上接回三儿，把他平放在木床上，就开始煮饺子。饺子的味儿随着锅里的白气飘散开来，很快钻进了三儿的鼻子里，三儿就被狠狠地撞击了一下，他大张着鼻翼使劲儿地吸气，似乎饺子的馅儿，薄薄的皮，连同汤汤水水全部吸进肚子里去了，那肚子翻腾了两三下，又翻腾了两三下，“咕儿咕儿”地叫了几声，平息了。妈妈把一小碗饺子端过来放在三儿的面前。三儿的身子被支起来，放平两腿，这个时候三儿能坐稳。一碗饺子究竟有几个，三儿没有来得及数，嘴巴两咂吧就没了。三儿咽下最后一滴汤水，他将脸从碗里移开，他有些失望，他觉得饺子应该是有香味儿的，可是，他没有吃出味道来，他多么想重新品尝一口。妈妈还在锅台前忙着。妈妈的后背似乎有一双眼睛，她对三儿说：“睡吧。”三儿听话，悄悄滑下身子，钻进被窝睡下了。他听妈妈吃饺子。妈妈在那个晚上究竟吃了几碗饺子，三儿不知道，因为他很快就困了。

白天，三儿精神高度集中，不能有半点马虎与闪失，万一让小偷抢了呢？稍不留神打个盹儿，后果不堪想象。现在坏人多，好人少。这是妈妈安顿下的话，三儿就分外警惕了。

已经30岁的妈妈，其实是很漂亮的，假如她不爱生气或者不爱哭鼻子；一生气，一哭鼻子就会从30岁一步跨进40岁，头发纷乱，容颜憔悴，原本红润的嘴唇褪色，干着一层皮，眼窝塌陷。这令三儿揪心，还特别地伤心。有些日子，妈妈又从40岁回到了30岁，妈妈穿着光鲜，头发打卷，还上了颜色，而且妈妈的嘴小，抹上口红就是樱桃小口，皮肤也白过来，还笑，对着手机笑。妈妈这个样子是三儿最喜欢看到的。回到家里，三儿把一天的钱交到妈妈的手里，妈妈边数钱，边哼歌。三儿看着妈妈，在他心目中妈妈是世界上最好看的女人！可是，妈妈这种状态保持不了几天，妈妈有手机，手机动不动惹妈妈。妈妈就立马跌进40岁的门槛里。那几天，妈妈想死的心都有了，妈妈说她想吃安眠药结束了自己。手机的背后都是些什么人，那些人跟妈妈关系到了什么程度是个未知数。每次听到妈妈的手机响，三儿是很气愤的。

三儿偷偷地想，妈妈没有必要把全部的心思寄托在手机上，她完全可以干点别的。大街上那些阿姨摆着摊点，早出晚归，嘻嘻哈哈。相比妈妈的年龄，她们都显出了老相，对于一天的收成她们好像并不在意，她们在意的是满大街的人流、车辆、声音的嘈杂、经营的过程。

三儿仅仅是一想，他才没有胆量说出口呢！自己呢，要是整天闷在家里，肯定是不开心的，单看从天空飞过的雀儿，时间久了，又有啥意思？虽说现在的日子单调、重复，当下，面对日渐寒冷的天气无法躲避，可恰是这样的生活历练了三儿的勇敢、顽强、吃苦耐劳的精神。他在一天一天地长大，已是 11 岁的少年。每每听到妈妈的笑声，躺在床上的他就分外地开心，他觉得妈妈的心情是自己创造的——这令三儿很有成就感。可惜的是，妈妈能保持这样的心情并不长久，时间一天，或是两天，一周是最长的期限。妈妈一定是想到了她的过去，其实，这些年妈妈还没有完全从阴影中走出来，心里积怨太深，满腹牢骚，一点点小事情随时会引爆她。处在悲愤之中的她大哭大骂，骂着骂着就骂到三儿的爸爸头上。爸爸并不在现场，替爸爸买单的自然是三儿。受到惊吓的三儿浑身哆嗦，腋窝都是汗。

他是第几次向刘阿姨要药的，好像是第四次、第五次，或是更多次吧。第一次时，是个早晨，刘阿姨把一个包子递给三儿时，包子的香气熏醒了他，脑海里灵光一闪，就产生出了那个念头。刘阿姨一惊，拿眼睛盯着他，然后说，孩子那药不是随便吃的，有啥心事可以跟阿姨说。三儿不能说，那个秘密比天都大，他必须保守！哪怕惹刘阿姨生气。第二粒药还是刘阿姨给他的。第三粒药片是一位老奶奶给的。那是个像老奶奶模样的人，耳朵有点背，三儿说了几遍她都没有听清楚的，给三儿的盒子里放了一张票子打算走时，三儿又大声说出了那个药的名字，老奶奶用浑浊的眼光打量着三儿，半天说道，孩子我也想吃那药，可惜医生不给多开呀，就给你一片得了。三儿警觉了，他才知道那种药真的不好要，他改变了策略，只要是药，在他那里都管用！于是，接下来的几天里，三儿的药片数量不断地增长着。各色的，大小不一的。三儿都有些贪婪了，觉得它们都值得信赖，就像他信赖过往的每一个人。晚上回去将药片偷偷压在床垫子下面。

随着春节的临近，三儿要药的欲望越来越强烈，他编织了很多的谎言。但凡给他施舍的人，他都不会放过。

二

近日妈妈对三儿特别地优待，由着三儿吃，并安顿三儿到了爸爸那边要听话，不要惹爸爸生气，尤其在叶子阿姨跟前千万不能顶嘴。三儿边吃边点头，他恨不能把整个小脸埋进碗里去。

三儿在妈妈跟前生活了 5 年。那个时候刚刚从爸爸那边接过来，三儿才 6 岁的样子，身体状况还能看得过去，起码能扶着墙走几步路，体重也就 40 斤左右。三儿现在 11 岁了，体重变化不大。这个年龄的孩子本应该在学校里。三儿生下来的时候，身体瘦小，像只兔娃子，两条腿看不出有啥毛病，长到三岁，不见三儿站起来走路，他的两条腿好像没有骨头，软得似面条，一双脚脚尖还往里拐着，走起来脚尖碰脚尖，就跌绊子。村子里有个会看软骨病的，用艾针灸，用裹着蒲公英的热毛巾敷，看了一年不见效。后来有人建议偷别人家的鸡让三儿吃，过上三年再买一只鸡还给失主就行。听说这种偷还方式治疗效果很好。结果是：三儿的爸爸偷了王前家一只大红公鸡，回来炖了让三儿吃了，汤也喝了。白吃了。三儿的爸爸听到失主王前翻先人道祖宗地骂，也没有胆量去还鸡了。也许没有还鸡的缘故，三儿的腿一直没有好起来。现在 11 岁的三儿根本站不起来，常年躺在平板车上。三儿从来没有想过，假设当时不要离开爸爸，他会不会是现在这个样子？爸爸会不会再偷鸡给他吃？爸爸再也没带三儿去过医院。那个老大夫说，还是到大医院里去看看吧。爸爸妈妈的日子是村子里最不起眼的一户，他们看不起病，由着三儿去长，让三儿晒太阳，补钙。三儿长到了 4 岁，走路依然扶墙，还哆哆嗦嗦。妈妈骂爸爸时，三儿就哆嗦着来到院子里。院子里洒满阳光，三儿扶着墙大口地呼吸空气，他看到一树的麻雀，它们抖动着羽毛，叽叽喳喳，好不开心哪，不多一会儿，翅膀一展，飞向蓝天。一只狗圈着尾巴悠闲地踱步，给三儿给爪爪，很是殷勤。园子里开着各色的花，他闻到了花香，心情骤然变好，想笑。

那一年妈妈和爸爸离婚了。三儿归爸爸抚养。那会儿，他和爸爸有多么地思念妈妈。每晚爸爸都抽烟，抽一夜，白天爸爸就蒙头睡觉，妈妈热衷于伺弄的园子也落荒了。三儿陪爸爸睡，他觉得睡觉是世界上最没意思的一件事。一天爸爸不吃饭，三儿就饿一天。爸爸的手机就像一只受伤的动物，孤静地躺在那里。一年后，爸爸带着三儿离开村庄，到了县城，在城郊租了一间简陋的房屋住下了。爸爸到处找活干，三儿一个人待在屋子里，要是爸爸回来迟的话，三儿会饿上一天。有一天，爸爸突发奇想把三儿送到街上乞讨，三儿去的地方就是医院门口。从此三儿开始了他的讨要生活。刚开始三儿是羞怯的，还害怕，不敢张嘴吆喝。谁想，大街上的人们，医院里那些个病人家属看到这么一个孩子，细胳膊细腿的，怜悯之心油然而生。他们愿意行好、积德，纷纷拿出钱和吃头、水果舍散给三儿，一天下来，三儿的挎包都快满了。这是爸爸和三儿都没有想到的。自那以后，三儿的生活大大改观。不久，爸爸从外面领回来一个女人，爸爸叫女人叶子，叶子叫三儿软骨子。三儿叫叶子阿姨，后来爸爸让三儿叫叶子妈妈。三儿不叫。三儿把一天的收入交给爸爸，可是爸爸转手就给了叶子。叶子和爸爸生活在一起不到一年，三儿的妈妈来了，她接走了三儿，临走时妈妈对叶子说："我生的儿在讨要，你花钱？你是谁呀？"从那以后，三儿再没有见到爸爸，听妈妈说，爸爸跟叶子结婚了，他们搬到了另一座城市去了，具体地点谁也不知道。

三儿听爸爸讲过妈妈的身世。妈妈顾艳出生的地方是一道平塬，居住在山旮旯的人称平塬上的人是高塬上的人。高塬上地气凉，适合各种农作物生长，尤其野草，疯了似的到处蔓延，风儿一刮真有种"风吹草低现牛羊"的景象。人们又把高塬称之为荒草塬，"荒"就是茂盛的意思。山沟里，顾名思义：有山有沟，当然还有壑，有峁，有梁，沟壑盘结。那些山旮旯里的房屋、窑洞就像不打眼的补丁，这儿一块，那儿一坨，不大气，还显得卑微，少了一种荒草塬的霸气。荒草塬广阔无垠，在这里的人们过着一种安逸的日子，家家门前粮垛犹如巨大的蘑菇。荒草塬上的女人们天生比山沟里的女人水灵，高塬上微凉的气候对她们的皮肤是一种天然的保护。

还有一点，这里的女人爱喝蜂蜜，抹蜂蜜，时刻与蜂蜜相伴。当春天来临时，荒草塬上第一朵花蕾绽放，还在南方的养蜂人就嗅到了，他们带着心爱的蜂王及蜂群不远千里来到高塬上，驻扎在田园、地畔，一如若尔盖草原上藏民的毡房，他们打算和这块土地亲吻，把最精华的养分奉献给这里的女人。一个春，一个夏，一个秋，蜜蜂嗡嗡嘤嘤，鲜花飘香。有个叫顾艳的女孩，她上过小学三年级，这里的人们，在当时不怎么注重文化教育，孩子上学不上学无关紧要，顾艳学习好，她完全可以上初中、高中、大学。她仅上了小学三年级是因为她的母亲去世之后，父亲娶来了后母，她就辍学了。这没有关系的，顾艳长相漂亮，是荒草塬上的一枝花。十七八岁媒人把门槛都踢平了，顾艳一个都看不上，她的心气太高了，比荒草塬天空漂浮的云朵还高。那些个没有被顾艳打进眼睛里的小伙子都在观望，看顾艳嫁怎样的一个男人？顾艳 18 岁那一年果然把自己给“嫁”掉了。她是在一个雨雾蒙蒙的初秋和一个养蜂人私奔了。荒草塬上的人们惊呆了，为顾艳的胆子唏嘘不已。殊不知，养蜂人用怎样的手段或者魅力将顾艳迷惑，让顾艳不顾及父亲的脸面随他而去。而那个养蜂人的身份大家一无所知，就像荒草塬上纷飞的花絮扑朔迷离。顾艳开辟了先河，打破了荒草塬的常规，她顾不了那么多了，她深爱上了那个男人。她是为爱情而去的。

一年后，顾艳的父亲还没有从羞辱的阴影中缓过神来，顾艳背着一个包出现在人们的视野内。起初，大家不认识似的，拿手遮阳，远远地观望，因为从外形上看，太不像清高而傲慢的顾艳了。还真是顾艳，她上当受骗的消息像高塬上的风四处蔓延，人们再一次看到，顾艳的父亲把刀子架在脖子上死也不让女儿进门，顾艳“扑通”一声跪下了……倒是后妈心生怜悯，上前去把顾艳扶起来，给她了一口饭吃。不久，那些曾经被顾艳拒绝了的媒人让顾艳的后妈请进家门。这种倒央媒其实是很不好的，哪有倒着请媒人给自家女儿做媒的道理！经过几个媒人的周旋，苦口婆心，顾艳嫁到了山沟里。就是三儿的爸爸——康庄。康庄也有过一段婚史，那个女人嫌弃康庄懒、脾气蛮横，就跟他分手了，他们没有孩子。女人走的时候把家里该拿的东西都带走了。打了5年光棍的康庄听完媒人的话，决意娶顾艳了，为了给村子里人争口气，康庄负债累累。那个养蜂人带着顾艳在南方的某个城市都发生了什么，顾艳不说，人们只是猜测。有一点很明白：顾艳上当受骗是事实。她靠打工在外面生活了一年，在无数个夜晚，在无望和悔恨中煎熬，她是那么地思念家乡——荒草塬上的野草、花朵、一粒尘埃。

康庄对顾艳的过去半句都不提，更是不计较，只要顾艳好好跟他过日子。他知道顾艳不爱他，顾艳整天愁眉苦脸，有时候无端地发火，无端地哭。一次失败的婚姻教训，使康庄变乖了，顾艳怎么骂他折腾他，他都不发火，每天晚上，给顾艳端洗脚水，他想，真情一定能打动顾艳，让她的心回到他的身边来。顾艳怀孕之后，康庄更加高兴了，这个孩子一定能拴牢他们的婚姻。可是，生下的孩子却是个残疾。顾艳毅然决然地跟康庄离婚了。

所不同的是，顾艳从康庄那里什么东西都没有拿，她瞧不起康庄，就像瞧不起整个山沟，山村所有的东西都散发出卑贱的气息。

在三儿眼里妈妈就是好，亲妈妈就是亲妈妈。妈妈从来不说三儿是软骨子，就叫三儿。妈妈给三儿洗澡，换新衣服，剪了头发，三儿换了个人似的，小小的眼睛，小小的脸庞，很可爱的样子。可是，三儿的这个样子影响了他的生计，给他施舍的人少起来。妈妈警觉了，从事这种职业的三儿是经不起打扮的。从此，三儿就破破烂烂，脏兮兮的，浑身透出一股子异味，很难闻。最重要的是不能给他吃饱，吃饱喝足的三儿红光再现，脸蛋红处是红处白处是白处，哪里像个叫花子的样子？妈妈当机立断，不能再给三儿饱饭吃，让三儿饿着。

处在饥饿中的三儿，他的小模样的确令人怜悯，穿上那样一身衣服不分春夏秋冬。事实上，三儿从爸爸那边回到妈妈这边境况并没有改观，他早出晚归，披星戴月。妈妈送他在天麻麻亮，接他在晚上十点以后，冬天夜晚长，接得更迟些，在医院门口多待一分钟就有一分钟的说头，不是一元就是五毛或者一毛。回去早不就睡个觉吗？妈妈送他接他的时候都穿一身黑衣服，裹着黑头巾，只露出个眼睛。有人也问过三儿，那个人是谁？按照妈妈的吩咐，三儿说邻居老大妈，问你的爸爸和妈妈呢？按照妈妈的吩咐，三儿说，妈妈瘫在床上，爸爸5年前出车祸了。说完这句话，三儿心里酸酸的，他的爸爸妈妈健健康康地为何要那样地说？妈妈的话在三儿那里就是圣旨。三儿走近他9岁的年轮，个头稍微长高了些，好像还长了点肉。一天，妈妈把他接回来，妈妈忙着去开门，一掉头看到三儿自己从板车上站起来，向门口走了几步。这一奇迹把三儿自己也吓着了，仿佛冥冥之中有一双手扶了他一把让他走向了自己的妈妈。顾艳张大了嘴巴，倒吸了一口凉气，半晌吼道："三儿，你怎么可以站起来？你站起来有谁给咱们施舍？"三儿愣住了，受到惊吓的脸蛋煞白煞白，妈妈痛苦的表情是他没有想到的，是刻骨铭心的。作为儿子，怎么能让妈妈痛苦呢？既然妈妈那么痛苦，那么，他站起来又有何意义？三儿就地倒在车子上，这一辈子他不打算再站起来。

三儿再没有洗过澡，没有换过新衣服，受冻、担心，历经风雨的侵袭。他永远半张着嘴巴，好像有太多的委屈要倾诉。他眼角挂着泪，下巴上挂着一串口水。特别是脸上的皮肤，经太阳晒，风吹，早已失去水分，紧紧地刻在骨头上，一层薄薄的深棕色的皮；裸露在外的胳膊和小腿同样是深棕色的，天热的时候上面爬满苍蝇。

住院部的那些人，有先前住进来的，有新住进来的，人来人往。有时候三儿觉得，一世界的人都住进了医院里。病人的家属守护了一夜的病人，他们精神萎靡，红着眼睛。他们买回水果，或者饼子、包子，各种各样的好吃头，走近三儿给他的手里塞一个，三儿就把肚子填饱了，一天里，不吃不喝也不怎么饿。

当一天的热闹退去了，四周冷清下来，夜的帷幕随即拉开。相比街巷，医院门口略显嘈杂些，摆摊点的抓住最后的机会忙碌着，挣多挣少是个挣，卖红薯的，卖烤饼的，卖毛栗子的，卖水果的，卖卫生纸和鲜花的，卖小饰品的，卖玩具的……这些都是医院里病人的最爱，况且，物品色泽与白天有着多么大的区别，阳光的颜色热烈奔放，灯光则温和如水的柔美，无论照在哪儿都给人一种温润的感觉。病人的家属喜欢这样的色泽，喜欢把这样的颜色带回病房去；各色的水果、鲜花摆放在病床旁边，病房里的空气一下子鲜亮起来，病人的心情自然就好。过了晚上九点钟以后，人们开始收拾摊点准备回家。医院门口骤然冷清，空气里弥漫着一种孤寂和冰凉。街灯被这种孤冷衬托得分外的亮。这个时候，一位近 40 岁的男人出现在灯光下，灯光给他涂上一层消沉、压抑的底色，他是那样地忧伤。每次从医院里走出来他总是不忘地抬起头看看深邃的天空，然后，环视四周。目光所及，那个平躺在车子上的孩子总是吸引着他多看上一会儿。灯光下，那个孩子一动不动，仿佛睡去。

医院的围墙上印着一个放大了的影子，男人缓步前行。停下的时候，他无端地摇摇头，叹息一声，伸出双手抱住头，蹲下去。这是一种痛苦及无奈的动作。时间到了十点多的时候，男人大概想起该回去照顾他的病人了，随即，影子消失在医院门口。

不多功夫，三儿的影子也消失在街道的另一头……

大概是 10 多天以后的某一个夜晚，那个男人突然走进三儿的平板车。这个时候三儿才看清楚那个男人的胡子很长，面容苍老。比起三儿的爸爸，长胡子男人更显老相。三儿少肉的手被长胡子男人紧紧抓着，都捏痛他了。男人将他的脸挨近三儿的脸，他说道：“我的儿子快不行了，我救不了他。孩子你知道骨癌有多么的可怕吗？医生去掉了他一只胳膊……他已经 4 天不能叫爸爸了……他哪怕跟你一样躺在车子上也好啊，可是他……你的眼睛跟我孩子的眼睛太像了。”长胡子叔叔咳嗽了两声哽咽着说不出话。

再后来很少见到长胡子叔叔了。一天早晨，医院里传来了哭声，所有的人都将目光投向医院门口。一个男人大声哭号着，一步一步向着医院门口走来。他的胡子那么长，在他的怀里躺着一个瘦小的孩子，孩子唯一的一只胳膊垂着，软软地晃动着……三儿想：这一辈子再也见不到那位长胡子叔叔了。谁想就在去年冬天的下午，长胡子叔叔出现在三儿的面前。他蹲下身子，像上次那样抓紧三儿的手说：“孩子，愿意给叔叔当儿子吗？叔叔去乡下把庄稼搭理好就来接你，最迟今年春节。相信叔叔的话，不要告诉任何人，等着叔叔……”

长胡子叔叔走了，霸气的叔叔没有征得三儿的同意就走了。他把一个秘密留给了三儿。三儿被那个秘密折磨得很苦很苦。他首先想到的是妈妈，叔叔带走了他，妈妈怎么办？谁来照顾她？每晚听到妈妈的呼吸声或者咳嗽声，三儿就无法睡去。有好几次，三儿隔着被缝，向着炕上望去，他看到浸在幽蓝亮光里的妈妈对着手机流泪。

冬天的白天短，太阳刚刚出来走不远就落西山背后去了，寒冷无处不在。三儿的手脚麻木到了极点，不要说谁来抢钱，剁下他的手指头都没有知觉。可是三儿有的是办法，他不停地转动嘴里的舌头，让它处于活动状态，偶尔想喊一声妈妈，由于嗓子太干，喊出的声音是沙哑的。从那个叔叔走后，三儿总觉得对不住妈妈，他隐瞒了妈妈。三儿想好了，当那一天真的来临，他要如实地告诉长胡子叔叔，他有妈妈，妈妈不能没有他！

三儿的这个想法在某一天的晚上被妈妈彻底击碎了。

三

那个晚上，妈妈接他很早。妈妈有要事跟三儿商量，妈妈果断地告诉三儿，让他回到爸爸那里去，还答应给三儿钱，她想三儿的话会去看他的。妈妈说话的时候面带笑容，少有的温和，都巴结了。妈妈把一只手放在三儿的肩膀上，这就有了分量，是依托的意思，央求的意思。三儿感动得眼圈都红了。妈妈以为三儿答应了，三儿无不担心地问道：“我不在，妈妈你怎么办？谁来照顾你？”妈妈说：“放心吧，妈妈会照顾好自己。”三儿问：“我爸爸在哪儿？”妈妈说：“我有你爸爸的号码。”三儿吃惊地望着妈妈，这么些年了，妈妈还留着爸爸的号码。“你愿意去的话，妈妈现在就给你爸爸打电话。”三儿垂下了头，他还没有想好，他需要时间。

三儿摸不透妈妈的心思，他不知道哪儿做得不好，惹妈妈生气，让妈妈萌生了不要他的念头。

事实上，妈妈恋爱了，妈妈谈过好儿回恋爱，她总想处在恋爱状态，今天跟这个谈，明天跟那个谈，不确定。顾艳好像不再相信爱情，她成天强行打扮自己，更换化妆品，整个人看上去容光焕发。年龄 30 岁的她有一天突然醒悟过来，她决绝地把手机上储存的一些男人的名字删除了。她坐在园子的栅栏旁，借着阳光，抿着嘴巴，带着邪恶的笑，拇指一点一个名字消失了，拇指一点一个名字消失了，甚至，她带着一种鄙视，笑他们的傻气，只要她一张口就毫无怨言地把钱打过来。但是有点顾艳还是知道的，他们不会在她身上长久地投资。那些男人永远会盯着下一个，就像那个养蜂人，自己家里有老婆，他说他对她已没有感觉，顾艳正好是他情感的驿站，她年轻，鲜活，浑身透着荒草原特有女人的芳香，挑不出半点瑕疵，当真正丢弃家庭娶回顾艳时，养蜂人没有了勇气。他仅仅带顾艳见识了一座城市，体验了一桩没有归期的婚外恋情。康庄也是，爱她很深，当他们结束时，依然找了下一个女人，叶子。三儿讨要来的钱她从来都舍不得花，存在银行里。万一有一天老了，嫁不出去了，就目前三儿的状况还算能活几年吧，但是很难保证有朝一日这个瘦弱的孩子病了，离开了人世，撇下她一个人，谁来养活她？娘家是回不去了，父亲和后妈绝对是不会让她进门的，她更懒得跟他们联系。她从来跟那些男友不说有个残疾的儿子，就说她是单身。可是，有一天，顾艳突然对一个叫苏伟的男人上心了，白天晚上睡不着觉，就要跟他聊天，发生动的笑脸图。主要是想他。苏伟刚满 40 周岁，是位老板，搞建筑的，包工程，离婚了。他轻描淡写地说，前妻疑心太重，老检查他的手机，还翻他钱包，就离了。有 3 个女儿，都随前妻。当然了，楼房也归了前妻。苏伟毫不避讳地说，他想再婚的目的是想要个儿子，只要三儿的妈妈愿意，他可以在省城买高层。顾艳一万个情愿。苏伟长相不算帅气，但人霸气，说话的时候，他的一只手抄在裤兜里，一只手夹着一烟卷，不时地深吸一口，良久，吐出一团烟雾来，在面前萦绕着，飘散着，他被熏染不轻，微眯着眼睛，深思的样子。女人大都喜欢这样的男人。顾艳就把苏伟带回家来，精心地准备饭菜。苏伟环视着三儿家的出租屋，鼻子“哼”了一声，他在笑。他的目光落在门背后那张蹩脚的木床上。床上面有三儿的破被子和旧衣物、臭袜子，地上有三儿的烂鞋子。苏伟不经意地问道：“你家还有人睡呀?”顾艳一看瞒不住了，就说了。苏伟问：“他爸爸呢，你带?”顾艳回答：“他爸爸又结婚了，我怕孩子受委屈。”苏伟表现出极大的不满来，“他是爸爸，他的儿子，他为何不带？不抚养?”苏伟那天饭是吃了，人很不高兴，临走他告诫顾艳，如果带着一个累赘，他另有考虑。顾艳已经被苏伟的霸气征服了，她爱上他了。她肯定地想，这次她找到了真爱，所以，她当即表态道，一定把三儿送到他爸爸那儿去。

这些，三儿不在场，他一概不知道，他更不知道妈妈和苏伟的相识。看到妈妈忧愁的样子，他答应妈妈回到爸爸那里去。妈妈想立马给爸爸打电话过去，三儿却说，把手机给他，他亲自给爸爸打。妈妈自然高兴，她才懒得跟三儿的爸爸通电话呢。电话打过去，是关机状态。号码没有错，这些年，爸爸没有换手机号码。三儿说，明天一早到街上，他就打。

第二天，妈妈把爸爸的手机号码写在三儿的手腕上，再次叮嘱让三儿打电话的事情，三儿说一定打的，他借别人的手机给爸爸打，让妈妈放心。妈妈放心地走了。晚上，三儿回来说，他已经跟爸爸联系上了，爸爸答应就这几天来接他，而且说了，那个后妈叶子也愿意跟三儿一起生活。妈妈追问了一句，究竟哪天来接？三儿说，春节放假就来接他，也就六七天时间。

不想，再有 7 天就是大年三十。

其实那天妈妈走了以后，三儿真的产生了跟爸爸联系的想法，已经答应妈妈了，怎么说也是不能待下去了。他抱着试探的态度，没有十足的把握。早上刘阿姨买早点经过三儿身旁，给他一个包子。三儿就把号码告诉刘阿姨，求她给他爸爸打个电话。阿姨惊诧地看着三儿，大声问三儿，“你有爸爸呀?”三儿不好意思地点头承认了。“求你给我爸爸打个电话好吗？我想他。”望着刘阿姨向报刊亭走过去，三儿呼吸都停止了，他听到一声：“喂——”，又听到阿姨说，“有个叫三儿的孩子，你知道吗?”再后面就听不清了。三儿紧张得手心出汗，还是听不大清楚。可分明，阿姨联系上了爸爸，不多会儿，刘阿姨放下了电话走过来，她对三儿说：“孩子，那个电话号码不对呀，怎么是忙音啊。”

三儿心里难受了一整天。他不由得想起长胡子叔叔来，记得叔叔说过的每一句话。那个叔叔是不是在骗他？或者出了什么意外？已经过去了那么久，第二个春节很快就来临，叔叔没有任何音讯。三儿真的开始怀疑叔叔了。妈妈说过，这个社会好人太少了，到处是陷阱、骗子、流氓、混蛋。可从内心讲，更多的时候，三儿还是觉得那位叔叔是个好人，他一定是遇到了什么麻烦。

有一晚，三儿做梦了，在梦中，三儿莫名地跟爸爸相遇。爸爸胡子巴茬，依旧是那样黝黑苍老，他躺在爸爸的怀里，爸爸拿一只手捻着三儿的耳朵垂。爸爸身上的烟味熏染着他……隐隐约约，他和爸爸的身旁站着一个女人，披头散发，太看不清她的容颜，像妈妈又不是很像，但绝对不是叶子。天空悠然飘起了雪花。在纷飞的雪片中，爸爸的影子隐没了……白天的时候，三儿就回味着那个梦，他就想，爸爸会不会也在想他，就像他想爸爸一样。就在今天，现在，爸爸康庄突然从人群的空隙里站出来。

在这期间，妈妈又催问三儿爸爸接他的事。三儿很坦荡地回答说，爸爸答应了的事情不会反悔的。爸爸说了，最迟大年三十就来接他，到了那天晚上，妈妈就不用去接他了。

四

大年三十说到就到了。一早妈妈就起床了，她准备给三儿做早点，三儿要走了，妈妈特意给他做了最好吃的，也是三儿最喜欢吃的小笼包子。三儿将自己的衣服收拾好，打了个包，将药片塞进包里。三儿特意要了一个水杯子，让妈妈给他盛满水，说在路上和爸爸两人喝。妈妈答应着，说，吃完可以给三儿洗个澡。

三儿是用澡盆子洗的，确切地说，是妈妈的洗衣盆。不过，对三儿来说这重要吗？

三儿在妈妈的面前脱光了衣服，他害羞地走近澡盆子，一只脚伸了进去，一股温暖的气息立刻让他骨头酥软，不由得另一只脚也伸进去，这个水气让他打了个冷战，他经受不起一般整个身子蹲了下去。水像一个温情的土狗舔舐着他的身体，各个骨节眼都被打开，妈妈在水中放了肥皂，一股异香裹挟着他，好像自打生下来就没有洗过一样。他抬头看了一眼妈妈。妈妈这个时候向他走来，妈妈蹲在了盆子旁边，伸手捉起了三儿的胳膊，一下一下替三儿搓着。三儿感觉痒痒的，就想笑，他看看妈妈，该不该笑，却发现妈妈用异样的眼神望着他。这令三儿怪不好意思的。他转过身去。在升腾的白色雾气里，三儿身上的污垢在慢慢脱落，身体似乎一瞬间舒展开，他像个刚刚从蛹壳里蜕变出来的蝉，皮肤白皙、紧致，尤其是后背，在水温的作用下，白皙处点缀着几颗小小的红痣，后脖项处有一颗更大的。这些星星般的点缀让妈妈不由得说道："三儿，转过身来。"现在，三儿近距离地看着妈妈。妈妈真的好漂亮啊！可是妈妈怎么老用那样的眼神看着他，这真的让三儿羞怯难当。在香皂的作用下，三儿的头发油黑，额头饱满，童稚的眼睛里充满了真挚。这个马上跨入12岁的少年其实好帅气哪！确切地说，三儿的长相随妈妈。这一点，妈妈好像是第一次发现。他的这个样子都让妈妈改变主意了："三儿，你不想走的话，和妈妈在一起生活，我给那位苏伟叔叔好好说说，可以把你留下来。"直到这个时候三儿才明白妈妈为何不要他。原来，妈妈要结婚了，他在会影响妈妈和那位叔叔的生活。他很想说一句谢谢妈妈的话，嘴巴没有张开，眼泪哗地流了下来。他已做好了远行的准备，谁也拦不下他了。他没有想到妈妈会这么信任他，在意他，告诉他实情。有什么比这更重要的呢？三儿胆怯地伸出胳膊将妈妈抱住，说："不，妈妈，爸爸在等我。"

路上，三儿很平静。妈妈也很平静。三儿本来想跟妈妈说几句话的，又一时觉得无从开口。他倒是希望妈妈就这样推着他走，一直走下去，没有尽头；一句话都不用说，让天空渐渐升高的太阳作证，这是他和妈妈永别的一天。有多少个黎明、夜晚，他和妈妈走在这条路上。他和妈妈平时就是这个样子，走啊，走啊，偶尔，他把在街上看到的听到的新鲜事儿说给妈妈听，妈妈也会说上几句话，说话间，三儿还笑上几声。那次，三儿把长胡子叔叔孩子离世的事情告诉了妈妈，妈妈说，其实，那个孩子命大呀，他死后一定在天堂里。天堂是什么样子，三儿不知道，妈妈说，在那里，所有人都生活在快乐中，没有烦恼，没有痛苦，没有寒冷和饥饿。那次，三儿记住了妈妈的话。当听到妈妈提出要求他回到了爸爸那边去，联系不到了爸爸时，三儿就想到了一个去处。

五

三儿没有立马把药片吞下去。他想等天黑以后，看看新春的礼花。

大街上的人明显少了，人们都回家过年去了。说不上的留恋，他要看看，等等，和刘阿姨，和那些病人家属告别。他知道这把药吃下去，自己就会立刻死去。他梗着脖子，往远处看，在目光所及之内，医院门口，这块平坦的地方，给他的生活提供了诸多的方便，整整 7 年，从这里过往了多少人，男的，女的，老的，少的，他们慷慨地向他伸出济贫的手，一次次地把他从饥饿中解救出来。胸前的纸盒子空了，满了，空了，满了……7 年时间，在三儿幼小的生命历程中过于漫长，像一条漫长的河流……在他无望的时候，他的常年不曾修剪的头发长到齐耳以下，散发出浓浓的汗腥味，包括他的身体，没有一个人嫌弃过他。而今天，新的一年就要来到了，三儿迎来了他的 12 岁。想到这里，三儿努力地侧转脖子，他看到门楣上的红灯笼了，医院左侧的车棚，报刊亭。

下午七点时，医院门口少有的冷清。没有见到刘阿姨以及他期盼见到的面孔。也大概，医院放假，人们都回家过年去了。他手里面捏着药，一种巨大的恐惧这个时候裹挟了他，很后悔没有把这个秘密告诉告诉妈妈，更后悔妈妈挽留他时，为何没有答应！此刻，他多么地想念自己的妈妈。

一切都来不及了。

三儿打开了药瓶的盖子，就着水全部吃了下去。他转动了一下平板车，调整了一下角度，尽量让自己面向着大街。今晚，他要看看新春的礼花！

盖在身上的毯子滑下车去掉在地上，伸手拉起来，重新盖在身上，盖周正。收钱的盒子放在胸前，用手一摸，是少半盒，让他难过的是：今晚谁是钱的主人？他仅仅是一想，现在三儿所要做的是，让自己尽量睡得安静些，就像睡觉那样，盖好毯子。从此不再醒来。

药片跟他一样地安静，在肚子里安静得像腹中胎儿。

晚上九点钟，街上的路灯照亮了每一个角落。街上一个行人都没有了。苍穹那么深远、清冽，星光点点。寂静里，好像等待一种神物的降临，弥漫着一种凝重、安详的气息。

没有一丝儿风。从远处，突然传来一声爆竹的炸响，似春雷，有种迫不及待的架势。声音急速地扩散开，仿佛从遥远的天际扑向大地，封冻的大地在这一刻苏醒了，承受不起一般，震颤了，融化了，并以博大的胸怀去迎接。

起初，万道亮光带着刺目的色彩喷向夜空，瞬即形成美丽的花环，在空中旋转着，上升着，绽放着，亮光照彻夜空。噼啪——噼啪——噼啪——声音和亮光交织在一起，缠绕着，撞击着，澎溅出悦耳的声响，汇聚成壮美的图案，五彩缤纷。一秒钟，两秒钟，五秒钟……时间成了彩色的，炫耀着，承载着，向更高的天空延伸。三儿整个被击中了一般，他激动得浑身颤抖，每一根神经被唤醒，热血沸腾。他禁不住张大眼睛，对着亮光，真想大声地喊叫，把内心的快乐表达得淋漓尽致。

这是他一个人的夜晚，在生命即将结束的时刻，这是天空献给他最绚丽的礼花！他努力想把手伸出去，怀着万分的感动迎接这份厚礼。甚至，这份厚礼灼伤了他的眼睛。有那么一分钟他的眼睛闭上了，又不舍地张开。这次张得更大些，看得更清晰更真实些，使他感觉到一种炽热的灼痛。

另一种痛倏然而至，他的胃似乎被礼花击中了一般猛地抽动了一下，随即一种彻骨的痛诞生了，胃，肠子，腹部，心脏，喉咙……三儿用手揪住衣领，使劲压着喉咙。一股灼烧凶猛地撕扯他的内脏，仿佛烧开的沸水。灼烧是压不住的，越压，痛越剧烈。三儿想喊，可是，这个时候他张不开嘴巴，液体就在他的体内排山倒海。他感到一种听到肠子断裂的声音，压抑不住的恶心充斥着他的喉管，汗粒顺着额头滚落下来，浑身开始抽搐，而他的四肢一点一点在收缩，开始抽搐。他想滚到地上去，哪怕打个滚儿也好。身体太僵硬了，似乎和车子一样的僵硬，想努力扭转一下脖子，嘴巴却重重地撞在平板车扶手上。这次的痛更甚，三儿“妈——”大叫一声，一股液体从嘴巴里喷射出来，一口，一口，又一口……刺鼻的药味、污浊的腐朽味，连同五脏六腑。

三儿是那样地疲惫，他的手从胸前滑落下去，身体从平板车上滑下去，纸盒子被打翻，钱散落了一地。

这次，他真正地睡在大地的怀抱里，一动不动了。

噼啪——

噼啪——

鞭炮再次炸响，是前一次节奏的重复，从遥远的天空，执着地扑下来，带着绚烂的光芒。这来自天庭的召唤，热烈地伏在大地上。现在是什么时候，十点？还是十一点？一圈光环射过来，照射在地上人的脸上，他脸煞白，嘴角流淌着尚存的液体。身体空荡荡的，轻飘飘的，似一枚叶片，随时都会跟随烟花飘到天空去。一只鞋子不知何时脱离，脚丫子裸露在外。一根脚趾头动了动，紧接着眼皮动了动，就要睁开了！人们欺骗了他。他吃进去的也许是鱼肝油，也许是维生素C、E，也许是去痛片，或是钙片，肠虫清……总之，不是安眠药。三儿他活过来了。无奈那束光芒过于强烈，把他最后的一丝力量也消耗殆尽，他再次昏迷过去。

街道的一边传来脚步声，像妈妈每次接他时的脚步声，随着脚步声由远而近，一个身影从街道的深处一点一点出现，最终映在街灯下。脚步声被大地清晰地无限地放大。三儿好像汲取了大地的能量，这次，他真正地睁开了眼睛，借着红灯笼的光晕，距离不远处，一个人的影子出现。那不是妈妈，是个男人。

噼啪——

在亮光中，这次，三儿真切地看到了来人是谁。他想喊一声，冻僵了的嘴巴无法张开，他静静地等着那个人一步一步走近。接着，三儿听到了一个声音，“有个叫刘阿姨的打了好多次电话……”后面的话三儿已经听不见了，那不是爸爸吗？他惊诧地望着爸爸。5年了，爸爸是那样的苍老，鬓角全白了，胡子快赶上那位叔叔了，比起先前，爸爸更瘦，都让三儿怀疑自己的眼睛。他真的被爸爸的模样打蒙了，一时不知道说什么好，喉头被谁捏着似的气都喘不出来。他尽量克制自己不要流眼泪，这么些年了，流了多少的眼泪啊？可是，在此刻，三儿的眼泪喷涌而出，他努力将手伸出去，他想探探虚实。

穿戴一新瘦得脱了形的三儿也把爸爸吓了一跳，快让爸爸认不出来了。爸爸忙不迭地扑过去想接住三儿的那只手。三儿却越过爸爸的手，将手放在爸爸的头发上，疼爱让他声音颤抖地说道："爸爸，是我不好……"无奈，那声音过于微弱了，可是爸爸却听明白了，爸爸"扑通"一声给三儿跪了下去，"孩子，爸爸对不住你，我以为……我们回家吧。"

三儿的嘴巴动了动。爸爸贴近三儿，抱紧三儿，他听道："爸爸，我想看看今晚的礼花。"

（原载《飞天》2017 年第 8 期，《小说月报·大字版》2017 年第 11 期选载）

【作者简介】

马悦，女，生于 1969 年 5 月，宁夏同心人，从事小学教育近 20 年，业余时间学习文学创作，发表作品一百万多字。鲁迅文学院第三十二届中青年作家高研班学员，中国作家协会会员，宁夏作家协会理事，吴忠市作家协会副主席兼秘书长。出版小说集《迎着阳光上路》，部分作品被转载。荣获《小说选刊》双年奖，首届《朔方》文学奖，孙犁散文奖。作品入选各种年度选本，翻译成各种少数民族文字。作品入选《中国当代文学经典必读·短篇卷》《二十一世纪年度小说选·2012 年短篇小说》。

胎　记

马剑龙

一

做讨吃是从我小学三年级开始的。那是1973年的暑假。那时候我10岁。

黑漆漆的天，没有星星，母亲喊我和四哥起身的时候说鸡儿已经叫了三遍了，可我从家里直到下了坡底，也没听见一声鸡叫。我们家住在高高的半山腰，距离坡底平坦处近200米，得走上一阵子。坡底紧挨着大路住的是我老爸爸家。我们这里把最小的叔叔叫老爸爸。老爸爸在公社铁木厂当会计，是个工作人，有能力从半山腰的窑洞里搬到坡底平坦处盖房子住。从高处搬到低处住的还有马兽医家和张老师家。全庄就这三个工作人，都在平坦处盖房住。工作人可是相当吃香的。

暗白的路朦朦胧胧看不真切。我深一脚浅一脚地走着，四哥在我屁股上踢了一脚说："快走！"不料这一声惊动了老爸爸家的黑狗，"呼"一声从大门洞里冲出来，直奔我们弟兄两个而来。四哥熟练地拿打狗棍抵住狗，似乎并不当回事，他已经做过两年讨吃了，有着丰富的对付狗的经验，而我这是第一次，简直被吓坏了，哪里知道把手里的打狗棍当成武器，也想不通这狗怎么就瞎了眼咬自己人，只在四哥的脊背后头躲来躲去，瞌睡早已飞到了九霄云外。四哥对着狗喊道："黑子，是我！"他是要通过声音让狗知道我们是自己人。狗大概一愣，但显然不相信两个穿着破破烂烂、肩膀上挂着布袋子手里拿着打狗棍的讨吃会是"自己人"，即使是自己人也装扮成了讨吃，是讨吃就是我狗的敌人，就只能进攻。四哥被激怒了，从狗嘴里拽出打狗棍，舞作一团，向狗攻去，狗终于支持不住，反跑起来。四哥追了一截，折回身子，狗就再追四哥，盯着那棍头子不放，仿佛和棍头子结下了不解的冤仇。四哥和狗玩了几个来回"敌进我退，敌退我进"的游戏，他完全掌控着局势，随心所欲，进退自如，直到尽兴了，才折回来走他的路，看也不看狗，一副不屑的样子；打狗棍拖在地上，发出轻轻的摩擦声，那声音透着罢战的信号，也是对狗的蔑视。狗明白那信号，但狗的性格和职责不容它停歇，远远地追着咬，若即若离，走过了一段，终于懈怠下来，脚步迟缓了，一声稀于一声，半天了想起了似的汪一声。我见状兴奋又好奇，原来并不光是狗追人，人也能追狗。老爸爸家的黑子那可是恶名在外，咬得人断路稀，今天被四哥追得狼狈逃窜，真叫稀罕。我一下子觉得四哥好伟大，不怕狗不说，简直就是戏耍狗，从心眼里佩服四哥，而对黑子就有些看不起。当然和黑子的战争使我意识到了一个事实：从此时此刻开始，我已经是一个讨吃了；黑子认得我，但黑子认不得讨吃！

四哥显然对自己的表演是满意的，边走边说，看你个稀屎尻子，你手里拿着家当，狗来了，把家当搡给它，狗是谁？狗就是狗，狗傻着呢，它只知道咬棍头子，叫它咬去；棍头子上钉着铁皮，铁皮上有钉子钉成的铁刺，看不咬坏它的狗嘴狗牙？它要是还凶了你就打它，它跑得慢了都不行。嘿，当讨吃还能怕狗？你歪了它就囊，你囊了它就歪。黑子不是歪得很嘛，还不是被我追得屁滚尿流……我看不到四哥那一脸得意的坏笑，但我能听出来。四哥的"打狗经"让我懂得：做讨吃就得学会对付狗的全部经验。

要下沟了。沟叫黑风沟，又宽又深；沟里的路像一根宽阔的线，把一个又一个被山水冲成的胡洞连成了糖葫芦串儿，窟窿眼睛的，走在这样的路上不由得人心惊胆战。据说队里的大骡子拉着架子车在送统购粮的时候栽进胡洞摔折了腰死了。四哥腿长走得快，我小跑着才能跟上；稍一落后，我总疑心哪个黑咕隆咚的洞里会伸出一只巨手把我拖下去。上了沟沿，就是鸽子塘。鸽子塘正对着我们的庄子郑家台，一沟之隔。鸽子塘是个山湾，不知何年月被何人挖了些窑洞居住，后来人走了，就留下了那些废弃的破窑洞及一些离奇故事。三爸爸是讲故事的高手，我们这里把讲故事叫“说古今”，三爸爸的“古今”中就有几个是说鸽子塘的，而说鸽子塘的“古今”无不是妖魔鬼怪，我们这些孩子对鸽子塘充满了畏惧。其中有个古今甚至说的是近年发生在鸽子塘的事，说是余队长和饲养员张正居从下马关买了十几头驴朝回吆着，走在红山梁的半路上竟然多出了一头青毛梢子驴，那驴十分俊美，两个人大喜，以为卖驴的人数错了占了便宜。张正居骑着这头驴，一路唱着：“阿哥的肉，白牡丹”；到鸽子塘时已是午夜时分，张正居感觉这驴越骑越小，骑着骑着驴没了，自己的双腿竟落到了地上。余队长说：“驴呢?”张正居也说：“驴呢？我骑的驴呢?”余队长不信，在驴群里找，却哪里还有那头驴？两个人朝鸽子塘的古窑洞里看一眼，像是明白了什么，相顾大惊失色，这才意识到那驴原来是个鬼！张正居骑的居然是个鬼！……鸽子塘有着这样的故事，就是大人也害怕，何况孩子？我的眼睛只盯着四哥的身子，丝毫不敢看路右边的那几孔张着黑乌鸦嘴的破窑洞。不知哪个顽闲人在中间的窑脑里画了一头硕大无比的牛，牛角有三尺长，两只眼睛有碗口大，人们便传言那窑里画的牛被牛魔王附了体成了精，有着诸多变化，会变人，也会变成动物植物，想变成什么就是什么，少招惹！就是大白天，我们也很少朝窑里看。四哥是出了名的大胆子，却和我一样不敢看，只顾快快地走过去。他也不过才 13 岁。

好一阵疾行，我们两个便都满身大汗了，翻过鸽子塘崾岘，我们才长长出了一口气，似乎终于从鬼城里逃了出来。

小晌午，我们上了高高的红山梁，我乏得实在走不动了，四哥嘴里骂骂咧咧，说要赶中午 12 点走吴忠的车，要赶不上就走不了；走不了就得在下马关住店，我们哪有钱住店？但见我的样子，四哥有些无奈，只好选个地方坐下来吃干粮。干粮是灰条子儿做的。灰条是一种能长半人深的草，灰条的仔儿是黑的，颗粒细小，比针尖大不了多少，用灰条子儿做的甜馍馍，味道别致，十分好吃，我们庄子上做灰条子儿馍馍最出名的是张吉海大妈。大妈本姓白，因为嫁给了张吉海阿伯，我们就叫“张吉海大妈”。这种连着名字一起称呼的情况仅仅是根据年龄对无亲戚关系的长辈的尊称。我们家比张吉海大妈家住得高，凡上学放学都得经过她家，张吉海大妈老是站在门口，时不时会塞给我一个灰条子儿馍馍。她只有一个女儿，已经在家里招了女婿，30 多岁了不见生养，大概看着我们这些活蹦乱跳的孩子眼馋，也是心疼我家人口多，缺吃少穿才这样做的。如今，张吉海大妈已经过世了。

红山梁很高，是罗山山脉的延伸，像一道天然屏障，将下马关、韦州这些干旱的川台地同以窑山为中心的同心东部山区生生地切成两个部分。站在梁顶，朝东望，平展展的下马关滩尽收眼底，一道一道林带有规律地分布，整整齐齐，像是作业本上打的横格；朝西望，黄土山峁高低错落，一望无际，山的海洋，四哥指着说某某道山的下面就是我们郑家台，我睁大眼睛分辨，哪里看得出来？但四哥是闯过江湖的人，连黑子他都能追着跑，他的话我当然信。

12 点前，我们赶到了下马关，搭上了去吴忠的车。我第一次去吴忠，想象着吴忠的美好，想象着即将开始的全新的生活，不知不觉中睡着了。

二

下了车，四哥把我领到他的老住处：吴忠市东风公社前锋大队前锋四队马国强家。于是，我见到了马国强的老伴胖姨妈。

胖姨妈正朝房廊檐下的木桩上挂一串红辣椒，看见我们，大声说：“吆，小山汉，来啦？”她把四哥叫“小山汉”。川里人将山里人叫“山汉”，山里人将川里人叫“鸭子”或“水鸭子”。四哥走上前给胖姨妈问了好，我也跟着说了；四哥叫胖姨妈，我也跟着叫了，这是四哥在路上就给我安顿好的。胖姨妈挂好了辣椒，拍拍手，走过来摸着我的头对四哥说：“又一个更小的小山汉，你弟弟？”四哥点头。胖姨妈说：“老几？”四哥说：“老五。”胖姨妈说：“念书着吗？”

四哥说："念着呢，三年级，下学期升四年级呢。"又抢着说："我还有个弟弟呢，老六，叫牛娃，6岁了，像个软蛋鸡娃子，3岁上才学会走路。还有个两岁半的妹妹，叫——"胖姨妈摇摇手，笑笑说："你妈总再不养了吧？都8个了，比俺还多了一个！"四哥说："不知道，大概不养了，我小妹妹叫老姐，老姐的意思就是最小的。"他终于把小妹妹的名字说出来，长长出了口气，如释重负。胖姨妈说："最小的在俺这里叫'第小个'"。这时，一个头发散乱的女孩和一个大一点儿的男孩脏兮兮从房背后风风火火跑过来，他们浑身是水，看样子刚从水渠里爬出来。男孩和我年龄相仿，女孩小些，八九岁的样子。胖姨妈将女孩拉到怀里，边扎头发边说："这就是俺的第小个，匪死了，你们看，丑不丑？"说着在水汲汲的脸上亲了一口。我看那女孩，脸黑黑的，胖乎乎的，眉眼神态像极了胖姨妈，长得一点儿也不好看。女孩见我看她，就用一根指头指着我问胖姨妈说："妈，他是谁？"胖姨妈说："嗯，一个，一个小哥哥，你就叫他山汉小哥哥"。女孩顽皮地说："我就不叫，他才那么小。"伸手拉住身边的男孩说："这才是我的小哥哥，比他大多了！"一副自豪的样子。我看看那男孩，果真比我高些，不由得自惭形秽，朝四哥身后躲了躲。女孩用手指刮着脸说："羞，羞，还是个男娃娃呢，没出息！"胖姨妈说："黑毛，别闹，谁像你这么匪气？"叫黑毛的小女孩生气了，嘟着嘴朝房后走去。小男孩狠狠瞪我一眼，也跟着到房背后去了。胖姨妈笑道："到底是亲哥哥，都会给妹妹争背单子（方言，做主）了！"她突然发现了什么似的看看四哥，再看看我，笑得上气接不住下气，说："你们两个不太像，啊？"说过了，似乎感觉这话不合适，忙转移话题说："看我这记性，你爹你妈都好着吗？"四哥说："好着呢。"胖姨妈问话的时候走在前头去为我们开了最东首一间房子的门，她真的好胖，一颠一颠地走路，两条腿粗重有力，两个奶子大得惊人，比父亲放的那群羊里吊耳朵的奶子都大，忽闪忽闪的；她的身子足足有山里的两个女人重。这个重量让我对胖姨妈有些怯乎。

炕是通炕，铺着一个已经发白的红色线单子，仅仅铺了大半个炕，小半个炕精着席子。炕脑里叠着一卷儿破旧的紫色套花被子。房子没打顶棚，苈条椽子都是杨木的；西面墙上挂着巴掌大小的一块镜子，门后拉着两道铁丝，是挂毛巾、袜子用的；浅绿色的洗脸盆就放在地上；地是土地，没铺砖块。这就是四哥的家，现在是我们两个的家。显然，这个家有好长时间没人进来过，弥漫着一股淡淡的陈腐味和一层薄薄的尘。胖姨妈说："小山汉，看，你的房子，原模原样，我们没动过。"听四哥说胖姨妈收留他的时候是见他可怜，一分钱也不要，让他白住的。

四哥忙手忙脚地从挎包里掏出几双刺绣鞋垫和一对枕头顶子递给胖姨妈，说这是我妈让我带给你的。胖姨妈接住，一件一件细细地看，说："绣得真好，你妈绣的吗？费心死了。"四哥说："我姐姐绣的。我妈说了，山里没个啥，叫您老人家别见笑。"胖姨妈笑着说："你妈的一片心，俺高兴都来不及呢。你姐姐多大了？给人了吗？"四哥说："我姐姐 16 岁了，从小就给了我姐夫——"胖姨妈笑，四哥自己笑，我也笑。四哥更正说："我姐夫的大（爹）和我大是拿手多斯的，我大就把我姐姐给了我姐夫。"胖姨妈说："'拿手多斯的'，啥意思？"四哥想了半天，不知如何表达，说："反正他们两个好，一起被马鸿逵抓的兵，我大不愿意当兵，就装哑巴，一装就是三年，我姐夫的大伺候着我大，他们就成了拿手多斯的了。"胖姨妈明白似的点点头。四哥又从挎包里掏出一个扎着口子的小布袋，说："这是两碗扁豆子，我妈让你生着吃菜去。"胖姨妈接过去，解开口子，抓出半把说："你家那么困难，俺真不好意思接你们的东西。好吧，从那么远的路上拿来了，姨妈就收下了。"她安排好了我们两个，临出门前给了我一个表情，那表情像和煦的阳光，刹那间温暖了我的身心。我是个 10 岁的孩子，是个小讨吃，胖姨妈仿佛知道我最需要什么。

四哥叫我出去端点水来洒地，我说不知道水在哪里，他就前头出了门，并命令我拿上盆子跟着他。四哥站在院子靠近栏干的地方，手里握住一个杠杆式的东西一抬一压，我到跟前时，水已经从他压着的那个小机关里流出来了。原来那里安装着一台铁制的、小巧玲珑的手动汲水器，大家叫"压井"。我赶忙把盆子接上，四哥再压两次，已经半盆子水了。我说这井有多深，四哥说："人家吴忠水就二三尺深，不管从哪个地方朝下挖都有水，哪像我们山里?”四哥说话的时候，那神情仿佛他自己是个老吴忠了，而我只不过是个山里人，故意给我胀气一样。我联想山里，那井动辄就是几丈十几丈甚至几十丈深。两厢简直就没个可比性，真是“人比人活不成，马比骡子驮不成”！洒了地，四哥扫炕我扫地，我们的家很快就收拾干净了。

胖姨妈家院子不大，一字儿排着大小6间房子，其中1间是厨房，1间是碳房，他们全家住着3间，腾给我们哥儿俩住1间。

在我们打扫卫生的时候，胖姨妈已经系好围裙下了厨房，不大工夫就端来了4碗茄子面。我和四哥吃着，胖姨妈站在一旁看着，神情慈祥而专注。一人两碗面，很快就吃完了，胖姨妈问道：“饱了吗?”四哥忙说饱了，并示意我不要说话。我没吃饱，但我知道不能说没饱，那样会遭人看不起；见碗边子上吊着半根面条，我顺手拿过来喂进嘴里，四哥给了我一巴掌，大概嫌我露了相，而且用手也不讲究卫生。胖姨妈忙拦住四哥责备说：“娃娃疼省五谷是好习惯，你打啥?再打俺就——”胖姨妈摆个不客气的姿势，但我明白那只是摆个姿势而已。四哥面有怒色，却再没说话。胖姨妈瞪了四哥一眼，独拉着我的手来到厨房，又给我舀了一碗饭，我又是很快就吃完了，胖姨妈忙将锅里剩下的大半碗面全部捞给我，说：“吃，吃不饱了姨妈给你再做！哼，这个小山汉，还打人呢，以后不给他吃，气死他！”我含着泪吃了。胖姨妈说好好念书，我点头；胖姨妈说书念好了将来好做大官，我点头。胖姨妈笑了，我也跟着笑。她的两个脏兮兮的水孩子不知啥时候立在门口，一边一个。他们大概知道我吃了多少饭，既吃惊又同情。

我讨吃的第一天就差点被狗咬着。

原来狗和人一样，也分三六九等，脾气性格各有不同，所谓人有人品、狗有狗德。有的狗高大英武，有的狗羸弱瘦小，有的狗文雅大方，有的狗贼眉鼠眼，这些狗毛色皮骨千姿百态，行为方式千差万别。有些狗，你到它跟前了也不吱一声，但见主人出来，立即呲牙咧嘴、耀武扬威地向你扑来，似乎它是最忠于职守最勇猛顽强的；有些狗明火执仗不折不扣，来去分明，防守是防守，进攻是进攻，像君子；有些狗则悄无声息偷鸡摸狗，选择你不留意的时候发起突然袭击，叫人防不胜防，尤其从身后发起攻击，多半会得手，像小人。但天下所有的狗都有一个共同的敌人，那就是讨吃！当然城市里的那些没有主儿的流浪狗例外，农村很少流浪狗，都是看家护院的狗，忠于职守忠于主人。

那天，就是到胖姨妈家的第一天，下午，四哥带着我到近处的前锋一队去讨要。吴忠的村庄比我们山里的村庄要整齐得多，从庄子的这一头入手，讨要到另一头刚好结束。我因为才出道，啥也不懂，像个跟屁虫样紧跟着四哥。四哥自然是当仁不让，总在前头开道。当我们要到村子最中间一家的时候，那家大门是开着的，四哥前头进去，我后跟进去。我们左右看过，没有狗。四哥大声喊道："散个乜帖！"半晌了不见动静。这出了声喊过了后更要防着狗，因为有些狗在隐秘处躺着，听到你的讨要声才出来。四哥又连着喊了两声"散个乜帖"，一声比一声大，突然见一个腆着肚子、光着头的青年男子从中间的房门里出来，指着我们大声骂道："俺把你两个山汉贼日的，喊啥么，喊喊喊，叫老子连觉都睡不成！滚，滚出可，滚得远远的！"

我们又气又恨，——这是前头要过的数十家里唯一骂我们的一家。可有什么说的，讨吃嘛，干的就这没自尊的屈辱营生，争又争不成，打又打不过，三十六计，走！没待我们转身，一条灰狗无声无息闪电般从大门口的方向朝我袭来，我"妈呀"一声，根本没来得及躲，那狗就咬住了我的右裤腿，头一甩，我的整条裤腿就被撕扯去了。四哥反手给了那狗一棍，狗跑出门去，战利品也被它衔着跑了。那主人见没咬着我，只是将手叉在腰里，站在房台子上冷笑。我坐在地上发抖，半天说不出一句话。幸好那狗咬去的只是一条裤腿而不是腿上的肉！这时有个老年妇女背着一捆子草从大门口进来，见状撇了草捆，俯下身子看我的腿，惊恐地说："它的这个爹，在俺前头跑着，竟干下了这造孽事！先人祖宗，咬下了人可咋可呢啥！"她说的是狗，狗是跟着她去的。大门口里就有些人进来。一个中年男人到我跟前，弓着身子问狗咬着我了没有，我护着光腿摇头。那人认真地亲戚在二队给三羔看好了个媳妇，下午全家人要去验人呢。

胖姨妈的几个孩子虽然念书，却是念不进去，比如和我同年级的六羔，无论我们造句写字还是做算术题，他都迟钝得有如脑子里装着一团浆糊。有时候傍晚，大家坐在院子里乘凉，四哥出题考我们，我很快就能答上，六羔甚至五羔四羔却是半晌也反应不过来，这让胖姨爹和胖姨妈非常失望，但他们一家最大的品行就是羡慕和鼓励我们，而不是因为嫉妒忌恨我们。胖姨妈嘴里反复咀嚼着这样一句话：寒家出贵子呢！寒家出贵子呢！

吃过了团圆饭，我和四哥经过认真商量，终于做出了一个重大决定：用大概讨要了八九天的米面从货郎子那里换了双塑料凉鞋，——当地的孩子们都穿着凉鞋，我们也是孩子，我们也眼热。正午时分，我们和六羔、黑毛及其他许多孩子一起在水渠里耍水，见人家孩子们将凉鞋在水上漂着玩，凉鞋沉不下去，我也大胆地照着玩，不料一只鞋偏偏就沉了，一群孩子钻进水里摸，哪里还能摸得到？四哥一气之下暴打了我一顿，而后我们抱头痛哭！我永远都想不通，当地孩子的鞋不沉，因为我是讨吃我的鞋才沉吗？

暑假很快就完了。快开学了，我们收拾行李准备回家念书。我们的行李很简单，一个人背着半袋子要来的米面。打狗棍没带，寒假我们还要来的。说实话，我们的讨要只能维持个肚子，想要通过讨要挣学费是根本不可能的事，讨吃太多，一个跟着一个，像永远转不完的自行车链条，鸭子出手太大方就会把自家的锅挂在墙上。

胖姨妈扎扎实实给我们装了10碗大米，算是对母亲那两碗扁豆子的回报。

三

四哥升了初一，到公社去上初中；我升四年级了，还在我们郑家台完小上；弟弟也上了一年级。妈妈把姐姐的旧棉裤面子拆下来洗净，拿黑颜色染了，给我缝了个书包，将我原来的小花书包给了弟弟。我很舍不得我的花书包，虽然只能装两本书，但那是妈妈拿各色绞成菱形的碎布片缝在一起的，很好看。妈妈说那个书包是个老功臣，三哥背了四哥背，四哥背了我背，现在又轮上弟弟了，弟弟背了老妹妹肯定还要背的！反正就一本算术一本语文，谁也背不烂。

四哥这一到公社的中学去上学，要住校，铺盖、箱子、黄米，拿那么多，好像一下子要把我们家搬空似的。送四哥那天，三哥从后院里牵来枣红马，套上架子车，把东西和人都拉上，轰轰烈烈动身了。全家出动，一起站在大门沿子上相送，就像是送出嫁的女儿。车子很快就下了坡，过了老爸爸家，又很快下了黑风沟了。妈妈抹着眼泪第一个回了院子，父亲和姐姐后面跟着进去了。我和弟弟妹妹三个人跑到庄子最东边的山嘴上，朝沟那边的鸽子塘方向瞅着、等着。大概过了半个多小时，车子上了那边沟沿，到了鸽子塘；车子很小，像个甲壳虫在移动，远远看去似在梦境。又过了十多分钟，过了崾岘，车子便踪影全无。我托着腮想象着车子过了曾家庄沟，翻过高崾岘，然后就看见公社了……

枣红马是队上包给三哥喂养的，是一匹从部队上退下来的战马，就像军人复员一样。三哥说这马灵得很，它会根据不同的指令跑出不同的步伐。为了证实自己的话不假，三哥曾多次在平坦处骑上马演练示范：缰绳松着马不动，稍一提马就动了，再一紧马就跑开了；突然一松，马像得了紧急命令，猛地刹住，四蹄差不多插进土里，三哥早有防范，重心下移，抱住了马的脖子，没栽下来，看的人都吓一大跳，见三哥无事，就都拍手，说这马，了不得，谁知道它还会些啥？大家就将这马看成了有灵性的马。三哥当然是无比地骄傲，仿佛那马是他自己调教出来的。然而在农村，这马只不过是一匹普普通通的生产用马，拉车、犁地、摆耧，啥农活不干？尤其是朝公社送“统购粮”，那种苦力对于牲口来说就是一种残忍的折磨。黑风沟一下雨就坏事，路经常修经常坏，极难行走，下沟时牲口要坐住车子，因此骡马驴的后胯上总是被宽宽的皮带做成的“坐虬”磨得精光；上沟时又是拼尽全部的力气拉拽，鼻孔绷成了风筒，气息粗重短促，那简直不是在呼吸，而是在挣命！待上到沟沿上时，牲口往往是浑身水洗、四肢打战。赶车的人多半会在车子的一旁挽个绳套套在肩膀上帮着拉，牲口出多少汗，人就出多少汗。枣红马和别的牲口毫无两样地被役使遭罪，我便心里不平，为马叫屈，我想，有什么办法解放无辜的枣红马及其他牲口呢？在我看来，全怪大山深沟，要是能有什么神力将山填到沟里不就一马平川了吗？

山里的天特别地蓝，四季分明，白云朵朵，清风习习，无论打场、放牧、砍草、背粪、犁地，总觉得清清楚楚、明明白白。但山里人好像永远都那么穷，穿得烂，吃得差。不是没有粮食，那些年也怪得很，庄稼年年成，麦垛满场，糜谷遍地，挨饿的人们却吃不到嘴里，几乎全部交给了国家，大人们说是给苏修“还债”，我们就觉得“苏修”这个人肯定比黄世仁都坏，否则怎么忍心逼着所有的老百姓还债？社员把自己种的粮食交给了国家，国家把玉米、高粱、红薯这些现在当做饲料的杂粮供应给社员填肚子。红薯是晾晒干的切片，人们通常称之为红薯片。红薯片的吃法一般有两种，一种是不用加工，在清水里泡软了，煮着吃，红薯片被煮得发起来，吃到嘴里绵软沙甜；一种是磨成面粉，做成各式面点吃。一口人的供应标准是每月 20 斤，山里人连十天都吃不上就没了；因为没有油水，孩子们都特别能吃，十二三岁的孩子，喝四五碗拌汤（面粥）不在话下。但大家在一起劳动，一起学习，无欲无求，因而笑声不断，欢乐不断。比如同一部电影，像《洪湖赤卫队》《白毛女》《地道战》《红灯记》，大家今天看了明天看，电影队走到哪里，一帮子人就跟到哪里，起五更睡半夜，简直是百看不厌。在孩子眼里，放电影是天下最体面的职业。

学校的旁边是打麦场，麦垛有如山包，沿场边摞了一大圈。麦垛大小不一，有的一个麦垛打三四场也打不完。在我的印象中，从麦子上场开始，一直打到秋末冬初，当然主要是等当好天气。只要天气好，其他的活儿都要给打场让路，所谓“收到笼儿里的才算粮食”。一大早，队长就吆喝着说铺场了，铺场了！人们便赶到场上去铺场，铺好了晒着，晒干了才打碾。队里有一台 11 型手扶拖拉机，除了跑公社给队里拉东西外，全部的任务就是打场。光一台机子是不够的，另有四五头牲口也被队里指定的几个有经验的老者吆着打场。打场的牲口最有意思，嘴上戴着笼嘴，防它们吃粮食；屁股上戴着兜，防它们拉屎尿。雄性牲口最难防，没有人给它们腿叉处也挂个兜，那会丑得让所有的人没法子干活，所以场边老有人拿盆子伺候着，但见牲口腿一叉，便跑上前去用盆子接住。也有接不住的，只好睁一只眼闭一只眼了。打一遍，男女老少一大群就拿着叉子去翻挑，完全挑起来了，麦粒在下边柴草在上边，磙子上去再打。巨大的石头磙子压得地面微微颤动，像波浪，一浪一浪传到学校的教室里。一般是连打三遍，人们就开始起场，把柴草起到一边，剩下的麦粒和麦衣被大家用一块叫做刮木的木板推拉到一起，堆成堆。刮木上挽两道绳子，一个人扶住刮木的扶手，每条绳子各有四五个人去拉拽，完全是一种合作劳动。这时候，到了扬场的环节，就“万事俱备只欠东风”了。只要有风，大家又把扫帚一起上，扬的扬，扫的扫，麦衣被风吹到了一边；扬到最后，就只剩下了干净的麦粒。然后就是装口袋过秤，用牲口朝老庄的仓库里驮。口袋是结实的毛线织的，直径一尺多点，却有五六尺长，搭在牲口脊背上，稳稳当当。有时候因为没有风，扬完场已经半夜了，就将麦粒堆成圆圆的堆，旁边撒上一圈白灰以便防盗，并派几个人看着，叫“看场”。这种情形下，偷盗往往就会发生，甚至是看场人监守自盗。队长是最高行政长官，也是大法官，侦破、判决、执行他一个人通吃。一旦逮住了贼，肯定要召开大会，宣布罪行，惩罚的方式多是“架土飞机”，就是将人的双手反剪到身后，拿绳子绑住，再提起来拴到脖子上，山里人有时也叫“穿了麻绳夹夹子”，算是酷刑了。

当然生产队里有时候也集体作弊偷分粮食给社员，在那样的有着高压政策的年月，这会是非常危险的，队干担着极大的风险，一旦有人检举就会被法办，所以这种好事情没有绝对的把握是没人敢干的。

天气逐渐转凉，夏田庄稼已经结束，秋田庄稼正在成熟。队里已经安排一部分人割糜子了。

孩子们饿着肚子，下午一放了学，总会在回家的路上顺手牵羊弄些什么吃的添进嘴里。黄萝卜、白萝卜，从地里拔出来，拧掉叶子，擦擦土就可以吃。有些孩子书包里带着小铲子，在路边或荒地里挖面筋、刺刺、红根子吃。面筋最好吃，剥去皮，指头粗细，白嫩白嫩，一截一截地咬，极有感觉；红根子和刺刺，挖一根吃一根。也有些孩子在熟地里揪着吃环环子（蒲公英）苔，还有些其他野草的子儿或果实。最重要的是，洋芋根部的土正在裂缝起包，孩子们盯着它已经不是一天两天了。

夏秋两季，牲口基本上吃的是活草，因为要干农活，主要是犁地，牲口是没机会放牧的，全靠人力从野外找草喂养。队里按劳动力给各家安排砍草量。我家劳力多，砍草量也大，所以放学后，我和弟弟总是被父亲喊着去砍草。我们一人背个背斗，拿上镰刀或铲子就出发了。出门前，我们悄悄带上火柴，有时候还带些纸张木柴一类引燃之物。那天，我们在沟沿上，边砍草边瞅机会，眼见沙梁梁子后面的洋芋地里没人，就悄悄溜过去，每人快快地挖几墩子洋芋，大小十几个，将挖出来的土填回原处，再撒些干土做伪装。我们用衣服襟子兜着洋芋，火速离开现场，到沟沿边一个我们早已看好的背风避人的坑里，我做灶火弟弟拾柴火。做灶火就是选个突出的位置挖个类似灶火的洞，留上烟囱即可。见弟弟的柴火拾得差不多了，我们开始点火；当烧得满洞烘热时，撤去火，将洋芋放进洞里，再把洞子上边的烧土踏下来，洋芋被埋严实。这样不见火烧出来的洋芋，皮黄肉沙，口感极爽，光那股子香味儿就叫人垂涎三尺。我们上了坑沿，边放哨边砍草边等待。大约半个小时后，我们跳下坑，刨开土，一顿大吃。个别没烧熟的捏一捏也能吃，俗话叫做“洋芋没歇，三揣两捏”。吃好了，赶忙去砍草。不光是我们两个这样偷洋芋烧着吃，其他孩子也照样这般做。

在夏天，半黄的麦穗也是烧着吃的，不同的是用明火烤烧，火候一定要把好，既要烧熟又不至烧焦，然后用手搓，两个麦穗子搓一把，用嘴吹去皮屑麦芒，绿中带黄的麦粒宝石般透着光亮，散发出清幽的麦香，朝嘴里一灌，脆脆地嚼着，品着那味儿，循着那感觉，全身都透着一股舒适；嚼够了，“咕”的一声咽下喉咙，然后再烧再搓，重复着前边的动作，直至吃个够。有时候，我们会成群结伙到沟里挖锁阳、揪噶拉木。揪噶拉木和吃噶拉木的情景给我的印象最深。

噶拉木是沟里咸碱处一种贴着地面生长的植物，果实像枸杞，成熟时一片一片，红的紫的绿的，好看极了。噶拉木的成熟期和麦子差不多，拔麦子的季节就是采集噶拉木的季节。人们多是背上背斗，有的拿上大一点的提袋，手里端个小盆子或碗，揪上半盆子半碗，小心地朝固定放在稳妥处的背斗或提袋里一倒，再去揪。这种时候，沟里最是热闹，上沟下沟全是人，男女老少，红火得很。有些噶拉木长在比较危险的崖壁上，但山里人没有到不了的地方，尤其男人们，似乎有比拼的意思，哪里高哪里危险就在哪里揪，平坦处往往留给妇人娃娃们。初揪回去的噶拉木是不太干净的，要筛选，筛选的方法也特别，将噶拉木倒进清水里漂洗，那些小的秕的残的没成熟的往往会漂在水面上，用漏勺捞去，再拿清水淘洗几遍才倒进锅里煮。一般是在锅里倒上少许水，防止烧焦，煮到一定时候噶拉木自身的水分就出来了，这种时候手上有劲的男人们往往摆开架势，双手握着擀面杖，女人朝锅里撒面粉，男人使劲搅，就像搅搅团，待噶拉木和面粉完全融到一起，男人们将擀面杖换成铁勺子，使劲用铁勺头垫挤，把噶拉木颗粒全部挤烂垫碎，黏糊糊的，像黄米黏饭。趁热是不太好吃的，等到凉了，舀上半碗，有滋有味地吃，边吃边惬意地吐着核儿，那种稍带点涩的甜味儿说不出有多滋润，似乎能渗进皮肤里去。噶拉木性凉，吃的人总会放屁，比野狐屁都臭，闻者无不跑地远远地逃避。

有一天，我和弟弟砍完草朝回背，到语录牌跟前，弟弟走不动了，我们就在语录牌下休息。语录牌在老爸爸门沿下的“丁”字路口上，是用胡基砌的，有一人多高，拿白灰墁光，用红颜料写上毛主席语录。那白灰时间一久，风吹日晒，渐渐有些脱落，弟弟用铲子轻轻一铲，白灰就掉下来一大片，再一铲，又掉下来一大片。我见状吓了一大跳，赶忙拉上弟弟背上背斗跑了。结果，到晚上，队长喊着召开紧急会议，如临大敌。队长讲了两种可能：一种是有阶级敌人到了我们队上，谁家里来了人，哪怕是亲戚也不要隐瞒，赶紧报到队上；一种是本队里暗藏着阶级敌人，毁坏毛主席语录，就是反对党，反对社会主义，就是要扰乱秩序，破坏生产，就是要篡改和剥夺“文化大革命”的胜利成果！好家伙，这要是被抓住了，不枪毙了才怪呢。

我们虽然是孩子，但队里为着什么开会已经知道了，早已吓得魂不附体。我把弟弟叫到后院里安顿了一遍又一遍：这件事只有我们两个人知道，给家里人都不要说；要是有人问起，就是砍了头也不承认。弟弟默默地点着头，一脸茫然。

夜里 11 点左右，父母回来了，进了火窑，他们就睡在火窑。我和弟弟悄悄趴在门上听，听到他们讨论的是队长的“两种可能”，完全没有说到我们，才放了心去睡觉。

清晨我们还在梦乡，父亲已经站在院里大声喊道：“塞格，牛娃，起，赶紧起来挤奶，我要丢羊呢!”“丢羊”就是朝出吆羊去放牧。父亲是队里的羊把式，放着近 200 只羊。

我急忙翻起身子，弟弟还支支吾吾，我说：“赶紧起，大进来打呢!”在早晨喊孩子起床的问题上，父亲从来都不含糊，无论上学还是干活，那是绝对不允许磨磨蹭蹭，动作稍微慢些，父亲的老拳就会招呼上来。

我们用汤瓶一个给一个倒着洗了脸，就拿上姐姐递给的盆盆子到后院羊圈里去挤奶。

挤奶的对象全部是山羊。母山羊摘去羊羔后，如果天天去挤奶，奶子是不会枯竭的。我家确定了十几头膘好些的母山羊，早早晚晚地挤，就天天有奶子喝。

弟弟抓着羊头，我蹲下身子挤。山羊本来没有绵羊温顺，一开始抓也抓不住，但挤习惯了，见我们拿着挤奶的家当，竟然定定站着让我们挤，口里安静地倒着沫（反刍），甚至有时候像奶羊羔一样将一条后腿轻轻抬起来。

我们挤满了两盆盆子奶，端回火窑，母亲和姐姐烧热锅，炼点香油，将奶子倒进锅里，另兑约三分之二的水，烧滚，一人舀上大半碗，有馍馍了泡上吃，没馍馍了就那样空口喝，真正的绿色食品，甘甜爽口，醇香无比。在生活如此艰难的时期，这些羊奶对我家的帮助着实不小。大家喝足了，才干活的干活，上学的上学。我们家，大哥在汝箕沟煤矿当工人，已经娶了大嫂，单另开了过他们的小日子；二哥自小过继给阿伯做儿子，也算不得我家的人口，即便如此，还有两个大人六个儿女，整整 8 口人，地道的大家口。饭一做一大铁锅，为了节省，多数情况都是刷的拌汤喝。一旦到了连拌汤也喝不起的日子，四哥便会利用周末带上我和弟弟到预旺、马高庄一带有回民的庄头去讨要。我们没有给家里要回来多少，但至少我们在外边能混住自己的肚子，给家里减轻了极大的负担。

天渐渐冷了，到了穿棉衣的时候了。母亲这时候是最忙活的人，拆拆洗洗缝缝补补，从父亲到小妹，一人一身棉衣，那可是全部要准备的。当然也不是年年缝新衣服，一身棉衣一般要穿个两到三年。大人的身高是定了型的，娃娃则不同，年年长个子，衣服就得年年换，好在我们兄弟四个，三哥穿过了四哥穿，四哥穿过了我穿，我穿过了弟弟再穿，反正棉衣是闲不下来的。如果要缝，也只是给三哥缝一身。这些棉衣，面子、里子及棉花都是旧的，极容易烂，因此缝缝补补的情况更多。家里太穷，我们一旦换上了棉衣，单衣几乎就不敢再穿，省着明年穿，身子上没有线衣线裤，棉衣是直接贴着肉穿的，风一刮，直钻进袖口裤口，浑身凉飕飕的，冷到身上，冰到心上。

寒假前的一个周六下午，我们原计划是要出门去讨要的，不料吴忠鸭子开的东方红拖拉机到我们郑家台来收大粪，人粪狗粪鸡粪野鸽子粪都收，我们就改变了计划。家里的大粪由大人们卖，四哥和我到沟里掏野鸽子粪。我们钻了很多沟岔山洞，耗时三四个钟头，总算每人收集了大半背斗。但等我们辛辛苦苦从沟里背到生产队的打麦场上时，鸭子的车已经走了，一打听，说是在曾家庄，我们疯了，只好振作精神朝曾家庄背去，翻了两道沟一架山，总算背到了曾家庄。让我们万万想不到的是，给我们付钱的人竟然是东风公社前锋一队的那位队长！队长也认出了我们，对着我喊道："啊吆，这不是那个腿上长着胎记的要乜帖娃吗？俺一直想找你们都没找着，今天在这里遇上，巧了，巧了！"队长十分高兴，本来一背斗只给两毛钱，可他还愿似的给了我们每人两元钱！两元哪，我们简直就是发了横财！三哥从吉兰泰背盐回来挨个给我们小兄妹每人两毛钱，我们就已经满足得像是得到了人生巨大的一笔财富，给小伙伴们夸了许多天也舍不得花，这鸭子队长居然给了我们每人两元钱，这不是发财是什么？

有了这笔钱，加上家里卖的钱，父亲和三哥第二天就套着架子车从下马关的集日上挂了两口袋油渣，这些油渣敲碎磨细，掺在高粱面、玉米面里，算是极大地缓解了我家的吃粮困境。说实话，掺了油渣的饭或馍馍，吃起来比喝中药都难以下咽。

期末考试，我的成绩名列年级第一。

四

寒假到了，我和四哥要到吴忠去要乜帖。出门讨要已经不是丢人的事，为了肚皮，光阴紧巴点的家庭都会有人出门讨要，谁也不会因此说三道四。

本来决定放假后的次日就动身，只因为我着了凉，高烧不退，三哥从解放新庄找来了白医生，打了两针才退了烧，这样就在家里拖延了一天。母亲心疼我，把前天队上分的犒劳肉悄悄给我炒了半碗，让我在火窑隔墙里边的磨道里偷着吃，还没待吃完，一阵恶心，“哇”一声全吐了！母亲气哭了，骂我是“瘦狗肚子里装不住酥油”，我就蹲在磨道里哭着不出来，觉得对不起母亲，越哭越伤心。母亲把我拉出来，搂住我说：“妈的老个，你咋这么苦的命哪，啊？你咋这么苦的个命哪？”母亲哭着，嘴里絮絮叨叨地说着，她的话并不完整，但在我的头脑里却清晰地勾勒出了我出生及上学前的全部画面：

1963 年农历二月十五日，我来到了这个世界。

我是正晌午卸地时降生的，父亲刚好吆着牲口背着犁具进院门。我的到来并未给家庭带来多少欢乐和热闹，平平常常，因为那个年代本来就不稀罕孩子，那个日子也没有什么特殊意义，何况我是家里男孩子中的老五，更没什么稀罕的了。在母亲的叙述中，生我的时候家里只有她老人家一个人，极冷清，当然后来父亲回来了。母亲在炕洞门前给自己的生产准备好了一堆青灰，她就是坐在灰堆上生的我，农村人都是那样生孩子的，那种方式在 7 年后母亲生小妹的时候我亲眼见证过。也有用绵沙土代替青灰的，绵沙土是从洁净处采来的干土块，踩碎捻细，用萝儿筛过，既卫生又绵软。年轻妇女生孩子会有人看着，伺候着，她们没生产经验，除婆婆、娘家妈一些老年妇女守着外，更重要的是有接生婆在场接生。接生婆在我们这一带农村叫“老娘婆”，大多数都有着丰富的接生经验。而年纪大的妇女生的多了，经验丰富，自己生，既省下了请老娘婆的“印子钱”，又不张扬。那年月，生个孩子真的没什么好张扬的。

三四岁上，看到四哥很洋气地背个书包去上学，我的心里痒痒得要命，可父母说我还小，我就有事没事地在学校周围转悠。学生们早读或课间集体朗读的声音那么好听，真如天籁之音，我的心似乎就随着漂到了遥远的地方，花花鸟鸟……

7 岁，我上学了，有了官名。有了官名的人才能算是个人了。

我的身体是弟兄六个里最差的一个，动不动就会肚子疼，有一次居然疼晕在了火窑门口，父母为此闹心不已，对我的前途充满忧虑。但我的学习却是最好的，从一年级到四年级，我的成绩一直在班里名列前茅，奖状拿了好多，就贴在大窑和火窑靠近炕头一面的窑壁上，很醒目，这使父母非常欣慰，逢人就夸。

还是相同的走法，说好的三哥用架子车套上枣红马送我们的，可那天正好队上通知到公社打供应粮，三哥小晌午才能动身，我们只好又是起五更朝下马关徒步行走。冬天的日子，即使没有风，也冻得人发抖；那天刮着风，我们缩成一团；冻得红肿的手始终是筒在袖子里的，但走一截就得拿出来用嘴哈一哈，不然会冻木的。

我和四哥的穿着差不多一样：黑棉袄蓝棉裤，外裹一件半长的山羊皮褂子，头上是廉价的棉帽，脚上是加厚的单布鞋。棉袄的袖口和棉裤的裤口似乎永远都吊着污旧的棉花穗穗，穿在身上没有火气，风直朝没有内衣保护的袖管领口里钻……

我们顺利地到了我们吴忠的“家”。胖姨妈永远都是那么热心，在我和四哥抱些玉米秆秆烧炕的时候，她已经给我们做好了饭端过来。三羔媳妇刚刚娶进家门，两口子占去了一间房子，四羔、五羔、六羔就被胖姨妈安排着和我们一起住，这样 5 个人挤着既暖和又热闹。但 5 个“骡子”——胖姨妈把我们几个二愣子男娃娃叫做骡子——住到一起，顽皮费事，拌嘴甚至打架的事在所难免，他们这样编排我们：

山汉，驴尿尿（碎），撇干饭；驴叭屎，做黏饭。撇上干饭请外母，做上黏饭请外父。

我们如此回敬他们：

鸭子鸭板长，死到门槛上，狼叼呢，狗抢呢，咬的鸭子毛烂淌呢。

到了这个份儿上，接下来就只剩下了动手。

胖姨爹是不管这些事的，胖姨妈时常为我们断官司，她总是护着我们斥责自己的孩子，招致了子女的忌恨不满。还有，我们一旦在外边惹下了事，胖姨妈也总是出面为我们兜着。一次回家的路上，我们因为打狗棍折了，顺手抽了路旁一家立在墙边的两根棍子，被主人发现，一直把我们追到胖姨妈家，立打不歇，胖姨妈就给人家下话，她一遍又一遍地承认错误，完全是把我们当做了自己的孩子。那人说，那棍子是俺搭西红柿架用的，不是给你们准备好打狗的！他冷笑着对胖姨妈说："你们家里养着贼，还不追掉算了？"胖姨妈说："小娃娃嘛，寒冬腊月的，追了他们到哪里去住？都在俺家住了几年了。"那人说："你心肠好，看哪一天不偷了你们才怪呢！"胖姨爹突然从门里出来，大声说："你把你的棍拿上走，偷了俺家俺愿意，踏住脖子揪头呢是不是？"那人刚想说什么，却见三羔四羔一起从门里出来，表情生硬，只好脖子一梗，咽下了话，悻悻地走了。

我们从来没见过胖姨爹发这么大的火，都吓了一跳。但见胖姨爹铁青着脸回了屋子，就都默不作声。胖姨妈一手拉着四哥一手拉着我进了屋子，悄声但严肃地对我们说："以后不准再拿别人的东西了，知道吗？"我们两个连忙点头。胖姨妈接着说，你们看见了，你姨爹从来不说话，今儿发这么大的火，为什么？他心里窝火，——别人追到门上，臊毛得很嘛！俺家里虽然穷，但穷了要有个穷志气。你们棍子折了，回来家里拿，家里多的是，为啥要拿别人的？俺是回民，拿别人的东西没有"口唤"，知道吗？俺的话你们记住了吗？你们要是还犯错误，看看你姨爹和俺的几个儿子的脸色，俺以后恐怕就不好留你们了。

我和四哥只管点头，泪水不由得流了出来，尤其令我们感动的是，胖姨妈的话完全是将我和四哥包括在这个"家里"的呀！

因为心里不自在，主要是怕见胖姨爹和他儿子们的脸色，第二天，我就和四哥走得远远的去要，当然是准备讨要到哪儿就住在哪儿，等胖姨爹气消了再回去。四哥说他前年没有固定住处的时候经常是临时找住处的，并不可怕。

那天，天气阴冷阴冷的，我和四哥在靠近灵武一段的秦渠里走着，走在渠底里而不是岸上，恐怕是因为避风吧？冬天的秦渠，脏而干硬，渠底里到处都是垃圾，这些垃圾被冻结在了渠底，很难清除。各种颜色的塑料袋被风吹得像草一样站立起来，哗啦啦地响着，仿佛吟唱着我们的心情。——又是一天半没吃到东西，我已经饿得两眼发麻，只是拖着沉重的脚步机械地走着；我的脑子里一片空白，脆弱、无助、茫然，感觉不到前途。突然，无意间，只是无意间，我的手似乎在衣兜里触到了豆粒大小的一粒馍馍渣儿，掏出来看，果真是馍馍渣儿，我大喜过望，就像寻宝人历尽千辛万苦终于在一个荒岛上挖出了宝贝一样。轻轻地将馍馍渣儿喂进嘴里，不敢嚼，只是噘着，馍馍味儿就浸满了全身心，人的精神立马就高涨起来，眼里泛出了生命的光泽！等到了一个庄头，四哥径直把我领到一处豆腐坊，将要了两天的米面换了两块生豆腐吃了。

当然这种情况也不是经常发生的，一般我们总能要些生冷的剩饭充饥，有时候也能要上热饭；那米饭馊气了往往会带着些别样的甜腻味儿，我们吃惯了，根本不觉得什么，因为三天两天要不上饭菜填肚皮是常有的事，哪能挑剔得起？

傍晚，天下起了雪，是鹅毛大雪，不到十分钟就淹没了脚背。我们走一家哀求一家，但没人愿意给我们提供住处。说实话，冬天谁也没有给讨吃准备热炕头，谁也不愿意和讨吃挤在一个炕头上闻讨吃身上的味道。天完全黑下来了，队上看场的老汉把我们兄弟两个领到打麦场上的看场房里。那房子是用笨重结实的土坷垃砌成的，不大，窗户只是个洞，用一捆子稻草塞着；门敞开着；房里盘个土炕，看场老汉给了我们一盒火柴，要我们用稻草烧炕，但我和四哥两个人手脚都已经冻麻木了，点了半天也没点着火柴，主要是抓不住火柴棍，看场老汉便为我们点着火柴，我们就笨手拙脚地烧炕，前后烧了足有两个小时也没烧热，是烟囱被堵实了不上烟。看场人临出门嘀咕了一句话：但愿这两个娃娃今晚不要被冻死！

我们还小，绝没有耐心烧一夜炕；我们上下眼皮打架，便用草捆子堵住敞口门，四哥的山羊皮褂子铺在下边，我的山羊皮褂子盖在上边，两个人抱在一起合衣而卧。次日一大早，看场老汉过来，显见我们两个还“活着”，只听他一遍又一遍地念着什么。……

几天后，当我们拖着沉重的脚步失魂落魄地回到吴忠的“家里”，对着胖姨妈，我们两个不由得号啕大哭。胖姨妈一手搂住我们一个，说：“你们咋那么瓜，那一夜根本就不敢睡着，那样会在不觉意间冻死人的呀！”胖姨爹蹲在门口，一句话不说，只是淌眼泪。

因为这个缘故，我在心里默默地给自己定下了一个目标：考上学，成为和老爸爸、马兽医、张老师一样受人尊敬的工作人，有吃有穿，生活无虞，彻底摆脱讨吃的命运，把我们的家从山上搬到山下的平坦处，叫父母过上好日子。

在讨吃的空闲里，一有空我就看书学习，尤其睡觉前，只要有光线，便拿出书本看，倒被四哥和胖姨妈的几个儿子嘲讽，我就悄悄把书收起来，仿佛做了亏心事一般。有时候，我们也会到吴忠街上去，街上到处摆的小人书，我一看小人书就走不开，往往被四哥牵着耳朵才离开；四哥骂我“败家子”，挨家挨户辛辛苦苦要上点全送给了摆书摊的。

五

不知是何缘故，我上初一的那个暑假并没去吴忠灵武，而是在本地马高庄一带讨要。和我结伴的是我的同庄伙伴张贤，因他腿有残疾，人称“瘸子”。那一天，我们住在白家阳洼村，那家人把我们安排着和一个甘肃庄浪县来的破磨石匠同住。“瘸子”比我大两岁，心眼却比我大十个两岁都不止！晚上，石匠的老旱烟味熏得我睡不着，只好靠着窗台借月光做暑假作业。“瘸子”没带作业，说：“我们就是个讨吃命，学个屁！”他嘴里也说被石匠熏得睡不着，却靠着窗子打盹弄瞌睡。石匠盯着我写作业，半晌，突然说：“你听过‘书中自有黄金屋，书中自有颜如玉’的话吗？”我摇摇头表示不懂。石匠说：“这是我爷爷经常给我们讲的，我爷爷是个老秀才，他的话不会错的，可惜……”见石匠睡意朦胧，我就不再问，但我后来问过我的班主任老师，才弄明白了那句话的意思。

听着石匠和“瘸子”都呼呼呼睡得烂熟，我也渐渐有了瞌睡，手里抱着作业本糊里糊涂就睡到天亮了。我和石匠一觉醒来，却不见了“瘸子”；石匠心里犯嘀咕，一摸衣袋，蹲在地上放声大哭。我也忙摸衣袋，白天刚刚和“瘸子”卖的讨要近20天的米面钱哪里还有踪影？我也放声大哭。石匠问我丢了几块，我说两块，石匠号道：“我要6块哪！我不活了，这6块是我一个月才挣下的，回去等着给老娘抓药救命呢，呜呜呜！”

我领着石匠，还有那家主人一同追到我们庄子上“瘸子”的家里，但“瘸子”并没回家，我们能说什么呢？“瘸子”父母要是有钱赔给我们，“瘸子”就不会出门当讨吃了，何况谁也拿不出“瘸子”做贼的证据！

这“瘸子”并没停止，居然到我和他一年前曾经去过的苏家洼子村，那里的住户全是我家亲戚，他把自己装扮成我，骗得我家亲戚家家户户给他装豌豆，他就背着数十公斤豌豆到预旺卖了！

因为这次打击，我对“瘸子”简直是怀恨在心。农村孩子报复仇人的方式简单直接，就是找机会与其决斗。但“瘸子”比我大两岁，力气比我大，我几次和他比拼，都是他手下败将，其中一次在饲养圈，有好多人。我奋力出击，想要彻底打败他、羞辱他，却是心有余、力不足，仍然落败，只能绝望地被“瘸子”压着动弹不得，好事的三爸爸把我从“瘸子”的身下翻过来，但不消片时，我又被“瘸子”压住了。……

为此我给自己定下了第二个目标：打败“瘸子”！这是一个短期目标，我像一条狩猎的蛇，时刻盯着自己的目标，蓄势攒力，一旦时机成熟，便一击而成功。

整整一年过去了，也就是我上初二的第一学期，一天下午，我们一群孩子到“忠”字梁上去砍草，无意间我和“瘸子”站在一起，我发现自己居然比“瘸子”高出半头，心里就有些骚动，就故意挑衅，惹得“瘸子”兴起，和我纠缠到一起拌跤。正如我的判断，“瘸子”被我摔得一次次跌倒，终于丧失了战斗力，他认输了，但我不放过他，还是一次次摔他。“忠”字梁在鸽子塘的南边，和郑家台我们的老庄子是斜对面。“忠”字梁被黑风沟齐齐地削去了半个，形成了十几丈高的一个切面，我们叫“立崖”。当我摔得“瘸子”没有丝毫招架的时候，恰好就到了立崖的边缘上，我突然心里闪过一个念头，那念头像一把刀，高高地悬在“瘸子”的头上——

“小心，到崖边了!”是马兽医的女儿舍子大喊一声。我吃了一惊，像个从睡梦中醒过来的人，迅即收住了手，折转身子走开了。“瘸子”恐怕永远也不知道我在那一瞬间差点要了他的命!

别人都回了，我一个人在“忠”字梁上坐着，反思着，我突然觉得那么的伤心，我想到了父亲、母亲，想到了胖姨爹、胖姨妈，甚至想到了张吉海大妈，他们都是那样善良的人，而我为什么竟如此狠毒呢？如果我真的做出了那样的傻事，我就报仇了吗？我能痛快吗？不能，肯定不能！越想越后怕，越想越自责。

对面，一沟之隔，父老乡亲们虽然穷着、苦着，却充满了人情味，充满了世俗的欢乐。大家遵循着自然的法则，日出而作，日落而息，本分勤勉，厚道和善。他们和罪恶从来都没有约会过。

“忠”字梁算是一个高度，郑家台的全貌尽收眼底。庄子依地势而建，零星、狭长，从北到南约 3 公里，分布着 3 个自然庄头，中间的叫“老庄”，北面的叫“新庄”，南面的叫“后庄”，住着三四百口人。我的家在中间的老庄里，远远看去，闲适、清幽、恬静得犹如童话。

过去，爷爷是个手艺人，铁活木活远近闻名。爷爷老家在本县王团镇，因他流浪卖艺期间发现郑家台四面环山，中间凹平，地阔人稀，风盛脉旺，像个聚宝盆，就动了心思，临近解放的前一年，眼见郑家台的汉民老住户纷纷朝下马关靠近环县一带搬迁，就抓住时机瞅便宜似的掏 80 个银元买下了部分土地，由此落脚在了郑家台。不久解放了，土地公有了，爷爷才知道花了冤枉钱。

郑家台是爷爷“买”下的，这个理由使我们一家比别人更加热爱她。

初二的暑假，我领着弟弟到吴忠去了。以往是四哥带着我和弟弟，现在，我成了老大，只因为四哥被父亲送到灵武做了招女婿。四嫂是已经有两个孩子的寡妇，但四哥愿意，就是为了能吃个饱饭。四哥临走前并没有哭，而是笑着，不是他不懂，他饿疯了，他得活着。活着是他唯一的愿望。

虽然四哥成了有吃有喝的水鸭子，但我们要乜帖不能到四哥家里去住，那样会使四哥丢脸。我们还是住在老根据地，住在我们的“家”里。

多年在吴忠生活，我们也像吴忠鸭子那样爱上了耍水，但我的师傅黑毛却永远不再和我们一起下水玩了，她大了，女孩子大了就要有个大的样子，俗话说，女大十八变，越变越好看。黑毛的脸不黑了，头发也不乱了，尽管嘴还是那样快，却从来没有说过伤人的话。最令人不痛快的是，黑毛明明和我们一起耍、一起长起来的，而且如今仍然在一个房檐下生活着，却再也没有小时候的那种无拘无束了，无论说话还是做事，似乎总是隔着一层什么。有一次，我和黑毛打水一同走到压井跟前，但我们的说话只是礼节性的，她让我先打，我让她先打，结果我们谁也没打，都进了各自的屋里。我觉得黑毛这一大，明白了讨吃是个什么身份，故意躲着我们的，心里来气，也就不理她。

那天午夜，房子里闷热难挨，我拉灯看了一阵书，却招惹的蚊子飞进来，六羔连声诅咒，我只好拉灭灯，但我睡不着，穿上衣服到房背后乘凉。

月光清朗。我看到水渠边上坐着一个人，我的心里微微一动，凭直觉知道那是黑毛。我刚要转身回去，黑毛已经听到脚步声，说：“小小山汉，真的不理俺了吗?”我连忙说：“我一个讨吃，哪敢不理你？是你不理我了吧？”黑毛就吃吃地笑，若有所思地说：“哪能呢，你看见的，在俺这地方，俺家也是穷人家，俺凭啥不理你？俺是……”她欲言又止。我说：“你咋不睡觉?”黑毛轻轻摇摇头，却说：“人与人，岁数大些就不能在一起耍了吗?”我说不出话，只在原地倒腾脚步。黑毛也半天没说话，她揪些草尖，一个一个朝水渠里丢，就像丢着某种心情和命运。我怕有人过来，就说，那你先坐着，我睡去了。黑毛没有应声。我等着她应个声了好走开，这样会礼貌些。不料，黑毛竟站起来，打个响指，鬼祟地一笑，说："再见！"就快快地朝屋前去了。我怔怔地看着黑毛的背影，琢磨着她那样一笑的内容。

1978年，我考上了预旺高中。上到高中，学习的压力加剧，除了假期，那种利用周末在附近一带打擦边球式的讨要方式越来越少了。两年间，我的拜把兄弟马建林和马俊有常常接济我，三个人将一周的干粮放在一起吃，叫"打平伙"，就是把自带的木头箱放在宿舍中央当桌子，三个人围着箱子席地而坐，一人面前一碗冷水，吃一口馍馍喝一口冷水，张着嘴巴故意"啊——"一声，上下嘴唇"叭叭叭叭"连连敲击，仿佛我们正品尝着世间最美的珍馐馔肴，神仙一般，引得同学羡慕不已。其实打什么平伙，他们两个的家境比我好些，拿的干粮多，而我很少有干粮，全吃他们两人的；大家心知肚明，就是帮我又不着痕迹不致使我难堪，我永远记着这两个把兄弟的情分。马建林是老大，马俊有是老二，我是老三，像极了"桃园三结义"。正是在他们的帮助下，我才能安心地投入学习。

我常常在学校后边的坟地里看书。那块坟地很古旧，没有主儿，年久失护，破败不堪，有好多坟茔被水冲成个房子大小的坑，我物色好了一个坟坑，每当下午放学后就钻进坑里，悄悄地学习，安安静静，与世隔绝。

上高中的两年，我的穿着有了"进步"，将原来的破棉裤换成了腈纶绒裤，绒裤是大哥从煤矿上寄给我的，很薄，因为依然没有线裤，两条腿时常冻得发抖！

高考后的那个暑假，也就是1980年的暑假，我是一个人到吴忠去的。我住在四哥家，骑着四哥的自行车，从吴忠菜市场上挂些韭菜到各村转着卖。每天，我走的都是规定路线：吴忠东门——前锋公社——前锋大队——前锋四队，那里有我的家！然后再从"家里"朝各个村庄走，那些村庄，无不是我的"根据地"。别的小商贩一斤韭菜挣一毛，我挣六分七分，这样压着价只是我的一种心理暗示，一种情结，但乡亲们认二三分钱的便宜，好多人盯住我了，专门等着买我的菜，倒是生意兴隆，拿多少卖多少，一天下来，反而比别人挣得多得多。有时候，离四哥家远了，我还是住胖姨妈家，还住我原来的房子。胖姨妈家仍如前些年，光景丝毫没见改观，房子还是老房子，只比过去更破败了些；孩子们都大了，却没有一个能够初中毕业。黑毛念初二，已经留了一级了，眼见得念不成了。唯一的变化就是三羔两口子被另出去了，四羔又娶了媳妇，住在三羔原来住过的房子里。

傍晚，胖姨妈和我坐在园子栏杆上说话。她问我："你考得咋样？能考上吗？"我说："现在还不知道，万一考不上，明年我还要补习。"我这样说就是要表明自己考学的决心。胖姨妈赞许地点点头，说："哥哥，就是要考上，争一口气，俺的几个娃，念不进可嘛！"听得出来，她很失落。她改口称我"哥哥"，那是吴忠人循着孩子的称呼来称呼客人的。我不再是那个"小小山汉"，而是个客人了。

我们说话的当儿，胖姨爹、六羔、黑毛拉着架子车从田里回来了。男人们走到压井跟前，边压边洗脸，黑毛则是等大家都洗过了，才拿个盆子来，压些水，放在园子栏杆上洗。黑毛已经是个大姑娘了，又念着书，大花眼睛，细皮嫩肉，看上去颇有姿色。

四羔媳妇喊着六羔放桌子吃饭，六羔就从房子里抱出长条桌放在当院，一周遭摆些小凳子，大家就团团围住桌子吃饭。这是多年来的习惯。四羔媳妇和黑毛坐在墙根，叨菜的时候才到桌子跟前来。大家吃着饭，说着话。听得出来，四羔和五羔在银川的一个工地上做工，因为和工友打架，打伤了人跑了，失去了音信，大家为此忧心忡忡。

突然，院门外的路上有些人声，很嘈杂，六羔到门口去看，不时领进来了两个人，我一看，居然是我的三哥和四哥！我大吃一惊，以为家里发生了什么大事，心下猛地一沉——

四哥引着三哥逐一介绍胖姨妈一家。胖姨妈急急地问四哥："你们，咋半晚夕来了？"她问了人人都想问的问题。

三哥过来拉住我的手说："我是来找我们老五的，他考上大学了，回去到县上填志愿呢!”

话音刚落，院子里一片欢叫……

（原载《朔方》2014年第3期）

【作者简介】

马剑龙，60后，中共党员，大学文化程度，宁夏作家协会会员，创办了县级季刊《同心》杂志；著有长篇小说《白地》（1999年宁夏中青年作家文库书籍），开辟了同心长篇小说的先河，在国内各大文学期刊发表文学作品两百多万字。其中，《散文二题》（《米钵山随考录》《同心有条清水河》）获全区五届“群星奖”暨三届群文大赛金奖；长篇小说《白地》获宁夏第六届文学艺术作品评奖二等奖；随笔《哦，小姐》获“野草杯”全国青年文学大奖赛“佳作奖”；短篇小说《芦花公鸡》（又名《花花》）获2009年全区人口征文二等奖。现任同心县党校领导职务。

一只羊的独白

鲁兴华

我的命是够硬的了，刚一出世，双眼黏糊糊地还尚未睁开，我的妈咪便两腿一蹬去了。隐约中听接生我的主人说："邪乎了，这小子就跟索命的一样，它一露头，母羊就归天了。"确认妈咪当真没有气息后，主人大栓似乎是伤感地用手抚摸了一下妈咪冰凉的尸体，然后对一直站在他身后、忙打下手的老婆说："母羊对我们家有功，你把羔羊抱回屋里，拿干布把身上擦一下，在没满月前把家里娃娃以前用过的奶瓶找出来，然后从大花奶头上挤些牛奶先给喂上吧。"大栓老婆听完，应声嗯嗯着，从大栓手里接过了湿漉漉的我，迅速走向她家堂屋。

见天长大的我，一直视黄牛大花为我妈咪，把主人大栓看作是我亲爹。因为许多时候，忙完一天农活的主人大栓，总是一手拿着装满牛奶的奶瓶，一手抱起尚站立不稳的我说："乖儿子，该吃奶了。"由此，我常肯定地想：我就是主人大栓的儿子，他若不是我亲爹，怎么会天天亲自用奶瓶给我喂奶呢？应该是，肯定是。在我爹的精心喂养下，一个月后，我能行走自如地跟在我爹屁股后头撒欢了。能行能走，于我而言，是一件非常高兴的事情，这预示着我能随我爹走进更广阔的天地了。清楚地记得，我第一次随我爹出去放牧是那一年春天的一个早晨。尚在睡梦中的我猛然听到我爹大声地吆喝着："咩咩，走咯，走咯。"我一骨碌站起来，随着我的那些叔伯哥姐们就走，刚走了没几步我爹的老婆发现了，便对我爹说："咩咩还小，随到群里行吗?"我爹用目光扫视了我一眼，然后对他老婆说："这个不用你操心，我是干啥的?能让我乖儿子丢了不成?"说着我爹便"啪啪"摔了两声鞭响，听到指令，我的一帮哥姐们立即像训练有素的士兵开始井然有序地向村郊出发了。

那一天真是难忘啊！记得灰蒙蒙的天边刚泛了一丝鱼肚白，我和我的哥姐们刚刚拐上村口一条铺满青草的小道，还没容我们美美尝上一口送到嘴边鲜嫩的小草，我爹便耐不住寂寞地扯开了他那雄洪厚实的大嗓门唱起了歌子。

我爹居住的那个村庄东临黄河西靠贺兰山，他的家乡有"五宝"，而我就是"五宝"里的一宝——滩羊。滩羊在我爹他们居住的那个地方可是个物美价廉的好东西，能吃能用。据说滩羊毛经深加工后可以做成羊毛毯子、羊毛床罩、男女羊毛大衣、羊毛围巾等物品，御寒效果极佳。滩羊肉则质地细嫩，脂肪分布均匀，膻味小，是肉类食物中的最佳滋补品。虽然我爹是人，我是羊，但我认为这并不妨碍我爹称我为"乖儿子"这一事实，而且从我出世，我爹对我的好我一件件都给他记着呢。就像今天，从没出过远门，从没走进过广阔天地的我，当看到眼前一望无际的绿，看到天边刚刚露出的鱼肚白，看到朝霞的光芒像金子般洒在小村庄上空，看到自己身边满是翠的绿、满是挂满露珠的小白花、满是饱满而沉甸甸的庄稼粒时，作为羊的我竟也像人似的陶醉了。我忘了啃吃大自然馈赠给我的美味小青草，忘了我是第一次随我爹走进大自然，忘了我尚不黯人事，不知前途的险恶。我兴奋地、不管不顾地顺着太阳升起来的那个方向，一路撒欢一路嗅，不觉便将我爹、我哥姐们撂出很远，独自来到一个地上铺满鲜花、岸边长满青草、头顶挂满垂柳、不是仙境却胜似仙境的地方。抬头，仰望着蓝蓝的天空、白白的云彩；低头，环视着身边美丽如画的仙境，我惬意地把自己平展展地轻放到了柔软的青草地上，我想我是醉了，但分明又清醒着。我像个初生的婴孩，贪婪地吸吮着大地母亲赋予我的这份甘甜乳汁，心底却在猜想着我爹和我哥姐们，此刻是否和我一样也在享受着这份美好呢?因着全身心的沉醉，我竟全然没有意识到，危险已悄悄临近我的身旁。就在我迷瞪瞪沉醉在这美丽的仙境中时，恍惚听到离我身边不远处，轻轻飘来了一个人说话的声音："老大，快看，前面躺着的那个羊羔子，体型不大，毛色光鲜，肯定是个鲜货，看样子我们今天要发财喽！"当确信这不是爹的声音，而且脚步声渐渐临近我的身旁时，我条件反射地蹭跳了起来。真是没有想到，平日连个小土坎都迈不过去的我，在危险即将来临的一瞬，竟然想都没想"嗖"地一下蹦过了一个两米多宽的小水渠，这是我未曾料想到的。跳过水渠的我，回头匆匆望了一眼渠对面欲擒拿我的人，然后凭借着印象，拼尽全力地向来时的路撒腿跑去，边跑我边"咩咩"地大声叫唤着我爹。冥冥中，我觉得我爹肯定能听到我的求救声，而且，我还感觉到我爹肯定就在我身边不远处，或许此刻也正着急慌忙地找我呢。于是，我更大声地"咩咩"着，蹦跑着，任田间泥巴沾满我瘦小的蹄子，任树叶携裹着风声硬生生地刮疼我稚嫩的脸蛋。就在我奔跑得快没气力，感觉到想抓我发财的人一伸手就能把我拽住时，我爹竟突然从天而降了。他像一尊神，手执鞭子金刚似的一下站在了我的眼前，我腿一软"咚"地一声跌坐在了我爹的脚边。这时，我就听我爹对追我的那两个人说："这是我的羊羔子，你们追啥呢？大白天的，想抢吗？"追我的人，冷不丁看到我爹突然出现在他们眼前，先是愣了一下，接着便一个急刹车站住了。他们喘着粗气，用眼角的余光很快在我身上扫了一眼，然后跟我爹说："老栓，知道是你的羊羔子，我们路过追着玩呢。"说完不等我爹发话，掉头匆匆地走了。见此，我爹便也不再追究。他低下头对还在发着抖的我说："乖儿子，你胆子也够大的了，发现你不见了，爹转了三道渠三道弯，寻着你'咩咩'叫的声音，一路寻来，总算是找到了你。多危险啊！爹要来迟一步，再过几个时辰，你小子不定是哪一家食堂的爆炒羊羔肉，估计也该出锅了呢？瞧，咱爷俩有缘吧！"

这有惊无险的事过去没多久，我又给爹招惹了一桩事。那是一个大雨滂沱的晚上，吃了爹配好的草料后，哥姐们都休息了，唯有我不知那晚是怎么了，兴奋得有些癫狂。夜很深了，丝毫没有睡意的我，激动得依旧在圈里蹦来蹦去，我的行为激怒了我的几位同类大哥们，他们在警告了我几遍，见我依旧我行我素不把他们放在眼里时，终于忍无可忍地从草地上一跃而起，一头将我顶到圈门外，并且发狠地说，别认为主人把你当乖儿子看，你就有恃无恐不把我们放在眼里，你是不是也把自己当人看了？既然觉得自己也是人类，那我们这里就不能容你，我们都是羊，你还是去找你那个属人的爹去吧。说完没容我反应过来，他们便将我推出门外，且一下闩死了门，任我怎样踢打也不开。站在圈门外的我迎着风，淋着雨，心一下冷到了极点，我不明白我的哥哥们怎么突然一下变得那么狠，而且还说着那样的话。一向身体单薄的我，哪经过这么大的狂风暴雨，不消一刻钟的工夫，我便被大雨淋了个落汤鸡，浑身冻得直哆嗦。没办法我只好再次拼命地对着圈门叫唤着，嗓子喊哑了，泪也流尽了，可是哥哥们就是不放我进去，无奈之下，我只好冒雨蹒跚着来到我爹的屋檐下避雨，阵阵袭来的寒风和暴雨冻得我颤抖不止。我蜷缩在我爹的门下大声地“咩咩”叫唤着，心里期盼着我爹能很快听到我的求救声，就在我感到绝望和快要被冻死时，像是心有感应似的，爹的大门突然打开了，我真切地听到了我爹的一句：“这么大的风雨，我不放心圈里的那些宝贝们，还是去看看。”之后，便什么也不知道了。等我清醒后，我发现自己已经躺在我爹热烘烘的土炕上了。爹坐在我身边睡眼稀松地看着我，见我睁开眼抖动了一下身体，他立即惊喜地对躺在身后的老婆说：“我乖儿子命大活过来了，快端点水来饮饮。”听爹说这话又眼见我真在动弹，我爹的老婆麻利地披衣下炕，很快就端来了水。爹将我的嘴按在水盆里，我满足地饮了一大口。都说人怕死，那一刻，我想我怕死的心情不比人类差。虽然我尚不完全理解生与死的概念，但晓得爹把我抱到他们的热炕上喂我水喝肯定对我是有意义的，或者说白了是在救我的命。喝了水，见我还是抖个不停，爹又拉过来一床又厚又大的棉被把我紧紧包裹在里面，并且嘴里不停地祈求着说：“老天爷，你可要救救我乖儿子的命，不然我老栓的心血就白费了。”

打从我出生主人就有恩于我，一直把我当乖儿子看，虽然我是畜类，他是人类，但在我心里我觉得我们就是同类，是没有人畜之分的。我在我爹面前一直很乖顺，就像此刻我爹让我喝水我就喝，我爹让我睡觉我就乖乖睡，惹得我爹的老婆不停地撇着嘴说：“这小牲畜还真是跟你有缘，给我儿子喂水它还没有这么乖顺呢。”我爹听了他老婆的话，一手梳理着我的卷毛毛，一手轻轻拍着我的小脑袋说：“我和这个小东西今生有缘么，不是有句话这么说来着，有缘今生来相会，无缘对面不相识。”我爹的老婆听了我爹那句文绉绉的话，用白眼瞅了我爹一眼，然后酸溜溜地回了我爹一句：“穿的是皮海（皮鞋，方言），走的是渠坝，土枪打的是洋子子（子弹），还把你时髦得不行。”说完我爹的老婆自顾自地去睡了，从老婆那里讨了个没趣的我爹，猛地一下将我按倒在热炕一角说：“从小到大你就没有让我省心的时候，上次差点被人捉去爆炒了，今晚这么大的雨，你不好好待在圈里又跑出来撒什么欢，不是爹发现得早，又差点丢了小命，你说你啥时才能让我省心呢？”说着爹拉灭了灯，然后麻利地钻进他老婆的被窝里。黑暗中我不解地想：我是爹的乖儿子，他不和我一个被窝睡，偏要钻进他老婆的被窝，看样子爹是真生我的气了。不管爹有没有生我的气，我想我都要做他乖顺的好儿子。

日子似流水，不知不觉又流走了许多。一个秋天，没想到，真是没想到，身为羊类的我，竟然做了一件让人类刮目相看的事情。秋季是农民收获的季节，我爹和他老婆也不例外，忙着收获他们辛苦了一年的庄稼。那天，天刚蒙蒙亮，我爹就扯着他那粗狂的大嗓门，吆喝着我们和他一同下地。到了他家田垄，爹和他老婆迅速忙去了，他忙他的，我们则悠闲地开始在他家田间地头游来荡去。也不知过去了多久，或许是日上三竿吧，我爹似乎干累了，肚子饿，又怕回去吃饭耽误地里的活计，便吆喝他老婆说：“我在地里先干着，你回去煮些吃的提到地里来。”我爹的老婆答应着便开始收拾回家，我因为上次走丢的教训，再出门都是紧跟我爹不掉队，害怕再次走失让别人掳了去爆炒。可是，今天不同了，不知怎么的我特别想跟我爹的老婆走，特别想陪她一同回家。我想怎么着我们是一家人，她既是我爹的老婆，从某种程度上讲应该算是我的半个娘，虽然我没吃过她的奶水，但心里上感觉还是很亲近的，陪她回家也在情理之中。于是，我爹的老婆前面走，我“咩咩”叫着跟在她的屁股后面。起初我爹的老婆不想带我走，赶了几次，见我死皮赖脸不愿回田地间，便不再赶我并且高声跟我爹说：“咩咩许是想跟我回家，我带它走了，一会儿我们就回来。”就这样我和我爹的老婆欢快地回家了。到家后，我爹的老婆忙忙碌碌地开始喂鸡，喂猪，我则悠闲地在她家房前屋后嗅来嗅去，觉着她快忙完了，我便来到了人家常吃饭的那个小伙房门口等。我等呀等，左等右等就是不见她出来，心里便有些生气，心想：我爹也不知饿成啥样了，我爹的老婆她咋是这样的一个人呢，自己吃饱了就不管我爹了，是不是在屋里偷懒睡觉？这么想着我便蹑手蹑脚地走进了她家伙房。天哪！我眼里看到的画面竟是：我爹的老婆仰面朝天躺在湿漉漉的地上，身旁是一盆打翻了的水，水已经把烧着了的柴火浇灭。我惊悚地走到浑身被水浸泡着的我爹老婆身旁，看到的是一张煞白和紧闭双眼的脸。我害怕了，用鼻子赶快嗅了嗅我爹老婆的嘴，她竟然啥反应也没有。我越发紧张起来，对着我爹老婆的脸拼命地连叫了几声，人家还是没反应，情急之下我又用瘦弱的蹄子对着我爹老婆的大腿连踢了几下，我爹的老婆还是纹丝不动，一点声响没有。这下我可真是害怕了，心里的第一个想法就是：我爹的老婆是不是快死了？我不敢往下想了，迅速十万火急地转身向我爹干活的田垄跑去。我一路跑一路“咩咩”叫着，只听风声在我耳畔嗖嗖地作响，路上偶有干活的村民见我疯癫狂跑的样子，禁不住大叫起来：“快看啊，老栓家的羊羔子八成是得羊癫疯了。”听着村民们的呼笑声，我本想止步对着他们怒吼两声，但又一想还是救我爹老婆的命要紧，他们爱怎么说就怎么说去吧。这么想着，我便更加快了步伐，似乎用了不长时间，我便上气不接下气地跑到了我爹身边。正干活的农活爹见我气喘吁吁地站在他眼前，一个劲地“咩咩”叫着，并且还不停地用牙撕咬着他的裤脚，开始是不明就里，后来又一看我身后没出现他老婆送饭的身影，似乎突然茅塞顿开，也或许是心灵里的一种感应吧，他扔下手里干活的家什，撇下我撒腿就往家里跑去。由于我的及时报信，我爹的老婆终于得救了。据说，我爹的老婆是由劳累过度引起的片刻眩晕。但不管怎么样，这件事之后，我曾听到我爹对他老婆说：“想不到那畜生挺有灵性，真是没白养。”爹说的灵性是啥，我还真不懂。

真正让我爹感觉我有灵性的是不久后发生的另外一件事。那是寒冬的一个夜晚，那晚北风呼呼地刮着，刮得人毛骨悚然，我和我的叔伯哥姐们蜷缩在一起不停地“咩咩”叫着。听到叫声的我爹怕把我们冻坏了，便来到圈里给我们加了一些草和料，临走又把圈四周用草帘围了围。圈里的风似乎小了些，我们便安静地入睡了。也不知过了多久，一向体弱睡眠轻的我，突然被一阵窸窸窣窣的声音惊醒。开始我以为是风声，可是侧着耳朵听了许久后才感觉到不是风声，我心里一惊，赶快睁开了双眼，黑暗中我隐约看到一个酷似人的身影在圈里晃动着，手里好像还提着一个大大的袋子。自小到大，我虽然没见过贼，但听还是听人说过。我蹭地一下从熟睡的哥姐们的腿下站起，并且大声地“咩咩”叫唤起来，睡得迷迷糊糊的哥姐们霎时全被我的叫声惊醒了，他们以为我又犯了上次的错误，正想发怒，发威教训我时，没承想发现眼前站着一个胆大的偷羊贼。只见此刻的偷羊贼，不管不顾地正将我的一个小妹妹往袋子里塞，我的哥哥们一见这情形，立即用头去顶偷羊贼。可是，我们羊类哪是人类的对手啊，头颅还没顶到偷羊贼的身上，身体就被偷羊贼一把从脖颈给掳住了，一位哥哥摔倒了，又一位哥哥顶上去。前仆后继的人羊大战，最终以人类的胜利而告终。我的又一位大哥，在我们一群羊的眼皮下，被偷羊贼硬生生地给塞到袋子里去了。眼见偷羊贼越偷越勇，我心里不免犯了嘀咕：我体型又瘦又小的搞不好偷羊贼临走顺手掳走的就是我。想到这一点，霎时我有些心慌害怕了，便想：与其让偷羊贼掳走，还不如趁现在还没引起他的注意赶快溜出去给我爹报信，让我爹救我们。有了这想法，我便溜到了敞开了一条缝的圈门边，趁偷羊贼不备一下窜出去，狂奔着来到主人门前大声“咩咩”叫着，并且用头使劲拍打着爹的门板，我爹终于被惊醒了。他先拉亮了院门外的灯，然后打开了门，见是我站在门槛前，不满地刚想发作，突然再次又心有感应似的往圈里急步走去。估计是预感到来贼了，我爹一把抄起了圈门外的一根大木棍，可是等他拉亮了灯到圈里四处寻找时，却早已没了贼影。我爹气恼地狠狠跺着脚，然后开始仔细清点羊数，当确信被贼掳走一大两小 3 只羊后，我爹心疼得一下蹲在羊圈里，久不作声。

天亮了，我爹和他老婆再次来到圈里，四处查看了一番后，我爹跟他老婆说：

“从今天起我们要把圈再加固一些，圈门多上一把锁。我的乖儿子昨晚又给我们家立了一大功，以后可要好好善待它。”我爹的老婆爽快地应承了。听了爹的话，我心里的那个美劲，真是无法形容啊！一晃我成年了。我发现我成年是因着那么一件羞于启齿的事情。那天，爹徒步几十里把我们带到了金沙湾山脚下。每年春天，金沙湾桃柳夹岸，水波荡漾，站在金沙湾的最高处，俯瞰金沙湾全景，会让人心醉神驰、意乱情迷。置身奇景时，我觉得我的感觉不亚于人。我眼里看到的是红红的太阳当头照，照得人心里暖洋洋；蓝蓝的天空没有风，青青的草儿脚下铺。我幸福的爹儿青草上躺，嘴里哼哼着自己瞎编的歌，不是什么黄土坡啦，就是什么大草原啊，反正都是我听不明白的歌。

爹很带劲地唱着他的歌，可是我的心却早已飞出他的歌声外。爹久久陶醉在他的歌声中，我的哥姐们也长久地沉醉在这人羊共处的温馨氛围中。他们囫囵地倾听着我爹的歌，三个一群两个一伙，有玩顶角的，有说悄悄话的，有低着头品味嫩草的，有躺着晒太阳的。唯有我一直跳动着一颗狂躁的心，脉脉注视着我的一个小胖妹。突然我感觉到自己身体内有根兴奋的神经在指挥着我，让我情不自禁。一个小妹无意走近我身旁，我体内立即有了一种跃跃欲试的冲动。尤其看到小妹胖墩墩圆乎乎的胖屁股，我恨不能一下将她揽入怀中。然而我忍了，因为我不知我是怎么了。在迷茫彷徨中，我烦躁地度过了一天。第二天，原想爹会继续带我们去看那风吹草低见牛羊的美景，没想到爹却对她的老婆说：“昨天堂兄带话来，说正在大棚里干活的三大伯突然跌倒，没送到医院人就去了，今天我去送送。”唉！爹叹息了一声接着又说道：“你说好好个人怎么说没就没了呢？人要是能欲知到自己哪天死该多好啊！”爹的老婆听完不屑地看了我爹一眼说：“想那么多干啥，只要活着活好，到死的那天，阎王爷爱咋收就咋收吧，谁还能把阎王爷管住？”见爹不再吱声，爹的老婆又说道：“你去吧，今天我边放羊，边打些蒲草回来搓绳用。”爹这才嗯了声。我爹走后，他老婆便挥舞着鞭子，吆喝着把我们带到了村庄外一个长满蒲草的湖滩边。到了湖滩边，爹的老婆麻利地忙她的事情去了，没了主人的约束，我和哥哥们就像脱了缰绳的野马，兴奋地狂奔在长满青草的湖岸边，我们唱，我们跳，我们……这时，我忽然看到一位大哥哥在大庭广众之下，竟麻利地将自己肥胖的身体，攀附到了一位胖小妹的身上，我的脸瞬间红到耳颈，身体的某处迅即也膨胀得像要爆炸似的，我忍了几忍，压了几压，终没压住体内的欲火。霎时，我突然明白了，我长大了，我应该是个成年公羊了。于是，欲火难耐的我也学着大哥哥的样子，很快走到我心仪已久的小胖妹身边，趁小胖妹不注意用我那瘦得可怜的屁股，狠蹭了一下小胖妹。正吃草吃得津津有味的小胖妹，冷不丁被蹭了屁股，惊得一下掉转身，当看清是我，她又妩媚地笑了。

我们互递着眼神来到了一个僻静处。一切尽在不言中。情窦初开的我和胖小妹，学着大哥哥大姐姐的样子，将身体攀附在一起，我们"咩咩"地叫着，狂欢着。就在我们尽情地享受着那美妙的事情时，我爹的老婆扯着大嗓门，挥舞着鞭子突然站到了我们的身后，当看到瘦弱的我正兴奋顶在胖小妹身上时，我爹的老婆惊呆了，一会儿回过神，她大着嗓门骂了句"畜生"便走了。那天之后，我天天想着我的小胖妹，根本无瑕去细究我爹老婆说过的那句话。

不久后的一天清晨，我爹一反常态地早早起来给我们喂食了料草，然后认真地清扫了圈内外。之后，我爹又指示他老婆端来一盆清水放在圈门口。看到他们所做的这一切，我当时竟天真地想：是否我的家族又要降临小生命，或者是我爹突发奇想要给我的哪个小弟妹洗洗澡顺顺毛呢。可是，我想错了。当不明就里的我连蹦带跳来到清水盆边时，我竟然在清澈的水盆里，看到了一把锋利无比的小刀和一截细绳。我惊悚地后退了几步，吓得不敢再往下想。对于这两样东西，我们羊类是再熟悉不过了，尤其是成年公羊。直言不讳地讲，这两样东西就是割断我们繁殖生命的索命绳。所有牧羊人都会在我们快成年时，挑上一两个特别健壮的公羊留作种羊，其余的则会被全部骟了当羯羊饲养。

其实，我也早想到了作为羊类，我迟早会有这一天。但是，没想到这一天竟然来得是如此之快。此刻，看着清水盆里明晃晃的小刀和那一截细绳，往日里的优越感瞬间荡然无存，无论我爹往日怎样喊我乖儿子，怎样疼爱我，我如何心急火燎地去救他老婆，如何不惧贼寇地去报信，所有这一切均不能改变我是羊类的事实。此时，我只能无声地，傻呆呆地听从爹安排我这个羊的命运。接下来我真切地听到了我爹对他的老婆说："这次把我的那个乖儿子和大壮一起留下吧，大壮是没啥挑剔的，就是我那乖儿子瘦弱了些。虽说瘦弱，但那畜生有灵性，其余的都骟了吧。"爹的话，瞬时重又点燃了我心中的希望。

（原载《朔方》2010 第 2 期，获 2011 年第 20 届"东丽杯"梁斌小说奖）

【作者简介】

鲁兴华，女，60 后，吴忠市作家协会副主席，宁夏作家协会会员，已出版文学作品集两部。散文《没把婆婆当妈看》荣获"2009 中国百篇散文奖"；小说《一只羊的独白》获第 20 届梁斌小说奖；小说《旅途》获 23 届梁斌小说奖。

喝酒的狐狸

包作军

一

苏星星觉得妈妈陈岚变了，对她和爸爸的关心程度远不如从前了。先前的时候，她去学唱歌，妈妈不仅送她去，还一直在窗外含着微笑等她回家。而且妈妈几乎每个周末都拉着爸爸去文化馆的舞厅跳上几曲，家里也是充满了笑语，有丝丝的甜蜜味道在飘逸。可是最近，或许妈妈认为自己的星星长大了，可以独立生活了，不再陪她去学唱歌；爸爸从乡下打回电话，妈妈只是草草应付，即使爸爸半个月回来一趟，妈妈也没有了以往的热情。

苏星星十七岁了，是职业高中二年级学生，有着洁白的牙齿，明亮的眼睛，灿烂的笑容，高挑的身材，一头漆黑浓密的长发，笑起来的时候，嘴角扬起俏皮的酒窝。她喜欢把白色的T恤和有点旧的牛仔裤搭配在一块儿穿，显得干净、明亮，恍若池水中盛开的白荷，清淡，素雅，大方，纯粹。苏星星是个性情女孩，不懂得掩饰心中的情感，高兴的时候笑得忘乎所以，悲伤的时候就任自己的眼泪流下来。

苏星星的爸爸苏子玉是一个偏僻小镇的镇长，经常在县城和偏远小镇之间来来去去，有时工作忙，在那个偏僻的镇子一住就是半个来月。妈妈陈岚刚满三十九岁，习惯的说法是小四十了。但她保养得好，看起来就像三十出头的样子。以至有时候她和女儿苏星星一起出门，常常会被误认为是姊妹俩。当初漂亮迷人家庭条件也好的陈岚嫁给在一个偏远小镇上班的苏子玉时，家里还有些不同意，认为自小在家里受宠的女儿吃不了苦。“谢公自小偏怜女，自嫁黔娄百事乖。”自从嫁给苏子玉后，陈岚摘掉耳环，抹下手上的戒指，像蚂蚁一样为这个家辛苦操劳。

眼下的陈岚似乎可以歇一口气了，懂事的女儿几乎不用她怎么操心，丈夫又经常不在家，陈岚闲暇多了不免感觉无聊。虽然每晚看一两集永远也看不完的韩剧，或者在密密编织的毛衣里手套里迎接冬天，对许多女人来说是一种幸福。但那绝不是陈岚所要的幸福。陈岚属于精力旺盛的那种女人，虽然嘴上经常抱怨、喊累，但一闲下来，她反倒手足无措，就像是一脚踩进了虚空的沼泽里。坐不住的她，总是穿着吊带睡衣，在卧室和客厅之间很无聊地转悠。睡衣薄如蝉翼，她的身子在里面寂寞地晃荡着。

为了打发时光，陈岚像许多蜗居的女人一样，走进了闪烁着七彩光芒的网络。

二

陈岚的网络之路是从偷菜开始的，经朋友介绍，她玩起了时髦的“QQ农场”游戏，加入了“种菜”队伍的行列。这就使她在每天打开电脑上网时，多了一份牵挂：看看自己的农场，有没有可收的作物。有，就收取，出售，挣来金币。顺便去朋友们的农场转转，看看有没有杂草、害虫，要有，就帮着料理一下，好友们也都很大方，地里的菜可以顺手牵羊地带回些，什么白菜土豆胡萝卜，小麦水稻老玉米，茄子辣椒小豌豆，南瓜黄瓜西红柿，草莓橙子大仙桃，苹果香蕉紫葡萄……陈岚感觉玩这款游戏就像进了陶渊明笔下的桃花源，可以尽情享受那山清水秀、良田肥沃、鸡犬相闻、邻里和睦、丰衣足食的快乐时光。

不过，一个三十九岁的女人，在年轻的网络上的确有些太老了。于是，在QQ资料中，陈岚把自己的年龄写成了二十九岁。突然年轻了十岁，那该是怎样一种快乐的心情啊！虽然，这只是自我麻痹的感觉。但从这一天开始，身体上约束着她的那些枷锁，因为年轻而被粉碎，陈岚走路都觉得自己的脚步轻松了，她的脸上有了笑容：年轻真好，一切都有机会选择，一切都可以重来……

陈岚喜欢年轻的感觉，也就喜欢上了网络。在网络里，陈岚看见一条超乎寻常的宽阔大道，大道的那头是一个无比绚烂的世界。陈岚像情窦初开的少女，在暖暖的阳光下，尽情舒展开自己的躯体，感受着阳光、清风和空气中细微的芬芳。像陈岚这样空虚寂寞的人，在网络上除了偷菜，再就是偶尔和别人谈谈感情，在字里行间寻找一些曾经的幻想。陈岚那些吊在网络上的网友都年轻得很，年轻真好，年轻可以在茫茫的网络世界任意选择自己的所爱；年轻就可以毫无顾忌地对任何人说：我爱你……

在陈岚众多的网友中，她渐渐和“酒不醉人”走得近了起来。她和“酒不醉人”也是无意之间在偷菜游戏中相识的。“酒不醉人”的菜地级别高，种的菜能卖更多的金币，而且总是很大度地由着陈岚去“偷”自己的菜。陈岚有时候出去几天，就请“酒不醉人”帮着自己照料菜地。两个人渐渐地产生了好感。

“酒不醉人” 网络上显示的年龄是三十九，在聊天的时候，总是把陈岚称为妹妹。而隔着电脑的屏幕，陈岚也非常乐意被人这样称呼。因为，这样的称呼会勾起陈岚心中对青春岁月那些美好的感觉。把自己当成一个青春少女，安静地听自己心仪的男人诉说。这样的感觉是多么美好啊，陈岚常常迷失在这样的感觉里，不能自拔。她觉得自己如同一粒轻飘飘的铁屑，被“酒不醉人”这块磁铁牢牢地吸引了。

虽然自己已经快四十了，但那有什么？正如杨澜所说的那样，四十岁的女人，是珍藏的恰到好处的酒，只有四十的女人，汲取岁月的精髓，日月思念的沉淀，如茅台的芬芳，男人不饮闻之即醉。

相识两个月后， 两个人在视频里见了面。

陈岚穿着一件黑色的睡裙，这是一件暴露、大胆、有隐喻色彩和堕落气息的睡裙，覆盖两只乳房的衣料是几乎没有遮盖效果的蕾丝，充满魅惑的黑色的性感的蕾丝，把陈岚衬托得风情万种。

视频里的“酒不醉人”英俊潇洒，浓密的眉毛，高高的鼻梁，一头漂亮的黑发，很有周润发的气质，让陈岚心仪不已。

没多久，陈岚在网络上开始开口闭口叫他“老公”，“酒不醉人”虽然开始有些不习惯，但最终也就由着陈岚了。

“老公”是两个简单的中文字，但在从键盘上枯燥的字母变成屏幕中的文字的时候，却倾注了陈岚满腔的感情，这两个字便显得丰满起来。俗话说，自己的不如别人的，捡来的不如偷来的。“偷来的东西好吃”，反映的是人类一种普遍而无法克服的心理。网络上的偷菜游戏之所以能够迅速风靡，正是迎合了人们这种心理。说起来，偷情和偷菜也有共同之处，都是为了满足自己的心理需求而占别人的东西为已有，是人类占有欲萌发的结果。陈岚有时候也为自己不免荒诞的想法而脸红，但转念一想自己最多算是一种精神出轨，呵呵，精神出轨，在物欲横流的今天算得了什么呢。这样一想，陈岚原本纠结繁杂的心态于是为之释然。

陈岚去超市选了最好的恒源祥毛线，选了最美的图案，开始为自己的爱情编织。这段时间，陈岚觉得手腕上的石英表的指针都比先前走得快了。她患有低血压导致的头疼病，在她看来治疗此病的一大良药偏方是爱情，去谈恋爱，全身心地去激动，血液随之流畅甚至沸腾，头也就暂时不那么疼了。陈岚觉得生命中的春天又来临了，蛰伏在皮肤下的欲望，被激发了出来，毕毕剥剥地燃烧。

这不过是精神上的红杏出墙，所以陈岚并不刻意阻止自己的欲望，而是任其燃烧。

三

一个周末，苏星星放学回到家里，看到妈妈正全神贯注、眉飞色舞地在QQ上跟什么人聊天，看到女儿回来，妈妈立刻关了QQ，红着脸看起了《看了又看》。聪明的苏星星猜想妈妈在网上一定有不可告人的秘密！

以前一进家门，就会看见厨房里妈妈忙碌的身影在一团蒸汽里飘动，那感觉别提有多么好了，心里身外，热淘淘暖烘烘的。可自从妈妈喜欢上网络以后，回到家里，总是冷冷清清的，她只好去看电视，而且把电视的音量调大，让屋子有闹哄哄的声音，不至于显得那么寂静。苏星星觉得自己就像揭了盖的蒸锅里的包子，被晾在那儿，再也感觉不到一点家的温暖了。

苏星星回顾妈妈这几个月的变化，都是由迷恋上网引起的，她觉得是网络让妈妈疏远了与爸爸的感情，也疏远了与女儿的亲情。莫非妈妈搞起了“网恋”？这时，苏星星想到，前些日子，她一个同学的母亲因为网恋出轨，跟爸爸离了婚，同学成了可怜的单亲孩子。苏星星不敢再想下去，她害怕那样的严重后果也降临到自己家里，她不想失去也不能失去从前那温馨和谐的家庭！

为了弄清妈妈的问题究竟出在哪里，苏星星求助于一个外号电脑通的同学，向他请教怎么窃取别人的 QQ 密码？

电脑通向她说了四种方法：

一、当别人输入 QQ 密码的时候，站在后边死盯着看。

二、种入木马。

三、刀架在别人脖子上逼人说出密码。

四、收购腾迅公司，想要什么 QQ 密码就会有什么样的。

苏星星就骂，贫嘴！

在电脑通的帮助下，苏星星终于破解了妈妈的 QQ 密码，成功进入了妈妈的聊天世界。她偷偷进入妈妈的 QQ 聊天室，查阅了妈妈的聊天记录。

不看不知道，一看吓一跳，原来妈妈跟一个网名叫“酒不醉人”的男人真的在网上谈起了恋爱，而且还称呼人家“老公”。

苏星星在这样的结果的打击下，有些目瞪口呆。她想告诉爸爸，又觉得不妥，这样爸爸妈妈会免不了一场大闹。

苏星星以网名“喝酒的狐狸”进入聊天室，和“酒不醉人”聊了起来。几次海说神聊之后，苏星星向“酒不醉人”介绍自己：职业高中二年级学生，既美丽漂亮又活泼开朗，喜欢结交知心朋友。

苏星星打字的速度很快，眼睛可以不离视频，那“大珠小珠落玉盘”的击键声在她纤巧的手指间轻快而热闹地响起，她用了世界上最美的语言想尽快把自己推销出去。但最初一段时间，“酒不醉人”似乎不为“喝酒的狐狸”所动，对她爱搭不理的。

苏星星的自尊心大受伤害。

苏星星本是花儿一样骄傲的女生，现在却要向一个她打心眼里瞧不上的陌生男人抛媚眼，她觉得心里十分委屈。但为了妈妈，为了爸爸，这点委屈算得了什么呢?

苏星星想，看来只能用真情打动“酒不醉人”了。

苏星星向“酒不醉人”叙述了自己被母亲冷落后的失意。

“酒不醉人”说，我曾经有跟你相同的境遇。他随即敲给她一行诗句：

“同是天涯失意人，有缘何必曾相识。”

能将经典的诗句篡改成现在这样合境的语句，苏星星觉得对方应该不会是那种粗俗浅陋的人。

“唉，还是让我们各得其所，做一对可怜而幸运的垃圾桶，互相处理残存在自己身体里的情绪垃圾好了。”苏星星手指翻飞，飞起一串白鹭一样的词句：“很高兴认识你，既然心情和天气一样冷，就让我们用文字取暖吧。”

“酒不醉人”马上发了个笑脸过来，不妨先说说你的故事。

苏星星就马不停蹄地用手指在键盘上诉说起来。

当然，苏星星讲的故事真假参半，好在网络那头的“酒不醉人”看不到她撒谎时脸红的样子。

苏星星说：“我思想开放，喜欢结交有事业基础和有成熟的魅力男人，我不喜欢同龄男孩，就像成熟男人不喜欢同龄女人一样。”

“酒不醉人”似乎迟疑了一会儿，发过来具有象征意味的九朵玫瑰花。

“不过”，苏星星说，“恋爱于男人，就像在空荡荡的心房里挂画；于女人，却像聆听音乐——房间里可能同时点缀着好几幅画，却只能容下一首旋律。所以呢，我喜欢感情专一的男人，反对脚踏两只船，想跟我交朋友，就得专心噢!”

“酒不醉人”说：“我是个重感情的男人，会非常专一的，你就放心吧！”为了奖赏“酒不醉人”承诺，苏星星通过音频为他唱了一首《酸酸甜甜就是我》。

苏星星的嗓音很甜美，“酒不醉人”发过来一个代表心旷神怡的图案。

四

“酒不醉人”突然从网上消失了，就像他从来没有出现过一样。这让陈岚困惑不已。

陈岚觉得自己感情的列车刚刚奔驰起来，前面却没有了轨道。陈岚给“酒不醉人”打电话，起先没人接，陈岚连续不断地打，终于，“酒不醉人”接了。

陈岚质问他为什么不辞而别。

“酒不醉人”说：“其实，我只是找到了一个真正适合于我的朋友而已。“

陈岚说：“你在玩弄我？”

“我不过是在我寂寞的时候，听到了你说爱我。”“酒不醉人”笑道，“在彼此的感情没有依附的时候，你在我这里找到了快乐，我在你那里找到了快乐，我们谁也不欠谁，谁也不亏待谁。就像一位诗人所写的那样：轻轻地我走了，正如我轻轻地来；我挥一挥衣袖，不带走一片云彩。喜悦出于巧合，眼泪何必固执。缘来则聚，缘尽则散。夫妻都有分手的时候，何况我们不过是网络朋友，我和你甚至连拉一次手的事都没有做过，连一场电影都没有一起看过，连一回放纵的欢笑都不曾有过……”

“酒不醉人”的话，犹如一盆冷水，从头到脚把陈岚淋得透湿，连心都寒透了。陈岚恨死了这种花心臭男人！她发过去一把刀和一瓶毒药，“你去死吧！”

突然被人抛弃，一向心高气傲的陈岚气得浑身发抖，她把那条只剩两只袖子没有织好的毛衣用剪子一下一下地剪破了。她拽掉网线，发誓不再上网！“上帝”用泥土创造了男人，却用男人的肋骨造出了女人。肋骨上有新鲜的血和肉，只要轻轻地一碰就会痛彻心扉。因此，女人连最小的伤害也是不能忍受的。陈岚独自来到滨河路散心，望着西下的夕阳，迎面吹来了习习的河风，她思绪万千，想到“酒不醉人”就这样离自己而去，一向自信的陈岚失落得像掉了魂似的，脑袋一片空白，不知不觉顺着亲水平台走进河里。

岸边一对情侣看见，失声惊叫起来：“大姐，有什么事情这样想不开，快回来吧！”

陈岚却浑然不觉，脸上带着一种梦游般痴呆而迷茫的神情继续向深水处走去。

那对情侣赶紧拨打110报警……

五

通过聊天，星星得知“酒不醉人”真名叫林文纲，在一家报社作记者，是个单身贵族。林文纲是个细致的男人，会说：“女人如何不丢钱，出门只带一百元”之类的既表示关心，又让人不感到厌烦的话。甚至知道炒芹菜放些糖，能去涩；炒鸡蛋，放少许的酒，不但去腥，还能使之松软诸如此类的生活常识。

林文纲告诉苏星星，一个期待精彩人生的女人，有四本书一定要看：《第二性》《围城》《飘》和《红楼梦》。此话真否，魅力女人不妨一试！苏星星真的就去找了这几部书读。“酒不醉人”的话不但逗人开心，而且显得押韵合辙礼数周全。苏星星心想，这是个懂得幽默而且博学的男人，难怪妈妈会被他吸引。不过，林文纲的历史，对她来说是一片被大雾蒙罩的空白，宛若四季深雾笼罩的一片山脉，她不知道那山上是光秃秃的一片，还是郁郁葱葱，布满深沟狭谷，鸟语花香，泉水叮咚。林文纲似乎能够隔着屏幕看清楚她的心事，他自我介绍说：“我几乎从不做坏事，但也基本是没做过好事。我的历史清白，三十岁以前只处过一个女朋友，相处时间为三个半月，关系到一起喝茶为止。”

看了这段话，苏星星不由抿着嘴巴偷偷地乐。

虽然觉得林文纲这个人真的很有意思，常常能给自己带来许多的快乐，但苏星星限定自己每天最多只跟“酒不醉人”聊一个小时。时间一到，她就会在屏幕上打出一个笑脸，然后慌乱地打出一串再见，就下了线。她想，如果一直这样跟林文纲深入地聊下去，她害怕不能够控制住自己的感情，而最终坠入情网中。苏星星觉得跟“酒不醉人”聊天的时候，身子颤颤的，就像有一台机器在里面运转。苏星星知道，这样的事情是不能认真的，一认真就不好玩了。

一天晚上，大概快十点了，妈妈睡得早。苏星星洗完澡，披上浴巾，还没来得及穿睡衣，自己的小灵通响了。苏星星裹着浴巾，倚在沙发上接电话。

电话里传出很有质感的男中音，醇厚，迷人，温柔地能渗出水。如果声音有颜色，那人的声音就是象牙色的，闪烁着温润的光泽。对方自报家门是林文纲，苏星星听了心里一阵乱颤，她弄不明白，这家伙是怎么知道她的小灵通号码的。苏星星看了看妈妈那间屋子的门，没有虚掩的迹象，她才镇定下来：

“你怎么知道我的小灵通号码的？”

“知之为知之，不知 Google 之。像你这样经常上网的人，会有多少不为人知的秘密呢？”

“你可真有办法啊。”苏星星的话暗含讥讽之意。

“谢谢你夸奖。”林文纲明明听出来了，还是不无得意。

“有什么事吗？”

“没什么，忽然间就想听听你的声音。”林文纲说，“好了，既然已经听到了你的声音，那么该说再见了。这么晚打搅你，我表示抱歉。”

“再见。”

真是个奇怪的人。苏星星心想。

苏星星放下小灵通，才蓦然发觉浴衣不知道什么时候已经像一片云朵一样飘落，自己居然赤裸着身体跟一个男人说着话。她的脸不禁红了，仿佛林文纲此刻就在窗外看着自己似的，忙跑进卧室，把睡衣套在身上。

这天晚上，在睡梦中，一串象牙色的闪烁着温润的光泽的声音，繁星一样在苏星星的梦中闪烁。早上醒来，她觉得自己的梦有些怪异。

后来，同林文纲聊天时，一种说不出的愉悦像水银泻地一样轻滑地流到苏星星内心的每一条缝隙，她的心一下子就满了。每天一坐在电脑前，苏星星就会微微地笑起来，一脸的舒展灿然。已经习惯了跟林文纲聊天，倘若连续两天不见林文纲上线，她的心里便会若有所失。

苏星星是一个聪明的女子，当然知道网络上的邂逅当不得真。但她心里却依然被一种虚幻的东西充盈着，如同一片洒满了阳光的空地。苏星星不过是一个心怀春意的少女，无论如何也修炼不到那种收放自如的境界。于是，她常常借酒浇愁，渐渐成为一只爱喝酒的小狐狸。她偷偷买了一瓶干红，藏在自己的房间里，心慌意乱时就拿出来抿上一点。

苏星星举起酒杯，在迷离的灯光下注视着这金黄色的液体，把醇醇的香气慢慢地吸进肺里，然后一饮而尽，让凉爽和惬意充满自己的胃，也充满了自己的心……

六

天快黑的时候，苏星星接到一个电话，是从一家医院里打来的。

苏星星赶到医院时，看见妈妈陈岚安静地躺在一张病床上，脸色显得苍白，憔悴。

派出所的警察把陈岚出事的大致经过告诉了她。看到妈妈这个样子，苏星星心疼极了。她扑通跪在妈妈床前，热泪盈眶地说："妈妈，都是女儿不好……"

内心惭愧的苏星星向学校请了三天假，在医院里守候着妈妈。

三天后，妈妈出院了。出院后的妈妈精神很好，对网络深恶痛绝，甚至自己的女儿上网查资料，她都反对："不要去网上查，咱们到新华书店去买资料。"

妈妈因噎废食，让苏星星既高兴又感到莫名的烦躁。

妈妈在的时候，薄薄的液晶电脑一直安静地泊在桌子上，就仿佛死去了一样。

这天，趁着妈妈出去买菜，苏星星打开电脑，在隐身状态走进QQ，呆呆地看着屏幕。看着在线和不在线朋友的头像，一个个是那么亲切。

在一阵《不要再来伤害我》的歌声中，QQ发来"酒不醉人"登陆的信息。

林文纲一遍又一遍地在屏幕上打出：喝酒的狐狸，你怎么三天都不在线，一日不见如隔三秋，整整三天啊！接着，是一长串：我想你，我想你，我要见你……

苏星星犹豫了一会儿，还是决定上线。

林文纲见苏星星上了线，立即“扑”了过来：“我在 QQ 留言了几次，你却没有任何回复。你最近干什么去了？怎么音讯皆无？你还好吧？”

苏星星就像被他拥在怀里般感动。

苏星星承认林文纲是一个颇有魅力的男人，但她一想到他曾经同母亲的关系，于是断然否定了继续同“酒不醉人”做朋友的想法。那些悸动的情绪仿佛春天落在身上的雪一样不知不觉地化掉了，仅剩下一小片湿漉漉的感觉在那里存在。

苏星星主动要求称呼他为叔叔，强迫自己与他保持距离。

林文纲显然十分伤心：“你怎么变了？”

“是的，我变了，我不再是那只自由自在的小狐狸，而是真正爱喝酒的狐狸。无论网络多么美好，我必须回到现实生活中……”

“我想你，都想瘦了。不信，你打开视频看看。我现在只想见你。”

“我们在网上认识，就让我们止于网上吧。这样对谁都好！”说这样一番话时，苏星星的耳畔响起一句诗：为了彼此的下一个秋天能够结出硕果，请不要再做他（她）这个春天里的花朵了。

“哎，你不能这么绝情，好歹让我们见一面。”

苏星星的态度似乎是那么强硬，如同密不透风、水泄不通的铜墙铁壁。却被这轻细温暖的一声“哎”，推翻了他们之间横亘的山脉。

“行，那我们就见一次面。”苏星星说。

把网络上那个空洞的 ID，在见面后变成活生生的人，识一识“酒不醉人”这个让苏星星母女俩都心神不定的男人的庐山真面目，也好！

七

苏星星把跟林文纲见面的地点选择在离家不远的街心花园里，这里虽然空间不是很大，但清泉溢彩，绿树流花，是个见面说话的好去处。

林文纲果然如苏星星想象的那样英俊帅气，浑身散发着成熟男人的魅力，男人四十一枝花，在他的身上体现得淋漓尽致。

苏星星虽然素面朝天，但他依然闻得到一种撩人的香甜的气息，他知道那是少女特有的芬芳。

林文纲见了苏星星，不由得赞叹道："你比我想象得还要漂亮。"

"谢谢。你也很帅哦。"

"能冒昧地问一个问题吗?"苏星星说。

"像你这样漂亮女孩的问题，每一个男人都乐意回答。"

"你怎么还不结婚呢?"

这是苏星星一直以来想问林文纲的一个问题，这样的问题在网上问显得无知且无礼，但这样面对面的时候，苏星星掩饰不住自己的好奇。

"我一直认为自己是不用结婚的，但你的出现改变了我的这种想法。我虽然是记者，但大学里学的却是哲学，现在业余依然喜欢研究这方面的东西。搞哲学的人大多不肯结婚，苏格拉底说，哲学就是等死的学问。可见，搞哲学的人是可以独自一人做到内心平静的，譬如维特根斯坦、尼采都是终生未婚的。"

"你说了那么多，但我还是半明不白的。"苏星星说，"我该走啦。谢谢你让我明白了许多东西。"

"以后……"

"也许我们没有以后……"

"你这样做，是不是我们之间的年龄差距?"

"年龄不是问题，八十二岁的杨振宁与二十八岁的翁帆之间的忘年恋曾经入选十大经典爱情故事呢。"

林文纲说："其实，我真心喜欢你。"

如果妈妈知道是自己的女儿将她的所爱夺去的，她的内心深处该会是怎样的伤痛？于是，苏星星冷冷地笑了一下，那笑就像一块碳火上薄薄包了一层冰："我也喜欢过你，甚至差点爱上了你。但我们必须分手，今天是我们之间第一次，也是最后一次见面。”

“为什么?”

“因为这一次爱情，不是为我自己的。”

林文纲听得像是坠进了云雾里，眼睛里满是痛苦和绝望，他神情恍惚地看了苏星星一眼，然后转身去了。

看着林文纲的背影，苏星星愣愣地站在那里，好像站在一个粉红的梦里。她转身刚要走，却发现妈妈像个幽灵似的站在她的身后，她吓了一跳。

妈妈问：“刚才那人是谁?”

苏星星说：“曾经教过我的一个老师。”

是的，他教过自己许多东西，做自己的老师，或许他是配的。

妈妈埋怨道：“怎么不送送人家?”

苏星星突然拥住妈妈，激动地说：“妈妈，你一定要爱我，我和爸爸离不开您的爱。”

苏星星说着，抓过妈妈的手，用力地在她的手背上咬了一口。她要把自己这一段时间的悲伤、委屈以及对妈妈的恨和爱，都留一些在妈妈的身体里。

(原载《朔方》2010 年第 5—6 期)

【作者简介】

包作军，汉语言文学本科毕业，系中国散文学会会员，宁夏作家协会会员。已在《芒种》《朔方》《广西文学》等区内外近百家报刊发表小说、散文、杂文等作品六百余篇。部分作品被《读者》《青年文摘》等转载，有作品入选《中国微型小说精选》《中华散文精粹》《当代十名作家散文今选》等多种文集，出版小说集《骆驼的“罗曼史”》(与鲁兴华合著)，杂文集《杯中窥人》，散文集《你是黄河我是沙》。现供职于宁夏青铜峡市交通运输局。

尤　桑

李　瑛

一

“尤桑，尤桑！”我拍打着他的脸，肉脂厚肥，皮也比四年前粗厚了不少，这么一想心里竟有些复杂，左右开弓拍了好几下。

他躺在街边的石头长凳上，在我的拍打中“哼”了一声，转了个身，他肥胖的身子在狭窄的石凳上旋转一百八十度，半个身体从凳上悬空，差点掉了下来，我犹豫了一下要不要管，最后还是无奈地摇了摇头给他扶住。

我马上为自己这个举动后悔，因为身体一被扶正，他立刻感到了安全似的又陷入昏睡。

十月天北京的温度正适合户外露宿，尤桑蜷缩在石凳上睡得很香，他的头缩在胸前，脸朝石凳，只看见蓬乱的头发，像一只缩着头的刺猬。半新不旧的白色T恤和休闲短裤蹭得到处都是凳子上的土。

“尤桑！”

我又推了他两下，他只“哼”了一声，连翻身也不翻了。

早晨八点钟，天已经亮得刺眼，这个时间的尤桑一般都是窝在床上的，他睡觉没准点，周末都在中午才起床。

打牌和喝酒是尤桑的两个长项，最擅长的是牌打完再跟一起打牌的人喝酒。他常常半夜三更醉醺醺地回来，有时走着走着就到路边随便什么地方睡了。有几次醒来发现被人掏了腰包，他跟我说的时候表情是夸张的恼恨，但我反应平淡，我了解他的腰包，里面根本就没什么钱。他平常都是把重要的证件直接装衣兜里，故意把腰包露出来给人偷，为的就是想象一下小偷打开腰包时失望的表情。

我来找尤桑是有事的，急不得的事，既然暂时喊不起他，我就想先去吃早饭。

刚走没几步，就听见他在身后叫我，我转身，他已经坐起来了。

“帮我带一杯豆浆、两根油条。”他说，眼角挂着一截眼屎。

二

尤桑的地下室我不知道来过多少次。我们下班只要没事就会在一起，大多数是他去我那里，但我也经常会被他拽到地下室里来。这地方倒是比他跟我一起租房时那间卧室大一些，不过是真将就，没有窗户，下了楼梯感觉像是到了井底，要紧着开灯，房屋墙壁经常渗出水珠，几个墙角满是黑黑的霉斑，屋里的被褥和衣服永远是潮乎乎的，有一股发霉的味道。厕所是楼道里的公共厕所，楼道里也乱，各屋门口挂晾着衣服，地上堆着废弃物。第一次来尤桑的地下室，我的内心是排斥的，后来有很长一段时间都不愿意再来。然而尤桑好像根本不在乎，他经常强行拽我，我就怀着为朋友赴汤蹈火的心情硬着头皮来了，一来二去，慢慢地就习惯了。尤桑在这里倒是遇到了几个朋友，写诗的，还有一个画画的，他们有共同语言。

尤桑两口就干掉了一根油条。喝豆浆的时候他却慢了下来，甚至仿佛有些难以下咽的样子，一会儿竟发起呆来。那豆浆细品起来有股抹布味，不过我们喝豆浆没那么讲究，尤桑发呆跟豆浆的味道也没甚关系，尤桑最近老爱发呆。

“嘿，嘿！”我把手在他眼前晃动着，嘴里喊了两声。他回过神来，冲我笑笑，这时候他的眼神就正常了，我竟从中辨识出了读书时那种清亮的神采。

我想起了此次来找尤桑的目的，心里不禁泛出一阵忧郁。想起我们刚才往回走的时候尤桑一手接过我递过去的塑料袋，一手搂着我的肩膀，我们轻松愉快地进了楼门，从阴暗的楼梯上下来时，尤桑仍然是快乐地跟我说着昨晚跟人喝酒的事情。即使此刻，我们吃着不怎么美味的早餐，但因为有彼此的陪伴，我们的心里感受到的是一种难得的安宁和踏实。

是的，我跟尤桑是多年的老朋友，真心的朋友。可是我这次来并不是来找尤桑玩的，我是来跟尤桑要钱的，要回我曾借给他的钱。这个目的让我尴尬。我下了很大的决心才来到这里，现在见到了尤桑，我忽然意识到我们都是成年人了，也许从此以后我们就要永远失去以前那种心无芥蒂无忧无虑的友情了。

尤桑借钱的事，我到尤桑办公室去办事时趁尤桑不在的工夫跟他同事费姐和小钟讲了。

费姐听了我的话后有些愕然。看见费姐的表情，我心里一沉。

“你怎么把钱给他啦?”费姐说，这个“他”字压得很重，我知道这是一种强调的修辞手法，意思大概是把钱给谁都行，就是不能给“他”。

“这不是想帮帮老乡嘛。”我说。四年工作生涯，不知不觉中我和费姐、小钟也比较熟悉了，我觉得费姐是诚恳可信的人。

费姐的脸上闪过一个不易觉察的疑云，她竟不由自主似的轻轻摇了摇头。

“应该没问题吧，尤桑这人，我从学生时代就接触他。”

“人肯定是没问题，关键是他拿钱去干什么。”费姐颇有哲思地说。

“他不是说一个什么哥做地产项目能挣钱吗？我觉得尤桑不会对我扯谎的。”我感觉自己像是绝望地挣扎在沙滩上的鱼。

费姐又以令人难以觉察的幅度摇了摇头。我发现费姐摇头非常有水平，既令你洞察出不祥，又抓不住什么明显的把柄。而且伴随着摇头的，是她嘴里吐出的含义丰富却指向不明的语言。她说：“尤桑这次回来确实有变化，希望他能有点新路子吧。”

“他说的那个什么哥，你觉得那人靠谱吗?”小钟忽然问。我知道他们虽然没有投钱，但对尤桑的关心都是真诚的。尤桑在单位没编制没户口，是最弱势的合同制职工，年龄又最小。

“这人我没见过呀。”我只好照直说，“说是他上中学的时候一直在资助他，有一次他姐做手术，还一下子拿出了两万给他姐付手术费，可见是个好人了。”

费姐和小王都点点头，可是他们的脸上却没有喜悦。

“尤桑要辞职了。”费姐说。

这次轮到我点头了。我听尤桑唠叨过想辞职的事，我已顾不得留恋多年的朋友之情，只一心想着那样的话再跟他要钱就十分不方便了。可见这世上钱最重要，钱比什么都重要，当人面临危机时，特别是面临那种买房结婚的基本财产要被卷走的危机时，别的一切都可以不顾。

“但愿他能有好的机会。”我不自在地说。

三

尤桑前段时间去老家跟大哥搞了半个月工程，刚回北京那会儿他热情高涨，亢奋得像发情的公驴，天天出门进门都是驴叫的声音。每天几百个电话联系业务，晚上必有应酬，没应酬的时候也不睡觉，瞪着眼在那儿思索发展大计。那时候虽然他也住在地下室里，但他精心营造的那种表象欺骗了我纯洁的心灵，欺骗得死死的，我一度认为我一直高看一眼的尤桑终于要发家了。“哥们还是有点眼光的。”我这样肯定了自己。

“大哥项目赚钱容易，就是前期费用太高，融资难。不管谁借给大哥钱，一年后按百分之二十利息算。”尤桑说，他看着我皱了皱眉，不情愿似的又加了一句：“其他人都是十万块起，少了不要，不够麻烦的。你嘛，谁让咱俩关系铁呢，你只要有整万的都行，千万不要拿几千几百的给我，丢人。”

他告诉我在老家期间从老乡们那里已经融资了二百万。别看尤桑平时吊儿郎当，他人气还是挺旺的，在老家有一定影响力。我纠结了好几个小时，当天晚上我去找我的女朋友玫玫，我的存款都在她那里，两万多。我跟玫玫说这件事的时候并没有最后决定是否给尤桑投资，可是我一说这事，玫玫马上鼓动我投资，把我存在她那里的两万六千块和她自己攒的三万四千块一起拿了出来，说我们一共投六万。

玫玫比我还信任尤桑，我们三人的中学是同一所学校，虽然是到北京才彼此认识的，但这种校友关系令人天然有一种信任感。要不是尤桑，我们俩谁都绝对不掺和这种事儿。谁让他是尤桑呢。

其实钱一出手我就后悔了，或者说是开始担心了，因为那六万块钱是我和玫玫攒的买房钱。虽说区区六万块钱和在北京买房的花费比有些贻笑大方，但那确实是我们仅有的积蓄，在我们眼里它无疑是巨款。

当一听说尤桑要辞职，玫玫就坐不住了，她下了死命令要我立刻把钱要回来，利息一事再别提了。其实当初借出钱的时候我是犹豫的，是她那么痛快地决定要借钱给尤桑，我还为她的大气感动了一把，而现在也是她，一听有风险就一下子火急火燎地要把钱收回，这就是女人吧！可是我有什么办法呢？

尤桑又喝了一口豆浆，他的喉头随着咽下豆浆的动作前后移动，呈现出一种男人的性感。然而我还是要开口要钱了。我怎么说呢？

四

那年我从西北一个大学考进北京某名校的研究生院，初到北京，我感受最强烈的不是求学的喜悦，而是一种深陷沙漠般的莫名寂寞。导师带的三个学生，其他两个都是本校保送上来的，只有我是外地考入，分宿舍时偏偏又将我分到了外系宿舍，舍友爱打游戏爱聊游戏，周末喜欢出去喝酒，这些都不是我所擅长的，使我看上去显得有些寡言和格格不入。我开始怀念我本科时那些大多数来自西北乡村的同学，怀念那座时不时能碰到来自同一个县的同类的校园。

就在这时，我接到了北京老乡联谊会的通知。

联谊会那天因为一点小事耽误了一阵，当我按照指定的地址来到某大学的小礼堂时，只听里面一阵闹腾，在门外就看见二三十个年轻人围坐着，一个个子高高、身材挺拔的男生在屋子中央拿着话筒说着什么。

这就是我第一次见到尤桑时的情景。他有着一张纯净无暇的面孔，孩童般的笑容有些青涩，可手持话筒在台上却也能掌控全局。

见我从门里进去在找座位，他竟然喊住了我，让我到台前去自我介绍。我有些腼腆地走到人圈中，他将话筒交给了我："来吧，咱们第一次见面，让大家认识一下你。"他的普通话极标准，没有一点儿家乡口音，声音低沉浑厚，很有主持人的样子。

我有些始料不及，毫无准备，就支支吾吾地简短介绍了几句，见我窘迫的样子他就从旁边插话互动，气氛才稍稍好了一些。借着那次契机，我被北京的老乡圈认识了。

自我介绍完后，尤桑给我安排了座位，在他熟识的老乡杨信旁边，从那以后我就结识了杨信和尤桑，熟识后我开始跟着尤桑把杨信叫哥，杨信也以我俩的哥哥自居，随着时间的流逝，我们三个变得格外亲近，建立了近乎桃园三结义的关系。杨信说我和尤桑两人各有千秋，尤桑出彩，我稳重，但他明显还是偏爱出彩的尤桑。

我们三个都穷，但尤桑有一个好处，他是孤儿，在省里都穷出名的，吃百家饭，政府和公益机构的各种资助都有他，所以他比我和杨信有钱花。我直到研究生毕业都没有谈恋爱，穷啊，不敢追女孩。一学期就下两次馆子，而且只吃拉面，还不敢加肉，若再找个女朋友，一学期光下馆子就得多花多少钱？就算只逛免费公园，总得买饮料矿泉水吧，上学那会儿买两厅可乐的巨大支出就会把我吓得丢几天魂儿。

我那时候有点羡慕尤桑。当孤儿多好，那么多好心人资助，不知道怎么的一笔钱就来了，尤桑常常收到来路不明的钱，谁给的都不知道，就花。尤桑说他姐姐也是这样靠人资助长大的，姐姐比他大五岁，已经大专毕业，毕业后就没有人资助了，人们把美好的爱心集中在了尤桑一个人身上，他的钱更富裕了——当然我指的是跟我这样的穷哥们比。

我和杨信经常蹭尤桑的钱花，几个上学的老乡都蹭尤桑的钱花，我们一起下馆子到掏钱的时候，几个人就对尤桑说："你是孤儿嘛，你掏。"尤桑就掏钱。后来尤桑自己就会自觉地说："我是孤儿，我掏。"

跟尤桑吃拉面常常能加肉，只要旁边有人说："来加肉的，这几天馋得下巴都掉了！"尤桑就叫加肉的，尤桑是个很大气的男人。

尤桑一直有烟抽，还偶尔买酒拿回宿舍喝。我刚开始不好意思，被他拉着喝了几次，后来就很习惯于喝尤桑的酒了。

尤桑的宿舍里都是懒人，卫生总是很差，这挡不住我们的兴致，我和杨信坐在宿舍唯一的小方桌边上，尤桑给我们倒上酒，桌上还摆着从学校门口小市场买回来的煮花生米和拌豆腐丝。杨信特别善于说推心置腹的话，在那种情景下，一杯酒下肚，我就有了花天酒地的感觉。杨信皱着眉头把酒喝下去，嘴巴必然要"吧唧"一声，语重心长地说："尤桑，你一定要好好发展啊，哥看好你。"尤桑睁着大眼睛点点头，眉宇间隐含着一股哀愁的样子，像是在使着什么劲儿。

然而，我知道尤桑并没有真正理解杨信所说的"好好发展"，经过一段时间的相处后，我对尤桑有了一个初步的了解。尤桑在老乡群中和在学校里都有一定的影响，他有着旺盛的精力，出色的文字和口才，在很多学生流行的论坛上都是呼风唤雨的人物，但那些都是虚拟的，那种影响和能量也是虚拟的，尤桑的心过于浪漫，跟我们这样汲汲于生计的人完全不一样。他在一个三流学校读本科，却只忙着什么诗歌节、书法论坛，根本不去好好考虑自己的未来，也就是杨信所说的真正的"发展"。

很快在一件事情上，尤桑和杨信就有了分歧。那时候喜欢尤桑的女孩子多，杨信有个哥们的女朋友叫王璞，尤桑去找杨信，在杨信宿舍见到了杨信的哥们和女朋友，几个人一起玩了一下午牌，结果这个王璞就忽然深深地痴迷上了尤桑，回去就跟男朋友分了手，频频来找尤桑。

王璞皮肤黑，脸上老气横秋，总得来说是丑姑娘。看见王璞来找尤桑，我私下里就打趣尤桑，没想到的是，杨信一个劲儿劝说尤桑跟王璞好，原来王璞她爸是山西的煤老板，说是资产上亿。杨信说王璞是独生女，跟王璞好了将来尤桑不管干什么都能少奋斗二十年，他鼓动尤桑“一定要抓住这个机会”。

可尤桑却根本就不想抓“这个机会”，他看不上王璞，把杨信急得咬牙跺脚。每次王璞来找尤桑，杨信都特意跑过来从中周旋。有一次，他们打听到尤桑正在宿舍，两个人气喘吁吁爬上五层楼，赶到尤桑宿舍，尤桑却已经走掉了。宿舍里一个南方口音的同学刚打水回来，提着暖壶站在门口，说不知道尤桑去了哪里，也不知道什么时候回来。杨信和王璞还在考虑是不是要进去等，结果提着暖壶的同学进去后就把门关上了，一个倒着的“福”字随着一声响动颤颤地逼过来。杨信尴尬地往外挪了挪，碰着王璞的胳膊说：“走，先去我那儿吧。”

他们踩着阴暗的楼梯下楼时，杨信走在前面，王璞磨磨蹭蹭走在后面，杨信忽然回身抬起头说：“要不你跟我好算了？”王璞屏着呼吸一样没有做声。

王璞当然没跟杨信好，但终于还是泄气了，后来再没到尤桑学校来过。就这件事，杨信对尤桑十分有意见，有好长一段时间，他看尤桑都是翻着白眼在看，尤桑叫他来喝酒他都不来，真是动气了。但那时杨信已临近毕业，他终于还是又到尤桑宿舍跟我们一起喝酒了。酒过三巡后，杨信借着酒劲指着尤桑说：“你呀，做了人生中最错误的一次决策。不是哥说你，你以后就知道了。”尤桑上厕所的时候杨信又红着眼睛把手搭在我耳边悄悄说：“我以前高看尤桑一眼，但就王璞这一件事我就看清他了，这个人将来没出息。”说着他把手往门口指了指，脸上露出不屑的神情。

但尤桑终究还是太招惹人了，差不多在杨信毕业的那个月尤桑交上了女朋友。亮亮个头矮，尤桑个头高，站在一起亮亮的头顶只到尤桑的肩膀附近，亮亮的皮肤也有点黑，可是她长发浓密，眼睛大大的，五官精致，有一种特别的甜美。

当我们知道亮亮是北京女孩的时候，大家都十分意外，而且有些惊喜。尤桑，一个偏远山区的穷逼孤儿，竟然追到了一个北京姑娘，这不得不让我们这些光棍老乡馋得口水淌了《清明上河图》那么长。我们县的人吧，经济状况都一般，可是心都特别高，特别是男人，个顶个的心比天高，腰包比纸薄。我们县没有谁能找到北京姑娘，结果这事儿被尤桑干成了，弟兄们一听尤桑女朋友是北京的，又亲眼看见亮亮小鸟一样依傍在尤桑的旁边，看着尤桑的眼神也是多情的，深情的。那脸蛋那眼神弄得哥们儿个个跟吃了伟哥一样狂躁得不行，进出嗷嗷叫，见了尤桑就拍着肩膀发出拧笑，那一拍的份量也比以前重了好多。

大家对尤桑和亮亮的事都格外操心，老乡中谈恋爱的不少，受到如此关注的只此一对。自从亮亮出现以后，别的老乡再也不好意思把女朋友带出来了。尤桑呢，第一次交女朋友，在亮亮面前就像面对着一个漂亮的瓷器，小心翼翼地不知道该怎么抓拿。亮亮倒是很大气的姑娘，不是那种做作的，也不高高在上，现在有很多女孩子特别要命，本来在家父母也不怎么宠，家境也一般般，可是当了某个人的女朋友，一下子就不得了了，好像突然被赐予什么尊贵身份了似的，动辄就要发脾气，或者哭鼻子抹眼泪撒娇，总之不好伺候。好像当了个女朋友她就不是她，或者当了个女朋友她就是时时刻刻在为男人做着什么巨大贡献，男人就欠了她什么似的。亮亮不是那样的人，她和尤桑两个真是天生的一对，从外表上看是一对璧人，性格也都是那样单纯自然，让人舒服。

尤桑和亮亮交往了一段时间后，两个人闹了点小摩擦，尤桑对亮亮渐渐变得一副无所谓的样子，反而是亮亮老追着尤桑，给他买巧克力，请他吃饭看电影，主动给他打电话。学校里和老乡中也有其他女生青睐尤桑，还不止一个，每有一个女生喜欢尤桑，尤桑在亮亮心目中的地位就像盖楼一样拔起一层，亮亮心里因跟尤桑在一起而产生的喜悦就又充满一些。然而杨信见过亮亮后背后却摇头说："他们就是玩玩，不会有什么结果。"我觉得杨信的态度可能跟不满王璞的事情有关，可不知为何心里却总想着他的话，有一种微妙的感觉，觉得尤桑和亮亮的关系像沙漠上的海市蜃楼，虽然漂亮却是虚幻，最终会化为泡影。

五

我的研究生和尤桑的本科是同一年毕业，都是单身，就顺理成章地一起租房了。刚上班时经常见尤桑大周末的骑个破自行车去单位加班，有时候晚上吃过饭了，我看着电视，忽然尤桑就会接到一个电话，处长让他去单位处理事情，他就骑着自行车去了，似乎还藏起一股隐含的自豪，好像处长不是叫他去加班处理个小破事，而是请他去赴大宴看美女什么的。那时候尤桑也忽然就胖了起来。

可是才一年左右，事情就发生了变化。

先是尤桑和亮亮分手了。原因很简单，尤桑去了亮亮家几次，亮亮的父母都没给好脸色，两个人时常发生些摩擦，就渐渐断了来往。

尤桑好像并没有太多的消沉，只是沉默了一阵子，也许受的是内伤，反正从表面看还是好好儿的一个尤桑。他跟我说其实他一直知道这结局，不过把戏演得很像就是了。他说这话的时候虽然笑着，我却觉得那笑容好像是皮肤上无数微小的创口，绽放的是隐秘的伤。

一天中午，我到尤桑办公室去办事，我们单位跟尤桑单位是兄弟单位，在业务上有来往，我偶尔会跑到他们办公室办事。那天我去找刘处长签一个东西，刘处长有点拿架子，对我拿去的东西问来问去的，我就耐着性子一一答复。这时候有人过来跟刘处长说让处里的人核对一下这次涨工资的数额。

我也刚刚涨了工资，心里一高兴就问在最里面靠窗户坐着的尤桑："尤桑，你涨了多少?"

尤桑的整个身体都在格子间里，只有脑袋露出了半个。他没有回答我的问话，我又提高声音问："尤桑，你这次涨了多少?"

还是没有回答。

这时，我看到费姐跟我使了个眼色，我马上明白了，没有再问。刘处长忽然效率高了起来，匆忙签好字，把材料递给了我。

我犹豫了一下，还是走到了尤桑的办公桌旁，他停下手里的活儿跟我说了会儿话，我告别的时候他送我出了办公室，我们一起到电梯口。

"他妈的鸡巴蛋的编制!"这个时候他终于忍不住骂了起来，"他们涨五百，我们涨五十，你信吗？这是什么天理？这里没编制的职工根本就没有任何升迁的机制，工资也不涨，还让不让人干了?"

我伸出手拍了拍他的肩膀，搜肠刮肚地想着自己能说点什么，最后我有些言不由衷地说："跟你们领导好好谈谈。"

"谈个屁，"他马上反弹了起来，"活儿全是我干，我一个人干，你信吗？都是他妈的王八蛋。"

从那以后尤桑就像泄了气的皮球，对工作开始敷衍了事。他渐渐经常跟人熬夜打麻将，第二天上班迟到，上班时间心不在焉，对工作也变得得过且过。

尤桑动起了换工作的心思，也投过一些简历，不过因为没有什么专业技能，学历也一般，一时难以找到更好的机会。尤桑诗写得好，还会书法，我们那个县的人虽然都穷，但在文艺方面都有点才能，还出了两个有点名气的作家，也不知道穷是原因还是结果，总之大家都爱写点东西。尤桑跟我们县的知名作家混得很熟，可惜他本人不大适合写小说，发表过十几首诗，不乏大刊物，但说到最俗的东西，经济收益，十几首诗一共稿费不足两千块钱。有一次，有人说要给他出诗集，尤桑很热心地每天在那里选诗、改诗，提供给对方，结果临了对方才告诉他需要他自己出两万块钱。尤桑哪里有钱出那个东西，也就不了了之了。

换工作一时没有路子，就先将就混着，这一混就又是三年。

六

我编了个理由，丈母娘家要买房。

尤桑嘴里还含着最后一口油条，听到我的话就愣住了，油条就躲在脸的一侧，让那侧的脸看上去鼓了起来。

接着，他笑了，笑得很轻松，像是笑我是个傻瓜。"三线城市，现在买什么房，房都盖得海下来了，卖不出去，马上要跌了。"他说。

他这就给了我一个要命的把柄。我知道我们这是在打仗，我忽然有了奋起的决心，决定给他致命一击，以达到自己的目的。我毫不示弱地说："你那个哥不就在三线城市盖房吗，你说能挣钱。"

他果然不笑了，卡住了一样。接着他一口把带抹布味的豆浆喝完。

“你那个钱已经放进去了，现在要取出是非常难的。可以说取不出来。人家毕竟是干工程，不是说把钱一天放那儿看呢，哪能说拿出来就拿出来？墙中间盖进去的一块儿砖，能说抽出来就抽出来吗？”

我笑了，语气温和地说：“我又没说必须拿到我给你的那六万，那六万用了，你不是天天都在融资嘛，把你新融到的给我六万不就可以了吗，我又不要利息，把我这段的利息都给他。”我大方地说。

“不是那么个事。”他说。

“怎么不是那么个事。”听他推辞，我反而有了一种必须要回来的决心。“钱是活的，财务是流动的。”我说。

我们俩好像有点僵住了。为了缓和气氛，我笑着加了句：“跟你这么多年了，我还能不信你吗？这不是我丈母娘家买房，实在万不得已嘛。”说这句话的时候我把他手里的空豆浆杯接过来扔进了垃圾桶里。以前跟尤桑吃饭，一起喝酒，我没有钱，白花他的钱，唯一能做的就是为他服务，给他倒个酒，帮他扔个垃圾什么的。想起这些我不禁有些心酸。

尤桑沉默了一阵，大概有一分钟左右，说了句：“行，你的钱我给你。你放心。”

猛然听到这句话，我心里竟然一揪，有种怅然若失的感觉。我知道尤桑是说到做到的人。

七

尤桑跟亮亮分手后曾有过一段短暂的恋情，是跟我们一个老乡，叫赵静。我从没觉得尤桑是个滥情的人，尤桑遇到异性的青睐非常多，但他之前也就交过亮亮一个女朋友，跟赵静好他是实实在在打算跟她结婚的。赵静是中央财大研三的学生，读本科的时候赵静就对尤桑表示过好感，当时尤桑正和亮亮好着，赵静受了打击，很长时间没有在老乡圈里出现。尤桑工作后算是和亮亮分手了，两个人在老乡聚会上碰见，不知道怎么就走到了一起。赵静家经济条件跟我们都差不多，尤桑是实实在在地想结婚了。结果他提了两次结婚，赵静就拉脸，后来就干脆跟他分手了，两个人在一起的时间还不到五个月。没多久赵静又交了男朋友，并且迅速结婚了，新郎竟然就是杨信，杨信当时是一家大型医药公司在北京的代理，已经在回龙观买了房子。

尤桑跟我说，赵静这是耍他，是对大学时那次拒绝的报复。

后来有一次，我出差几天，上午十点多钟回到家，正是周末。一进门，看见尤桑的卧室开着，我就进去跟他打招呼。

他还躺在床上，两只胳膊伸到被子外面，懒洋洋得像是没睡够。不经意间我瞥了一眼地上，发现垃圾桶旁边堆着一些纸团，垃圾桶最上面赫然是一只用过的避孕套。

“啊哈，你有本事呀!”我刚要取笑，忽然穿着睡衣的亮亮就出现在了门口。

亮亮也有些尴尬，她脸红了，但她装出久经风雨处乱不惊的样子，笑着说：“刚才还说你呢，你出差回来啦?”

我连连点头，“不知道你在这儿，早知道我迟几天再回来。”我打趣说。

亮亮吃吃笑着，我声称要收拾东西，赶紧回自己卧室去了。

中午我们一起吃了饭，亮亮看上去很开心，得了大奖一样。吃完饭他俩就出去了。晚上我看电视的时候尤桑一个人吹着口哨进来了。

我抬头看他一眼：“怎么没把你的小公主带回来？带回来一块儿住呗，我又不介意。”

尤桑摇摇头笑着说：“你以为我会怕你介意啊。”

“那怕谁介意?”

尤桑脱下外衣挂在门后的钉子上：“我们这是偶然行为，离同居还远着呢，天天住一起就是同居了，那个是完全不一样的概念，你懂不?”

我那时已经跟玫玫有点眉来眼去，准确说，那段时间玫玫正在向我抛媚眼，我对这个话题充满热情。

“你们都睡一起了，不叫同居?”

尤桑坐在沙发上，离我有两尺远，他把电视换成了体育频道。

“同居就是两个人长期稳定地住在一起，跟结婚也差不多了，我们这只是偶然行为。”他又说了一遍。

我一直认为两个人睡过了就是同居过了，是不是继续同居不能改变他们已经同居过了的事实，我觉得那个数量的多少只是量的概念，不是质的概念。同时，我意识到这是我们这些老派人和尤桑这样的新派人的区别。

那以后亮亮经常周末过来住，有时候他们白天就关上了房门，晚上亮亮就走了。我知道她父母管她挺严的，说不定她在这儿过夜的每一次都需要撒谎呢。

有一次，我在外面吃了晚饭回来，在楼下等电梯的时候碰见了亮亮，她一个人，神情疲倦，眼睛红红的像是刚哭过的样子。她从电梯里出来时看见了我，愣了一下，勉强挤出一丝笑容就匆匆走了。我进屋时尤桑躺在客厅的沙发上，也没有看电视也没有看书，只是躺着。

“怎么啦?”

“歇会儿。”

“没问你，我说你把亮亮怎么啦，怎么把人弄哭了?”

他沉默一会儿，忽然像发泄似的骂开了：“妈的，王八蛋，婊子，看不起老子，妈的……”

我听不下去了，打断了他：“她到底把你怎么了？怎么看不起你了？看不起你能跟你睡一起?”

他坐了起来，我坐在沙发另一头。

“丫让我考研究生，前天说的时候我就忍了。”

“考研究生就把你得罪了？人家说的好话呀。”

尤桑苦笑了一下，从茶几上拿起烟点了一支，他的情绪平静下来了，又流露出了那种有些顽劣的神情。

“老子要能考上研究生，能上那么破的大学吗？她怎么不考研究生，她跟我一个学校毕业的。”他说着又失笑了一下。

“人家不是在国企吗，你那时候是没好好学习吧，好好学习说不定能考上研究生呢。”

“狗屁！”尤桑骂了一句，还没骂够似的又爆出一句粗话：“不要对我扯鸡巴蛋，喜欢就在一起，不喜欢就趁早别来。”

我觉得这人不可理喻，摇着头站起身向阳台踱去。

“人家对你说的是好话，你不要跟喜不喜欢你扯一起。”我说。

尤桑的嘴里发出了“切”的一声。他弹了弹烟灰，连连地抽着烟：“不要以为我不了解女人，女人都是他妈的嫌贫爱富。像我这样的，就是让女人嫌的对象，你懂吗？”

“嫌你还追你？跟你睡一张床上，都是嫌你？”

“我也纳闷呢，女人怎么都他妈的虚荣心爆棚，说喜欢你，都是假的，其实是想按自己的意志随便捏你。被女人看上就离死不远了，不是她看上你了，她只是看上你这块橡皮泥了。”

我笑了。其实玫玫也是这样的，即便只是在抛媚眼的阶段，她对我的改造就已经开始了。但我听到尤桑的说法并不恐惧，我在满怀期待地等着被人捏，等待着那样的“死”。

“你有什么大不了的嘛，就让人家改造呗，说不定还能出现意外成果呢。”我笑着说。

尤桑把烟扔到烟灰缸里，也来到阳台上。我们的出租房像鸡窝一样大，却有着一个完整的、用仿古砖装修得不错的阳台，但到我们手里，这阳台也就只能用来晾晾衣服，堆着酒瓶子啥的。

“关键是她们都脑子进水，千篇一律，不懂得因材施教。”尤桑苦笑了一下说：“我高考的时候都是补习了一年才考上的，还考那么一破学校。我根本就不爱学习。”

“女人……总得来说，就想让你有个好的前途吧，她们都缺乏安全感。”我说。我想起了玫玫，玫玫只是大专毕业，个子矮矮的，还胖乎乎的，脸蛋长得也一般，但她情商高，她看上我也是觉得我在她可以够着的范围内吧——人不都要面对现实吗？

这么一看，亮亮总是追着尤桑，确实有些脱离了现实，而尤桑跟亮亮在一起也是脱离现实。不仅在成长背景上是这样，在对生活的理解上也是这样。

“我也并没有当混混。”尤桑有些无奈地说：“我可以好好工作，再干点自己喜欢的事。”

然而，现在看来他好好干工作似乎真没什么用，而他所谓的自己喜欢的事，就是写写那些没用的诗。

那件事后不几天亮亮主动找尤桑示好，他们又好了。

尤桑赚得少花得多，老觉得房租太贵，一年多后搬到地下室去住了，地下室住了一段时间后就又变成带着别的女孩子回去了。

然而，他们总是分不干净，后来我在地下室还看见过亮亮两次。

八

白天尤桑没完没了打电话，跟人讲他和大哥做的项目，不打电话的时候就跟我讲。除了他和那个大哥的合作项目，还有他打算辞职回家要干的事，他想自己去弄个养牛场，或者养羊的场地，他想养羊或养牛。

我觉得养牛场是个不错的主意，我知道我们那边很多人养牛都发财了。但养牛场有一个问题，非常辛苦，开养牛场的人都是干苦力的人。尤桑似乎不止是想开养牛场一个主意，他还想跟人合资开私立医院，他对高档私立医院非常看好，这个他以前说过，我觉得这个实施起来难度比较大，但尤桑还是满怀热情地去想这个事，养牛场的事情和私立医院的事情搀着说，一会儿说这个一会儿说那个，我能感觉到的，与其说是他内心的激情，还不如说是焦虑。

“你知道吗，我整晚整晚睡不着觉，两星期没睡觉了，我感觉自己快崩溃了。”

他已经办完了辞职手续，我下班出门发现他在我单位门口等我，想和我一起回出租屋。我发现他忽然瘦了很多，眼窝深陷，脸色焦黄，头发似乎也有些枯黄了。

我知道他的心病所在。“你不能着急，所有细节都得等回家后根据现场的情况再想，不要一下考虑那么多。”我说。

“压力太大了，有时候感觉自己整个人都空白了。”他斜躺在沙发上，我倒了一杯水给他。我的脑子里忽然冒出一件事，他答应还我的六万块钱还没有还给我呢，真想问问他，然而看他那样子，我还是硬生生把快要冒到嗓子眼的话咽了回去。我心里又被担忧占据了，他已经辞职，创业需要一个很长的周期，大哥的那个项目说是一年，然而一年以后恐怕物是人非，谁能说得好一年以后的事呢？

他斜靠着沙发喝了杯水，一会儿好像缓过劲儿来了，坐直身子又跟我说起养牛的计划来。我感觉他的语言有些乱，实际上这些话听了几百遍，我也有些厌倦了，我宁愿跟他聊点别的。

“在这儿吃晚饭吧？”我说，“你歇着我去给咱买点菜，好几天没买菜了，我一个人的时候经常煮个面条。”

“不了不了，”他忽然站起身，“跟亮亮约的吃晚饭，时间也差不多了。”

说起亮亮他的眼睛忽然有了神采，我也没有再留，送他到门口。

那天晚上我接到了亮亮的电话。亮亮极少给我打电话，之前只打过一次电话，还是上大学的时候尤桑跟她闹矛盾后不见了，她一着急就打电话问我是不是跟我在一起。

然而这一次麻烦似乎大得多，听了亮亮的电话我惊得差点从椅子上掉下来。

亮亮说她怀疑尤桑的精神出了问题。

一听亮亮说这话，我心里猛烈地震动了，因为我马上觉得她是对的。在亮亮说出之前我觉得有些不对劲，但从来没往那方面想，尤桑一直是那样健康的一个人啊！

继而我痛苦地意识到尤桑已办完了辞职手续，单位肯定不会管了，他看病只能自己花钱。我深深地懊悔，深深地自责，为什么不早一点警觉呢？为什么尚且不如亮亮一个女人呢？

九

护士拿着检测报告出来，我和亮亮像待哺的小鸟一样伸长了脖子，尤桑有些无聊地坐在长椅上，眼睛看着窗外的车辆和人群。护士大概是正在上高职的实习学生吧，皮肤细嫩，青春逼人，然而我跟尤桑都没有心思再留意美女了。“报告出来了。”她说话时有些端着架子。

尤桑毫无表情地继续看着窗外，护士递过报告来，我伸手接过报告。

一行字前面标着星号：“轻度精神分裂症，建议住院治疗。”

我把报告递给亮亮，她匆匆扫了一眼，抬眼看我。

“进去找大夫看看报告吧。”护士说。

大夫是个白头发老太太，态度和蔼，她拿过报告戴着老花镜审视了半天，声音轻柔地说：“这种情况最好住院治疗。”

亮亮看我一眼，问大夫说：“如果不住院呢？”

“不住院也行，先开点药，吃着看看。”大夫眯着眼睛看看我又看看亮亮，好像要知道我们的态度。

尤桑忽然站了起来：“别搁这儿扯蛋了，赶紧走。”他脸色铁青，好像刚刚跟人发生了激烈的打斗一样，也不管我和亮亮，自己扭头就走了。我赶紧推亮亮：“我拿药，你去跟着他吧。”

“你们他妈的才有神经病，你们吃药，我不吃。”在路上尤桑就闹开了，他满脸怒气，眼睛瞪得像要吃人，亮亮想挽他的胳膊却被搡到了马路牙子上差点摔倒。本来我们是要坐公交车的，没办法只好打出租车回到我那儿。

“就这回龙观医院，这破医院就是专门骗人钱的你知道吗？”不知为何亮亮总是急于让尤桑吃药，而尤桑对吃药特别抵触，水杯打翻了两个。

“我们在身边的时候都这样，一个人肯定更不吃药了。”亮亮忧虑地说。

后来亮亮终于让步了：“明天带你去别的医院检查，确诊了你别跟我说你不吃药。”

第二天去安定医院做了复查，仍然确定为轻度精神分裂症。我们把回龙观医院开的药给大夫看，大夫说可以先吃着看看。

陪尤桑看完病我就去上班了，亮亮跟他一起离开的医院，他们去哪里了我不知道。尤桑的行为总体是可控的，他的病带来的更多的是精神压力，我坐上车时回头，看见亮亮的脸上布满哀愁，自从认识她还从未见她这样过。

那天下班很晚，回到家我先给自己做了个西红柿鸡蛋面，拌了个菠菜，我有意不去想尤桑的事。这两天不仅是跑医院的劳顿，脑子里也一直在琢磨着这个问题，弄得人有些精疲力尽。

吃完饭，碗还没收掉，有人敲门。我去开门，门口竟然站着尤桑。

他有些风尘仆仆，背着一个挎包，这在他还是很少见的。我赶紧让他进来，问：“亮亮上哪儿去啦？”

“回家了。”他简单地说，“这是给你的。”他把挎包扔在沙发上，从茶几上拿起烟盒取出一根，点了烟抽起来。

我打开挎包，里面是一叠一叠捆好的人民币，一共六叠，应该是刚从银行取出来不久，银行的封印还在。

“这你哪儿来的？”我不知道该说什么。

“这是你的钱，你拿着就是了。”他说。

我实在说不出什么客气的话，沉默地翻弄着包里的钱，他斜睨了挎包一眼，忽然坐直了身体紧张地说：“里面是几沓，是六沓吗？”

“是呀。”我有些愕然，为了安抚他，我把包口撑开了露出里面的钱让他看。

“你借我多少？是六万？”他表情紧张地盯着我。

“是的，没错，刚刚六万，不多不少。”我说着拍了拍他的胳膊。

他放松了，颓然窝到沙发里去，猛地抽了两口烟说：“我怕记错了没还够你，最近老是记性不好。”

“怎么会。”我拾掇着茶几，不知为何涌起一阵苍凉的情绪。

我想着能弄点什么给他吃，两天没有购物，家里什么也没有。

“我下星期回西北，跟家里说了。”他说。

虽是意料之中的消息却也有点突然，我停住了擦茶儿的手，把抹布甩在桌子上也点了根烟抽起来。“先把身体调理好，别的事先缓一缓，不着急。别给自己压力。”我说。

他沉默地抽着烟。

十

原本以为可以顺利地回家了，可是第三天，我忽然又接到了亮亮的电话。亮亮说尤桑在外面无故打骂路人，被警察抓住送到回龙观医院了。现在回龙观医院说没有直系亲属不让接人，非要他家人从老家来接。

我问了回龙观医院的电话，打过电话去好言商量，接电话的说尤桑是警察按因精神问题扰乱治安的因由送医院的，这种情况只有直系亲属才能到医院接。医生让我放心，说在等待亲属这段时间医院会按常规方式给他做治疗，对他应该是有好处的。

我又和亮亮商量，我们都不知道尤桑他姐的电话，通过老乡找老乡，辗转找到他姐的电话，通知了他姐。

接尤桑时，是我和亮亮陪他姐一起去接的。我们在楼道里等着，尤桑被两个大夫带了出来。才不过一周的时间，他一下子瘦了很多，几乎要瘦回上大学时的样子了，他脸色蜡黄，眼皮浮肿着，远远看见我们，他捏紧了两只拳头，胳膊就颤了起来，带得上半身好像都在颤抖。看他那么激动的样子我有些心酸，很难想象这一礼拜他在里面都受了什么罪。

我们一起吃了饭，我和亮亮就把尤桑和他姐一起送上了向西北去的火车。

我或多或少有些松了一口气的感觉，在心底的阴暗处庆幸着他最后时刻把钱还给了我。至于亮亮，我想，他们可能终于可以彻底结束了吧。

（原载《广州文艺》2018 年第 1 期）

【作者简介】

李瑛，女，1976 年出生于宁夏同心县，曾在《儿童文学》《萌芽》《民族文学》《广州文艺》等发表小说，鲁迅文学院少数民族培训班第二十期学员。现供职于国务院国有资产监督管理委员会新闻中心。

蹲在树桠上的父亲

孙海翔

从那年夏天开始，我和哥哥就再没叫过他爸爸。无论在他面前，还是在别人面前，我们只称呼他王一根。

那天早晨，母亲像平时一样到大队上班，母亲是大队里的妇女主任，在同学们面前，我和哥哥常以母亲为荣。母亲走在去大队的路上，人们热情地和母亲打着招呼，平易近人的母亲也和善地回敬着人们。母亲留着剪发头，白色衬衣衬着淡蓝色的外套，身上散发着一股淡淡的雪花膏香味。母亲全然不知她的身后尾随着一个手拿坷垃的人，他正是我的父亲。他远远地跑过去，喊着母亲的名字。母亲一回头，见是父亲，再一看他手里拿着坷垃，就问："你要干啥?"父亲二话不说，就把坷垃扔过去。坷垃险些砸着了母亲，母亲一躲，坷垃擦着她的耳边飞了过去。父亲又从路边拾起一块坷垃，追了上去。母亲见状，急忙跑了起来。就这样，母亲跑，父亲追，一个女人家，母亲知道自己是抵抗不了自己的男人的，就拼命地跑。父亲就拼命地追。正是早晨，路上的行人寥寥无几，即便有人看到，也不敢轻易阻拦凶神恶煞的父亲。

母亲一直跑到大队。大队书记和会计看到有人追母亲，就远远跑过来推上大门，从里面上了锁。但父亲还是不依不饶地骂着，边骂边用坷垃砸大队的门。坷垃砸在宽大的木门上，乒乓作响，谁也不敢开门。大队书记问母亲，这

是咋回事了？王一根是咋了？母亲说：“我也不知道，咋就突然跟疯狗一样见我就咬。”

大队会计柴茂林从后院喊来两个民兵，两个民兵费了九牛二虎之力才把父亲制止住。大队大门被打开。大队书记义正辞严地说：“王一根，你知不知道这是大队！你知不知道你打自己的女人姚主任是在犯法！”父亲嘴里还在不停地骂着，语无伦次。不管大队书记怎么说，他就是不停嘴，骂的话不堪入耳，不着边际。大队书记说：“王一根，你住嘴！”但父亲还是不停地骂。大队书记说：“王一根，你是不是疯了？”父亲仍然不停地骂。

大队书记说得对，父亲真的是疯了。

从那天以后，父亲疯了。他不住口地骂着母亲，语无伦次的骂声含糊其辞，只有仔细听，才能听到始终如一的骂词：“姚秀英，我让你跑。”

放学回到家，看到被民兵押解回来的父亲满头大汗不住地骂着母亲，再听到左邻右舍的议论，我和哥哥才知道，父亲是疯了。我们全家对此百思不得其解，咋好好的一个人就疯了呢？

我们怎么都不会想到父亲会疯了。

我说，我们早晨上学时爸爸不是还好好的吗？

哥哥皱着眉头说，不过你没发现爸爸和往常有些不一样，而且好几天都有些不一样？

咋不一样？

平时我们上学的时候他早都从地里干完活，吃了饭准备上工呢，可是连着几天早晨，你没见他呆呆地坐在炕沿上，连话都不说，晚上也不怎么说话。今天早晨他坐在炕沿边，眼神呆呆的。

我这才想起早晨我们哥俩背着书包上学时父亲坐在炕沿上，脑袋耷拉着，眼神的确呆呆的。平时母亲做饭时他还帮着烧火，可今天早晨却坐在炕沿上。在村子里，做饭是女人的事，帮女人做饭的男人很少，而父亲就是很少的人中的一个。

我们问母亲，母亲也不说话，只是低着头往暖水瓶里灌开水。开水从暖水瓶里溢出来，哥哥说：“妈，水灌满了”，母亲嘴里“噢噢”着，连忙放下水壶，找暖水瓶盖子。

父亲第二天并没有改变手拿坷垃追打母亲的行径。一个大男人，不可能每时每刻都有人看守，母亲只要上班，他就会追在母亲身后，手里拿着坷垃。终于有一天，母亲被父亲扔出去的坷垃砸在额头上，鲜血顿时流下来，遮住了母亲的眼睛。母亲被队里人送到大队医疗队，额头上缝了 5 针。当我和哥哥中午放学回来，看到母亲头上缠着纱布，右眼肿胀着，被纱布遮住了半边，我们义愤填膺地问母亲：“谁打的?”母亲说：“没事，过两天就好了。”哥哥问：“是不是他打的?”哥哥指着父亲。母亲说：“没事，过两天就好了。”哥哥眼圈都红了，看着蹲在院子里的父亲嘴里还在不停地骂着母亲，哥哥站起身，走到父亲跟前，重重地“嗨”了一声，走了。

从那天起，我和哥哥像约好了一样不再叫父亲叫爸爸，只称呼“他”。

母亲的伤好了后再也没去大队上班。作为一名大队干部，一名尽管不算多么大的，好歹还是全大队几百个妇女中才选出来的干部，总让自己的男人追在身后，手拿坷垃，防不胜防，不但她的人身安全没有了保障，而且人格尊严也受到了极大的践踏。就连我和哥哥也觉得在同学们和村里人面前矮了三分。只要一回到家，哥哥就愤怒地看着父亲。哥哥不再称“他”了，指名道姓地叫王一根。我也像哥哥一样，人前人后，只称王一根。

母亲上不了班，王一根干不了活，这对于一个四口人的家庭来说无疑是一件可怕的事。大队书记来我家看望母亲时安慰道：“姚主任，没关系，大队先照常给你发工资，等王一根的病有了好转，你再上班。这个人真是有些怪，突然就得了这么个病。”

母亲没有放弃王一根的病，他带着王一根远近走了很多地方，无论医院大夫还是民间大夫都看，但王一根的病并不见好转。队里人说，王一根是中邪了。但这个无用而邪恶的王一根，我们从母亲的眼睛里没有看到一点儿憎恶。在王一根晚上平静下来的时候，母亲像哄孩子一样给他烧炕、焐被子，哄他睡觉。母亲烧完炕，仔细把炕扫一遍，再在靠北墙的地方铺上褥子，扫一遍褥子，然后铺上被子。母亲睡在靠窗户的一边，王一根的那一边要比窗户这边暖和些。我们做完作业，母亲喊王一根睡觉，王一根就上了炕。王一根睡下后，母亲把手伸进褥子下面试试温度，再把被子给王一根掖好。母亲掖得很仔细，被子四边都掖了一遍，像怕漏风了一样。就在母亲照顾王一根的这段时间里，我突然发现母亲竟然有了白发。

王一根不知什么时候变得话少了，他不再嘴里不停地唠叨，安静了许多。后来，干脆就不说话了。任何人和他说话，他的眼神都很散漫，他不看对方的眼睛，软塌塌的目光像一汪死水，无论有人正经跟他说话还是奚落他，他都是一副置若罔闻的样子。他呆滞的目光除了说明他还是一个活人外，再也说明不了什么。我和哥哥恨透了王一根，就连小孩子们当着我们的面追撵他，我们也不管，在我们的心目中，王一根只是一个傻子，早已没有了“父亲”这个概念。

黄昏的村庄，炊烟袅袅，一片欢腾。孩子们追着王一根，他们不依不饶地手拿棍子追赶着王一根，边追边嗷嗷地叫着。王一根奔跑着，他的奔跑肯定不是因为害怕，否则他会面带惧色。从他欢快的眼神中可以看出，他把自己当成了孩子头，他越跑越快，越跑越快乐，以至于孩子们都撵不上他了。他跑啊跑，跑到大队，又跑回来，又围着村子绕了 3 圈，突然，他停下了，停在了村子西边的大柳树下。他仰着脖子，看着大柳树。孩子们也停止了追赶，气喘吁吁地跟着他看。孩子们一脸迷惑，都在互相问，王一根在看啥啊？是啊，树上什么都没有啊。正在大家好奇时，王一根开始上树。他攀了两次才攀上树，树很粗，两个人才能合抱得住。王一根双脚使劲夹住树，抓住一根枝条，噌噌几下就上到了树桠。这棵柳树不是太高，它的顶部是洋镐把那么粗的 8 根桠条，树叶葱茏繁茂，整个树像一个巨人伸开手指的大手。王一根蹲在树桠上，欢庆着自己的胜利。下面的孩子们嗷嗷地起哄着：“下来啊！下来啊！”但王一根就是不下来，他如获至宝地蹲在树桠上，怡然自得。蹲在树桠上的王一根，傻傻地笑着，边笑边用粗大的手不住地拍着树桠。

从此，王一根就蹲在树桠上，这棵大柳树便成了王一根的家。

“这才好，免得他给我们丢人。”哥哥说。我和哥哥的想法一样，我们都觉得这对于我们全家是一种莫大的解脱。

母亲去大柳树下喊了好多次王一根，但王一根都毫不理睬，只是在树上傻笑。村里人说：“这不下来咋办呢？”有人说：“好办，三顿三晌地给送饭啊。这也是对姚主任的一种解脱，免得他三天两头地往外疯跑不说，还动不动打姚主任，弄不好，哪天还不定闹出什么大事呢。”但是王一根咋吃饭？总不能不给饭，让饿死吧？于是有人就出主意，如何在树上拴根绳子，如何给王一根三顿三晌地送饭。饭做好时，母亲忙，让我和哥哥给王一根送饭，我和哥哥都不愿意送。哥哥还说：“我才不送呢，饿死才好呢。”母亲便说：“不许这么说！他可是你们的爸爸！”

母亲做好饭，用围裙擦了手，给我和哥哥盛了饭菜，安顿几句，便给王一根送饭。我偷偷地看过一次母亲给王一根送饭。母亲站在大柳树下，解开系在树上的绳子，把绳头拴在盛饭的小筐子系上，喊着：“老王，吃饭了！”王一根蹲在树上正睡觉，听到母亲喊，醒了。他呵呵地傻笑着。王一根虽然傻，但他知道提绳子，一提绳子，小筐子就升了起来。王一根把筐子放在树桠上，端起碗，狼吞虎咽地吃起来。母亲开始是把饭菜分开，用两个碗分别盛的，并且带了筷子，但几次后，母亲知道这都是徒劳，索性就把饭和菜盛在一个大碗里。我看见王一根的吃相恶狠狠的，好像饥饿了好几百年，他的手就是筷子，不住地抓起饭菜往嘴里塞。他已经好长时间没有刮胡子的脸上，胡子拉碴，沾满了米粒汤水。王一根吃得很快，几下就吃完了。母亲喊：“把筐子放下来。”王一根嘿嘿地傻笑。母亲又喊：“把筐子放下来，听着了没有？把筐子放下来！”母亲喊了好几声，王一根才慢慢腾腾地把筐子放下来。等母亲提着筐子回到家，留给母亲的那份饭菜已经凉了。

我和哥哥放学回来，经过村头时，队里的小孩子们嗷嗷地叫着跟在一个人身后。我和哥哥一看，正是王一根，我们极其惊诧，王一根竟然下了树！王一根穿着平时那件黑灰色衣服，戴着草帽，草帽上沾着几根长长的稻草。几个月来，这是我们第一次看到站在地上的王一根。王一根蒿草一样的头发满是灰尘，他的胡子很长，甚至长过了头发，胡子上沾满了细碎的草屑。王一根不知是从哪儿弄来那么一大堆衣服和裤子，我看见了其中一件黑色的裤子和那件白衬衫，再仔细看，应该全是他曾经穿过的衣服和裤子。可是没有人给他送，难道是他自己回家取的吗？

王一根站在大柳树下开始穿衣服和裤子。他先穿衣服。他穿了件衬衣，是那件白色的衬衣，衬衣很干净，领子没有一点污垢，准确地说，他上树前平时穿的所有的衣服和裤子都很干净。他系上了所有扣子，但又停下了，他像想起了什么一样，又开始解扣子。他脱下白衬衣，拾起背心，开始穿背心。穿完背心，他再穿衬衣。系好衬衣扣子，又穿上套头的圆领衫。他把圆领衫整了又整，袖子拽了又拽，他拽袖子的动作极其别扭，像个得了中风半身不遂的人。实际上圆领衫里的衬衣袖子已经拽整齐了，但他还是在拽。拽完袖子，又整衣领。整了好几下，把最上面的扣子系上，又解开，解开又系上。正当我们以为他要穿下一件衣服时，他开始脱圆领衫。脱掉圆领衫，再脱掉白衬衣。他先穿圆领衫，再穿白衬衣。他扣上衬衣所有纽扣，把衣服领子整了整，把衣襟拽了好几下这才开始穿下一件衣服。他穿上了毛衣，是那件圆领的灰色毛衣。“夏天，他竟然穿毛衣，真是个傻子啊。”有孩子笑着说。穿好毛衣，他又开始穿外套，就是他以前总穿的那件黑灰色的解放服。他穿好解放服，把领子整了又整，衣襟拽了又拽。最后，他开始穿大衣，是那件外面是浅蓝色帆布，里面是羊毛的大衣。孩子们静静地看着，有几个孩子被炙热的太阳晒出了汗。王一根也出汗了，他顺手擦了一把汗，又开始解大衣扣子。解开，脱掉大衣，脱掉外套，再脱掉白衬衣，然后脱掉圆领衫。我们以为他还要脱，但他停止了。他又开始穿白衬衣。这时，有几个孩子笑了。哥哥拉了一下我的手说：“走，丢人现眼！”

我跟着哥哥回了家。母亲正在做饭，她不住地擦着被烟熏得流泪的眼睛。我到里屋放下书包，做了一会儿作业，对哥哥说："我去给三胖还一下书，"就急忙溜出家门。我趴在我家的后院墙上，我看到了不远处的王一根。他还在耐心地穿着衣服。他已经开始穿棉大衣。穿好棉大衣，他把所有扣子系好，在树下走了走。这时张奶奶从大柳树下经过，她好奇地看着，看了一会儿，说："走，都回家，有啥好看的。"孩子们只是往后退了退，但脚步很快又被钉在那儿。张奶奶说："可怜啊，可惜个细心人了。"说着，她摇了摇头走了。孩子们仍在看。王一根开始穿裤子。他脱掉外裤，又脱掉线裤，孩子们的眼睛睁得圆圆的。王一根并没有脱裤头。他又穿上线裤，在线裤上穿了一条毛裤，穿上毛裤，他把手伸进裤脚，使劲抓里面的裤子，但抓了好一会儿，怎么也抓不着，就又开始脱毛裤。就这样，他一会儿穿上毛裤，一会儿脱掉毛裤，反复折腾了好几回。有孩子说，笨死了，把线裤装在袜子里，它不就不往上面走了嘛。另一个孩子说，他咋是个傻子呢。王一根的头发被汗弄湿了，他像笨熊一样坐下、站起来，但就是丝毫没意识到脱掉身上的棉大衣。

终于，他穿好了最后一件裤子。正当大家满以为他就此罢休时，他竟然又坐下了。他肯定觉得某个裤腿里硌得慌。他就又开始一件一件脱裤子。他脱掉了外裤，脱掉了毛裤，脱掉了线裤。他竟然开始脱裤头。他站起身，两手一褪，孩子们哗地笑了，只见王一根赤条条地站在那里，他身体的所有秘密暴漏无遗。这一刻，一种复杂的感情一下涌上了我的心头。

"你在干嘛?"听到问话，我吓了一跳。见是哥哥，我急忙支支吾吾地说："没干啥。"哥哥走到墙头跟前顺着我看的方向往前看。他怒道："还不嫌丢人，走!"

吃饭时，我默不作声。我不知道刚才看到王一根脱裤子的情景究竟是应该看到还是不应该看到。但在我的意识深处，我知道，王一根让我们全家彻底丢尽了颜面，我甚至在下午上课时都觉得所有同学的目光像利箭一样向我射来。

母亲像往常一样到大队上班，给我们做饭，给王一根送饭。她每天都从村子南头的桥上经过，这是走出村子的必经之路。队里人都热情地和她打着招呼，她也有礼貌地回应着村里人。

母亲和大队书记跟在公社书记身边，领着县里的农业工作组人员走在田间地头，我们大队连续三年荣获全县粮食生产优秀大队称号。今年小麦的长势又是喜人，沉甸甸的麦穗笑弯了腰，金黄的麦浪此起彼伏，今年很有希望蝉联全县粮食生产模范大队。公社书记和大队书记走在县长的左边，意气风发地介绍着生产经验，大队会计柴茂林走在县长右边，边不停地提供数据，边频频地点着头。母亲跟在县长身后，时不时地随声附和着什么。十几个人的观摩团统统戴着崭新的白光闪闪的草帽，浩浩荡荡地行走在田间小道上。

放学的时候，学生们在村头的大路上快速地走着，饥肠辘辘的我们都赶着回去吃饭。观摩团在村子西边停了下来，县长一手叉腰，一手搭凉棚，眺望着一望无际的麦田，赞不绝口。县长的肯定对大队书记是无上的光荣，大队书记更是陈词激昂滔滔不绝地讲述着小麦生产经验。谁也不知道，从树下溜下来一个黑影，正是王一根。王一根溜下树，跑过去，一把抱住了我母亲姚主任。所有人都惊呆了，县长被这个黑影吓了一跳，嘴张得跟喇叭一样。王一根俨然是个野人，蒿草一样的头发乱奓着，长久不洗的脸像斑驳掉皮的锅底，黑炭一样的脸上两只间或眼珠转动的眼睛，他双手紧紧抱住母亲，嘴里含糊地说："姚秀英，你不能走，你不能走。"县长说："这是谁啊？这个疯子是谁啊？还不赶快赶走！"这一幕正好让我和哥哥看到了，这一刻，我和哥哥觉得我们受到了世界上最大的羞辱。两个随从人员就急忙分开王一根的手。母亲被王一根的突如其来吓了一跳，呆若木鸡。等她回过神来，王一根已经被大队会计柴茂林和县长的两个随从牵走了。王一根面向母亲，使劲挣扎着，嘴里含糊不清地叫嚣着，两个人牵的劲太大，王一根倒退着，一个趔趄，差点坐倒。王一根站直身，使劲挣扎着，终于挣脱了，扑向那两个人，柴茂林刚一拉，王一根抡起了拳头，就向柴茂林砸去。拳头高高抡在半空，像千钧重锤，但是，王一根又像泄了气的皮球，拳头软软落下来。柴茂林向后一倒，险些坐在麦田里。我们的母亲呆呆地站在那儿。大队书记用手半掩着口，在县长耳边低语着，县长看了看我母亲，一脸惊讶的样子。哥哥两只手使劲地攥着拳头，他的眼睛里喷射着火焰。但他没有上前，他使劲咬着嘴唇，怒目圆睁。

晚上，母亲一如既往地给王一根送了饭。今天的晚饭母亲做得很迟，大队干部送走县里的观摩团就已经很晚了。母亲回到家，放下给王一根送饭的筐子和碗，呆呆地坐在灶边。她叮嘱我们抓紧时间写作业，叮嘱完，她就打起精神洗碗筷。哥哥给我使了个眼色，小声对我说："快做作业。"

十点多做完作业，母亲睡了。哥哥小声对我说："走。"

茫茫夜色中，哥哥领着我走出村子。

乡村的晚上，安静极了。"干啥去?"我问。

哥哥说："跟我来就知道了。"

哥哥把我领到大柳树前。到了大柳树下，大哥从腰里解下什么东西。解下后，他递给我。我一看是绳子，心里不禁紧了一下。

哥哥像猴子一样麻利地上了树。我听到树枝被踩断的声音和树叶窸窸窣窣的声音。接着是哥哥的声音："我叫你打我妈，我叫你给我们丢人!"我听到树上哥哥似乎在摔抱王一根的声音，还有王一根含糊不清的声音，声音里有恐惧，仿佛还有乞求。一会儿，哥哥说："把绳子给我。"我就急忙攀树。攀了两下，都滑了下来。哥哥说："你快点，真是个囊包!"这一说，我鼓了劲，几下就爬到了树桠。我把绳子递给哥哥。黑暗中，我模糊地看到哥哥快速地捆绑着王一根的手。树叶哗哗地响着，树枝颤抖着，就连两个大人才合抱得过来的树身都在颤抖着。哥哥边捆绑，边嘴里使着劲，还嘟囔着："我让你打我妈！我让你给我们丢脸!"捆绑好了王一根的手，哥哥正要把王一根从树上往下放，就听到远处有人喊："你们两个在干啥？住手!"

是母亲。

母亲快速跑到大柳树下厉声喊道："住手！你知道你们是在干啥吗？你们是在作孽，是在犯罪啊!"

树叶停止了哗哗的响动，树枝和树身停止了颤动。

“你总有一天会吃大亏的。”哥哥说。

“那也是我的事，不关你们事。”

哥哥把绳子从树上扔下来，气呼呼地从树上溜下来，对着手推车的轮子狠狠踹了一脚，又对着远处的黄河叹了一声，走了。

哥哥第二天给我讲了他周密的计划，哥哥讲话时，很快意，接着又很懊丧，他懊恼地说，真是天算不如人算，可惜，计划泡汤了。哥哥的计划，我听得毛骨悚然。但是，我又觉得哥哥的做法是对的，对于一个疯子，执行这样的计划，是理所应该的事，即使有人察觉，谁还在意一个疯子呢。况且，这个祸害人的家伙，即使被处死了，也会大快人心。

哥哥的计划没有实施成功并不代表我们对王一根的深恶痛绝消除了，反而这种仇恨与日俱增，这颗仇恨的种子不定将会在哪一天生根发芽，破土而出。

一天中午，哥哥到镇上去了，母亲在和面，我在屋子里睡觉。隐隐之中，门响了一声，一个人进了我家的门。我醒了，没起床，只是听着。母亲和那个人在里屋说了几句，似乎是大队开会什么的。听声音，是柴茂林。过了一会儿，母亲洗了手，从里屋走出来。这时，我的耳朵成了眼睛。那个人笑了一声，连窸窸窣窣的声音都在笑。母亲压低声音说：“干啥呀，让娃娃看见了。”那个人说：“睡着呢。”

就在母亲和那个人走出屋子的时候，我看到了那个人的背影，他穿着灰色制服，高高的个头，他确实是柴茂林。柴茂林走到门框前，有意识地把头低了一下。

开春到夏收前的雨水罕见地少，收完小麦，雨水竟然多了起来。人们庆幸着小麦总算收到打麦场上，不管老天爷怎么撒尿，也不会像去年三番五次地翻晒麦子，甚至还让小麦长了芽。

小麦收上场的第三天下午，下了一场暴雨，这场暴雨空前地大。田里的玉米竭力和狂风抗争着，路边的树叶随风起舞，碗口大的小树被狂风折断。接着是雷鸣电闪。万马奔腾的天空像崩裂了一般，轰鸣声炸裂了天空，鸽子蛋大的冰雹普天而降，砸得地上坑坑洼洼。人们争先往院子里撒盐、扔擀面杖。一道闪电在天空西边蛇一样游动着，“咔嚓”一声，天彻底裂了。人们看到，从天边滚下来一个巨大的火球，火球迅疾地滚动着，天空仿佛都燃烧了。人们似乎都能闻到一种焦糊的气味。

雨终于停了下来。孩子们欢呼着，从地上捡起还未化尽的冰雹，放进咽喉，咽喉顿时冰凉刺骨。果园里，青涩的果子落了一地，果树枝上只剩下几片干巴巴的叶子在风中孤独地摇曳着。田野里，玉米被冰雹打得披头散发，一株株像战败的将士，垂头丧气。

站在巷子里的张奶奶说：“活了这么大，从来没见过这么大的雨，更别说是下火球了，我看今年的天是怪了。”

有孩子喊着：“大柳树着火了！大柳树着火了！”

村子里的大人小孩便蜂拥着向大柳树跑去。

在大柳树前，人们看到，大柳树的腰部黑黢黢的，有个一人高的洞，洞里足以站立一个小孩，黑洞冒着烟。

“王一根呢？”有人说。

大家的目光就开始在树上搜寻。犁把一样粗细的 8 根树杈上，枝叶焦黄。

王一根没了踪影。

他会到哪儿呢？这是所有人的疑问。

“不会被火球烧了吧？”有人说。

不会的，要烧树都烧完了。

我正和哥哥嚼着从捡院子里捡的冰雹，母亲从地里赶回来，满鞋的泥水，她说：“快，快去看看你们的爸爸，你们不能没有爸爸啊！”

这时，人们看到，母亲从村子里跑出来，她跑得气喘吁吁大汗淋漓，她边跑还边喊着：“王一根！老王！”

雨过天晴，太阳光异常炽热，母亲跑着，她的身后，我和哥哥也在跑着，风从耳边急速掠过，随着呼呼风声的增大，我听到了我边跑边小声的哭泣声，后来，还有哥哥的抽泣声。金黄色的傍晚，我们披着金黄色的霞光，向枝叶焦黄的大柳树跑去……

（原载《朔方》2015年11期）

【作者简介】

孙海翔，70后，宁夏青铜峡人，宁夏作家协会会员。在区内外报刊发表小说、散文等一百余万字。在《朔方》《黄河文学》《延河》《辽河》发表小说《丑驴记》《飞翔的猫》《蹲在树桠上的父亲》等，其中短篇小说《阴霾》获“全国首届《小说选刊》笔会征文”二等奖，短篇小说《树上的男孩》被《海外文摘》转载，并获“《黄河文学》（2014—2015）双年奖新人新作奖”。出版短篇小说集《拳手》。现供职于宁夏金昱元化工集团有限公司。

忧伤的驴

董永红

“灵儿，把驴拉去……给你王叔说一声，把它装在车厢上层，车厢下层又压又挤，怕出不了村子，就死了……”听到母亲哽咽着结结巴巴挤出的话，我的泪水不由得夺眶而出。这说明父亲和母亲已经商量好了，驴是非卖掉不可了，人都没有水喝，何况驴呢？不但要卖，还非要用榔头打折腿子才卖！

因为缺水，村里的大牲畜，多数被打折腿子卖出去了，眼下只剩了零零星星的几个。

我们向父亲打工的煤矿上打过五次电话，每次他不是下矿了，就是联系不上。就这样，一次一块，已经把五块钱白白交给了王站的女人，她还显得很不耐烦。不过，她的确够烦的，村里几十户人家，只有她家安了一部墙头上挂着铁筛子的电话，王站的女人说那是卫星电话。出门在外的村民要往进来传话，在家的人要往出传话，她站在坡道上扯开嗓子，上庄下庄喊叫接电话。“明明妈，你家掌柜子来电话了。”“春生妈，你家春生叫你呢。”“……”有时候一天要喊几回，嗓子都喊哑了。她喊一回一块钱，人把钱给她，她眼皮都不展；如果接电话的人没钱，欠了账，她连眼睛也不愿意睁了。

王站十年前开始搞贩运，富了起来，是村里的大能人，说话比村长还有分量，他的能耐是乡亲们公认的。这几年旱灾重，他就结伙外地的贩子，把村里大牲口的腿打折，贩运出去卖肉。如果哪年开春天色好，他又从外地贩些牲口回来，方圆人就得出高价购买它们耕种。因为这里十年九旱，村里很多人也不买马和骡子这些大价牲口了。毛驴劲小，耕地慢也浅，但价格相对便宜些，所以王站贩运的多数是驴。

王站从我家买去的那头骡子，长着棕红色的毛，如一位高贵的公主，亭亭玉立地站在槽边。它的毛光泽发亮，身体圆润，鬃毛齐刷刷地立在肩头。槽里是王站专门从外地给它拉回来的草，它慢悠悠地吃着，脚下不远处的瓷盆里，是王站从远处拉来的甜井水，它偶尔抿上一小口，如品茶。它时而摆动着整齐而顺滑的尾巴，拍打着身边的蝇蚊。天旱绝产了，它也不用下地劳动，成天食衣无忧，任性而自在。可能它也有些寂寞，有时用蹄子刨着水泥槽子，如一个阁楼上的佳人，很想出去走走。

它小的时候，我常常给它喂青草，还把干粮省下喂它，它调皮可爱，是我最好的伙伴。长大后，王站看上它了，就从我家买了去。我很伤心，拉着它怎么也不放，王站说就在门口，和你家里一样，你想了就来看啊。母亲也是这样劝我的，我就抱着它的头，对它说了很多悄悄话，才放它去了。之后，我想了就去看它，还给它拔青草。上学后我没有时间去了，渐渐地，它就好像不认得我了，我去了，它还皱着眉头用鼻子吹我，生怕我吃它的好草喝它的甜水而赶我走。于是，我再不敢去了。

有一天，我家的一只小羊跑去喝它槽中的水，它飞起一蹄子把小羊踢倒在地上，小羊差点被它踢断了气。我气得发抖，拿起棒子准备好好教训它一顿。王站的女人出来说："你这个娃娃，手里没高没低的，咋能打我家的骡子。它也知道，水是从大老远的地方花钱拉来的，难道谁想白喝就让白喝呀。"我又羞又怒。是啊，它已是王站家的骡子了，染上了主人的"霸气病"。如果它生活在我家，我一定要教训它。当然，它只有在王站家，才能这样骄傲地生活，否则，它的命运也是可以料想的。想到这儿我就不生气了，它能好好地活着，就是幸运的。人有时候也会犯错，何况它是个畜生。再看到它，我的心里平静了许多。我曾经多么喜爱它，常抱着它的头说悄悄话，它毛茸茸的嘴巴在我脸上亲来亲去。现在，它竟然不认得我了，真是个畜牲。

这一回，电话是父亲打来的，王站女人在门口一喊，母亲像早就准备好似的冲出门去，不到一分钟，母亲就抓紧了电话，他们在电话里是咋说的，不得而知。我只知道家里的驴是非卖掉不可了。这事明摆着，但我还是希望父亲不同意，毕竟这是头非常吃苦耐劳又温顺的驴，它已经为我家劳动了好几年。它虽然消瘦，毛色枯黄，但开春时它和王站家的骡子配对，耕地一点也不落后。每年的地要耕好几遍，它都忠心耿耿，任劳任怨。如果风调雨顺它就能好好活下来了，可偏偏又逢旱情天灾。

王站昨天蹲在自家门口，慢腾腾地对我母亲说："你得尽快联系你家掌柜子，说定了，我把驴明天拉走。说不定，我这一去要十天半月才回来。如果这几天下雨了，真是把天叫响了。万一还不下雨，驴就越来越瘦，一把骨头，想多卖几个钱也迟了。你们考虑好了给我个话。我明天下午回来，后天半夜装车，要连夜起身，天亮了就出不去了。"这算是通牒。

早就明摆着的事，母亲还要一次次给父亲打电话，白白花了六块钱。不知父亲打来电话又花了多少钱，还有王站女人那不情愿的喊声。

这些天，我拉着驴寻觅过山里能长草的每个角落，我在沟壑边给它拔草，挖草根。一天下来，它的肚子还是瘪瘪的。看见我挖的草根，它扑过来狠狠吞了一口，噎得眼睛瞪成了拳头大。我给它捋着脖子，叫它慢些吃。

也就是在这些天，我心中出现了一个计谋，如果家人最终决定要把驴腿打折了卖，我就骑着它去外面讨饭。它的腿是那么结实，我和它一起走，我就不信寻找不到一处有水草的地方。等在外面把它养肥壮了，我再骑着它回来。这个想法把我折磨得难受。我从来没有出过门，也不知道从哪个嵎岘出去能寻到有水草的地方。对，一定要打听清楚了才行，也不能走得太远。这当然不敢叫家人知道，更不能向村里人打听，那么怎么才能走出去呢？为此我夜不能安。

这样我就听到了夜的声音。

西屋里的小侄子时紧时松地哭泣着，开始是嫂子抱着他满地转来转去哄，哄了很长时间还不停，嫂子就打着吓他，可他的哭声更大了，嫂子就把他扔在一边不管了。

母亲长长地叹息过后，是磕磕碰碰穿鞋的响动。她在嫂子的房前问："娃娃咋了？"里面没有应，母亲推门进去抱起娃娃，哄了半天，他还是哭。"你起来给娃娃喂奶，怕是饿了。"母亲对嫂子说。"吸不出奶就哭，你叫我有啥办法。"嫂子带着哭腔说。母亲把娃娃放下，他又大哭了。她走出门，在院子里寻了一些柴火进灶房来，我装着睡着了，没有出声。母亲从柜子里取了面烧面汤，我听见她从桶中盛了一碗水倒进锅里，水在锅里嗞嗞响着，面汤很快就好了，母亲用勺子扬起吹着，向嫂子的屋子去了。之后院子里渐渐安静下来。

过了一会儿，母亲轻轻地走出嫂子的屋子，在院子里自言自语道："这天上没有个云彩丝儿。"她坐在屋台上，借着皎洁的月光纳鞋底。她对此非常在行，就是在黑暗里她也会纳。

嗞啦，嗞啦，麻绳拉过来又穿过去，来来回回，一针一线，密密麻麻地钉在鞋底上。

我在谋划自己的路，母亲在谋划什么呢？

我听见驴悲凉地叫了一声。它一定是听到了母亲的动静，向她要夜草吃呢。母亲只好叹息了一声。

如果说这些天我以为在卖驴这件事上，母亲是父亲的帮凶的话，现在我有些可怜她，同情她，她一定想着全家人，父亲、哥哥、弟弟、侄子……而我，正如母亲说的"私心太重"，只想着自己了。我们母女可能都想不明白，所以一直无法入睡。当然我只有这几天无法入睡，而母亲肯定是夜夜失眠，要不然，白天很少看到母亲纳鞋底，可过些天柜子里就放着好几双了。记得当初给小嫂子定亲时，人家还嫌婆婆太年轻，怕折磨人家女子，这当然是人家推辞不想答应的一种借口。之后娶来了嫂子，母亲更加辛苦了，她把家里能想到的事都想好，不要嫂子操一分钱的心。没几年光景，母亲的头发就霜染了。我这才意识到我的谋划是多么可怕。仔细想想，如果我悄悄儿出走了，还不把母亲急疯！家里人平安着，母亲都愁得脸上堆满了皱纹，如果我突然间下落不明，她能不急吗？想到这里，我心里顿时很难受，几乎要从炕上翻起来了。我想与母亲商量，我要向她说明我的想法，但我很快就蔫巴了，显然，这是行不通的。家里谁也不会同意，那么我只能悄悄走了。可是那样全家人必然要放下一切，到处寻找我，村里谁家的娃娃出走了不是这样折腾家里人的啊。想到此，我就软塌塌地睡下了。

身边是我的课本，母亲劝我把读书的心收回来，把书收拾起来，好好儿帮嫂子看侄子。可是我没有收心，也没有收书。我不能收，开学我要寻求班主任的帮助。班主任对我一向很关心，她会帮我的。反正，下学期开学我要去上学，偏要去，偏要去……我咬紧牙关对自己说着，眼前一片模糊。

六月，天还是没有下一场雨。我知道父亲说话的分量。“浩儿的学暂叫上着，灵儿就回来帮着家里干活算了。这样的天色，家里的情况你也知道，不是大人不叫你去上学了，咱们家，唉……”这话父亲不知说过多少回了，好像说了好几年，我就是不理。“凭啥？有浩儿上的学就有我上的，咋不叫他回来，他的学习还没有我好。”我态度强硬地说。“你再咋说是个女子，不能和儿子比，女娃娃嘛，常在学校也不是个样子，早些回来学着做家务，以后到了别人家也不受气。”父亲反对女娃读书的旧观念根深蒂固，这我清楚。“男娃咋？女娃咋？我偏要上。”我经常顶撞父亲，但是这回行不通了，母亲没有给我烙下干粮，家里的粮仓已经露底了。我当时跺着脚大哭：“我要去，我偏要去。你们偏心儿子，我大哥在城里上班，不也没给家里一分钱吗？反而还向家里要钱。就这，我大嫂还嫌我们家穷，说他们贷款买房压力大得受不了。依我看，不见得儿子上学有了工作，你们就脱产了。”父亲没有理会我，转身走了。

我无力地坐在房台上，浑身瘫软，似乎好几天都没有吃饭了。我感到全身如干裂的河滩，慢慢碎裂分开。

母亲坐在我身边，好一阵，她无奈地说：“灵儿，你也长大了，家里的情况你是看出来的，是我们当老人的实在没本事供你读书了，如果有一点办法，我们也不想硬把你拉回来。你大哥念书自个找到了饭碗，不用操心了，是咱们家的福气，现在你小哥也想分家呢。这年景，收拾一院地方，把人的骨髓都要榨干哩。咱们家欠你小嫂子的彩礼钱还没有给清，还有三千块。这天色，土里哪能刨出这么多钱。你们当儿女的，要体谅我们当老人的难处，不要私心太重了，不能个个只想着自个儿。灵儿，听妈一回，不去学校了，听妈的话，回来算了。”

她坐在我身边絮絮叨叨，没完没了，可怜兮兮，低声哀求。

“我不，要回来，叫浩儿也回来，他学习没有我好。”我当然也不希望弟弟辍学，但是我还要这样说，以寻求心理的平衡。“他比你小，还不懂事，回来能干啥呢？再说也没有扯了儿子的书，叫女子念书的世理，我的灵儿啊。”“你们供我上学，以后我有工作了养活你们。”我这是和她谈判。“我的灵儿啊，不上学去了，算了。今儿你就给驴挖草根去，家里的水你也管好，这是再没有办法的办法。”母亲摸了摸我的头，起身走了。

后来，弟弟背着干粮上学去了，他看我时眼中怯生生的，好像我是个陌生人，也许他生怕我拉住他，不叫他去学校了。

我张望着村口的路，心中的希望如春雪般一点点消失了。我多么想奔向那熟悉的路，可是肩头没有干粮，双脚粘在地上，我无力拔起。

王站七十多岁的老母亲一直坐在家门口，她目睹了我们家的这些事情。

她对我说：“女娃嘛，上学也不是好事，学成了也是旁人家的人，男娃成功了，就是不给家里一分钱，那也是家里的根。”

我真想把这个老东西一脚踢开，踢得远远的，滚远去。

父亲常说：活在世上的，无论是人还是牲口，福气是命里注定的。看王站家那个红骡子，就是个有福气的，多少牲口的腿被打折，送进了馆子，它活在一个有福气的人家，福都享不完。看人家王站女人跟上王站，别人没有吃过的人家吃过，别人没有见过的人家见过，别人没有穿过的人家穿了，别人想都想不出来的，人家用上了。看王站妈，七十多的人了，身子骨还硬朗朗的，一辈子从没有受罪，连个牙痛的病都没得过，有福气的人，在啥时候都是有福气的哩。我活了半辈子，总算是看出这个门道了。

照父亲这么说，人的命运上天早就注定了，我还能挣脱吗？我是个读过几年书的人，我知道，除了我看到的眼前的一切外，还有我无法看到的，更大、更广阔的世界。我难道就要相信命运吗？那么我该如何做呢？老天，请赐予我力量吧。

第二天，父亲和村里的人结伴出门打工去了，他们在内蒙古下了煤矿。

我恨我的家人，我在家里摔碗摔碟，要给他们一些脸色看，当然，在小嫂那里我不敢，在母亲面前我肆无忌惮。我向她挑衅，她总不吱声。她有时可怜得像个叫花子，被我气过了头，只能抹一把眼泪走了。

母亲变得沉默寡言。常言道：人没钱了不如鬼。母亲在大嗓门的王站女人跟前显得极渺小、卑微。我看不惯她那低三下四的样子，母亲每次去王家用完电话，都要把钱双手捧到王站女人面前，尴尬地笑着，说些好听的话，讨好的神情就如狗饿急了，看见有人手中拿着一块馒头。母亲不认得电话号码，王站女人拨得滴滴嘟嘟响了，一扬手说："哎，通了，接！"母亲神色慌张地接上。"倒了，倒了，给你说过多少遍了，咱们村上的这些人，和死人差不多，没有几个能教会的。"王站女人这时笑得弯下了腰。母亲手颤抖着把电话调顺，脸通红。接电话的不是父亲，母亲说的话他们听不懂，他们说的母亲也听不明白，扯着嗓子一遍遍地问，就一句"刘多禄在不在？"也要耽搁好长时间。"谁？""刘多禄。""你找谁？""刘多禄。"有时，人家听不明白，烦了，就挂断了。每当这时母亲就强忍眼泪，她不好意思在别人家落泪，但我看她一走出王站家的门，就用袖子抹眼睛了。

我看着她难过，之后我就去给父亲打电话，母亲怕我说不清，跟着。我把电话号码压得脆响，对方接了我就说普通话，省得母亲说不明白，白白浪费时间。如果联系不上父亲，我就把钱扔在王站家的桌子上走人。"到底是上过学的娃娃，比大人强。"我不理会王站女人的话，但我分明听出她话中有话，我才不理她。我看到母亲那更加难堪的神情。"他姨，你看，唉，你不要多心，你知道她的坏脾气。"她一向讨好别人的方式被我打破了，她往日那些可怜的心思白费了，她明白以后还要用人家的电话，有事了还要寻求人家帮忙。这些我心中再明白不过了，我只是心情不好，无法控制自己的情绪。我也不想把家里人多年维活下的邻居得罪了，真没有这样的打算。我也不是恨人家有钱，他们有本事我很服气。我只是无端生气，无处发泄。总之，我的心胸太狭小了，经常抱怨。

那天天亮，嫂子说和我哥联系上了，也要出门打工。她说家中连买奶粉的钱也没有，娃娃吸着两个空罐罐把她拖累住啥也干不成。显然，这是母亲没有料到的。侄子才几个月，大热天咋能断奶呢。母亲要打电话问我哥的意思，被嫂子拦挡了。

“娃娃太小了，怕是不成哩。”母亲试探着说。嫂子没有说什么，低头默默地收拾东西，看来这是她决定好的事，不过是想给母亲打个招呼罢了。

不久，村里的两个女人就来叫嫂子了。“还以为你不想走了，快些，迟了就搭不上班车了。”她们在门外催嫂子。母亲抱着侄子，她叫我帮嫂子收拾，我进屋去，看见嫂子泪流满面，行李已收拾得差不多了。我帮她把行李提出来放在门口。她从母亲怀中抱过侄子喂奶，眼泪一行行落在孩子的脸上，又顺着他的小脸往下淌。

母亲抹着泪，接过侄子说：“你放心去，娃娃有我哩。”嫂子捂着脸走了。门口等她的那两个女人也抹着眼泪。她们拉着嫂子说：“快走，好不容易把娃娃哄进家里，如果他们跑出来，咱们就走不起身了。”

她们就这样走了，快过嵝岘时，她们三个人都大声哭了。

女人的命运啊，这就是贫困地区女人的命运。土地越干旱，她们的泪水就越能流成河，如果说这里还有没干涸的窖，那就是女人的两个眼眶。我以后也要同她们一样吗？我不敢想下去。

眼下，家里的活儿全是我和母亲的，她做家务看侄子，我干外面的。地里没有活儿，担水和放驴就是我重要的活儿。

“灵儿，早些把驴拉去，你王叔快回来了。”这话，母亲已经说了好几遍，念经似的，一遍又一遍。

我把昨天挖的草根全倒给驴，抚摸着它坚硬的脸，想起智慧的阿凡提骑毛驴游走四方的故事，想起它脚下这尘土飞扬的大地，想起它背负着铁犁浑身大汗的劳作。那坚硬的土地，它一年年艰难地翻新过，还有那盛满石头的架车子，它挣扎得快要倒了，眼珠就要跳出来了，等拉到了，它的眼珠又缩进深深的眼眶里，使人想起《伏儿加河上的纤夫》。它是多么坚韧，家里所有的重活儿都少不了它。开春耕种，秋后犁地，拉庄稼，它总是最忠心耿耿的奴仆。它奋不顾身地为主人做着事情，如果说它的一生可以量化，来来回回，它一定丈量过地球几圈儿了，而且还忍耐着饥荒。眼下天旱没有收成，驴成了多余的，成了废物，成了非打折腿才能贩出去卖肉的了。老天非把好东西变成废物才甘心。当然，如果天下雨，它就不会有这样的下场。

这些日子，我天天和它到十多里外的村里给家里驮水。我把它拉到斜坡处，它静静地等着我把水一点点吊上来，倒进它背上的桶里。返回的路上，我常对它说话。我觉得只有驴才肯听我说，我说什么它就听什么。累了我们停下歇息，我拉着它的耳朵说："你把我驮上，我们走有水草的地方去，外面有很大很大的草原，有非常平的平原，还有长江和黄河，那里有的是水，我和你一起去逃命。"

那么，现在，我拉它去干什么？

它同往常一样把头伸过来，扑在我怀里。我抱着它的头，不知道咋对它说。我的心仿佛钝刀一点点往进戳，我只能使劲抱住它的头。

下午，我把驴拉到王站家去。王站外出收牲口还没有回来。驴挣扎着非要吃王站家骡子槽中的好草，我放开了它。它们在一起耕过地，骡子倒是不欺它。如果年景好，它们俩一定是拴在我家的槽上吃草，并由父亲指挥着劳动。可现在，它们都将与我无关。我的骡子，我的驴啊。

我想把驴拴在角落里，我希望王站抡起的榔头被墙角阻拦，驴的腿就不会被打折了。它的腿那么坚硬，能打折吗？那是怎样的巨石相撞，山崩地裂！

我想着，想着，嗓子中干得着了火。

天上没有一丝云。

我这样想着去拉驴，怎么也拉不动，它正急着吃草，如饿疯的乞丐见到了宴席，我使劲拉，它恼了，扭头把我撞倒在地上，我浑身粘满了粪草。它从来没有这样对我粗鲁过。也许它预感到了什么。它吃得很急，噎得眼泪直淌。

是啊，对于生存的无奈，对于命运它明白了。它告诉我，这就是严酷的生活。它用这样的方式和我作别。

夜晚，我用棉花把耳朵塞住，却下意识地想听到什么。很久，很久，我就睡着了。

突然，我听到一声惊天动地的响雷。

天啊，驴的腿！

我冲出屋子，天上还是没有一丝云，是我做了个可怕的梦。

天上刺目的白光把我的眼睛灼伤了，我捂了一会儿，跑出大门。

王站家的门口，已经被王站的女人打扫得亮亮堂堂，干净得仿佛能在地面上晾凉粉了。

（原载《雨花》2014 年第 9 期）

【作者简介】

董永红，女，70 后，宁夏作家协会会员，吴忠市作家协会理事。出版长篇小说《产房》《风雨有路》，长篇小说《堡泪》在新华网连载。先后在《朔方》《雨花》《读者·原创版》《黄河文学》《安徽文学》《文学港》等刊物发表小说、散文一百多万字。短篇小说《瓜七朵的一万天》获 2014 年全国梁斌小说奖，作品入选多部文集。现供职于青铜峡市人民医院。

捋 脸

李进祥

捋脸，清水河一带方言。类似开脸，是姑娘成人结婚前的一道仪式。大凡女儿家，脸上，尤其是两鬓和上唇处都有一层汗毛，软软的、黄黄的、细细的，像一层绒。比作刚出壳几天的鸟雀，是有些过了，比作桃子上的细毛更有些不妥，很难找出个恰当的比方。这也就是把姑娘叫黄毛丫头的原因。也有汗毛稍重些的，颜色泛棕或泛黑，就有些不好看了，但这样的姑娘一般又是眉毛浓、睫毛长，是另一种受看。结婚前，一般是婚前一天，都要搞个捋脸仪式的。捋掉脸上的汗毛，一下子就光鲜了。这就是所谓的女大十八变，上轿一大变的原因。姑娘家捋脸和男子剃须刮脸不一样。男子一般用剃须刀。姑娘家的脸是不一样的，不能用铁器，据说，汗毛经了铁器，会长得又粗又硬。哪个女人都不希望长一脸又粗又硬的汗毛。

女人捋脸的工序要复杂得多。先是用线扯，一根长线，两头接住了，套在捋脸师傅两手的中指上，绞紧了。两手一用劲，两根线又缠到一起。这线搭在姑娘的脸上，线一松一紧地，就把汗毛一根根扯掉了。这样扯掉的汗毛，不容易再长出来。扯的时候痛不痛，全看捋脸师傅的手艺了。好的捋脸师傅不能让姑娘家感觉到是在扯汗毛，只感觉线在脸上弹，弹琴一样。差些的师傅得叫姑娘歪嘴吸冷气。

扯不净或是扯断了的汗毛，还要刮。刮也是不能用刀的，得用碗碴子。要用打掉的细磁碗，砸出刃口来刮。这是最见功夫的，碗碴子的刃口不齐，稍不留神，或稍用力过重，姑娘的脸上就是一道血口子。姑娘的脸上要有了血口子，捋脸师傅是要遭白眼的，卷了行李就得走人，应手钱物是万万再不能要的。

第三道工序是拾，就是把扯掉或是刮掉的汗毛拾掉，不能用手拾，也不能洗，得用蒸熟了的鸡蛋，剥皮后，在脸上滚。滚过来，滚过去的，绒毛都沾到鸡蛋上了，脸也就和熟鸡蛋一样的光鲜了。这几道工序往往要重复好几遍。好的捋脸师傅只需一次就行了。在农村，捋脸的、剃头的，一般都没有专门的师傅，都算是兼职，也没有明码标价，几尺花布、一件衣服的，全凭主人家随心。手艺也一般是家族相传的，因为利惠不大，当然也没有那些不外传的禁忌，一般，每个村里都有剃头捋脸的，也很少到外村去请。

在河湾村，兰花妈就是最好的捋脸师傅。兰花也会，就是跟她妈学的。兰花妈也是跟她妈学的。兰花妈的妈，也就是兰花的外奶奶，据说功夫了得，边捋边吹，有些汗毛是捋掉的，有些汗毛是吹掉的，只一会儿工夫，姑娘家的脸上就新鲜得像洗过的桃子，白处是白处，粉处是粉处。到兰花妈这一辈，就差了些，但也是只捋一遍，就再找不出一根汗毛。兰花又差了些，但也还没在人家新娘子脸上弄出过血口子。所以，这些年，村上有姑娘出嫁，兰花妈一般不亲自出马了，有找的，也是支一句，找兰花去，她能行。这也是树立女儿威信的意思。

兰花三十刚出头，也正是显摆的年龄，家里没些啥能在村里出头的，也只有这一点上还能受人抬爱，所以，也是随叫随到的，没拒过人。也有结婚多年的媳妇子，爱打扮些的，或者是娘家婆家亲戚家过事，要往人众的场合站，也找兰花：给我扯扯脸吧，看我都快成猴子了。把捋脸说成是扯脸，就有了随意的味道。话虽说得随意，但少不了一条床单或一对枕巾什么的。兰花当然也是不拒。

在农村，各种匠人都不像城里那样明码标价，收费有些随心，但不给不行的，有许多说道的。比如说接生婆不道谢的话，娃娃就会有三病六灾的；比如说打墙师傅不道谢，墙会塌呢；捋脸师傅的应手钱不给的话，脸上长癣长粉刺长雀斑呢。兰花的男人弱些，很少出去打工挣钱，守在家里，日子就过不到人前头。男人是女人的精神，男人弱了，女人也在人前说不起话。只有在这种时候，兰花才能显出些尊贵来，又有现成的收入，所以，总是有求必应的。

可是，菊花请她去捋脸，倒把兰花给难住了。

菊花是指女儿来请了。菊花的大女儿八九岁了。菊花的女儿说，我妈请姨姨给她捋捋脸呢。菊花的女儿还提来了礼心，礼心是一条大双人床单，质量不错，梅兰竹菊地印了些花。大凡接了人家的礼，那就要去给人家捋脸的，但兰花还是不想去。

下午，菊花的女儿又来了，兰花看了一眼她的脸。兰花习惯了，看到大姑娘、小媳妇，总爱注意人家的脸。菊花女儿的脸上也有一层细茸毛，不过她还远没有到捋脸的时候。兰花依稀记得，菊花小时候，也是这么个模样，脸瘦瘦的，头发有些黄。兰花就叫她黄毛丫头，再后来，村上大些的男娃娃叫她小白菜，兰花不敢跟着混叫，仍然叫她黄毛丫头。菊花长相不算很俊的，但她身上有那么一股文弱劲儿，偏偏就惹人疼、惹人怜的。同龄的、稍大些的男娃娃就爱凑她,也爱惹她。兰花就常帮她,兰花的身体要好得多。

兰花忽然想起许多小时候的事来，一晃儿，菊花的女儿都这么大了，太快了。兰花就有些感慨，没等菊花的女儿开口请，兰花就收拾东西准备跟她去了。

菊花的女儿一直没有开口，她的神情有点儿怯，还有些与她年龄不相称的东西。兰花随着她走，觉得有些不舒服，兰花是个爱说爱笑的人，不习惯冷场子。兰花就问菊花的女儿，你叫啥名字？英莲，菊花的女儿说，没有回头。见过你新爸爸吗？他人咋样？兰花又问。他不是我爸爸，英莲大声说，忽然加快了步子。兰花能从她的脊背上看出一种排斥和逆反来，就没有再问。半年前，菊花的男人死了，菊花和婆家闹翻了，就回到娘家来了，听说又找了个人家，明天结婚。

兰花跟着英莲走到菊花家时，却没有感觉到一丝结婚的味道。菊花没有住在哥哥家里，住的是三虎家的旧院子。三虎家搬到县城去了，三虎小时候，爱掉鼻涕，谁都不愿和他接近，可就是这么个淌鼻涕，还成了器。他在县城里摆菜摊，摆水果摊，攒下了钱，把家都搬到县城去了。家里的两间旧房没拆，多年没住人，也歪嘴塌鼻子的了。

兰花一进院子，菊花就迎出来了，菊花的身上也没有一丝结婚的样子。她的脸更瘦了，上面一层死黄。看到兰花，她挤了些笑说，兰……她姨，你来了。她本来想叫兰花的，可能感觉到了不妥，中途又比着娃娃，叫她姨。兰花有好长时间没见到她了，从她男人死后这几个月，虽然住在同一个村子，兰花也一直没见到她。以前也很少见面的，从菊花嫁出去后，大概是因为娘家妈去世的事，她很少回娘家。兰花没想到她会变成这么一副模样，一时也不知道该咋称呼，该说些啥。

两人默声进了屋，菊花忙摆上炕桌，端上来几碟子花生、苹果、水果糖来。这是规矩，捋脸的请来，先要款待好，尤其是婚嫁的时候，捋脸的那是贵宾，要招待好，要给应手钱，还要打发干果呢。菊花礼让着，兰花只动了一颗花生。菊花的女儿叫了声妈，不是那个英莲，是二女儿，五六岁的样子，她旁边还有个更小的女娃娃，三四岁，都黄咩咩的。菊花忙对着外面喊，英子，来把妹妹领出去玩。兰花心里就拧了一下，抓起一把花生，给菊花的两个女儿，就说，煮上两个鸡蛋，开始吧。

我把煮鸡蛋的事给忘了，家里没喂鸡，也没有鸡蛋，不用鸡蛋行吗？菊花说。

那咋能行！兰花有些生气了，莫名地生气。

英子，到你大舅母家去借两个鸡蛋，菊花给外面的英子说。

兰花就等着，捋脸有个规矩，这边鸡蛋煮到锅里，那边开始捋脸，汗毛扯掉了，刮净了，鸡蛋刚好煮熟、晾温，剥出来，滚在脸上不烫、不凉才好。熟鸡蛋滚过，把脸上的细毛、余粉，都拾净了，脸上才能显出光洁来，也才能显出捋脸者的手艺来。过了一会儿，英子回来，手里空着，她一声没吭。她妹妹抢着说，我大舅母说，今天的鸡蛋都吃了，等明天鸡下了蛋再说。听着菊花女儿的话，兰花能想象出她那个大舅母说话的样子来，一个村子几十年了，她知道英子的大舅母不是个善茬儿，一张紫红的肉脸，兰花也给她捋过脸的。

到二舅母家问一声去。菊花给几个女儿说。英子和两个妹妹都出去了。又过了一会儿，英子的两个妹妹一人手里捧着一个鸡蛋来了，很兴奋的样子，英子没有进来。

煮上鸡蛋，兰花就打开了个小包袱，拿出那几样简单的工具，开始给菊花捋脸。

兰花盘腿坐在炕上，菊花也盘腿坐在对面。十多年了，两个人又一次面对面地坐在一起，一时都有些尴尬。菊花就闭上了眼睛，任由兰花给她捋脸。菊花的脸上是一层灰黄，干巴巴的，没有一点儿水分。兰花捋的脸多了，她能从脸上看出人的贫富来，看出人的闲忙来，看出人的心情来。这实际上也不是啥特别的事，理发的能从人的发质、发型辨出人的贵贱；修鞋的能从鞋的质地，甚至从鞋的味道分出人的身份来。这都是经见的多了，人外表的一些东西，往往能透露出人的许多信息来。兰花这会儿能感觉到菊花这些年过的日子来，能感觉出她的心情来。

菊花脸上的汗毛也有些粗硬了，很显然有好些年都没捋脸了，线绞到上面，一下子还扯不掉，要使劲往起提一下才行。兰花这会儿收住心神，专心地扯汗毛。她满眼都是汗毛，一根根地竖在那里，比实际要长出许多倍，也高出许多倍。她也是这些年练的。她妈给她说，那些汗毛像草一样，她外奶奶给她妈说，那些汗毛像树一样。兰花知道，她的眼神和手艺距离她妈还很远，距离她外奶奶更远。她这会儿看到的还是汗毛，还没有草、树的感觉。线有时还不能准确地缠到某一根汗毛上，还不能轻抖一下手腕，那汗毛就顺从地掉了。手分轻重也还拿捏不准，有时候，随着扯掉汗毛，汗毛那里的肉会抽搐一下，不过现在，给捋脸的人不会吸凉气了。

兰花这时候心里很静，甚至忘掉了她与菊花的那些恩怨，她只是在专心地扯掉那些汗毛。扯掉那些汗毛，女人就光鲜了，女人就应该光光鲜鲜的，光光鲜鲜地嫁人，光光鲜鲜地串亲戚，光光鲜鲜地过日子。每到这个时候，兰花都会进入另一种境界，一种连她自己都无法理解的境界。平日里，她的生活是烦琐的，庸常的。但在现在这种境界里，她感受到的是一种纯净和高贵。丝线一开一合，发出一种嗡嗡声，她感觉自己是在弹奏音乐，对方的皮肤就是乐器。不同的皮肤有不同的乐感，有些是清澈流畅的，有些是艰苦涩重的，有欢快的、哀怨的、悲切的。丝线弹在菊花的脸上，她感觉到一种凉意。丝线一点点地在菊花的脸上弹过，菊花的脸一点一点地亮起来，像太阳一块块地照过草地。直到最后一根汗毛被扯掉，兰花的丝线才停止了嗡嗡响，菊花才睁开眼睛。兰花这会儿也好像是才睁开眼睛。四目对视，两个人一下子都好像看到对方心里去了。菊花的脸上飞过一片红，这给她的脸一种活气。两个人都没有说话，锅里煮的鸡蛋这会儿咕嘟地响了。

兰花这才想起十年前，她和她妈的对话。

你不会留下一撮子汗毛不要捋掉，兰花说。

我忘了，她妈说。

她以前以为那是妈在哄她，这会儿才理解了，那真的是忘了，她妈那一回也是给菊花捋脸，菊花是第一次结婚，她嫁的男人本来应该是兰花的男人。

那个男人的模样已经模糊了，但他的动作神情兰花还记得。他的动作神情中有一股油痞子味，这在农村小伙子身上是很少见的。偏偏就是那股油痞子劲儿打动了兰花，兰花不知道那是为啥。自己嫁的男人老实些，她有时就想起那个男人的那股油痞子劲儿来。即便是这会儿，兰花还是能想起来。

男人叫二根，和穆萨媳妇一个村，穆萨媳妇牵线，介绍给了兰花。第一次见面是在穆萨媳妇家，他长得高高大大、白白净净的，不像农村小伙子，兰花一眼就看上了。二根也油里油气地笑着和兰花说话，没有拘谨的样子，趁着穆萨媳妇端干果的当儿，他就拉了兰花的手，兰花的心就一阵乱跳。第二次见面到兰花家了，兰花本来就话多，就一直和他说个不停。二根就看着兰花嬉笑着说，你说话咋这么快，是不是舌头子碎得很，我看看，说着就抱住兰花，嘴也凑上来了。兰花怕父母看见，挣扎了一会儿，还是顺了他。兰花没把他往歪路上想，倒觉得他那样好。

那个男人第三次来，本来是商量定亲的事的，兰花就找了菊花，让菊花来看看，给她参谋参谋，也有夸耀的意思。一直到定亲的事都说好了，饭也吃了，一家人送二根出门时，菊花才来。菊花到大门上正好和二根撞了个满怀，菊花就满脸飞红了。满脸飞红的菊花就更多了一分娇气，二根当时就直了眼。

到定亲的日子，二根没有来。不几天，二根又找人到菊花家提亲了。菊花最初没有答应，后来菊花爹先应了，两个哥哥也都同意，菊花也就答应了。兰花本来是要去问菊花的，后来没有去。菊花也一直没有来见兰花。兰花的亲戚们很气愤，想着治那个男人，搅他的亲事，让兰花妈挡住了。兰花不恨那个男人，只恨菊花，她觉得是菊花抢了她的对象。

菊花和二根的事最终还是成了。结婚的时候，还请兰花妈去给捋脸。兰花就给她妈说，不能去。兰花妈说，总不能叫她毛着脸去嫁人吧。毛脸就毛脸，谁让她那么没脸呢，兰花说。兰花妈说，也不能全怪菊花，缘分是注定的，你们没那个缘分。兰花没挡住她妈，她妈还是去了，兰花没有跟着去，给菊花捋完脸回来，兰花又骂她妈，你不会给她脸上留下一撮子汗毛？她妈说，我忘了。兰花妈又说，一辈子结一回婚，脸上咋能带个血口子呢。

兰花这会儿想起她妈说过的那句话，心里闪过了一个念头。

兰花就给菊花说，找碗碴子，刮脸，兰花的口气有些硬。菊花忙拿出些碎瓷片子来，兰花挑了半天，说，不行，得找细瓷片子。菊花就喊，英子，找点碎碗片子。英子在院子里找了半天，空着手进来了，说没有。菊花就有些生气，骂英子，连个碗片子都找不上，你是个干啥的？英子忽然径直走过来，从炕桌上端起一个碟子，连花生一起砸到地上，咣的一声，瓷片乱飞，花生乱飞。兰花和菊花都愣住了。英子却大声哭起来。

菊花刚准备下炕去收拾女儿，却忽然又坐下了，流出两行眼泪来。兰花看着这一家人，心里也是一酸，刚才心里冒出的那个念头也消失了。

我这里还有几块瓷片，看能用吗，兰花说着，打开包袱，取出几块白瓷碗片，顺便还拿出了一盒粉。刮脸前先要抹一层粉的。兰花给菊花的脸上抹粉，菊花的眼泪却不干，把粉冲出了道道。

刮脸，不仅要刮掉扯断的和扯不净的汗毛，还要刮掉脸上的老皮。

瓷片刮在菊花的脸上，兰花听到了沙沙声，她手上也感觉到了涩劲儿，只有又粗又硬的皮肤，才会发出那样的声音。兰花这些年给许多女人捋过脸，有准备出嫁的姑娘，有爱美的小媳妇，还有四五十岁的妇女，有的皮肤是薄的，几乎透明，皮肤下面有一层水；有的皮肤下面虽然是肉，是油脂，但还有弹性；还有的皮肤看上去是黑的，但很健康，很有质感。瓷片刮过，兰花就感觉到了许多人生的味道。

瓷片刮在菊花的脸上，兰花也感觉到了许多。这些年，她曾听过一些菊花的事，她刚嫁给那个二根的时候，还不错，一年后，生了大女儿，公婆的脸子就不好看了，二根是独生子，他们家急着要儿子呢。生了女儿的菊花就不受待见了，家里和外面的活儿就多了。二根很少下地干活，说是到外面去做生意，可没拿回一分钱来，还染上了赌博的毛病。菊花生下第二个女儿后，山下通了火车，山道上火车爬坡慢，二根就和一伙人趴火车卸东西，电饭锅、洗衣机之类的电器，还有其他的一些东西，能变钱的都从火车上往下弄。一伙人干很轻松，很红火。有一回，一伙人又去趴火车卸东西，他们当中的一个人，往下跳的时候，脚踩到石头上，滑倒了，刚好把头栽倒在车轨上，被火车压得只剩下几根脖筋。事情就露了，派出所的人追查，就把二根抓了，判了两年刑。一家人就把事情算到菊花身上，说菊花不管男人。那以后，田里的活儿，犁地播种的事就全是菊花的。男人二根坐班房回来后，稍稍收敛了些，菊花又生下了第三个女儿。男人二根又不咋着家了，说是到外面出去打工。这回真的到煤窑上干了，偏偏又遇上了事故，挖出来，早已经死了。公婆哭了个死去活来，又骂菊花害了男人。窑上赔了六万块钱的命价，公婆没给菊花一分，菊花就回娘家来了。娘家哥嫂又不待见。菊花这才又找了个人家。

兰花就想起她妈说过的话，这都是缘分，这都是命，兰花并没有庆幸自己当初没有嫁给那个二根，要是真嫁了的话，也许又是另一种情况，二根也许不一定就会坐班房，不一定就会死，在这一点上，兰花不怨菊花，但从心底里，兰花始终不能原谅菊花。

瓷片刮在菊花的脸上，刮过的地方，便显出一种光洁，一种红润来。瓷片恰到好处地刮掉了汗毛，也刮掉了一层老皮。兰花的手分拿捏得很准，力道也用得恰到好处，偶尔稍稍用力过了，菊花脸上的皮肤就抖一下，菊花的眼睛也就睁开了，有些诧异地睁开了。兰花用指头轻轻地抚一下，并没有出现血口子，她就往刚刮过的地方抹上点粉，去掉老皮的新皮肤需要喂点粉才行。兰花继续刮，瓷片的刃口有些秃的话，就再换一块瓷片。兰花平日里收了许多细瓷片，是很细的那种白瓷，到有些人家找不上，就得自己备好了。越是好刃口的瓷片，越能显出手艺来。兰花很珍惜自己的手艺，所以，不管是谁找她去捋脸，她都尽可能地做到最好。尤其是那些刚准备结婚的姑娘家，她一定要收拾到最好，菊花虽然是二婚，但也是结婚，她这会儿就是给新娘子捋脸，一定要捋好。

兰花一点一点地刮，像在剥开一个煮熟的鸡蛋，剥开了皮，便显出里面的蛋清来，显出一种鲜嫩来，从脸盘到鬓角到额头下巴，最后连耳朵背后、耳碗里面，都刮到了。这时，锅里的鸡蛋刚刚煮熟，没等菊花下炕，兰花自己下地去，从锅里捞出个鸡蛋，放到灶台上稍稍凉了凉，就麻利儿地剥了鸡蛋皮。鸡蛋还有湿气，有热劲的时候，兰花就拿上在菊花的脸上轻轻地滚，从脸盘到鬓角到额头下巴，仔细地全滚到了。菊花脸上的那层粉，一些沾到鸡蛋上了，一些渗到脸上去了。兰花又麻利地剥了另一个鸡蛋，又是从脸盘到鬓角到额头到下巴轻轻滚了一遍。菊花的脸上这会儿像是又剥掉了蛋清上面的那层细皮，真正地显出光洁和粉嫩来。

兰花细细地端详着，给每个人捋完脸，她都会仔细地端详，她要欣赏自己的手艺，也让围观的人欣赏她的手艺，在自己的手里能让一个女人变了模样，她有一种自豪感。

她这会儿端详着菊花，傍晚的阳光正好斜照进窗户，照在菊花脸上，阳光里有一层红，照在菊花的脸上，显出一层粉红来，把菊花的脸照得很生动，菊花这会儿脸上也有了喜色。

兰花细细地看着，菊花这会儿真有了新娘子的模样。兰花突然感觉，菊花这是第一次结婚，是要嫁二根。兰花感觉自己快要叫出声来了，压了很久的一声咒骂就要从嘴里冒出来了。她慌慌地对菊花说，还有一点没刮干净，没刮干净，说着掏出了瓷片，就比画到菊花的脸上。兰花的手抖了起来，捋了这么半天，兰花的手都没有抖，这会儿抖起来了。菊花似乎也有些奇怪，就瞅着兰花，兰花的手抖得更厉害了。

菊花感觉脸上一热，热乎乎的有啥从脸上流了下来，她不由得用手擦了一下，是血。她有些吃惊，又擦了一下，脸上却没有丝毫的痛。她看到兰花的手还在空中翘着，兰花的食指上有血，血还不住地往出涌着。她还看到兰花的脸上有眼泪往下流。

（原载《芒种》2007 年第 12 期，《小说选刊》2008 年第 1 期选载，《新华文摘》2008 年第 8 期选载，入选 2008 中国小说排行榜。）

裸泳

包作军

麦小琪在大连海滨浴场洗海水浴时，遇到了一件挺尴尬的事：当她从深海游回岸边时，突然发觉游泳衣不在身上了。她搞不清楚游泳衣是刚刚被海浪冲掉的，还是离开自己已经有一阵子了。

这是一件分离式的游泳衣，是麦小琪从海滨浴场附近一处专卖游泳衣的摊位上买的，是比较新潮大胆的比基尼型，底色是明亮的蓝色，在这基础上，加入动物、植物的图案，既鲜艳，又简单，且富有都市情调。当麦小琪穿着这件游泳衣袅袅婷婷地走在海滩上，顿时吸引了一大箩筐的目光。

不过，这件几个小时前还为麦小琪赢得了荣耀的游泳衣，现在只剩下上面的胸罩了，可能是她在海中忘我地嬉戏时，蝴蝶结状的扣子脱落，比轻纱还薄的三角裤衩像一条鱼似的溜走了。

想到眼前的窘境，麦小琪的脑袋顿时像是一团糨糊炸开了锅，一时不知道如何是好。她四处张望着，尽管海水清澈，却看不到自己所要寻找的东西，她潜进水里又寻觅了一番，依然没有结果。

如果不是刚才游泳时有点走神，怎么会出现这样的结果呢？虽然麦小琪身在大连，但魂魄似乎还留在内地银川的家里，留在丈夫李大维的身上。但是，怎么会呢？自己分明是讨厌他的，要不也不会离家出走的啊。

其实女人大多都有过离家出走的念头或行为，并非她们喜欢如此，而是一时找不到对抗男人的方法而已。我们的女主人公麦小琪正是如此。

通常在结婚后，女人才会发现和自己生活的男人有多么可气。先前的那些好统统没了踪影，他不再抢着做菜，不再屁颠屁颠地和你一起回家看自己的父母，甚至在你生日的时候，也不愿意去你提议的那个餐馆。更可气的是，夜里你周身发冷地醒过来，发现那个家伙居然把整条双人被都裹在了他自己身上，还不知羞耻地吧唧着嘴说些很腻味的梦话。

甜言蜜语好像谈恋爱的时候就已经说完了，而单位里永远就那么点勾心斗角或是男女关系的破事，这样的共同语言说多了也起腻。于是两个人相互斗嘴便成了家常便饭，往往到最后都搞不清发生在两个人之间的战争是从何而起的。

终于在一个下午，因发生口角而被老公李大维拎起来扔到床上的麦小琪，又一次动了离家出走的念头。

结婚三年来，麦小琪像密谋撞击纽约世贸大厦一样密谋着离家出走十一次，有十次因遭老公李大维的拦截而失败，只有一次成功。其实那次，麦小琪起先只是想吓唬李大维一下，她把一只脚跨出门外，大声对李大维说："我走了——真的走啦！"

麦小琪一面说一面把脚步慢下来，轻抬轻放，如同踩在一踏即碎的玻璃上，她满心热望着李大维能跑过来像以往那样拥住自己。

但李大维正津津有味地玩一款叫《魔兽争霸》的网络游戏，甚至连头也没有抬一下。于是，麦小琪歇斯底里地对李大维喊道："我再也不回来了！"说完，麦小琪跑出门。当晚麦小琪真的没有回家，而是住到了闺中密友夏玲玲的家里。

"老婆，你到底在哪儿？我去接你吧！""有什么话回来说吧，我知道错啦。"李大维电话一个接一个。麦小琪起先还接听，后来任手机彩铃兀自唱个不停。

以简单粗暴闻名的夏玲玲猛掐了麦小琪一下，说："你好歹告诉他，你在我这儿，他也就放心了，你这样不接电话又不回短信的，想吓死他啊！"

"我才懒得搭理他呢！"想起白天的情形，麦小琪委屈地抽泣着。

“得了，姑奶奶，别把自己弄得跟受气包似的。其实李大维把你宠得衣来伸手、饭来张口，跟公主似的，你已经够幸福的了。”

“女人有权要求比较浪漫的情调——锦衣玉食的生活未必就是爱。”

已经从围城中出走过两次的夏玲玲喃喃地像是自语，“被迫离开一个人像是挨了一刀，开头只是诧异惊骇，血汩汩地自伤口冒出来，还不知道痛，等到魂魄定下来，才痛入心脾。”

“唉，他是不是真的已经不爱我了。”麦小琪忧郁地说。

“别担心，失去一个男人又不是世界末日。他们男人有什么了不起，不就是多了半截东西吗，这种东西哪儿找不到?”夏玲玲说着抢过麦小琪的手机，“啪嗒”一声关上，留给了麦小琪一个无情的后背。这个四肢并不发达，头脑却简单的家伙很快响起了幸福的鼾声，留下麦小琪一个人辗转反侧。

不过，整个事件一点悬念也没有，第二天下午，下班后刚走出单位大门的麦小琪，就被埋伏在附近的李大维半拥半抢地接回了家。

晚上，两个人开始冷战。麦小琪睡在小卧室，听着大卧室里传来世界杯现场的欢呼声，麦小琪气得眼泪又流了出来。这次，李大维似乎有了感应，屁颠屁颠地跑过来，哈巴狗似的依偎在麦小琪身边。麦小琪没有理他，脸上突来的青色，像一瞬间染上去的浓重的染料。李大维要抱她，麦小琪一跃而起，跑回大卧室的床上，动作快得像闪电一般。一会儿，李大维的脚步声又响了起来，随着床体的一阵颤动，他的呼吸声又出现在了麦小琪的耳边。麦小琪再次跃起，却很快被李大维按在了床上，麦小琪挣扎了一会儿，便无力反抗了……

这次出走风波，仅仅二十四小时就被李大维成功平息了。但是麦小琪似乎并没有释怀，她不知道下一次争吵何时降临。一个月？一个星期？或者隔不了两天这熟悉的一幕还会重演。

果然，仅仅过了十天，两个人之间便烽火再起，而且李大维那个混蛋居然第一次对自己动用了重型武器，就是他粗壮有力的双手。他把麦小琪像扔枕头似的扔到床上，麦小琪仿佛一只枕头一样在床上弹了两次才落下来。

这让麦小琪伤心极了，她抹了一把眼泪，迅速从床上跳起来，去书房找到旅行包，再回到卧室打开衣柜，胡乱拿了几件衣服塞进包里。

然后，麦小琪昂首挺胸地走到客厅，看也不看李大维一眼就从他眼前一晃而过。她本想像电影里那样重重地关上门，但一想到会惊扰了隔壁邻居，便放弃了那响亮的一“啪”。这让她多少有点遗憾的感觉。

当麦小琪甩门而去的时候，李大维正在目不转睛地看一部名为《武林外传》的情景剧。李大维认为这次麦小琪不过跟上次出走一样，在女友家躲两天，然后乖乖地等着他去手到擒来。

但李大维的算盘打错了，麦小琪这次没有去闺中密友夏玲玲家，而是打了一辆车直接往机场去了。

麦小琪给一个要好的同事打了电话，谎称生病，要她帮着请几天假。然后，毫不犹豫地买了去北京的机票。

在飞机上，麦小琪看着眩窗外的浮云，她觉得自己像一只鸟，比白云飞得更高，那些羁绊自己的东西——家务、工作、情感，都在下沉或后退，遥远得像正在消逝的星星。现在她是一只自由的鸟，不再是一个身体的开关，无须在一个个阴冷的夜晚，为一个男人打开，点燃周而复始的欲望，然后熄灭在自己的疼痛和一阵满足的鼾声里。

是啊，飞吧，走吧，终于能够飞走了……

麦小琪在北京下飞机后，直接转火车去了大连。经过十几个小时旅程，她来到浪漫之都大连。

大连，位于辽东半岛最南端的黄渤海之滨，居雄鸡之喙。黄海的瑰丽，渤海的雍容，使大连成为举世少有的“两海之城”。而山与海的理想互补、完美结合，使大连一展千样韵致，万种风情。

乘火车进入大连，给麦小琪留下美好印象的是大连的城市建筑。大连的建筑，大都利用了岛城的自然地形，凭借着天然的海岸线和山地构造，巧妙地组织道路和建筑布局。海风劲拂，拂去了尘滓，留下了一座美丽干净的城市，也塑造得这里的男孩女孩干净清爽、俊逸俏丽。尤其是大连女孩，拥有海边人特有的清秀和靓丽。她们在家里或许穿着很散漫，一件针织套头衫、一条休闲裤即可。一旦出门，就决不随意，就如《花样年华》里的张曼玉一样，买豆浆也要换上新旗袍。她们把自己收拾得鲜鲜亮亮，衣服式样、色彩的点缀使她们一举手、一投足都成为街头鲜活靓丽的风景。时装对大连女孩来说，早已不是T形台上的独尊，只是一种爱好，一种习惯。这样的情形让喜欢时尚和新潮的麦小琪羡慕不已。

一到大连，麦小琪便把手机关掉了，没有人可以联系到她，没有人知道她在哪里。在麦小琪眼中，大连是最美丽的城市，这里没有熟人，可以忘却工作，忘却情感，是一个可以让人忘却忧伤的城市。她觉得自己选对了逃避的港湾。

一踏上大连的站台，迎面都是海风的味道。麦小琪就近在海边找到一家旅馆，推开窗子，就可以看见窗外一片金黄色沙滩铺向远处的海，麦小琪觉得自己到达了属于自己灵魂的港湾，内心安详无比。

安顿好住的地方，麦小琪便去大连最好的海滨浴场金石滩黄金海岸，去与海亲近。

虽然生在北方，但麦小琪的水性很好，这主要得益于她经常跟老公李大维去黄河公园游泳池戏水的结果。李大维从小生活在黄河边，在黄河里嬉戏弄潮惯了的，跟着这样的老公，麦小琪的水性自然差不到哪儿去。

麦小琪换上泳装，直奔大海。

海水均匀地漾过、漫过麦小琪的脚，沁入肺腑的清凉。风没有让她感到丝毫寒意，反使心底产生一股妙不可言的清爽。一浪又一浪身着银装的海浪潇潇洒洒，从容不迫地向她扑来，将她紧紧拥在怀里。麦小琪迎着轻吟浅唱的细浪，怀着一颗放飞的心，感受着海的广袤和拥抱，任凭海水亲吻着肌肤，轻拂着面颊。此时，天高云淡，海水湛蓝，她情不自禁地陶醉在蔚蓝色的畅想之中。深水处有更深的蓝，好开心啊，是鱼儿回归大海的那种喜悦。麦小琪在水中舒缓地滑动手臂，感受到身体在水中轻灵地前行的快感。一直游到防鲨网前，绸缎似的海面在起伏荡漾，麦小琪为搏击的胜利而自豪，便索性仰身躺在大海温柔的怀抱里。闭上眼睛，倾听海浪奏起的旋律，犹如飘渺的轻烟，让整颗心漂泊在蔚蓝的大海上。

但麦小琪没有料到的是，当她从深海游回岸边时，游泳裤却脱落了。她有些惊慌失措地四处张望。

虽然不是夏天，但北方的阳光，依然明亮着人们的肌肤。五色遮阳伞像鲜艳的蘑菇绽开在沙滩上。人们或躺或卧在伞下，安闲舒适。金发碧眼、玉腿修长的西方美女随处可见。她们身上花花绿绿的泳衣，犹如一朵朵五颜六色的花朵。人与自然是如此和谐。上至七八十岁的老人，下至三四岁的孩子，全都融进了海的温情。畅游在海里的人们无拘无束戏水欢笑，一群群柳叶状的小鱼在游人身旁游来游去，间或喊齐了号子似的一起跃出水面，掠起片片扇面似的银光。即使在大海深处也有点点撒落的游泳者和冲浪人，还有飞驰而过的快艇，天上一架小型飞机拖着巨大的啤酒广告飘带绕来绕去，颇显热闹。

麦小琪没有心思看这些热闹和海景，她在想办法摆脱目前的窘境。她缓缓地向海滩游着，而且游泳时竭力不把身体露出水面，因此，人们只能看见她的头和隐约可见的胳膊和胸部。她一面游一面寻求能够帮助自己的人。为了弄清楚别人是否可以从水面看到自己的身体，她不时地停下来，悄悄地对自己的身体做一番审视。麦小琪惊讶地发现，明亮的阳光穿透水面，即使在水下也依然明亮，自己的身体在清澈的水中纤毫毕现。她急忙拢住双腿，尽可能地压低身体，羞于让自己的眼睛看见这些。但显然是枉费心机，她的身体是那么白皙，清晰而醒目。她不由暗自叹息，想不到，自己一向引为自豪的玉体现在却成了她最大的累赘。

李大维最喜欢看的就是她的身体，李大维最喜欢做的事情是帮她洗澡。

麦小琪的身子光洁如月光星辉，没有一粒黑点、一颗小包，手抚过去，如手抚光洁的月色。那肌肤散发着的芬芳，浓烈得如刚刚挤出的奶香。为了方便给麦小琪洗浴，原本喜欢淋浴的李大维专门买了只大浴盆，他对麦小琪的细心程度就像对待一个孩子，他用手捧着纯牛奶沐浴露在她的身上轻轻地擦拭，像珠宝店的老板在仔细擦拭一件羊脂般的上好玉器。一盏灯光从空中垂悬而下，照亮了麦小琪的身体，起初是白色的泡沫，后来泡沫渐渐地不见了，只剩下麦小琪光洁的身体，就像擦洗洁净的玉器。这时，李大维会猛地把她抱起来，轻轻放在他们那张床上……

李大维还几次要给麦小琪拍“裸体写真”，说是要留驻青春，老的时候好回味年轻时的美丽！而麦小琪自己居然有几次浑然无觉地裸着身体去上班，裸着身体走进了闹市，发觉后羞愧难当。忽然醒来才知是梦。多亏是梦，不然何以再见人。

不过，麦小琪一直奇怪，怎么会做这样离奇的梦呢？她想把梦里的情形告诉李大维，却欲言又止。

麦小琪的奶奶曾经给自己的几个孙女讲过这样一件事，四十年前，在家乡的村子里看戏，邻居的一个女子在台上演白毛女。舞得正起劲时，裤带断了，裤子一下子溜到了小腿。她急忙提着裤子跑到了后台，当晚，那女子就在梁上用一根绳子上吊了。

麦小琪心想，那女子怎么那样小心眼呢？她前些日子在网站上看到过一则消息，重庆某大学游泳池里，人们的目光突然一下子都集中到了女更衣室的门口，原来一位娉婷女子一丝不挂地走了过来。当她正准备从台阶下水时，身边的一位同学提醒了她。她的脸红了一下，转身跑进更衣室里穿好衣服，勾着头囚犯似的逃走了。幸亏这是个性张扬的21世纪，要是在保守的20世纪某时期，比如演白毛女的那个女子所处的时期，可就不仅仅是一走了之了……

麦小琪一面小心翼翼地游着，一面不着边际地胡思乱想些事情。已经晌午了，到了该吃午餐的时间了，游泳的人们纷纷游向岸边。不时有游艇飞快地从麦小琪身边掠过，也许是船速太快，也许是船上的人急于返回岸边吃饭，居然没有人注意到她的尴尬状态。一艘小艇似乎注意到了，在麦小琪附近减慢了速度，船上一个身材瘦削的男人在向这边专注地张望，看起来像是不怀好意。麦小琪有些厌恶地游开了，她讨厌那些想趁机在眼球上占便宜的男人。

那天在北京到大连的火车上，麦小琪对面铺位上是一个染着黄头发，戴单只耳环，穿黑色T恤，眼神空洞的男人。夜幕来临的时候，黑T恤坐到了麦小琪的对面，他递给她一瓶茉莉清茶后，似乎只是静静地陪她坐着。不过，麦小琪还是能看出来黑T恤的眼神随着她游移，那痴迷的眼神让她有些心悸。

麦小琪这次出来，只希望休养生息，躲避情感，就像一眼被淘干的井等待重新蓄满泉水一样。黑T恤痴迷的眼神让她产生了一种很沉重的窒息感，尤其让她愤怒的是，晚上在餐车上，黑T恤竟然趁着人多在她臀部摸来摸去的，麦小琪就拔下头上的卡子，毫不客气地使劲扎了那家伙一下，黑T恤自知理亏，也不敢言语。

麦小琪在心里恨恨地骂：男人没一个好东西！

千帆过尽，海面上撒着一层灿烂的阳光，似乎有金色的尘星在上下舞动，发出嗡嗡的声音，宛若鱼儿的欢歌。海面上只剩下瘦削男人和他的小艇。麦小琪想，如果这家伙胆敢过来，她就会用十个长指甲做武器，让他体无完肤。而且她分贝极高的尖叫也不失为很好的防卫武器，会让那些色厉内荏的色狼知难而退。

但那个瘦削男人始终在原地观望，似乎在对什么事情犹疑不决。

麦小琪奋力游了一阵，逃离了那个瘦削男人的目光。这时，麦小琪感觉筋疲力尽了。她看见附近有一个橘红色的小浮标，她像看到了救命的稻草一样急忙游过去，紧紧地抓住。不过，要从浮标所在的位置游到海边，麦小琪觉得自己已经没有这样的体力了。早餐她只喝了一杯牛奶，肚子咕咕地已向她提出抗议了。而此时，海面上已经空无一人，沉寂如黄昏一般弥漫在海面上。

麦小琪用被海水泡得起了皱，变得苍白毫无血色的手抓着那个孤零零的浮标，她感到自己被整个世界都抛弃了。她恨那个卖游泳衣的小贩，如果不是蝴蝶结状的扣子脱落，自己怎么会这般尴尬？她恨海滨浴场的救生员，为什么没有一个女性？麦小琪也恨自己的丈夫李大维，如果不是跟他闹别扭，自己也不会孤零零地跑到这里来……

想到李大维，懊恼中的麦小琪又开始猜想，此时此刻他在家里干什么呢？在抽烟，这是肯定的。平时自己不允许他在屋里抽烟，但现在他一定会趁自己不在家乘机大抽特抽的。这个没良心的，这会儿肯定自由自在地吐烟圈呢。麦小琪沮丧地想。李大维根本就不关心自己，现在说不定在为自己的离去而快乐呢。想到自己出走之前，还不忘给从来不知道烧开水的李大维烧了一壶水，麦小琪觉得自己是那么可怜。

正午的太阳晒得麦小琪有些头疼，不过更多的原因是因为她对眼前所处困境的不知所措。麦小琪俏丽的脸上这会儿布满了焦躁，坚挺小巧的鼻子颠着几粒细的汗珠。不知是汗水还是海水从额头流进了眼里，又蜇又涩，虽然阳光明亮，但她的眼前是一片昏黄的模糊。天和海，近处的人，远处的山都溶在半黏半稠的模糊里，像化在了一片泥水中。

麦小琪甚至想干脆死掉算了，有几次跟李大维发生剧烈冲突的时候，她也想到过死。生与死又有什么要紧，也许死了是一种解脱。自己死去，让那个空嘴薄舌地讲什么，你真美丽，你是天界的仙女，是上帝身边的精灵，是飘落人间的天使；说什么，我爱你，千万年，要长相守的混蛋李大维后悔去吧。

想到这些，麦小琪甚至心中生出几分快意。但想到自己就这么一丝不挂地死去，她觉得不甘心，同时觉得这是一件多么可怕、多么令人羞耻的事情。

海面上起了风，一排排大浪席卷而来。麦小琪的身体随着海浪的起伏不断地起伏。那个橘红色的小浮标像是随时都可能沉没或者漂走似的，这真是船破又遇顶头风。麦小琪面色苍白，眼神迷离，胳膊上不知什么时候的擦伤蜿蜒出数条殷红的血道。

当麦小琪再次抬头张望时，又一次看到那个瘦削男人和他的小艇。瘦削男人向她打着手势，似乎告诉她老实待在那里，挣扎是徒劳的。麦小琪看见男人的手里拎着一套牛仔装。当小艇驶到麦小琪跟前时，瘦削男人向她伸出一只手把她拉上了船，男人在拉麦小琪时，脸是背向她的。

麦小琪甚至还没明白过来是怎么回事，她已经在船上了。种种猜忌和诸多恐惧都被抛在脑后，她的脸色很快由苍白变得通红。雨过天晴，晴空万里。

瘦削男人背向而立，眼睛看着远处海天相连的地方。麦小琪把那套牛仔装穿在身上，上衣正合适，裤子长了些，她便把裤脚挽起来。然后，她喊他："哎，好了。"

瘦削男人转过身，看着麦小琪微微地笑，脸上的表情快乐而欣慰。

那一刻，麦小琪觉得这个世界上还是好人多。那一刻，麦小琪觉得自己的生活又变得郁郁葱葱，充满了鸟语花香，泉水叮咚。那一刻，麦小琪觉得自己已经原谅了这个世界上所有的人，包括远在两千一百里之外的那个叫李大维的家伙。

（原载《朔方》2011 年第 5—6 期合刊）

麦　地

董永红

尕虎年轻时，甩开膀子把石磨塆的地挖上了山顶。虽说山顶种的庄稼长势比塆地里好，可毕竟地势高，山下的麦子黄透了，山顶上那块地里的麦子仍青溜溜地长着。前些年，山上的放羊娃打个盹儿，羊群就嗅着麦香跑去了。为此，尕虎的老婆和他们没少吵嘴。国家实行退耕还林政策时，邻居都劝尕虎把那块又高又远的山地退了，但他说啥也舍不得。后来，别人在石磨塆的地里种上了刺玫瑰、柠条、沙棘、杏树等耐旱植物，他家那块地仍然种着庄稼。家家的牛羊圈养起来了，尕虎家那块庄稼就悠闲自在地从春长到秋。直到中秋节秋田收得差不多了，尕虎爬上西山顶，远远望着石磨塆的山顶披上了“金盖头”，他就笑呵呵地说：“开镰了，要开镰了。”

出了村子绕过两道山，才能看到又大又深的石磨塆，从山根到山顶是赶牛的慢坡儿，人越走越吃力。加上尕虎老婆近年渐渐发福，走不了几步，就将双手扶在膝盖上，弯着腰喘气歇缓，还不停地埋怨尕虎当初应该同村民一起把石磨塆的地退了。尕虎说：“你不记得开荒时，我早上天天鸡叫出门，晚上星星全了才进门，挖下的黑刺家里整整烧了五年，我舍不下呀。再说，这几年开春把籽种一撒，老天关照着，咱们啥心也不用操，秋后只管用麻袋扛麦子的事，你不偷着笑，还怨我呢。”“把地退了的人，谁还跑这么远的路呢？”“退地的补助有咱地里的收成多吗?”尕虎反问，老婆就不言传了。

尕虎两口子要上石磨塆顶，只能顺着山脊往上爬，爬一阵，气喘得不行了，就坐下歇息。山塆里的刺玫和柠条长得半人高，满地野草如织。尕虎指着不远处说：“听老人讲，咱村口的那盘大石磨，就是老祖先在这道山塆里开荒时挖出来的。听说以前有个王富汉，怕土匪打劫，就把石磨安在深山里。”“还挖出啥宝贝了?”“那都是爷爷的爷爷手里的事，谁知道呢。”两口子一路闲聊着，终于到达山顶自家的麦地边。

眼前是一片齐胸脯的麦子，巴掌长的穗子，圆鼓鼓的麦粒简直要跳出麦壳了。“呀呀，啧啧!”尕虎捏了一把，激动地喊起来。老婆用镰把戳着他的屁股说：“快开镰，要是刮场大风，饱粒子可就全摔掉了。”看她急切的样子，好像这片麦子长在温棚里，一旦他们掀开棚顶，麦子就失去保护了。

尕虎两口子甩开镰刀，只听得一阵沙沙作响，麦地就豁开了一道口子，身后的麦垛齐刷刷排开了。正当两人割得起劲时，太阳渐渐晒展了山塆。“噢，到歇缓吃干粮的时间了。”“才割了几分地，就要歇?”尕虎笑着说：“一扑到好庄稼上，你心劲大得都不知道饿了。”尕虎说完放下镰刀，用袖子拭去额头的汗水，转身喝水去了。老婆则丢下镰刀，到地间洪水冲的沟下方便去了。

“你快来，你快来。”不一会儿，老婆在沟下喊尕虎。“咋了？大惊小怪的。”听见老婆一声接一声喊他，尕虎只好放下手中的干粮，走了过去。老婆蹲在地沟里不抬头地说：“你快下来，快些。”尕虎跳下去，看见老婆手里拿着一个硬杆挖着什么。“这土里有个绿影影，你快来看。”老婆说。

尕虎把老婆挖的浮土刨开，果然有一道绿边。尕虎握紧拳头在地上蹭了几下，一个鸡蛋大的圆窝显露出来了，他刨出窝里的土，惊讶地后退了一步，叫道：“哎哟，好像是个碗呀!”说着一个健步跳上沟，卸下镰架上的刃子，又跳下去。老婆蹲在地上，愣愣地看着尕虎。

碗好像筑在土里了，尕虎挖得非常小心。他生怕划伤或损坏这个不明之物。在老婆惊讶的目光中，碗一点点显露出来。这个沉甸甸的东西，除了露在外面的半边绿碗底外，一时还难以看清它的真面目。

“从底子看，好像是玉的。”尕虎跪在地上，双手捧着碗，左看看右看看，里看看外看看。“给我，”老婆抢过去掂量了一阵，又摩挲了半天说，“谁把碗埋在这里做啥呢？”“肯定是过去的富汉藏下的嘛。”尕虎接过碗说。“要真是富汉藏下的，那下面的宝贝可能还多着呢。”老婆一提醒，尕虎拍着双手说：“对，说不定还藏着金元宝、银锭子呢。”于是，两人把挖出来的碗包好，放在安全处，又跳下沟接着挖。挖了半米深，两人手上都磨出了血泡才歇下来。尕虎又捧起碗，擦拭着，老婆提来水壶，可不管他们怎样抠搓浇洗，碗仍然土迹斑斑。“要是个金的，咱这后半辈子睡着都吃不光。”尕虎兴奋地捏了一把老婆的大腿。老婆猛地跳起来说：“你赶紧回家拿铁锹来挖。”尕虎说：“你咋不早说，害得我白费了半天工夫。”他把碗紧紧搂在怀里，孩子似的蹦跳得老高。“给我，给我，小心，小心。”老婆又把碗要了过去。

太阳挂在高远的蓝天上，几片白云做梦似的飘荡在天空，山谷里很安静。偶尔有小鸟落在沙棘树上，啄食着黄透的果实，发出叽叽喳喳的欢叫声。尕虎一把脱掉破旧的外衣，甩开膀子大吼一声向山下抛去，外衣在半空中伸展了，袖筒被风灌得鼓鼓的，如断线的风筝，猛然落在一片黑刺上，吓得刺里的呱啦鸡突突乱飞起来。尕虎口中不知怎地猛吼出了一句秦腔，把天上安静的云惊醒了，它们向远方慢慢游去。

看着尕虎哼着秦腔，一蹦一跳下山了，老婆一个人坐在地上，边啃干粮边瞅碗，眼前不时飞过无数精美的宝贝：驮着帝王的金马驹、驾着祥云的金凤凰、镶着宝石的金簪子，还有一串串珍珠玛瑙……惊得她不由乱叫起来。她扔下干粮伸手去抓，宝贝却从眼前消失了。她拿起干粮，它们又在她眼前飘忽起来。难道自己福浅，守不住宝贝？还是他们把镇宝的碗挖掉，宝贝开始乱飞了？她曾听老人讲过，金银财宝专挑命大福深的人哩。她一疑心，就急忙放下干粮，跳下地沟，把碗按原先的样子压在他们挖过的地方。这才忐忑不安地坐在地边，眼睁睁地盼着男人早点来。

看到尕虎扛着铁锹从山下快步走来，她急忙站起来喊：“你快些啊。”尽管尕虎小跑着，但她还嫌太慢了。她搓着手缝中的血泡，焦急地边迎接他边说：“你快些哟，再慢东西就跑光了。”

尕虎气喘吁吁地把铁锹扔在地上说：“我刚才碰到小玲妈了，她问要不要明儿帮咱们收麦子，我没顾上理她。”“你就让她操心好娃娃，不要管咱们。你不理她，她疑心你给她使脾气呢，明儿就来了。她一来，咱们还咋挖？你呀，真是个没脑子。”老婆生气地说。“今儿挖不出来就算了，你还真当个事挖呀。”尕虎嘴上这样说，心里其实想的和老婆一样。小玲是他们的大孙女，小玲妈是他们的儿媳妇。儿子出门打工去了，虽是分开的家，可凡事还得他们照顾，儿媳妇经常抱着孙女来混饭，老婆心里很不舒坦，但也不好发作，最多眼皮不展罢了。

尕虎一来，老婆就提着铁锹下沟了。她挖土，尕虎蹲在边上啃干粮，不时提醒她小心挖，只要铁锹碰着石头发出响声，两个人都会屏住呼吸，细心察看半天。

坑越挖越深，土越来越硬。他们只好转变方向，一个小心翼翼向上挖，一个慎之又慎向下挖。天黑时，他们才发现事先忘了在坑壁上留台阶，两人望着高过头的坑沿面面相觑。尕虎灵机一动，转身蹲在地上叫了一声：“上。”老婆犹豫着说：“我一个女人家，咋能踩男人的肩膀呢？”尕虎说：“你快上去，要不是女人，我能挖出宝碗吗？”老婆只好抖抖瑟瑟地踩上尕虎的肩膀，压得尕虎顿时缩着脖子喊：“天啊，快些。”老婆身子重，她抓了一把麦子，谁知猛地连根拔起，沙土灌了尕虎一背子、两耳朵，弄得他不由地斜了一下身子，老婆就顺势骑在他的脖子上。“呀呀，你要把我当驴啊。”尕虎附在地上说。“哎，上面没个抓手呀。”老婆扶着男人下来说。尕虎侧身抖了抖耳朵里的沙土，挥了挥胳膊，又蹲在地上说：“快上。”老婆这回不想让尕虎受罪，就咬紧牙踩上他的背，挣扎了半天说：“你再抬一点，还是上不去。”尕虎猛吸了一口气，啊了一声，撑起身子，老婆这才就势爬出了坑壕。她转身去拉尕虎，尕虎拿起铁锹，在坑壁上挖了两个脚窝，老婆双手把他拉上来。两个人拍打着身上的沙土，趟过齐胸的麦子，迈着轻快的步子，连早上割下的麦垛也没顾得堆码，就抱着宝碗回家了。

为保险起见，尕虎特意把那个碗藏在屋后的地窖里。两口子半夜睡不着，又取出来，不管用砂纸打磨，还是用凉水浸泡，碗上的锈迹仍然纹丝不动。老婆疑惑地说："玉石难道也生锈吗？""可能生呢。""金子总不会生锈吧？"她又问。"可能也生呢。"尕虎把碗举在眼前，没准地说。"照你说公鸡会下蛋，男人也生娃呢。我问个啥，你都说生呢。那到底是个啥碗呀？""谁知道，说不准这是金碗镶了个玉石底子。"尕虎轻弹着碗，发出沉闷的响声。老婆想了一阵说："要不然，咱拿铁锉锉两下，看到底是个啥货色。"尕虎说："土里埋过的玉脆得很，敢胡锉？"就这样，两个人在猜测中熬过了不眠之夜。

第二天天麻亮时，尕虎两口子重新把碗藏进地窖，背着干粮，扛起铁锹上山了。他们脚下生风般很快就赶到了山顶。这次他们扩大了寻找范围，尕虎想把面前那些挡人的麦子割倒，老婆拦住说："不行，不行，要是把麦子割倒，别人一眼就看见了。""老婆在大事上，比我能成。"尕虎拍着脑袋自愧不如。"本来就是嘛。"老婆笑了起来。于是，他们从隐蔽处掘开口子，认真细致地挖起来。只要挖出一片石头，他们也得摩挲半天，好像它是生锈的银元。要是碰着大石头，两口子就凑在一起小心地挖掘，他们生怕把盛宝珠的大缸挖破呢。

再说尕虎的儿媳，昨天公公没有理她，儿媳心中打起了乱鼓。山坡上收完夏粮的地耕过了，收过荞麦、胡麻等秋粮的茬儿仍长着。儿媳想公公虽然成天一声不响地帮她，但心里肯定憋着闷气。分开的家，儿子盼下的光景是儿子的。儿子一出门，凡事都得老人操心。眼看着要打碾庄稼了，还得公婆帮忙才能收进仓里。儿媳思前想后，就知道自己问公公要不要帮着收麦子的话太愚蠢了。昨天公公忙得一路小跑，山顶的那块麦子肯定黄透了，难怪公公不理她呢。今天早晨，她背着女儿小玲去婆家时，小姑子还在西屋里做睡梦呢。她急忙叫醒她，把女儿小玲丢给小姑子，就扛着镰刀上山了。

奇怪，山顶的麦地里，怎么看不见公公婆婆的身影？他们不是老早就上地了吗？儿媳顺着阳坡走到地边，才听到麦地的沟里有响动。他们不割麦子，在沟里干啥呢？儿媳顺着地边向前走了几步，停下，心想这样贸然过去怕是不好，咋办呢？不问他们了，自己开镰割吧，说不定他们又会嫌这嫌那。她左右为难了一阵，就顺着地边向山坡走去。

儿媳隐隐约约听见沟下好像有挖土的动静。不对啊，麦子都没有割倒，咋就开始挖着平地沟了？儿媳来回磨蹭了一阵，实在搞不清那两个老骚情到底在日鬼啥。也不能这样干等着，满地波浪似的麦子，着实喜人呀。干脆去看个究竟，于是儿媳弯着腰悄悄地移向地沟。靠到近处，眼前的景象让她起了疑心：公婆要是平地沟倒也罢了，他们把地沟挖成了坑坑洼洼乱糟糟的一片，难道他们要挖野兔吃肉？不可能，谁会把这么好的麦子丢下不收去挖它呢。那么地沟下有狐狸或狼洞吗？啊，要真有，它们猛然窜出来扑到自己怀里多吓人啊。想到这里，儿媳也不敢往前凑，而是屏住气，蹲在地上细听起来。

谁知地沟里的两个人，你一言我一语憧憬着挖宝物的事。这一听，惊得儿媳的额头顿时渗出了汗珠。从他们隐隐约约的谈话中，儿媳才听出来他们不但挖出了宝贝藏着，而且还正在寻着宝贝。怪不得公公不理她，原来是防着她这个外人哪。儿媳猫着腰，慢慢退到地边，顺着山垮最隐蔽的小道急奔回家。在婆婆家门口，她听见女儿小玲在哭闹，小姑子正抱着哄她。她顾不得管她们，低头轻步绕过墙根，回头看周围没人，就急忙滑下屋后的一眼地窖，从一堆新土里刨出那个又锈又沉的碗，包好了，爬出窖口，把两只觅食的鸡吓得叫了一声，鸡的叫声惊得她的心咚咚乱跳。她缓缓吸了一口气，蹑手蹑脚地绕过墙根，就朝隔山的娘家跑去。

说来凑巧，儿媳翻过山，在半路的地坎边刚好碰见娘家老哥在放骡子。“你咋来了？”老哥一问，她猛然愣住了。老哥可是个有名的贼精鬼，见妹子怀里抱着一团东西慌慌张张往家跑，还以为妹子同婆家人闹家务了。这大忙天，他可没有心思管妹子和婆家的鸡毛蒜皮，所以他没好气地拦住了她。

“哥，我公公在山上挖出来了个碗。”她凑在他面前悄声说。“碗？啥碗？”他阴着脸问。“我认不得，他们也认不得。”“哎呀，我说你们这家人，端了一辈子碗，咋还不知道个啥碗呢?”妹子的话简直让他上火。“哥，你悄声些，万一叫别人听见可不好。”妹子凑到他耳旁说。他转身把骡子牵到草深处，蹲在地上抽烟。妹子自小就怕哥，现在看他绷着脸，并不热心的样子，只好蹲在他身边，断断续续说碗的来历。听着听着，他扔掉烟头，站起来很不耐烦地打断她的话，板着脸说：“啥破碗，你还敢往咱家里拿，你看咱家这几年过得平顺不是?我的瓜妹子，你咋变得这么瓜了？那哪里是个啥宝贝，明摆着是古坟里给死人盛饭的破碗嘛，过去山里开荒地时，不知挖出来了多少。你赶快把它放到路边那个古坟里，回家点着烈酒把手洗洗，要是沾上不吉利，要倒啥大霉呢。”老哥的话吓得妹子变了脸，浑身颤抖起来，她猛然站起，准备把碗扔到远处去。“你可给人家拿好，要是打了，主家三更半夜找来，谁都不得安生。”听了哥的话，她把那碗连同包布放进离路边不远的一处古坟里，就转身往回跑。快到山顶时，她回头看见老哥坐在山坡上，舒坦地晒太阳呢。

儿媳跑回家双腿发软，浑身哆嗦，顾不得歇息，急忙寻出柜子里的半瓶白酒，倒在脸盆里，划着火柴扔进去。酒哗啦一下飙起蓝色的火焰，她不顾烫热，抓起燃烧的火团就在手上扑腾起来。等洗得手背又红又痛，才把半桶冷水倒在火苗腾腾的脸盆里，脸盆里蹿上一股刺鼻的酒味，火焰熄灭了。她随手把外衣放进脸盆里泡了，又取出来晒在当院的铁丝上，这才如释重负地坐在门槛上发呆。小姑子背着侄女小玲，念着“小飞鸽，咯咯咯”走进大门时，惊得她的脸颊不由抽动了几下。小姑子好奇地望着嫂子说：“我以为你上地了。”

再说尕虎两口子，从早到晚，仍然没挖出个宝贝的影子，但他们并不甘心。天黑后，两个人浑身酸痛地往家走，路上商定明天还得挖。回家吃过饭，他们累得再也没有精力下窖取碗欣赏，而是倒头就睡了。

第三天清晨起风了，阵风吹得树叶片片乱飞。半路上，尕虎看着山顶风卷云涌，就皱着眉头说：“咱们还是先收麦子，看来天气要变了。”老婆不假思索地说：“好瞎再挖这一天，寻到了算咱命大，要没有，咱就彻底死心了。”尕虎也就同意了。

尕虎说啥也没想到，天黑回家的路上会碰见一个羊贩子。两人差点撞了个满怀才认清对方，对方拍了一把尕虎的肩膀，神秘兮兮地说："哎呀，听说你亲家家出事了。""啥事?"尕虎惊讶地问。"你还不知道呀？你儿媳妇的老哥，就是那个贼精鬼，倒卖文物叫公安局扣住了。"听到这话，尕虎脑子里响雷般轰的一声。他镇了镇神说："他家祖上几辈人都是羊把式，家里除了几张烂羊皮，能有个啥文物呢?""听说，他在哪搭弄了个玉碗，反正也不识货，贩子出了两万，他非要三万。两人讲着讲着，不知咋又搅和进了一群人，大家你争我抢地看，不小心把碗碰在楼梯上，打破了，贼精鬼就和贩子闹了起来，掺和的人全叫公安局扣了。"尕虎听得浑身发抖，眼睛发花，身后的老婆惊得"妈呀"一声，跪在地上。

羊贩子走了，尕虎拉起老婆说："得快些把坑填平。"

天越来越黑了，两人挣扎着向山顶爬去。秋风一阵紧一阵地抽打在脸上，令人喘不过气。路边的野草也有意捉弄人，不时缠住他们的脚，好半天都难得脱身。

夜深了，风更大了，天空的阴云紧压在山顶上。山塆里漆黑一片，呜呜吼叫的风，狠狠地赶着山顶的麦子冲浪般倒过来，又倒过去。风扬起的沙土，不时飞进尕虎两口子的眼睛，弄得一会儿她翻着给他舔眼睛，一会儿他又翻着给她舔眼睛。然而，麦地中的坑好像总是填不平，他们手中的铁锹也越来越不听使唤。

接连几天秋风冷雨，尕虎和老婆依在炕上，提心吊胆地望着窗外。偶尔回头，望着彼此鬓角不知何时生出的缕缕白发，无言以对。

天终于晴了，尕虎两口子扛着镰刀爬到山顶，才看到满地的麦子全倒了，金灿灿的麦粒铺了一地。除了风雨的吹打，还不知有多少人来过。麦地中的土堆处处异军突起，地间洪水冲开的那条浅沟，已经变成了几人深的大壕。

（原载《朔方》2011 年第 5—6 期）

天 鹅

李少军

王启明在那条小岔沟里发现了两只白天鹅。他轻手轻脚地拨开灌木槐树丛，十几根枝条笔直地形成喇叭状，一米多高，正值紫花嘟嘟怒放。王启明碰逸了香气，鼻子因花粉过敏，猛然一痒，他忙双手掩鼻，阻止了一个响亮的喷嚏发出。这要搁平时，准会响个鸡飞狗跳，而此刻，喷嚏很轻柔地被他捂住了音量，像枪的消声器，有点意犹未尽的难受，随即鼻里的酸气呛出了眼泪。还好，总算没惊动那对正在水草中觅食的白天鹅。野天鹅比家鹅体形大多了，也白净得多，像是贵族与平民。

王启明赶紧支起画架，迫不及待地描摹起来。白纸上刷刷几下就勾勒出这对白天鹅的轮廓。他激情跃动，眼光急速地捕捉着白天鹅的一举一动，忽而纸上，忽而鹅上，来回转移。因为很怕它们振翅高飞。他还躲在槐树丛旁拿相机拍了照。

白天鹅上了岸，它们抖擞着，张开双翅，相互梳理羽毛；其中一只围着另一只，欢快地转圈舞蹈。这种舞蹈，少了舞台双人芭蕾舞的声光电乐的配合，显出原生态。舞蹈家见了，一定会生发灵感，编排出新的现代芭蕾舞浪漫的爱情故事来。

白天鹅终于驮着满天金色的夕阳飞走了。它们起飞时，就像一对小形客机，沿草尖轻盈地滑翔起飞。王启明手遮凉棚，留恋地看那对白天鹅越飞越高，越飞越远。他弄不明白它们要飞到哪里去。

王启明在王家桥小学教书已三十年了。他教五年级语文和美术，业余爱好就是野外画画写生，最爱画花鸟鱼虫，还有小动物。他多次获奖，在当地美术界小有名气。他最大的愿望就是在自己的天命年里，用他那两百多幅精心挑选的作品，在省城举行一次大型画展。许多教师觉得乡间文化生活单调不便，都纷纷到市区购房居住，在乡村与城市之间来回奔忙。可王启明不愿离开乡村，不愿到城里安营扎寨。王启明说，不是城里不好，而是我的绘画创作气场在乡下。儿子大学毕业在城里成家立业，妻子隔三岔五地去儿子那小住几天。他则守着家，身背画架，到野外写生。当然，他节假日休息了才出去，平时，都给孩子们上课。他说，还有十年我就退休了，那时我便可以天南海北地去画画。家里的里外都有妻子一手打理，并在自家马路边开了个小卖部，家里还养了鸡鸭鹅什么的。他喜欢这些小动物，闲暇了就就地搬把竹椅，观察鸡鸭鹅的一举一动；支起画架，画小鸡啄米、小鸭嬉水、羊羔撒欢、兔儿吃草……他入迷地画啊画，完全沉醉在他的绘画世界当中。女人将饭菜端到桌上，扯嗓子喊他吃饭，他应承一声，却舍不得放笔。女人扒拉几口饭，不见男人的影子，放碗挑帘出门，夺笔嗔怪道，你画饼充饥呢？说吃饭就吃饭，老改不了拖拉的坏习惯。女人也是读过书的人，早先在镇上干过妇联工作，前些年病退在家。王启明的这点画画的闲情逸致，都是女人的爱的奉献。女人为他甘愿绿叶衬红花，洗衣又做饭，这才使得男人仪表庄重，歌曲不离口，画笔不离手，创作出成就。女人不在家时，王启明也会得过且过，懒怠做饭，随便下包方便面凑合肚子，或是到村街上吃碗炒面、麻辣烫啥的。

王启明前些天听班里的一个学生娃说，他爸去小岔沟那边稻田里薅草，小解时看见小岔沟里游着两只白天鹅。当时，还以为是谁家的白鹅游丢到小岔沟迷了回家的路，投块土坷垃高声轰赶，没想到扑棱棱地，那鹅飞了起来，而且越飞越高，越飞越远。王启明听后，惊愕得大张着嘴巴追问道，是吗？是真的吗？要真是白天鹅就好了。我二十多年前在清水沟里见过，此后再无缘见到，没想到竟又飞回小岔沟。星期六休息，我得去看看。

说起门前的这条清水沟，已经不是二十多年前游鱼碎石清澈见底了，而是黑黄的废水臭气扑鼻的丑样子。清水沟上游的几个横沟，将造纸厂和焦化厂几家企业的废水昼停夜排汇流而入，清水沟的一身清白名节就这样名存实亡。禽鸟没了栖身之地，鱼虫离了养身之水，沟坡少了野花点缀，农人孩子断了清水洗澡，这些景观的丧失，很让王启明伤感。沿沟岸而居的村民家的地下机井里汲抽出的饮用水，味异色黄，沉淀后有杂质落于桶壁缸底，牛羊喝了也摇头，出现皮肤病、红眼病、骨关节肿大、肠胃病、孕妇胎儿畸形儿病、奶牛五号病、四环素牙病等人畜并发症。王启明为上告上访的村民写了一摞材料，充当环保卫士，找来电视台记者曝光播报。半年后，上面拨款，为王家桥村民家家通了干净的自来水。饮用水干净了，清水沟还依旧废水流淌，不能还原如初的干净面目。这让王启明心存疑虑，他站在桥上，望着清水沟，以忧怨的口吻说，清水沟啊清水沟，你这丑陋的样子，终归要扑进黄河母亲的怀抱吗？

王启明自从见过那两只白天鹅后，每天给学生上课都有些心不在焉。他吃惊自己怎么对白天鹅那么着迷，甚至梦里都能梦见。王启明梦里的喊声惊醒了身旁的女人，女人拉亮了灯见他一头汗，嘴里还嘟囔着鹅，我的鹅，白天鹅。他被摇醒后一骨碌翻起来，喘着气说，我被梦魇住了。女人说，什么鹅呀白天鹅的，是哪个相好的女人吧？看你昼思夜想的，我挪个窝，免得你同床异梦的。王启明抹了一把脸说，你胡猜瞎疑啥呢？啥女人呢，是天鹅，我梦见两只白天鹅被狼咬死了。我打狼呢。女人冷笑说，编，你就瞎编吧！我还不知道你们学校里那个单身女教师叫陈天娥吗？你别癞蛤蟆想吃天鹅肉。我不死，你别想梦想成真！女人说得不错，学校里是有个叫陈天娥的女教师，男人也是教师，两年前在学校家属院煤气中毒死了，留下一个男孩，上五年级。王启明是年级组长，免不了帮陈天娥老师干点诸如架个炉子烟筒，拉个电线的家务活。有一次，陈天娥过生日请几个老师，王启明醉酒躺在陈老师家里，被女人找上门牵了回去。王启明知道女人误会了，就笑得前仰后倒说，你就捕风捉影吧。我们小岔沟真有两只白天鹅，我上星期休息就在沟坝上画了两天呢。我这只癞蛤蟆就想吃你这天鹅肉，他扑到女人脸上亲了一下，又摸着女人，女人怕痒，笑得直打滚。这是王启明治疗女人生气的法宝妙方。王启明闹够了，要女人下床给他倒杯水。他咕咚咕咚一口气喝完，放下杯子说，别胡闹了，快睡觉。

王启明在美术课上教学生画天鹅，还讲了人与自然的关系。他踱步来回看学生作画，学生哈力说，王老师，你说的那两只白天鹅，一只被王二毛打死了，一只受伤飞走了。什么？你说什么？王启明老师吃惊得有点失态。他一把将哈力从座位上拽起来，像是抓住了凶手。哈力，你给王老师说，这是啥时候的事？你怎么知道的？是昨天下午，我放学回家时，看见王二毛背着砂枪，提着一只白天鹅对桥头上站着看热闹的那些人说的。王二毛说他从小岔沟里打了一只天鹅，另一只受伤飞跑了，还搜寻了四颗天鹅蛋。王老师你平时给我们讲要保护野生动物嘛，我知道，天鹅蛋也很珍贵。我放下书包，拿了五块钱，叫出王二毛家的孩子毛蛋问他，你爸把天鹅吃了？毛蛋点头说让我妈炒熟，我爸下酒吃了。我问那四颗天鹅蛋呢？毛蛋说还放在我家鸡蛋筐里。我说，我给你五块钱，你卖给我咋样？毛蛋用袖口揩了一下鼻涕说他爸他妈看见了会揍他的。我说你咋那么笨啊，你偷偷拿，别让他们看见嘛。毛蛋进屋一会儿出来了，兜了四颗鹅蛋。我给了他五块钱，让他藏好。我回家用鹅毛暖着蛋，我想交给王老师，你想办法找个孵小鸡的老母鸡放进去，说不定还能孵出小天鹅呢。哈力一口气说完，从课桌抽屉里拿出个塑料袋给王老师看。果然，四颗天鹅蛋安然无恙地卧躺在柔软的鹅毛里。这让王启明的眼里有点潮湿，多懂事的孩子啊！他随即从口袋里拿出二十块钱塞到哈力同学手里。哈力忸怩着不要。王老师说，拿上，孩子，买本自己喜欢的书吧。他又摸了摸哈力的头发说，老师没看错你，你坐下。他转身走向讲台，放下鹅蛋，高声对学生们说，同学们，保护野生动物，人人有责！王二毛猎杀野生白天鹅，是违法犯罪行为，是可耻的！我们应该向哈力同学学习，做个环保小卫士！鼓掌声夹杂着下课铃声，一起响彻在教室里。

王启明放学后骑摩托到他的学生李强家叩响了门。李强是王启明的第一届学生，又是村里的养鸡大户。这几年养鸡又孵蛋，搞得规模很大。李强开门见是王老师，就让进屋里，吩咐媳妇赶快给王老师拿饮料。其时正是春夏之交，天气燥热起来。王老师喝了几口冰红茶，打开那个塑料袋，四颗天鹅蛋正卧在鹅毛里做白日梦呢。王启明说，李强，这是天鹅蛋，是我们小岔沟飞来的两只白天鹅下的蛋，那两只白天鹅我上星期还偷偷画过呢，可惜一只被王二毛用砂枪打死了，另一只受伤飞走了。这四颗蛋幸亏被我班上的一个学生娃给买回来了，我想请你放进孵蛋保温箱里，看能否孵出小天鹅来。李强拿到暗室罩灯下观察后说，估计问题不大，能孵。王启明在李强的鸡房里转了一圈出来，临别时，李强留着让王老师吃饭，王启明说不了，下次等你孵出天鹅再吃。我把天鹅养大了，再放归自然。李强说，难得王老师这片仁爱之心，你的这种环保意识，令我们这些做学生的自愧不如，受益匪浅啊。这让我想起一首诗句：久在樊笼里，复得返自然。

第二天是双休日，王启明吃过早饭背起画架去了小岔沟，幻想再能看见那只受伤白天鹅返回的影子，无奈只看到小岔沟汇入清水沟交叉时黑白相融的情形。一股清流被巨大的浊流吞进，瞬间没了清白，这让王启明具象地感知了近墨者黑的哲言。王启明支起画架，想把那种感觉画出来，他的创作理念就是：黑白之流。

那晚，本地电视新闻的一则报道，让王启明心安又心喜。报道说，一只受伤的白天鹅被一位好心的村民发现并收养，治伤后，白天鹅进食正常，已提交环保部门专人饲养。等白天鹅完全康复后，将放归大自然。我们在这里呼吁，希望广大观众朋友，要积极保护野生动物，捕杀珍稀鸟类同样是犯罪，人与自然要和谐共处。

一个月后，王启明上课间操时手机响了。李强说，王老师，告诉你个好消息，四颗天鹅蛋孵出两只小天鹅，其余两颗成了臭蛋。小天鹅活泼可爱，我给它们配了专用饲料，你抽空来看看吧。王启明高兴地一拍腿说，太好了，李强，你费心了，我放学就去。

王老师一迈进李强家的门，就先跑到鸡房里看小天鹅。两只小天鹅都是黄毛卷儿，比家鹅个头稍大点。王启明顺手找了个小柴棍逗玩了一会小天鹅，他龇牙笑着，抓了一把吃食撒给小天鹅，小天鹅唧唧嘎嘎地啄食起来。

李强请王老师吃午饭，王启明给家里女人打手机说午饭不回去了，要在学生李强家吃，女人说知道了，随你便。

饭桌上李强说，王老师，小天鹅还弱小，我已经给打过疫苗针，我喂上一个星期后，再送你四只家鹅娃，你一起拿回去养吧。王启明说，李强啊，老师多谢你了。李强摆手说，王老师谢啥呀，我和老师比，哪有你爱心博大啊！现如今，人们都以金钱利益为重，谁还会像老师你这样一心为环保，拿个天鹅当宝贝，我们这些做学生的，自愧不如啊！

把小天鹅抱回家后，王启明用装过电视的纸箱子，里面铺上柴草鹅毛，把个窝巢造得柔软舒适。晚上搬进屋里，怕夜风冷感冒了，又怕野猫大耗子吃了咬了，起夜还趴着箱口看好几回呢。女人就笑话他是被天鹅勾了魂。王启明说，这天鹅是我的一个梦，是个飞天的梦。王启明去学校前再三安顿女人，要精心喂养好小天鹅，啥时喂料喂水喂菜叶喂虫子，都有严格的作息时间表。为此，王启明还上网查有关天鹅的资料信息，掌握白天鹅的生活习性。女人说，你的天鹅比我金贵，我是你的钟点工啊？王启明就拿出女人喂养小天鹅的一幅习作说，你看，我把你都画到画里了，你是天鹅妈妈，是爱心天使呀。

只要不是阴雨天，小天鹅就被放到院子里沐浴阳光。小天鹅出了窝巢，就在院子的那两块草坪花池里追逐起来。四只家鹅和那两只白天鹅比简直就成了丑小鸭。小天鹅的食量很大，喜欢吃菜叶，尤其见了蚯蚓会兴奋地大鸣大叫，小翅膀也呼呼地扇起来。王启明空闲时就到野外田埂上给小天鹅挖蚯蚓，挖回来放在后院的菜地里让其繁殖。喂的时候再挖，这样蚯蚓繁殖得也多，小天鹅也吃得新鲜可口。为了解决小天鹅的游泳问题，王启明专门买了个大塑料洗澡盆。先打满水，经太阳晒得温热后，试了试水温，再将两只小天鹅和四只家鹅娃一起放进澡盆里，让它们尽情戏耍。小天鹅有嬉水的天性，这两个小家伙见水就长，渐渐褪了黄毛，一天一个样地猛长起来。虽说，它们与家鹅弟妹们相处融洽，不过也有显示野性霸道的情形，伸长脖颈，用黄嘴角追啄家鹅娃，制造出一点以大欺小的紧张空气。那四只家鹅就怯怯地依偎成一团，或干脆集体溜逃出澡盆，把个广阔天地让给小天鹅享用。

王启明自从有了那两只小天鹅，休息日就很少外出写生了。他在那片菜地前的空地上，找人造了一个十平方米的水泥游泳池。池周围种了些野草，类似一个水塘。又买了几十米长的水管，一头接在自家的水龙头上注水，一头伸进池里。池旁有个排水口，废水可以排出，直接浇菜地。鹅粪鸡粪整成农家肥壅菜，因而各类蔬菜就长得鲜活水灵，环保又经济。那两只小天鹅在夏日的旭日阳光里，一起成长起来，泳池是快乐天地。王启明看它们嬉闹追逐，就支起画架，开心地画了起来。小天鹅两个月后比家鹅大出一倍，它们展开双翅扑棱棱做着飞翔的练习。也许两个小家伙有点营养过剩，肥胖的身体只能离地面一尺高点，飞不到十米就得落下。那四只家鹅娃大概看出了两只天鹅的与众不同，它们也扑棱着双翅模仿飞翔，但始终只是原地扇翅，弄得尘土飞扬，鹅掌像是粘在地上。然后它们自愧不如地围成一圈，惊奇地呆看着两只天鹅一遍又一遍地练习滑翔。

由于王启明对两只小天鹅的特别偏爱，小天鹅就像受宠的孩子一样，大胆地啄他喂食的手，或飞到他坐在竹椅上的双膝上，弄得他的裤子脏兮兮的。女人洗衣的时候就怨言他越来越像个二杆子。特别是他每天将两个鸡蛋掺进小天鹅的食谱里增加营养，女人就说天鹅比你亲儿子还金贵呢。鸡蛋筐里没了鸡蛋，从不买菜办家务的王启明竟破天荒地买回鸡蛋为小天鹅备用。一次，小天鹅吃坏了肚子拉痢疾，不吃不喝地挤在一起萎靡不振，而且有点发烧。外面雨大，王启明就穿好雨衣骑上摩托，到镇上请兽医。路滑摔了一跤，还毁了一个车灯，起来继续走，直到请来兽医打了针止了烧。守了半夜，见小天鹅活泼了，饮食正常，才睡觉休息。

三个月后，正是初秋时分，小天鹅长成了大天鹅的体形。而且一伸双翅，足可以飞到墙头房上，这让王启明的院落里多了些看热闹的村民。大家都指手画脚地评论着天鹅的不凡，说这天鹅比家鹅不知好看多少倍呢，就像是天女下凡。不过，天鹅是野物，养不住的，迟早会飞走的。也不知王老师花那么大的代价养天鹅图个啥？王二毛也挤过来看，他家离王启明家仅一桥之隔。王二毛就当众夸天鹅肉是如何鲜嫩如何味美，说想起来还让他流哈喇子呢。王启明就瞪圆了眼责骂他，把你个坏熊，你如果再好吃懒做，不务正业，猎杀野生动物，我就会不顾惜乡里乡情的一步邻居，上报公安部门，你就等着法律制裁吧！王二毛心虚，脸上堆起悔错的笑说，王老师，我过去无知，现在知道了，再也不会做那伤天害理的事了。

又是一个休息日，王启明正在菜园子给白天鹅喂食，大门外停了一辆奥迪小轿车，车门里挤出一位戴墨镜的大胖子，走路腆着肚子，一颠一颠的，腋下夹个皮包。一进门就笑呵呵地冲王启明打亮腔：王老师啊，听说你养了一对白天鹅，我今天特来拜访一下，我是泽华纸业集团的企业经理，兄弟我姓许。他走近花墙边伸出肥厚的右手隔墙和王启明抢先握起手来，看着菜园里那两只起起落落的白天鹅，嘴角泛起厚厚的笑纹。他说，哎呀，多漂亮的白天鹅呀!今天，我来和王老师有个事想商量一下。是这样，中医给我老婆开了一剂药方，要配吃一对白天鹅肉为药引，不知王老师能否把这两只白天鹅高价卖给我?一只五千，两只一万，你看如何？王启明听得先是吃惊，后是气恼。他一阵冷笑说，你说啥？你以为有钱就可以买一切吗？许老板大概误以为王启明嫌钱少，忙说，如果五千嫌少，一只一万如何？王启明忙打断他的话说，就是一只十万，我也不会卖的！难道你不知道白天鹅是国家重点保护的野生动物吗？有钱就想吃天鹅肉，真是做梦。许老板一脸尴尬地说，王老师，我们买卖不成仁义在，别说那么难听的话好不好？我老婆吃天鹅肉，那也不是为了治病嘛。你这不给卖，我可以去别处买。河里没鱼集市上有，我就不信，我出高价，还买不来个天鹅？许老板鼻子哼哼着，用力推了推鼻梁上的墨镜，那张蛤蟆嘴咧出一丝阴沉的冷笑，迈着鸭步走了。嘿，什么人哪，简直就是一副暴发户嘴脸！王启明说道。

女人回来，见王启明站在院里，脸上跟蔽日的天气一样阴着，问他怎么啦，一脸的不高兴。王启明说，有个姓许的纸厂老板出高价买我那两只白天鹅，财大气粗的，让我给堵回去了。女人说，噢，许胖子呀，他现在是农民企业家。听说收购了清水沟上游南山上的造纸厂，这人上蹿下跳，关系多门路广。都快五十了，外面养了个不到三十岁的女人做小蜜呢，钱多了烧包的。王启明说，你看那清水沟被污染成啥样子了，竟赚黑心钱，迟早会自食其果。

许老板出两万块钱买王老师两只白天鹅的事，不知怎么就被大门外看热闹的好事的村民当新闻传扬了出去，弄得整个王家桥都沸沸扬扬的。两只白天鹅简直就值两头奶牛的价钱，你说，不就是两只天鹅吗？不卖，傻呀！扮什么清高呀！还有人说，如今有钱人，癞蛤蟆想吃天鹅肉，看把他们能的。王老师不爱财，有骨气，有气节。人们说三道四的，像在桥头上开一场正反方的辩论会。

这事不知怎么传到了王二毛的耳朵里，王二毛那个后悔啊。他扇了自己一个嘴巴子，他对自己的女人说，我怎么不知道一只天鹅能卖到一万块呢？他恨自己吃掉了一头奶牛。王二毛是个好赌出了名的二流子，三天两头不是搓麻将就是搞歪门邪道，正经买卖他不会做，就想做美梦一夜暴富。老婆一埋怨，他就拳打脚踢修理一番。老婆怕打，就一再忍气吞声下去，日子从此过得捉襟见肘，毫无起色。王二毛拍拍脑袋说，这天上掉馅饼的好事，怎么就砸不到我王二毛头上呀！

王启明半夜里被一阵天鹅的叫声惊醒了，叫声搅扰得远近的狗吠声此起彼伏。王启明侧耳静听，院子里有咚咚的脚步声。他心里一紧，心跳也加快了。他摸索着穿好衣服，没惊动女人，女人心脏不好。他又摸到桌子抽屉里的那把手电筒，抄起门后的一根木棍。此时，院子里有天鹅扑棱棱飞动的声音，还有一把铁锹被撞倒的哐啷声。王启明轻轻抽开门插销，将门闪开一条缝，探头揭开门帘，向外窥视。只见一条身影在追赶着白天鹅，追了这只，跑了那只。贼人急得狼狈不堪，还不时向屋门张望，生怕被屋主人发现。王启明对着人影大喝一声：谁？好大的贼胆！那贼听音大惊，随即拔腿就跑。谁料没跑出几步，就被院子里遗弃的一块西瓜皮滑了个嘴啃泥，正巧嘴角磕在水泥坎上。贼人抹了一把脸，一瘸一拐地向大门的围墙跑去。围墙两米多高，贼人一扒手一纵身，本可以上墙，却不料心急手慌，一个后仰跌坐在地上。王启明想看清贼人的脸面，却见那人头上戴了面罩，大概是女人的长丝袜吧，上面剜了两个眼洞。这些都是从电视上模仿学来的。手电光来了个特写镜头，王启明没认出那贼的脸面，又不敢近身前去，怕应验了狗急跳墙这句话。贼人乘机再次跳起身，纵身攀墙，上了墙头。一条腿已翻过墙外，人呈砌墙坐马式。王启明持棍追过来，一棍子打上去，那贼人吓得“哎呀”一声，掉到墙外。等王启明打开大门追到外面，隐约只见一条身影跑过了桥头。

第二天中午放学，王启明骑摩托经过王二毛家门口时，见王二毛拄了个拐杖，一跳一跳地出门上茅厕，嘴唇和下巴处贴着创可贴。王二毛见王启明停下摩托，慌忙转身向前跳了几步。王启明问：二毛，你这是咋了？王二毛说昨晚上茅厕不小心崴了脚，伤了脸面。王启明听后哈哈大笑，笑够了突然收了脸说，你就日鬼编圈吧。不过，我得告诉兄弟你一句，走路要走正道，莫走邪道！走邪道，不但伤脸，还会失足的。王二毛偷眼瞄了王启明一眼，说王老师说得在理，我会小心的，不会再摔跟头的。

王启明吃完了饭去给白天鹅的泳池里放水。女人说，昨晚你瞎折腾啥呀？王启明说，捉贼呢。女人脸上一惊说，贼？我们家进贼啦?！你哄我打猫呢。王启明说，我怕你个女人家惊吓嘛。他又警告女人说，我不在，你少串门。出门一定要锁好门，不怕贼偷，就怕贼惦记。王启明没敢说贼是谁，但他心里明白，这毛贼分明就是王二毛。

深秋时节，那两只幼鹅已经长成飞进飞出的成熟白天鹅。

王启明决定将它们放进小岔沟里，任其在自由天地里畅游一番。这是它们回归自然的第一步，也是特意让白天鹅适应野外生存，逐步脱离对人的依赖。小岔沟的水也还清澈，偶尔见到尺长的鱼儿在草蔓里游动。沟坡的草丛里有秋虫在鸣叫，像是聒噪的乐手，这些显然对白天鹅是稀奇的诱惑。它们一下子扑进小岔沟里扑棱着双翅，欢畅地游走起来，是那种蜻蜓点水的欢闹。王启明打开摄像机，跑前跑后地拍录着实况。这些都是珍贵的资料，将作为永久的珍藏。他这位天鹅爸爸，就像眼瞅着自家心爱的孩子撒欢一样心存希望。王启明坐在那片草坡上，秋高气爽的天气，清风习习。仰躺在花草中，连呼吸都那么芳香。王启明微闭双眼，只听“扑棱棱”一声，那一对白天鹅竟飞了起来，徐缓上升，越飞越高，越飞越远。

王启明吃惊得坐起来，他有点担心，担心他的宝贝会远走高飞。它们是第一次离家出走的孩子，王启明怕它们迷路，怕它们稚嫩的双翅不够丰满。王启明站起来，手遮凉棚，看那两只白天鹅飞成两个不太清晰的白点，直瞪得他眼酸噙泪。他揉了揉眼，心里一阵迷茫，眼中是断线的风筝。白天鹅已断了影子，失了踪迹。他急得来回踱步，这意外的飞走，令他意外。就在他再度转身时，他又看见两个白点，由远及近，渐明渐晰渐大。啊，我的白天鹅又飞回来啦！王启明跳跃起来，他摘了遮阳帽拼命向空中挥舞。回来啦，回来啦！两只白天鹅在他头顶盘旋了一会儿，低空滑翔一阵才落下，几乎碰撞在王启明的肩膀上。

两只白天鹅的初次远距离飞行对王启明触动很大。在他眼里，这两只白天鹅已不再是蹒跚学飞的小天鹅了，而是一对长大成人的大小伙大姑娘，是一对情侣。王启明感觉自家的天地太小了，所谓天高任鸟飞，他得将它们送出小窝巢，让它们随南归的鸟队迁徙南方，因为北方的寒冬即将来临。白天鹅虽可在家中丰衣足食安全地过冬，可屋内如同牢笼，这样会抹杀白天鹅的天性。

王启明尝试着放飞了几次，可白天鹅在村庄不远的地方盘旋了几圈后，又重新飞回院中。最远的一次飞到小岔沟嬉耍了两个小时，终了又飞回来了。王启明给它们腿部戴了一副铝制牌儿，上面打印着“鸟语花香天地人和，人与自然和谐共存”的字样。上面还有它们的名字和出生年月日。王启明想好了，他要赶在天冷禽鸟迁徙前，将这对白天鹅放飞到黄河水库湿地鸟岛，要它们融入野生动物这个大家庭中，去享受自己美好的生活。

那是个休息日的早晨，天气极好。王启明放飞白天鹅的消息不知怎么被省电视台《新时空》栏目知晓，电视台的采访车来了，王启明在镜头里给白天鹅最后一次喂食喂水，边做动作边回答电视记者的提问。院子里挤满了围观的群众。王二毛嘴角和下巴留下的伤痕还在，腿脚早好了，他也挤在人堆里，一脸的愧色。李强也来了，忙着和王启明往采访车上搬画架、画箱以及随身携带的用品。李强是应邀一起去鸟岛放飞白天鹅的。李强孵化天鹅，自有一分情感在里面，同时也被王老师的爱心义举所感染。王启明的女人伤感地在一旁抹泪，这对白天鹅与她朝夕相处，已经感情深厚，白天鹅的成长壮大自然凝聚着她的心血，她也是天鹅妈妈呀。看着白天鹅被装进两个大竹筐里将要放飞远行，她自然伤心流泪。采访车在启动的一刹那，王启明看见他的小学生哈力气喘吁吁地跑到车前说，王老师，请你也带上我去鸟岛，我要看看白天鹅和鸟岛的那些鸟。王启明会心地一笑说，好的，哈力，上来吧，老师带你去。哈力高兴地上了车，向车旁围观的伙伴们笑着做鬼脸。

一个小时后，到了黄河古镇的拦河大坝上下车，王启明和电视台一行人乘游船逆水而上。沿途大峡谷风光无限，金沙湾的美景美不胜收。正是十一黄金周旅游节，游人不绝，峡光山色令他们欣喜万分。不到两个小时的水上之旅，王启明和电视台的摄影镜头拍个不停。停船上岸，黄河湿地鸟岛如巨幅山水画水天相连扑入眼帘。千百只鸟儿咿呀争鸣，起起落落；湖光山色，芦苇雁荡，碧草连片，白毛浮水，鹅掌拨波，鸥鸭嬉闹，白鹭冲天，场面十分壮观。

在那片绿苇丛前，王启明打开竹筐，他亲手抱出两只白天鹅，脸颊依在鹅颈处的羽背上摩了又摩，竟泪水涌出。他用手捋了捋鹅颈说，再见了，我的宝贝！说完，他用力向空中一抛，两只白天鹅几乎同时振翅高飞。它们盘旋在王启明头顶，作长久地逗留后，才慢慢融入那些天鹅之中，成为群体中的一员。就像滴水入河，无法分辨踪迹。王启明拿起望远镜看了一会，又支起画架，急速描摹，一幅白鸟争鸣图即刻完成。

电视报道播出，王启明引起轰动。

第二年春天，王启明个人画展在首府凤城举办，引起全国书画届的热议，以及媒体网络的追捧。画作《白天鹅之恋》获大奖，王启明名噪一时。

王启明做了一个梦，梦见在鸟岛，那两只白天鹅分别落在他左右两个肩头。

（原载《朔方》2011 年第 8 期）

【作者简介】

李少军，回族，51 岁，青铜峡市峡口镇人，1997 年 4 月意外事故造成高位截瘫至今。2010 年 4 月出版散文集《坐在阳光里》；2013 年 5 月出版小说集《黄河人家》。宁夏作家协会会员，现居吴忠市利通区。

换　亲

李　瑛

一

送完阿舍的亲回来，锁雁就一直凉着脸不说话。

西北夏天的午后是清凉的，然而生着炉子做饭屋内就有些闷热了。炉里的炭火生出长短不一的火舌轮番舔着锅底，锅口不断腾出的热气让屋里显得又湿又热，两个女人拇指和食指间不断搓出铜钱大小的面片，它们画出不同的弧度飞速扑向锅内翻滚着的面汤，然后像肚皮朝上的鱼一样白花花地不管不顾地躺在那里。婆婆不停地拿毛巾擦着汗。锁雁一直凉着脸擀面、凉着脸到炉子跟前揪面，不说一句话，任豆大的汗珠子密密地排在额头、脸侧。

婆婆知道锁雁是眼热阿舍了。本村但凡结个婚，男方给女方买什么，给亲家彩礼怎么给，礼信怎么拿，婚礼什么排场，都是女方先提出高要求，男方通过媒婆把标准一再压低，媒婆就跑来跑去一一还价，买东西一样。阿舍的婚礼就不同，一个是金家有钱，要什么给什么，另一个是阿舍的娘家爹，也就是锁雁娘家舅舅，今年贩羊绒挣了点钱，把彩礼都买了嫁妆陪给了阿舍，一点没落下，阿舍婆家一高兴，婚礼办得排场很大。

锁雁的男人虎子站在院子里，结实滚圆的两只大胳膊从结实滚圆的后背边垂下，大声问锁雁："羊圈好了吗?"

虎子通过屋门观察着锁雁的嘴巴，发现锁雁只是冷漠地往锅里揪着面片，并没有作声，就又大声喊着问："羊圈好了吗?"锁雁瞪了虎子一眼，虎子不明所以，愣在那里不敢说话。

婆婆吭了一声，用眼角瞥了锁雁两三回，心里愤愤地想，就知道欺负男人，那是你男人，你自己都不拿他当人，谁拿他当人呢？人家结婚排场，你眼热啥，你是个换头亲，今年你嫁过来，明年我们家芸芸就嫁到你们家了，两家都简单，这样多好。村里多少人家为了娶个儿媳妇借了一辈子翻不过身的债，男人女人为了还债出去打工，弄得家不像个家，那不都是自己给自己上套儿吗?

婆婆瞅了一眼儿子虎子，虎子已经去圈羊了。下午刚从外城赶羊回来，这会儿又忙着干这干那的，婆婆有点心疼儿子，不过又想：男人嘛，出点力气好，省着力气能干啥？力气省身上又不下崽。

锁雁偷偷瞥了眼在院子里干活的虎子，她嫁过来的时候院子虽然也是这个院子，却空空的，像一个无人青睐的老年女人一样显得孤寂寥落。婚后虎子好像忽然生出了用不完的力气，心眼好像也活过来了，叫上二牛去外地试着赶羊赶了几次，虽说有点像啃别人啃剩的骨头一样，但毕竟还是有一星半点肉渣儿。他就乐此不疲，家里连着盖了三个羊圈都不够用，还抽空搭了一个鸡舍，孵了一窝小鸡后，鸡也从四个增加到了十八个。

锁雁那一瞥似乎看到了这个院子一年里的变化，男人蜜蜂一样在院子里干着活，这种景象还是很令人心里甜蜜的。锁雁的脸色稍稍缓和了些。

吃过下午饭没一会儿，锁雁的弟弟二牛来了，先到羊圈里看了看就进了屋，锁雁刚洗完锅，又揪了两碗饭给二牛端上。嫁了人，弟弟来了就是客。

二牛问："芸芸呢?"

婆婆忙说，几个同学来找，刚出去。

其实芸芸上午出去就没回来过，锁雁没说话。

二牛吃完饭，婆婆又给端了瓜子让嗑，等到九点钟芸芸还没回来，二牛站起身在地上转了两圈，说了声：“走了。”

婆婆和虎子、锁雁一起送二牛出门，虎子大声说：“这丫头怎么这么疯，这么晚还不回来。”婆婆瞪了虎子一眼。虎子小时候生过一场病后耳朵就不好了，耳朵不好的人说话声音都大，虎子经常出去收羊、赶羊，有时候一段时间不在家，再回来就觉得他说话能把人耳朵震疼。

婆婆住了脚，锁雁和虎子又多把二牛往前送了送，二牛说：“行了，你们进去。”又站住顿了顿，有点赌气地说：“她不是知道我和姐夫今天回来嘛？”

锁雁说：“可能让同学绊住了。”

虎子早早上了炕，锁雁还在地上做这做那，门开着，她不时往门外瞥一眼，看芸芸什么时候回来。

虎子在炕上说：“你快上来呀。”

锁雁说：“我还有事儿要做呢。”

锁雁背对着虎子，看不见口形虎子就猜不出锁雁说什么，他又说：“你快上来呀!”

锁雁转过身狠狠瞪了虎子一眼，嘴里嘟哝了声：“聋子!”

声音虽小，但很恶毒，话一出口她自己都吓了一跳。她不敢正眼看虎子，眼角的余光感觉虎子的脸色变了，那张朝向地面热切搜寻着她的脸忽然收了回去，锁雁感到仿佛有一盏专门为她点亮着的灯熄灭了。

她心里一惊，继而镇定了自己，没有失态地立刻到炕边去查看男人，而是假装继续扫地。

芸芸十点多才回来，还有一个男的。在锁雁眼里，是两个人的身影忽然一起在黑暗中出现，越来越近。后来，在某个地方两个人都站住了，说了一阵话，芸芸自己走了回来，那个男的没动，一直站着。

锁雁心里一阵难受。这难受好像不是为了二牛，是为了自己，被一个男人在身后一直站着目送——她自己的生命中没有过这样的场景。而站在芸芸身后的那个人，虽然隐藏在黑暗中什么也看不清楚，却扰乱着她的心，牵走了她的心，令她无比认真地想看清楚他的样子，甚至是他的动作、他的神情。

锁雁在门口等着，芸芸走近了，锁雁说："你怎么才回来？"

芸芸："玩到这时候了。"

"送你来的是谁？"

"一个同学。"

芸芸进了屋，锁雁也进了屋。

第二天一大早，虎子就起来把院扫了，把缸里都打满水，羊圈也用干土垫了。锁雁起来弄炉子，夏天的炉子使用率低，做完饭就压着，昨晚炉子没压好，不知道什么时候熄灭了，一些没有燃烧完全的煤球半黑半红地塞在炉膛里。虎子弄了些劈柴生炉子，锁雁洗了手，把昨天剩的米饭熬成稀饭，弄了点咸菜，就是早饭。

正吃早饭呢二牛来了。锁雁想这家伙可能昨晚没睡着。她故意没动，论理芸芸应该去给二牛盛碗粥，可是芸芸也没动，婆婆给二牛盛了碗粥。

二牛没有动眼前的粥，婆婆让了两次他都没动，翘着腿坐在炕沿上没有吭声。其他人沉默地喝着粥。过了一会儿二牛问芸芸："昨晚去哪儿了？"芸芸说："跟几个同学一块玩来着。"

二牛身材不算高，但很结实，长得浓眉大眼，因为脸上有块刀疤，这让他看上去好像很凶的样子，其实锁雁知道弟弟是非常善良心软的人。

这会儿二牛右脸上的刀疤一跳一跳的，这说明他心里很激动，但二牛压住了自己的激动，脸上带着笑说："都这么大了，初中毕业都多少年了，还同学同学的，玩什么呀。"

芸芸不高兴了，脸立刻拉了下来，虎声虎气地说："轮得着你管吗？"

"我不管，谁管呢？"二牛说。二牛说这话时干笑着，那笑声令人有些尴尬。芸芸脸都不抬，也不看二牛一眼。

锁雁把喝了一半的粥碗重重地放在桌子上。

芸芸和二牛好过，她们的亲事都是两个人同意的，去年冬天二牛还带着芸芸买这买那呢。这个世界上为什么就有这些女人，要这样折磨男人呢?

二

因为阿舍回门，锁雁去了舅舅家。锁雁从小跟阿舍一起耍大，一个离不开一个，现在都结婚了，阿舍嫁到了邻村，距离远了，加上结婚以后各家有各家的事，逐渐疏远是必然的，锁雁越是这样想就越是想珍惜不多的能在一起的时间。

阿舍是个明白人，在锁雁面前尽量掩饰自己的优越，可是穿的戴的，给娘家带回来的礼信，那些不说话的东西替她说着话，炫耀着她的幸福。舅妈乐得合不拢嘴了，拿出一条阿舍拿给自己的裤子，说是自己穿不成，要给锁雁，锁雁死活不要。

阿舍和女婿金玉一直忙着分配给各家拿的东西，没顾上好好和锁雁聊。吃了晚饭，锁雁帮着舅妈洗了碗就告辞了。

阿舍送锁雁出来，两个人在家门前的小道上才说了点知心话。阿舍忽然说："有一件事不知道真假，想跟你说一直没有机会。"

锁雁好奇地看着，没有吱声，阿舍说："金玉说芸芸在外面找了一个对象，关系亲密得很，外面谁都知道。"

虽然早有猜测，还是觉得脑子里"轰"的一声。锁雁强撑着说："就是同学关系好些，别人传闲话呢吧。"

阿舍刚刚还说不知道真假，听锁雁这么一说忍不住说："百分之百是真的，那个人金玉认识，金玉都亲眼看见了。你们呀，谁都没有你们傻。"

锁雁知道，"你们"就是指她和她父母，换亲的时候舅舅很反对，父母为了给二牛找个对象没有听舅舅的。

"人家谁家换亲不是一进一出，两家一起嫁娶?有你们这么傻的吗，自己家闺女给人了，人家家的面都没见着呢。二牛又没什么毛病，不就是牢里呆了两天吗，反而让他们家先娶。”

锁雁知道她的意思：二牛又没毛病，虎子还是个聋子呢。她心里一沉，恶狠狠地说：“她要找了对象，我就离婚！”

阿舍说：“别傻了，你赶紧跟家里说说让他俩早点成亲。换头亲，早就订了的，等什么呢。结了婚就什么都好了。”

锁雁冷笑一声：“你刚才还赌咒发誓说她找对象了，这样的烂货回来我们也不要了。我今天回去非跟他离婚不可。”

这时他们已经走出较远了，阿舍皱着眉头停了下来，说：“行了我不送你了，你也别赌气，赶紧回家跟姑姑、姑父商量商量。”

锁雁回到家，婆婆和虎子已经吃了饭，碗还没洗，锁雁知道婆婆等着她回来洗碗呢，心里没好气，今天偏不洗，回到自己屋把门关了。

虎子过来了，像个孩子一样先在门口探头看了看，推门进来说：“怎么了？”

锁雁说：“怎么了？你们芸芸在外头找对象，村里大大小小的人都知道了，你们家到底比谁家能，骑到人头上拉屎呢？”

虎子听明白了，脸上显出惊慌失措的样子，声音低缓地说：“你听那些人瞎传呢，什么话都信？”

虽然虎子的声音很温柔，锁雁却被他的话激怒了，她坐在炕上，忽然扭过身去眼泪迸溅，抽抽噎噎哭了起来。

“你们一家都拿我们当傻子呢？人家金玉都看见了，当我们一家都傻呢。”

锁雁嫁给虎子后还从来没在他面前哭过，虽然也使女人性子，顶多甩个脸子，好歹哄哄就好了，今天却破天荒痛哭流涕起来，慌得虎子不知道怎么哄才好。

虎子暴跳起来：“这个烂货，咋回事呢？”

锁雁抽抽噎噎地说：“你问她去，问我干啥？”

锁雁本来想说：“她要不跟二牛结婚我就跟你离婚”，可又忍住了没说。

虎子在地上像转磨一样团团转着，转了几圈，他突然猛地把门拉开出去了。

他出去会干吗呢？他会打芸芸吗？锁雁停了哭，屏息听着院子里的动静，这会儿的院子仿佛离她很远了似的，每一点声响都那么朦胧缥缈，仿佛成心不让她参与，成心要让她成为一个旁观者。

芸芸和阿舍、锁雁一起上的学，芸芸学习好，爱读课外书，长得好看，说话又特别文气，锁雁老觉得芸芸高自己一等似的，加上芸芸上了初中，锁雁只上到小学毕业，虽然芸芸后来也是回家待着了，可锁雁总觉得芸芸那样的才算有个女学生的样子，而她自己就是个农民。

刚嫁过来的时候锁雁是喜欢芸芸的。芸芸不仅是小姑子还是弟媳妇，奇怪的是，她不是以芸芸小姑子的身份喜欢她，而是以她弟媳妇的身份喜欢她，一想到她要嫁给自己的弟弟，要成为爸爸妈妈的小儿媳妇，就不由自主地从心里喜爱。芸芸这样聪明的女人要成为娘家的新一代女主人，这个想象令她振奋不已，多年来自己土包子一样的家经过芸芸这样的主妇改造一下该是多么好啊！

锁雁把结婚时候买的擦脸油分了两瓶给芸芸，芸芸一点没客气都拿着了，芸芸喜欢打扮。锁雁一点都没有舍不得的心思，分给芸芸擦脸油，她像是得了人家什么一样高兴。结婚的时候婆家没有给她买金没有给她买银，就买了几身衣裳，几瓶擦脸油，说是明年芸芸和二牛结婚的时候也这样就行。锁雁却还悄悄地攒着钱，想着二牛和芸芸结婚的时候无论如何都要给她买个项链，或者买个金戒指，要不然结趟婚什么也没有真是心里过不去。

现在想想自己的心思真觉得又可怜又可笑。她从来没想到芸芸会背叛她们之间的盟约，她没想到连这样的盟约也是能背叛的，因为事情太重大了，她倒一时不知如何是好了。

一会儿，院子里传出了婆婆的哭嚷声，虎子的咒骂声，一切都显得很远似的，锁雁听得出是虎子要打芸芸，婆婆在拉架。锁雁悄悄在炕上坐着，她打定主意不出去，这时候出去她是拉呢是打呢？还是不出去最好。心里有点忐忑，还有点痛快的意思，最好是把那个臭婊子打一顿，看能不能把她的毛病治了。虎子毕竟是哥哥，能怎么打呢？最好是二牛打才好，才解恨。这么想着，她竟然收了腿躺倒在炕上，面朝着墙悄悄躺着了。

院子里的闹嚷声一会儿就平息了，自始至终没有听到一声儿芸芸的声音，既没有哭叫也没有辩解，甚至没有一声抽泣声，她到底是在干吗呢？虎子到底打了没打呢？也许她抽泣了，只是隔着半个院子听不见罢了。

一会儿虎子进来了，她还是脸冲墙躺着，听到虎子把扫帚把扔到门背后的声音，然后他坐在了地上的小凳子上，他没有过来。他们就这样一个躺着一个坐着，沉默地待了一会儿，他又出去了。

后来的日子二牛来得不那么勤了，二牛好像也赌气了一样，但有时候他还必须得来，他跟虎子一起贩羊，有很多事情需要商量。即便来了，二牛和芸芸都是一幅脸子，芸芸更甚，在二牛面前不说话，在家人面前也是一幅臭脸子，自己做了错事倒像是别人委屈了她一样，锁雁看着心里就别扭。锁雁也会想：他们俩的扣儿什么时候能解开呢？在她的心里二牛和芸芸俩早晚会和去年冬天一样，热热火火地去买东西，去办事，芸芸还是家里的儿媳妇，不过是个不那么好的儿媳妇罢了。过日子不都是这样吗，日子就像一辆老旧的火车，虽有驶出轨道的时候，但所有人都知道它早晚还是会回归，会按照大家都知道的路线走下去，只是在这些不合常规的日子里锁雁有些焦躁。

三

二牛过两天要到川里去卖羊了，锁雁知道今天二牛要来，她早早做了荞面角子，肉臊子炒得香香的，二牛爱吃荞面。

二牛吃了三大碗荞面角子，吃得满头都是汗。锁雁说："二牛，让你姐夫去川里卖羊去，你在家待着。"

二牛咬着蒜，把头爽快地摇了一下说："不，我姐夫在家等着接羊呢，过几天刘三儿那边就要赶一大群羊回来。"

"你等着接羊，让你姐夫去川里。"

“你不懂，我们有分工，你别插言。”

锁雁再不说啥了，又要给弟弟舀饭，二牛说：“我吃饱了，给我盛点汤就行。”

吃完饭锁雁送二牛出门，在路上锁雁说：“等你从川里回来家里赶紧准备准备，把你和芸芸的婚事办了算了。”

二牛愣了一下，有点蔫。过了一阵说：“算了，办什么，人家不愿意。”

锁雁吃惊地站住了：“这是说啥呢？定好的亲事说不愿意就算了？”

二牛脸上浮出苦笑：“人家不愿意，咱能强娶？强扭的瓜不甜。”他停了停说：“你放心吧，你兄弟我能找得着媳妇。”

锁雁看着二牛，她没想到这是二牛说出来的话，想当初是因为二牛看上了芸芸，两家才提起换头亲这回事的呀！

“你算了，我怎么办呢？”锁雁哭起来，“我嫁了个聋子！你让我嫁，你算了？”

二牛看着锁雁有些发愣，他啧啧了一声：“不是我要算，是人家不同意嘛，我能强娶人家？”

“亲都订了，不同意？”

“亲订了，没娶嘛。”

“没娶就娶呀！”

二牛叹了口气，声音变得苦起来：“你以为我不想娶？强扭的瓜不甜嘛，人家又找了一个，人家都跟我明说了。”

锁雁心里拧了一把。“人家又找了一个”，她没想到自己的兄弟能用这样平静的语气提到这件事，没有用头撞墙，没有跳脚骂人，甚至连那一丝幽怨都是如此克制。

“那换亲的事咋办？”

二牛蹲在地上抹了两把脸。他无声地看着远处，像是看着自己在等待的什么东西。锁雁走到他身边，也蹲在了地上。

“我觉得，还是要各人都高兴。嫁给我她不高兴，一辈子两个人都痛苦，你说呢?”

锁雁没想到这是弟弟说出来的话，弟弟今天的话一再让她感到意外，她忽然对弟弟有些刮目相看了。

“那我呢?”她有些强硬地问弟弟，“我就白嫁了个聋子?”

弟弟看着她，像是有些歉疚，过了半天才说：“我姐夫挺好的，你再找这么疼你的男人也难。妈说了，家里几个孩子她最疼姐夫了，比自己生的还疼呢。”

弟弟说的是实话，爸和妈都喜欢虎子，可她心里还是充满了委屈。

“我回去就离婚。你和芸芸这事儿不成，我一回去就离婚。”她说。

她不知怎的就想起了芸芸那次晚归时背后送她的那个人，想起了那个站在暗处的身影。她一点儿也不恨他，只是有些心酸，甚至有些无端地向往，想看清他。

四

锁雁一回到家就开始收拾衣裳。也没几件衣裳，她一件一件地从红木头箱子里拿出来查看，然后叠好放在一个包裹里。

虎子过来了。虎子知道怎么回事，她原本想着他可能会求她，像往常她生气的时候一样，他会过来抓着她的手蹲在地上，像孩子一样用脸蹭她的手。然而他没有，他的脸上凉凉的，任她收拾着衣裳，任她把包裹包起来，任她坐在炕上想事情。他的脸不仅凉，还有些生硬，脸上呈现出像是生病了一样的苍白和僵硬，明明在一个屋也不正眼看她一眼，倒像是要弃绝于她，像是她做错了什么事情让他生气到铁了心不要她了似的，这使她更加心乱。

虎子出去了，什么也没跟她说，给了她一个背影。他今天像个掌柜的那样对待她了。

婆婆过来叫她去火房吃瓜，早上从地里摘的瓜刚切了。锁雁没有动，婆婆过来抓住她的手：“走，这个瓜可甜呢，吃了瓜你再收拾。”

锁雁被婆婆拉着到了火房，她坐在小凳子上，可是哪能吃得下去呢？婆婆拿了一块瓜使劲给她塞着，她拿到手里又放在了桌子上。

婆婆拿了一块瓜吃着。“这个瓜可甜了，恐怕是今年最甜的瓜了。”婆婆说。

锁雁凉着脸。

“吃，吃了瓜再去收拾，想你妈了回去看看，过几天再回来。”婆婆说。

锁雁凉着脸说：“再不回来了。我要和虎子离婚。二牛和芸芸的事不成，我就要和虎子离。”

婆婆把瓜放在桌子上，叹了口气：“妈知道你委屈，妈给你重新办，你要金要银，妈卖了地给你办。”

“不是要金要银的问题，这是换头亲嘛，二牛和芸芸的事不成我就要离婚。”她说，这时候的她变得格外固执。

“我要离婚，一定要离婚。”在钻心的疼痛中她一次次对自己说，仿佛离婚这件事就是她的人生使命似的，顶着痛也要完成。

婆婆叹了口气把瓜皮扔进垃圾篓里。

“吃块瓜吧，妈看你饭都没怎么吃。”

是啊，她中午几乎没怎么吃饭。其实说起来她这几天都没怎么吃饭，没胃口，一种奇怪的厌倦，仿佛看见吃的东西就很厌烦似的。

“你怎么什么都不吃啊，你都多少天没好好吃饭啦?”婆婆抱怨地说。

是啊，确实有十几天时间了，一点都不想吃东西，勉强逼自己吃的时候甚至会犯恶心。她明显感觉到自己的腰变细了，脸也瘦了一大截。

锁雁发现婆婆用一种眼神看着她，眼神里包含着复杂的内容。

忽然电光火石般一闪，她心里一惊，意识到自己这个月的月事没来，时间已经过了二十多天了。

“啊!”这么想着，她有些心惊肉跳。

锁雁站起来往院子里张望着，她到门口掀起门帘，一股强烈的阳光照进屋里。

“妈，虎子呢?”她问。

婆婆往远处的地坑边指了指，“那不是，在平地呢，那个能闲着?”

虎子在远处拿着铁锹在平地，今年春天就说要盖房，拉了两车砖，后来又去拉羊了，拉羊回来又要养羊，虎子没忘盖房的事，每天都抽空干点这个干点那个，为盖房子做着准备。前些日子学校有两排教室拆了，虎子赶着去捡了两车灰瓦回来，够挂一间房的了。

锁雁走到院里，她看见虎子正在干活，为了干活他把上衣都脱了，光着个膀子在那里铲土、夯地。虎子没有看见锁雁，只管弯腰低头干着活，锁雁看着男人浑圆的脊背，浑圆的胳膊飞舞着铁锹，看得有些愣神。不知道他这阵子心里是怎么想的呢？为什么他不来吃点瓜再去干活？为什么看见她收拾衣裳的时候他一声不吭？

她心里一阵惆怅，竟有些窘迫地想起自己一个星期都没让男人近身的事。

那个在泥土地里干得欢实的男人，他的身体她是多么熟悉啊。在农村再没有什么消磨时间的方法，自从婚后，每天他就用那宽大的胸膛将她碾压着，仿佛他再没有什么可报偿她的，只有让自己浑厚的身躯将她覆盖了挟裹了，让她忘记生的伤痛，忘记活着的忧愁，他抵挡了一切，带给她一种完全不同于生活的意外体验，让她就停留在那意外里，再也不用受任何伤害。

锁雁有些傻地站在院子里，任阳光晒得她发疼。

（原载《民族文学》2018 年第 4 期）

约　会

蔺小梅

一

异地他乡的下午，走出餐厅大门，参加交流的小学教导主任文斌问同校优秀女教师梅利："晚上做什么？"

梅利说："看电视呗。"

文斌说："我晚上要去看同学，你和我一块去吗？"

梅利说："我也有一个同学在这儿。"

文斌说："我的同学是女的。"

梅利说："我的同学是男的。"

文斌笑了："巧了，那咱们晚上一起约会走吧！"

梅利说："行啊，待在这儿也没意思。"

梅利和文斌开玩笑说："她追过你？还是你追过她？"

文斌一副一往情深的样子注视着远方："那时候，我们刚上师范，她从乡下来，文静、内向，不爱说话。"

梅利看见文斌的目光像是被什么牵住了似的向远方游离，像插上了翅膀，越飞越高，越飞越远。

文斌问梅利："你的那位男同学呢？他追过你吗？"

梅利说："哪儿呀，我们那时在农村，男生和女生连话都不说。"

文斌说："说真的，那你联系一下，咱们一起约会走。"

文斌这一认真，梅利的心突然狂跳了一阵子。

二

司机说："这就是外婆桥。你的同学在哪儿？"

梅利说："他说好了在外婆桥大门口等我的。"

司机一手抓着方向盘伸出头去左顾右盼之后，说："会不会是大门左边那个胖子？"

梅利顺着司机努嘴的方向看去，一个大腹便便的胖子，挺着十足的啤酒肚，腋下夹着一个黑色的公文包，正抱着手机在和人说话呢。

"不是，不是，我的同学没有这么胖。个子倒是和他差不多高。"梅利说。

司机又问："多长时间不见了？"

梅利说："十多年了。"

司机说："十几年时间，人早就变了，依我看八成就是那个胖子。"

梅利见司机有些不耐烦，想也不能总这么待在车上影响别人的生意，便付了车钱，又从上到下地整理了一下紫罗兰色的套装，掏出皮包里的小梳妆镜检查了一下自己的发型和脸上的淡妆，这才在司机几乎有些不耐烦的目光的催促下走下车来。

"哎呀，你怎么才来。"胖子看见梅利，挂了电话，大步流星地走了过来。

"我在这儿站了半天了，我还以为你找不见呢。"中年胖子在梅利惊愕的目光中伸出手来，梅利这才反应过来，这不正是自己坐在车上苦等的张平安吗？

张平安的手热情而有力，盛情地握着梅利的手，表达着自己对梅利诚挚的欢迎："老同学，十几年了，你可是一点没老，反倒越来越漂亮了。"

被张平安这么一说，梅利反倒不好意思了，梅利笑了笑说："哪里的事，我都三十五了。”

张平安睁大了眼：“三十五了?”然后他又拍了拍脑袋说：“噢，我都三十六了，不过，你可真不像三十五，怎么看都像二十五。”

张平安松开梅利的手，做了一个请的姿势，然后和梅利一前一后进了饭店。

三

正如刚才的出租司机所言，外婆桥的确是一家很上档次的饭店，环境优雅，装修考究，富丽而古典。一进大门就是两个比门框低不了多少的清瓷花瓶，上面绘着精美的花卉虫鸟图案。就连上前来招呼的迎宾小姐都是清一色的红旗袍，胸前是凤凰图案，庄重、艳丽，更显热情，一个个细眉细眼、笑意盈盈，轻手轻脚地安排每一位进来的客人就座。

梅利他们被领进的是一个雅座，窗户前站着两位男子，背对着门口正在说话。张平安对梅利说：“这是我的办公室主任和司机。”两位男子听到说话声连忙停止交谈，转过身来，张平安向他们大声介绍说：“我的中学同学、好朋友梅利，人长得是不是很美丽?”办公室主任连忙点着头说：“真是人比名字还漂亮。”张平安说：“你们大概不知道吧，她原来是我们班上的诗人呢，语文在我们学校全级六百多名学生永远都是第一名，她写的作文教师常给她满分呢。”正在这时，背后又有说话声和清脆的高跟鞋敲击地瓷砖的声音，梅利回头一看，是自己的教导主任文斌和一位穿着黑色紧身低胸吊带连衣裙的女士。女士明眸皓齿，脖子上长长的黑色丝质薄纱围巾随着空调吹过来的风而翻飞舞动，颇有参加奥斯卡颁奖晚会的国际女影星的味道，性感而又迷人。梅利连忙和文斌打招呼，并向文斌介绍了自己的同学张平安。文斌和张平安握过手后，向梅利和张平安介绍自己带来的那位女士：“我的同学刘美丽。”张平安说：“又是一个美丽，今天巧了，总共两位女同志都叫美丽，真是佳丽相聚。”刘美丽容颜娇美，身材高挑，化着浓妆，大声笑着，却掩饰不住眼角细细的鱼尾纹，同时又不失时机地张扬着曾经有过的绚丽姿色：“美丽确实有过，但不是现在，那都是过去的事了。”

文斌打趣道："在我的眼里，你可是美丽依旧噢。"刘美丽说："不变的是你那张贫嘴。"

说笑之间，大家互相谦让着相继入座，张平安和文斌两人紧挨着坐了最上席，两人身边分别坐着梅利和刘美丽，再过来坐着张平安所说的办公室主任和司机，他们张罗着为文斌和张平安点烟，招呼服务员上酒。张平安接过服务员递过来的菜单，请梅利点菜，梅利摇头之后说道："文斌，你点菜。"张平安正要将菜单递过去，文斌忙欠了欠身对张平安说："你点，你点。"

张平安笑了笑说："既然你们都客气，那今天我就点一次菜吧。"张平安一手夹着烟，一手翻着菜谱，点了四凉四热八道，然后将菜谱递给刘美丽说："今天咱俩是主人，你也点几个吧。"刘美丽落落大方，接过菜谱点了两个女同志爱吃的凉菜，问梅利说："不知道你喜不喜欢？"梅利笑着点了点头，算是回答。

张平安对文斌说："真是快呀，一晃快二十年过去了。"

文斌说："是呀，时光如梭呀。"

张平安又问刘美丽："你在哪个单位上班？"

刘美丽大大咧咧地说："我呀，下岗了，原来是工行的，前些年效益不好，每月能拿到手的也就三四百元钱，还成天考核。十几年前我就退休了， 现在自己搞个体。业余拉保险，比那个不死不活的工行好。你呢？"

不等张平安回答，一直在一旁洗耳恭听的办公室主任回答道："他是我们腾飞家具有限公司的经理。"

刘美丽惊喜地说："哎呀，是个企业家呢！"

张平安说："哪里，哪里，一个小小的厂子，也就四十来名工人。"

张平安端起面前的高脚杯，站了起来，说："来来来，难得一聚，你们俩也是几年未见，我们俩是十几年未见了，为我们能在这儿相聚而干杯。"

梅利迟疑地问道："你爱人怎么还没过来？"

张平安说："噢，她今天有事，过不来。"

第一杯酒大家一饮而尽，唯独梅利剩下了一大半。办公室主任举着自己喝光的空杯对梅利说："喝完，喝完。"

梅利说："我真的不会喝酒。"

张平安看着梅利说："可不要做假噢，你进城可比我早多了。"

梅利说："我真的是不会喝酒，而且我胃不好。"也许是这条理由太充分了，大家看了看弱不禁风的梅利，不再勉强。

梅利对张平安说："我给你儿子买了一点礼物，等吃完饭我去趟你家，看看你爱人和儿子。"

张平安说："不用了，她回娘家去了，儿子也带去了。"

办公室主任说："她爱人可忙了，原来单位效益不好，我们张经理给调到了财政局，她爱人长得漂亮，又有气质，是财政局的局花呢。"

从头到尾没有发言的胖司机说："他俩是大学里的同学，他爱人那时候就是学校的校花，好多人都没追上，人家就是看上我们张经理了。"司机的口气极尽夸张与骄傲。

张平安一副自豪到了极点的样子，压抑着成功感谦虚地说："哪里，听他们说的。"

看着张平安幸福而自豪的样子，梅利不禁心潮起伏，仅仅是十几年的时间，张平安已由原来那个低头走路、低声说话的学生变成了一名私营业主，一名驰骋商场的企业家。梅利还清楚地记得，高中快毕业时的一个下午，自己走在回家的路上，张平安不知什么时候一声不吭地从后面赶了上来，默默地和她保持着一定的距离，就这样走了半天之后说："你要进城了，不会忘了我吧？"梅利说："怎么会呢，咱们班上的任何一个人我都不会忘记的。"之后，他们走到两个人所在村子的路口都没有再说一句话……

办公室主任和司机的话顿时让梅利自惭形秽。梅利长得并不美丽，只能算是秀气而已。梅利工作期间，大学即将毕业的张平安曾写信给梅利，以一种委婉的口气表示自己想去梅利的那个城市工作，梅利回信说："快别来了，你知道这儿是什么地方？是沙漠。咱们那儿是什么地方？是小江南呀。我成天做梦都想离开这鬼地方。你还跑到这儿来做什么呢?”张平安又来了一封信说因为那儿有你。梅利说我是实在没本事调回去，你可千万不能做傻事。张平安又来信问她恋爱了? 梅利回信说正准备结婚。张平安来信说既然命中注定了今生不能和你在一起，既然命中注定了你是我心口永远的痛，那就让我承受吧，让我真心地祝你们幸福。

梅利又想起了当年和他们要好的几个同学，不知近况如何，便问起他们的情况来。张平安说：“你离得远，三四年回一次家，我虽然只离一百里路，但我实在忙得顾不上回家呀。我已两年没有回家了。同学的情况我一个都不知道，也没有时间和精力去打问。”

“你母亲最近身体好吗?”在梅利的记忆中，张平安的母亲是一位非常贤惠的农村妇女，瘦小能干，只是身体不太好。

张平安说：“年纪大了，各种病都来了，我前一段时间刚打了电话，给寄了一千元回去。”

本来梅利想问张平安是否见过冰玉或知道她的消息，听张平安说两年没有回家探望父母了，便将已经到嘴边的话又咽了下去。冰玉曾经爱张平安爱得疯狂，茶饭不思。有一次，梅利到校早，发现冰玉站在教室窗户外，两滴如玉一般的泪珠挂在她的脸上。顺着冰玉的目光，梅利看见了干瘦的张平安正穿着打满补丁的衣服闭着眼睛在高声地背诵着英语。

“吃菜，吃菜。”办公室主任招呼大家说。

文斌对张平安说：“今天你的老同学你可要招呼好。”张平安说：“那当然。”一边说，一边挑了一块鱼肉放到梅利的盘子里，梅利慌忙说：“我自己来，我自己来。”办公室主任说：“我们经理平日都是别人给他夹菜来着，能得到他的照顾你多荣幸。”大家也都笑着随声附和。

那边文斌也反客为主，给刘美丽夹了菜。刘美丽端过满满一杯酒，伸向张平安说：“能够认识企业家，真是荣幸。”张平安也端了酒杯，两人干杯之后，一饮而尽。刘美丽又倒了一杯，伸向梅利，梅利不敢端杯，只是摆手摇头：“我真的喝不成。”张平安连忙端过梅利的酒体贴而柔情地说：“你意思一下，我喝。”刘美丽不依不饶：“不行，这是我敬远道而来的客人的酒。”梅利依然解释说自己不能喝。张平安一副为梅利遮风挡雨的驾势说：“我的同学确实不能喝，我替她喝。”刘美丽正要再坚持，文斌出面打圆场说：“也行，也行，过会儿我给你代酒。”刘美丽假装生气地说：“多嘴，谁要你代。”便和张平安喝干了。

之后是大家互敬，一圈下来，司机又喊服务员送啤酒来。

不知什么时候，刘美丽坐到了张平安的身边，不失时机地打听着腾飞家具有限公司的人员构成及参加保险的情况，宣传着为员工投保如何解除种种后顾之忧，降低经营风险，并以自己身边的同事和亲人生病医院足额赔付为例，论证着保险的可靠性，恰到好处的高帽子一顶接着一顶地给张平安戴到头上，直说得张平安意气风发。

刘美丽问张平安要了一张名片，用两只修长白嫩的手指小心翼翼地捏着感慨道：“张腾飞，好名字，真是人如其名。”

梅利不禁看了张平安一眼，张平安曾经自豪地告诉梅利说父母给自己起名平安意思是希望自己一生平平安安。没想到张平安把名字改了，改得让人想起展翅翱翔的雄鹰、想起飞速发展的国民经济。

张平安，不，张腾飞说：“名字是后来改的，以前的名字太平淡了。吃菜，吃菜。”

四

一桌子饭吃了将近三个小时，刘美丽和张腾飞热烈地交谈着，从城市到农村、从小时候调皮捣蛋到参加工作后的无奈与艰苦，俨然是一对多年未见的好朋友久别重逢，梅利和文斌只有洗耳恭听的份了，时不时地象征性地插上一句话。梅利不断地借口走洗手间或者接电话，直到最后两腿发麻，虚汗直流，这餐才算结束。张腾飞对刘美丽说：“走，我请大家去唱歌。”刘美丽说：“饭钱是你结的，我请大家唱歌，如果你再掏钱，我就生气了。我俩可都是主人。”

梅利问站在身边的文斌说：“咱们回去，还是唱歌?”

文斌说：“你说呢?”张平安和刘美丽走过来说：“回什么回，今天不回了，咱们包几间房子，打牌。走，先走唱歌。”然后不由分说，刘美丽就挽着梅利的胳膊，向着张平安的私家车走去，张平安和文斌紧随其后，车已经发动了，办公室主任不知何时已经走了。四个人依次上了车。

梅利是第一次进包厢。忽明忽暗的红烛，放在一个精致的酒杯里，轻轻地摇曳着，写尽了浪漫与温馨，还有情义绵绵。精致的水果盘里盛放着时令水果，透明的小玻璃盘里摆放着几块点心。刘美丽拉着梅利挑了一个位置坐下来，并随手抓走一把瓜子递给梅利。

张腾飞问：“谁和我唱歌?”

刘美丽说：“我呀!”立马放下手中正嗑的瓜子跑了上去。音乐响起来了，是情歌对唱。梅利从来没有机会听张腾飞唱歌，也从来不知道张腾飞的嗓音如此宽阔、厚实，竟有专业歌手的味道，张腾飞唱得很投入，每到快换气的时候，都要猛地弯一次腰。刘美丽相对就轻松得多了，只是有时候调子把不准，但不是很离谱。

一曲终了，张腾飞走了过来，在梅利旁边坐下。

“老同学，让你见笑了。”正在这时，音乐又一次想起，张腾飞说：“咱俩上去合唱一首。”梅利说：“我不会。”张腾飞说：“老同学，怎么这么谦虚，你这么漂亮的人儿不会唱歌跳舞我可真不相信。”梅利说：“真的不骗你。”

张腾飞回过头，对不知何时又悄悄到来的办公室主任说：“换一首《迟来的爱》，我要和我的老同学唱一首。”梅利顿时羞红了脸说：“我真的不会。”梅利坐在座位上无论如何不站起来，任凭张腾飞如何劝说，眼看一首歌快过去一半了。刘美丽站起来说：“梅利真不会的话，我们不能难为她。我陪你唱。”刘美丽又回头对大家说：“随意，随意。”

刘美丽和张腾飞一曲一曲地唱，又一曲一曲地跳。不善唱歌也不会跳舞的梅利无聊地张望着窗外，嚣喧了一天的城市渐渐地安静了，已是半夜了。文斌则和办公室主任一直在低声地交谈。司机一个人坐在角落里，抽着烟。张腾飞舞步有力而柔情，刘美丽舞步轻盈，裙裾翻飞，恰到好处地演绎着万种风情。

梅利走到文斌跟前说："咱们回学校吧。"文斌说："你看呢，回就回。"张腾飞正被刘美丽拉着在跳一支情深意长的软绵绵的曲子，一回头，见文斌和梅利站了起来，忙停止了跳舞走了过来。

梅利说："太晚了，我们要回学校，明天还要考试。"

张腾飞说："不用回了，培训考试，不要紧的。走，我给咱们包几间房子，打牌。"

梅利说："不行，我们校长也在，明天考不好，会和奖金挂钩的。"

张腾飞和刘美丽执意要留，梅利坚决要走。大家说听文斌的意见，文斌说："那就回学校吧。明天走还真怕赶不上呢。"

一行人走出舞厅，站在马路边，已经是午夜一点多钟，街头没有几个行人，夜风吹过，带来丝丝凉意。

梅利对张腾飞说："你回家这么晚，你爱人会担心的。以后早点回家，少喝点酒。"

张腾飞疲惫而又不无成就感地说："长年累月都是如此，我不这么干，她到哪儿去住二百平米的上下楼。"

梅利这才知道，张腾飞住的是二百平方米的二层小洋楼，比自己单位分的五楼要大一百多平米。

梅利说："挣钱要紧，身体和家庭更要紧，还有孩子的学习。"

张腾飞说："我从一穷二白走到今天拥有千万家产，容易吗?"

梅利又知道，张腾飞从白手起家到现在已拥有资产千万。

张腾飞叹了口气说："现在国家又开始整治一些行业，加强管理，收缩贷款，挣钱实在不容易呀。"

梅利说："无论如何，身体还是第一位的。"

"我不像你在事业单位汗涝保收。"张腾飞一副博击风雨后的感慨样。

梅利无言以对。

刘美丽说时间太晚，明天还有事，提出要先回家，张腾飞叫了办公室主任先送刘美丽回家，他自己送文斌和梅利回学校。刘美丽和文斌话别之后，钻进了出租车，又伸出头来，对张腾飞说："我那四十份保险，我过几天就过你那儿办手续。"

文斌对张腾飞说："刘美丽是一人在外，孤军奋战，你可要多帮助她。"

张腾飞笑容可掬地说："一定，一定，互相帮助嘛。"然后又回头对刘美丽说："说不定哪天我贷款还得找你。"

刘美丽胸有成竹："没问题，我一定鼎力相助。"

路上，张腾飞对文斌说："我知道你在单位上是个中层领导，能不能回去和校长商量一下，以后你们学校更换办公桌椅就买我们公司的。"顿了顿，又从公文包里掏出自己的名片分别给梅利和文斌，又对文斌说："如果你能联系多销售一些，我给你提成。"文斌说："我回去给你联系着看。"

张腾飞很现实地说："不会少你的。"

文斌说："哪里的话，都是朋友嘛。"

五

在培训中心门口，张腾飞叫了声梅利，一副欲言又止的样子。文斌借机先走，司机也知趣地坐到车上，并且拉上了车门。

张腾飞嗫嚅了半天，搞得梅利的心一阵狂跳。张腾飞拉住了梅利的手，感慨万千地说："梅利，我知道文斌是你的领导，回家你多给他做做工作，让他多给我活动活动。梅利你不知道，生意不好做呀。"突然张腾飞想起了什么，打开公文包拿出几张十六开大的纸，对梅利说："这是我公司的广告，上面有产品的详细资料。你和文斌一人拿几份，回去帮着做做广告。"

然后，张腾飞用一种一言难尽的口气，意味深长地嘱咐道："梅利，在那边打开局面就拜托你了。"

梅利接过了广告纸。张腾飞挥手再见，看着梅利进了校门。灯光下，睡眼蒙胧的看门老头吊着黑脸，不高兴地锁着铁门，发出很大的声响。

梅利出于礼貌，回头向张腾飞挥手再见。张腾飞却又一次叮咛道："老同学，我拜托的事你可千万别忘了。"

梅利后悔自己刚才为什么要回头挥手再见，便加快了脚步，拐进了宿舍楼。

回到宿舍，同一房间的女孩正眯着酸涩的眼睛半倚在床铺上看一部缠绵的言情小说。梅利走到写字台旁，将垃圾桶踩开一条缝，将轻飘飘的广告单丢了进去，然后上床，拉开被子，蒙上了头。

（原载《朔方》2012 年第 7 期）

【作者简介】

蔺小梅，女，70 后，先后在《朔方》《吴忠文学》《宁夏日报》《新消息报》《黄河文学》《吴忠日报》等发表短篇小说、散文、随笔一百二十余篇。现供职于吴忠银监分局。

谁是局长的外甥女（外四篇）

门秀峰

单位来了两个女大学生，小王漂亮活泼，小张只知道埋头干工作。

一天，丽姐神秘地说："这两个人里面有一个是局长的外甥女。"有人说："肯定是小王。你看小张穿得多土气！"

星期一，丽姐刚来就兴奋地说："我看到小张推着轮椅从安置楼出来，上面坐着一老太太。我就说么，她哪能是局长外甥女。"

一次，门卫李师傅捧着一束鲜花站在办公室门口喊："小静，鲜花！"

小王听到喊自己的小名，高兴地跑过去说："是给我的！送花的人呢？"

李师傅说："开宝马车了！是包公头毛三的儿子。"小王想：这小子还真费了心思，连我的乳名都打听清楚了，感觉美滋滋的。

年底，单位要评选一位先进。有人提议说："选小王吧，她是局长外甥女。"于是，大家都给小王投了票。

一天，办公室来了一位四十多岁的男人，进门就说："小静，你姥姥不行了。想见你一面！"

小王看了看说："我没姥姥，她死好多年了。"

小张急急地走出了，她的乳名也叫小静。

小张几天没来上班。

周五单位开会，大家看到局长左臂上戴着孝徽，再看小张的左臂上也戴着孝徽。

秘书小声说："局长的老妈去世了。"

丽姐疑惑地问小张："那天还看见你搀扶着老太太买水果呢，咋就死了？"

小张说："我参加了社区爱心小组，那是张奶奶。我姥姥昨天刚安葬了。"

隔墙有耳

新来的王校长办公室就在我们的隔壁。

一天下午，我看到主任从校长室走出来。我便在办公室大声说："我们王校长是谁！是全市最有创新能力的校长！是教坛新秀！校长今天在早会上讲的话完全正确，我们要拥护爱戴校长！再说校长要求我们早来晚回还不是为了我们大家好，这样在年终考核中我们就能拿全市最高的绩效奖。能让我们多拿钱的校长就是最好的校长！全市再也难找出第二个！"

主任拐进我的办公室奇怪地说："你在干吗？"我笑笑没有说话。

中午放学的时候，校长迎面走了过来。他瞅了我一眼，露出一丝不易觉察的笑意。

每当办公室有人议论校长，我据理力争或赶紧大声制止："听说我们校长在以前的学校，老师们都特别喜欢他。工作能力又强，年年被评为优秀校长呐！我们校长当老师那会课也讲得非常好！是我们学习的榜样！我们要在备课上下功夫，在提高教学成绩上下功夫！"之前我看见校长进了他的办公室。

一学期下来，我不但没有挨过校长的批评，大会上校长说："要想把我们学校打造成具有全市一流水平的学校，就要有更多的像李老师这样的为学校着想的好老师！"并宣布我任年级主任。期末，又把市级模范班主任的名额给了我。

第二学期我顺顺当当晋评上了中教高级职称。

新校长没来之前，我安排学生打扫办公室卫生。不小心碰下了墙上的一幅画。发现后面有一个小孔，连通着校长室……

重要岗位

张鹏站在门房前抬头看着树上的鸟们打架。

新来的王校长从办公室走了出来，边打电话边朝校门外张望，很着急的样子。张鹏走上去问：“校长，您有什么事吗?”校长说：“明天要交新学年学校工作发展规划，电脑坏了，管电脑的老师调走了，我打电话找人来修理。”

张鹏说：“我帮您看看，我懂电脑。”

王校长看了看张鹏说：“那好，你来试试。”王校长领着张鹏进了他的办公室。一会儿功夫，张鹏就把电脑弄好了。王校长舒了口气说：“张鹏啊，怎么年纪轻轻看门房?”

张鹏说：“我以前是数学老师。学生上课玩游戏，被我打了一巴掌。家长告到教育局，学校就让我看大门。”

王校长说:“这事已经过去了，你来带微机课。”张鹏激动地给校长敬礼。

王校长调走了，新来了高校长。

张鹏经常帮高校长弄文件，知道很多消息却从来不多说。

有一天，高校长说：“张鹏，你去财务干出纳。老出纳脑子长了肿瘤，下周要去北京动手术。”张鹏激动地给高校长敬礼。

学校实验楼刚建好，高校长被调离了，新来了胡校长。

新校长研究生学历，年轻有为，一上任便找很多老师谈话了解学校情况。

一天，胡校长在教职工会上说：“张鹏的财务工作受到了教育局财务科的好评，全市通报表扬了。行政会研究决定把张鹏安排到更重要的岗位上去。”

散会后，胡校长对张鹏说：“你去当门卫吧，门房是学校的眼睛，你站在那里我心里踏实。”

心 愿

我要去另外一个城市的一所私立学校当老师，临走时妈妈给了我一只银手镯。

换季节时间，班里感冒的学生多。上完第一节课，我说：“同学们，下课后不要做剧烈的活动，身上出汗多，不要脱衣服，小心感冒。”

第四节又是我的课。上课时一个叫齐齐的男孩只穿一件T恤，我说：“你怎么只穿一件衣服？”齐齐趴在桌子上不说话，旁边的学生说：“老师，他把衣服藏那了。”指着后墙边的柜子。我帮他边穿衣服穿边说：“感冒了要打针的，以后可不能穿的这样单了。”

过了几天，上课的时候，齐齐打喷嚏，头发湿漉漉的，旁边的学生说：“老师，下课齐齐用冷水洗头发。”我用毛巾边给他擦头发边说：“你这孩子一点也不听话，用凉水洗头发，会感冒的。”

下午，齐齐真的感冒了，我牵着他的手来到校医务室，给他倒水吃了药，并给他家长打了电话。来的是齐齐爸爸，一个眼神忧郁的男人。见了我，脸上掠过一丝惊异的表情，对我说：“谢谢你，李老师！”齐齐带着依恋的眼神望着我，跟他爸爸走了。

一天放学时，齐齐一个人站在校门口，我问：“齐齐等妈妈呢？”他低下头，用很小的声音说：“我妈妈不在了，你长得像我妈妈，我愿意永远和你在一起！”我听后心里一动。

我拉起他的手说：“老师这会没事，送你回家！”一路上齐齐很开心。送齐齐到家后，看到了奇奇妈妈的照片，几乎和我一个模样，又看到了一只银手镯，与妈妈给我的恰是一对。

经过妈妈确认，齐齐妈妈是我小时候走失的双胞胎姐姐。四年前，在一次歹徒银行抢劫案中，齐齐妈妈因不肯交出保险柜的钥匙，被歹徒杀害。

一年后，我便成了齐齐的妈妈。

为你而来

玉上大学的时候，学的是市场营销。后来学了美容做了美容师。她说做美容师可以让人更漂亮，愉悦自己的心情。玉在临街开了一个美容店，在亮晶晶的玻璃窗上用粉红色的纸贴了几个字：男士出钱买化妆品并陪女士做美容，可享受六折优惠。

一天，一个二十多岁的男孩推门进来，指着玻璃窗上的字说："这是真的吗?"

玉微笑着说："当然是真的了!"

男孩说："这样吧，我买好化妆品放你店里，然后带她来做美容。"

玉为男孩选好了化妆品说："这套化妆品你女朋友肯定喜欢。"男孩的脸有点红了。

第二天下午，男孩牵着一个漂亮的女孩的手来到玉的美容店。女孩微笑着，表情像小孩子一样纯洁，眼神定定地看着一处。玉在给她做美容时女孩双眼紧紧闭着，很快乐幸福的样子。男孩坐旁边看带来的一本书，时不时拿眼睛看看女孩，很关切的样子，然后陪女孩一起走回去。

一连几个月，在每周星期二下午，男孩都会带女孩来做美容，有时会陪女孩出去吃饭。男孩对女孩很细心很体贴照顾，帮女孩拿衣服提包，放鞋子，给女孩倒水喝，女孩很依恋男孩的样子，俨然一对小情侣。玉想：多好的男孩啊！自己要能遇到这样的一个男孩，一定嫁给他！想到相处了 4 年的男朋友毕业后，为了能进一好单位，竟抛弃了自己，与局长的千金步入了婚姻殿堂，心里就想哭。

一次，男孩送女孩来美容，安顿好后说有事先走了，两个小时后来接女孩。玉一边为女孩做美容一边和女孩说话："你男朋友对你真好!"

女孩有点不好意思说："他一直这样对我好，照顾我很多年了。"玉心里有了一种酸楚的感觉。男孩来接女孩的时候，玉忍不住多看了男孩几眼，俊美的脸庞，棱角分明，是所有女孩喜欢的类型。玉心里莫名地颤动了一下。

不久，厂家来店里搞促销活动，有赠品回赠顾客。玉给男孩打电话，男孩说有事来不了。等下周二来的时候，玉拿出了留下的一套赠品，男孩接过化妆品说：“谢谢你！”这时，玉看到了男孩一双明亮的大眼睛，心里有种潮湿的感觉。

忽然有一天，男孩消失了，有两个月的时间不见男孩陪女孩来美容了。

玉心里空落落的，担心男孩会和女孩分手。这么相配的一对是不应该分道扬镳的。玉找出还有一半没有用完的化妆品，翻到了电话号码打过去。男孩说：“谢谢你，她再也不会去美容了。”玉心想，又是一个花心大萝卜，多好的女孩，甜甜的笑脸怎么舍得抛弃？她竟为女孩伤感起来。

一天，窗外飘起雪花，漫天飞舞。玉伸出手去接，一片六瓣型的雪花飘进玉的手心晶莹剔透。不一会，雪花在手心融化成小水珠，像珍珠一般透明。恰在此时，男孩满身飘雪来到美容店，迟疑了一下说：“你能为我美容吗？”玉的脸瞬间变红，说：“我给你做。”来她店里做美容的男人多是四五十岁的开豪车来的，眼睛色色盯着玉看，有时手还不安分，玉心里很讨厌。她这是第一次为一个男孩做美容，而且是让自己心动的男孩。平时灵动柔软的手竟变得僵硬笨拙不听使唤，不是把这个瓶子碰翻就是把那个盖子弄倒。男孩静静躺着，像是在听雪花飘落的声音。

美容的时候，男孩静静躺在那里，微微地闭住眼睛，他幽幽地说：“你是一个好姑娘，能做我女朋友吗？”玉惊慌地说道：“你是有女朋友的人了，你不是很爱她么？不会这么快就移情别恋吧？”

男孩眼角溢出两行眼泪悲伤地说：“她不是我女朋友，她是我表妹。小时发烧眼睛失明，一个月前过马路被喝醉酒的司机开车撞了。”男孩睁开眼转头望着窗外又说：“本来我想让她享受到属于她这个年龄的美丽，但现在已经不可能了。”

如今，这么有情有意的男孩已不多见了，玉的心瞬间被融化了。

（原载《当代文学》海外版 2017 年总第 24 期）

【作者简介】

门秀峰，女，60 后，吴忠市作家协会会员。先后在《当代文学》《银川晚报》《新消息报》《吴忠日报》《吴忠文学》《古峡文学》《中华日报》等报刊发表作品。原青铜峡市中学数学教师。现居吴忠市。

归　圈

马　悦

天完全黑下来，不见羊归圈。黄昏等成了夜晚，米姐的心里有种不祥，男人会不会又把羊丢了？每天早晨羊出圈，送下台沿，人是站住了，心却跟了去，一整天，就有一种魂不守舍，总担心出事。直到听到羊叫声，黄昏里涌来一群白云般的羊群，心才落到实处，才安心地去做饭。

期盼羊群的归来，米姐先观察菲菲，要是菲菲竖起耳朵警觉地向山下张望，她就知道羊回来了。不一会儿功夫，羊咩咩欢叫着果真回来了。可今天的菲菲很安静，它静静地趴在地上，一副打盹的样子。米姐的心里便异常地慌乱。

院子里静悄悄的，好像整个村子都处在一种静谧里。菲菲依旧静卧在墙根下。回到屋子，吃了几片药，给灶膛里塞了一把火，走向台沿，站在黑底里。药好像完全没有咽下去，在喉头噎着。吃的是镇痛药。病查出来两年多了，时重时轻。今年春天来临的时候却一天重似一天，有时候，低烧让她无法睡眠，浑身冒虚汗，疲惫的米姐感觉自己真的活不到天亮了。有一种声音总是定时地响在耳边，这是她每天黎明时分听到的一种声音，只有听到这种声音，才能唤醒她疲惫的身子；也就是在这个时候，有一股神奇的力量涌遍全身，她睁开眼，伸出手去拉开窗帘，一束清新的光亮扑进来，这亮光有种驱散病痛的魔力！锅台前有了响声。羊把式的饭做好了，在这个时刻羊同时睁开了眼睛，它们争先恐后地从门口涌进来，米姐不想拦挡，她想信心百倍地在清晨这个美妙的时刻迎接她的羊群。

羊圈了一夜，做了一夜的美梦，它们的美梦总是跟美食联系在一起，肚子里的草料在凌晨三四点种的时候已消化得一干二净，饥饿会让羊产生疲倦，也会使它们产生疯狂的举动，大呼大叫，横冲直撞。

院里有三孔窑洞，中间一孔是米姐的住家，也是她曾经的新房。手右的是草窑，手左的是圈羊。刚嫁过来时，盛草的窑里住着公公婆婆，圈羊的窑住大伯子一家，那时候院子里热闹。现在住着她一家。羊有一大群，100 多只呢！有自家的，有揽下村子里的，不管是自家的还是别人的都要把心操到。羊更是不见外，圈在一起就是一家子，不分你我的话，它们的集体荣誉感很强，一只想干啥，其他的毫不含糊，一呼百应。羊冲进屋子来，扑向米姐。羊熟悉她，更想亲近她，紧挨着她的腿往里钻。地上有洗脸的盆子，洗衣盆，水桶，板凳，盛水的缸，摆放的柜子……该搬倒的都搬倒了，满地是，弄出一连串的响动。羊是执着的，一直冲进窑垴里没有它们想要的东西，回过头来围着米姐叫，米姐蹲下身子，一只一只地安抚。羊最终走出了窑洞。羊把式穆哈边抹嘴边挥动鞭子把羊往一起拢。米姐递给男人穆哈一个干粮袋一壶水，她的手里多了一根棍子在半空挥着。两个人一左一右，羊群开始向门外走，挤挤挨挨，一副恋恋不舍。羊的叫声不再是聚拢的，散开去……米姐目送着，羊群的身影远去了。

送走羊，米姐收拾男人吃下的碗筷。每天天麻麻亮，她起来为穆哈准备早饭，一天呢，要给羊把式吃好，羊的路程也是羊把式的路程，山山沟沟丈量的不仅是羊的步子，重要的是考验羊把式的耐力、苦力和韧性。羊归圈基本在傍晚时分，锅上碗筷洗完，趁着自己精神还好，把晚饭的面和好扣在案板上。米姐知道当傍晚来临时，身上的能量也会被一天的时光消耗殆尽，那一团面揉匀称是费劲的。菜洗好切好泡在盆子里，做好这些，米姐把一碗饭放在锅里，盖上盖。她没有早吃的习惯。送走羊有很多的活要干，家里的活无头绪，越干越多，而且这些活每天重复出现。有活干是好事，在干的过程中会让人忘掉很多伤心事。一旦干完，闲下来歇缓，那些伤心事蛆虫样爬上心头，驱赶不走。男人常安顿她少干活多休息。她不能睡在炕上，她醒着病睡着了；她睡的时候，病却醒了。病一醒，百般地折磨，右边的肋骨里好像塞上了几斤棉花，胀痛难耐。院里除了米姐还有菲菲，菲菲是一条小狗，一身雪白的毛发，是大女儿带过来看羊圈的。菲菲机灵小巧，一双大眼睛会说话，跟村子土狗不同的是，菲菲会做各种讨人喜欢的动作，会嗑瓜子，嗑麻子，会跟孩子一样立起身子作揖，握手，而且菲菲的记性、嗅觉好，一般米姐把东西放在哪儿忘了，它会很快替主人找到。在主人忙的时候，菲菲一般不打扰，守了一夜的圈，这会儿彻底放松了，叼起鞋子或臭袜子满院子疯跑，乐此不彼。米姐并不制止，由着它闹。锅上活计干完，开始收拾羊搬倒的东西，地上乱七糟八的，米姐不烦，一一擦干净摆回原位。羊圈每天必须打扫，一天不止一次，羊粪扫成堆背出来，晾晒在场院上，圈里垫几背篼干土划开，拍碎，踩实落，这就把羊圈垫好了。槽里的草根清除完，背出来晒干能烧火做饭。想想啥东西都有它的用处！羊圈的墙上钉着几根木桩，那上面挂着胎羊羔皮，是别人没有来认领的。谁家的皮子上面都有名字，或者记号，上过小学二年级的穆哈写在皮子上的字歪歪扭扭的，但能认出羊主人的名字来，自家的胎羊羔皮子早卖了。冬天是羊产羔子的高峰期，有把羊收回家里养的，没有收回去的留在穆哈的圈里。深冬的那些日子，米姐就做好了接待新羔子的准备，为了给没有出世的小羊羔创造一个舒适的环境，米姐在圈里生上火炉子驱寒，羊圈门口搭上厚厚的帘子，圈内就有一股扑脸的热气。烧上一锅小米子米汤。跟女人生孩子一样，羊产羔子的过程是艰难痛苦的，羔子一出生，大羊的肚子空了，端来热米汤，羊喝下去，下奶就快，看着羊羔子用头顶妈妈奶子的时候，米姐想笑，小家伙像是谁教的一样，咋知道了呢？也有乏羊，产下羔子缺奶的，几天支不起身子，四蹄打软，米姐就拿面糊糊喂，总有救活的时候，总有羔子会吃草的那一天。死去的羔子一般产在山里，穆哈赶着羊群，怀里抱着羔子，那羔子耷拉着脑袋，四肢软软地摆动，米姐就知道一只羔子没了救；留在圈里的眼见着不行的，请来阿訇宰了，喊羊主人来拿羔子肉。不及兔子大小的胎羊羔，它们的肉是香的、鲜嫩的。自己家的羔子一个冬天至少死三四只，米姐的心里不好受，她时时期盼自己的羊群能壮大起来。一百多只羊，属于自家的只有三十几只，生产的过程是有些缓慢。胎羊羔皮子还是值钱的，穆哈把皮子拿镇上卖了，钱一分不花拿回来交给米姐。留下家里买菜的钱，米姐全都存在折子里。不仅是皮子钱，替别人放羊有羊工钱，一只羊一天一块，也是一笔收入。米姐有个农村信用社的折子。现在存了多少钱，米姐不说，穆哈也不问。

院子里唯一一间瓦房没有住人，米姐每天必扫，房子是他们给儿子应弟盖的，是应弟准备结婚的新房，里面的摆设不多，打扫干净很亮堂，大门大窗的。原本想把房子盖到山下的平地上，跟大伯子家盖在一起，木料不够，只能盖一间，不够他们住，最后决定盖在前院里，将窑洞背在后面。家住在半山腰，光线好。他们住窑洞，儿子住瓦房。遗憾的是儿子，应弟不在家，在监狱里，算算也蹲了 4 年了。4 年前，儿子应弟跟村子里的几个青年人出去打工，别人年底回来了，应弟没有回来，是他认识了省城的几个好朋友，一天夜里抢劫一家商店被抓了，那帮子朋友说所有的抢劫行动都是应弟一手策划的，放的放了，罚款的罚款，只有应弟给判了 9 年。现在想起来，米姐后悔得抓胸呢！她不该让儿子走，人生地不熟的，儿子肯定是被陷害了，替人坐牢，穆哈一个乡下人，找谁说理去？已经 4 个年头了，还有 5 年呀，儿子应弟才 25 岁，出来 30 岁了，一定显出老相了。从儿子坐牢的那一年起，米姐开始失眠，没有食欲，身子一天不如一天，白头发渐渐多起来。盖上房子的第二年，穆哈带米姐去县城查了一回病，给查出了肝病。医生让住院，输五六瓶子高蛋白，再把中药熬上喝，病会回头，现在治肝病的药很多，好多人都治好了。一问钱数字，吓得米姐半天没有说话，刚刚盖了房子，儿子还在牢里，儿子将来娶媳妇还要花钱。米姐执意要回家，医生开了十几副中药，让回家安顿数熬着喝，并一再叮嘱吃完了再来。药早喝完了，米姐再没有去，她对男人穆哈说：“哪个人没有点病呢？听医生说就没有活的路，想多活一天都不行，那不是医生说了算的”。穆哈知道犟不过米姐。米姐半辈子就那个脾气。盖房子的钱是一部分土地收了，国家补发的，眼下就是一群羊，还指望羊给儿子娶媳妇子，穆哈无数次地说卖掉羊给她看病。她哪里舍得？

死命的拦挡。有时内脏难受了，在镇子上李大夫那里买几盒止痛药，也不按顿数吃，疼得厉害了超量地吃。有管用的时候，不疼了，米姐的精神头来了，脸色也黄亮过来。身子轻松，米姐想活十年二十年的心劲都有。

打扫房子的时候，墙上儿子的相片不由得要看，天天看，看不够。15岁的应弟憨憨地对着米姐笑，那时候儿子肯定没有想到会有今天的下场。有多么美好的未来在等着他啊！傻儿子，能等你回来吗？医生说得那么危险，万一妈走了，你回来咋办？5年哪！有一辈子那么长，啥时候才能到头啊……米姐看不下去了，目光移开，难受得快让眼泪淹没了。病在身上，一天重一天轻的，她有时候在穆哈面前是强装的，她怕男人有一天真一鞭子把羊卖了给自己治病。病是看不好的，白花钱。几件简单的家具抹完，帘子挂起来，看着，心里再次勾想起儿子结婚的情景来：就在这个院子里，一村子的人迎接她的儿媳妇——一定是一个很好看的女人。如果她还在的话，可以替儿媳妇搞娃、操心家，喂鸡喂狗，当婆婆的不就都是那样的吗？想想，那该是怎样的一个日子！

老人和大伯子在的时候，应了家里人多，热闹，不惧怕啥，院落没有打围墙，敞着。挨上穆哈已经习惯了那样的院落，想不起打围墙。那么大的一个院落，现在住着一家子人。有菲菲，有羊群，崖壁上有鸟雀窝，不感到寂寞。院子打扫起来费劲，一把大扫帚感觉有千斤的份量，米姐还是要扫。她一下一下地扫，每一个角落都扫到。扫干净她的心里也亮堂。这个时候，放眼远眺，山山沟沟尽收眼底，村子里炊烟缭绕，看了无数遍，每看一次有一次的感慨。远山，一年一年重复的绿，一年一年年轻一回，米姐在与远山的对望中，一天一天地憔悴下去，瘦下去；一样的山，一样的路，那个梳长辫的丫头转眼成了现在的模样——52岁的米姐看上去真的有些老了。人啊，老起来可真快！想想，那个时候，十七八岁的时候，多么地开心、傻气！有很多的梦想在前面等着自己，那双粗黑的辫子，水灵灵的，头上扎着红头绳，一条方格围巾裹着脸不让太阳晒黑，身上的衣服穿一天，到了晚上脱下来叠整齐放在枕头底下压出菱角来，第二穿上它妩媚了、神奇了。一个姑娘的打扮总是隐含着许多的秘密，那些心跳的、胆怯的、慌乱的，多多少少有点鬼祟的不被人发觉的秘密，总跟一个人是分不开的。村子里的尤丹是老师，会写毛笔字，会吹笛子。每一天米姐都能听到悠扬的笛声。起初，她喜欢听笛声，后来喜欢吹笛子的人。尤丹的眼睛、神情、鼻子、手指头在美妙的笛声里显得那样生动迷人！米姐陶醉在音乐声里，晚上就睡不着觉，尤丹的样子放电影一样在脑海出现。后来，周六或周天，尤丹会“无意”中在村口碰见米姐，在清晨的时光里，尤丹吹响了他的笛子……米姐有了一个姑娘家的心事，她不说，只拿眼睛看，红着脸对着尤丹看，胆大了。在农村，一个姑娘是不敢向小伙子表白的，那会遭到别人耻笑的。所有的内容都在眼睛里。总觉这样很幸福，只盼着有那么一天尤丹发来媒人，那个时候米姐会毫不犹豫地答应他。米姐真盼来了媒人，是穆哈发来的媒人。媒人说，穆哈人实在、本分，是庄稼行里的好劳力。母亲就把话吐了。母亲没有问问米姐就把话吐了。米姐反抗了。母亲说，女出亲娘口，一句话落地了，就像泼出去的水是收不回的。米姐偷偷哭了一场，她想见见尤丹。尤丹躲着不见她。不久，尤丹调走了，尤丹把一切都带走了，米姐的世界哑了。

她开始恨穆哈，是穆哈亲手破坏了她的幸福。刚刚结婚那几年和穆哈没少闹矛盾。结婚第四年生下大女儿，再过了几年生下了二女儿，再后来生下儿子应弟……有了孩子，对尤丹的思念渐渐淡忘了。现在回想起来，心里虽然酸楚，有丝忧伤，但伤不到骨子里去了。米姐已没了那份心劲儿。

羊跑了一天的山未必能吃饱，家里的活干完，米姐到后山给羊砍夜草。后山的草并不茂盛，才四月下旬，五月都不到，长出地皮子的草给经过的牲口吃了无数遍，经夜露的滋润，地皮子依旧泛着绿色，但搭不住镰刀，米姐很想到别处去，她不能走远，也走不远。她放下背篼，俯下身子慢慢砍，包括干枯的草叶一起放进背篼里。羊饿了是不挑食的。草没有砍多少，身上的汗又下来了。远处，有一座坟茔。照往日，好的时候，从坟茔边走过看都不看，也想不起看。现在不一样了，自打查出了病，每次砍草由不住地要看。那些陈旧的扁瘪的土堆勾起她无尽的思绪，那里睡土的是穆哈的家人，公公婆婆、爷爷奶奶，还有祖上的其他人。除了公公婆婆口唤的日期，其他的不记得了，睡了多少年？骨头朽了吧？自己将来会加入到里面去，跟那些认识的不认识的亡人见面，一掀黄土盖了，静静地睡上十年百年，最终融入土里去……人啊！不该来到这个世界上，来了，活了个啥眉眼，带着一腔的苦痛，一身的罪行离去。除了害怕，又能咋样？迟早走那条路，问题是，有个烧心宝宝留在世上，那么，她睡在那里会心安吗？病查出来不久，那个时候自己的身体没有现在这么差，看了一趟儿子。坐了两天一夜的火车，到了一个叫榆林的地方，见到了应弟。儿子应弟又白又胖让她差点没有认出来。隔着玻璃窗拿起电话，对着话筒想了多少天的话竟然无从说起，她大张着眼睛看着儿子，儿子对她笑着，喊了一声："妈，"她猛地缓过神来，应弟问起穆哈，问他大（爸爸）的好，问起了村子的人，该问的都问了，儿子说妈你瘦了要注意身体，他好好表现会减刑的，说不上两三年就回去了，她点着头，双手握着话筒，她没有告诉儿子自己的病，说妈等你，说完这句话，心像给谁捏住了，喉头卡住了，半句也说不出来……一个小时很快就过去了，穿着警服的女人拉开了她。她倒退着，目光一刻没有离开。站在玻璃窗后面的应弟依旧笑着向她招手……回来的路上流泪不止，几乎把一辈子的泪水洒在了车上。后来，她慢慢回想着儿子的情形，应弟不是胖，是虚肿，听说坐过牢的人都虚肿着，牢房阴暗潮湿，饮食又不好。那段时间无论白天晚上，儿子浮肿的面容总在脑海里浮现，心里头就默默地祈祷，希望儿子能够减刑，能早点回来。

前段时间收到儿子应弟的来信，信中说他很快就被释放了，让家里人放心地等他。米姐不相信那是真的，那是儿子在安慰他们的话。5年时间，哪有那么快会被放出来呢？

一想到一群羊米姐心里会涌起一股子暖意，毕竟有一群羊，虽说都不是自家的，过不了几年羊群扩大了，儿子回来了，结婚的啥也有了。就怕男人穆哈丢了羊，丢了自家的心痛，丢了别人家要陪的，都不好受。一次穆哈很晚了还不见回来，夜黑透了，天上一颗星星都没有，是个阴雨的夜晚，后山望了七八回，一看表，都快十一点了。菲菲在院子里徘徊着，它比人还急。大概到了十二点的光景，菲菲突然叫了一声箭一样冲进黑夜，随即，米姐听到了一种声音，那声音她熟悉，她随着菲菲向前奔去。米姐最终停下来，羊的气息穿过黑夜一浪一浪漫卷过来，她长长地叹口气，她听到了羊的欢叫。菲菲撒着欢子跟随羊群来到圈门口。

那次，灯光下的穆哈令人吃惊，他一脸的血，身上也是。穆哈滚沟了。米姐没有细问，赶忙包扎伤口，给男人洗脸上的血迹。烧过的棉花灰贴在伤口上才把血止住。米姐让男人靠在被子上，洗腿上的血，穆哈疼得浑身颤抖，不跌声地吸溜。每次羊归圈时，在山上，穆哈要把羊数字清点一遍。穆哈数羊不一个一个数，而是四个四个地数。一根鞭子从走动的羊身上一点，数字清楚了。其实不用数，羊的长相都记着，谁在谁没有在，一目了然。那晚丢的羊是锁五家的羊，是只青头头子羊。不知道它从啥时候走丢，一数才知道羊没了。穆哈把群羊赶进山弯里，他沿着回来的方向一路寻去。那只叫青头头子的羊因贪恋深沟的青草忘却了它的伙伴，忘记了回家的路，此刻，它站在一座山头上呼唤着……青头头子是在一座山梁上与它的主人会面，它欣喜若狂地扑向主人。回到山弯，羊群还在。好像注定要出事，那晚，羊不听他的召唤了，那只领头羊没命地往黑夜里冲，怕丢失羊群的穆哈小跑着跟随其后。不料，脚下一滑，他掉进了更深的黑暗里……

不知过了多久，一声声的呼唤将他吵醒，醒来后的穆哈辨别不清自己在啥地方，浑身疼痛，摸摸身下，有草，有土块，有湿湿的软泥。叫声是从头顶传下来的，他隐隐感觉自己滚沟了，羊群在寻找他，呼唤他。穆哈咬咬牙从地上坐起来，有土块从身上脸上滚落下去，他摇晃着站起来，鞭子就在身边，借着鞭子的支撑，他努力地往上爬，向着羊叫的方向……

米姐轻轻地给男人洗着伤口，穆哈突然笑了，说："我要是摔死了，你就嫁人去，嫁个比我好的。"米姐被气笑了，呛了一句："嫁，我想嫁皇上呢，可惜皇上不要。"穆哈说："那是皇上瞎眼，像你这么好的女人他会看不上?"在这样的谈话中，穆哈稍稍平息下来，他接过米姐递过来的一碗面条子。炒得是洋芋菜，是天天重复的饭菜。做这样的饭菜不需要手艺，农村女人都会做。看穆哈每次吃饭就知道饭菜多么地合他的胃口。吃饱喝足的男人也许累的，也许受了惊吓，刚刚躺下就闭上了眼睛。米姐锁好羊圈门，看着菲菲卧在圈门口，她回到屋子里来，穆哈已经响起了呼噜。

穆哈永远地能吃能睡，他的睡觉不需要过程。米姐不一样，她瞌睡轻，晚上睡在男人身旁，听着睡梦中的男人咂吧着嘴，感受着男人呼出的气息，她就是睡不着。尤其是儿子坐牢以后，更是睡不着，夜深人静，拉开灯侧身看男人睡得有多香！穆哈睡觉的样子有点憨，也睡得沉，嘴半张着，嗓牙已经掉得不剩几颗，门牙掉了一颗，一股气息从那豁口处呼出来，扑在脸上，热乎乎的，有股野草味混合着口臭味，耳朵碗里满是尘土，脖子后面流下的汗渍一道一道的，好似蚯蚓爬过的足迹。米姐想把耳朵里面的尘土吹下来，又怕弄醒了穆哈，但她吹了，只一下，穆哈没有醒。他好像在吃啥东西，看样子很香。这个男人就是好伺候，不挑食。年轻的时候更是不挑，冷的热的，吃饱就行。那个时候娘家在门上，有哥哥弟弟撑腰，穆哈不敢惹她，做了多少次的生米饭，穆哈照吃。米姐曾背着男人想给他的碗里放玻璃渣子给母亲挡住了。她想离婚，母亲说："你看看村子里有离婚的吗？你想打人的脸哪？那我就死给你看！"她才没敢想。母亲说，一个女人戴着红盖头走进婆家门槛的那一刻起，注定要守一个男人一辈子，不管他有多少的缺点，脾气有多大，都有磨过去的时候。母亲嫁给老爹时才 16 岁，母亲自然不知道一个女人该怎么去当，啥都不会干，婆婆骂，男人打。母亲生了他们姊妹 7 个，在严格的家规面前，母亲磨炼成了一个真正的女人。7 个儿女成人了，有了各自的家。有了满堂的儿女，母亲是成功的，她没有输给老爹。老爹 80 岁上口唤的，走路扶着墙，母亲端屎端尿的，那么高大强悍的一个男人最终萎缩成了一个小老头，雪白的胡须，手一抖一抖的，头也颤抖着，汤饭喂不到嘴里去，洒了一身，母亲拿手巾一个地方一个地方地擦着，擦嘴角的时候母亲的动作是那么的轻，怕弄疼了老爹。老爹先母亲而去了。母亲常常说起老爹的时候，眼泪花花的，母亲说的尽是老爹的好，在母亲那里，老爹压根就没有缺点。不几年母亲也走了，母亲没有活到老爹那个岁数。他们埋在了一起。就像母亲说的那样，一个女人活着守定一个男人，去世了跟随而去，一生一世，生命的枯荣跟一个男人息息相关。

她跟穆哈过了下来，过到了现在的样子，有了 3 个儿女。望着睡梦中的男人，米姐一再地问自己：爱过他吗？没有。他爱过自己吗？不知道。穆哈从来不说，这个沉默的男人有着怎样的心思，即使跟自己亲热的时候也不多说一句话，呼哧哧地，拔麦子赶趟子似的，完事倒头就睡。米姐睡不着，沉静在黑暗里，淹没在她的忧伤里……话又说回来，即使说一大堆甜言蜜语她稀罕过吗？都老了，穆哈的白发比自己的还多，爱与恨，对与错，鸡毛一样的轻飘，给时间侵蚀的没了颜色，没了味道，一堆粪土。

穆哈年轻时话就不多，儿子坐牢了话更少，加之他一天又跟一群没有言语的羊在一起，话少得比金子还贵重。村里那么多人搬迁了，离开了，男人从未有那个想法，这辈子他都不会有那个想法。男人在婆家是最小的，在婆婆公公那里想必也是娇惯了一趟，一次她把穆哈的一件新衣服当着他的面撕成碎片塞进炕洞里，穆哈没有动气，看她烧。那一天，她有多么的开心！她每天都想着怎么报复穆哈让他生气，让穆哈打她，她好借口去娘家从此不回。穆哈就是不动气，不打。衣服烧了的那天下午，她走进下院背柴火发现男人蹲在那儿，肩头一抽一抽的，她的心里一动，穆哈在为衣服的事流泪呢！女儿大了，出嫁了，应弟快成大小伙子了，自己渐渐上了岁数，对穆哈的恨也淡漠了。

有些日子米姐总在想一个问题。自己有一天去世了，离开了穆哈，他会不会娶？算算穆哈才 56 岁，一个 56 岁的男人不会就这样地过下去。真要是娶了，应弟咋办？村里的老丁快 70 岁了，最近相了个老伴。有一群羊，穆哈该娶多好的一个女人啊！那个时候，穆哈会把儿子应弟忘在脑勺子背后去。人说娘后的老子后，说不上穆哈会把女人娶进儿子的上房里，米姐从来没有对穆哈好过，娶一个对他好的女人，他会把自己忘了，把他们的儿子忘了的。自打自己有了病，她对折子的事很上心，藏到了一个更隐秘的地方。穆哈没有问不等于忘掉。穆哈摔了用棉花灰包扎伤口，没有去医院，说明他也在积攒。那么他为谁积攒？穆哈开玩笑说让她嫁皇上，说明在山上他一个人的时候盘算过。那么，娶与嫁在他的脑海里想了多久？那次穆哈睡下不久，她就追问了一句："我口唤了你娶不娶？"穆哈翻了个身，嘴里含糊道："瞎想啥，好好睡。"

崖壁上的麻雀早睡了。它们早晨吵醒米姐的时候，心里已经想好要去的地方，集体飞向一个地方，一定是一个非常美好的地方，要不雀儿不会那样地开心。望着雀儿飞远了，米姐担心它们不会再回来，一天啊，当黄昏来临时，远飞的鸟雀回来了，站在头顶的崖壁上，叽叽喳喳，热闹非凡，好像它们把一世界的好景致都游玩了个遍。紧跟着羊群咩咩地回来了。其实，米姐每天等待的不仅是羊群，还有鸟雀。每天凌晨，米姐第一个聆听雀儿的鸣叫。拉开窗帘，屋子里的光线随着麻雀的叫声渐渐明晰起来，摆放的物什清晰可辨，穆哈在睡梦中。米姐悄悄地下炕，不拉灯，到锅头跟前扫扫抹抹，灶膛里燃起了火苗，一锅水很快烧开凉在盆子里，撒上桂花茶叶。茶叶是女儿拿来的，剩下少半袋。可见，女儿有些日子没有来了，七八个月了吧？两个女儿都远，嫁在不同的地方，有时一个来，有时两个一起来，带着孩子，家里一下子热闹了。病的事她很少给女儿说起，女儿就是看她瘦得厉害一再地让她注意休息，哪点不舒服把药吃上。给男人安顿过，自己的病不要告诉女儿，女儿不是医生，说了顶啥用？浪娘家的女儿不能久留，女儿有女儿的光阴日月，走的那天，米姐想法儿给女儿装些东西，总是觉得不满意，恨不得将身上的肉割下来让女儿拿走。走那么远了，还站在台沿上。女儿三步一回头。家里是要空一段时间的，慢慢才能习惯。都走了，娘家哥哥弟弟搬迁到了一个很远的地方，他们似乎有了更忙的光阴。姐姐嫁得更远。他们真把自己给忘了！就她守着一个自小长大的村庄，从未离开过，没有看够，没有稀罕够，自己却病了，老了。说不上为啥，这些日子特别想自己的亲人——哥哥，姐姐，女儿。

想起扣在锅里的那一碗饭，一天没吃了，不是饿，而是困乏，吃了几口感觉没有胃口放下筷子。案板上的面饧好了，揉揉擀开来，一个圆圆的薄薄的面张子，像张白白的纸，该把菜炒好，说不定羊把式马上回来。地上的盆子里泡着穆哈的几件衣服，在炕角里又找来几件，放在一起，米姐一件一件地洗。是一种彻底地全身心地投入，她力争每一件洗好，把每一点污垢洗干净。这样的活干了多少次！米姐珍惜，一遍一遍地洗，一遍一遍地淘。羊把式穆哈的衣服就是脏，两三天洗一回，山上风大，土大，日头晒，加之米姐洗得勤，衣服的颜色不再是新鲜的，褪化成土黄色，只要穆哈勤换，米姐就洗。穆哈不到一米六的个头，衣服晾在浪绳上显得宽大了，不像是他的。鞋子和袜子泡在另外一个盆子，穆哈脚汗大，需要浸泡一两天才能洗，才不臭。米姐不让自己停下来，她拿刷子把鞋一一洗干净。

一弯月牙挂上天空，月光是微弱的，还原不了周围的景色，一切浸在朦胧中。

院子里有一眼水泥窖。将窖里的水担到缸里，不是一件容易的事。一缸水打满，米姐浑身的气力真的耗尽了。这时，台沿上走过去了两个人，他们说着话，脚步匆匆。米姐赶忙向前撵了几步，她想问问见到穆哈了没有，人的影子已经走远。是两个下田晚归的人。自家也有十几亩地，她却不能走进自己的田里，穆哈把地包给了大伯子种，让她养病，不要她操心。哪有不操心的？自小就在这里长大，哪块地里没有留下她的足迹和汗水。那个时候人年轻，有力气，干啥没有落在别人的后面。有雨没雨，庄稼是通人性的，手到了，心到了，它就长。粮食一上场，麦垛，糜子垛，样样粮食堆放在场院上，家家户户都有。打粮食比收粮食还热闹，人们互相帮衬着。似乎从一粒种子埋进土里，操心它的每一个环节都充满了乐趣。米姐有时候问穆哈，庄稼的长势咋样？穆哈不正面回答，说你好好养身体，等好了，自己去看。啥时候能好，今年倒不如去年了。米姐很想让自己好起来，她知道自己一半是病一半是想儿子把自己想垮的，她也劝过自己，想也白想，说不定儿子一两年就回来了，可是由不得自己。她还想着今年秋后再看一趟儿子，给儿子买些好吃的好衣服带上，宰个羊送给管犯人的，希望对儿子好点，给儿子能减刑。她想跟穆哈两个去，儿子也想穆哈。

夜深了一层，米姐想，男人真把羊丢了，要不怎么到现在还不见呢？再看菲菲它完全睡着了，比崖壁上的雀儿睡得还沉。她走向菲菲轻轻地踢了一下，菲菲调换了个姿势又睡去了。这个时候，村子里有了叫声，远远的，还是听出来了，是羊的叫声，米姐听出来不是自家羊的叫声，叫声是单调的，是两三只，不是一群，一群羊的叫声是洪亮的。

米姐再也不想等下去了，她走进了暗夜里。

穆哈却先她而归了。

灯光下，看到米姐一幅失魂的样子，穆哈上前抱住了她，“吓死我了，你跑哪儿去了?”米姐推了一把男人，“羊哪?”穆哈的喉头有些艰涩：“羊我卖了，明天带你去看病。听话，你好了，我们养更大的一群羊……”

这时，门外响起了脚步声，在夜晚分外清晰，米姐和男人同时向门口望去——大门口出现了一个模糊的影子，一时分辨不清是谁。从脚步声里米姐听出是谁了，她叫了一声：“应弟……”“妈——”米姐一把将应弟揽进怀里，头靠在儿子的肩膀上，一股久违的气息裹挟了她，甚至，她闻到了一股奶汁的醇香。她将整个脸挨在儿子的脸上，感觉在梦境中，虚幻里。“儿子是你吗?妈的应弟，收到你的信，以为你在骗我们。这不是在做梦吧?”“妈，妈，是我，妈，那个真正的罪犯被抓了，我减刑了……你摸摸，这儿，这儿。”在儿子应弟的引领下，米姐摸着，掐着，拍打着，脸拿开，看看，又贴上去，再拿开，辨认着，然后，泪如泉涌。

一边的穆哈，他静静地站在那里。望着眼前的母子，他们的重逢，他们的拥抱，他不能向前迈半步。他怕打破这幅画面，泪水伴着鼻涕流淌。该有多少年没有这样哭过?那封尘多年的辛酸、压抑、伤痛以及喜悦一同拼溅出来，他舍不得擦去，任其流淌。

（原载《民族文学》2014年第12期）

这个坎坎儿不好过

杨英俊

张生科

一纸文件，张局长不再是张局长了，是张主任科员了。这就意味着从此不再担任领导职务行使职权，可以挂个虚名保持工资待遇回家赋闲了。

张局长是在省厅开会的时候，一个做大生意的朋友用短信告诉他退职的消息的。他把电话打到单位办公室，证实消息是正确的。会议上本来要争取也是私下沟通斡旋谈定的项目，他再一言未发。散会后，连饭都没吃喊上司机就回家。司机见局长脸色非常阴郁，眼睛泛着绿光，嘴唇突突的，也没敢问什么，开上车就往回赶。两个多小时的车程，张局长除了一根接一根地抽烟，就是如坐针毡般地葳来葳去。司机想打破僵局调解一下冰冷的气氛，结果却得到更加冰冷的回击："开好你的车！"

一路无语，司机直接把张局长送到小区门口。

张局长叫张生科，生于1960年3月9日，农民的孩子，大学学历，石油钻探专业，恢复高考后双流乡第一个大学生。毕业时，他舍弃了优厚的分配方案，倔犟地来到连饮水都很稀缺更谈不上石油的家乡，安排在政府办工作。27岁时被破格任命为副乡长，在当时的同德县引起一片赞羡、一片激励、一片唏嘘，都以为是政坛一颗耀眼的新星诞生了。从副乡长到乡长，从乡长到书记，再从书记到地震局局长，到电石厂厂长，到畜牧局局长，到现在的交通局局长，一直跟着一张纸走。全县17个乡镇他到过8个，23年就这么打发了。

今天是2010年3月10日，51岁的第一天，又是一张纸把他送回了家里。

张局长下了车，往小区里，往家里走。冷风飕飕的，干枯的树枝发出瑟瑟的响声。刚进小区大门，一个白塑料袋就远远地飘来落在张局长的脚上，他使劲踢了几下没有踢走反而套在了脚上，不能行动，他气急败坏地弯下腰，恼怒地撕碎，踢了出去。“老局长回来了?”张局长抬头见门房李老头向他招呼，张局长“嗯”了一声，挤出一点微笑，笑得比哭还难看。“我老了吗？我真的老了吗？我有那么老吗？称呼都变了，一直叫我张局长，今天改口叫老局长了。小人!”张局长压住怒火心里暗骂。心想，这事儿连李老头都知道了，还有谁不知道呢？张局长感觉身前身后的人们用异样的目光逡巡着他，戚戚窃窃的，像是自己做了贼回来。倏地，后脊心烧烧的，又觉得冰冰的。他不知道自己是怎样一步一步穿过小区院子的，院子好大，路好长；又是怎样从一楼一个台阶一个台阶登上五楼的，台阶好多，楼好高。人整个就是个空壳，就是个幽灵，心里很堵，嗓子眼儿像塞了一团羊毛，脑子蒙蒙的，头脑在极度膨胀。

同德县有个成文的规定，年龄超过35岁不再提拔任用为副科级干部，就是说35岁以前还没迈过副科级这个坎，这个人这辈子的仕途就算结束了。还有一个不成文的规定，年龄达到50岁的正副科级干部，如果再没晋升的空间，就地任为主任科员和副主任科员，退出领导岗位，隐居二线。意思不言而喻，就是腾出位子，带工资回家，该干嘛干嘛。

张生科局长当然记得自己的生日，清楚县上的政策，也有充分的退隐的思想准备，但觉得不是3月10日，不会如此神速，起码也得给个半月20天时间，让自己在朋友圈同学圈亲戚圈做足不愿继续干保住颜面的舆论宣传，上级领导肯定在行文前抽出时间与自己做个礼节性的谈话。10天前，组织部部长、县长和县委书记都确实分别跟自己谈过话，语意蕴含爱才惜俊，近乎承诺让自己在人大或政协就任副职并兼任现职。张生科局长还感谢栽培、承蒙厚爱、感激涕零、不负重托、恐难胜任地表白了一番。突如其来的变故，张局长简直懵了，自己怎么也琢磨不来究竟哪儿走焦了？

张局长走进家门，将手提包向茶几上一扔，瘫软在沙发上。慢慢地感觉急涌到头部的血液开始回归心脏，又平稳地输送到各个血管，舒张趋于正常。但总觉得万分熟悉的家不是原来的家，从来没有过的亲切，没有过的温馨，没有过的祥瑞笼罩着屋宇，弥漫于整个空间，恬淡的气氛让人陶醉得一塌糊涂。

张局长斜倚在沙发上，疲惫地走进了梦乡。

26 年前，华南石油大学毕业典礼上，只有品学兼优的张生科的工作派遣通知书上写着“同德县劳动人事局”，其他同学的工作都与石油息息相关。之前，系主任甚至校长都找他谈过话，他就是不去任何石油企业和作业单位。原因有三，一是回族，石油行业不可能像学校那样考虑民族习俗习惯，既然不能正常的生活生存，也就无法全身心地投入工作；二是石油钻探专业常年战斗在戈壁荒野，能有女同事并肩工作纯属凤毛麟角，回族姑娘那更是稀世珍宝，解决好婚姻大事简直就是个天方夜谭；三是作为恢复高考后家乡的第一个大学生，定当为贫瘠家乡的建设与发展鞠躬尽瘁，其他地方不缺我一个，但家乡可能就很需要我。张生科的拧蛮把系主任和校长气坏了，骂道：“我看你这个犟驴回去能成个啥气候！”

张生科固执地回到了同德县。

那时的同德县，除了响应党的号召，支老支边来自全国各地的知识分子仍有少数坚守在校园外，几乎没有外乡人愿意到穷甲天下的同德县工作。即便是从同德县本土走出去的很多人才，也很少有人回来。

县长听到张生科执意返乡的故事，差人找来张生科。24 岁的张生科中等个儿，身板比较结实，走路的时候像企鹅似的迈哪条腿身子就往哪边摆，四方脸，姜黄皮肤透着黑，高颧骨，深眼窝，大刀眉，鹰嘴眼，鼻大口阔，头发浓而密，且有些长，遮盖了多半个耳廓。水用竹探，人拿话试。在跟县长交流的过程中，张生科一会儿抬头看看县长，谈吐流畅，逻辑缜密，显得落落大方；一会儿低头看着那双坡跟布鞋，腼腆敦实，沉稳厚道，略显局促不安。县长判定张生科是棵好苗子，有抱负、有理想、有主见、有思路、有担当，立即拍板定案，吩咐手下安排张生科下周到政府办上班，就当县长通讯员。

几年的历练，土生土长的张生科更加成熟，更加稳健，政治才能锋芒初现，把个老县长乐得像伯乐刘备似的。遂提议让张生科到基层锻炼，拟任城关乡副乡长。张生科不答应，要求到最远最穷最偏僻的生他养他的双流乡工作。老县长从张生科身上看到了自己年轻时的影子，看到了同德县的希望和未来，他亲自送张生科到双流乡任职副乡长。那年张生科 27 岁。

双流乡下辖面积广阔，山川交汇，矿产畜牧资源丰富，粗狂型无序无节制开发糟蹋了资源，破坏了环境，并一步步断绝子孙后路。多年来，张生科看在眼里，急在心里，经常指指点点，但没人听他的，说他狗拿耗子——多管闲事，说他痴人说梦话。现在好了，是父母官了，说了能算了。

双流乡按地理特征可划分为南北两部。南部地势平坦，土质肥沃，但属旱作区，靠天吃饭，人畜用水全靠窖藏，烧制砖瓦的黏土漫山遍野就是无法利用。北部山大沟深，广袤的大山是天然的牧场，煤炭石膏储量丰富，村庄都分布在一条长长的宽宽的旱沙河两岸，大部分村庄有泉水，沙河两岸的台口地每人都有 3 至 5 分不等，可以浇灌人工机井的水。

张生科到任双流乡副乡长后，即将谋划已久的双流乡“南北分治，全乡统筹；一村一业，科学配置；互济互助，共同致富”的改革发展规划在党委会上和盘托出。讨论、修改、论证，再讨论、再修改、再论证后，上报县委政府，争取政策和贷款支持。老县长在政府扩大会议上，指着双流乡党政班子，指着张生科，从座位上站起来激动地说：“双流乡人民的福，同德县人民的福！时代需要像双流乡这样的领导集体，我们需要像张生科这样的领导干部。全县各部门都要全力支持双流乡完成改革试点，各乡镇也要因地制宜积极筹划本地方案，做好准备工作，待双流乡试点成功，立即在全县推广，打一场新的民富县强的人民战争！”

以后的两年，张生科就没怎么回家，双流乡的领导和干部都没怎么回家。双流乡南部，找来钻井队钻出五眼深水井，建起了两个机砖厂，两个机瓦厂；挖筑了9座蓄水大坝，用以种植土豆和中药材。北部，建起了两个小型煤矿，两个石膏厂，培植了两个肉牛养殖村，两个黑山羊养殖村，村村的河台井灌地一律鼓励大棚种植蔬菜。全乡除大棚蔬菜外，其他都属村办企业，农民就是产业工人，按劳取酬。全乡没有一个出村务工的，倒是紧张季节聘一些临乡的人来打工搞副业。

双流人渐渐富裕了，房子亮堂了，村落开始统一规划了。张生科瘦了，黑了，今天一身灰粉，明天一身煤末，天天一身尘土，头发还像5年前一样长，只有鹰嘴眼闪烁着睿智的光芒。如果不认识张生科的话，他那灰头土脸的样儿，谁也不会相信竟然是个副乡长。就是丢到人堆里土得不像个副乡长的张生科，却又被提拔为乡长了。各个产业逐渐走入正常正规，张生科又带领走上富裕之路的乡亲们在村庄里种植风景树、经果树，在南部荒山种植红枣树、沙枣树，在北部荒山撒播柠条子，储备牧放场地。他要让家乡不但富起来而且还要绿起来美起来。

乡亲们都听张乡长的。

人怕出名。后来，张生科在其他7个乡镇都任书记，他走到哪儿哪儿的乡亲们就风风火火地跟着他干，干出个双流乡那样的天蓝地绿，村强民富。

老县长退休了，张生科调任地震局任局长。也算进城了！再到电石厂任厂长，到畜牧局任局长，到今天的交通局任局长，一直是平调。不管到哪儿，张生科都觉得没辜负组织，没愧对人民，心里坦然。

一阵小孩的啼哭把张生科吵醒了，也把张生科从激荡的梦中拉回到纷繁的现实。

老婆在隔壁轻声哄道：“伊斯玛听话，不哭，爷爷睡觉呢！”

张生科感觉睡过去有半个世纪，身上多了一条厚厚的毛毯，暖融融的，发觉眼角有潮湿的痕迹。他直起腰，对着正面的镜子双手向后抹了一下花白的两鬓，说："老伴儿，把伊斯玛抱来让我抱抱!"

"醒来了？看把你累成啥咧，进屋就睡，也不言传一声，还当是病咧。"老婆抱着刚过周岁的孙子从另一个屋子出来，腆怪着，哄拍着，递过去。伊斯玛笑得"咯咯"的。张生科接过孙子用脸蹭着取乐，忘记了一切烦恼和不快。

张生科整整一周没有出门，安享天伦之乐。他打电话让办公室主任在新局长到任之前将房子腾出来，报纸、杂志、鞋子、衣服之类，主要是几本日记，装了两箱子送到了家里。张生科有写工作日记的习惯，26 年的工作，26 年的日记，满满沉沉地摆了一书架。他调侃说是留给子孙的遗产。

渐渐的张生科感觉莫名的轻松，没有了批阅不完的案牍，没有了都很重要的会议，没有了貌合神离的应酬，也没有了尔虞我诈的交往，一切回归纯天然原生态。庆幸自己解放了，自由了，时间完全属于自己支配，该干嘛干嘛，想干嘛干嘛。他携手没有工作、从来没有出过远门、毫无怨言默默陪伴了他 25 年的妻子，第一次参加"相约上海"的同学聚会。从毕业到如今，同学聚会每五年举办一次，如期进行，风雨无阻。由于绝大部分同学来自农村，又是绝大部分都远离城市在人迹罕至的地方工作，所以每次聚会先选定一座大城市，再冠以"相约"。张生科前几次聚会一次都没有参加过。这次"相约上海"彻底改变了张生科的生活观念和态度，改变了张生科的生活方式和轨迹，改变了张生科的生活方向和命运。从一个小小乡干部逐渐变成了一个精明的商人，20 多年学而无用的专业只是在双流乡打井时初试牛刀，现在正式启用，开始大排用场。从东到西，从南到北，到处都有华南石油大学的同学，张生科一边做技术顾问一边供应零配件。

张生科虽然还没有越过心理上的那道坎坎儿，但逐渐地越过了现实中的这道坎坎儿。

三四年下来，张生科的收入比过去几十年工资的总和还要多好多。老楼房卖了，换了新的大的，国产的轿车卖了，换了进口的越野。子女都成家有业有出息。日子过得很舒心。

单位办公室突然打来电话，通知回去上班，说是上面在查吃空饷的。

上就上吧，我们咋又成了吃空饷的呢？张生科无奈地摇头苦笑。

白光耀

白光耀生于 1964 年 6 月 7 日，18 岁参加工作，32 年没有爬上副科级的坡，没有越过副科级的坎儿。做了几十年的办事员、科员，走到哪儿都是个办公室主任，干的是交办的黑活，受的是转嫁的瞎苦。2014 年伊始，白光耀就紧锣密鼓地做着退居二线的各项准备，等到了 60 岁再彻底办理退休手续，心安理得地颐享天年。

2014 年 6 月 9 日，星期一，白光耀人高马大地摇摆到组织部递交退居二线申请。组织部部长笑得跟弥勒佛似的，心想，官员可以 50 岁腾出位子退居二线，普通科员又不占位，哪有隐退的道理。嘴里却说："白主任，你的情况我们知道，您劳苦功高，是同德县名副其实的老黄牛、憨骆驼，是有贡献的。但现在政策还不明朗，有可能还要延长退休年龄。"白光耀据理力争："我们单位好几个都到 50 岁就回去了啊!?"组织部部长清楚白光耀说的是之前那几个到 50 岁的科级干部，挪了挪屁股，身子向前倾了倾笑着说："你的情况跟他们有所不同，现在跟过去也不一样。你先回去好好上班，如果有县级以上医院的病历证明，由于身体不适等原因，组织部门可以考虑提前病退。"

白光耀有些愠怒，站起身准备离去，暗自骂道："这不是咒我生病吗？我宁可健康地生活、工作，也不愿躺在病榻上痛苦地退休。"组织部部长有点尴尬，忙忙站起身绕过办公桌，握住白光耀的手说："白主任，我没有盼你生病的意思，只是……只是现在……政策……就这么个政策。原来退居二线，现如今还没到退休年龄的干部，很快都会回原单位上班的。"白光耀"嗯""啊"着走出部长办公室，脑子一片空白，脚底下轻飘飘的，平时走路习惯了绷直的脚板今天却拐着弯往下落。

正如组织部部长所说，那些没有到退休年龄的二线官员确实回来上班了。但那是上班来了吗？俨然一副"老爷回来了""我胡汉三又回来了"的架势。给安排办公场所，配备办公设备，然后，串串门，叙叙旧，喝喝茶，看看报，上上网，晾晒过去的辉煌，炫耀现时的幸福，畅谈未来的规划。见面不问“老领导好”就不高兴。白光耀又多了些需要伺候的人，所有吃喝拉撒都得安排妥帖，哪点安排不如意就骂“狗眼看人低”或者抒发“今非昔比啊”的感慨。见到白光耀还亲切地握住手关怀地询问：“还干办公室啊!? 人才啊，可惜咧!”“待遇问题解决了吗?”这是关心还是侮辱，这是骂人还是夸人呢? 简直就是坟堆上放屁——给死人胀气来了。

白光耀 1982 年高考以低于录取分数线 1.5 分而落榜，这对当时的红湾乡白家庄村来说已经是最高学历的人了。父亲白成章是上过几年私塾远近闻名的老秀才，懂些国学，由于成分问题，一直在白家庄小学当代课老师挣工分，老秀才将功补过，后来转为民办教师。白成章是独苗，老婆不争气一连生了 5 个女儿，眼看着要断香火，第六胎生下个儿子，快 40 岁的白成章像挖得了一坛元宝一样兴奋激动，给儿子取名“光耀”，意为光宗耀祖。白成章宁可自己吃柴咬草也要供儿子白光耀上学，直至高考。白光耀落榜后，白成章蔫了，白光耀也像霜煞的茄子灰塌塌地抬不起头，庄子上的人众说纷纭，话很难听。“地主的崽子还想成仙?!”“老子出口成章，儿子还想光宗耀祖?!”“叫你光宗耀祖可，我们不又成了佃户?!”

也就是高考录取后半个月的光景，因国家刚刚实施改革开放，到处缺人才，尤其是少数民族人才，决定在少数民族自治地区以高考成绩为基础分，择优录取若干分赴地方党校参加为期两个月的少数民族干部培训班。白光耀以全县第一名的成绩被录取。整个白家庄沸腾了，人们又敲锣打鼓地把录取通知书送到白成章家里。白成章一家激动地哭成了泪人，只是一个劲地说，感谢党！感谢党！

白光耀一米七八的个头，身材魁梧雄健，头发粗黑直顺，五官匀称地镶在像模子框出的长方形脸上，眉毛有些淡，眼睛有点像马上要蜕变为青蛙的蝌蚪，似偏非圆，游转迟钝，嘴唇棱角分明。敦实的四书五经底子使白光耀在中学在培训班乃至在今后的工作中都显得满腹经纶，颇有才气。

培训班结业，白光耀被分配到红湾乡。乡领导耳闻白光耀的才气，就安排他在党委办公室打杂。几场大的活动下来，白光耀就彰显出布局谋篇行云流水般的文章组合能力，是难得的组织材料的快手高手，他锋芒毕露，也给红湾乡和领导撑足了脸面。不到两年功夫，白光耀就被委任为身兼党、政两办的大主任了。与此同时，白光耀光荣地加入了中国共产党，报名参加了中央党校行政管理专业函授班，取得了大专学历，也算圆了大学梦。现在的学历好像是在职研究生。

不知什么时候，白光耀练就了一根筋的毛病，其实是致命弱点，孤芳自赏，自傲中带着霸道，凡事较真。对他最大的伤害莫过于未经商量随意篡改自己文章，是让他难以接受的恶劣行径。经常因书记和乡长擅自改动自己的材料而大放厥词，甚至有嚷得脸红脖子粗拂袖甩门的场面出现，让领导很失面子，无法下台。乡领导大声吼道："你懂不懂，这又不是文学创作，不经作者同意不能删减添加。这是工作报告，是情况反映，是汇报材料，是公文，你懂不懂，懂不懂?"白光耀嗓门更大，摊开两手拍着胸说："哼，我不懂，你懂！你懂，要我做啥?"然后拂袖甩门而去。事后，白光耀也很懊悔，怨怼，自觉欠妥，但当时不由自主，情不自禁，于是攀人说情，赔礼道歉，但在领导那里却是萝卜不吃圪丁在心。

白光耀在红湾乡幸遇两次晋升机会，领导推荐、群众评议都很好，到最后不知啥原因都泡汤了。白光耀又不傻，他早就领教了领导和同事们的两面性。但事情不能只怪领导和同事，只能说白光耀刚柔得不是火候，屈伸得不得要领。

白光耀遇到这些事情的时候很泼烦，心里憋屈得难受。黄昏的时候，独自一人来到乡政府侧面的红崖山上，静静聆听此起彼伏的悠扬而苍凉的声音，潜心观察神奇的大自然精心而又随意拼凑的奥妙，感悟人与物的相似与不同。夕阳下一切都那么茁壮葳蕤，生生不息，黑夜来临时却又如此静谧，黯淡无光。白光耀一直坐到夜深人静的时候，站起身像羊把式、牛把式、驴把式肆无忌惮地吆喝牲畜那样大吼几声，就当山上的野狼号了。气也算消了，愤也算泄了。

白光耀想换个环境。

乡镇待的时间太长了，孩子都快上初中了，得想办法进城，不能麻袋换草袋——一袋（代）不如一袋（代）。得找个接收单位，他想到了农业局的书记兼副局长（正科级），民族干部培训班的同学马千里。白光耀述说了自己的想法，马千里丝毫没有推诿，抖着枣核眉，欣喜之色溢出镜片，微笑堆满了不甚丰满的两颊，拍着腔子说：“你算找对人了，这件事包在我身上!”马千里比白光耀还激动还上心，是白光耀始料未及的。周末，马千里邀约上几个经常在一起混的同学，在“不愁您不来山庄”做东，设宴款待了组织部和劳动人事局的相关领导，三言两语谈妥了白光耀工作调动的事情之后，宴席开始。从来滴酒不沾的白光耀感激地喝醉了，K歌的时候白光耀已经软得像面条子，让人搀着光跑卫生间了。

白光耀很快就到农业局上班了，职位是办公室主任。白光耀对老同学马千里的知遇之情当然铭心刻骨千恩万谢。其实马千里只是做了个顺水人情，既满足了白光耀的工作调动需求，又在单位重要岗位安插了一名唯我是尊的心腹，一举两得，何乐而不为呢？早在两个月前，原办公室主任提拔为副局长了，局长吩咐主管办公室的马千里尽快物色一个文字组织能力较强的人选，接手办公室工作。就在这个时候，才气横溢、名闻遐迩的白光耀送货上门来了。一拍即合。

这一年，白光耀整整33周岁。

不到半月功夫，白光耀就熟知了农业局的工作职能。局领导分工、局机关股室设置及职责、人员配备都摸索得烂熟于心。办公室工作对他来说驾轻就熟，游刃有余。把个散乱了几乎两个月的局机关整顿得井然有序，有条不紊。从单位职工到局领导班子没有一个不佩服白光耀的，都觉得他是一把管理好手，前途无量。乡镇上太糟蹋人了。大局长直夸马千里书记是“马伯乐”，慧眼识英才。

留给白光耀跨上副科级这个坎儿的时间不多了。这个坎儿生死两重天。白光耀有前车之鉴，为了目标，他忍气吞声，谦和，礼让，恭顺，甚至强颜欢笑。对待各类公文的草拟，他也一改过去在乡镇的臆断与跋扈，总是从股长到局班子领导一一征询意见，哪怕是很拙劣的令人啼笑皆非的修改意见他也愿意曲意地恭维“实在是高”。

因为感恩图报，白光耀与马千里走得很亲近，亲近得除睡觉之外几乎时时在一起。想找马千里可以把打电话给白光耀，想找白光耀可以把打电话给马千里，打一个电话两个人都能找到。大局长快 50 岁了，甚是嫉妒他们的亲密，狐疑他俩有阴谋篡权之嫌。心里很是不快。说实话，马千里有，白光耀确实没有。马千里着实想利用白光耀超强的组织能力和协调能力，在大局长卸任时能为自己顺利接班扫清本单位障碍。白光耀一是为报知遇之恩，二是想借助马千里的人脉在两年之内越过那个难以逾越的坎儿，仅此而已。

白光耀干得风生水起，不分白天黑夜。

在大局长即将离任之时，天赐良机，白光耀迎来了又一次也是 35 岁以前最后一次的晋升机会。白光耀很珍惜，很忐忑，马千里更上心，更卖力，上下左右的撺掇运作。当然，办公室主任占尽天时地利人和，是首屈一指最合适的人选。大局长明里非常热情地支持白光耀，在推选时却又把服务站站长加进去，看似临时凑数，属陪选人员，其实是一步险棋。在这种节骨眼上，单位一把手的推荐是很有分量的。马千里虽然是书记兼副局长，但局机关的书记与乡镇书记、县委书记是两个概念，两种不同范畴不能同日而语的工作性状，是有天壤之别的。再说了大局长虽是卸任，但大家都明白是卸农业局局长之任，却要到县政府上副县长之任的。明眼人不用提示。

推选的结果令白光耀很是沮丧，向前走一步永远成了泡影。马千里也未如愿以偿，大局长走了，来了新的大局长，他还是书记兼副局长。一段时期，白光耀很消沉，万念俱灰，老毛病顺势滋生蔓延。马千里带着情绪工作，出工不出力，当一天和尚撞一天钟。两人更加形影不离，同病相怜，借酒消愁，醉生梦死，感慨不公。时间长了，两个人都想通了，如果对自己公了对别人肯定不公。还是为了那份洁净的薪水勤奋地工作吧！所以，勤勤恳恳、兢兢业业、心无杂念地工作到 50 岁，退居二线算了。

可是，政策有变，马千里没有被任主任科员，腾位退职；白光耀没有爬上那道坎儿也没能如愿离开岗位，乐享余年。

想想那些频频曝光没有经得住诱惑没有把控好自己而身陷囹圄的贪官，白光耀倒也觉得心安理得，不胜安慰，也算是另一种意义上的光宗耀祖。

（原载《辽河》2016年第8期）

【作者简介】

杨英俊，宁夏作家协会会员，鲁迅文学院第二十期少数民族文学创作培训班学员。曾在《朔方》《辽河》《六盘山》等期刊发表多篇短篇小说和散文作品。现供职于宁夏同心县国土资源局。

荒原的呼唤

杨森翔

一

好大的一个太阳!

当他离开小山包那座简陋的黄土小屋，走出有三里地的光景，回头一看，一颗上明下暗的红彤彤的旭日已跳出山顶。原野上本来聚在一起的雾气，这时均匀地散开，飘得到处都是，草叶上的露珠闪耀着七彩的虹光。

她的眼睛就是这样的。

多么美丽、深邃的一双眼睛。

“我……舍不得你走!……”那眼睛似乎在说。

“叔叔，你别走，留在这儿吧，我听你的话……”这是她那7岁的小儿子平平站在门前的呼唤。

天哪，这就是刚才他们临别时的一幕吗?她和他究竟是什么关系?他的眼睛湿润了，要不是拴在门外桩上的那匹栗色马“咴咴”地叫，他真有点舍不得离开。

但是，他必须离开。

相去很远很远了。他又勒转马头，向那个像一溜薄云似的小山包望去。透过那轻纱似的薄雾，他仿佛又看见了她那眼睛里闪烁着的七彩虹光，仿佛又听到了平平那童稚气十足的“你别走”的呼唤。

唉，这是多么令人留恋的分别呀！它不但没有人们常说的那种远行人临别时的壮慨豪情，甚至也没有希望以后会重返家门的幸福，有的只是无尽无望的思念，和伴随这种思念的深深痛苦。然而，在他看来，“思念的痛苦”也是生活的一种权利。人应该有这种权利。人就该会思念。这是人之所以是人的一个重要际志。人如果不会思念，那么，他的心灵将是一片荒芜。同时，人也应该被人思念。一个不被人思念的人，就失去了存在的价值。如今，他可以肯定地说：“他是一个会思念别人的人，同时，他也是一个有人思念的人”。一想到这里，他不觉在痛苦的离愁情绪里，又添了一点思念的欢乐，由不住“嘿嘿”笑出了声。

“叔叔，你别走……”怎么，走了这么远，那孩子的声音仍然能听得这样清晰？他扑拉了一下耳朵，又勒住马缰，侧耳听去，什么声音也没有了。只听到晨鸟在草棵子里叽叽喳喳的欢叫声和风吹秋草的沙沙声。啊，没有了，那声音确实没有了。这时，他才准确地做出了判断：刚才听到的那孩子的呼唤，完全是一种幻觉，是自身的一种强烈的感觉，他的心不由得怦怦跳个不停。

离开草原，到城里去，到工厂里去，这是他十多年来的夙愿。因为草原不是他应该待的地方。他之所以在这里待了十多年，完全是那个荒唐的年代所干下的许许多多荒唐事情中的一件。可是，如今，他又听到了那孩子的“你别走”的呼唤，这不由叫他不心跳。他的内心充满了一种说不出来的惶然情绪。他实在不知道怎么办？他骑马走上了一道小沙梁。虽然日头升得老高了，草叶子上的露珠早已不见了踪影，可是他仍然回想着刚才的那一幕。

“欧——”

野滩里传来了一声呼唤。他抬眼望去，在左前方的一道小坡梁上，有一个人用手箍成了个喇叭筒拱在嘴上对着他喊叫。他认出来了，那是这附近有名的羊把式“老光棍”。他也把手箍成个喇叭筒放在嘴上对着老光棍呼唤：

“欧——”

于是，他两腿轻轻一夹，那马得着了信号，便加快步伐，向着老光棍奔去。

“欧——”老光棍迎着他先是招呼了一声，接着便高声询问；

“哪搭瞌睐?”

“嗑沙原了。”

他学着这一代老乡的口音高声回答。而且，这问话与答话里的“瞌”字，是他来到这个荒原上最先学会的几句话之一。在会话中，用场特别大。他也喜欢用。只要一用个“嗑”字，同他会话的老乡情绪就特别热烈，而他自己也觉得同他们的距离缩短了，可以同他们互相称兄道弟了。

“眊小寡妇嗑了?”老光棍两只小眼睛里闪烁着诡谲的光。

“嗑尿!”他也学说野滩里的粗鲁话。他知道，许多人都把她叫做“小寡妇”，可是，人家是有男人的女人呀!

“羞啥呢！眊就眊，这又不犯法!”

老光棍是个生性快乐的人。人老了，还是个光棍。但是听人说，他年轻的时候，可是一个吸引女人的男子汉哩。关于他的罗曼史，有不少传闻。但毕竟老了，那些事情，都如大江东去，一去不回头了。

“你没有听说过吗?咱们这荒原上有‘三宝’：沙子打墙墙不倒，嫖客跳墙狗不咬，丫头跟人娘不恼。你还避乎啥?”老光棍只顾说着。

他却生气了。他骂了一句：“老不正经”，就再也不愿同他多说了。因为他觉得按这个路数说下去，不但对他本人的人格是一种污辱，更重要的是对沙原上那纯洁的“她”的品格的一种亵渎。他确实是“眊”她去了。但是，他根本不能接受那个“嫖”字。他大学毕业已经 17 年了，他受过人们的各种批判，许许多多污秽的词语像脏水一样朝他头上倾泼而来，但是，却没有一个人敢把那个不堪入耳的“嫖”字泼在他头上。他自己也怪，对于其他污秽词语（尽管那也是莫须有的)，他都能忍受，却不能忍受这个“嫖”字。他对这个字的意义实在太敏感了。记得昨天下午，他牵马从公社朝出走的时候，就碰到了这个光棍羊把式。他观察他的目光是异样的。当时他穿着一身崭新的涤卡衣裤，十分笔挺，配合着他这个瘦而不单的挺拔身条，显得出奇得漂亮。他自己也感到有点不好意思了。因为，来到这荒原上的16年，他还从来没有这样打扮过。他以前穿衣服，要么上身是新的，下身必定穿旧的；要么下身是新的，上身必定穿旧的。衣裤同时穿新，在他来说，还是十多年来的第一次。他也不知道这究竟是为了什么？这根本不像个下队巡诊的样子，但是，既然穿上了，而且已经走出公社大门，就不好意思再回去换了。他走到野滩，遇上了老光棍，老光棍好像不认识似的，对他左端详，右端详，终于忍不住地问：

“你这是……”

“到队上去。”

“相亲？”

“不……嘿嘿……”

“那……”老光棍的眼光盯着他身上新崭崭的衣服，不再移开去。

“到下边巡诊。”

“噢!”老光棍有点不信，但又装出一副明白了的样子，长长地“噢”了一声。

他骑上马走了。只听老光棍从背后抛来一句话：“快嗑吧，天快黑了。”他回头一看，只见老光棍朗声笑着，并无恶意，但是，他的心里却一激楞，反倒不好受了。胡思乱想的老光棍呀！你把我看成啥人了！但是，他又一想：我这究竟是为了哪般要穿这么新呢？我这究竟要到哪里去呢？去了又要干什么呢？他沉思着驱马离开了老光棍。当他又一次听到身后传来老光棍那乐天的欢笑的时候，他才想起应该也向他做个告别。他回过头来，向身后看去，然而他看到的却是那闪耀着七彩虹光的眼睛，他的耳畔仿佛又飘来那孩子“你别走”的呼唤……

二

“……你别走……”那孩子童稚气十足的呼唤，是那样清晰，以至于他又一次怀疑是否孩子跟着他来到这里？然而，事实告诉他：没有，这孩子没有跟了来。这完全是自己的内心感觉，多顽强的感觉呀！他不禁又回想起那荒原深处的那座简陋的黄土小屋以及那个闪耀着七彩虹光眼睛的女主人和她的儿子……

她是这样一个女人，虽然她一生的大部分时间都生活在这几乎与世隔绝的荒凉的沙漠里，她仍然是一个标致的女人。而且，她一点也不蠢，甚至相反，她还具有那些受过中等或者高等教育的女人所具有的特殊的灵性。只是，她的眼神里常有一种忧虑，这使他好不平静。

昨天上午，当他拿到调令以后，他立即想到那个黄土小屋。他迫切地想见到她。

当他来到她那个独立的小屋面前的时候，她和那个孩子，高兴得手舞足蹈。那个平日很少能同外人接触的孩子的感情自不消说，就是她，也像个孩子似的接过他手中的提包跑着朝小屋走去。她给他沏茶、点烟。然后对着孩子说："平平，到外面抱点柴，给叔叔做饭。"那孩子拍着双手跳着去完成他母亲的指令。而她呢，却把一条腿朝炕沿上一盘，另一条腿立在地上，对着他坐了下来。她的腿很健美。

他真的被她那单腿坐炕的姿势迷住了。他惊骇地思量：30 多岁的山里女人，一点都不显得"山气"，倒像是一个憨态可掬的少女。

她柔软的黑发，平时总是不盘也不系，让它自由地飘散在两肩。这不是因为她喜欢这样，而是因为荒凉和孤独，她觉得没必要收拾。可是，这个样儿正好像现时城里女人时兴的那种"大披肩"的发型。现在，这自由的头发随着她身体的晃动自由地一前一后地飘荡，真有点"现代化"的味道。这比那种卷毛狮子头更惹人眼。

她的儿子平平把柴抱回来后，也学着他妈妈的姿势，朝炕沿上一坐，抓着他的手问这问那。由于平平说得急，有几次该像妈妈教的那样，叫他为"叔叔"的时候，却又叫成了"爸爸"。他不好意思地红了脸。她却忍不住笑起来。她一把拉过儿子，抱在怀里说："你也'老'糊涂了吗？人家外乡人不习惯这这个叫法……"

他看着母子俩笑得扭在一起的样子，也笑了。他们在他到来的时候所表现出的这种失态，无疑是对他表示的极盛大的欢迎。这从他第一次结识他们的时候就已表现出来了。

吃过饭，天已擦黑。他提出要连夜赶回去。她却说："有多急的事，非得连夜赶路！平平爸爸说晚上回来。回来后，你们男人家在一起扯扯磨。"确实，有两年没见过她男人的面了。每次他来，她都说"男人刚出去"。今天，应该见见他。于是，他点燃了一根烟，坐在门口一块散发着太阳余热的石头上。

她洗完锅碗，腰中的围裙也没有解，就立在门框前。眼望着西天的夕阳。系着围裙的她，风姿更显绰约。

"真美呀!"

她赞美起落日了。

他也抬头向远处看去。确实，这广阔的荒原此时显露出最美丽的姿容。傍晚的太阳，慢慢地朝着远处那个山包降落；原野上一丛丛沙蒿、芨芨草像着了火似的鲜艳夺目，含有石英、云母的细沙反映着红灿灿的霞光；大地妆点了姹紫金黄，汇成一派无限美好的秋野风光。头上是蓝茵茵的天鹅绒一般的天空。真是天高气爽，四野平静。

"还是在去年，"她继续说，"一次，我领着孩子进了一趟县城，路过文化馆，看到里面挂着许多画在展览。有一幅画上画着一堆烂南瓜秧里夹着一个怪模怪样的大南瓜。一看下面的字，原来那是'夕阳'。我真想不通，这些作画的人，难道就真的没有见过夕阳吗?这么美好的东西，到了他们的笔下，怎么就变得那么丑呢?"

"你可能没看懂。"他不觉笑了。

"我就看懂了。"她像个执拗的孩子，不服气地争辩着。

"嗯，那样的作品是抓不住人。"他宽容地让步了。

"可是，别的画就能抓住人心。"她并不想停止辩论。"比如，有一幅画，画着一个箍着头巾的老农民，他的脸上布满了沟渠一样的皱纹。他那长满老茧的手端着一个有豁口的粗碗，边喝水边用眼睛看着我，好像在对我说：瞧，孩子，我们过的这日子！我已经劳苦了几十年，解放也已三十年了，我的命运跟这碗差不多。现在已弯腰驼背……”

“你是看了说明或者评论了吧?”

“不，我完全是从画上看出来的呀！虽然说画上没有字，可是它画的那个人，你见过，我也见过。我们的父亲跟这一模一样。他们的生活就明明白白地摆在你的面前，还要什么文字说明呢? ……”

他惊奇地回头看着这个女人。她的眼睛里仍然闪耀着七彩的虹光。他想，她是一个多么聪敏的女人！她对艺术的理解力，一点也不比那些大学生差，她确实具有艺术的细胞……

这时，太阳已落进了远处那个黑色的山包，夜幕从山包和远处的沙蒿丛中升了起来。但山顶和沙蒿梢上还留着一点红色的残照。

他们互相看着。

他们俩的话仿佛都说完了。他们陷入了沉默。

可是，不能老是这样沉默下去呀！于是，她找话说。

她问他：“你真的要调走?”

“嗯。”

“办成咧?”

“调令已拿到手了。”

“你真想走?”

“16 年了！……”余下的话他没有说。

“唉……”

听见她的这一声长长的“唉”，他的心不由一跳。他回过头来看她。她的两只眼睛却盯着太阳沉下去的那个山包。他又看见了她那闪耀着赤橙黄绿青蓝紫的七彩虹光的眼睛。

她的眼睛里含着忧伤。

“我想，你男人不会回来了。”他瞅着她的那双美丽的眼睛。

“为什么?”她的脸红了。“我来了许多次，可从来没碰到过一次……”

“不，他会回来的。今天早上他出门时说要回来的。他不会不回来……”她急急地辩解着。他不再说话了。

经过一天的奔忙，他确实累了，他先睡了。可是，朝哪里睡呢？人家男人不在。如果是男人在家，那么，他可以同他们睡在一个炕上。这在山里人看来，一点也不算犯规矩。现在……他有点犯难了。“就睡在外面吧。”他心里想。于是，他斜靠在墙上，歪着头做出了睡的姿势。

她也为难了。但是，她只沉默了一小会儿，便对他说：

“你不能睡在外面，夜里有风，我给你在屋里墙角打个地铺吧。”

他同意了，他跟着她进了屋子。她挑亮了油灯，他一眼就看清了屋子里的一切。他伸手把挂在墙上的一件旧衣服拿下来当枕头。她从炕上拿下了一条毯子，敏捷而富有女性感地将它铺平，又拿了一件老羊皮袄铺在上面。他只是看了她一眼，便倒头睡在这个虽然简陋，却也温暖的地铺上，不一会儿，他就睡着了。

当他一觉醒来的时候，发现她还没有睡。她在不停地干活，先是发面、烙饼，然后又洗那些本来不准备洗的衣物。在豆油灯昏暗的光影里，她还不时地关心着他的睡姿。他身上的皮袄滚到一边去了。她轻轻走过来为他拉正，这时，一股热乎乎的气息扑到他的脸上、脖子上。这气息是如此诱人，好像七月草原上诱人的花香。这气味像老瓜头花那样含有一股沙漠的苦涩，还像甘草花那样吐露着灼热的甘甜，有时候又像苜蓿花那样清淡，可比毛头刺花多了一点沁人肺腑的浓郁……他已经是40岁的男人了，虽说这正是古人说的“不惑之年”，可是他毫无同女人相处的经验，还从来没有这样近距离地感受过一个女人的气味哩。在这一方面，他还没有脱离“惑”的阶段，他还什么也不懂。16年前，当他同那个军队女护士谈恋爱的时候，他是那样老实，那样粗心，居然没有注意到这一切。他想再多闻一会这种使人心醉的气味。他想继续闭住眼睛装睡，不要惊动了她。可是，他的眼睛却突然睁开了。他的身子竟然朝旁边歪过去了一点，他看见她吃惊地立起身子朝后退了两步，不好意思地对他笑着：“把你惊醒了……”

他睡不着了。他坐起来，从身上掏出烟来抽。

“再睡一会儿吧。”她说。

“你也应该睡一会儿了。我想到外面去转转。”他一抖皮袄，一股风把锅台上的油灯吹灭了，她也没有再点灯。

启明星已经爬上了东边的天空，荒原眼看就要苏醒了。

他抽着烟，信步来到了那片用碎石和沙土围起来的草库伦边。里面除了自然生长的各种牧草外，还长着他给搞来的紫花苜蓿、沙打旺和油砂豆之类的草，在这黎明的清风里，飘溢着它们特有的香气。他闻着这股气息，心里感到格外舒坦。

“真还得感谢你呢。要不是你帮助我们，真不知道我们的日子怎么过？……”

是她的声音。她并没有去睡，而是默默地跟在他后边，晨风吹乱了她的秀发。她轻轻地把它们甩向身后。那飘拂的头发梢触到了他拿烟的手背，使他产生了一种想抓住它的意念。他伸出手去。可是，做出来的动作却正好相反：他把手挪在离她更远的另一边。

她继续说：“你要走了。这是应该的。你早都应该走了。你当初就不应该到这荒原上来……可是，进城后，别忘了……给我们捎些草籽。沙打旺在这里不开花、不结籽，得年年种……”

他站住了。他和她离得这样近。他甚至能听到她胸腔里那颗不安的心的跳动声。在熹微的曙色里，他看到了她那闪着亮光的眼睛。

“你没有男人。你的男人永远不会回来了。”他突然对她说。

她吃了一惊。可以看出她因为慌乱而在不停地抖动自己的嘴唇。她呐呐着：“不……不……”

他还在看着她的眼睛。她的眼睛比刚才更亮，仿佛是两颗闪光的水银。他激动地说：“你哭了。你一个人在荒原上，是多么孤单、多么苦。难道你……”

她低垂着头，激动，然而是轻声地说：“不……这儿是我的家呀……”

他不由得向那间简陋的黄土小屋看去：它孤单而安静地矗立在那里……

她继续轻声地说：“我不是一个人，还有儿子。我父亲临完的时候对我说，这块地方虽然不是我们个人的私产，但是，在这里有我们的责任。我们靠这个地方生活，我们必须让它变得好起来，这是为了我的儿子，以及所有的后人……”

夜无声无息地渐渐逝去。东方的天空泛出微黄。小屋顶和草库伦的各种秋草的叶尖上也挂上了层金彩。草原上的阴影一点点地退去。最后躲进了那个隆起的山包下面的一道深沟。一只鹌鹑发出了清晨的第一声呼唤，畜栏那边的另一只鹌鹑回答了它，早晨就这样来临了。

临走的时候，她唤醒了她的儿子平平。她说，应该让她的儿子同她一道为他送行。她的那双闪耀着七彩虹光的美丽眼睛，还有她儿子那甜甜的呼唤，伴着他在草原上走了好远好远……

三

他走了好远好远。他真的有点累了。他翻身下马，把缰绳朝马脖子一搭，任它自由自在地在草原上觅草。他自己朝草地上一躺，眼望着蓝天，口嚼着芨芨草，出起神了。

他经常是这样，一碰到什么不畅快的事，或者对某件事拿不定主意，犹豫不决，他就独自跑到野滩里躺着。他觉得野滩的胸怀是宽广的，而且永远向他畅开着。他一投入它那坦荡的怀抱，就能排解千种思绪，万般惆怅。

蓝天上飘浮着朵朵白云。

这使他又联想起了草原上的羊群，联想到了草原上的人们和她，以及草原本身……联想到了他的生活道路。他要走了……

“欧——”

他听到了草原上那种特殊的呼唤。他欠起身子，朝传来声音的方向望去，原来是狗剩。他骑着一部新买的“渭阳”。看样子是专门寻他来的。

狗剩刹住车，把架子一支，就朝他这儿跑来了。

“昨天晚上就找你，你不在，碰见羊把式老光棍，他说你嗑沙原了。今天早晨我就到她那里找，她说你已经回来了。让我好找。你倒清闲，跑到野滩里睡大觉来了。”

“你找我啥事?”他问。

狗剩说：“听说你要调走哩，可我们的发家计划还没有订出来呢，你就能忍心丢下我们不管呀?”

他的身子不由得热起来了。他惊奇地思量，从前，多少文件、多少干部在那儿宣传、煽动，都无法使这些山里人接受“新技术”，如今，没有人那样费力煽动了，也不强迫命令了，这些山里人居然自己掀起一股“科学热”。他每次下队上去，简直无法按照预定计划回来，那些山里人死拉活扯，硬要让他到家里去，让他指教他们，让他帮他们鉴定牧草的优劣，讲授防治畜病的新方法和种草的新技术。这就叫“科学热”吗?简直热到了炙人的程度。山里人突然变得如此开化，简直令人不可思议。

狗剩卷着一根烟，讨好地递到他面前，要他吸烟。他抽着这烟，身子更感热乎起来。

这不由得又使他联想到他自己以及这块土地………他要走了……

前几天，他接到老同学的一封信，说是组织决定给他彻底落实政策，准备调他回十六年前工作过的“原单位”，对此消息，他自然是高兴。这是他十多年的愿望。他早就盼望着这一天。回“原单位”，这并不是说他对“原单位”有多么深厚的感情（其实他在“原单位”只待过一年），或者说“原单位”非常需要他。不，他学的是理科，可“原单位”却是一个宣传部门，他对宣传和文字工作一点也不熟悉。他之所以有回“原单位”的愿望，仅仅是因为，他觉得当初把他从“原单位”赶到这个草原上来的道理是荒谬的，是错误的。正如沙原上的她所说的，是个“应该”还是“不应该”的问题。可是，当他正式接到调令时，他在内心深处又产生了对“原单位”的陌生感。有一股对自己未来的担忧。究竟是什么原因促使他产生这种奇怪的感觉他还说不上来。

“嗨，如今给你们这些知识分子落实政策，知识分子开始吃香起来了。不过，叫我说呀，给你落实政策，先得给落实一个婆姨！都 40 岁的人了，还是光杆一条！多凄惶！”狗剩抽着自制的卷烟，同他扯起磨来了。

谁说不是呢！40岁了，还是光杆一个!一想到这里，他的心头由不住会产生一种强烈的怨愤情绪。他不是那种没人要的傻子、瓜子；也不是如有些小说上描写的那种只知读书，不食人间烟火，不懂得如何生活的“书呆子”；更不是那种长得十分难看，五短三粗，站没站相，坐没坐姿的丑八怪。不是，都不是。他不仅不难看，而且还是个美男子呢！不过，他不是一般意义上的美。他的美，是一种粗犷、彪悍型的美，额头上粗壮的皱纹和头上短短的黑发，充分显示他的性格特征：坚定沉着和不屈不挠。宽厚的肩膀和瘦窄的臀部，又说明他的力量和机敏、干练，他那犹豫的神态也使他透露出一股别人身上少有的阳刚之美。那为什么又把他闪到如此大的年龄，使他还未“成家立业”呢?说起来，就恨那条害人的“左”倾路线。是它，使他失去了在风华正茂的年龄建立自己家庭的机会。他被弄到这个荒凉的不毛之地劳动改造，原来的那个护士同他吹了，自不必说，就是这草原上的山姑娘，也没有几个敢同他建立家庭的。他们倒不是怕他是什么“分子”。不。这个，很多人都不在乎。他们淳朴、厚道，待他不错，不像城里人那样，尖滑得很，势利得很。他们怕的仅有一条：他是个“外乡人”，根扎不深，是只“过路的鸟儿”，停一站，“终究了”是要飞走的。他们可受不了这个。这里的人们啊，几千年遗留下一个观念：“驴毛赶不了毡，山汉做不了官；山汉做了官，一辈子不回转”。他们最怕离开本乡本土。他们自己也说自己没出息。即使在三年困难时期，很多人家没有吃的，他们也不逃荒，就死守在家门口，宁可饿死。所以，他们的女儿不嫁“外乡人”（实际是外省人），也是根深蒂固的传统。他还不甘心随随便便解决自己的婚事呢。这样，一拖就是好多年。两年前，他的问题得到了平反，又赶上落实知识分子政策。他由一个放羊的，被“提”为公社畜牧技术员，开始香起来了。为他做红娘的也多起来了。可是，说一个不成，说一个不成。有人以为他条件太高了。其实完全不是这么回事。他落实一个女人的条件并不高：没有孩子，或者只有一个孩子的二婚女人也成。毕竟，他的年龄太大了。虽然他不很挑剔，可是，找一个自己满意的城里女人，实在不容易。前年，他的老同学为他在“原单位”介绍了一个女人。那个因在恋爱问题上过于挑剔，最后使自己的年龄超过了恋爱最佳期的老处女，是她自己耽误了自己，年龄已经过了 33 岁。人们背后都说她已经“长空”了。他也同她见过一面，觉得相貌不错，但是打了几次交道后，她就嫌他不是“党员”，况且他的工作又调不上来，草原上的罡风烈日她受不了。

他们的事情就这样告吹了。他并不难受。因为他们之间并无什么深的感情。“萝卜白菜，各有所爱”。她不爱他，他还不会去爱她。从此，他甚至得出结论：爱人，根本就不应该要别人去介绍。而应该由自己去爱。同时，他也看出来了，城里女人对他的要求是；必须调离草原，到城里工作。他感到伤心：“我本来就是城里人呀，如今这荒原难道就是我一辈子的归宿？”

“嘿，我说你呀，找个我们山里女人吧。山里女人可是‘物美价廉，经久耐用’啊……”狗剩半认真、半开玩笑地说。

找个山里女人？这个念头也曾经在他的脑子里不断出现过，但是，他都毫不犹豫地打消了。多少年都过去了，如今再找个山里女人？再让那些琐碎的家务事把自己缠死？不干。

可是，他却遇上了她。遇上了她，就把他的一切构想都打破了，他不会忘了她。她那闪耀着七彩虹光的眼睛使他销魂。4 年了，他利用下队巡回医疗的机会，常到那里去落脚。他是爱上了她吗？他也说不上。只是喜欢与她在一起，哪怕是一句话不说，同她在一起坐一会儿，他都高兴。其实，只要他们在一起，好像总有说不完的话，做不完的事。他常去帮她打畜草，帮她收拾已经被风雨侵蚀的房子，而且教她搞多种经营。只 3 年的功夫，她家的日子就旺势起来了。

“喂，我说，沙原里玉媚咋相？”狗剩凑近他的耳朵神秘地说。其实，在这荒滩野洼里，根本就不怕泄秘，用不着这样。

“你提这干啥？人家是有男人的女人。”

“你呀，还瓜着哩！”狗剩说，“她那不争气的男人，出门两年了，如今连个音讯都没有，恐怕早死在外面了。”

他听着一怔。

“咳。这个日鬼辰，就没有一天在家干活过日子。”狗剩吹掉了烟蒂上的烟灰，继续说：“只苦了那娘母俩……那个家，从无到有，全是她和她老爹挣下的。他们从定边讨要过来，在这个三不管的沙原上安了家，靠挖老鼠仓、掏甘草、讨吃度日月。如今总算有了点家业。可那二流子男人留下了什么？什么也没有留下!甚至在他儿子身上，也找不到一点值得纪念的痕迹……”

虽然，狗剩的消息同他的感觉完全合拍，他还是震惊得发呆了！他好像刚明白过来似的：原来她就是独身一人在撑那个家呀！一个人孤零零地生活在那个荒原上，这怎么成？怪不得他每次去，总是发现许多该男人干的活，总是没有人干。他为她不平，只恼恨那个无情无义的男人，把这样的一个女人丢在家中，他一个人跑到外面去胡作非为！可是，她还对别人瞒着这一切，还为他牺牲自己的青春!

“当初她咋嫁了这么个男人?”

“咳，还不是就近的方便！那时候，在这个荒原上只有她和她的父亲。后来，碰上了这个讨吃鬼，她父亲就收留了他，……就这么成了。可是，他又不好好过日子，怕劳动，整天在外面胡晃悠。现在，竟然几年不回家你说，这样的男人，即使不死，还不该离掉?”

他坐不住了。他翻身起来，抓住马缰，就想重返那座黄土小屋。他要找她，想当面揭穿她的谎言！你并不幸福，你有痛苦，可是你为什么要这样自己折磨自己？……但是，狗剩把他拉住了：

“你上哪儿去？我请你的事，你还没答应呢!”

他听了狗剩的话，不觉打了个寒噤，他冷静下来了。他自己问起自己：她是你什么人？她幸福还是痛苦，与你何干？要你多管闲事？想到这里，他像泄了气的皮球，他回过头来对狗剩说：“走吧。”狗剩说：“到哪里去?”他说：“你叫我到哪里去呀?”

四

当他每次到沙原她那里去的时候，他是怀着希冀的。他曾在黑夜里遥望过她屋里摇曳的灯光。那灯光，就是她妩媚的笑容。有几个风雨之夜，他为她担心。他感觉到，她也怀念过他。当初，如果他见到的不是个有孩子的女人，或者，虽有孩子而无那个男人，他肯定会是另一种心境。他不是不道德，也不想夺走别人的幸福。但人就是这么怪。生活中有好些朦胧的东西，你说不清楚，只给你一种感觉或者一种愿望。

他和她认识，纯属偶然。

那时，他 36 岁。36 岁，按照我们中国的计算方法，是一个已经迈进“中年”门槛的年龄。在这个年龄线上找对象，谈何容易？所以，他已经断了此生再同任何女人建立家庭的念头。

噢，是一年的十月中旬的一天吧，确切的日子本来不应该忘记，但是，由于他的灰心，他把任何一个值得纪念的日子，都从自己记忆的屏幕上抹去了。

总之，是十月中旬的一天上午。“四人帮”已被粉碎；他也由“牧羊工”被“提升”为技术员，可以骑上马，四处乱跑了。那天，他骑着马，怀着解放了的愉快心情，在草原上为各队的牧畜巡诊（十几年的草原放逐生活，使他重新学习了畜牧兽医和草原管理的学问，原来的专业相反全丢光了），同时，还要到沙原深处寻找一块合适的种植沙打旺和紫花苜蓿的试验地。那时，对于在草原上种植苜蓿和沙打旺，大家都吃不准，特别是公社金副主任一直不同意，甚至连搞试验都不批准。对于他这当了十余年“羊捎子”、犯过错误的大学生的所有关于改造和建设草原的建议，一概嗤之以鼻：“就你能?我们山里人，人老几辈子不种那东西，就不活了?”

一天，他在公社院子里开了一块地试种了点油砂豆，金副主任看到了。他对金副主任笑了笑，算是打了招呼。可金副主任连理也不理，对着屋里的张秘书大喊：

“县上制定的‘草原保护和管理条例，咋说来?”

张秘书回答说：“禁止开荒和滥牧滥伐。”

“对咧。可是，有人竟然把荒都开到公社院子里来了!”

张秘书解释说：“那是王技术员在搞种草试验哩。”

金副主任气哼哼地说：“种啥也不行!”

听着金副主任神汉断鬼似的训斥，他的心里真不是滋味。一气之下，他又把这块地平了。他要到人迹罕至的草原深处，找一块不易被人和畜发现的地皮，去搞他的这种种草试验。他真不明白，在现在，人们为了按自然规律办事，搞点试验，竟然像种大烟似的，非得偷偷摸摸朝深山野洼里跑……

他所找的地方，就是现在她的那座黄泥小屋的所在地。

那天，他骑着马在这荒原上转悠，正为找不上一块安全可靠、避静的好地而发愁，忽然，他听到了一声鸡叫，在这荒无人迹的沙原上能听到鸡叫，真好像是白天遇上了鬼，不可思议。他循着鸡叫声走去，终于看到了一溜沙梁后面的洼地里有一间简陋的黄泥小屋。四周长满了各种各样的草。沙梁的顶部和背坡上长满了绿茵茵的沙蒿和沙柳。真像是一块“世外桃源”。他下了马，顺着一条隐约可见的“小路”来到洼地里时，在草莱中间，一小方土地被开垦出来种上了白菜，还有一块种着糜子和荞麦，几只本地草鸡潇洒地在草莱间慢步。一个小男孩正蹲在地上拔沙葱，忽然看见来了生人，站起来就朝小屋边跑边喊：“妈妈，来人了!”随着这声音，一个女人站在了门口。她警惕地望着他，他赶紧解释说：“我是偶然路过这里的，想找口水喝”。那女人转身回屋，拿着一只用葫芦做成的瓢舀了水端到他面前。他双手接过水瓢，一仰脖子喝了个精光。他边用手擦着嘴角的水迹边啧啧赞叹：“这水真甜!”那孩子睁着两只好奇的眼睛，直盯着他说：“路过这里的人都这样说。”那女人接过水瓢，用眼睛直“剜”那个男孩：“平平，放到缸里去!”那男孩接过水瓢，乖顺地进屋去了。

他环视这里的一切，心里想，这是个搞试验的理想地方：远离人群，又有人在这里经常看护。可是，多少年来，他从未曾听人说过这里住着一户人家。一家子住到这荒凉的僻壤，生活该有多么艰苦！他问那女人："你们……"那女人没有回答。事情明摆着，她不是这个公社的社员。他想起来公社里的干部曾经议论起前些年发生的一些怪事：在一些三不管的地方，常有些"黑人黑户"。这些人家大都是从"三边"逃荒到这里后，找个僻静的地方住下来，一边种地，一边到外面讨要，维持温饱。还有些人因此而"发了家"，给儿子娶了媳妇……她是不是这一类型?听口音，很像定边人。但是他没有问，仅仅心里这样想。因为所有的人都不愿意对一个素不相识的人讲自己的身世，何况又是一个女人！

然而，那个孩子却是个"不失闲"。在他和她不连贯地问答的当儿，那个被他妈叫做平平的孩子，悄悄地走到那匹栗色马前，一会儿摸摸马的肚子，虽说那马是经过训练的一匹"熟马"，可是，见了这个孩子，仍然要蠕动自己的屁股，表示讨厌。他的妈妈吓坏了，连忙喊："过来，你不想活了！"可那孩子什么也不怕，仍然站在栗色马的跟前。

他看见了这一幕，他抱着孩子问："想骑马吗?"

"想。"

"来，骑上他遛一圈。"他把那孩子抱在马背上。

她可吓坏了。她生气地说："你明明知道他不会骑，你还这样！"

他平静地说："不怕，有我哩。"说着，便朝马屁股一拍，那马扭动了一下腰肢，围着他转起了圈子。

那孩子骑在马背上开始有几分紧张，紧紧地攥住他的手，瞪大眼睛看着马脖子。这时，他乘势也翻身上马，搂住那惊恐、然而又勇敢的孩子，双腿一夹，那马便长嘶一声，围着那座独立的黄土小屋疾步快走起来。她张大着嘴，不住在喊："慢点！小心！"可那孩子却兴奋地挥舞着手臂，大声喊着：

"妈妈，你走开……"

这种人与马之间的游戏确实有一种惊心动魄的美。那马得着了骑手的指令，便也乘此机会充分施展自己疾走与奔驰的本领。它先是在那女人面前猛地一停，急速地变换了一下脚步，然后，便沿着那条隐约可见的"小路"奔跑起来。马上的骑手只听见那女人的喊声：“慢点！小心！快点回来！……”便跑远了。

从她的呼唤声中，他明显地感到，她十分不放心他的骑术，非常担心她儿子的安全。他甚至从马后空荡荡山天相接的地方，能看到她气得发青的脸。她神经质地咬着自己的嘴唇，用手遮住日光，扫视着骑在栗色马上的他和她的儿子……

他觉得无法理解自己的感情。那个女人身上有一种使他不安的陌生感。但仅仅如此吗？是她的陌生感引起自己的思绪吗？因为自己独身太久的缘故？要不然就是别的什么原因？

她使他激动不安。这种情绪任何女人都没有带给过他。为什么会这样？而且更糟糕的是，她肯定知道他的思想和活动。他有一种直觉——她很孤僻。

但是，她却是一个隐蔽全部感情，不流露孤寂感的女人。她对谁也不愿表现出一点热情。奇怪的是，他对她尽管有陌生感，但他觉得，遇到她，比遇到其他任何人要更愉快。当她愤怒地说：“你明明知道他不会骑，你还这样”时，他并没有生气。

他勒住马缰，奔驰的马放缓了步子，然后，又随着他的指挥掉转了头，他搂着那个兴奋的孩子，指着地平线上的那个人影说：“我们回去吧！”

当然，当他们平安地返回那间黄土小屋的时候，孩子的母亲早已准备好了水，她把儿子从马上抱下来使劲亲。嘴里不住地说：“把我儿子吓坏了吧？”那孩子却指着他说：“才不怕呢，那个爸爸搂着我！”

“叫叔叔！”母亲在儿子的脸上轻轻拧了一把，那孩子撒娇地哼了一声：“嗯，叔叔？”

这就是他们见面的第一幕。

当然，在这里种试验田的事也是这一次谈妥的。为了报答她的宽宏大量和付出的辛苦，他把试验田所有的收入都给了她。她的生活也变得充实而有乐趣。而且，竟然成了这荒原上首先富起来的“样板”！牵动了多少人的心……

五

“啊呀，可把你请来了！”

一双双粗糙而温暖的大手把他迎接进了屋子，也把他从遥远的回忆中拖了回来。这呼声充满了爱戴和温暖，还带着几分久盼不来的那么一点渴望和不满。

他看清了，他们这些既是庄稼汉又是牧民的山里人，是以怎样急切的心情早就聚集在这间屋子里等着他啊！

他的手被一把大手捏着。他顺着这大手看去，认出是“烂眼子毛”，这人眨巴着那一对红肿的眼睛，咕咕叨叨地一个劲对他说：

“我早就看见你，我还以为你不会进我们的门了。上头调你哩么……”

啊，这些乡亲们，多么好！狗剩把“烂眼子毛’的衣服一扯，使了个眼色，“烂眼子毛”赶快停止了自己的絮叨，扯着他的手，一个劲地往炕里面让。

他也不推辞，很内行地盘腿坐到里面。

他已经学会了坐炕。庄户人的炕头，是一切聚会的舞台。他记得刚来的那阵子，为坐炕，可难为咂了。他不习惯，也不会坐炕。走到别人家里，就爱那么站着，或者靠炕沿边斜倚着。人们都笑话他。是狗剩悄悄告诉他：“立客难打发。客不上炕主不安。坐不坐炕，可是个群众观点问题！”他这才意识到问题的严重性。下决心学会坐炕。第一次坐炕，就碰上开会，大人娃娃、男男女女拥了一屋子。他被挤到炕旮旯，紧挨着一群女人。他双腿盘坐，像个坐佛。可是，不到两分钟，他的腿压麻了，想伸一下，可是又不敢，他恐怕那些女人骂他“耍流氓”，他就那么硬着头皮捱着，头上的汗珠子乱滚，别人问他咋了？他咬着牙不出声。狗剩还以为他病了，他就借坡下驴，这才从炕上下来跑到院子里做“伸腿运动”去了……想到那个狼狈劲，今天还忍不住好笑。但是，毕竟他已学会了坐炕。

这时狗剩把门一关，朝炕沿边一站，开始了“演说”：“人已经给你们请来了，你们大家伙有啥意见和要求，就快提吧，可要抓紧时间，人家可是忙人。”

平常木呐异常的“烂眼子毛”首先开了腔：“老王啊，这几年，你帮沙原上的玉媚翻了身，日子过红火了，你能眼看着老哥朝穷坑里掉么?”

平时不多出门的刘寡妇也停止了纳鞋底，抢着说:“我亲眼看见你指导的那一家，比我们多收入两三成。我想请你帮我家种点饲草，你有技术，帮我们刨刨穷根吧……”

“老王呀，只要是能帮咱们发了财致了富，我就带头给你捐款修庙，把你当神敬!”这是快嘴利舌的张存柱。

他确实受了感动，心里头滚热。泪花花不由得在眼眶子里转了起来。他感动地说：“我……又不是神仙。”

“嘿，神仙还比不了你哩。你能让我们变富，神仙哩，我们敬了他多少年，他还让我们吃饭没有盐，穿衣没有钱，还说是‘幸福生活比蜜甜’哩!”狗剩兴头也来了，竟然站在地当中又谝开了。

其实，这种科学热在前年还冷得很哩。他记得很清楚，就是那个要给他“修庙”的张存柱，他家屋后面有一个洼坑，以前种过点菜，后来几年都荒着，他跑去同他商量，要在那块坑里搞种草试验，所有的收入都归他，条件是：他平时费点心看护着，别让牲畜啃光了。可是，他嘴一撇，说啥：“骑兵的尻子步兵的腿，知识分子全凭一张嘴。你到别处试验吧!”庄户人啊，最讲究实际。只要拿出一个活的榜样给他们看，他们就会信你、服你、拥护你!

他感动地回想着。他经不住这些乡亲们的热言热语，索性把他那包包提来，从里面抖落出一张纸，朝墙上一挂，他要就地给他们上一堂“因地制宜，广开门路，多种经营治穷致富”的课哩。

那张图上画满了路路道道，标着各种洋码号，庄户人一下子还看不大懂。但是，经他一讲，他们完全明白了。是哩，这就是我们的公社，这就是我们的大队，这就是我们的家呀！这图上画的什么？原来是他根据十数年的调查资料绘制的全公社资源分布图。他根据资源的分布和土质的情况，提出了一整套规划和设想。哪些地方可以建立草库伦，里面除了天然牧草外还要种植沙打旺、紫花苜蓿和胡枝子；哪些地方宜搞林草间作，在沙坝上栽植沙柳，用沙柳固沙后，在沙窝里种植苏丹草和牛金条；即使是种粮的好地方，也可以搞粮草间作……这些，他几个月前就搞清楚了。他本来想提交给公社。可是遇到金副主任那态度，他又把它装进了皮包。计划再好，遇不上“明主”，白搭。可是今天，他遇上“明主”了。他自己虽然不敢比“诸葛亮”，可乡亲们好比“刘皇叔”，用比“三顾茅庐”更大的热诚请他来给他们“话说天下”，他感动了。他决定“出山”了，把他的关于改造这块地方的全部想法向他们抖落。

他指着“烂眼子毛”说：“你们家离水源近，有两亩水浇地，粮食产量比较高。可是单打一种粮食，在咱们这地方，富不了。最多能维持简单再生产。咋办哩?要广开门路哩，要搞多种经营哩。”“烂眼子毛”凑到那张神奇的地图面前，细细地瞧啊，细细地眊，他终于找到了自己家那块地，连说：“对着哩，对着哩!”那样子真像从宇宙飞船上看到万里长城的宇航员那样兴奋。

他继续说：“咋多种经营哩?要搞粮草套种。我已经试验过了，在一亩地里套种草木樨，当年粮食一斤不少，第三年还多收几千斤饲草和燃料呢!”

“烂眼子毛”笑得眼睛更小了，简直眯成一条缝了。

张存柱着急得睁大眼睛，直嚷：“我哩？我们家咋闹哩?”

他看着他说：“你们家呀？要养鸡哩，养兔哩!”其他人紧跟着嚷嚷：“对！对！”

“为啥哩？如今不是要保护草原哩么？要停止破坏哩么？甘草不准胡挖了，羊也不准胡发展，发展多了会破坏草原，造成恶性循环。咋办哩？养鸡。我们这里有的是地方。养鸡下蛋不怕没人买。城里人不能天天换新衣服，可得天天吃饭！只要他们天天吃饭，鸡蛋就不愁卖不掉……还有豆腐担子，是拴钱的串子，饸饹面，黏搅团……都可以作为地方风味小吃，摆到公路上去，那过往的车辆行人不会不光顾的，只要手脚勤，不愁富不了……”一会儿，就把大家说得热乎乎的。他的头上也沁出了细密的汗珠子。这是他下到荒原十几年的第一次呀！

靠在门框旁的乔大娘听着听着，想起了另外一码子事，她冷不丁地插进一句话：“老王呀，你罢（不要）走咧！就给俺这荒原做个女婿算哩!”这一说，把大家都逗乐了。乔大娘认真地说："我说的可是真格的！"说完她也跟着笑起来了。

狗剩说："人家早都相好了！"

这些山里人好像听到爆炸了一颗原子弹那样吃惊，一个个睁大了眼睛。他们不是不相信他会有人爱，而是诧异这事咋谁都不知道？"你们没看见今日他身上穿的啥？是从哪搭来？"

大家这才看清他不同往日的一身新打扮。当然，他们也知道他是被狗剩从沙原玉媚那里请来的。人们高兴地鼓起掌来。可是一些好心人又替他担心："那不是胡闹哩么？人家玉媚是有男人的女人啊？"

他的心中也说不出是一种什么滋味。

六

一直到太阳落山，他才回到公社。

他的心情确实很复杂。他既为山里人中间兴起的这股科学热而高兴、而振奋，又为自己的即将离去而苦闷、而犯愁。这种复杂的心情好像是在今天才有的。是的，今天，他遇到了那么多人，他们都是多好的人呀！他们舍不得让他走。他就能舍得他们吗?他难道就没有一点留恋吗?

他关好了屋门，连脸也没擦，就倒在炕上睡下了。

多少往事，像演电影似的，又一齐在他的脑子里转来转去。

随着党的知识分子政策的落实，确实，他又吃香起来了。他曾经工作过的"原单位"来函要调他回去。他认为他应该回去。这"应该"的意思不是说只有"原单位"才适合发挥他的才能，不。相反，他认为他已很不适应"原单位"的工作。他只是认为当初以那样的理由把他赶到这里来是完全错误的，是"不应该"的。为了证明那是个错误，他理所当然地要回"原单位"去。所以，在他来到山庄的最初几年，是抱着"暂时寄寓"的思想。他想，这只能是他生命里的一段插曲。一定要快快过完，早早忘掉。他利用放羊间隙学畜牧兽医、搞草原调查，那是因为他有一种不安于平淡的心劲儿。他认为，人生在世，干什么，学什么，不断地学习自己的未知，那才是有意义的哩。何况，他只身一人待在这荒原里，不学习，又怎样打发岁月呢？所以，以前他曾有过一种感觉：他到这儿。仿佛跑到一个有屏风隐蔽的山洞，可以从那里非常冷静地看着外面吸引人的大千世界，跟那个著名的瓦尔特·惠特曼似的，向世界大喊——

你们这一群一群穿着衣服的

男男女女，

叫我看着真觉得稀奇！

然后，再等待时机，重新回到那个世界里去。但是，现在，却变了。当他正做着重回那个世界里去的准备的时候，却发现那个世界有许多变化，使他不由得产生了强烈的隔膜感。当他利用一次出差机会到“原单位”住了几天之后，发现“原单位”虽然洋溢着现代文明的许多气息，人们也欢迎他，但是，他总觉得聚在这里的人们不能水乳般地配合，而且一下班，每个人都朝自己的屋子里一钻，彼此不大来往，远不如山里人。他们的工作，也好像很刻板。又加上那种拥挤和嘈杂，真使他受不了。他有时也觉得奇怪：为什么会有这种感觉呢？仔细一想，也就通了。17 年了，他一直生活在荒原上，濡染的是自然的生活，接触的是厚道朴实的山乡农牧民，感受到的是素朴美的快活和自由，同这里的情形完全是两码事。

这里的几位老同学，也觉得他大大地变了，与原来的他判若两人。不过他们所注意到的不只是他的外表。他们觉得，他一举一动越来越像一个农民，两腿乱伸乱动；心里一有喜怒哀乐，脸上的肌肉马上就表示出来：眼神里传达出来的意思，赛过嘴里说出来的，没有了那种文雅。一个咬文嚼字的人见了他，肯定要嫌他言语粗俗，一个行为拘谨的人见了他，肯定要说他举动粗野。有一次吃饭，城里人都捧着像茶盅那么大的小碗，他不习惯，他把饭扒在一个盛菜的大盘子里，他遵循的规矩是：“好汉子吃饭，三扒两咽”，不大功夫就吃光了。这惹得周围的人们一片讥笑。可是，他也看不惯他们。瞧那些男人，端碗和捏筷子的手指又白又胖，指节是一个小小的圆坑，有一种女性感，难看极了。他最不能忍受的是这里的嘈杂和拥挤。每天，当黎明到来的时候，这儿听到的便是汽车和拖拉机发动机的轰鸣声，不像荒原上，在黎明到来的时候，原野上响起的首先是雄鸡的啼鸣和百鸟的歌唱。唉，真的，当他住在城里的时候，他的记忆却一直停留在那个偏僻的荒原：那里，有一条曲曲弯弯的、非常不明显的小径，一直通到她的门口；那里的月夜，像梦幻一般（城里可没有这样值得怀念的月夜），月光下堆满蒿草的场院，经常回响着老光棍动人的歌声；白天，阳光下，在门口大碾盘上聚着一群纳鞋底的姑娘媳妇，从她们中不时发出一串串格格的笑声……

今天，他已正式接到了调令，荒原上的人们也知道了他要走的消息。平时表现得十分安静的山乡，一下子增加了许多喧闹，在他们的心里激起了一股难以抑制的热情。这时候再看这村庄，这土房，他本来觉得非常荒凉、偏僻、简陋、无足轻重的地方，一下子好像改变了自己的模样：那些被风雨剥蚀了的泥土墙壁都轻柔地向他吐出“唉，别走”的字句，窗户微微含笑，门儿甜言引诱，树枝举手招呼，草原和沙窝也都暗中同谋，现出满面的羞容。这一切又都是怎样产生的呢？原来，这都是因为，草原上有一个人，她在他的心目中影响深远、广大，以至她的人格都浸入了泥墙，渗透到这块广漠的荒原，而叫它们带着亲热的感情在搏动。

她就是玉媚。

可是，她是一个有男人的女人！

七

天亮了。

他听到有人说话。

“这事告诉他不？”

“先别。他昨天跑了一天，累坏了，还没醒哩，让他多睡会儿吧。”

“唉，这事要是早得到通知，他也不一定要走了。大家都舍不得他离开呢。”

“谁能算得这样准哩。日怪，平常在一搭里，也觉不出啥，真要走了，又舍不得了。”

“这事告诉她了没有？”

“谁？”

“沙原上的玉媚。”

“昨天就派人去通知了。”

他以为这是梦。他实在太困了，又睡着了。

过了一会，忽然传来了一个男人的叫门声。他迷迷糊糊地分辨出那是狗剩的声音。他听到一个声音在劝阻他：

“他昨天累了，还睡着哩，别叫他了。”

狗剩着急慌忙地说：“我问一声他还走不走了？”

“走哪儿去？”

“调城里呀！”

“那是当然了。”

“可是玉媚她男人已经死了呀……”

“她男人死不死，碍他什么事？”

“嗨，咋不碍事？……”

他猛地一惊，一骨碌翻起身，用手掐了掐大腿，感到痛，这才知道不是梦。于是，他打开屋门，大声问：

“你们刚才说什么？”

狗剩被他这一声喊吓了一跳，等醒过神来，准备回答他的问题的时候，他早已像冲锋一样，跑到马棚里解开马缰，骑上马就朝沙原跑了。

狗剩在后面大声喊：

“喂！你到哪里去呀？有句话还没给你说哩！……”

他在马上应了一声：

“别问了，我同意——”

那声音在荒原上空回荡，久久未能散去。

八

当他骑马走了近一半的路程，远远看见迎面来了一个人，从那熟悉的身影判断，肯定就是她，她的身后还跟着她 8 岁的儿子平平。

他猛地勒住马，看着那风姿绰约的女人，他激动地高喊了一声“啊——”，好像俄国人高呼“乌拉”似的。

她也看见了他，她站住了。任凭晨风吹拂她的秀发，不再朝前迈进一步。

他翻身下了马，把缰绳朝马脖子上一搭，徒步向她走去。

突然，她拉着孩子向这边奔来，平平喊着：“叔叔!”

他也跑了起来，远远地张开手臂，去迎接那个可爱的孩子!

到了跟前，他激动地张了张嘴，可是没有说出一句话。他只是使劲亲着平平的脸。

她站在晨风里，大声说：

“他死了！……”

说完，竟像孩子似的大声哭起来。

哭吧，让她痛痛快快地哭吧！他的心里可是一个劲地高兴。这并不说明他没有同情心，而是他认为事情的发展早就应该是这样的。死了。他早都有了这种感觉。这个不负责任的男人，这个对她欠下债的男人！就那么糊里糊涂地死了。对她来讲，与其说是不幸，还不如说是好事。

到了这个时候，他才突然明白，几年来，他自己一直惶惶不安，好像圈在笼子，又不知所措，该去何方？其原因就在于：他不知道是否会有今天？而今天，是他一直都在盼望着的。他不否认，他以前曾非同寻常地思念这个已经有了男人的女人。他也不承认这是道德低下。因为尽管思念她、爱她，可他并没有做有损于她家庭和睦的任何事情。他只是以高尚的行为帮助她，关心她。

“你不应该这样难过。他不值得你这样……”他把平平的手放开，对着她说。

她抬起了头：“我不是为他伤心。我心里头觉得他早死了，可是，我还是由不住要流眼泪……不知道是为了什么……”

他看着她揉红了的眼睛，虽然那里并未闪射出赤橙黄绿青蓝紫的虹光来，但是，他仍然感到柔媚。他强压制住自己激动的心潮，尽可能平静地说：“我已决定：不走了。”

她抬起头，看着他，慢慢说：“16 年了呀。”

平平已被草原满地爬行的沙匍子吸引去了。他跑着去追逐那些小动物。这里只剩下他和她。

他大胆地靠近她，毫不犹豫地用手绢为她揩擦脸上的泪水，并且专注地盯着她的眼睛。以前，他可没有这样直视过她的眼睛。那时，他不敢。因为他觉得他没有这种权利。现在，他敢了。再没有什么障碍可以阻挡他这样做了。她不好意思起来了。她低下头，脸上出现了红晕，她低声地说：“我真有点不好意思，男人刚死，我就这样……”

他说：“其实，他早都死了。只不过是刚得到消息而已。”

草原上的秋风吹动沙蒿和甘草秧的叶片，发出沙沙的音响；正在吃草的栗色马偶而发出一声喷鼻的响声；平平兴致勃勃地满滩追逐着沙匍子。他把沙匍子的尾巴揪断，然后观看那脱离了身体的尾巴活蹦乱跳。草原是安静的。

他们立在开阔的草原上，既不前进，也不倒退。就在那里进行着心和心的交流。“昨天晚上，我做了个梦。”他说，“梦见是一个风雨的夜晚，我骑着这匹栗色马在暴风雨中一刻不停地奔跑。因为我突然想到了你那座黄土小屋。不知你怎样了？我一直感到你的男人不是偶尔的临时出门。而且我觉得，他抛弃了你。你应该有个男人在身边，一个女人不应该过独身生活，平平也需要一个父亲。可是，你的男人却把你抛弃在这个荒原上。我的两眼睁得很大，我义愤填膺。你不应该被抛弃!……这时雨水已汇集成山洪，道路被冲毁，我被阻隔在那个黄土小屋之外，在如注的暴雨下，我透过那阴暗的雨帘，却看见了你在我曾经睡过的那个地铺旁边忙碌家务。你的房子就像神话故事所讲的避水宝物一般，使那从山上汹涌奔流而下的洪水徒然从两边分开，不但救了你，而且也救了我……”

她听着，她的两只眼睛越发有光彩了。她歪着头说：“我在荒原上一点儿也不感到孤独，因为除了我的儿子和那些牲畜以外，还有你留下的脚印。我常常不在屋子里待，而是在外面看着你的脚印……有一次下暴雨，我和孩子待在屋子里，虽然屋内温暖而舒适，可我却感到屋子空荡荡的。雨过天晴，我出去准备把接满雨水的两只洋铁桶提进屋内。雨后的草原异常翠绿可爱。我先在雨水冲洗过的草原上寻找你的脚印，一个也没有找到。突然，我感到非常孤独，我从来没有觉得这么孤独。泪水一下子滚出了眼眶。当我把水桶提进了屋内，再向草原看去，我觉得就在这一刹那，草原的翠绿已经消失了……”

她那娓娓的讲述，就像是一个优秀的广播员在朗读一篇优美的散文。他完全相信。这进一步证实了他原来所做的估计：她也在思念他。她之所以不愿当着他的面说出思念的话语，那完全是因为她的男人的死讯还未得到最后的证实，也因为她是一个好女人。

“那天晚上，你躺在地铺上睡着了。起先，我在干活，后来，也躺在炕上，睡在孩子的身边。黑暗中，我总感觉到自己的脸上热乎乎的，我用被子把自己的头蒙住，试图不听你的呼吸声。但我还是听得真真切切。我觉得这是一种友好、舒适的声音。几年来，我第一次没有恐惧、没有忧虑地睡去了……”

“你真好！”他感动而温情地说，“你对我是那么信任。可是，我醒来时，你却在干活……”

她嫣然一笑。“后来，我还是起来了。我觉得，我还是应该起来，不要睡……早晨，你走了以后，我的儿子一个劲地问：‘妈，叔叔还回来吗？’神情十分严肃。我呢？望着广阔的荒原，对孩子说：‘我不知道。平平，叔叔是个大忙人。其实，我的脑子里也始终在想这个问题：你还回来吗？后来又想，人家为什么就该回来呢？如果人家真的回到这里，我又该怎么办呢？这些想法使我的心绪不得安宁。我就用干活来求得安静。可是，荒原上的活，做几把就完了，并没有到了多得干不完的那种程度。为了抑制自己不安的心绪，我忙碌地把自己所有的衣服、被褥都翻出来，整个地漂洗了一遍，又把这间小屋子里里外外收拾得干干净净，然后，把那些应该由男人干的活拿来自己干。我这样做毫无计划性，只是为了不使自己闲下来，为了不使自己的思想分散……”他专注地盯着她，发觉她在这早晨柔和的阳光下，要比平时漂亮得多，年轻得多。平时，可以看见她因为生活的重压而隐藏着的那种忧伤情绪，可以看见额头上因为忧伤而显露出的细密皱纹。而在今天早晨这柔和的阳光下，一切都消失了，只看见她纯粹的美的轮廓，是姑娘般的美。

这时，狗剩突然骑着“渭阳”闯到他们面前。他没有下车，朝他大声喊：“让我好难找啊，快把我的车轮子都转飞了。”

他问：“有啥急事?”

狗剩冲他笑了笑，然后才回答他说：“县委书记到咱公社来了。要找你谈话哩。”

“找我?”

狗剩喜不滋滋地说：“有好事哩。你要升官了。不过你千万别把我们荒原忘了。快去吧!”

他和她还在惶惑状态中，狗剩掉转“渭阳”车头，飞也似的跑了。

他们互相对望着，谁也没有说话，他们也不知是喜还是悲?

九

原来这县委书记就是他——前任畜牧局长老赵。他认识这个赵局长，不，现在已是赵书记了。

赵书记是50年代从西北农学院畜牧系毕业的老大学生。在这个半农半牧的荒原上工作了30年，矮个子，白头发，说一口陕西话，他来到公社的时候，赵书记正在公社里迈着急促而坚定的步子来回走动。看来，他是等得有些发急了。

“啊呀：你咋才回来?看看表，都快十二点了!”

“我……”

“别‘我、我’的，你干啥去了？群众都有反映了!”

他身子猛一哆嗦。他想解释一下。可是再一看赵书记脸上的表情，他才知道：赵书记是跟他故意开玩笑哩！这个老赵呀，总是这样。这个玩笑，要搁在前几年，真可要人的命哩。果然赵书记忍不住先笑出声来了：

“嘿嘿，那女人咋相?”

他不好意思地用一只手摸着脖子。

“老相好？定哩?”

赵书记看到他不好意思的样子，哈哈大笑：

“算哩，算哩！你也别不好意思。我来公社之前，还一直盘算怎样给你落实个媳妇哩。这下可好了，你自己已经落实了。我的任务轻了二分之一!”

他听完赵书记的话，心里轻松多了。这个老赵，真行，在他手下工作，总感到气顺。他是一个有水平而又富人情味的领导干部。我们中国的干部里再多一些这样有学问、有水平而又富有人情味的干部，那么，我们这个国家肯定会叫全世界惊骇!

“还想不想回市上那个‘原单位’啦?”赵书记不笑了，他以严肃的口气问。

“我已经决定留在这个荒原上，不走咧。”他已考虑成熟了。

“好！我要的就是你这句话。”赵书记兴奋得额头上都泛起红光了，“看来，我这次任务完成得太顺利了，出乎意料之外。那么，你是怎么想的呢?”

“我还能咋想？这里是我的家，我的事业也在这里呀?

“……”

“完全正确!”赵书记猛地停住脚步，把手朝前一挥，就收回来插在腰里，他的两只锐利的眼睛直盯着他，看得他有点不好意思起来。

“行了。”赵书记说完这句话，就伸出大手同他握别。赵书记深情地、满意地对他笑了，然后，转过身招呼司机，开车走了。

十

又是一个平常而富有荒原色彩的拂晓。同往日的拂晓一样：安静而清凉。这一边，淡红色的朝霞早已布满了天空，早晨就是从那儿来的。麻雀成百上千地在草丛里、电杆上鸣叫，远村的鸡和狗也好像竞赛似的叫个不停……他听着这一切，闻着从荒原上飘来的一阵阵苜蓿和沙蒿的香味——啊，荒原上吹来的风啊，它亲切地打着他的脸庞，抚摸他的头发，使他陶醉。看吧，那条沙梁下面的那间独立的黄土小屋，那就是他的家!可能在一两年内，那土屋仍然简陋无比，但是，土屋外面却有广阔无垠的沙原和草地以及刚刚割完的牧草和闪着白光通向远方的路！这里虽仍然荒僻，可他再不是孤身一人了，你们看，在他的身旁，站着一个安静的女人和那个活泼的孩子！……

“爸爸！妈！……”那孩子拉着他和她的手，亲切地叫着，这声音虽然是那样低，那样轻，可是，他听着却有千钧的份量。这是荒原的胸膛里发出的呼唤，直往他的心里钻。

啊，美丽的、亲爱的……荒原啊!

（原载《朔方》1986 年 2 期）

【作者简介】

杨森翔，出生于 1945 年，宁夏灵武人。毕业于北京师范大学历史系，高级编辑、编审，中国作家协会会员。文学作品（含评论）曾获宁夏文学创作一、二、三等奖；新闻作品曾获宁夏好新闻一、二、三等奖。1997 年被评为宁夏优秀新闻工作者；2015 年获吴忠首届德艺双馨文艺工作者荣誉称号；2017 年被评为吴忠市文艺名家。

旅　途

鲁兴华

早晨的天空被一片雾气笼罩着，有些阴冷昏暗，看上去像是下雨又似乎不像，出门旅游碰上这样的天气，让游客们担心不已。他们八个人是去旅游的，几天前几个人到一家旅行社报名，因为要去同一个地方旅游，旅行社便给他们组了这个团。

车，渐行渐远，车窗外面的天色似乎亮了许多，车里的人这才开始互相打量起对方，并在司机的建议下做自我介绍。第一个说话的男人长相憨厚、体型瘦小，他说："我先做个自我介绍。我姓李，你们管我叫老李就行，这是我老婆子，家庭妇女，不多出门，路上免不了大家操心啊。"说完手指了一下他身旁坐着的一位年老妇女。话音刚落，第二个男人便接上来说："我姓王，是个做生意的，这是我婆姨赛梅花，虽说是长得不如梅花好看，可力气大呀，一麻袋粮食一口气能从一楼扛到五楼，我都甘拜下风啊。"说话的这个男人虽说是做生意的，可皮肤却又粗又黑，还长着一颗难看的大虎牙，他似乎想搞点幽默让大家笑笑，可是没等说完，他婆姨忽地一下从他身边站起来，面向后排乘客，挥着肥厚而粗大的手掌说："大家好啊，快别听我男人瞎咧咧，咱女人本事再大也翻不过男人们的手掌心。"说完，抖动着硕大的胸脯自顾自地哈哈笑起来。第三个男人戴副眼镜，等大家笑声过后，他站在过道里文邹邹地自我介绍说："我是个中学老师，大家叫我高老师就行，这是我夫人和女儿，请大家路上多关照。”男人说完，一位长得柳叶儿似的少女立即站起身向大家行礼问好，男人胖乎乎的老婆戴个大口罩，眼睛滴溜溜儿在每个人身上扫了一眼算是打了招呼。

随后这几个人的目光齐刷刷地投向了面包车后排的一个女孩。这个女孩皮肤白皙，留着齐肩的短发，长着一对水汪汪的大眼睛。从上车到大家的目光投向她之前，女孩一直将脸转向车窗外，似乎在看景，又似乎在想心事，直到车上的人大声嚷嚷着让她介绍一下自己时，女孩才转过脸，正犹豫着不知该怎样说时，长虎牙的男人突然抢在女孩前面说：“哎哟，这不是足浴城的那个女孩吗？怎么？你今天不用做生意了吗？”见有人突然认出了自己，女孩的脸刷地一下红到耳颈，之后便低垂着头不言语。虎牙男人许是觉得无论从哪个角度看，在座的乘客身份都比女孩高贵，于是继续说：“这个女孩修脚技术不错，给我修过甲沟炎，以后在座的哪位要是脚长刺了，不舒服了，尽管去找她，不过要提前预约哎，女孩的客人可是多得很喽。”虎牙男人的话立即引起了其他人的窃窃私语，女孩一直低垂着头，始终一言不发。那些议论的人见女孩毫不理会，觉得扫兴，便都不再吱声，只有虎牙男人的目光还久久停留在女孩身上。但不一会儿，车上三位好奇的女乘客终于忍不住开始交谈起来，有身份低微的足浴女孩在场，这些几个女人突然间像是找到了知音，有了许多话要聊。面对这个足浴女孩，她们觉得有必要拧成一股绳，以显示自己高贵的身份和不凡的地位。因为在她们看来，足浴女孩可以和妓女相提并论，这些女人是她们这些良家妇女们所不能容忍的一种社会毒瘤。那三个男人也如此，在虎牙男人揭露了女孩的身份后，他们互相也亲近了起来，不久，便开始聊起各自的家庭。体型瘦小的男人首先说：“我这辈子做人清清白白，挣的工资虽然不多但也够花，要是我的丫头儿子背着我干这种工作，我可不饶，我宁愿他们待业在家，我养着。”虎牙男人接着说：“我也是，虽然我的文化程度不高，但我做的绝对是让人看得起的生意，我可不能让我上大学的儿子脸上没光。”虎牙男人话音未落，眼镜男人又接上了，他依旧是文邹邹地说：“是的，是的，挣钱也要看挣什么钱，年纪轻轻干什么不行，偏偏干这个，唉！

也就是那些早早辍学的穷家孩子干，像我们家姑娘，将来就是上大学，以后考公务员坐办公室的。”这三个男人一边谈论着，一边频频交换着友好的眼光。尽管他们的工作内容不同，但都为自己身份地位高贵而彼此感到亲近。女孩一直没有和这几个人搭讪，她只是偶尔把头抬起来，看一眼车窗外面的天气，然后继续垂下去。面包车行驶得很快，三个小时后，便到达了他们旅游的第一站贺兰山。贺兰山位于内蒙古阿拉善盟与宁夏的交界处，是一条西南走向的山脉，山势险峻而陡峭。

俗话说上山容易下山难。三个女人外加一个小姑娘，在三个男人的鼓动下花了近两个多小时才气喘吁吁爬到山顶。山顶风光真是无限好啊！可惜的是他们一行人在山顶没欣赏太久，山上的司机便催促游客赶紧下山，说是天气预报说一会儿有小到中雨，无奈的一帮人在抱怨坏天气的同时，又埋怨司机早晨耽搁时间太久，要不然他们就会把这美丽的景致好好欣赏一番，这损失回去后一定要旅行社赔偿。担心淋到雨里，三家人只好着急慌忙地又往山下赶。女孩许是职业的习惯，知道怎么巧妙用脚，山上得轻松下得也轻松，在一行人刚刚爬到山顶，她却已欣赏完山上美景溜溜达达往山下走去。女孩走到山下足足等了大半个时辰，眼见如线的细雨淅淅沥沥飘下来，三家人才像霜打了的茄子无精打采地从山上陆续走下来。让女孩奇怪的是，一行人里的那个小姑娘竟是瘸着脚下山的。因为大家对自己的冷漠，女孩识趣地保留了自己的那份好奇心。司机打开车门，三家人依次走到了车前，突然看到女孩也掺杂其中，似乎怕挨着这个女孩沾了晦气便又有意闪开，女孩毫不理会，自顾上了车。坐定后，职业的习惯使她不由再次拿眼睛瞄了一下小姑娘的脚，见小姑娘的脚踝红肿，女孩断定她的脚必是下山慌忙不小心崴了。小姑娘的父母抱着女儿的脚心疼得不知如何是好，小姑娘却不领情地哇哇大叫。见此，女孩的脸上流露出了一丝难以察觉的表情。早晨的寒气终于迎来了晚上的细雨，车启动不久，雨水便刷刷流下来，在车飞速赶往下一个目的地的行驶中，车上的三家人又恢复了亲如兄弟姐妹般的关系，你送我一根黄瓜，我掰你一块面包，气氛很融洽，唯独没有人招呼后一排的女孩。女孩一时成了一个被人遗忘在角落的物件。

夜幕很快降临，雨也越下越大，就在大家感到寒意阵阵袭来时，一路不曾开口的司机说："大家别担心，前面有个小镇，今晚我们就住那儿，再有20分钟就到了。"本在抱怨坏天气的三家人听司机这样说立即高兴起来。20分钟后，车停靠在了镇上的一个小招待所门口。这次，三家人没有犹豫抢先下了车，又一窝蜂地涌进招待所门厅，他们按自己的喜好分别从司机手里抢过房间钥匙，然后吵吵嚷嚷着往各自的房间走去，司机看着三家人离去后，问站在一边一直默不作声的女孩说："姑娘，剩下的这一间好赖你去住，没办法。"女孩笑笑说："无所谓，我一个人好办。"说完拿起剩下的房间钥匙就要走，司机又说："半小时后到招待所小食堂一起吃饭。"

终于到了开饭的时间。三家人外加女孩很准时地到达了食堂。小食堂里有两张大桌子，其中一桌凉菜已摆好，感觉是旅游餐。三家人正要入座，一眼瞥见一旁站着的女孩便都又推让着不肯先入座，看那意思是万一坐不好挨上了足浴女孩可不是一件幸事。女孩见三家人推推让让，就先坐到了靠门的一把椅子上，看清楚了女孩所坐的位置后，本在推让的三家人突然由推让变成了抢座。在他们手忙脚乱抢座的工夫，那个崴了脚的小姑娘一下推开她母亲的手臂说："我就挨这个姐姐坐，你们随便。"一语众人皆惊。本身乱嚷嚷的场面，因为小姑娘随意的一句话一下变得安静起来。女孩左边挨了小姑娘，十人座的大桌子右边正好空了两个位置，似乎觉得这样坐最好不过，其他人便又友好地谦让一番才落座。虽然刚才的场面有点尴尬，但这顿饭吃得还是很愉快。看出其他人对自己的轻视，菜上齐后，女孩从离自己最近的汤盆里倒了一碗汤，然后夹了一个馒头默默吃了起来。小姑娘看女孩拘谨的样子便主动往女孩的碗碟中添了一些菜，并说："姐姐，这是旅游餐，你和大家交的是一样的钱，不用那样拘束，爱吃啥就吃吧。"这是一天来第一个主动和她说话并关心她的人。

早起的疲劳，旅途的劳顿，加上几个小时的爬山，三家人都感觉到很疲惫，于是刚一吃完饭，大家便都匆匆告辞回房休息了。然而，女孩却迟迟不走。她磨蹭到最后，眼看着小姑娘被她父母牵着一瘸一拐就要走到房间门口时，女孩终于忍不住撵上去说：“小妹，我给你捏捏脚吧，要不然明天你的脚会疼得更厉害。”小姑娘突然意识到什么，立即高兴地说：“那太好了，谢谢姐姐，就到我们房间捏吧。”小姑娘的父亲见女孩主动提出要为自己的女儿服务，于是很高兴地说：“那就谢谢你了。”小姑娘的母亲出于礼貌只是象征性地向女孩笑了笑。

原定的第二天早晨八点动身，可都八点半了司机开着车才来，准备上车的三家人围着司机七嘴八舌地抱怨说：“我们一分钱不少交你们旅行社，你们给我们提供的就是这样的服务吗？太不像话了，昨天没看到山顶的风景要赔偿，今天等车的损失也要赔。”女孩例外，她站在离车稍远些的地方只是静静地听她们嚷嚷，好像个局外人。司机也不恼，只是赔着笑脸解释说：“我知道你们大家一分钱没少交，我也想给你们提供最好的服务，可是昨晚停车时，我发现面包车的发动机有点故障，早晨起来我开车去修理厂检查车况去了，虽然迟了半个小时，但也还是为了你们大家今天的行程顺利。”发牢骚的人不再说什么，司机开了车门，三家人突然又像一个大家庭团结而友好地顺序上车，站在远处的女孩看三家人依次登上车才急急走过来。

一个小时后，司机把车停靠在一个人流涌动的地方说：“这是你们大家今天要游的第一个景点沙坡头，游玩时间是两个小时，现在是十点半，中午饭愿意在景区里自己吃的人，晚上我给退 30 块钱，不愿意吃的人十二点半在景区餐厅门口集合吃旅游餐，晚上不退钱。”女孩正犹豫着不知该怎样答复司机，并无商量迹象的三家人突然像商量好了似的异口同声说：“今天中午这顿饭我们大家自行解决，晚上你可要记得给我们退 30 块钱。”司机刚要说行，突然又问最后一排的女孩说：“后排的那个姑娘，你的午饭怎么解决？”女孩沉默了几秒说：“我自己吃。”众人无语，纷纷下车。从司机手里接过门票，女孩先行走进了沙坡头。

走进景区大门迎面便是由南往北流的滔滔黄河水。沿着黄河一直往北走，湿润的空气不由人神清气爽。看着眼前美丽的景色，女孩站在黄河岸边有些出神。也不知过了多久，耳边忽然传来甜甜的一声：“姐姐，在想什么呢？”惊扰了女孩。女孩忙转过脸，原来是崴了脚的小姑娘笑眯眯地站在她身后。女孩忙说："这么美的景不由人不陶醉，小妹，你怎么会一个人在这里？你的父母呢？脚还疼不疼？"说话间女孩已蹲下身去查看小姑娘崴了的脚。小姑娘一边听话地任由女孩拿捏，一边低头跟女孩说："我爸妈在那边和熟人说话呢，我看你一个人在这边发呆就过来了。姐姐，你按摩脚的手法真高，这崴了的脚昨晚被你一按摩竟好了许多，真是谢谢你，中午我要请你吃饭。"女孩一边给小姑娘捏着脚，一边说："只要你的脚能快点好起来，姐姐就心满意足了，饭就不吃了，我一个人好凑合，你还是快去和大人在一起，这里旅游的人挺多，小心走失了。"小姑娘嘻嘻笑着说："姐姐把我当几岁的小孩了，我都 16 了，不会走失的，一会我让我爸妈请你吃中午饭。"终于给小姑娘捏完了脚，女孩站起身一边擦着脸上的细汗，一边说："小妹好了，你去找大人吧，我要去转了。"说完女孩握了握小姑娘的手，转身就要走时，却看到小姑娘的父母正慌里慌张往这边走，便对小姑娘说："你爸妈在找你呢，你赶快跟他们招呼一声，免得他们担心。"等小姑娘转过身，父母已走到身后，小姑娘的父亲首先生气地责备女儿说："你这孩子真是不懂事，走哪儿也不跟大人说一声，我和你妈还以为你丢了呢。"小姑娘噘着嘴嘟囔说："不要总那么小瞧人，我都 16 岁了，哪能那么容易走丢？刚才我看到姐姐一个人在这边发呆就找来了，姐姐又给我捏了脚，中午我要请姐姐吃饭，你们没意见吧？"小姑娘的突然问话，使她的父母愣了一下，少顷，小姑娘的父亲说："好的，我们应该请人家吃顿便饭。"女孩立即推辞说不用了，但终于没有拗过小姑娘，最终答应了。

女孩随小姑娘的父母将景区有名的几个景点游览完毕，来到一个小吃店。小姑娘先点了两个麻辣砂锅，然后对女孩说："姐姐，你再点几个。"女孩忙说："够了，够了，我吃啥都行。"小姑娘的父母这时倒也大方起来，他们也连连让女孩再点几个菜，盛情难却，女孩只好象征性地又点了一盘。那顿饭吃得很开心，在旁人看来，他们就是其乐融融的一家人。

饭间，小姑娘的父亲问女孩说："都相处一天了，还不知道你叫什么名字呢?”女孩忙说：“我叫李晓慧。”接着小姑娘的母亲又问：“你家在哪里呢？长得这么秀气，为什么不学些别的手艺?”自知失口忙又说：“干足浴这行，也不是不好，就是女孩子干是不是太辛苦了?”女孩犹豫了一下说：“阿姨，我们家在农村，我爸妈都是种地的，我有三个妹妹，一个弟弟，我们家孩子多，挺穷的。我初中毕业就出来打工了，在城里的食堂端过盘子，在商城帮别人卖过衣服，还在工地上打过小工，不过干的时间都不长，不是雇我的人嫌我年龄小就是我觉得干那些活不挣钱。前年，别人介绍我到足浴城打工，刚开始我主要是打扫室内外卫生，干了一段时间后，我发现修脚和干按摩的人特别能挣钱，便拜了一个师傅学修脚。刚开始胆子小加上修脚技术不高，常挨客人骂，后来干熟练了我便有了回头客，我的客人中有一个姓王的阿姨对我非常好。王阿姨是一个工厂的销售经理，儿子是个大学生。王阿姨经常出差，脚落下了许多毛病，最让阿姨头疼的是每隔两个月便复发一次的甲沟炎。这病整整缠绕了阿姨五六年，该想的办法都想了，就是没人能治好，后来王阿姨听人说我的修脚技术还行，就找到我，我也没想到我碰巧就治好了王阿姨的脚病，王阿姨一高兴不仅认我做她的干女儿还送了我不少礼物，这次出来旅游就是王阿姨送我的大礼。王阿姨请了几天假本想自己出来放松，结果阿姨的儿子突然从学校请了几天假回到家，为了不扫儿子的兴，王阿姨执意将这次旅游的机会送了我。起初我推辞不来，觉得接受这样的大礼实在是不好意思，再就是怕出去旅游几天耽搁挣钱。可王阿姨非逼着我来，还说要是我不来，她就不认我这个干女儿了，没办法我只好来了。我真是没想到，这世界上怎么会有像王阿姨这么好心肠的人？我来时还给了我 1000 块零花钱呢。”女孩喋喋不休说到这，声音突然有些哽咽，她说不下去了。一直默默静听的一家三口似乎有所触动，女孩不再说话后，他们开始主动给添水、夹菜，使足浴女孩感受到了久违的亲情。

下午，大家被拉去参观一个古庙。还在车上时，女孩隐约听那个体型瘦弱的退休男人说：“到了庙上，我要给我儿子祈个官运，我这一辈子虽不缺吃喝，可也看了别人一辈子脸色。俗话说：‘宁当鸡头，不做凤尾’，还是大小做个官好。”接着是虎牙男人说：“我不觉得当官好，稍不廉政就被双规了，还是我们做生意的人好，自由自在，无拘无束，谁的脸色也不用看，到了庙堂我要给我儿子祈个发财命，希望我的儿子和孙子永远腰缠万贯。”虎牙男人尚未说完，她的老婆便吵吵着大声说：“想得倒美，你奋斗了快50年都没腰缠万贯，还你儿子、你孙子呢，是不是要把你的重孙子也算在内呀？”虎牙男人被老婆臊了个大红脸，一下没了声气。小姑娘的父亲说：“我也不图升官，也不图发财，我只祈求我的宝贝女儿考个好大学就行。我觉得做老师就挺好，每年两个假期，工资又高，有病国家给报销，老了国家还养老，多好。”说完脸上露出了满足的神情。

庙堂里人来人往，有许多善男信女虔诚地给神像磕着头，不断地往功德箱里塞着钱。女孩只是看着这些人大把扔钱的动作，自己却没烧香。女孩提前回到了车上。这次司机大开着车门，早早坐在车上等候乘客。离司机指定的集合时间还有20分钟时，女孩看到体型瘦小的男人搀扶着老伴一瘸一拐地回来了，上车时看到退休男人的老伴因脚疼哼哼不止的样子，女孩有些于心不忍，但她还是忍了，因为两天来这对老夫妻几乎没有正眼看过她。女孩索性将脸扭向车窗外。不久，虎牙男人一家及小姑娘一家陆续回到车上，当这两家的女人听说她们的这位老大姐是因为往功德箱里塞钱不小心崴了脚时，立即表现出亲人般的关怀。虎牙男人的女人首先心疼地说：“老姐姐，你忍忍，晚上到了宾馆我陪你到正规的脚医那里拿捏拿捏，要是疼得厉害我就背你去，你看我这体格，背你不在话下。”小姑娘的母亲也附和着说：“老姐姐，我听说这脚崴伤过一次，以后不小心经常会伤，你可要当心些。”因为脚疼，退休男人的老伴只是“嗯”了声，算是应答了两位姐妹的关心。天真的小姑娘等大人说完，也接着说：“昨天我的脚崴了，是后排那个姐姐给我按的，姐姐按摩得可好了。阿姨，晚上回到宾馆也请姐姐给你按摩一下，保管明天好。”小姑娘话音未落，其他人的眼睛便齐刷刷投向了后一排的女孩，女孩被这些人看得再次默默垂下了头。

晚饭后，大家将要回各自的房间时，虎牙男人说：“我们三家人能聚在一起是个缘分，再有两天行程就结束了，现在时间还早，我们三家人不如到街上看看夜景，顺便照照相，合个影，留个纪念如何？”退休男人首先响应说：“倒也是，大家聚在一起不易，我就是想去也去不成，你们大家都看到了吧，老婆子这个样子，恐怕走不了几步，到时会影响大家的游兴，我还是陪她回房间休息，你们大家尽兴玩去吧。”虎牙男人的女人似乎忘了白天在车上的承诺，她看一眼走路歪歪唧唧的退休男人的老伴说：“老姐姐，那你只好回房间休息了，我们去逛街景了，你可别多心啊。”退休男人的老伴不知是没听到，还是有意不愿意搭理这个说话不算的姐妹，她只管专心走路并没应声。小姑娘本想招呼女孩一起去，无意看见母亲瞪了她一眼，便没敢吱声。

三家人做各自的事情去了，女孩默默回了自己的房间。在房间，女孩还没想好接下来要做什么事情时，咚咚咚有人敲门，这人生地不熟的地方会有谁找呢？女孩正这样想着，就听一个熟悉的声音在门外说：“姑娘，能不能麻烦你给我老婆子捏捏脚，要不然明天我要背着她走了，行吗？”听出是退休男人的声音，女孩想都没想就应了声：“行，叔叔，你先回房间，我一会儿过去。”

那晚，女孩不仅为退休男人的老伴按摩了脚，临了还主动提出为退休男人修剪掉了脚底的两个硬茧子，女孩修脚技术的娴熟与认真，赢得了退休老两口的赞赏。做完这一切女孩要出门时，为了表示感谢，退休男人硬塞给了女孩两个大苹果。拿着两个大苹果，女孩甜美地睡了一觉。

接下来的一天里，女孩显得很兴奋，因为不论吃饭还是乘车，一家三口有意无意会招呼她，退休男人老两口对她也很友善。连虎牙男人女孩觉得也有些不对劲，怎么不对劲呢？女孩发现，今天的虎牙男人说话有点温和，看她的目光也与前几日不同，到底是什么原因呢？直到晚上吃完饭，大家回到各自的房间休息时，女孩的房间来了一个不速之客，这个人是虎牙男人的老婆。虎牙男人的老婆敲开女孩的房门后，女孩才明白了个中原因。

原来，头两天虎牙男人的甲沟炎就犯了，虎牙男人硬忍着，想坚持回到家再说，没想到脚那东西可不随人意。虎牙男人越想坚持，脚越不听话，没办法虎牙男人就使老婆给她修剪，没想到修剪不当，脚越发疼痛得几乎不能行走了。虎牙男人只好让老婆来请女孩为他修脚，女孩听明白原因后，没有推辞立即就答应了。来到虎牙夫妇的房间，虎牙男人正歪躺在床上看电视，见女孩进来，立即坐正身子用女孩不曾见过的和善面孔跟女孩说："姑娘，我的甲沟炎又犯了，这两天疼得实在是不行，只好麻烦你再给我修修了。"女孩一边从随身带的包里掏工具，一边轻声说："小毛病，我给你修修就好了。"说完蹲下身搬过虎牙的脚认真查看起来。看清病因后，女孩让虎牙男人的老婆端来一盆温水，仔细为虎牙男人清洗了脚面创伤，然后认真修起脚。看着修脚技术娴熟的女孩，虎牙男人不由自言自语说："我看这世上还真是少了哪一行都不行，就说我这脚，就一片指甲疼得我难以行走，这要是没你们这一行啊，不定多受罪。这样说吧，牙疼没牙医不行，头发长了没理发师不行，生病了没医生也不行。"虎牙男人自言自语的一席话，使女孩听着很舒服。因为舒服，她用 120 分的细心为虎牙男人修剪好了脚。脚修完后，女孩让虎牙男人试着在地上走了两圈。"一点都不疼，姑娘，修得好，今天我要多给你些钱。"站在地上的虎牙男人，一边称赞着姑娘，一边从兜里往外掏着钱。女孩忙摆摆手说："算了，算了，我是出来旅游散心的，碰巧就给你们大家做了一点小服务，这钱我不要。"虎牙男人还要给，女孩最终推脱了。

行程的最后一天，天气格外晴朗，旅行的 8 个人快快乐乐游完一天里的最后一个景点后回到宾馆。大家正要问晚上的旅游餐哪里吃时，司机说："明天就要回家了，看得出你们大家玩得很开心，以后恐怕难得见上一面。我建议今天的旅游餐不吃了，我带你们去个好点的餐厅热热闹闹聚一聚，好不好？"虎牙男人首先举手赞成，并说："吃超的那部分我包了。"众人响应，8 个人兴高采烈地随着司机出发了。

这家餐厅豪华而气派，进出的客人络绎不绝，使人有种步入上流社会的感觉，每个人的脸上都洋溢着开心的笑容。退休男人携老伴彬彬有礼地回敬着不断上前问好的迎宾小姐和先生。虎牙男人携老婆挺胸昂首走在最前面。一家三口互相搀着，说着笑着比画着。女孩虽是一个人，但此刻她的心里也似乎被幸福塞得满满当当，她跟随在大家的后面，好奇地看着眼前的一切。入座，服务员上菜，一切停当后，退休男人及老伴首先举杯庆祝大家旅途顺利。接着是虎牙一家。再接着是一家三口。最后女孩端起了杯子，她大方地对每一人都说了一段祝福的话。

然而，让人没有想到的是，在她们的聚餐将要画上完美句号的时候，有两个30多岁的男人嚷嚷着，一前一后来到他们这一桌，起初大家以为是谁认识的客人，就互相对视着。但当其中的一个男人突然放肆地搂住身旁那个像柳叶儿一样的小姑娘欲行非礼时，大家才明白，原来是两个喝醉了酒的酒鬼来滋事。小姑娘吓得哇哇大叫，小姑娘的父母一边扑过去推搡酒鬼，一边大声喊叫着服务员，其他人均目瞪口呆地看着眼前的情景。女孩离小姑娘最近，慌乱中可能有了一种要保护小姑娘的责任与义务，于是，乘着酒鬼与小姑娘的父母在撕扯，女孩一把拽过小姑娘的胳膊往门口就跑。然而就在这时，女孩耳边清晰地传来了一个声音，那声音很响亮，也很刺耳。那个声音说："小哥，要想找乐子，你身后就有个现成的足浴女啊!"

（原载《朔方》2012第5期，获第23届"东丽杯"梁斌小说奖）

陈乖兄的爱情

田　埂

“我当着法官的面说：‘房子给他，我只要两个孩子和那辆破车。说实在的，两万块都没人要的破车，只要我跑，不到两年，我娘儿三个的收入加起来，就能凑一笔首付，在新市区再买一套房。他，哼！他离开我，能把自己的嘴混住，就算他是一条汉子。’当时法官睁大眼睛看着我。”

小陈感觉法官睁大眼睛看她，是法官对她能力的认可，是来自法官的奖励，即使描述给我听，也是那副逞能好胜的做派。她就这样一个人，似乎总是在寻找被认可的机会，被一个男人认可，被周围人认可，被地位更高、更有文化的人认可。谁知道最早认可她的，和她结婚养育了一双女儿的，一起生活了二十几年的男人，和别的女人好了，不认可她了。本来，她想用离婚吓唬他一下，让他早日收心，从她，从家，不料对方竟然爽快地答应了，而且显得迫不及待，坚决彻底。“离就离，谁怕谁。”法官终于下了判决书，财产分割也结束了。小陈就和两个女儿从住了不到6年的房子里搬出来，在别处租了一套。男人住在原处，和他的心上人开始公开往来。

小陈男人个头不高，皮肤很白，性格温和，是那种小白脸式的人物。叫小陈说，窝囊，没本事养家，三棍子打不出一个屁来。

我见过小陈男人。

那时候，我带孩子上学，临时租住化工厂老旧单身楼。往进搬的那天，遇到了小陈。当时她不认识我，但我知道她。

学校开家长会，家长三五成群地往教学楼这边走。一个好事的同事，胳膊支着窗台，鼻准抵着玻璃，弓着腰爬在窗子上朝外看。突然，她咯得得地笑出声来。又有好事的就撵过去打问。她指着一个家长出题：“你们看——男的，还是女的?”“男的。”“女的。”“男的。”“女的。”几个人争论不定。又一个趴窗边看了一眼，坚定地说：“女的。”是她班李霞的妈，开黑车的，很能干。我也好事地凑过去看。小陈夹在一群家长中间，正朝教学楼走。头发留得很短，粉色小方格衬衫，牛仔裤，脚上穿着一双男式小号三接头系带黑皮鞋。既没有女人的凹凸，也没有男人的魁梧，像一根火柴棍棍上伪装着一套男人衣服。她摇摆着窄窄的肩膀，走过那段水泥路，活像电视剧里前往打架场地的小混混。小陈独特的外形，深深地印在了我的脑海中。

她看见我包包蛋蛋锅碗瓢勺地弄来一大堆，就友好地跟我打招呼：“大姐租几楼?”“五楼。”“我租一楼。”“你女儿是李霞对不? 已经毕业了吧。”“你是学校老师?!”“嗯。”她的手已经捏在我的书箱子上了。我说谢谢她，我自己来。她就说闲着也是闲着，两个人搬起来快些。出门人么。以后都成邻居了，不用客气。更何况我还是她孩子学校的老师呢。

她可真帮了我的大忙了。

租的房子很破旧，一屋子烂古董。她从家拿来一套迷彩服，一把大扫帚，亲自帮我扫房子。我看见她戴着口罩，敏捷地站在凳子上，轮着大扫帚，刷刷刷刷地挥舞着，心里很感激，也很佩服。心想：男人讨这样的女人当老婆，真是省力了。就是长相欠些火候。拾掇停当，已经晚上七点了。和我住隔壁的，恰好是我的学生。学生她妈拿着几个饼子过来慰问我。小陈也在，她和学生的妈妈也都熟悉，还说是她介绍我学生的妈来这里租住的，房租便宜。的确便宜，一个月 150 元，水、电、暖全包了。小陈比画着说：“咱们三个的老家，三丁拐。你是固原，我是隆德，她是西吉。”叫她这么一说一比画，我们三个就好像刚从同一个村庄出来打工的异姓姊妹，连我那“高她们一等”的教师身份也给比画没了。

因为临时租住，没有熟人，小陈就成了我的朋友。她的蓝色小轿车，晚上就停在楼前小广场上。有一天饭后无事，念及小陈帮我扫房搬东西，心存感激，就买了几个橘子，去了她家。开门的就是小陈男人，他说小陈出车，马上就回来了，让我进屋等会儿。

第一面看见这个男人的时候，我很替小陈高兴，他真是小陈的好伴侣。他的白，他的俊美，他的言语缓慢，他的动作轻柔，相对小陈来说，全都是优点。我总认为，两口子只有互补，才能造就完美。他让我坐沙发上，还用手在上面掸了掸，满脸写着“对不起，不好意思。”我往沙发上一坐，才知道原委。那沙发太破旧了，弹簧陷下去一个坑，坐上去屁股下总感觉疙疙瘩瘩的。扶手上的网扣纱，洗得倒也干净，但掩饰不住布艺沙发内胆外泄的事实。我坐稳后，他也不同我讲话，就开洗衣机洗衣服去了。我干干坐着，洗衣机轰隆隆地响着。不知什么时候，他家的哈巴狗溜了进来，把下颚搁在两个前爪子上，肚皮紧贴着地面，眼睛滴溜溜地，一会儿瞅瞅我，一会儿瞅瞅主人。突然，狗吃惊地站了起来，斜着身子，低眉顺眼地夹着尾巴直往楼道溜。“不让狗进来，就是不听！就这么大点地方，都成狗窝了！切！往远处走！”是小陈回来了。我站起来迎她，她看见我就说：“吆！田老师来了！给田老师倒茶。——死人！来人也不知道招呼。”我连连说不喝不喝。她的肢体，突然呈现出女人见了陌生男人才有的羞涩、拘谨、难为情。很快，她无意识地把手抬起来，在头顶上重重抹了一下后，那种羞涩、拘谨的神情就快速褪去了。我看见苦了一天的她，黑得没个看相，历史书上画的元谋人一样。扁扁的脑壳上，贴着薄薄的一层头发，活像一尊得了灵魂的木质小玩偶。他男人笑着说：“不是等领导回来下命令嘛。”我见她两口子这么和谐，这么幽默，真的很高兴，高兴小陈有这样好的家庭。

我占一个沙发，小陈占一个沙发，茶几上是我的水杯。狗在楼道趴着，小陈男人坐在窗根凳子上瞅着洗衣机，洗衣机轰隆隆地响着。我说着感谢小陈的话，小陈就说都是出门人，互相帮帮没啥。她还说她在农场那些年，谁家的忙都帮过。帮人家剪枝，帮人家施肥，帮人家收粮食。说到这些，能看得出来，小陈还是蛮怀念那段生活的。

小陈两口子本来都是南梁农场的职工。农场职工干的活和农民一样，不一样的是种粮食，拿工资，粮食产下来后，不吃一粒，全部上缴。农场解体后，她两口子就把农场小家属院锁了，带孩子进城打工、上学。她跑黑车，男人在化工厂打零工，锁编织袋。分给她家的果树，土地，她又转租给别人打理，每年收点租金。这都是她帮我扫房的那天告诉我的。那天她还聊到她14岁就离家出走的事。

从小她就一副男孩子相，爬树上房，打架斗殴，学校老师不喜欢，家长拿她没办法，有一天，她又在学校闯祸了，老师告到家里，她爸就把大门关住，满院子追打，她妈也不劝，不拉。她被打急了，就跳进猪圈，踩着粪堆跳出院外，而且第一次留宿荒郊野外。结果家长也没找她。她心一狠，趁父母熟睡，偷偷越墙跳进家里，偷走她爸口袋里的30块钱，彻底离家出走了。她说她站在火车隧道顶上，看见拉煤的火车开过来了，一跃身，跳到煤末子堆里，后来她睡着了，也不知过了多长时间，天都黑了，火车进了站。她就在火车站买了点吃的，又找煤车爬上去继续走，糊里糊涂就走到了广州。在广州，她住桥洞了，给人刷盘了，拾破烂，从14岁一直长到18岁，手上还攒了500块钱。听人说上新疆摘棉花能赚钱呢，她就体体面面地坐着火车到了新疆。可是，就在新疆火车站，她几年来存下的几百块钱，被人偷走了。面对空空的钱袋子，她无计可施，只好坐在电杆下面发呆。也不知过了多久，一个好心的农场老板看见了她，说想收留她，条件是让她帮老板娘看孩子，料理家务，管吃管住，每月再给她10元零花钱。她就想，先安定下来吧，不然，怎么办?

去了之后，老板发现她很能干，就把她从家务场上提调出来，派到田里，让她替他组织管理民工种庄稼，收割。那期间，她学会了开车，也学会了喝酒。有时候，她还要随老板出去应酬。那时候，她的酒量可大了，白酒能喝一斤，啤酒能喝10瓶。后来老板就偷偷对她说，让她跟他开启隐婚模式，随后瞅机会转正。她说她坚决拒绝。她想她不能这样，那老板有老婆，还有3个孩子。最后，她索性提出辞职。那时她已经 21 岁了。老板一宗给她开了 3000 块钱，打发她走人。21 岁的她，手上有了 3000 块钱，就特别想回家，都 7 年不和家里人联系了。她就体体面面地坐卧铺，首先回到宁夏银川。来银川后，正好赶上南梁农场招工，她就去了。因为会使用收割机、播种机，她几乎是优先被录用的。招工填表要户口，她就坐长途汽车回隆德老家拿。父母见到她后，泪水婆娑，都哭出了声。他哥 25 岁了，准备娶媳妇，正愁没钱出彩礼，她就把 2000 块拿出来给了哥哥。

她能干，勤快，待人热情，又会使现代化农具，当时在农场影响特别好，她男人就看上了她。他们还在农场水渠那边偷偷约会。水渠边有一棵沙枣树，5 月份，沙枣花特别香，尤其晚上，让人鼻子痒痒得直打喷嚏，他男人就捏着鼻子打“哑巴喷嚏”逗她玩。月亮很亮，贺兰山上的石头都能看得清。她就答应嫁给他。她男人也是隆德人，结婚时她啥都没要，男方家穷，也没有。后来，他们生了两个女儿，农场还分了平房家属院，日子也过好了。

我们又聊了一会儿别的，她男人一直都不插话。临走的时候，她说把电话留下，以后好联系。她告诉我她叫陈乖兄，乖娃娃的乖，兄弟的兄。我就说谁给你取了这么有个性的名字。她男人就嗤嗤嗤地笑个不停。她说她本来叫陈国雄，她爸给取的名字。来银川办身份证的时候，她男人用方言发“陈国雄”3 个字的音，怎么发都是“陈拐凶”，办事员问了好几遍，他都发的是“陈拐凶”这个音节，办事员就写下了“陈乖兄”这几个字。他男人笑够了，幽默地补了一句：“她是我个好兄弟么。”

在那栋楼上，我们一起住了差不多两年呢。我孩子长大能住校后，我就退掉租的房，来回跑车。后来小陈也搬走了。再后来她住到了哪里我就不知道了，只是偶尔她会发条搞笑短信给我，我也就短信回复问候一下。

掐指一算，我和小陈认识也快有 8 年了。有一天，她突然打电话给我，说找我有个事，一定要见面谈。我以为她要找我转学生，结果一见面后，她说她离婚了，又找了一个，还没有结婚，那个人有个女儿，是学钢琴的，才毕业，问我们学校要人吗？她想让我帮她打听一下，她想帮他，把他女儿的工作安排好。我一听她离婚了，第一反应就是太可惜了。又一听她让我帮她打听学校进人的事，心里就好笑，现在学校进人的事哪有那么简单呢，是她能帮得了的吗？我对她说："离开一个男人容易，好好一个家散了有些可惜。那么难的日子都过来了，有啥大不了的事情呢，非得闹到离婚。"她就义愤填膺地说："那㞞不是个东西！"

当初农场解体后，小陈两口进城打工倒还真是条活路。两个人几年下来，加上卖农场家属院的钱，加上卖地、卖果园的钱——后来土地买卖合法化后，他们就把农场分的地和果园全卖了——东拼西凑，竟然在新市区买了一套二手房。两个娃娃书也都供出来了。大的考了公务员，在中卫一个乡上搞计划生育；二的在西夏王陵收费。一家人红红火火的，日子刚过顺流，两口子就离婚了。

记得前年春天我在中医院住院见过小陈一面。

医院楼道一个清洁工，正弓着腰在大厅做保洁。她的打扮和护士一模一样，白大褂，白裤子，白护士鞋，不过没戴护士帽。她左手提长手柄簸箕，右手执长手柄笤帚，把一团丢在地上的药棉很认真地收纳到簸箕里。她一抬头，我觉得很像一个人，但又不像，因为她多了一副白色、宽边、女式装饰眼镜，发型也对不上。眼前这个女人，一头爆炸烫，直竖着吹起来，染成浓墨一样的纯黑色，再配上白边装饰镜，酷似东南亚过来的小富商。她没理我，我也就没敢理她。她转身又扫别处去了，我也就忙我的去了。

因为住院，难免天天进出住院部大门。仲春时间，医院棉门帘还没有摘除，弄得出进的人彼此看不到对方，动不动就撞怀。

猛一掀帘，我把小陈吓了一跳，她应声"哎哟！"一下。两个人面对面那么近，再怎么改头换面地打扮，也都认得出来。我夸她发型洋气，眼镜配得好，她就说我更年轻了。寒暄一番后，她说她一个亲戚在住院，她来陪。她的目光有些躲闪，我就知趣地没多问。

春暖花开，医院人似乎比往常多了许多。到处是人。花园台子上坐的，柳树底下站的，人行道上走的。尤其围墙外那行伸向远方的垂柳，绿纱一样蒙在那里，真是个休闲散步的好去处。院内开放的花枝，从栅栏缝里伸出来，拦着鹅黄的柳条，丝丝缠缠，牵牵扯扯。这时候，一对中年男女，挽着臂，背对着我，走到景里去了。我认出那个女角，就是小陈，但男角不是小陈男人。这个男人比小陈男人个头高些，身材也魁梧些。那个男人潇洒地撩起西装上衣的衣襟，把两个手插在裤兜里，看背影，年龄比小陈男人要大些。我心里就嘀咕，这个小陈！也老大不小了，别把家给弄散伙了。

也不知小陈看见我没有，但我确定我看见的就是她。

所以，小陈说她离婚了，我感觉在情理之中，但还是觉得家散得太可惜。小陈说男方要和他领证，她没答应，怕他骗她。我就说都是过来人，得慎重些。她就给我讲他做的事，让我分析分析那个人咋样。

他们是在网聊中开始恋爱的。见一面，还想见一面，见一面，还想再见一面。就开始谈婚论嫁。男方是铁路工人，在铁路小区有一套50多平方米的私家房（如果我在医院见到的那个男人就是这个男人，那么，小陈可能是以医院临时工身份和对方开聊的）。接触多了以后，小陈发现这个男人的女网友较多。她就出来干涉。她说她是真心的，想好好找个男人，成个家过日子。如果他也是真心的，就把其他女网友删了，不要再来往。他基本都删了，但有两个他始终不删，还用换姓名的办法，蒙哄着把联系方式保留在手机里。小陈说她能从他接电话的表情上判断出还是那两个女人。她就偷偷开启了他手机的定位模式。无论他走到哪里，她都能找到他。有一次，小陈翻定位，看见他在同心路市场游荡，她就开车过去了。远远地，她看见那个男人挽着一个女人的胳膊在转街，她就偷拍。拍回来细细一看，那女人她认识，以前一起玩过麻将。家在哪里她都知道。有一天，她拉着这个男人去购物，那时候他们都已经搬在一起生活了。顺路，小陈就把车停在那个女人家楼下，高呼对方的姓名，对方就抱着孙子出来了。问她啥事，她说顺路，时间长没见了。她和她隔汽车窗聊天，后座上的男人如坐针毡，脸红一阵，白一阵的。

回去后，小陈把她偷拍的照片通过QQ发给那个女人，还告诉她，她和他在找对象。请她走开，不然就把照片发给她儿子。那个女人倒也是个单身。从此，男人手机上有关那个女人的联系方式就消失了。还有一个女人，小陈弄不清她是谁，他也总是不删。

男人一直嚷着要和小陈领证，小陈说等等，再了解了解。八月十五，小陈提出去男方家里见见老人，男人同意了。小陈就买了好多礼物。男人坐在副驾座上，带着他的女朋友——小陈——神气十足地回家了。

估计男人给家里人提前说了，因为家里人准备了丰盛的饭菜，大姑姐也在。小陈口才好，健谈，阿姨叔叔呼叫不已，手脚又勤快，又是抢着收盘子，又是抢着刷碗筷，两个老人看得心花怒放。小陈的小轿车站在太阳底下直放光。小陈还说得空拉两个老人去吴忠转黄河楼，那边现在修建得很好。饭吃结束，锅灶归整好，临走呢，小陈发话了。她严肃地对两个老人说："以后如果我和他真地成了，您二老就是我的亲人。我父母远，尽不上孝，我会把二老当自己的父母奉养的。不过，今天当着二老的面，我对他有个小小的要求，请他把手机里存的其他女朋友的联系方式删除了。今天要是他能当着老人的面删除了，我就和他领证；他要是不删，小陈我今天第一次来看两个老人，也是最后一次。我不连累他，他爱找谁找谁去。"小陈的这一招，男人没有防备，他愣在那里，但很快就反应过来了，那男人表现出"我就不删你把我能怎样"的态度。小陈说："我数一二三，你要是不删，咱们从此一刀两断，你不认识我，我不认识你。一！二！三！"那人就是不删，连手机都不往出掏。她掉头就走。那人撵过来拉她的胳膊，挽留她，她就说你放开，那人不放，她又说你放开，那人还不放开，她抡起胳膊就给他一个耳光。这一耳光，把大姑姐打疼了，她扑上来撕住她的头发开始叫骂："哪里的野女人，跑我家撒野来了！我弟从小一家人宠大的，50岁的人了，能让你说打就打?!"小陈回击说："你弟是宠大的，我也不是一把米撒在地上自己刨着吃大的！"小陈力气该多大了，不用吹灰之力，就把大姑姐的手甩开了。男人跑过来一抱子把她抱了，在她耳边说："我删！我删！"她这才把狠劲松了下来。大姑姐一看这架势，风向倒了，说："只要你有本事把我弟管住，也算你娃有福。我弟可是铁路正式职工，就是退休了，还有国家养呢，不愁没有人嫁！"她就回击说："我一个月挣得不比他少。只要他不让我养活就好！"

自那天大闹一场后，那男人对她反倒更好了。还告诉她说他的前妻从来不管他，不管他吃喝，也不管他和谁来往，只要他每月按时把工资上交了就行了。

不过她还是没有随便答应去领证。两个人就不明不白地同居着。日子倒过得有模有样。铁路工人就那样，工作场地都在铁路沿线，一般是连天连夜上一周班，再连天连夜休息几天。他上班的时候，她就跑车，他休息的时候，她就少跑些，在家做做饭，陪陪男人。小陈说自己的厨艺也不错。男人倒好，实现了饭来张口、衣来伸手的理想。只要一休息，就老窝母鸡一样那里都不去。网也很少上。两个人还时不时地买点礼物，开车去看望两个老人。

小陈前夫和他的心上人也进展得差不多了。前夫就打电话过来说他准备结婚。女方提出的条件是把房子过户到她的名下。小陈就让她大女儿跟她爸谈。大女儿说结婚可以，房子也可以一直住着，但是房子不能过户给阿姨，过也应该过到她和妹妹的名下。那阿姨一听这话，就放弃了轰轰烈烈的中年之爱，回南方老家去了。

小陈说如果以后真和铁路上这个人结合了，免不了要和人家的孩子打交道，她想给孩子留个好印象，就找我帮忙替他打听打听，还说需要花钱尽管说。如果能弄进去，更好。花多少都行。我心里暗笑她的自大和糊涂，嘴上只应承说："打听进不进人能行，其他都得靠考，不是钱的事。"

小陈还说，她把原来的房子，已经过户到大女儿的名下了。最近凑首付在新市区又买了一套，还没有装修，房证写的是二女儿的名字。

她自己么，就先租着住。

（原载《朔方》2017 年 3 期）

【作者简介】

田埂，女，出生于 1968 年，中学高级教师，宁夏作家协会会员。2013 年鲁迅文学院第六期少数民族文学创作培训班学员。散文小说散见于《朔方》《六盘山》《黄河文学》《宁夏日报》《银川日报》等区内外报纸杂志。出版散文集《彩色粉笔》。

小钱包

袁鸣谷

小钱包矮胖的身影偶尔出现在我们西镇的大街上。他昂视前方，甩着臂膀，身体大幅度地左右摆晃着，不知道的人会以为他是急急赶赴哪个重要场合。天气热的时候，他还总穿件不合身的浅色大褂子，长长的衣摆遮住屁股和大腿的一部分，让飞快行走的身体看上去犹如一个向前滚动的圆球。如果你不在第一时间叫住他，他的身影会即刻消失在人群里。专门找他会相当费事，他没有手机，家里的木头门上永远挂着一把生锈的大锁子。

小钱包当然是他的绰号，至于大名已经无人关心。这也没什么，名字本来就是人的代号，再说他也喜欢别人叫他小钱包。小钱包！你听，叫着亲切，听起来也有些衣食无忧的意思，仿佛一卷卷票子温柔地向他撇来。有小就有大，他哥哥叫大钱包。大钱包死于一场痨病，前年，名字和人一起蒸发了。大钱包死后，人家照样叫他小钱包。为此他还纳闷：为啥哥哥没了，还不能扶正叫他大钱包啊？如果那样的话，朝他撇票子的感觉肯定会更响亮，更大气。

在我们西镇，很少能见到像小钱包这样匆忙走路的人，正是他别具一格的行走和叫着喜色的名字，才给人留下颇为深刻的印象。尽管如此，真正熟悉他的人还是很少。

我就是在一个偶然的时节里认识他的。

那年初秋的一天下午，我正敞着门在办公室里练字，单位的大院子很静，可以听到从街上传来隐隐约约的音乐声。这时，有人轻步走了进来，我以为是个熟人，没有回头去看。等我意识到一种陌生的气息慢慢逼近，这才回过头去，看见一个陌生的矮个子男人已经走到跟前，正眯着一双小眼睛询问似的看着我，又看看我写的字。他比通常看到的矮个子男人还要矮一些，介乎侏儒和常人之间，像是娃娃的身子安了张大人脸。他的年龄也说不好，可以在十四五岁至三十来岁之间猜想。后来他曾摇晃着脑袋打趣说，他爹造他哥哥时精力充足，给了他哥哥一个高大粗壮的体格，轮到他时就只敷衍了一点清汤寡水，是疲于凑数的应付之作。

站在我面前的小个子男人并不显卑微，也不拘谨，反背着双手观看我写好的那些字，有些行家品味与挑剔的意思。我还是头一回看到有人这样看我的字。先声明，我不是什么书法家，甚至连毛笔字最基础的东西都没弄明白，只是在文化馆上班，总要找点和业务有关的事情做。这是老馆长教导我的。老馆长说我年纪轻轻，整天瞎晃悠也不是个事，我这才找了本字帖，装模作样地从最简单的笔画练起。看完字后，他开始用一种古怪的发音对我嘟哝开了，说了些啥，我听得不太确切，好像是夸赞之词。我这才看见他肥厚的上嘴唇上有一道浅浅的豁痕。如果说他的嘟哝是在夸赞，我是定然不信的。这点糟水平连傻子都能看出来。果然，由夸赞变成了指点，有些话还真在理上，什么横平竖直、上紧下松、钉头鼠尾等等。贴子里也是这么讲的。

这个生面孔到底找我干啥，是让我给他写几个字？还是冒充行家的江湖骗子？好像都不是，当然更不是收旧报纸或民工什么的，他有着和他们不同的着眼点。最后，他才告诉我，他也很喜欢字画，家里曾经有过一幅齐白石的真迹。我当然不信。如果说他有一幅齐白石的印刷品我倒是愿意相信。他还说自己在黄河边拣到一块奇石，娃娃脑袋大小，上面有酷似毛主席侧面像的图形，头上还绕着一圈光环。

“很逼真。”他强调说。

那天下午，我们东拉西扯谝了很久，他的话我听不大明白，竟很有耐心地听着。早过了下班时间，大院里全是楼房的黑影，并逐渐加深加厚。最后，他请我到他家喝酒，顺便看看他的宝贝石头，给他鉴定鉴定。不知是出于进一步了解这个奇怪的男人，还是想见识一下他的藏品，或者一顿酒，我答应了。

他用一辆旧自行车驮着我往东，沿着主大街，穿过整个县城。他在我脖子以下的位置卖力地蹬着，车链条嚓嚓作响。坐在自行车后面，感觉是坐在一辆由猴子骑着的车子上，不习惯前面没有任何遮拦。大道前方的街景一览无余，过往的行人都在朝我们看，更多的是在看我。

自行车停在路灯尽头，低矮的房屋后面已经能看见郊外一片黑黑的田野了。我开始犯嘀咕，觉得跑这么远不管为啥事都不划算，跟在他和车子后面愈走愈慢。我还是停下来，婉转地告诉他想起一件要办的事情，很重要，不能去他家喝酒了。我尽量让自己的语气显得诚恳些。他马上急了，嘟哝说快到了，那片玉米地后面就是他家，酒菜都准备好了，还要看看那块石头呢。看来这一切早有预谋。我心里顿生疑团：他为什么要这么做，难道背后有骗局？我告诉他，其实我不懂什么鉴定，意思是说我没有他想的那样有利用价值。他还是拉着我的胳臂，固执的样子让人心悸。想想这个小男人也不能把我怎样，我又开始随着他往前走。他的身影在我前面轻盈得像个跳蚤。

玉米地后面是一户独家小院。他把车子靠在墙上，掏出钥匙打开院门。院子里的一切都已经黑了，看不清四周的细处。他摸索着打开一扇房门。

灯光下，屋里四壁的墙上贴满了画，青一色的水墨虾，竞游舞须，让人眼花缭乱。一张代替画案的旧桌子抵在墙角，上面堆着半人高的一摞画稿，纸张是那种很次的烧纸。没想到这家伙真能下功夫。我对眼前的情景惊叹不已。我故作懂行的样子一张一张看着墙上的画，说不上喜欢还是不喜欢，不过笔墨还是能看出一些功夫的，和单位老左的水平不差上下，听说老左的花鸟画能卖到四五千块钱呢。在文化单位待了两年，耳濡目染，没养过大耳朵也听过大耳朵的哼哼，还是能看出一些路路道道的。他带着突然亮出本事的得意看着我，观察着我的反应。看完后我没说什么。我真不知该说些啥。他有些失望，不过一闪就过去了。

他从外面端来两盘凉菜，一盘油炸花生米，一盘拌黄瓜，摆在靠床的方桌上。他嘟嘟哝哝地把我让到桌子一侧的床上。坐在床上正对门口，视野开阔，还能随时躺在床上说话，酒醉了也不用担心溜到桌子下面去。他随手撬开一瓶“西北狼”，蹲在对面的小板凳上，敞开褂子，露出两排肋巴，很男人的样子。我发现他撬酒瓶的动作很特别，把有瓶盖的一头插进桌子一侧的耳形拉手里，往下一撇，瓶盖就掉了。我自始至终就欣赏他这一点。他把酒公平地到进两个口杯，不划拳，碰着喝，这一点也和我投脾气。

他边喝酒边嘟哝：“你也看见了，我是个画画的，专门攻水墨虾，这些年为了画画把田都租给别人种了。村上的人说我不务正业，我不在乎。”他把手一摆，继续说：“我就看不惯那些人狗眼看人低，以貌取人。”他告诉我，他手头经常没有买纸墨的钱，30 岁出头还是个光棍。他苦笑着，端杯子的手都有些发抖。

“我偏要画，我要让那帮小人看看，我是不是一块当画家的料。等我的画值钱了，我也要过过有钱人的日子，雇他两个大个子当保镖。”他嘿嘿笑说着，脸上的表情从苦涩变成激昂，不断挥舞着那只拿筷子的手，仿佛有个美好的东西就在眼前，抓一把就有了。

他说他特别崇拜齐白石，谙熟齐白石的一切，连他有几个老婆几个儿子几个孙子都清楚。他还翻出两大本有关齐白石的剪贴簿，一多半是从旧报纸上搜集来的。翻看的过程中他又对齐白石的画评头论足。他的声音含糊不清，好多内容都是我拼凑出来的，不太全面。渐渐地我就有了一些窍门，适应了他古怪的发音，理解起来也不再那么费劲了。

和这种人喝酒很放松，没有一点顾虑，我甚至可以躺在床上，让他把茶水端到我面前来。他讲起工地上一个叫陈瘸子的人。有一次陈瘸子欺负他，他趁其不意，一拳把那个大块头打倒在地，打得陈瘸子鼻孔冒血住进医院。他说他常在河边练功夫，并给我比划左勾拳右勾拳，还把胳臂上的三角肌鼓出来让我看。我觉得眼前这个小男人不光可怜，还很滑稽。我不相信他的鬼话，除非那个叫陈瘸子的人只有一条腿、一条胳臂。但我又不想破坏这场酒，损了他的好兴致。破坏一个可怜虫的好兴致等同犯罪。他还告诉我他家里的一些事。因为我发觉这个空空的院子里始终只有我们两个人。他说他父母死得早，哥哥前年也死了，现在家里只有他一个人。说起他哥哥大钱包，他显得很气愤，他说他这辈子最恨的人就是他哥哥。受别人欺负不算啥，唯有亲哥哥的欺负才是天底下最令人悲痛的，也是最让人感觉恶毒的。他说在别人看来，他那个一奶同胞、虎背熊腰的哥哥可以保护他，起码不致于欺负他。但他不，他把他当成奴隶一样使唤，让他洗衣做饭、点烟递水，动辄罚跪，或用皮带打一条狗那样打他。

“你看人家武大郎和武二郎，同样是一奶兄弟，可差距咋就那么大呢。”他呜咽着，眼圈泛红，眼睛眯成一道缝，仿佛回避灰尘或光线。

哥哥的死对他来说没有什么可悲伤的，甚至连点兔死狐悲的意思都没有，只觉得世上曾有过这么一座山，压在他身上整整三十年，一下崩塌了，他也就轻松解放了。现在他不用看谁的脸色，可以无忧无虑地在家里大喊大叫，可以在街上大摇大摆地走路，可以画他喜欢的画。他说他哥哥不死，他真不知道自己以后会有多惨。他呸呸呸往地上吐口水，说不呸会把那个人的鬼魂招来。

他的脸上升起两片酡红的云，说话更加含糊，听起来也愈加费劲，这还要让我重新想办法去适应。他嘟哝说：“我不怕别人欺负，谁的欺负我都可以忍受，包括哥哥的。但我最恨别人歧视我，看不起我。”他说他想和我交个朋友，一生一世的真心朋友。他挤巴着小眼睛站起身，很真诚的样子，把一杯酒在地上洒道弧线，然后抱拳冲我一拜，还要我表个态。我学他的样子做了，嘴里念叨我们一生一世做朋友。可那全是假话。我觉得这人很可笑。我也很可笑。

一时我们又无话可说。

屋外夜阑人静，有数声虫鸣点缀。桌上放着一个大玻璃瓶，里面养着几尾小河虾，在昏黄的灯光下悠悠地上下蹿游。

这时一个女人从外面带着风进来。女人二十七八岁，颜色平平，如果略施脂粉、穿得稍好一点，或许还算个美人。看见屋里有客人，女人忙脱下手上的白线手套，匆匆整理了一下细花白底的旧衬衣，拍打拍打皱巴巴的裤腿，好像刚从外面干活回来。裹在头上的绿头巾下有一双会说话的眼睛，丰满的胸脯微微起伏，容易让酒中的男人想入非非。看见女人，他故作反感地把豁嘴撇了撇。在我看来他并没有反感的理由。如果说面前这个女人是朵花，那他只能算一堆肥料。

他潦草地介绍："她是万紫。"

他还嘟哝了些啥，我没听清楚。我就想，这女人是不是该有个妹妹叫千红呢？

他给叫万紫的女人介绍我是书法家，是他的好友，女人的脸上并没有啥反应，只淡淡看了我一眼。万紫搬来椅子，挨着他坐下。她也加入进来喝那剩下的少半瓶酒，一仰脖一杯，很痛快。几杯酒后，万紫的话开始多起来。都是有关他的话题。她笑嘻嘻地叫他小钱包。我这时才知道他有这样一个称呼，也跟着叫他小钱包。他不反感，甚至高兴地接受了，尽管他比我大七八岁。

小钱包对万紫疑似反感的模样装不住了，脸上的兴奋比哭还难看。他说万紫的新疆舞跳得特别好，并让她跳给我看。万紫大方地站起身，就地舞起来，脑袋果然是能左右平行摆动的。

万紫像个当家主妇，喋喋不休地数落着小钱包不会过日子，把屋子弄得乱糟糟，并简单地把屋里的几处归置了一下。她说他除了画画什么都不会干，地也没心种，做过几次小生意都赔了本，还老让别人白使唤。她还说起他几次受骗上当的事来。女人语速很快，如喜鹊满屋子喳喳，但我都能听清楚，这也许是听惯了小钱包含糊不清的话后，对正常语言很好接受的缘故。小钱包抱着膀子趴在桌上，用舌头舔着嘴上的豁痕，对万紫的话表现得很不耐烦，一言不发。

万紫给小钱包递眼色。小钱包为难地告诉我他们有事要出去，什么事他没说。说实话，这会儿我倒不想急着回去了。

他把我送出家门，送到大路上，一路推着自行车和我说了许多话，然后把那辆破车子交给我。我问万紫跟他到底啥关系，甚至腆着脸问他和那女人睡过没有，她的奶子是不是很大。我觉得我在这个小男人面前可以胡问。他不愿往那方面说，但还是告诉我，万紫是大钱包的旧相好，名声不好没人娶，现在又和他黏乎上了。他好像并不满意那个女人。我问他们这么晚还出去干啥。小钱包躲闪了半天才告诉我，他和万紫到镇上的工地干活，是夜班，晚上十二点到明天早上八点，一个人一晚上能挣五十块钱呢。

我突然萌生了想和他们一起去工地干活的念头。我不是为那五十块钱。他怀疑地看着我，说那不是我这种人干的活，筛石子和沙浆，干一夜我根本吃不消。我一定要去，让他把我介绍给工头。他说工地上倒真缺人，去没问题，但还是觉得我是说着玩的。

他高兴地接受了我的要求，转身回去喊万紫。

我站在大路上给家里打电话，是老爸接的。我说我今晚不回去了。老爸还没听我说完，就在电话那头骂起来。

三个人没法共骑一辆车子。我说我来骑，他俩一个坐后面、一个坐前面的横梁上。也许是怕有损形象还是别的什么，小钱包执意让万紫坐前面。万紫唯唯诺诺，一定要坐后头，被小钱包咧咧了一顿才慢慢挪上来。万紫比想象中胖，满在我箍起来的臂弯里，几乎和我脸挨脸。身体传递着温热的女人的气息，我几次故意用下巴在她脖子根蹭蹭，看看她的反应。我也不知道为啥会有这么大的胆子。和一个比自己大好几岁的陌生女人撩骚，肯定是酒壮的胆，但又不全是。

路上万紫不时咯咯发笑，身子随着笑微微抖颤，藏匿不住兴奋。自行车笨重地在昏黄的路灯下抹过，车上的欢快飘向夜空，萦绕在空旷的马路上。

半道，小钱包急急跳下车子到田里拉屎。我让他蹲远点，别让风把臭味吹过来。他在路边的土矮墙后面嘿嘿，笑声像黑暗中的魔鬼。万紫把我的胳膊碰一碰，提示我她想下车，我没动，脸顺势挨在她脸上。她把脸躲开，从我胳膊下的空间钻出去，站在路灯下的光亮里，和我保持着距离。

工地在城南，是一所学校的办公楼。搅拌机在大灯下轰鸣，成群的飞虫围着灯光盘旋，噼噼啪啪碰撞着灯泡。楼房盖到两层那么高，黑暗的脚手架上亮着几盏灯火，工地上零零星星晃动着干活的人影。小钱包把我领到一个胖子跟前，叫他陈哥，说我也是来干活的。

胖子翻着眼对我打量一番后，踢了小钱包一脚："你也不看看他是不是干活的料。”

我说：“咋了？我咋就不能干活了？”

小钱包嘿嘿道：“就是，就是，陈哥别看他长得白净，身体总比我这样的强吧。再说工地上不是缺人嘛。”还低三下四地给胖子点了根烟。

胖子一挥手说赶紧干活，叼着烟背着手走了。后来我才知道那胖子就是陈瘸子，可他一点都不瘸。

我随小钱包把搅拌机里搅拌好的沙浆往出撺，再把拌好的沙子水泥添进搅拌机里，一撺一添没有停过手。我没干过这种体力活，凭着新鲜感和一股子蛮劲不停地挥舞着铁锨，一会儿身体就开始打摆子，疲软得像坨烂泥。小钱包一板一眼均匀地往外撺沙浆。他告诉我这样蛮干不行。他让我到砖头堆后面缓缓，别让陈瘸子看见，陈瘸子看见了要扣工钱。

我在砖堆后面找个地方坐下，看着天上的星星。搅拌机的隆隆声把夜晚吵得比白天还喧闹。没想到半夜这么冷，还刮了一阵风，我抱着膀子躲在砖与砖的夹缝里，后悔这一时冲动之苦。时间仿佛静止不动，夜晚漫长得无边无际。

我迷迷乎乎地打起盹，时不时听到搅拌机的声音。

小钱包不知啥时候碰醒我，递给我一瓶矿泉水，坐在我旁边。搅拌机隆隆地空转着。这很好分辨。嚼东西和半夜磨牙是不一样的。他说万紫来过，带来的水。我问万紫呢？他说在那边筛沙石。

小钱包嘿嘿道：“这会儿陈瘸子睡了，不干了，躲个滑。”

我问现在有几点，他说大概到后半夜了，再磨蹭磨蹭天就亮了。他还说这时候干活的人都在偷懒，那些忙乎的声音都是假象。这方面他有经验，都是万紫教他的。

我笑着问：“万紫还教过你啥？她教你怎么睡觉吗？”

他翻着眼睛嘿嘿：“别看你年纪小，还挺流氓的。万紫刚才说你在路上还打过她的主意。”

“胡说。她是咋说的？”我急了，追问道。

他说没啥没啥，不说那些了，万紫也是个闲不住的女人。起身说着再去干一阵活。

小钱包走后，我就想万紫为啥把我路上的小动作告诉他，是证明对他一心一意？还是炫耀有男人追她。想谁谁就来。万紫从另一个方向走过来，裹着绿头巾，笑嘻嘻地坐在我旁边，说："累了吧。这哪是你们城里人干的活。"我没理她。万紫有点尴尬，想走的样子站起身。

"你喜欢小钱包吗?"我问。

她受啥侮辱似的，提高嗓门说："不可能！就他那个样子。"也许她还想说癞蛤蟆想吃天鹅肉什么的。

这时一个人从砖堆后面突然现身，厉声喝道："他妈的，活撂到那儿不干，躲在这干啥!"

借着工地上微弱的灯光，我认出来人就是工头陈瘸子，胡子拉碴，喷着酒气。我赶紧站起来。万紫也溜掉了。我低着头往搅拌机跟前走，陈瘸子跟上一步，从背后踹了我一脚骂道："滑头!"

也不知这厮哪来这么大驴劲，我被踹倒在地，翻了两个跟头，满身满头是灰。我慢慢站起身，用劲拍着身上的灰土，冲陈瘸子脚下狠狠吐了一口唾沫。陈瘸子又向我扑来。

小钱包跑过来护住我说："陈哥，他是我朋友，看我的面子算了。"

那家伙像老虎扑小鸡一样，手脚并用连捶带擂，把小钱包打得在地上滚跟头。"就你介绍的这种人。你有啥面子？你他妈还算是个人呀!"陈瘸子边骂边打，扬起阵阵灰尘。灯光下，小钱包在地上滚来躲去，鼻子和嘴里流着血，他嘶哑着声调央告："陈哥，陈哥，饶了我吧，饶了我吧。"我呆呆地站在一边不知所措。

陈瘸子又向我扑来。小钱包从地上爬起来，用身体护着我……

天亮了，我和小钱包没拿到一分钱。我俩灰头土脸。小钱包脸上、胸前的褂子上到处都是血迹，已经变黑凝结。我的左眼也肿了，隐隐刺痛，只能看见一道亮光。我们在汉渠边洗了洗脸，脱下褂子抖了抖灰尘，谁也没有言语。风和日丽，我们躺在渠边晒太阳，看着上面低垂摇曳的柳枝和蓝天白云。

“我是武大郎，你是武二郎。”一会儿，小钱包侧过头冲我嘿嘿道。

“好。”我说，“那潘金莲呢?”

“万紫。”

（原载《朔方》2013 年第 6—7 期）

【作者简介】

袁鸣谷，本名王波，中共党员，生于 1963 年 2 月。毕业于宁夏大学美术系，宁夏作家协会会员，宁夏美术家协会理事。2006 年始发作品，在《朔方》《黄河文学》《当代小说》《北方作家》等刊发表小说多篇。现居宁夏青铜峡市。

鸟笼

田埂

远看乌爷住的小区，像一颗坏死的蛀牙，三层高的砖混老式楼，配不上穿戴时髦的人群，配不上扩建的马路，也配不上翻建的医院大楼。不过小区内绿化搞得不错，楼与楼之间种植的全都是草坪、果树和各种时令的花。作为孤寡老人的乌爷，喜欢住在这儿养鸟安度晚年。春天一到，乌爷就把二十几笼鸟搬出来晒太阳，杏树上挂的，草坪上蹲的，乌爷怀里抱的，都是鸟笼。路过的人会情不自禁地过去搭讪。

乌爷除了养鸟还做鸟笼。每年春天，乌爷打算买几只雏鸟，就预计做几只鸟笼。“一鸟一笼，鸟鸟有份。”乌爷戏说他在开发房地产。一个杏花烂漫的午后，乌爷喂完鸟，把晒太阳的鸟一笼一笼送进屋，然后戴个凉帽坐在杏树下做鸟笼。推子、刨子、锤子、竹圈、竹棍、竹板摆了一个大摊子。乌爷正拿了一根竹棍往龙骨上穿，前面走过来两个小伙子。小伙子蹲下来逗笼里的鸟，和乌爷东拉西扯地聊。说到画眉时，乌爷干脆丢下手里的活，把他俩领进屋。

乌爷的客厅让鸟笼占去了三分之二，满屋子弥漫着浓烈的鸟气，成了一个名副其实的大鸟笼。

乌爷从卧室提出一笼鸟说：“这只画眉和客厅这 4 笼画眉一样，都是从蛋壳里一出来就喂的。不过，只有这只通人性。”说完，乌爷打开笼门，像挑开新娘盖头一样，把手善意地伸进笼里。画眉一点也不躲闪，连翅膀也不抖一下。乌爷粗砺的手，搭在画眉漂亮的脊背上，顺着画眉流线型的背，轻轻捋一把，再捋一把。那画眉仿佛在享受乌爷的爱抚，一动不动，只是歪着头和乌爷对视。乌爷像表演完一场高难度杂耍一样，得意地说："鸟和人一样，聪明，重感情。大多数鸟稍微大一点，野性就露出来了。这只画眉我养了 5 年了，有人出 3000 块钱我都没卖，别的鸟连笼带鸟二三百我就出手。"

两个小伙子夸乌爷的鸟养得好。但认为他这老房子太小了。乌爷说："不小，我就一口人。"小伙子就说小区准备翻建，还捎捎带带地给乌爷讲了一些有关的政策。乌爷说："春节时我就听邻居说了。好事是个好事，要是一对一换置换，我举双手赞同；要是让我拿出二十几万块钱以旧换新或者搬到郊区，我还得再好好想一想。"小伙子说也是，他们两个是来摸底的，过后还要开动员会，先不着急给话。

小伙子走后，乌爷心里开始有点乱。

乌爷现在住的这套房，是他在医院分的公产房。房改时乌爷东拼西凑欠了一屁股债，总算有了自己的固定居所，然后和鸟待在一起，无牵无挂。一个月 1000 多块钱的退休费，吃喝有余，如果再置换大面积的商品房，乌爷没考虑过。晚上，几个邻居不约而同地聚在杏树下，话题自然是小区翻建的事情。大家显得很激动，你一言我一语吵得很凶，终归是想住大房子，却不想补差额。"乌爷，您老这次可要替咋们顶住啊。"邻居们说。乌爷沉默着，一声不吭。

等邻居们都散去后，乌爷进到屋，突然感到有些孤独。平时和一屋子鸟待在一起没怎么觉得孤单，无论他出现在哪个笼鸟跟前，只要把手指头往笼里一伸，鸟就把喙送过来啄一下。一伸一啄，交流回应，乐在其中，乌爷把小区翻建的事压在心里，像往常一样把手指伸进鸟笼里，一伸一啄没两下，乌爷就没热情了。乌爷打开电视看，还是没心情。实在提不起兴趣，乌爷就走到画眉跟前，指着画眉说："你呀，终究是个鸟。"乌爷就想起左右邻家的两个老太太，他想和邻居老太太们谈谈翻建的事，听听她们咋说。可是乌爷向来是个有主见的人，平时只有她们围在乌爷身边唠叨，哪有乌爷向她们讨教的道理。尤其当他想到西边的老太太时，自己先失笑了。“一笼一鸟，多了无用。干脆到郊区置办个小房子算了。”乌爷突然这样想。

第二天一大早，乌爷踏着板车照常去遛鸟。车子踏出去不远，乌爷听到有人叫他，回头一看，正是西边的老太太。乌爷赶忙下车，一着急脚挡在了闸柄上，差点挂倒。老太太颠颠地跑过来说：“我儿子让我去开会，说是走个过场。我担心听不懂。”乌爷马上直起腰说：“不是个啥事，听政策咋说。”

话是这么说，乌爷知道对于他来说，小区翻建是个麻烦事。就地住吧，没来钱的路，那个差额补不起；搬走吧，生活不方便。一连两天，乌爷喂鸟总走神。鸟张着嘴叫，乌爷手执着鸟勺不知该给哪只喂。从来没有过的事也发生了，一只小凤头百灵暴亡，乌爷一验尸确认是食物过量。乌爷心里乱作一团，胸口像塞着一团撕不开的棉花堵得荒。

这天，乌爷心里实在憋得难受，就把鸟一笼一笼搬出来，摆在杏花底下。然后，乌爷把东边的鸟笼挪到西边，把西边的鸟笼挪到东边。来回捣腾了几趟，乌爷又提起一个鸟笼往树杈上挂。乌爷觉得挂住了，一松手，“咚”，笼子掉在了草地上，笼门随之弹开，鸟就乘机走了出来。乌爷只好蹲下来哄鸟回笼。这时，西边的老太太走了过来，乌爷朝小凳子一努嘴，老太太就坐下了。逮住鸟送进笼，重新挂好鸟笼，乌爷拍了拍手，弹了弹衣襟，将军一样端着个架势坐在旁边的小椅子上。阳光照着，花开着，鸟叫着，两个老人沉默着。东边的老太太也来了，三个人半包围地坐着晒太阳。

“好事是个好事。一下子拿不出那么多钱是个麻烦。”东边的老太太说。“就是，乌哥一个人更难了，一下子哪来那么多钱呢?”西边的老太太说。乌爷用手背蹭了一下鼻子说：“不行的话，我搬到郊区算了。”“那不行！咱们都上了年龄，去那里不方便。”两个老太太都反对。乌爷就啥都不说了，开始给鸟喂食。

杏花开着，鸟啁啾着，草坪地毯一样绿着。乌爷画中人一样，顶着满头纹丝不乱的白发，戴着老花镜，坐在小凳子上一心一意地喂鸟。边上两个老太太继续聊着："小区一翻建，这些花啦树啦的可就遭殃了。""现在的人哪来那么多钱？一出手就十万二十万的。"

乌爷一言不发，专心喂鸟。

乌爷怀里抱的是凤头百灵。这种鸟形体娇小，成年的鸟有 3 根别致的冠羽，有点凤凰的神韵。让乌爷说这种鸟贵在口好，和百灵绝对有一拼。乌爷还说，这种鸟生活在沙漠，生性警觉，老鸟要回巢哺一次食，至少要制造三四次假象，先是落在巢外一二百米处望风观察，很狡猾。它们探明一个鸟巢的位置，得花一周时间。不过，现在的乌爷可没心思讲这些鸟儿经，他手里在喂鸟，心里在想钱。就说眼前这 5 只雏鸟，分笼后按每只两百元卖价计算，统共也就 1000 元，去掉成本，净挣 800 元。想凑够那二十万？猴年马月吧。

这时，这 5 只雏鸟却又故意倒蛋一样，把头仰得老高，张着大嘴，冲乌爷使劲喊饿。乌爷叹气，就用他传家宝似的一枚骨质鸟勺，撮了鸟食，耐心地往笼里添。

两个小伙子出现在乌爷的旁边，腋窝下夹着皮包。两个老太太见状，悄悄回家了。

雏鸟挤做一团，一边吞咽着鸟勺上的食物，一边还歇斯底里地讨要，还时不时地把脚踩在同伴的背上。其中两只孱弱的鸟间或抬起头，对着鸟勺送过来的食物可怜兮兮地叫一声，由于站不稳当，被强悍的同伴当头就是一脚。乌爷就撮了食物专捡孱弱的鸟喂，还自言自语地说："我不主持公道就没个公道。"

一个小伙子拿起鸟勺好奇地问："您老还有专门喂鸟的勺子？还是骨头的，还雕有花纹？"乌爷便一脸自豪，意思是说那当然，干啥的务啥嘛。乌爷喂鸟的勺子，有着温润的手柄，手柄上刻有精致的纹路，柄端还有一个雕工优美的凤头。据乌爷说，这个鸟勺是他的祖上在给江南一个大户人家饲鸟时，因和女主人关系私密，人家送的信物。当然，谁也说不清这鸟勺到底是哪里来的，乌爷的祖上是不是见过大世面，给大户人家饲没饲过鸟？无法考证。这个鸟勺是个罕物，倒是一点不假，明眼人一看就知道。乌爷神秘地一笑，从小伙子手里接过鸟勺："别小看我这个鸟勺，有个文物贩子一口价给开了五万。"乌爷起身回屋，两个小伙子就顺势跟了进去。乌爷把勺翻里翻面仔细擦了一下，转身打开壁橱，放进一个做工精美的木质托盘。

小伙子拿出小区翻建协议书，让乌爷按要求签字，还提说起乌爷当年在医院当劳模的事情。意思再明白不过，既然是劳模，就应该时时处处起模范带头作用。乌爷并不领情，过来过去就一句话："这个字我没法签，我只要现在58平方米。"小伙子说："要不您老再想想，我们也想想办法。"

以前，乌爷觉得每天都很忙，溜鸟、喂鸟、训鸟、做鸟笼，不知不觉就是一天。但是现在，乌爷觉得时间变长了，简直有点难熬了。小伙子走后，乌爷想这可咋办？那个字签也不是，不签也不是。可又一想，房产证在自己手上，合情合理的事，怕啥？乌爷看天色还早，就想做一会儿鸟笼吧，可屋里屋外出出进进好几趟，就是懒得往出拿做鸟笼的家什。

乌爷自言自语："二十万，让我造钱啊？"

又是一天，乌爷把小区翻建的事丢到脑后，照例坐在杏树下训鸟。乌爷把鸟笼往怀里一抱，手伸进笼里，让鸟跳上手背，再跳上笼中央一个小小的高台。一只真正的好鸟，不但外型要好，叫声要好，更重要的是要通人性。所谓通人性，就是人把手伸进笼里，鸟不但不惊恐，还要不急不缓地在手背上做出各种嬉戏的动作，让主人高兴。事实上，在那5只凤头百灵中，能不能训出1只好鸟来，乌爷一点把握也没有。但乌爷还是怀了希望去饲喂，去训。

那两个小伙子又来了。小伙子蹲在乌爷身边，说："乌爷，您老的鸟勺，听说是个古董。您房子的事，我也有个好办法呢。"乌爷未知可否。小伙子说："我们老总也是个鸟迷。也许您把鸟勺让给他，您就可以小换大，不然小区翻建别人家都按照政策补差额，您一家不补就说不过去。您想，您的古董再值钱，总不值二十万吧？"乌爷把手从鸟笼里抽出来，慢条斯理地看着小伙子，说："拿鸟勺顶差额？""是的。一顶，您的58平方米就成了98平方米。"乌爷让小伙子先回去，他还要再考虑考虑。

打发走两个小伙子，乌爷凑到窗前，细细端详他的那只鸟勺，似乎就有了一种力量。乌爷又开始想那个没有答案的问题，祖上和那大户人家的女眷究竟私密到什么程度，送这么值钱的东西？想着想着，乌爷觉得这鸟勺不能随便出手，一出手，他的心里就空了。乌爷这时候确实想找个人说说话，面对一套房子和一只鸟勺，到底该咋办？

乌爷转出转进，东边瞧一眼，西边看一下，没个人影子。只有一树杏花开着，一地青草绿着。鸟们自然热闹，隔着笼子啁啾不已。但它们再通人性，也不可能理解主人此时此刻的烦恼。乌爷一抬手，把一块板子掀翻在地上，发出了很大响声。这时，东西边的老太太都推开门往外看。随后，两个老太太便拿着笤帚，赶忙出来帮乌爷清理现场。乌爷就向两个老太太说起了要他用鸟勺顶差额的事情。东边的老太太说："一个勺子换一套大房，划算。"西边的老太太说："他姨妈，看你说的。那个鸟勺可是乌哥的心爱之物，陪了他大半辈子，能舍得？"

西边的老太太这样一说，像是终于提醒了乌爷。乌爷于是找了一方手巾，干脆把鸟勺和托盘都包起来，装在贴身的口袋里，睡觉都不离身，生怕一不小心被别人偷了去。

这次，小伙子是开着车拉着老总来的。说的是老总，谁知道是什么人，现如今鱼目混珠、趁火打劫的人多得去了。车一停，就有人来围观。那个老总把头一伸进乌爷的屋门，就条件反射似的捏着鼻子退了出来。乌爷隔着窗子说他不同意，他就要 58 平方米。老总就很生气，对两个小伙子发火："你们没敲定，让我来干吗？那个什么鸟勺究竟是不是古董？"小伙子做了非常肯定的答复，说绝对是，他们不会看走眼的。

这时，乌爷说："你们都走，别把我的鸟吓着了。"

老总就低声说："这个棺材瓤子还难缠得很。"

乌爷一听"棺材瓤子"，冲出屋低声说："滚！别把我的鸟吓了。"

小伙子和那个老总走了，丢下一群围观的闲人。乌爷把门关了，一屁股坐在沙发上。笼里的鸟们歪着头，似乎在听什么动静，似乎在观察乌爷的神情。乌爷的一头白发突然就变得凌乱不堪了，像谁胡乱地揉搓了几把。乌爷正沮丧呢，几个串联好的邻居又来了，给乌爷施加压力说：“乌爷，这回您老要是顶住了，咱们跟着沾光，您老以后有个头痛脑热的，咱们大伙包了。要是您老顶不住，他们必定要把咱们撵到郊区，那可就惨了。”

“二十万，你们能包了?”乌爷冲着邻居说：“我不用你们操心!”

几个邻居面面相觑，然后灰溜溜地走了。

乌爷想，要是开发商再来逼他，他就去上访，就去法院告状。一想到上访告状，乌爷又有点胆怯。最后，乌爷想，开发商还能把人活埋了?

两个小伙子又来了。

小伙子一改往日的态度，径直走进乌爷家，二话没说就拿起鸟笼放鸟。鸟扑棱棱地飞到杏树上，鸟笼被抛到草坪上。情急之下，乌爷身子扑过去护鸟笼，一边阻拦一边抖抖索索地从怀里掏出那个布包，颤声喊：“鸟勺。给你鸟勺!”两个小伙子对视一下，拍了拍手说：“这就对了”，赶忙逃走了。等邻居老太太听到响动赶来时，乌爷已经跌倒在几个鸟笼中间。受到惊吓的鸟却都躲在树上。旁边又围了一些人，有人在替乌爷打抱不平，指责那两个小伙子无法无天。有人用手机拍现场。

乌爷失魂落魄地瘫在地上，发丝间残留着鸟屎和沙土。围观的人逐渐散开了，就剩两个老太太在替乌爷落泪，劝乌爷把那只鸟勺给了算了。乌爷老泪纵横，痴痴呆呆地念叨着什么，两个老太太没有听懂一句。

两个老太太劝了一会儿，也无奈走了。

过了一阵后，乌爷忽然站起来。乌爷把剩下的笼鸟全放生了。长期囚在笼内的鸟已经不太会飞，像喝醉酒似的，摇摇摆摆地落到开满杏花的枝头上。乌爷把画眉也提了出来。笼门敞开着，画眉探出头来好奇地东张西望，不知怎么办才好。乌爷把手凑到画眉背上，鼓动孩子学走路一样拍了拍画眉，画眉歪着头看着乌爷松树皮一样粗糙的手，还用喙轻轻啄了啄，俨然一副亲人吻别的样子。乌爷的泪又下来了。

画眉振翅，飞上了杏树。

乌爷呆望了一会儿树上的鸟，转身回屋。就在这时，画眉又扑棱棱地飞了回来，脚上还带着几个花瓣，端端正正地落在乌爷的肩头。乌爷架着画眉进了屋。

乌爷的身后，是一树茂密的杏花。

树下，是一堆东倒西歪的鸟笼……

（原载《朔方》2012 年 5—6 合刊）

流往后院的水

王自忠

大后天就是奶奶的四十忌日，怕得宰个啥吧。

问过了，阿舍仍然忐忑着。声音轻得像是麻雀在高高的树梢上弹了一下后，飞得没影儿了，树梢还在颤抖。也像口弦子，只一拨拉，便泻出一串颤音，幽幽的。

阿舍问的不是父亲，是公公。公公，当然也是大。

是得宰个牲气，是得宰个牲气。牲气，牲畜的意思。王家庄人习惯把宰牛宰羊称作宰牲气。

公公口头上应着，似乎很在意阿舍的提醒，但那漫不经心的神情，不免叫阿舍担心。按说公公不需要这样的提醒，奶奶新亡，坟头的土还没干呢，公公会不记得奶奶的四十忌日，会忘记干尔麦里搭救?

四十是亡人的一道大坎儿。王家庄稍微有头有脸的人家，在亡人的三七、四十或者百日这样的大坎儿上，都要宰牛宰骆驼大干尔麦里，搭救亡人。王善良百日那天，王家庄人可算是见了一回世面，连阿舍都吃到了他家的油香。那天，王善良家宰了两头牛，大干尔麦里，附近十来个庄子的阿訇都请来了。庄子里的人、亲戚朋友啥的，走动了整整一天。比平常的人家娶媳妇嫁闺女的客人还多。去的人都啧啧着感慨说，王善良好洪福呀，这样大的尔麦里，还要啥呢。

虽说跟王善良家不敢比，人家王善良的儿子在城里当局长哩，但阿舍一直向往着，自己家啥时候也能排排场场的，哪怕是一回，红红火火地干上一回尔麦里，也不枉举意了一场。

嗯，三奶奶，就是……阿舍嗫嚅了半天，声音都有些变调，墙后头三奶奶家有个羊羔，说是喂得好说话了，嗯……阿舍低着头，一词一句斟酌着，眼睛瞅着胸前的围裙，两手像是没地方搁，在围裙沿上搓来搓去，左手无名指上的戒指，透着隐隐的光泽，簇新、耀眼。

略微顿了顿，见公公还是不接话茬，阿舍抑制着内心的焦虑，尽量把话说得平静、体端：要不，去看一下？日头快要端了。

阿舍吸取三七的教训，要公公抓紧，趁早动手。羊宰得迟了，拾掇、煮肉啥的来不及。她相信公公已经明白了她的意思。

三七那回过尔麦里，阿舍就是问得迟了，差点丢了个大人。丢人都不算啥，关键是亡人，是睡在坟坑里的奶奶等着搭救哩。事后想起，阿舍觉得那天要是把奶奶的三七空过了，要是没有像后来那样体面地干个尔麦里，她会落一辈子后悔的。将来到了后世里，还有脸见奶奶？奶奶三七的头一天，阿舍早早地炸好油香，将第二天烩菜的萝卜、粉条、木耳啥的炒的炒了、泡的泡了。锅上灶上该准备的备齐了，一切都收拾得妥妥帖帖的，单等着公公回家宰牲气。阿舍想，公公至少会买只羊吧，三七可不是随便的，能将就？可越等，阿舍的心里越毛躁。眼瞅着太阳压着山畔子了，连公公的影影儿都见不着。焦虑着的阿舍屋里院里转出转进，不知出出进进地转了多少来回，心里焦躁得开水锅里的滚水一样，翻了不知多少跟头，院子里的浮土都踏出了一层。公公看来是指望不上了。

鸟急投林，人急投亲。急得嗓子眼里烟冒的阿舍，在渐黑渐浓的暮色中，一股旋风般旋进娘家。母亲见了，一脸的惊诧，以为阿舍在婆家淘气了，一叠声地问出了啥事，黑天半夜的咋话咧。母亲的声音透着一股破擦音，近似木头劈裂开的那种。

傻子淘了气才往娘家跑哩。十朵菊花九朵黄，十个女儿九像娘，当妈的不清楚女儿的脾性？阿舍不是那样的阿舍！阿舍心里梗梗的，口张开，却带出了哭腔，妈，借给女儿一只羊，是借，行不？

圈里养着十七八只羊，是娘家的一大半家当。

见阿舍着急得要哭，又不像淘了气的样子，母亲恍然彻悟，喉咙里的破擦音倏地消弭，亮着嗓子，连说了三个“行”字。

母亲说，有啥不行的，我娃有这样的疼慈心，为搭救亡人，别说是一只羊，就是一头牛，妈也舍得。为叫她放心，母亲叫上弟弟，连夜将家里最壮最俊美的黑头羯羊牵过来。母亲还给阿舍安顿了许多。母亲说，娃你就这么个命，就当亏吃去。能吃亏，是娃你的福分。

阿舍说不清母亲的话是安慰她，还是觉着欠着她啥，给她宽心、道歉。

尔麦里过完，公公便一了百了。男人王清洁还算有良心，打工回来，第一件事就是去阿舍娘家结清了羊钱……

公公本来是要出门去的，被阿舍像劫道一样劫在院子里。公公白帽帽上渗出一层厚厚的油汗，和飞来的灰尘粘在一起，白不白、灰不灰的。帽檐上那一圈儿污垢，叫阿舍心生些愧色。公公的衣服、帽子，甚至袜子、鞋，隔些日子，阿舍都会主动给洗的。啥时候像这样邋遢得衣服没个衣服形状、裤子没个裤子样，中山装的纽扣掉了一颗，衣襟软塌塌地，搭在胸前；两肩塌向两边，看着就像没有肩膀；衬衣领子上也是一绺一绺的汗渍，都起碱瓜瓜了。

衣衫不整的公公清清喉咙说跟上，跟得上。还有两天哩，不着急。听那语气，似乎没必要大惊小怪，不就一个四十的尔麦里嘛。

阿舍的心里咯噔一下。

日头红朗朗的，没有丝丝风尘尘儿，一缕寒意却注入脊背，直钻阿舍的身体，她不由打个冷战。

说得轻松。不着急，跟得上？不急能行吗？说是两天，光拾掇屋子、洗洗刷刷的就得整整一天。厨房里剩菜剩饭、坛坛罐罐的，快没法下脚了。婆婆亡故后，奶奶跟着睡了炕。阿舍既要照看病人，又要操心一家老小的吃吃喝喝、洗洗刷刷，忙得顾头顾不了脚，哪有功夫彻彻底底拾掇厨房。还有上房也得好好打扫了。阿訇和客人请来，要在上房里干尔麦里，没个新鲜样咋成。活人都感觉不到新鲜、清爽，亡人咋能吉祥。

王家庄人不论穷家富家，在搭救亡人上，谁家也不敢马虎。亡人的忌日那天，家里有多忙、事情有多重要，统统得停下来，一心一意干尔麦里。因为亡人等着呢，指望着呢。阿舍记得奶奶在世时说过，亡过的人指望可大了，巴望活人的搭救，巴望命着哩。

其实奶奶不说阿舍也懂，相对于活人，亡人再没有别的路子，唯有眼巴巴地指望着儿子、女儿、孙子、孙女、亲戚，哪怕是有一面之交的人，能给做个好杜哇。奶奶还说人人在顿亚上来一趟，难免不惹些古纳哈。亡了，是要被打算、被拷问的。那样的打算和拷问，相当于在古纳哈的海浪里挣扎。古纳哈是罪衅的意思，是说人活着有意无意地都要惹些罪过。虽然王家庄人十个有九个不会阿拉伯语，但人人都会用古纳哈这个词。

唉——，阿舍轻轻叹口气，毕竟公公不是婆婆，更不是娘家妈。在娘家妈跟前，阿舍从来不操心家里的事情，哪怕天大的事情。不但不操心，阿舍会像个碎娃娃样，靠在妈妈怀里撒一阵子娇，还会拖出重重的鼻音，说，人家不就是浪两天嘛。要是嫌浪得勤，我走好了，算我没有这个娘家。话没说完，人早笑得咯咯咯的。笑声震得盖碗里的茶水都荡漾开来，惹得妈妈也失笑得一脸绚烂。有时候，阿舍故意模仿妈妈的语气说嫁出去的女儿泼出去的水。妈妈只有边笑边责怪说都三十几的人了，还像个娃娃，一点儿没个稳重气儿。

三十几咋了，三十几就不能说笑，就不能高兴？来到娘家，啥也不用顾忌，哪怕一百岁，在娘家妈跟前，永远都是个碎娃娃，开心的时候照样可以嘻嘻哈哈。

不过，说笑归说笑，妈妈没个稳重气儿的话，叫阿舍时时提醒自己要庄重，要像个大人，要在婆家拿出个老成、稳重又负重的样儿。

事实上，在婆家，光是稳重还不够，还得撑起这个家。

婆家着实够阿舍愁肠的。奶奶睡了炕，差不多一个植物人。阿舍端屎端尿伺候了整整四十个月。母亲一有空就过来，给愁肠又难怅的阿舍搭手，帮着她渡过难关。每次母亲走后，阿舍回味着母亲的话，意识到，母亲来不光是单纯地帮她，主要是来开导她。母亲说，前院里水往后院里流。你也生哥哥抱姐姐哩，好好尽点孝，伺候着奶奶无常了，你的善功就积修下了。一辈一辈，接辈传流，就这么个理儿。阿舍便想象自己老了，也像奶奶那样瘫在炕上，女儿赛丽麦皱着眉头给她收拾大小便，洗刷粘着屎尿的被褥。屋里臭气熏天，儿媳妇捂着鼻子，立在门边……妈呀！阿舍都不敢往下想。她咬着牙坚持，更上劲、更勤快地给奶奶翻身、擦洗身子、剪指甲，衣服也换洗得比以往更勤。总算是把奶奶伺候到无常。

只是，公公的磨蹭和模棱两可叫阿舍心里焦躁得火星子乱溅，却深不得又浅不得。说得过头了，怕伤了公公的自尊，令公公难堪；不说吧，事情逼到眼眉子跟前了。

心底里旋了几个回旋的话吭吭哧哧总算挤了出来，挤成咕咕哝哝：三奶奶家的羊羔说是也就四五百块……

吃力地说罢，阿舍透口长气，再瞅一眼公公。公公一副背搭手儿，站着。背搭手儿就是双手反剪了背在身后。村里好背搭手的人没几个。村长偶尔讲话，或者到谁家处理个啥问题时就是背搭着手的。寺里的学董也爱背搭手。阿舍说不清背搭手是不是有身份的象征，反正公公好背搭手儿，站也手背着，走路手也背着，有时候坐着都保持背搭手儿的姿势。他跟没听懂阿舍的话似的，只是重复着说，急啥，还有两天哩，急个啥。边说边躲瘟疫一般，溜了。秋日的暖阳下，公公的步履懒洋洋急慌慌的，跟秋阳一个样。

几颗委屈的泪花儿，悬在阿舍眼睫毛上。泪花儿晶莹剔透，悬着悬着，终于悄无声息地坠落。围裙上立时洇出几坨湿痕。

近山知鸟音，近水知鱼性。一口锅里搅了十年勺，啥秉性不清楚？公公就那么个人，啥事都推诿、将就，啥事都敢推诿，都能将就。

阿舍结婚那年，亲事基本定下来了，就差给话了。给了话，相当于签了字画了押，事情便是铁板上钉钉的，就剩下拣选日子办喜事。爸爸和妈妈要去婆家做客。做客是好听的话，实质上是去实地查验一下男方的家庭状况，王家庄人叫作验家道。自己的女儿要成为别人家的一员，到别人家过日子，心里还着实没个底儿。验回家道，实地看看，考察一下男方家的条件、待客礼数、家风啥的，人就放心了，才敢放心地结亲家。人心都是肉长的，家家都一样，娃娃去，一辈子的日月光阴哩，不验个九九八十一，对得住娃娃？

爸爸妈妈去验家道那天，阿舍在家等消息。等了大半天，像是等了一年，甚至比一年还长。那天，阿舍的脸像片火烧云，又像夕阳的余晖，映得半个身子都红红的。大半天了还不见二老回来，阿舍的心便悬在空中，像悬在西山尖上的落日，久久下不来。但愿别验出啥麻达，好歹是门亲事，都八九不离十了，再闹点啥差错，远听近看的，脸上不好瞧。嫁人成家，无非生儿育女过日子。同阿舍一块儿要大的几个女子，出嫁时挑挑拣拣的，趁着过喜事，向婆家要天要地，房子、小汽车、金银首饰样样齐全。天上的星宿有办法摘的话，她们大概也想要。阿舍才不愿那样呢。那算啥婚姻啊，不成交易了嘛。那样子逼着婆家把账债拉下，手头紧困的，连个油盐酱醋钱都拿不出来。蜜月没过罢，就开始苦巴苦挣地还账，有啥意思。再说了，自己和未来的男人年青力壮的，不缺胳膊不少腿，只要肯吃苦，还怕光阴过不到人前头？

谁想到在那样关键的时刻，公公掉了链子。

阿舍后来听说，验家道那天，公公家招待阿舍父母的水果不鲜、不嫩、不打眼。父亲说满街的水果店，又鲜又脆的葡萄、梨、枣儿，看着都眼馋；直叫人咽口水的红红的橘子，把街都压塌了。可公公买的尽是塌了水分的果子。这些都能待谅，叫父亲难以容忍的是，公公没有丁点精气神儿，说话有气无力的。

把人不当人！父亲验家道回来，给媒人摔下这话，便对媒人待招不招的。父亲虽说是个农民，但走南闯北做了半辈子生意，也是见过些世面的。那天受了那样的窝囊，回来后死活不愿结这门亲。家族里的几个叔伯，掰烂泡碎地劝说了几天，说只要娃娃好，只要阿舍愿意，些些不微的都叫过。亲门当家子劝说来劝说去，父亲才觉着为点小分意思上纲上线，反倒惹人笑话，到了儿丢的还不是自己的人？看来，造就的婚姻枪炮都打不散呐。

成家后，阿舍渐渐了解了公公。很多的时候，公公叫阿舍在人前抬不起头，走到哪儿都觉得矮人半截。公公爱计较小头子，掐过来算过去的，看似精精明明，实际上脑子里一锅糨子。好在婆婆贤惠、善良，会操持家务，硬是把个渐破渐败的家支撑了下来。

想起婆婆，阿舍有些动情。要是婆婆在着，阿舍断不会这么难肠的。这一大摊子的难肠，会全是婆婆的。阿舍会像个看热闹的路人样，看个昏天地黑也不会有人说个啥不是。

只是，好人命不长。阿舍嫁过来不几年，婆婆便无常了。婆婆得的是胆管癌，不治之症。清楚的人都说婆婆的病是公公给耽搁了。是那个把事情不当事的公公，将一个开得正旺的牡丹样的婆婆推上了绝路。也就是啊，婆婆才四十来岁，四十六岁过一点，正在时节上哩。每次婆婆的病发作了，公公便支支吾吾，找借口不去医院，顶多送婆婆去村口的诊所，输几瓶液了事，或者将里里外外的口袋翻遍了，摸出几十块钱亮给婆婆，言下之意总共就这点家当，你看着办吧。婆婆只好接了钱，自个儿去诊所输液。

婆婆的过世叫阿舍一下子长大了许多，也成熟了许多。仿佛那一天、那一时便由娃娃长成个大人。一开始，对于婆婆的亡故，阿舍也有些难以接受，思想上咋也转不过弯来。可又一想，人在阳世上来一趟，本就是来吃苦，是来接受考验的。

咋能怪公公呢。人穷志短，马瘦毛长，公公也是难肠得没法儿呀。谁愿意把个好好的人，把个开得艳艳的牡丹，看着叫枯萎，叫凋零。而且，公公虽说有点那个，这几年也够呛。婆婆过世后，公公一天比一天老气，一天比一天缺少展脱气，用王家庄人的话说，脸上土都下来了。就说那张脸吧，蔫不抽搐成了个塌了水分的青头萝卜；衣着更没个看相，身上穿的那件中山装买来时间不长，还是阿舍给买的呢，这些日子忙得没注意，咋刚才看着，差不多穿成了一件旧衣。

瞎子跟前不谈光，癞子跟前不说疮。溜就溜了，真要跟公公计较，那是自找难受。阿舍不是没计较过。嫁过来不久，阿舍隐隐地觉得婆家有啥瞒着她，婆婆时不时神神叨叨，奶奶他们说话时，挤眉弄眼的。巧的是家里出了件事，叫阿舍真正认识了奶奶。这阵子想起，阿舍都觉得那天奶奶的神态里透着少有的镇定。自那以后，阿舍时时留意奶奶说话的语气、奶奶的待客礼数、奶奶的好恶。阿舍发现，奶奶还真不是个一般的奶奶。

那天，阿舍正在厨房拖地，三奶奶急慌慌进来，临进门时差点跌了个跟头。阿舍没辨清，究竟是门框还是门槛，反正给碰得丁零哐啷的。三奶奶失态得，也没注意屋里除了奶奶还有个阿舍，一进门便颤抖着低嗓门说，快呀，大嫂子，他哥把阿訇的皮子输了。

声音虽然不高，却不啻平地里一声炸雷响起，阿舍只觉得头嗡地大了，脑子里隆隆作响。三奶奶所谓的他哥，除了公公还有谁？

爷爷是家族中同辈份里的老大。王家庄人，跟阿舍同辈份的，都称呼奶奶作大奶奶；比阿舍大一个辈分的，奶奶便是他们的大妈、婶子；三奶奶几个不多的老辈儿，把奶奶唤作大嫂子。

惶惶中的三奶奶猛然间发现了阿舍，嘴张得一口窑洞似的，好一阵子都没合上。待要解释啥，奶奶打了声干咳嗽，三奶奶便不吭气了，神色依旧紧张兮兮的。

阿舍睃巡一眼，见奶奶的眼神，刀子样剜着三奶奶。

她三奶奶呀——

奶奶的眉眼是那样的严苛，但听那语气，丝毫没有责怪的意思。

奶奶把三奶奶唤作她三奶奶，三奶奶把公公唤作他哥，是王家庄人的称呼习惯。王家庄人都这样，借晚辈的口吻称呼比自己小的人，以表达对其尊敬、客气。三奶奶比奶奶小，可在奶奶的话里，仍存在奶奶两个字。这也算王家庄人说话的高明之处。奶奶说，她三奶奶，你牙疼也不是一天两天了，咋不去医院看看？实在不行拔掉算咧，难受死咧。奶奶神态自若，像临危不乱的将军，千军万马厮杀得血飞肉溅，她跟啥事情没发生一样接着说，走，走上房喝茶，别妨碍阿舍拾掇屋子。慌乱、尴尬着的三奶奶，跟屁虫似的，随奶奶离开了厨房。

有啥见不得人的，防着我？把我当外人？阿舍的心里别扭了好久，明显的感受是自己没有融入这个家。或者说这个家还没有正式接纳她，她还算不了知心知肚的家庭成员。伤感和不快，还有忧郁，阵雨前的黑云样压在阿舍头顶。

这样小瞧人，日子还咋过？本来就够委屈的。当初在父亲面前，阿舍红着脸表了态，不为别的，只图平平顺顺过日子，不再给父母增添负担。验家道出了那个岔儿，父亲就说阿舍的终身大事，她自个儿拿主意。父亲沮丧地摇着头。阿舍那阵子的心思像掉进了洪水里，给水流颠过来掀过去的，晕得找不见东西南北。

本来，阿舍的亲事沿袭媒妁之言的传统，是典型的王家庄人的婚嫁模式。

在王家庄，媒人是很活跃的。哪家的女儿大了该嫁人了，媒人便殷勤着说有怎样怎样攒劲的小伙儿，家里又是如何如何地富有，一番巧嘴滑舌，说动了父母和女儿的心思，彩礼、嫁妆啥的，当面锣对面鼓地谈个差不多，双方瞅机会见个面，事情基本上成了。娶媳妇的小伙儿也是。媒人把女方说得花儿一样，简直天上有地上无。不论娶媳妇还是嫁女，说得天花乱坠的媒人当一半家。按照回族传统，婚姻得遵循四个条件：父母应允、夫妻双方同意、证婚人作证、约定聘礼。

父亲那样子问了阿舍，既是尊重阿舍，又把一个烫手的洋芋塞进她怀里。那些日子，媒人走了一个又一个，前前后后二十来家提亲的，不是这家有二不，便是那家有差池。好些个夜深人静的晚夕，睡在身边的母亲翻来覆去。阿舍知道母亲是担忧女儿，为她的终身大事愁肠得睡不着觉，心里说不上的感慨，说不上是同情母亲，还是感慨自己。

看着父母日渐憔悴的模样，阿舍真不愿父母再为了她，成天东奔西颠着，打问来打问去的。已经有人说她家是花里头选花，眼花了。

大，没啥大毛病就成，上哪儿挑十全十美的呢。阿舍就这样答复了父亲，算是给父亲吃了颗定心丸。

没咋刁难，没有过分地要彩礼，就买了几件衣服和几盒化妆品。同她那几个玩伴相比，阿舍的出嫁显得寒酸了一大截。

不想了，越想越没头绪。

活儿多着呢，屋里屋外的，乱得实在看不过眼了。阿舍换上旧衣旧裤，先自伙房拾掇起。奶奶过世这些日子，炸油香、请阿訇，头七过罢过二七，二七过罢，没觉着三七就到了；三七是个大七，前前后后三四天，没咋歇缓呢，四十又到了。人活着，事情一件跟着一件，永远不得完啊。阿舍脑海里演电影样演着过去的日子，手里忙活着，整理了橱柜，刷了案板，大大小小的锅，黑得不成个锅的样儿了，阿舍挨个擦过、洗净。柜子、案板，还有大大小小的锅立时有了样样儿，鲜亮鲜亮的。锅上炕上的，收拾齐整了，将地板仔细拖过，连旮旮旯旯都挑剔地审视过，阿舍感觉顺眼了一大截。到底是手放哪儿哪儿好啊。

收拾罢厨房收拾上房。上房没有厨房那样费事。门帘、窗帘、沙发巾、桌布，有些日子没洗了。摘下，洗过，污水自洗衣机的排水管里咕嘟嘟泄着，阿舍心里释然的水，没有羁绊地淌着。说是不再想那些秕谷子陈芝麻的烂事，可一旦活儿干得舒心，加上触景生情，那些曾经的烙印，又挨挨挤挤涌上心头。要不咋说人是个贱驴皮呢。

那回在厨房里，奶奶和三奶奶那样的举动，的确给阿舍的心头蒙上了阴翳。但不久，就在这间上房里，跟平常的老年人不太一样的奶奶，把那层阴翳揭开了。奶奶说做贼剜洞也没有这么丢人啊。给阿訇下手，要是个好宰的，拿刀子捅了都不解气。这话咋都忘不了，只要一想起，阿舍都觉得值得同情的人是奶奶，而不是公公。要强了一辈子的奶奶，把她恨铁不成钢式的愤懑、把她的没有眼泪的哭泣一股脑儿呈现给阿舍！阿舍也就理解了三奶奶那天为啥那样惊恐。宰牲节那几天，王家庄家家宰牲，家家都把宰了牲的皮子散给阿訇。光羊皮就有三十多张。公公替阿訇把羊皮拿到集市上卖了，手痒得没忍住，上了麻将场子，就把羊皮钱输了。

瓜媳妇子呀，奶奶讲罢公公做的丢人事后，说，防你啥哩，是怕你娃心里承受不住，花儿生生的娃，才开始活人呢，就给弄得抬不起头。怪只怪我生了个不给人长脸的儿!

那天，阿舍的心情沉重、难过，还有些怜悯、忧郁，反正是复杂极了。陪着奶奶流了一气泪后，反倒畅快得不行。原来没把她当外人。那以后，闲了，心慌了，阿舍就听奶奶讲古今。奶奶把讲故事叫作讲古今。《毛野人》《阿丹圣人和夏娃太太》啥的，讲得最多的是那个不孝的儿子要倒掉瞎眼老人的故事。奶奶说，从前有个老人瞎了，啥啥看不见了，儿子就弹嫌得不行。有一天，儿子推着手推车，要把瞎了的老人像倒垃圾那样倒掉。老人成了累赘，累连他呢。你说毒不毒，奶奶感慨着，说，那个人把瞎了的老人像倒一簸箕垃圾那样倒了，折转身要回家，六岁的儿子说等一等，那娃说着，便把瞎老人的坐垫，就是一块麻布单子捡上了车。父亲奇怪地问碎儿子捡那个干啥，儿子说将来你老了，倒你的时候衬呢。

房檐上水照窝窝滴，前院里水往后院里流呢。每次讲完，奶奶都要感喟一番。

阿舍不解的是，奶奶讲的那个前院里水往后院里流的古今，还真在现实生活中出现了。庄子里王树的儿子把王树打了。有人说那不算打，是王树要打儿子，被儿子一挡，王树没提防，跌了个跟头，头上给磕出个血包。事情发生就发生了，没啥。本来嘛，王树六十多岁了，不是打儿子的时节了。再说，儿子壮实得牛犊子一样，你王树能打得了？但庄子里人不答应。好汉护三村，好狗护三邻。王家庄人没事时，散乱得河滩里的沙子样；大小出点事情，就团结得一咕嘟蒜似的。村干部还有王树家族里的人要惩罚王树儿子。王树知道后哭开了，伤心得清泪一滴一滴的。王树说前院里水往后院里流哩，说他年轻时节打了父亲，一报还一报啊，怪只怪他，没有做下人行事在先。至于王树年轻时节为啥打父亲，咋打的，阿舍就不得而知了。

秋后的日子，撵着屁股跑呢。日头像有根绳子扯着往下落。先前还高悬在头顶来着，圆圆的，刺得人睁不开眼，只一时时子，就拾掇了个屋子的功夫，便压在树梢稍上。这日子短的呀，阿舍无奈地咂咂嘴，像是能把短日子咂长似的。

尽管阿舍心里的惦念还实腾腾压着，不管她怎样咂嘴，天该黑时一点儿也不含糊地黑了。

吃过晚饭，操心着两个孩子睡了，阿舍的心思野马样跑开了。阿舍待嫁的那半年，提亲的人家一家接一家，有时候同时出来好几家。父亲说一家养女百家求，没啥奇怪的。父亲还说结亲如访将，便和母亲在那么多的家儿里访。咋访来访去，偏偏访了这么一家？阿舍婚后认清了公公是怎样一个人，父母亲反过来劝阿舍说又不跟公公过一辈子。阿舍知道父母亲是哑巴吃黄连有口说不出，不跟公公过，男人呢，总得和男人过吧，可男人也不咋出息，老实，话少。奶奶的三七过罢，男人忙忙赶着去了工地。这四十到了，也不见个音信。就算回来又能干啥，满打满算二十天，能挣几个钱？

许是白天累了，也许是考虑得太多，阿舍想着想着就有些迷瞪。迷迷糊糊中，见奶奶在渺无人迹的大海里扑腾，浪涛吞噬着奶奶，一波赶着一波，一波压着一波。阿舍紧张得刚要喊说奶奶赶快上来，奶奶又扑通一声掉进呼啸着的海浪。水花溅上来，阿舍的衣襟湿漉漉的。阿舍一惊，醒了。原来是做了个梦。摸一把脸上，潮润润的。

梦中依稀的情景，惊得瞌睡早没了影影子。阿舍的心越发不平静。灯下，手上的戒指闪着熹微的光晕，隐隐约约的，心底里的熹微也一闪一闪的。阿舍将戒指褪下来，细细端详。戴了八九年还新崭崭的。戒指是父亲买的。结婚那年，作为离娘礼物，父亲给阿舍买了纯金戒指，千足金，镶着纯金梅花。梅花的立体感很强，即便黑暗中，也能摸出凹凸的纹络。阿舍说普通的就可以了，可父亲非要买这枚，比普通的贵二百块呢。瞅够了，阿舍像是平生第一次，恭恭敬敬地戴上。

尽管脑子里乱了大半夜，思绪沟里洼里地乱跑，凌晨阿舍还是准时醒来。听到公公上寺的声响，阿舍如往常样，洗小净、礼拜。拜后，该忙得脚不沾地了，阿舍反倒消闲得不知道干啥。本来，洗菜、将豆腐切成小块儿油炸了、木耳粉条清水淘过洗净泡好……这些都是今天的活计，可后半夜睡不着，早把这一摊子收拾停当了。反正瞌睡要从眼睛里过，头七、二七、三七的，尽是这些，轻车熟路，迟干不如早干。

院子外，响起了唰唰的声音。不知谁家扫开了院子。早起扫院子也是王家庄人雷打不动的习惯。不管院子脏乱还是干净整洁，每天早晨的第一件事情是拿把大扫帚，自房门口一直扫出大门外。唰唰声提醒了阿舍，她耐着性子扫起来。院子其实干干净净。太阳带着笑意从东边露出脸蛋，越过树梢，把它暖暖的红晕洒向大地，洒向干干净净的院子。红晕一道一道的，同戒指的辉晕交织，在眼前飞过来晃过去，晃得阿舍心里那个发酵着的面团样的念头，在灿烂的晨辉里扑簌簌膨胀，犹如那轮蓬勃的红日，一跃而出……

三奶奶只觉得一道辉光一闪，见阿舍被霞光罩得遍身璀璨。

霞光中，阿舍将戒指轻轻放在三奶奶掌心。戒指很轻，三奶奶却感觉沉甸甸的。那是阿舍的举意，是在那一世里奶奶眼巴巴的指望。世间再没有比这更虔诚更庄重的举意了。

戒指同阿舍周身罩着的光晕，照耀得三奶奶泪水涟涟。连那些泪也泛出金灿灿的光芒。

奶奶的舍舍呀——

单听那哭声拉咽，似乎阿舍本就是三奶奶的亲孙女。那掏心挖肺的腔调里，有对阿舍的钦佩、疼慈，和对奶奶的祈祷、祝愿……

阿舍没有三奶奶那样激动，平静得如洗了件衣服做了顿饭。三奶奶家的羊羔咋看咋温顺，咋看咋慈祥，咋看咋俊美。阿舍仔细端详着，羊羔也凝视着她。羊羔憨憨的，一脸稚气，目光单纯、空洞得像个涉世未深的孩童，又深邃、柔和得像个饱经风霜的老人、一位彻知今世未来的哲人。

越来越强烈的金辉自冉冉升腾着的朝阳射出，闪闪烁烁，洒遍了大地，也洒在羊羔身上，洒在阿舍身上。

（原载《朔方》2016年第6期）

【作者简介】

王自忠，宁夏作家协会会员。鲁迅文学院第六期少数民族文学创作培训班学员。作品散见于《延河》《朔方》《小小说选刊》等刊物。2015 年获第七届新月文学奖，2017 年获“林语堂杯”小小说奖。现任教于宁夏同心县第二中学。

小 黑

谢黎明

小黑是母亲刚嫁到虢王时，是为了完成生产队养猪积肥的指标，倾其所有，用娘家陪嫁的十五元钱买来的一只瘦弱的黑色猪仔。

小黑入住家里，母亲借了一段麻绳把它拴起来。母亲像别人家一样拌好糠，一边轻快地喊着“噜噜噜”，一边把食盆端到小黑身边。小黑懒懒地看看食盆，把头别向一边。母亲认为小黑刚刚断奶，还不知道怎么吃别的东西，就把食盆放到它的嘴边，轻轻按着它的脑袋让它的嘴巴沾上糠。糊了一嘴糠的小黑伸出舌头舔舐了嘴边的稀糠，依然不主动吃。母亲就这样按一次小黑、糊小黑一嘴，小黑就舔舐一点。数次之后，小黑不等母亲按它，一边朝后退躲避母亲，一边憋着劲不让母亲将它按到食盆里去。两天下来，小黑弱弱地趴在地上，连站起来的力气都没有了。母亲心上那个着急啊，她千方百计改善小黑的饮食，散工回家的路上拔些嫩草细细地切了，再掺上麸子，又瞒着奶奶悄悄把玉米面撒进去一点，搅拌均匀。这样的吃食看着就很眼馋，可是小黑依然如故，并没有什么改变。有一次被奶奶看到，奶奶说那猪一看就不是长膘的货，费多大劲也是白搭。奶奶颤巍巍地用拐棍敲着地，骂母亲拿一头猪仔当先人似的供着，反了天了。母亲小心地赔不是，扶着奶奶回屋。

夜里，母亲蹲在小黑身边，抚摸着它干干涩涩的鬃毛，眼泪掉了下来。“对不住了，照这情形下去我是养不活你了。你也别怪谁怨谁，你别看大家伙儿当面吃的都是玉米面，那都是给老人孩子吃的，多少人都悄悄地掺了糠和麸皮吃你知道不知道。要说有啥不一样吧，那就是你吃生的，我吃熟的。”说到这里，母亲眼前一亮，一把抹去眼泪，转身进了厨房，很快做了些熟食，一边用嘴吹着，一边轻轻喊着“噜噜噜”。小黑竟然把头转向食盆。母亲噙着眼泪笑了，她把食盆放到小黑嘴边，看着小黑先是用舌头舔舐，慢慢地发出猪吃食时特有的声音。

小黑活了过来。母亲顾不得奶奶的责骂，坚持给小黑把吃食做熟了，才端给它。小黑吃几口，便抬头看看母亲，又低头去吃。母亲蹲在一边看着它，轻轻哼着秦腔，眼里眉间全是笑，母亲悬着的心终于落了地。

这一天母亲散工回来，拴小黑的绳子在地上弯曲着，小黑却是踪迹全无。“噜噜噜，噜噜噜……”母亲找遍了村里的角角落落，嗓子喊哑了，腿软了，脚迈不动了……母亲坐在炕沿上欲哭无泪，纠结着难受。她心疼猪，也心疼钱，更忧心年底完不成任务。越想越难过，干脆趴到炕上蒙着被子偷偷地哭……哭着哭着，母亲感觉到了什么，掀开被子坐起来，小黑拱开门正看她。

母亲跳下炕，蹲在小黑身边，抚摸着它喜极而泣。小黑乖巧地在她身边蹭着，哼哼着，母亲给它拌食，它一口也不吃，喝了不少水。从此，小黑白天挣脱绳子跑了，夜里回到母亲的房门口哼哼着要水喝，喝饱了就在门口睡，天还黑着，它撒开四蹄跑向田野。

小黑在田里觅食的途径越来越多。它混到牛群、羊群里吃草，趁饲养员不注意就蹭点它们的专用苜蓿；小黑用嘴仔细地拱着被农人们刨挖过很多遍的田地，拱出细小的红薯，连泥带土吃，吃完了继续翻土。农人们见了，笑着说小黑像在高老庄翻土种田的猪八戒，猪八戒为了讨媳妇，小黑只为了填饱肚子。小黑翻拱完一块田，又去翻拱另一块，翻出来什么就吃什么，

有枣子般大小的洋芋，小拇指般粗细的萝卜，落在田头的麦穗、高粱，它不放过每一寸土地，不浪费一粒吃食，不贪睡一分钟。

小黑感动了很多人，人们感叹：猪通人性啊！知道人饿肚子，这是给人省粮

食呢。

榜样的力量是无穷的。小黑影响了很多同类，但凡老吃不饱肚子的猪渐渐都跟着小黑到田里觅食。辉先生和他哥大辉家的猪是小黑忠实的左膀右臂，小黑到哪儿，它俩都在它左右。三猪同心，其利断金。它们搭架子攀高爬低，有食同享，有难小黑挺身担当。

初冬时候，田野里可吃的东西越来越少，猪饿得直叫唤，它们跑过一个村庄又一个村庄，扩大范围寻觅，令人匪夷所思的是，它们常常能准确地找到人们埋在土里的萝卜。三头猪一个放哨，一个刨土掏萝卜，一个负责转移。起先，被偷的人家以为是饿极了的村里人干的，看谁都像贼，弄得关系一度紧张。后来发现罪魁祸首是猪，人与人之间的猜疑、尴尬和怨气全转移到猪身上，他们拿起铁锨、铁叉追打饿极了的猪。每当众人殴猪时，小黑像王似的，让它的臣民跑在相对安全的前面，它压阵，徘徊在铁锨、铁叉、棍子之间，把人们的注意力全部吸引到自个儿身上，它只要看见伙伴们分批逃离不见踪影，便扬起四蹄风一样消失在人们的视野中。

小黑团伙的偷窃行为彻底败坏了它们曾经树立在人们心目中的良好形象。它们这是和人抢夺口粮啊！有什么比这样的行径更令人不齿？人饿着，猪也饿着，人忍饥挨饿，猪辗转难眠。人们怀念从前只吃细粮的日子解馋，他们说虢王自古土壤肥沃，麦子产量高，一年只种一茬麦子人人便可衣食无忧。现在，土壤还是那个土壤，一年收了麦子赶着种玉米，挖了玉米抢播麦子，田没闲着，人没闲着，个个却饿得皮包骨头，一些人家干脆携老带幼全家出动讨饭活命……

在人都不能活下去的饥荒年馑，小黑和人抢吃的，怎么得了？小黑的安危比饥饿更让母亲害怕，她时时为小黑担心着。怕什么，来什么。一天，正在做饭的母亲听到院子里吵吵嚷嚷的，她心慌心跳起来，不由自主解下围裙走出厨房，站在围了一圈人的后面，透过人缝往里看，她看到令人瞠目结舌的场景。

小黑站在大辉家的猪肩上，两头猪像人似的挺直身体，伸长脖子，绕着玉米椽转圈。玉米椽是农人们储藏粮食的一种方式，在院子立一根木头，在离地面两米处与木头垂直绑一根一米长的短棒搭好架子，然后把新产下来的玉米两个、四个或六个、八个一组绑在一起搭在架子上，通风晾干，吃时搭梯子从最上面往下取，随吃随取。遇到收成好的年份，家里人又多，玉米就可以搭一丈多高，这样金灿灿的玉米椽因各家人口、劳力不同，高低粗细各不相同。母亲能够在屋檐下像挂辣椒似的挂几串玉米就算不错了。一般情况下，玉米椽离开地面一两尺能够起到防潮作用就可以，但是到了要饿死人的年份，有玉米的人家恨不能有天梯，能把玉米挂到彩虹上去晾干，那样就能防贼偷，防鸡啄，防鸟衔。整体防御工程都升了高度，万没想到猪竟然也把主意打到了玉米椽上。

“狗急跳墙，猪急搭架。”这句话在虢王迅速流传。众目睽睽下，小黑在大辉家猪的支撑下，伸长了脖子用尖利的牙齿撕扯已经干燥的玉米棒，连吃带拽，玉米粒顺着嘴边扑簌簌落下，搭架子的猪张大嘴，一边接住天上掉下来的玉米粒“吧嗒吧嗒”嚼着，一边目不转睛盯着小黑，见小黑撕扯玉米的角度吃力时，它迅速调整脚步，把小黑驮到最佳位置。如果掉下来的玉米粒刚好落到嘴里它便吃，落不到嘴里它也决不低头去吃地上的玉米而闪了小黑。辉先生家的猪一看它俩合作不错，没它啥事，索性头也不抬地吃个畅快。

搭架的猪的主人大辉的老婆亚梅看看辉先生的婆娘杏儿说：“看，猪性儿跟人性儿一样，人老实了猪也老实。”亚梅固执地认为大辉老实，常以“老实疙瘩”、“榆木疙瘩”称之，今天见自家的猪老老实实搭架子，实在是气在胸口意难平。就近了说，三个同胞兄弟，为甚老大大字不识一个，另外两个弟弟却有知识、有文化，还都端着“国家饭碗”？为甚人家的猪只管自己低头吃饱，而自家的猪却忙于搭架？辉先生教书只在星期天才回来，只好恶语几句把气撒在杏儿身上。杏儿本也牙尖嘴利，可是今天这事儿实在是让人难以启齿，自家的猪太不讲道德，扭头想避开亚梅，一眼看见了睁大眼睛惊恐万状的母亲。

母亲的心提到嗓子眼，她宁愿人家说她、骂她，也不要伤害猪，猪实在是为了能活下去才被逼上玉米椽，但凡有一点吃的，它们也不会铤而走险以身试法。从今天的架势看，人们是张开了网子准备旧账新账一起算了，处理它们之前，让它们吃饱肚子，去黄泉的路上不做饿死鬼。母亲一阵发冷，小黑它们在劫难逃！

猪见人没有动手驱赶它们的意思，兀自搭着架子，绕着柱子，拽着玉米棒子，做旁若无人状，时不时还发出惬意的哼哼声。人不解猪语，猪不懂人的欲擒故纵策略，不理会主家的忧心。正吃得欢的小黑突然轻捷地从同伴肩上跳下来，四蹄着陆后，哼哼着猪语布控防线，它们并肩站成一条线，警觉地审视正围过来的人墙。

人墙把猪围在包围圈中，关门打猪，猪在劫难逃。三头猪被迫往后退着，眼见包围圈越来越小，拿着绳索、棍棒的小伙子首先逼进小黑，擒贼先擒王，贼王小黑无处可躲、无处可逃！小黑左右突围败阵归队，它把求救的眼神投向主人，主人睁大的眼睛里全是泪水……

蓦地，小黑哼哼了几句猪语，但见亚梅家的猪匍匐在地，杏儿家的猪左冲右突不知所措。人们移动步子保持正面对着它们，让它们无缝可钻。小黑一跃而起跳到大辉家的猪背上，立起身子龇牙咧嘴扑向正面的围攻者，小黑毅然决然的神态唬住了直面于它的人，此人看到小黑视死如归的眼神，心下一凛，不由自主哆嗦了一下。小黑逮住机会，与千钧一发之际，抓住空当往前一扑，那人情不自禁抱了脑袋避开小黑，铜墙铁壁似的包围圈出现了一个缺口。小黑佯装要从这个缺口处逃跑出去，其余的人赶紧补救缺口，不料露出了好几处漏洞。小黑低哼一声从另一漏洞口处跳跃而起，在人的头顶开辟出一条弧形路线飞跃而过，安全着陆后狂奔而去。如梦方醒的围堵者回头想留下同犯，不曾想两头猪目睹王者风采深受启发，现学现用，趁着乱也如大侠般从人们的眼皮下逃了。有人一着急，拿着铁杈扔过去，身手不凡，击中了一只惊飞的母鸡……

立刻有人哭天抢地："这是刚下蛋的母鸡啊……"

猪跑了，主家都在。大伙儿斜睨着眼看猪的主人，三个主家一个个羞愧得恨不能找个地缝钻进去。忽然，有人振振有词地说："以前咱们的猪可不是这样的，现在是因为有猪王带着，才个个成了精。"于是人们的目光齐刷刷射向母亲。母亲说："打死的鸡我赔。"

人与猪大战的结果是：三家人一起务必在后院垒猪圈，把猪圈起来。结果不能实现的原因是：太穷。穷得连挖黄土掺麦草垒一人高的土墙的材料也配不齐，穷得我们家刚开始拴小黑的绳子都是借队上的，猪跑了，绳子归队。母亲吃了上顿没下顿、家徒四壁、一贫如洗，每天勒紧裤腰带起早贪黑和大家一起热火朝天地干活。母亲对父亲悄悄说，我家的猪圈已经奈何不了它了。之后不久的一件事证实了母亲的判断。

猪跑了是不轻易回来的，以它们的身手，很可能会联手去别处占地盘、闯天下，而它们的主人们却要天天在一起劳作，一来二去，人们紧张的关系渐渐又恢复了。一个下雪天歇工，母亲被几个妇女连拉带劝到邻家烧得热乎乎的炕上念经、做针线活。她们做着针线活，让母亲念《佛说阿弥陀经》，母亲念一句，亚梅拉着调子唱一句，大伙儿跟着唱一句，梵呗之音自农家院子的热炕上袅袅传出："如是我闻，一时佛在舍卫国，祇树给孤独园，与大比丘僧，千二五百人俱……"

念经要一心一意、心无旁骛地念，念错了是对佛和菩萨的不敬。母亲打小在太婆的引导下，佛门礼仪常识早就耳熟能详，向来做得很好。可是今天母亲有些心慌，她不由自主想起了沦为畜生道的可怜的小黑，母亲忧伤地把眼神投向窗外，她浑身一激灵，她看见了失踪了许多日子的小黑。

小黑悄没声溜进来，警惕地东张西望，向目标——玉米椽靠近。它开始助跑，距离玉米椽有三米时纵身一跃，用长长的嘴巴叼起一个玉米翻滚着着地，背着一身污泥风似的消失。母亲回过神来，满脸通红，欲离开又怕扫了大伙儿兴致，满心惭愧继续念："彼佛国土，无三恶道，舍利弗，其佛国土，尚无恶道之名，何况有实……"

那天夜里，小黑回到母亲的房门口，母亲给它预备好饮水，看着小黑喝水，母亲的眼泪扑簌簌掉下来。小黑蹭着母亲，像有很多话要说，相见的欢欣过后，母亲对小黑说："上辈子你没修好，落到畜生道，这辈子才会这么艰辛。你苦，大伙儿都苦，咱们苦了苦，再不要做坏事，才会苦尽甘来，终了都到阿弥陀佛那里去……”小黑安静地听着，眼睛里亮晶晶地闪着泪花。

母亲早起，已不见了小黑。傍晚，随着小黑跑出去的猪全部回家，唯独不见小黑。有人说白天在十里外的某村看到过它，有人说在五十里外也看到过，像传说中的大侠一样，一道黑影从眼前一闪，再看便没了踪影。

母亲觉得不着门户的小黑变成了野猪。从大家的种种传言推测出，小黑在求生和保命的生涯中练就了炉火纯青的本领，而且越传越神，再说起它，干脆都叫小黑神猪。因为神猪，历来被村里人当作武器使用的“笨猪”、“猪脑子”、“猪头猪脑”、“猪狗不如”等粗劣的口头禅戛然而止。小黑需要一年多时间才能长大，母亲等不及小黑长到来年年底，她一直盘算着把小黑卖给一个家境好的人家，这样它就不用东奔西走，在棍棒、砖头、瓦片中求得果腹。还有一个原因，当初大队让各家买猪是为了积极进行农业学大寨运动，如今风头已过，而这头“神猪”的地盘已经扩大到方圆几十里，绝无积攒猪粪的可能。心存惭愧的母亲因为不能让小黑过正常猪的生活而忧心忡忡。

年底的时候，很多人家已经揭不开锅，母亲拼力干了一年，倒欠队上的口粮换算成人民币，高达三十二块。父亲不得不做出决定：卖掉小黑。母亲哭了，她无数次想过要把小黑卖掉，却从没有想过是为了要用小黑换得一家人能有粮食过年。

对小黑的抓捕行动经过了周详的策划。父亲经过分析、推理，估算出小黑回家的时间，准备了好几套方案擒拿小黑。父亲找来关系要好的几个小伙子躲藏在黑暗处守株待猪，等小黑到母亲房门口就从三面包抄围捕，如果不出意外，这套方案应该能顺利进行。如有意外，还有两套备用方案。终于在夜深人静的时候，小黑的身影在漆黑的夜里犹犹豫豫地出现在匿藏者的视野中，它像年迈的老者似的蹒跚着，细心观察，其实它的缓慢的行动完全是因为高度的警觉性。它拱着鼻子四处嗅，嗅两下就停下来四下里张望，迟疑着再嗅一嗅，又停下来张望，大家都着急它这样嗅下去要到什么时候才能嗅向包围圈。寒冬腊月的夜里潜伏在屋外，风侵骨，也侵肉，身子冷得紧，牙齿持续轻叩，喷嚏要往外蹦，赶紧用手捂住，生生地咽下去。等等，再等等，等那厮再走近一点，就将它生擒活捉，结束战斗。小黑磨磨蹭蹭进了家门口但并不靠近母亲的房门，在敞开的大门两边来回逡巡，父亲叹口气，第一套方案失效。第二套方案要动用母亲与小黑的感情，这是父亲不希望的选择，可是万不得已之时，只能把希望寄托于母亲。父亲颇是为难，轻声对母亲说："还是你叫它过来吧。"母亲的眼泪如流水，她哽咽着几次努力张嘴，却怎么也喊不出来……这是始料不及的，任凭母亲怎样努力，她的嘴巴一张一合怎么都发不出声音。手足无措之时，小黑踅摸着朝母亲这边靠近，被寒风侵袭的小伙子们兴奋了，目不转睛看着小黑即将进入包围圈。眼看着它的前足踏入圈子，小伙子们正要往出冲，它又收回了已经迈出的前足，折身往外走。如此反复几次，冷风像要掀去皮肉似的鞭笞着每一个在场的人，父亲眼里冒火，他对小黑最初的怜惜已被寒风掀去，他拿着绳索准备冲出去，母亲终于冲着小黑的方向颤抖着喊出了声音："噜噜噜……"小黑听着母亲的声音，放弃一切警惕，毫不犹豫跑到母亲身边，亲昵地蹭着母亲的腿。

黑夜里等待已久的几个人从不同方向扑上来，小黑机警地离开母亲，往外飞奔，被几道绳索绊倒，它就地打滚奋力挣扎，撞倒了两个小伙子，一人抱紧小黑一起在地上翻滚，眼看要翻到绳索阵外，那就前功尽弃了。没有绳索牵绊，小黑会很轻松逃离现场的。父亲一看形势不妙，拿着绳子扑了上去……小黑看到父亲后，呆了一下，竟然没有意料之中的一搏，低哼了一声，趴在地上，听任绳索将它五花大绑。母亲说小黑的眼角滚下来两颗大大的泪珠……

半岁的小黑卖了五十一块钱，帮助全家人顺利度过年关。父亲说，买小猪的是饲养员，去他那儿，小黑的日子会好过些。从那儿以后，小黑再无音信。神猪淡出人们的生活，但是在人们的怀念中口口相传，越传越神。

神猪走出了人们的生活，走进了我的梦。

（原载《朔方》2015 年第 7 期）

【作者简介】

谢黎明，女，政工师。宁夏作家协会会员，吴忠市作家协会理事，银川市文学院聘作家。出版散文集《捧着黎明奔跑》、中篇小说集《往生》（《往生》荣获全国电力职工第四届文学作品“优秀著作奖”）、长篇章回小说《再见虢王》。其作品《过年》荣获第24届东丽杯孙犁散文三等奖，《大年初五》获第26届东丽杯梁斌短篇小说优秀奖，散文《爱在黎明》荣获全国电力系统职工文学征文大赛二等奖，诗歌《快乐的源泉》荣获西北五省电力系统诗歌大赛二等奖等。现就职于华能宁夏大坝发电有限责任公司。

天使泪

张治乾

夜，很黑。

她一出门就开始后悔。算了吧，深更半夜的，要是路上遇见坏人怎么办？瞎想，这么冷的天，这么黑的夜，坏人也不敢出来，要是能遇上，那才叫怪呢！

要是遇上两条腿的野兽，还好对付。如果真正遇上四条腿的野兽该如何是好？她有些害怕，想折回自己的小屋。

忽然，良心说：你不该折回，救死扶伤是你的天职，你应该明白该怎么走。

她又停住，耳边响起了那个熟悉而又让她憎恶的声音：我摔了一跤，怕不行了，你过来看看吧！如果再让我多活两天，我的事情也就办完了。

是他！他也有今天，真是善有善报，恶有恶报，老天总算是开了眼。她正得意时，良心说：别忘了，你是干什么的。

她收敛了笑容，背起药箱出了门。

夜诊，这不是第一次。自从医学院毕业到这个村卫生室的三年里，她出了多少次夜诊，连自己也说不清。她亲手接生过的孩子至少有三十多了，还有数十起危重病人在她的手中又活了过来。想想，一种成就感油然而生。可是，那梦魇般的现实总是在心头萦绕……

两年前，还是这样一个很黑的夜晚。她送走最后一个就诊的病人，准备休息时，电话响了。电话那头一个男人在痛苦地呻吟，说老毛病又犯了。她顾不得多想，就钻进漆黑的夜晚，翻山越岭，爬了十几里路才赶到西岭口，顺着病人提供的路线摸进了他的家。

她一进门就惊呆了，他家里只有一个人，根本看不出来生病的样子。他正在喝酒，醉眼朦胧地盯着她看。她知道是他的恶作剧，返身就往回跑。可是，她还是被她按住了。

那一夜，她失去了一个女人最宝贵的东西。

她想死，可是家里还有年迈的父母，自己死了，他们会伤心的。

她想去告发，可自己还是黄花闺女，这名声难保。

她想来个鱼死网破，最终还是牙掉了，和着眼泪咽下。

她想起了报应，等着他吧，看看他的下场。

没想到这么快，报应就来了。从电话里听，他伤得不轻。她巴不得那个人立马从人间消失，可是自己的良心催着她钻进了黑夜。

山路很难走，每走一步都要付出代价，每走一步，她就越恐惧。她怕见到那个男人，但还是在默默的诅咒声中向那个男人走去。

她忽然发现前面不远处有两束绿色的光飘忽不定地移动，虽然很微小，但在漆黑的深夜里，足以让人毛骨悚然。是鬼？还是狼？对于医学院毕业的她，鬼倒不怕，但她怕狼，如果是狼，自己的小命难保。

她在恐惧中移动，忽然一个黑影“妙呜”一声从她面前掠过，她吓得瘫软在地上，原来是一只猫。

一场虚惊过后，她的胆子忽然大起来，加快了步伐。

两个小时后，她终于推开了那扇让自己痛苦的门。她发现他躺在地上，脸色煞白，头上还在往外渗血。出于职业习惯，她问：“怎么了？”

他说：“跌了一跤，腿折了，头也破了。”声音很小，像蚊子在叫。

她不再说话，立即察看、清洗、止血、包扎、打吊瓶，忙了一个多小时才处理停当。根据自己的经验，如果今晚得不到救治，明天他就是一具尸体。还好，命能保住了，她释然地出了一口气，可是立即又后悔了，为什么救他？为什么呀？

他说："谢谢你！我以为你不会来，给我一个忏悔的机会也不给。可是，你来了，我对不起你……"

她说："别说了，你现在是病人。"

他说："上次，喝了点酒，是我昏了头，我后悔。可是，我无法洗刷自己的罪孽。这下好了，报应了，报应啊！"

她无语，只是流泪。

他说："如果我死不了，只要能动弹，我就自首去。"

她给镇医院打了一个电话，救护车半个小时就到了，她看着把他抬上车。他说："等我好了，我会跪在你的面前，求你……"

车子驶向黑夜，忽然他号啕一声，比黑暗中野狼的悲鸣还要凄厉。

她站在清冷的夜风中，泪流满面……

老李姓李，这不是废话嘛。可是还有比这更"废"的呢！老李自我介绍从不说自己是木子李，而是桃李满天下的李。

老李是一名中学教师，可没教过几天书。大学毕业被分配到乡下一所初中教书，第一堂课就给初中生讲中国文学史，李白算是老大，鲁迅基本上算是老二，谁是中国老三，老李扳了半天手指头也没能按下去。

后来，学校里传言，李老师要做中国老三。

（原载《天津文学》2013 年第 4 期，《微型小说选刊》2013 年第 13 期转载，入选 2013 年全国微型小说排行榜）

【作者简介】

张治乾，出生于 1964 年，宁夏彭阳县人，现居红寺堡。宁夏作家协会会员、吴忠市作家协会副主席。作品散见于《小说界》《时代文学》《黄河文学》《天津文学》等报刊。曾获全国微型小说奖，新月文学奖等。出版短篇小说集《大漠长歌》。

秋雨丝丝

谢黎明

雅琴的眼睛润了，脑子静了，心底清了，坚定了去医院找陈冲的决心。她莫名地轻松起来，总算暂时放下了对丈夫张洪斌的种种猜疑。他这次离开本省到平凉电厂检修必然是万分辛苦的。也许是因为惦记着他的辛苦，也许是因为丝丝秋雨带出的思念，她对他长达近一年的怨气软化了许多。

雨丝打在脸上胳膊上，她被舒爽的空气浸润得似水般柔和。她在路灯的守护中走得轻而快，像要飞起来。是的，她想飞起来，以最快的速度飞到医院去探望陈冲的岳母，确定陈冲返回平凉的时间。事实上她从上礼拜就打听有谁从平凉电厂回来，好让帮忙带过去洪斌需要的药品和保健品，她刚刚得知陈冲这两天要返回平凉电厂，下班后从青铜峡乘坐大轿子车到银川。顾不上在家的女儿，她直接到医院找看护岳母的陈冲。女人啊，总是一边怨着，一边挂着。

她太熟悉这个医院了，这个让她打心眼里再也不愿意来、却又不得不来的伤心地。她似乎看见母亲瘦弱的身躯依偎着她做各种检查，看到从重症监护室被推出来的母亲流着泪说她叫了她一晚上，以为他们不要她了，又看见母亲第二次在手术室因为体弱让手术无法做下去……所有的伤心事一起涌过来。母亲从病痛中解脱了，再也不冷不怕不疼了，父亲的脾气越发坏，大骂大夫无能，这是远在彼岸的哥哥无法体会的。得知母亲患了绝症，她头顶的晴天一声霹雳，她轻飘飘地来来去去像丢了魂一样。她强打精神安抚情绪激动、动辄因为看不惯就和医生吵架的父亲，她也有很多看不惯，可是谁让咱有病呢，她从早到晚担惊受怕，怕医生把气撒到病弱的母亲身上，她怕母亲听到真实的病情，她怕医生一次又一次叮嘱她做最坏的思想准备，她怕一觉醒来母亲没有呼吸，总在第一时间假装抚摸额头，实际上是试探呼吸。她在冰火中煎熬着，嘶哑着声音、绝望地请教医生什么叫手术成功了，生命却只有四个月。她常常借着看向窗外的时机，让控制不住的泪水涌出来。她要崩溃的时候，哥哥赶了回来，她扑进他怀里畅快地哭……

电梯在十楼停下，她穿过门厅、走廊，看到熟悉而忧伤的家属们无奈的神情。她的眼里噙满了泪水，这里随便哪个角落都曾经掩护过她流泪、祈祷，换上轻松的神情面对母亲。她拭干泪水，快速走到病房门口，除了靠卫生间的病床边有一位男子蹲着低头给病人洗脚，其余的人都不认识。她低低地叫了一声陈冲。低头的男人抬起头来，果然是。雅琴赶紧过去，他的岳母苍白的脸上是掩饰不住的疲倦，她难为情地指着旁边的凳子让雅琴座。雅琴蹲下来按了按老人的腿，自然地拉着她的手："阿姨您恢复得真好，您看您多有福气，这么好的女婿。"对方眼眶红了："就是，就是的。"这几个字仿佛用尽了她所有的力气，气喘不已，陈冲一双粗大的手轻轻握着岳母的脚腕，仔细地擦干，让她舒服地靠着，盖上被子。雅琴趁机倒掉洗脚水，从包里掏出早已备好的一千元压在枕头下。她知道在这个时候、在这个地方最需要什么。陈冲挠着头："我妈这虽说是小手术，可是总让人不放心。"老人气喘吁吁打断了他："赶紧回去，干正事去，我没事，都守着我干啥嘛。"陈冲咧开厚厚的嘴唇笑了："看见没，我妈和媳妇都赶我走，我就厚着脸皮赖到后天回平凉电厂。"雅琴微笑着似曾相识的情景，鼻子酸酸的，又逗留了一小会儿，安抚了老人，告辞出来，陈冲送她到电梯口。

雅琴让他赶紧回去照看岳母。陈冲说是岳母让他一定要送。两人都笑了。陈冲右手摸着自个儿后脑勺问她："再没别的事？"雅琴被他的模样逗笑了："你们不愧是师徒俩，遇到难为的事就摸头。我给你师傅带点东西。"陈冲憨憨地笑了，他早猜着了。他一脸无辜地说："我原本不打算回来，一个胆囊切除手术也没啥，我师傅大晚上让我打车回来，不然和我断绝师徒关系，还把钱借给我，给我说在医院的花销说不准，不要输了勇气又矮了底气，又唠唠叨叨让我要给岳母洗脚别留遗憾什么的一大堆，别的都还好，说实在的，我给我妈都没洗过脚，真是难为情。不过等真的弯了这个腰洗一次，再洗就自在了，特别踏实。”

“真不错，以后也经常洗，都是妈，没啥难为情的。你师傅的鼻炎怎么样了？”

“师傅整天打着喷嚏流着眼泪擦着鼻涕，他那一个喷嚏下去，要说惊天动地一点都不夸张，老吓人一跳。我们项目部现在谁鼻炎犯了都说是师傅传染的。你是没见，他两眼通红，鼻子和脸被喷嚏打肿了，吓得他一直不敢和你们视频，怕你们担心。有几次欣儿硬要视频，师傅把宿舍的大灯关掉，弄得屋子里乌漆麻黑的还给欣儿说住宿条件不行。还有，我们的伙食不错，不是烩羊肉就是牛肉。师傅还天天喝这个粉那个粉，再累都泡脚、按涌泉穴、敲两条腿。师傅挺注意保养的，看起来很享受……他每天最开心的就是看你们发来的微信，看他笑得那个开心，鼻涕流到嘴里都不知道。”

想想女儿每次做鬼脸拍照片，雅琴不由笑了，又问：“他的膝盖好些了吗？提鞋还费劲不？”

“嫂子，你别怪我多嘴，我们都觉得你俩特好，你这不是很关心师傅嘛，那你说说，这些话你为啥不自己问？我师傅站起来一米八，说起话掷地有声，干活更没得说，可是他心里难受。休息那天我们拉着他去爬崆峒山，山顶上我瞅见他流眼泪来着。后来师傅都喝多了，那么大的人一哭，我都懵了。师傅说没给你妈送葬，对不住她老人家，没有照顾好你惹你伤心更对不住你妈。我都想不明白，嫂子你难过，师傅不难过？硬拦着不让他送葬，你就好受了？师傅要不是太在乎你，他那块头，是你要拦就能拦得住的？师傅这个坎压在心里很难过去。他说你妈那么好的人肯定长命百岁，不会那么快走。他还说要搁在平时他肯定在跟前守着呢，哪还能让你打电话往回叫呢，这事赶事都赶在一起，赶在我们在湖南检修，又赶上汽轮机扣缸出了问题。”

“也就一个工人。”

“嫂子，你咋这么说呢？师傅他可是二十四小时没合眼，还就是师傅这个金牌工人找到了问题出在一枚螺丝上。你不知道领导双手紧紧握住他那黑乎乎的手眼里都闪着泪花呢，师傅水都没喝就跑回来，你硬生生地没让他给送葬，他难受着呢。你对别人都好，为啥对师傅这么狠心肠呢。”

“不说了，都过去了，你快回去照顾你岳母去。”雅琴赶紧进了电梯，泪水从指缝中流下来……刚才看到陈冲给岳母洗脚的一瞬间，她从内心里完全原谅了洪斌，那温馨的场面就像当年洪斌第一次给母亲洗脚、剪指甲、讲笑话一样，母亲常常是笑不拢嘴的，母亲的口头禅就是女婿比儿子好，比儿子孝顺。母亲对这个干检修的女婿常常叮咛这个嘱咐那个，洪斌说母亲比现场监护得还细心。

这些年来公司开拓电厂检修市场，每次招标到外地承揽检修工程，留一部分检修职工维护本厂机组安全运行，另一部分检修骨干到成功竞标的火电厂进行机组检修。全国各发电企业在用电淡季，都会抢时间检修调停机组，所以出现多家单位同时检修的情况是稀松平常的，检修工们无论在哪里干活，加班加点保质保量地赶工期也如家常便饭了。母亲两次住院，洪斌都在外省如火如荼地检修。她不好要求他什么，他身不由己。母亲病危的时候还不忘让雅琴提醒洪斌干活要紧，身体也当紧。母亲始终担忧着他的风湿、腰肌劳损、腰椎间盘突出。

父亲旁敲侧击提醒她要看一个人的长处。

他的长处在哪儿？当她需要他的时候，他不在。当她需要钱给母亲治病的时候，他已经把钱全给了他弟弟救急，这些她都可以不在乎，最近厂里疯传他跟卖菜的相好，这个她也可以当作谣言，那为什么家里仅有的两万元又不翼而飞了呢？他当她是空气？她很想也当他是空气，却暗地里在乎他近期每天早上起床后的咳嗽、居高不下的血压，还有他的膝盖加剧疼痛，常常连鞋都提不上。更让她担心的是，他从骨子里拒绝吃西药，拒绝去医院。天哪，他背叛她、愧对她，为什么那么坦然，她为什么不能像他那样狠心、无情、绝情？

怨归怨，冷战归冷战，分居归分居，她提什么，他答应什么。之前她从网络上看到患者的求助信息，他立即想办法通过各种渠道核实，尽可能把一份关爱通过账号或汇款单传递过去。冷战开始后，她不再依赖他，两个亲密的人突然一句多余的话都没有，人前彬彬有礼，人后熟视无睹。尽管这样，她却无法忽视他身上的疾病，她舍弃所有的爱好，一头钻进《黄帝内经》，读《伤寒论》，细细查阅《金匮要略》《温病条辨》，她从古人的智慧中寻找健康。找到原因和方法后，她兴奋得想要与人分享，却装作面无表情、漠不关心的样子淡漠地告诉他，或者通过女儿传达他该吃什么不该吃什么。她尽可能把所有的外界对他的传言都当作是耳边风，说心里话她从骨子里就不信他会移情别恋。只是前不久不翼而飞的两万元就如当初母亲住院时拿不出钱来一样，让她失落到底，她心灰意冷地安慰自己就当作他援助了病痛患者而不是别的。她感到他们的感情危机已经走到尽头，却因为抹不开的面子问题无可奈何地在人前扮演着夫妻。最令她生气的是自己没出息，时不时会陷入人前的表演而不可自拔。为了保持最后的一点尊严，她不会在他面前流露出对他的关心和担心，宁愿辗转从别人的口中听到关于他的蛛丝马迹。那么陈冲透露出来的这些消息又意味着什么？她错了吗？

她飞一样往家赶，心心念念都是早已放学在家空着肚子写作业的女儿。她不得不折进菜店，一步跨到胡萝卜跟前，又拿了木耳、豆腐，几步走到收银台。这个连超市都要关门的时间，谁还能和她抢着排队付款呢。提了菜出店，前后不超过三分钟，她觉得已经耽搁太久，连伞也不撑，在雨中小跑起来。

女儿张雨欣吸溜着鼻涕穿着蓝白相间的校服从书桌前蹦跳而来，带着因为感冒或者鼻炎特有的鼻音说：“妈妈咋才回来？手机给我用下，我要给我爸留言。”雅琴把包递给女儿，一头扎进厨房。

“妈妈，爸爸咋晚回信了你咋不看。”张雨欣跑过来，戳着手机屏说，“我爸去药店买药，人家叫——叫——叫他，你看。”雨欣咯咯笑着念不下去。雅琴的眼窝瞬间蓄满眼泪。屏幕上是洪斌一张两鬓斑白、面容憔悴却微笑着的头像，这是唯一一次发给她们的图像。下面写着他去药店买眼药水，前面排队的女人让他先买，身边的小孩子问为什么，女人告诉他要让老爷爷先买。他发了一个悲痛的表情问：我有没有那么老？

女儿用变调的声音撒着娇留言："爸，你不看看我这几天给你发了多少红包，连一句话都不跟人说？人家不过就是想问问你的鼻炎好点没，你给人遗传点啥不行，非要遗传鼻炎，这整天吸溜鼻涕太让人难为情了。"雅琴被女儿逗笑："欣儿，你这么理直气壮用谁的钱发红包？"雨欣蹦到厨房门口伸进来一张眯着眼、咧着嘴、嵌着酒窝的粉白的笑脸说："当然是妈妈的喽。"雅琴爱抚地看一眼女儿，开始擦胡萝卜丝，之后像剁馅那样，剁得越碎，用植物油炒的臊子越香，人体越容易吸收……这是母亲经常说的。从小母亲做胡萝卜臊子时，她和哥哥闻到香味就跑到锅跟前看着母亲翻搅，问母亲都这么香了为啥还要炒。母亲说是要把萝卜里的水份炼干。等下一次她还会问同样的问题，母亲依然给她同样的答案。再后来成家，有了女儿，想吃臊子面的时候就举家行动，到父母家里蹭饭，父母几乎要把所有的美食做给他们吃。母亲每一顿饭都会想到国外哥哥一家，总有些失落，他们一年也回来不了一次，回来了还总是忙这忙那。母亲越是想念他们越表现出截然相反的语气，儿子是白养了，不指望了。雅琴把头挤到母亲怀里，嗲声嗲气地说没事，不是有小棉袄嘛。遇到雅琴工作忙时，母亲会不顾父亲抗议到家里帮他们带孩子、做饭。手脚不闲的母亲干家务活时总是轻快地哼唱，母亲还说她会一直做到欣儿的孩子成家立业。雅琴心安理得享受着母亲无微不至的照顾，她从来没想过母亲会离开自己。

女儿拿着手机给她看照片，她心里一颤。才一个月的时间没见，他整个人衰老了。他的咳嗽不是好了吗，膝盖疼也缓解了吗？是鼻炎加重了？还是他另有所属的感情危机了？她心里酸酸的，鼻子酸酸的，炒好的胡萝卜臊子也酸酸的。人怎么说老就老了呢？况且还是这样一个——一个冷酷无情的人。她的思绪漫无边际地飘着。以后，他们都不在了，欣儿遇到难事可怎么办，没有兄弟姐妹帮衬，每逢节假日了、和人拌嘴了、生气了，连一个倾诉的人都没有，那时候她孤零零的，就像现在的她，母亲一走，她的心像被挖走了，和人说话，才要说下半句却常常忘记上半句说了什么。甚至她还不如她，她起码还有一个远洋的哥哥可想，紧要关头他会像母亲那样安抚她，替她擦眼泪，哥哥就是哥哥啊，无论他在哪里，都是真实的存在，都是她精神的依靠，无法替代。她一直想再要一个孩子，哪怕为此丢了工作。她不是担心自己老了少人照顾，就怕到最后欣儿在世上没有了亲人。

“给你生个弟弟或妹妹吧？”这个问题从欣儿幼年问到少年，前两年还拿来逗欣儿，欣儿从来就没有改变过决心，她反对父母再要孩子。自从两个人闹别扭，这个玩笑自动消失。

“好啊，”雨欣利索地说，“我这就告诉爸爸。”女儿一反初衷，她早就看穿了他们的表演，也一直表演给他们，给他们穿针引线。很多次她模仿自己的语气给洪斌发暧昧的信息，每次都被洪斌一句“欣儿别闹了，快去睡觉”揭穿。

饭罢收拾停当，再整理一遍要带给洪斌的物品，窗外的雨点凑着热闹敲打着玻璃窗，淅淅沥沥下了一天的秋雨收敛了暑气。他的腰腿是受不得凉的，两身秋衣秋裤够换了吧？听说那边气候潮湿得很，洗了的衣服不容易干，干了的衣服总也干不透，他带着风湿的身子受得了吗？一场秋雨一场凉，如果没有保温棉的刺激，他的鼻炎该消停了，再带一瓶蜂蜜吧，润润肺总能让鼻子舒服些。该带的都带了，总觉得还是差点什么。

上午要泡水喝的红枣、枸杞、黄芪、炒麦芽和红糖、红茶，晚上要冲的山药粉、三七粉，护腰和护膝上要更换的草药。她拿着红糖不由得笑了。当她假装大声说给女儿听夏天人排汗气虚，需要进补，他就骑着电动车去药店、超市一样一样照着她列的清单购买回来。去平凉电厂前他带着女儿又去购买了一趟，收银台的服务员看着他选购的八袋红糖顺口说家里有产妇就该和小米粥一起多喝。他说没产妇，你是不是觉得我买多了？服务员连忙说不多不多，上次有个男的买了十袋红糖。他说那男的就是他。女儿一五一十说给她的时候，她笑出了眼泪。

冷战开始后，她把觉得要做又做不了，或者有疑虑的事写在纸上，放在电脑桌旁，他会默默地做。她不说话，他也不说话。她翻看着这些天无人问津的纸条，厨房顶上的灯坏了，天然气灶有一个打不着火，电梯停电后女儿的自行车扛不到二十层楼来，对门老大爷摔伤了……她灵光一闪。半年前一个在市场上卖蔬菜的妇女忽然患病，她十岁的女儿利用假期卖菜，看着和欣儿年纪相仿的孩子她多加了一份关注，知道他们家要凑够两万元手术费。当时她拿不定主意，很想帮她，又觉得一下子拿出这么多钱非常舍不得，她矛盾极了，写了下来，一并留在了电脑桌上……

她心跳加速，脑门发热，她的脸像着了火似的红了起来。这就是传言的源头?

她迅速拿起手机，拨通了这个许久都不曾拨过的最熟悉的号码。对方说您好，您拨打的电话不在服务区。这是电厂厂房里经常出现的状况。

她在屋子里徘徊着，钟表走得很慢，好不容易过去了一个小时，再打，通倒是通了，没人接。她心疼了，她知道他已经离开机房，要么在洗漱，要么已经熟睡。她是多么愧疚啊，她总是把难题留给他，要知道她当时狠不下心拿出两万元的手术费，就是因为家里的每一分钱都凝结着他更多的辛苦和汗水。

她望着窗外路灯的幽光里细细密密的雨丝，眼泪流下来。

（原载《朔方》2015 年增刊）

冰郎刻母

李少军

冰郎在这群放牲畜的野孩子中可算是个头儿。有比他年龄大、力气大、个头大的，却一律听他指挥。他只需把他的牛马往草场上一赶，就可以翘个二郎腿放展身子躺在开满各种鲜花的草地上，脸上盖个草帽，香乎乎地补上昨晚落下的瞌睡。伙伴们从湖里摸鱼上来，刮鳞片开肠肚，湖水洗净鱼身，涂一层厚泥，扔进火堆。一会儿泥干鱼冒气，剥掉泥皮，鱼香自现。捡最大的一条送到冰郎鼻子前，先不叫醒他，只让他在睡梦中闻鱼香。冰郎果然哈喇子顺着嘴角流，吧唧着嘴。伙伴们笑够了他的馋相，再折了草茎挠他的耳朵眼，轻声一喊，郎头，吃鱼啦！冰郎呼啦一声坐起来夺过鱼，说梦里鱼都快把我香死了。冰郎一人吃一条，其他两人一条，大家一时狼吞虎咽。吃完了，眼睛齐刷刷瞅着冰郎。冰郎吃完了一面，冰郎翻过鱼的另一面，惹得大家口水咽得响亮。冰郎只管闷头吃，假装看不见，吃完一抹嘴说，走，抓野鸡烤了吃。运气若好，还真能从芦苇丛中抓着野鸡野鸭。冰郎一刀杀了，其他伙伴拔毛开膛收拾干净，支在火上烤鸡烤鸭吃。好一片孩童的天地乐园！牛马驴羊儿，也吃个肚圆肠肥，悠闲地反刍，甩尾拍打蚊蝇。又是一幅人与自然和谐图画。

在波浪湖草场上，张天霸家的三少爷张三霸和冰郎打赌却输了个惨。三霸少爷跑到一群放驴孩子前摆阔，怀揣几锭大银，手提装有蝎子、蜈蚣、蚂蟥等毒物的竹笼，扬言谁吃个蝎子、蜈蚣或蚂蟥可得一锭银子，不敢吃的，就趴在地上让他当牛马骑。起先，那十几个放牧的孩子见那笼中毒物，顿时胆破三分，个个面面相觑，不敢做声。知道是三霸少爷无聊，想捉弄人取乐一番。三霸少爷说，你们这帮穷鬼，都是孬种！没一个应战的？既然如此，就算输定。每人当半时的牛马让我骑，还要学那驴叫马啸牛哞声，学得不像还不行。说罢，就指使手下的胖狗抓来一个，就地按了头弓了身四肢着地。三霸少爷骑上身去，捡拾一根柳条驾驾地随即抽打那孩子隔着薄裤的屁股，那孩子鼻涕加泪地哭作一团。其他孩子就说三霸少爷，你敢和冰郎比试吗？冰郎在哪?让他快来比！可大家瞅了半天不见冰郎的人影，有人说冰郎在湖滩上睡觉呢。有人飞快地跑去告知冰郎。冰郎十岁，却和十二岁孩子一样高大，也比同龄的三霸少爷精壮。冰郎听后来了精神，他对如此赌输赢的事儿很感兴趣。冰郎到场，双手抱胸说，不就是几个蝎子蜈蚣蚂蟥嘛。不过三霸少爷，我若赢了，你可不能像娘们一样撒泼打滚哭鼻子，吃一个毒物一锭银子，你如果愿意，咱现在就比试。我赢了，你要让我当马骑，你敢吗？三霸少爷掀开笼子，亮出那些毛骨悚然的毒物说，好，一言为定！冰郎一只蝎子一只蜈蚣一只蚂蟥地一连吃了好几个，可把三霸少爷和一群野孩子吓得目瞪口呆。几锭银子进了冰郎的口袋。冰郎喝了几口湖水，捋捋肚子，打了一两声饱嗝，笑灿灿地对三霸少爷说，你快趴下，让我当马骑。三霸少爷怒喝道："穷鬼，你想得美！你配骑马吗？只有我骑人，哪有人骑我？"冰郎也不生气，只是笑笑，他猛地一个扫堂腿，毫无防备的三霸少爷一个狗吃屎趴在草地上，冰郎就势跨上身，拾起柳条，也在三霸少爷的屁股上猛抽，嘴里也是驾驾驾地狂叫一气。三霸少爷想起身起不来，少爷的帮凶们齐上阵，七手八脚地在冰郎身上左右开弓。冰郎虽会三拳两脚的，但还是好汉不抵四手，一会儿被揍了个鼻青脸肿。三霸少爷夺了银锭，又狠命踢了几脚冰郎，大摇大摆地扬长而去。冰郎昏睡了一阵，睁眼见那白花花的太阳十分刺眼。冰郎挣扎着站起身，冲那群孩子吼道：你们这帮胆小鬼，怎么不还手？他拍了拍土，踉跄着到湖边洗了手脸，然后从贴身处掏出一只小瓶倒出解毒药丸扬脖吞下，掬水猛喝一气，慢慢走远。

张天霸是张家湾一带有名的富户，地多牲畜多，市镇上还开有绸缎庄和生药铺，领班伙计几十号人，门庭若市，银两哗哗流入张家银库。手下爪牙三教九流也多，拳师、医师、法师等好逸恶劳者养了一大帮。出行时高头大马，奴才牵马拽蹬，随从打手更是欺行霸市。张家湾地界不大，却有武馆、私塾、药店、当铺、酒楼、茶馆、妓院、赌场、烟馆等行业，引来各地客商，生意兴隆。张天霸奉行有钱能使鬼推磨的处事原则，他买通县衙，当了本地的商会会长。张天霸每年靠黑吃黑，额外增加百万银两。家中妻妾成群，隔三岔五就请戏班子唱戏，呼朋唤友打牌看戏吸烟泡，是张家湾一带的土皇帝。

冰郎从小不服爹娘的管教，性情暴怒倔强。在他三岁时，爹和邻居陈大叔上山采草药，不慎从山坡滚下，伤了腰椎脊髓神经，瘫痪在床。这可苦了冰郎娘，一个人种植山坡上的那几亩租田，还要照料冰郎爹。冰郎爹精通中医，远近有头疼脑热腰腿疼痛的都来家中抓几包中药煎服，即刻药到病除。冰郎娘忙里忙外，自然无暇顾及管教冰郎。冰郎沾染上了恶习，偷鸡摸狗的事干了不少。乡邻知道是冰郎所为，却无证可寻。这些苟且之事，冰郎有时也教唆他人去干。冰郎遮盖过和他打架伙伴家的烟囱，用屎尿糊过人家的门面，还纵火烧过一家富户的柴房，往井里下过泻药，药死过人家的一只狼狗。邻里找上门说理，冰郎拒不承认。有更大的事件发生，甚至惊动了官府，衙役捕捉他拷问不出个所以然，也只好放人。家里穷得叮当响，却偏又生了个惹事生非的儿子，赔钱赔不起，爹娘只好赔笑脸赔眼泪。爹下不了炕，娘气极了，抄起木棍追打，冰郎起先还逃跑，后来有了力气和个头就不跑不躲，以示抗拒。母子对峙，娘气得手脚发麻没了力气，坐在地上捶胸击腿哭泣不止。冰郎硬着心肠走出门，几日不回家。

冰郎离家住在一个破庙里。破庙的怀柔和尚平日和冰郎很熟，只是对冰郎的劣迹看不惯。出家人善恶分明，对于行恶之人总怀有一分厌恶戒心的，但又不与人为敌。怀柔和尚睁一眼闭一眼，允许冰郎偷学他的武艺，容忍冰郎生火烧鸡烤鸭烹鱼吃。遇到怀柔和尚出游，冰郎也借宿其他伙伴家中的草房或耳屋。晚上饿慌了，出外如猫觅食，或约几个伙伴翻墙越窗偷来酒家饭店的鸡鸭熟食，好酒好菜狂欢一顿。主人听见偷盗者不谋财只谋食，也是暗夜里大声咳嗽几声，或骂几句：狗日的偷嘴的尖嘴死猫，总有一天会被耗子药药死你个馋嘴货！害怕抓贼不成，反被贼咬。

冰郎爹病瘫在床的这些年多亏陈大叔帮助照料。一年四季的柴火都是由陈大叔上山砍的，曲折的山路上下挑担两趟，一担自家用，一担冰郎家用。五黄六月收麦时，陈大叔收割完自家的麦子先堆成小垛，又赶紧到冰郎家的麦地帮着收割。天上雷鸣闪电齐发阵，龙口夺食的天气，大雨说下就下。刚苫盖好冰郎家的麦垛，陈大叔家的就灌进了雨水。冰郎娘心存歉意地说，顾了我这头，又误了你那头，我们家欠你的实在太多了！随即就一把涕泪。陈大叔只好劝慰几句：没事的，我们两家应该相互帮衬嘛。陈大叔的妻子生女儿小翠时难产死了，小翠比冰郎小两岁。陈大叔里外一把手地将小翠养大。小翠的衣服鞋袜全部穿戴都由冰郎娘亲手缝制。小翠视冰郎娘为亲娘，待冰郎为亲哥哥。可她对冰郎的劣迹深表反感，特别是冰郎对娘的不敬不孝，让小翠很是痛心。小翠说，冰郎哥，你怎么能以如此恶态对待自己的亲生母亲呢？你是穷人家的孩子，应懂得持家孝母。伯父瘫痪多年，里外都是你娘一手操劳，你不但不为家里分忧解难，还气你娘打骂你娘，在外惹是生非，这是男子汉所为吗？冰郎自知理亏，却歪理成章。他一脸怒色道：我家的事与你无关，你少管闲事！小翠气得泪水汪汪地转身哭着跑了。冰郎见小翠真生气了，自己就面对一棵弯柳拳打脚踢一番，随即拿起马鞭抽打柳叶。很快枝离叶碎，弯弯柳叶飘飞。

冰郎听别人谣传，说娘和陈大叔有一腿，自己是野种。陈大叔家和冰郎家相隔不远，两家就如此帮衬着度过了一道道难关。陈大叔为了冰郎爹出行方便，自制了个木轮椅，推他出门晒太阳。冰郎爹就滚动木轮椅，为求医问药的远近乡亲们看病抓药。冰郎小时就眼见过几次娘和陈大叔在野外搂抱的情景，他不相信自己的眼睛，觉得原来陈大叔的那分好含有恶毒的成分。娘原来在他眼中的高大形象霎时被“坏女人”三个字所代替。冰郎认为偷情是有辱脸面的事，他可怜起爹的病残。是爹被蒙在鼓里，还是爹本知道而睁一眼闭一眼地得过且过？娘这是

“一妇侍奉二夫”呀！因此，娘在冰郎的眼中便失掉了慈母的宽厚，只是贱妇罢了。冰郎痛恨一切，在他眼里只有灰暗虚伪，没有光明诚实。他处在混沌的意识里，他为这个善恶颠倒的世界而虐狂，他觉得只有恶胆才能强大。人善被人欺，马善被人骑，他冰郎励志要成为一匹恶狼或一只猛虎。这种思想始终折磨着冰郎的一颗童心，并在隐痛和偏激中渐渐长大。冰郎最怕别人说他是野种，最怕别人对他娘说三道四。这是钻进他少年心灵世界的一条毒蛇，他的心在他狂乱的思想毒液中慢慢泡大。仿佛自己就是农夫与蛇，故事中的那条冻僵又苏醒的蛇。

冰郎自然成为坏孩子中的孩子王。他和三霸少爷同属坏蛋系列。他是穷坏，三霸少爷是富坏。穷坏是吃了上顿没下顿衣不遮体坏在嘴上，这种穷坏以单纯的抢夺偷窃为目标而别于匪类的；富坏是仗势欺人，是物质上富足精神贫乏而寻求一种以戏谑他人为取乐，来实现称王称霸的自身存在价值。张三霸这些风流少爷们不须卖苦力做长工挣钱养家糊口，同时还是识文断字读私塾的读书人。冰郎这些穷小子均为放牲畜的粗野刁民文盲之人，只能从私塾的窗外偷听《三字经》几句，人之初，性本善；性相近，习相远，然后就被东家的恶狗追咬逐出门去。

冰郎长到十五岁年龄，已是一副初生牛犊不怕虎的气势。他体格健壮，驾马飞奔，成为一翩翩少年。可他始终弄不明白，为什么他暗恋的小翠妹子对他那般鄙视，就因为他的坏名誉，让她小瞧他吗？小翠对和冰郎一般年龄、同样壮实的憨头小子阿威深表好感。阿威有什么好？连个恶狗都不敢杀！冰郎暗自呵呵地笑了，阿威这个软蛋臭豆腐稀屎包，凭什么就把小翠的心拢了去？又一想，小翠也许年龄还小不懂事，等她长大些，会明白谁最好。他约好了时辰，要和阿威一比高下。阿威是那些绵羊一样胆小鬼们的头，到时让张三霸也来。冰郎要在这群孩子面前重树自己的高大形象。

张家湾的夏日，风清日朗。波浪湖草翠水绿，牛羊肚圆，喧声反刍；驴马卧身，甩尾扫蝇。以冰郎、三霸少爷、阿威为首的三群少年如期比赛。比赛分五项，一看谁水中憋气时间长，二看谁爬树速度快，三看谁鞭击苹果能一分为二，四看谁湖中摸鱼多，五看谁摔跤厉害。

第一局比赛开始了。冰郎自知水中憋气的功夫不及阿威，暗使了个奸心，偷折了个苇管衔口，水中通气，被眼尖的三霸少爷发现了。他坏笑着下水用拇指压堵了苇管，结果冰郎先出水，阿威后出水。第一局，阿威胜。阿威同伴们欢呼雀跃。

第二局，冰郎和阿威在一对齐高的柳树下光脚唾手一声令下，两人迅速上树攀爬。阿威快爬到树顶了，却发现枝头有条蛇抬头吐信嗞嗞作响。阿威怕蛇，进退两难之际，冰郎已攀上树巅，取了挂在树顶的红布条欢呼起来。这一局，自然是冰郎获胜。

第三局，在小翠头上放置一只红苹果，先由阿威三米外摔鞭击打苹果。这需要高超的鞭技，若鞭法不娴熟，力度把握不到位，或偏左偏右都会伤及小翠。此局，让所有吵闹声噤停，孩子们个个为其主手捏一把冷汗。他们个个凝神静气，定睛呆望。只见苹果端立小翠头顶，小翠微笑着目视前方的阿威。阿威唰地一声，鞭啸起落，苹果裂为两半，掌声一片。接下是冰郎甩鞭，同样苹果裂半，掌声一片。此局，双方都获胜。

第四局，一声哨音，两人同时跳入水中。双方各使绝招，一会儿弯腰顺草蔓双手抓摸，一会儿潜入水中芦苇根下，或冰郎或阿威向岸上抛扔一条蹦跳的鱼儿。更为绝妙的是，两人用脚踩鱼，踩住了，就慢慢蹲下去从脚底下将鱼抓牢再冒出水面抛上岸。整个比赛为半个时辰，结果，冰郎十条，阿威九条，冰郎胜。

第五局，两人摔跤。弓腰，捉襟，抱身，扫腿，搂腰，拔顶，转圈，扑跳，压背，翻身……大家伙冰郎加油、阿威加油地喊个不停。

五局下来，冰郎以三胜一平一负最终取胜。

冰郎的胜出，并没有取得小翠对他的好感。小翠看到阿威胳膊扭伤了，就责备冰郎说，你这人心里不实诚，尽耍奸，赢了，也算不得好汉！说着，小翠拿出创伤药为阿威敷上。伙伴们都噢噢噢地齐叫喊：阿威小翠，天生一对！冰郎气呼呼地站在一边怒视。这次比赛虽然冰郎赢了，可小翠却视阿威为真英雄。三霸少爷眯眼拍着冰郎的肩头说，小子，敢和我一比高低吗?冰郎不屑一顾地说，当然敢！比什么？三霸少爷说，三日后，就在此地，咱俩比武功，怎么样？冰郎与三霸少爷击掌为盟说，行！一言为定，不见不散！

天刚黑不久，张天霸带领一帮人叫嚷着踢开了冰郎家的柴门，松明火把地将冰郎家的草屋院落照得透亮。冰郎娘迎出门说，张老爷，发生了什么事?

快把你儿子冰郎交出来！他妈的，他竟然打瞎了我三儿的一只眼。我要挖下他的两个眼珠子喂狗吃!

冰郎娘被张天霸手下牵拉的那条伸着长舌的狼狗，惊吓得倒退了一步。

我儿冰郎不在，也不知他怎么伤害了三霸少爷?

张天霸手下的一个奴才说，冰郎这小子不讲武德，用脚踢土迷了我们少爷的双眼，又用马鞭打瞎了我们少爷的左眼。他妈的，简直是太岁头上动土，这小子我看是活腻了!

张天霸瞪着血红的眼珠子说，不交出人是吧？就把你们全家和这房子一起烧掉!

冰郎娘哭着跪地给张天霸说，冰郎真不在家，我儿他少不省事，求张老爷您大人有大量，就饶了我儿吧，我给您磕头了。

张天霸骂了一句去你妈的穷鬼，一脚将冰郎娘踹翻在地。他怒目圆睁，向围观的乡邻和院屋里大声宣告，我数一二三，如果再不交人，我就先烧了这房子。

一、二、三！张天霸三声过后一挥手，手下迅速手持火把要烧草屋。

住手！只见陈大叔一声断喝分开人群站了出来。

老爷，我听说冰郎和三霸少爷比武是立了生死状的，比武生死有命，再说，冰郎闯祸，自有官府捉拿，万不可杀人放火啊!

去你妈的！你算老几？管起大爷的事来，把这个多嘴多舌的东西绑了！呼啦一下，众手下捉肩扭臂将陈大叔五花大绑起来。

冰郎娘跪爬向前，抱住张天霸的腿说，老爷，我可以给您做牛做马，您可不能烧我家的房子啊！这让我们一家怎么活？

穷鬼，给我滚开。张天霸将冰郎娘踢翻在地，一挥手命令手下，烧！给我烧！

数支火把一起扔向茅草屋。狗仗人势，火借风力。呼啦啦，草屋起火，加上都是草木结构，三间草屋，连同一间柴房和一间灶房，顿时烧成一片火海。

冰郎娘见房屋起火，她声嘶力竭地喊道：快救人啊！冰郎他爹还在屋里呢，快救人啊！她边喊边向茅屋火海中扑去，却被狂笑中的张天霸手下阻挡着推向一边。

被绑的陈大叔也挣扎着向前扑喊道：你们这些天杀的，那屋里还有瘫痪的病人哪！话音未落就被一闷棍打昏在地。在场的乡亲们喊叫着拥挤着扑向前喊救人，被张天霸他们百般阻挠了。火势已将窗门大梁烧塌，屋里不时传出冰郎爹揪心的喊叫声……

张天霸当众宣告，这就是和我作对的下场！这叫一命赔一命，今天就算饶过冰郎那小子，以后再算账！

张天霸一伙撤走后，乡邻们这才泼水救火，但已是屋毁人亡。

冰郎闯下祸端后逃之夭夭，不知家中发难。张天霸放火杀人，报了三霸少爷瞎眼之仇。这日，冰郎流浪到普古寺门下，竟饥渴昏倒在地，被寺中僧人抬进寺内，灌水醒来，进食后坐起。普古寺方丈持杖捻须，肃然问道：小施主醒了就好，你因何流浪至此？冰郎忙跪地行礼。说多谢方丈搭救。家乡突发水灾，逃难求生，请收我削发为僧。方丈摆手摇头道：小施主看面相不属我佛道中人，你可每日随众师傅砍柴挑水练功，不可破我寺规戒律。等灾难过后，可自讨前程。我寺清贫，望小施主多多海涵。冰郎听罢，心想不让当和尚更好，先有个栖身之所再作打算。他忙磕头谢恩。随后被一个小和尚领到一偏房屋中安顿住下。

冰郎入寺一来，每日随众师傅砍柴挑水，清扫寺院，有时也随师傅下山化缘。普古寺本是个三四十号人的小寺，山外一片空地上，春夏秋三季可种些蔬菜，以供寺里吃用。普古寺方圆几里有乡民环绕居住。寺内每日晨钟暮鼓，诵经之音可与村庄鸡犬牛羊之声遥相呼应。普古寺静中有闹，闹中求静，每日有烧香拜佛的香客进进出出，钱粮也不断续。寺外几里是个叫丰州的县城，此城城门巍然耸立，几里长街，店铺林立，门牌鲜亮，比张家湾街市富裕热闹。街面上叫卖声此起彼伏，人流穿梭拥挤。

冰郎守不住寺中清规戒律，耐不住清汤素食，加上每日砍柴练功辛苦，隔三岔五，悄然干些偷鸡杀狗的行径，生火架锅，酒肉一通。一日，他醉得摇摆，恰巧不远处有个尼姑庵，院门虚掩，冰郎稀里糊涂就摸进门去。尼姑庵不大，有一间上殿，四围数间陪房灶间。见那屋里灯下有人影映现，近前听屋里传出哗哗水声，还夹杂女音哼唱的曲子。冰郎一个激灵，酒醒了几分。透过一面木格窗纸，润指破洞向里窥视，一个尼姑正站在浴盆里从旁边冒气的木桶里舀水往那婀娜的酮体上慢慢浇洗。白皙的肌肤在油灯下水珠闪亮，最美是那一双饱满的翘乳，两粒乳头赛过红枣，随着一只手的抚搓上下颤动。这是一个二十出头尼姑的妙姿，她摆动长臂，水花在身体的隐私处滚动。她微闭着双眼，仿佛陶醉在温柔的抚摸中。她的小腹是那样平坦光滑，丰满的臀部随着身体的转动而显出优美的两条轮廓曲线。好一个美人身坯！冰郎看得呆痴，脸面烧热，这是他生平第一次看见女人的裸体。他感觉身体已膨胀到了极限，他不知多少次在梦中与这身体相遇，但很蒙胧，不像眼前这般清晰。他甚至有破门而入的冲动。这时那尼姑突然睁圆了眼，微红了脸停手喊道：慧净，再给我提一桶热水来！我还没洗够呢。从那边厨房里传来一声答应。一个尼姑从那边出来，冰郎已是躲闪不及，他的身体因醉酒而显得迟缓了些。那个被称作慧净的尼姑看见人影就大叫了一声：啊，有人！冰郎自知不能久留，径直夺门而去。庵里一阵骚乱，数个尼姑手持利刃追出庵门，而冰郎早已隐没在暗夜之中。冰郎自有了认识女体的经历后，竟夜夜幻想，有几次翻墙越门，想再寻那难觅的裸浴场面。可尼姑庵再不会有那次大意了，天黑后就大门紧闭，老尼姑加强了庵规戒律。冰郎白天里有时也与尼姑相遇，有一个叫慧洁的尼姑看冰郎一眼，脸红低头过去。冰郎一下就认出她就是那沐浴中的尼姑，木呆地目送她回眸一笑走远，心叹道：多美的尼姑啊！若像小翠一样留一头长发就更美了！可惜怎么削发为尼了呢？

时日久了，冰郎的身上难免肉味四溢。师傅们提鼻一嗅说，阿弥陀佛，罪过，罪过！有的师傅一再劝阻，冰郎不听。有的师傅不吭气，装作不知。有人状告了方丈，庵主也将冰郎其行告知方丈。方丈传冰郎入内，眉头紧锁，口气凝重地说，小施主来本寺不觉已三年，本想再收留你些时日，你却屡犯我寺清规戒律。你非我佛道中人，恕本寺不能容你，你下山去吧。这里有几锭银两，做你盘缠，望你以后慈悲为怀，多行善事为妙。

冰郎早觉寺中整日孤寂苦闷，不过这三年来，自己身强力壮，个头猛增，已长成膀大腰圆的十八岁青年。冰郎不知不觉在寺内躲灾已三年。冰郎在一次化缘途中偶遇一个讨饭的邻里，忙拉到僻静处询问家中情况。邻里说，你爹自你逃走后被张天霸活活烧死了，你娘状告衙门不准，判决说三霸少爷一只瞎眼顶了一条人命。虽说你家亏了，可张天霸是一方土豪财神，财大气粗，只好如此。日后各走一边，仇怨一笔勾销。告别乡邻，冰郎为爹的惨死心绪不宁。回到寺中，他卧床痛思。天下的衙门向南开，有理没钱别进来。我冰郎只认一个死理，那就是穷人心太软心太善。冰郎才不像爹娘那样老实受人欺，更不做一辈子让人踩在脚下的贱民。我要做个一呼百应的王者，甚至做那占山为王的土匪头子也不失为一代枭雄。怀着这样的心态，冰郎谢过方丈和普古寺各位师傅，毅然下山去，只朝那丰州县城的大道上阔步前进。

这些年，冰郎闭塞寺内，每日砍柴扫地练功，最多到寺外菜地里浇水施肥。或到寺外附近民居偷只鸡鸭，诱杀人家的看门狗，改善一下伙食罢了。没想到，今日到了丰州街市，却是一番热闹天地，街上各种吃食用品应有尽有。冰郎在一家饭馆酒足饭饱之后，竟坐在桌旁板凳上打起了瞌睡。他的包裹被一个十三四岁要饭的小叫花子夺取而逃。冰郎惊醒后立即猛追，追到一个胡同口，呼啦跟上来十几个手持刀棍的叫花子。他们个个蓬头垢面，怒目而视，将冰郎包围了。其中一人说，哎，小子，到了我们的地盘，休得造次，不然，就用我们丐帮的打狗棒打折你的腿！若是识相，就赶快留下盘缠放你一马走人。冰郎冷笑一声说，否则就死无葬身之地，是吗？好，你们这帮小叫花子，有种的就一起上，看老子咋收拾你们！

有几个胆小的被冰郎的几句话唬住了。那个带头的大黄牙喊了声给我打，刀棍齐发。冰郎左躲右闪，把他这三年在普古寺跟师傅们学到的功夫只用了那么几招，就将这帮混小子打得东倒西歪，趴了一地，个个喊爹叫娘，齐声说好汉饶命，都怪我们有眼不识泰山。那个抢包的毛毛眼小子慢慢移到冰郎跟前说，少侠，还您的包。我们希望您当头，替我们出口气。我们的地盘被王虎占了。王虎是城南丐帮的头儿，他长得虎背熊腰，人称城南王老虎，力大无比，武功了得。我们这帮城北的丐帮兄弟快被他们赶出丰州城了，请好汉为我们出口恶气。

冰郎傲然一笑，说你们这帮叫花子，我和你们素不相识，凭什么帮你们？再说，我一个过路人不掺和你们丐帮的事！

大黄牙神秘一笑说，您是和我们不相识，可我们丐帮有你们张家湾的人。我还知道您叫冰郎，过去您是孩子王，您为了避灾躲难才出门流浪在外的。

冰郎摸了摸脑门搔了搔头发说，嗯，这挺有趣，你们是有备而来，引我上钩吗？

不，我们知道冰郎大哥本事大，只想求您摆平王老虎，为我们争得城北的一席之地后，您就做我们城北丐帮的老大，吃香的，喝辣的，奉主为王。

是吗？这桩买卖我乐意干。我冰郎平生就爱赌输赢见高低，学那戏中的楚霸王。

城南丐帮王老虎和城北丐帮冰郎对阵单挑的消息不胫而走，使那些上了年纪的乞丐们也纷至沓来前来观斗。在丰州垂柳河岸的一片开阔地上，南北两拨丐帮黑压压对阵击杖叫喊，为各自头目振臂助威。

老虎，加油！

冰郎，加油！

冰郎相比铁塔似的黑熊王老虎，显得单瘦了些。冰郎拳脚猛攻，踢打在王老虎身上如同打在弹簧棉花堆上，对方毫发无损，岿然不动。冰郎暗吃一惊。冰郎转圈佯攻，心里盘算着怎样战胜对方。这家伙难道是刀枪不入？他的弱点在哪里？我打了半天，他不动手，是在试探我的武功高低呀！冰郎灵机一动，对了，我采用四两拨千斤的方法，打其背部弱处。冰郎攻击试手，果然击中王老虎背后软肋要害，这小子疼得一声怪叫，猛虎扑食一般抓扑冰郎。冰郎灵巧地腾挪攻防，从王老虎后心一脚将其踹倒。王老虎防不胜防，一个狗吃屎嘴啃泥，跌趴在地。王老虎恼羞成怒地爬起身，反扑过去，抓牢冰郎两臂，与冰郎拔力转圈，冰郎一个扫堂腿，王老虎下盘稳如泰山，竟两臂发力，将冰郎如旱地拔葱，轻飘飘举过头顶，在空中飞快旋转，想转晕后将冰郎摔个骨断筋折。冰郎在王老虎未曾出手时，猛地两腿夹住王老虎的脖颈，用力挥动双臂来个双风灌耳。王老虎的头嗡地一下，犹如万蜂飞闹，眼冒金花，眼前一黑，冰郎趁势腾空飞起一脚踢中王老虎后心，王老虎轰然如石墙倾倒，重重砸地，昏死过去。

按照比赛规则，南北双方无论采取何种手段，只要一方倒地不起，或伤或死不予追究，那站立一方便可取胜。从此，胜者为王，败者为寇。败方自然解除帮派，归顺胜方。

冰郎代表城北丐帮取胜。大家欢呼雀跃，将冰郎抛起落下，如抛接绣球。而王老虎趴在地上不起，淹没在丐帮的口水中。

冰郎在丐帮名声大震。别看叫花子脏兮兮的一副邋遢相，可要上三年饭，给个官也不干。冰郎每日好酒好菜地被供奉着，他穿着体面，整日游逛于街头巷尾，也难免有黑道上的人与他来往，求他摆平一些事端。时日不长，冰郎也被拉去烟花妓楼喝花酒，学会了吃喝嫖赌。但有一样他不沾染，那就是吸烟土。冰郎自知那是自掘坟墓的勾当，他憎恨那家破人亡妻离子散的大烟鬼。

在丰州城里一晃一年过去了。冰郎得知张天霸被夜游的飞贼所杀，产业被几个兄弟和几个儿子瓜分，人亡势灭，家业衰败。加上独眼的三霸少爷吃喝嫖赌抽，败落个大烟鬼，如同丧家之犬。张家竟在数年间变卖了店铺田产，树到猢狲散。张家湾已不是张家的天下，冰郎心里一通畅亮。他笑道：想必我冰郎落难数年，仇人已去，该是我冰郎衣锦还乡荣归故里的日子了。冰郎将丐帮大小诸事交予大黄牙掌管，他辞别了丐帮，带一随从，几匹马驮了绸缎等各类物品，回到了阔别四年的张家湾。

离家四年，小翠已长成丰满漂亮的大姑娘了。娘也在陈大叔帮助下住在新造的茅草屋里安身立命，只是苍老了、头发白了，眼里全是对不孝子冰郎的哀怨与漠视。冰郎祭拜了爹，爹是因他而惨死。他给爹烧香磕头，落泪敬酒，拔掉坟头疯长的蒿草，立碑培土。阿威长得高大壮实，憨气未脱，与小翠定下了婚姻，只等来年春暖花开完婚成家。冰郎在亲友和乡邻眼里没能留下归乡的荣耀，反而如同一棵歪脖子孤树，抹不掉四年前留下的阴影。冰郎给小翠从头到脚买做了头饰、鞋袜、衣服。小翠说，冰郎哥，几年不见，你闯下祸后出逃到外发财去了。你送我的东西我喜欢也心领了，可我不能要。我要让阿威哥挣钱给我买。你把这些东西好好收藏起来，给未来的嫂子做嫁妆吧。冰郎说，小翠，我在外面梦里都在想你，你知道我从小就喜欢你，这衣物你得收下。说完，他出了小翠的家门。

冰郎给娘也做了绸缎衣服。娘说，你从小在外惹事生非，对你，我已心如死灰。如今，我布衣旧装粗米淡饭惯了，这份富贵，我实在受用不起！冰郎知道娘在生他的气，不肯原谅他的劣行。冰郎说，你儿子就那德行，泰山可移，秉性难改！你不领儿的情，也罢，我这就让你眼不见心不烦。说着，他甩了门，出门找昔日伙伴喝酒去了。丢下娘一个人坐在屋里呜呜咽咽地哭起来，而且越哭越伤心，似乎要把这多年的积怨与委屈哭个干净。

冰郎喝得大醉，他摇摆着抱棵树就喊，兄弟，来，干，干一杯！只觉得天地皆醉我独醒。他受了娘和小翠的冷淡，心里很难过很孤独，苦笑着说，这世上我没了可亲近的人。正巧小翠从地里掂锄回家，她唱着曲儿，经过那片林子，发现冰郎坐在树下，一身酒气。小翠蹲下身说，冰郎哥，快醒醒，我扶你回家。冰郎睁眼见是小翠，说小翠，我以为你，你不理我了。你知道，我，我喜欢你。那个阿威，有，有我好吗？小翠拽一条胳膊扶起冰郎。冰郎站起一趔身，小翠的前胸便软乎乎地贴近冰郎的身体。冰郎麻醉的身体电击般醒了三分，不知怎么，他眼前就幻现了尼姑庵里窥视慧洁洗澡的一幕。现在，他日夜所思的小翠就贴身扶着他醉酒的身体。冰郎身上一热，心儿狂跳。他迷离着双眼，就势抱紧小翠，一张酒气的嘴去亲吻她。小翠慌乱中紧闭着唇，想用力推开冰郎，却没推动。小翠躲着冰郎的突袭，说你放开我，你醉了！不，我，我没醉，我喜欢你，就亲你！冰郎说着不管不顾地用手探摸小翠。小翠抽手啪地一记响亮耳光打在冰郎的脸上，冰郎一愣，一只手搂挽着小翠的腰身，另一只手摸那被小翠打耳光的脸。冰郎大睁着眼看着小翠的怒目，说小翠，我，我……小翠一怔，她看见了冰郎眼里魔鬼的火苗。冰郎双手紧紧抱住小翠说，小翠，你不喜欢我，是吗？可我喜欢你！我，我说到做到！冰郎猛地扑到小翠，用庞大的身躯压住小翠。小翠喊道，你想干什么？你混蛋，你这个畜牲！冰郎只顾动作不出声，不理小翠的挣扎呼救，一下撕开了小翠的衣服。小翠就像一只被猛虎擒住的小鹿，踢腾着哀鸣着。在这个荒僻的林子里，只有微风吹起小草的浮动，只有林中鸟儿惊飞的哀鸣……

冰郎的兽性在小翠身上发泄着，小翠死静般地躺在草地上，她双眼紧闭，不想睁眼看世界，任凭泪涌颊腮。冰郎似乎从梦中惊醒，他哇呀呀一通乱叫，半醉半醒做了傻事，摇晃着走了。

两天后在湖中发现了小翠的尸体。小翠出葬那天，心虚的冰郎看见娘和陈大叔哭得死去活来，也落下了悔恨的泪。阿威哭得很伤心。那是一片石碑林立的乱坟滩，阴云连绵。不远处几棵大槐树上鸦雀呀呀乱叫，让人心里更加凄凉。

陈大叔抓土捶心地说道：小翠啊，你个傻丫头，你活得好好的，为啥想不开跳湖寻短见呢？我的好闺女，你告诉爹呀！你心里就是有天大的委屈事也不该走这条不归路啊！

阿威跪在小翠的坟头前发誓说，小翠，你是脱下鞋落水的，你是被人害死的。我一定要找到害你的凶手，把他碎尸万段！一声惊雷响过，咔嚓一道闪电，一团火球击中一棵老槐，半截枝头被雷劈下，燃起一片火光。冰郎身上不由得一抖，仿佛那被击中的不是树而是自己。雨大起来了，送葬的人纷纷下山。阿威劝拉不起来，他浑身湿淋淋地说，你们走吧，我要陪小翠说几句话。

小翠死后十日，一个与阿威要好的伙伴黑蛋告诉阿威一个秘密：那日，我砍柴归来，经过一片林地，听见有人喊叫。我躲在树后看见冰郎骑在小翠身上，小翠反抗不过，就被冰郎那个了。我害怕冰郎发现我，就跑开了……

阿威怒目圆睁，猛地扯住黑蛋的衣领说，你说的当真？黑蛋用力掰开阿威的手说，是真的！可你绝不要透漏是我说的。

阿威拳头捏得嘎吱响，嘴唇也咬出了血。他怒吼道：冰郎，你个畜牲王八蛋！我阿威发誓，一定要杀了你，替小翠报仇！

阿威流着泪走了。黑蛋愣在一旁，他望着阿威的背影说，二虎相争，必有一伤。要出大事了。

阿威躲在冰郎常出行的那片林子里寻机报仇。不等冰郎走近，阿威猛地从树后蹿出：冰郎，拿命来！一刀刺来，冰郎得知有人偷袭，顺势一侧身，刀尖从旁边刺空。他迅疾回踹一脚，被阿威躲过。冰郎转身见是阿威，厉声呵斥：阿威，你有本事正面交锋，背后捅刀子算什么好汉？

好汉，你也配提好汉二字？你个王八蛋，是你害死了小翠。我今天要杀了你，替小翠报仇！

冰郎一愣，他心虚地反驳道：你胡说什么，小翠是溺水而亡，关我何事？

阿威横刀指责道：小翠从小在湖边长大，怎么会溺水呢？分明是遭你奸辱后才跳湖自尽的，你这个丧尽天良的东西，你还配活在世上吗？

冰郎咽了口唾沫说，你凭什么说小翠是遭我奸辱跳湖自尽的？我喜欢小翠，她死了，我也很伤心难过的。

阿威说，我知道你死不承认，你别猫哭耗子假慈悲。今天不是你死就是我活。跟你这种人没有什么好说的。

阿威一个健步扑过，唰唰唰连刺三刀，都被冰郎一一躲过。

阿威心急，知道不是冰郎的对手，为求速速杀死冰郎，他偷取了一包藏在身上的白石灰随手撒向冰郎面部。冰郎抽手以袖遮眼，白灰还是迷了双眼。即刻两眼一阵灼痛，阿威的影子模糊虚无起来。

冰郎冷笑道：好你个阿威，你也使用这下作的手段。

阿威说，这都是你逼迫的。只要能杀了你，管它手段如何!

冰郎迷了眼，阿威趁势扑来猛刺几刀，冰郎在蒙胧中听音躲闪，有一刀划破了衣衫皮肉。阿威又刺一刀，眼看刺中冰郎胸口。冰郎小心！危急之时，冰郎被推个趔趄，阿威的刀刺入另一人的胸口，这一刀稳而狠。阿威拔刀，倒下的不是冰郎而是陈大叔。陈大叔，怎么是你？阿威惊喊了一声。倒在血泊中的陈大叔胸口血涌，他的双眼睁得奇大：不，不要再杀了。随即身子一挺，头歪向一边。

阿威惊恐地哭喊道：陈大叔，你为什么要替那个畜生挨那一刀，你死得不值啊!

阿威泪流满面伏在陈大叔尸身上痛哭不止。

冰郎知道是陈大叔为他挡住了阿威致命的一刀，也跪地哭道：陈大叔，我是个混蛋王八蛋东西，你为什么要救我呀?

阿威是非常敬重陈大叔的。他是小翠的爹，待他像亲儿子。阿威哭自己恨自己误杀了陈大叔。

冰郎为替他挡刀的陈大叔而震撼。也许陈大叔已经知道了一切，作为仇人，他为何救自己？这个问号在冰郎脑中一闪而过。不过，现在他得忍住泪，趁阿威还没杀过来，必须赶快逃走。

冰郎的双眼经过泪水的冲洗，不再像先前那样灼疼模糊了，眼前有了一线光亮。

站住！你要逃走吗？阿威站起身，对冰郎大喊道。

你已经误杀一人，还想杀人吗？你阿威平时可是个乖孩子，心慈手软，从来没杀过人的。冰郎说。

阿威怒喝道：兔子急了也咬人呢，何况我们有深仇，你欺人太甚！阿威一个快步，拦在冰郎前头。

你先放过我，等我眼睛好了，我们再决斗，我甘愿死在你阿威的手中。冰郎微闭着双眼道。

我现在就取你性命，何等明日？

冰郎其实已经能看见阿威了，他假装看不见，就是为了麻痹阿威。冰郎躲过尖刀，顺势反擒了阿威的手腕，一脚踢中阿威的小腹。阿威疼得向前一弓腰，冰郎抓住阿威的手腕用力一推，锋利的刀刃噗地深扎阿威的胸膛。阿威口吐鲜血，你，你，你，话没说出口，就倒下了。

陈大叔和阿威死后，衙役从他们的尸体上并没有查出多少线索。衙役怀疑小翠投水、陈大叔和阿威之死均与冰郎有关联。可并未查出真凭实据。此案只好成为遗案。

而冰郎的内心并未安宁。他每夜常做噩梦，梦见自己两手沾满鲜血。阿威和陈大叔胸口像条泉眼一样咕咚咕咚直流血水，那血水很快没过冰郎被捆绑住身体的脖颈。瞬间，血水变成了火的波浪，将阿威、陈大叔和冰郎一并吞没，一股灼浪直烧皮肉。不远处小翠从波浪湖中腾空而起，她急得直喊，爹爹，阿威，我来救你们！只见她掀动衣袖，浪花直冲云天，水浪直扑火海。阿威与陈大叔身上的火焰顿时消退，人也立即完好如初。只有冰郎身上仍然火烧火燎。冰郎在火海中被烧得满地打滚。陈大叔着急地喊道：翠儿，快给你哥冰郎救火啊！小翠说，他是行恶之人，火上浇水如浇油，这叫自作孽，天不饶！

那夜雷声大作，咔嚓一个惊雷炸过，一道闪电划亮黑夜，一团火光烧着了冰郎窗前的一棵老柳。冰郎一骨碌从土炕上翻起，借着那不断发生的电闪雷鸣，看见窗前那棵树在火光中烧得噼啪作响。就差那么一点火球就会穿窗而入，击中梦魇中的冰郎。冰郎汗淋淋地喘着气，先前梦中恶境还如影随形。

冰郎次日早起，赶紧到坟地分别为爹、小翠、阿威、陈大叔焚香祭奠，坟头除草，祈求冤魂饶恕。

夏收过后，冰郎套犁犁地，他要在那片荒坡地上种些糜谷。冰郎虽说从小犁田耕地，毕竟这些年游荡惯了，两头牛并不服从他的命令，犁铧拉扯得歪歪斜斜。冰郎挥鞭吆喝着，他要用耕种劳作这种方式来重新塑造自己。连续不断的噩梦使他寝食不安，夜不能寐。他想美美地出身热汗，来驱赶内心的阴冷。他想通过这种亲近土地的方式逐渐消除与娘的隔阂。转眼间自己二十岁了，而刚刚四十岁的娘从前挺拔的腰身已疲惫弯弓，眼尾纹细如树杈，黑亮的头发也变白了。特别是娘那双黑亮的眼睛，如今变得浑浊抑郁，像积久了灰土，没一丝光亮。冰郎想，是做儿的不孝啊！自冰郎出世，从小打架斗殴、鸡鸣狗盗、杀人放火，娘的心没一天消闲，为他操碎了心，为这个苦难家庭呕心沥血，却总遭他冰郎的白眼仇视，有时还醉酒撒疯，拳打脚踢。娘心如鞭打、心头滴血啊！

冰郎看见经他犁过的沟垄上不断有起落的鸦雀，鸦雀追撵着捕捉白虫和蚯蚓却衔口不吃，飞到他歇凉的那棵大槐树的窝巢上，将肥嫩的虫子吐喂给嗷嗷待哺的鸦娃口中。鸦雀啊啊呀呀嘱咐几句鸟语，又忙不迭地去捕虫。这种乌鸦反哺相依为命的场景，深深震撼着冰郎的内心。是啊，娘多像这鸦雀忍饥挨饿，自己舍不得吃一口，哺育他牙牙学语蹒跚走路，一把屎一把尿地把他拉扯长大。而自己却知恩不报，做了那么多禽兽不如的事儿，对不住亡灵，对不住慈母。如今，娘孤苦伶仃，时常风寒咳嗽，形容枯瘦，积劳成疾，昼夜呆坐，哭泣无眠。母子之间形同陌路人，娘对他已失望死心。

冰郎停下耕犁，扶犁远观，见娘翻山越岭，下沟谷上陡坡，手挎提篮，边走边用手巾擦汗，这是娘给他冰郎送午后的茶饭来了。冰郎心头一股暖流涌向全身，他赶紧扔了犁把，欣喜万分，强忍心中的呐喊，娘啊，谢谢你，儿迎你来了！他一激动，竟忘了扔掉手中的鞭子，一路小跑，去迎接走到大槐树下擦汗的娘。

娘放下提篮还在喘气，她无力地依靠树干微闭双眼，突然怒目而视，指着冰郎断喝道：不孝子，这是我最后一次给你送茶饭，以表我们母子之情的最后依恋，你奸辱了你妹小翠，杀死了阿威，又实属十恶不赦，天理难容！若不是有人告诉我这一切，我还毫不知情，这都是我造下的罪孽，苍天啊！让我追随亡灵而去，到九泉下与你们相会吧。世间毫无恋处，我随你们去了！随即猛力一头撞树，顿时血流如注。

冰郎被这突如其来的话语惊呆了。这一切他都还没反应过来，娘又突然以头撞树，血染老槐。冰郎娘啊娘啊地连喊几声，扑通跪地，扶起娘。娘还有一丝轻气，手脚抽搐，嘴唇嗫嚅，流淌的鲜血将她的上衣染成了血衣。冰郎大喊，娘啊！娘啊！儿不孝，你怎么就不听儿一句忏悔之语？儿这是禽兽不如啊！

娘闪眼扫了一下泣不成声的冰郎，头歪向一边，没了气息。冰郎轻轻地将娘从血染的胸前移开又放下，跪地磕头，如饿鸡啄米，直到磕破额头。娘如一缕轻烟袅袅升空，去另外那个世界了。

冰郎号啕大哭，他发疯似的大喊大叫，抡起一把利斧，砍向那棵老槐。鸦雀惊飞，枝离叶落。冰郎直到无力抡斧，跌坐于地，泪眼模糊。

冰郎踉跄着背娘下山。悼灵七日，葬娘于爹的坟头旁，培土立碑，日夜焚香，长跪不起。

此后，冰郎决定为娘常年守孝。他每去坟地烧香祭奠，碑前供奉果酒，父母坟前自言自语，像对着一个乐于倾听他诉说的知心者。那棵被娘血染的老槐树被他伐倒背回家，他依照娘的面容神态，日夜持刀雕刻，先截成等身的木段，再雕刻头脖上下身。起先刀子在他手中并不好使，坚硬的木质常常令刀尖打滑，他满手是老茧血泡。有些地方完全不像娘身体的那一部分，他就停手琢磨好半天再下刀，这让他重新陷入对往事痛苦的回忆中，不免又是泪眼婆娑。他怕毁了木神，尽量做到心中有数，不生败笔。经过半年多的挑灯夜战，冰郎终于完成了娘的木像雕刻。娘的每一个细节形态都刻画得栩栩如生，可就是娘的双眼始终是暗淡无神。那双眼像是凝含着对人世间无限的哀怨。

冰郎从裁缝那里为娘做好了四季更换的衣服。娘生前粗衫布衣，他要让娘穿上华丽的绸缎，吃上可口的饭菜。每次吃喝之前，先要在供桌上敬奉娘，然后自己才吃喝。人们看见冰郎每次出门不是身背娘的雕像，就是车载马驮，寸步不离。众乡邻纷纷议论，这冰郎怕是改好了，要做天下第一大孝子。可有人也不屑一顾，说人都死了，敬个木头顶何用？能让他娘起死回生吗？想用和木头说话这种愚蠢的举止来消除从前的罪过，真是痴人说梦！

可说归说，议归议，那些贫困潦倒揭不开锅快要饿死的人家，往往会在翌日早晨发现门口堆放着一袋粮食，或几锭银元。穷人都不知谁是救星，富人都提心吊胆害怕自家的财物被劫了去。穷人就磕头作揖一番后赶紧生火煮饭狼吞虎咽，家里救活了一个饿死鬼；富人就烧香拜佛求菩萨保佑，家门紧闭严加防范。

有人看见了侠客救星的影子很像冰郎，有人说不可能。于是乡邻们冷不丁跑到冰郎家，看他吃斋念佛，供奉娘的雕像，说话平和，举止文雅，完全不是从前那个粗俗的酒肉之徒冰郎了。都说，这冰郎难道真是变成了救苦救难的活菩萨了？

村东头有一片野荒地，那里树木茂密，杂草疯长。人们劳作经过，日久天长踏出一条小路，却发生大蟒成精吃人的事端。有几个小孩玩耍中无缘无故地失踪，只遗下手中的玩具。有几个农夫路过也不见了踪影，道边丢下跑脱的鞋子和扔下的农具。有人就眼见过大蟒吃人的场景，只吓得魂飞魄散、跌爬逃走。众人开会商议如何除蟒驱邪，还张家湾一方太平。有个老者提议，冰郎艺高人胆大，应该请求冰郎除蟒。再说，他不是痛改前非当侠客吗？这正是除恶扬善的好时机。人人都怕死，冰郎就不怕死吗？从前的冰郎似这蟒蛇，如今是人蟒大战。大家都心知肚明，若是除蟒不成，必被蟒吞。

除蟒之事，冰郎欣然答应。他先暗自实地窥察了几次，见巨蟒身长五米，头大如斗，嘴大如盆，完全可以将一个成年人吞食精光。冰郎身穿从铁匠那里特别打制的锋刃如镰的铁器和马甲，人似闪光的铁刺猬。身藏火铳雄黄酒，一身精干打扮。在村人的远观下，径直走向那片荒草地。巨蟒因村人提防，长时间腹中空荡，今日见一高大男子前来，心想够它美餐一顿的，便抬首摆尾，迎面而来。巨蟒所经之处，顿时风吹草动，它张开血盆大口，吸引得树叶沙沙飞落。冰郎被那巨力吸得几乎跌倒，蟒口像个吸铁黑洞，冰郎这块硬铁生生被引得贴近。恰巧一只麻雀飞过，竟突停在半空只顾扇翅，持续不到一分钟，气绝坠地。冰郎点燃火铳，口含雄黄酒，一个健步冲向巨蟒，用力向火铳喷吐一大口黄酒，火铳轰隆一声，燃窜出三四米长的火舌，直冲那巨蟒烧去，旁边的蒿草烧焦了一片。巨蟒一惊，赶忙缩头收尾，盘成一堆圆盘，莽头高抬，面目狰狞，原地舞蹈似的转圈。它在暗暗聚力，面对瞬间险情，不敢轻举妄动。枯草败叶即刻腾起一片烟雾，巨蟒怯了三分。不过，它很快又飞箭般滑过草尖，快如闪电将眼前的冰郎一尾扫到，身体似一盘曲形怪状出轨的车轮，缠住了冰郎的双腿，猛一腾身，将冰郎卷入身下。它用力夹裹，拼命缠绕，想将冰郎压碎挤扁，令他窒息而亡。它哪里想到，越是用力，冰郎身上的利刃越割得深切。它那丑陋的花斑皮肉，慢慢流淌出腥红的血水。巨蟒在剧痛中猛烈抬高又卷起头颅，从它的巨口里哗地喷射出腥臭的血水，淹没了前方的一片荒草。持续数时辰的抽搐后，巨蟒终于流干最后一滴血，“咚”地一声跌落了高昂的头颅，瘫软成烂泥一般。冰郎用力起身，将巨蟒斩为数截。冰郎闻见血腥味一阵恶心呕吐，浑身血淋淋的，大步流星地从刚刚立起腰身的众乡亲身边走过去。人们惊魂未定地慢慢靠近那条死蟒，想看个究竟。

冰郎除蟒后，人们今昔对比，对冰郎有了新认识。相传，那个劫富济贫的夜行侠肯定就是冰郎。可见，坏人可变好，好人可变坏，这是冰郎身上善变的人性。

冰郎走到哪儿，娘的雕像就背到哪儿，不离半步。他上山耕种就将雕像放在阴凉处，根据四季冷暖为娘置换不同的衣裳。

人在干，天在看。神人们听说下界有个冰郎雕刻母亲行孝行善的事儿，就想暗中考察一番。

一日，屋顶上晾晒着糜谷，冰郎在院里砍柴。娘的雕像头戴草帽，在房上的艳阳下看护着糜谷。冰郎正准备午饭，突见南山乌云密布，一股疾风过后，顿时暴雨倾泻，瓢泼如注。冰郎赶紧出屋，先背下娘的雕像，放于堂屋中。再拿了米袋去装粮，可哪里还有一粒粮食的踪影，全被雨水浸泡冲走。

雨过天晴，艳阳如初。冰郎再次上房，准备收拾雨布，却见糜谷干净成堆，不但一粒不少，反而增加了好多袋，这让冰郎十分惊讶。冥冥中，他感觉这是上苍在考验他、襄助他。惊愕间，他连忙跪地拜谢上苍。

这些年，冰郎除了侍娘守孝种地、行侠仗义，几乎谢绝了所有外事。先前的那些狐朋狗友他一律不理不睬，先前的那些险恶行径他一律避而远之。丐帮邀请他再次出山平息事端，他摇头不再掺和其中。冰郎如此敬奉雕像的娘不觉已过十年。十年里，他与娘形影不离。每天埋头做事，闲暇休息，将周围发生的事情讲给娘的雕像听。娘在世时，他对待娘横眉冷对，一副冷漠心肠。如今，痛改前非，只求娘能魂归雕像，还他个活生生的母亲，能听见冰郎悔过之言。

一晚，冰郎像往常一样，敬娘吃喝。收拾停当，他拿起一件衣服，穿针引线，在油灯下缝补。只见屋中金光一闪，娘的雕像如金佛放光。冰郎，我儿，娘看见你了！冰郎惊讶地扔了衣服，见那雕像灵活地迈动手脚向他走过来。娘以袖沾泪。他扑通一下跪地说道：冰郎向我娘谢罪！娘连忙将冰郎拉起，母子相抱，悲喜交加，哭作一团。

后人有诗赞道：冰郎孝心感天地，枯木逢春母子情；改过自新成好汉，再造之恩传后人。

（原载《朔方》2011 年第 8 期）

谨以此书献给改革开放40周年，宁夏回族自治区成立60周年，地级吴忠市成立20周年！

编委会

主　编：兰德明

副主编：赵永红　白建国　杨宗麒　张月琴

编　辑：马　悦

吴忠文学精品选

（下）

兰德明 主编

黄河出版传媒集团
宁夏人民出版社

目 录 / CONTENTS

散文

诗 歌

报告文学

散文

母 亲

杨宗麒

洁白的盖头，黑色的衣服，瘦弱的身形，微驼的背影，母亲从 40 多岁起，就给我这个样子的印象，现在 78 岁了，看起来还是那个样子。岁月早早就让母亲变得苍老的身形，在我们儿女的心里至今都无法抹去。现在，母亲的容颜好像再没有变化。每次见到母亲，这个奇怪的念头就会冒出来，很快又被忙碌的现实扰乱了。

母亲常说一句话：想起过去的日子，不知道是怎么熬过来的！

因为家里姊妹多，还不到 12 岁的母亲就被奶奶领进门，服侍婆婆，照顾父亲弟兄四个和一个妹妹。让母亲最难忘的是晚上，一个人搡着石磨，磨出来 200 斤小麦……一个 10 多岁的女孩子，一个人在昏暗的油灯下，推着冰冷的石磨，看着自己孤独的影子，听着石磨轰隆隆的声音，一直熬到天亮，像雪一样白的粉面，够一家人吃一个月。时隔近一个甲子年，现在听来，我们心里还会隐隐地打战。曾有多少个夜晚，母亲在这样的情景中度过？我们不得而知。多少年来，母亲总是会说起这件事，在她平和的叙述中，仿佛在讲述另外一个似曾相识的人和她的故事。

母亲进门 8 个月后，奶奶因病去世。正碰上马鸿逵抓兵，爷爷被抓走了，村子里的男人都逃兵荒去了，找遍全村，才找到一个年老的男人把奶奶抬到坟地。

回民讲究高抬深埋，那时候生活困难，人都没力气，竟找不到一个抬埋体的人，只能草草给奶奶办后事。也没有钱散乜帖，就一家发了一个几毛钱的纸条，后来才慢慢兑回来。那时候母亲刚满 13 岁，现在想来，真是难畅极了。

爷爷是农民，父亲在兄弟四个中排行老二，还有一个最小的妹妹。奶奶去世后，母亲就接替了奶奶，照顾爷爷和这个大家庭的一切。父亲 14 岁被马鸿逵抓去当兵，新中国成立后回到家时，已经 19 岁了，在银川起重机厂当了一名干部，那时家也在银川。1958 年，父亲响应精兵简政号召，到固原县税务所工作，把全家迁回了老家——马高庄乡豪前门村。那时候交通不便，父亲半年才能回一次家。在马高庄乡那个很远的小山村里，母亲带着 8 个子女生活。那个年代，只有母亲参加队上劳动，一个人挣工分。出门劳动，没人照管孩子。母亲就在炕最里面的拐角处，打了一个结实的木桩，再用羊毛和着碎布条搓出结实的毛绳，一头拴在炕脑的木桩上，另一头拴在小孩子的腰上，孩子在炕上来回爬出半圆（四个姐姐和我都是这样拴着的），掉不到地下，母亲才一路小跑着去参加劳动。劳动的地方很远，要翻过几道沟，每天在那些沟里来来回回至少翻四五次，母亲的一双小脚是怎样趟过这些弯弯曲曲的山路的，我们不知道，只有母亲那双磨出老茧的脚感觉得到。母亲一年四季忙个不停。春天，一个人用背斗往田里背粪；夏天，拔麦子割豆子，还要抽空拾麦穗，回来揉出颗粒，再磨碎，给孩子们做拌汤，哄饱孩子们的肚子，日子就这样被母亲一双勤劳的手规划着。一家人吃不饱，日子还能凑合着过。秋天，收糜子的时候，母亲又利用劳动间隙，一刻不停地拾糜穗，勉强维持一家人的生活。更不用说那些秋收后，扶犁耙拾柴火，冬天打场扬场，男人们能干的活儿母亲一样也没拉下。因为家里只有她一个劳动力，还有 70 岁的爷爷和几个未成年的孩子，都等待她挣工分换来的粮食填饱肚子。

母亲曾说我 1 岁多的时候，有一次夜里发高烧，她抱着我一路小跑，跑过七十多里弯弯曲曲的山路。深黑的夜晚，一个女人怀抱着 1 岁多的孩子，黑黝黝的山道里，晃动着一个可怜的身影……那时候山里还有狼和狐狸这些野生动物，平常母亲是个很胆小的人，那一次母亲全然忘记了恐惧，从马高庄的豪前门村跑到乡上卫生院，一路上还不断呼唤着我的名字。母亲还说起姐姐出疹子，发高烧，我们几个小孩子都传染上了，在炕上睡了一排排。母亲心急如焚又束手无策，还不敢待在家里，必须到生产队里去劳动……有多少次，母亲在孤立无援的情景中，独自一个人默默地支撑着。

母亲照顾了爷爷30年。爷爷去世的时候，父亲还在固原，那时交通不便，传个音信很困难，没能及时赶回来，还是母亲一个人承担。姐姐当时已经知道爷爷不行了，还得赶到生产队参加劳动。那时母亲40多岁。这些事第一次听到后，我不得不想，一个瘦弱的女人，独自为两个老人送终，她是怎么挺住的？现在送个亡人，所有听到的人，都会赶来送行，场面宏大，极尽哀荣。真不敢思量，奶奶去世后，竟然找不到一个抬的人，对我们这样生死事大的传统家庭来说，母亲当时的心境该是多么的凄凉！母亲从来没有提起她经历过的痛苦，说起来的却是她对爷爷奶奶未能尽孝的遗憾。同时，她心里只期望儿女们过得更好。她背负的苦和痛，到现在我们仍然不曾分担，只是看到母亲日渐虚弱的身子，我们心里有一种说不出来的隐痛。

20世纪60年代粮库有存粮，人却饿得没饭吃，就在野外挑能吃的野草野菜。家里还喂养着生产队分派的几头大牲口，还有一大堆家务，母亲是如何安排这些活儿的？当母亲讲到这些往事，我的眼前到处是母亲不同的背影：在田野里扶着犁耙的母亲，给牲口添草饮水的母亲，在麦场上扬场的母亲，在黑漆漆的山路上、扛着锄头回家的母亲，给老人洗衣、给孩子喂饭的母亲，在田间小路上挖苦苦菜的母亲……有时候，我竟然相信，母亲一定分身有术，一个白天一个夜晚，一个人能把那么多的活儿干完，她还怎么吃饭和睡觉呢？问起来，母亲总是叹一口气，摇摇头说，现在想起那时候，怎么活过来的都不知道了。

母亲在夜晚忙得更多，为了多记两分工，在昏暗的油灯下，在缝纫机上给别人做衣服，然后再给孩子们纳鞋底，一针一线给孩子们缝补衣服，把一切都收拾妥当，才最后一个熄灯睡觉。早上五点，听到鸡叫声，母亲就又开始忙碌，将家里老老小小的事儿都安排好，灶台上热乎乎的，锅里馍馍熟透的味道已经香飘满院了。天蒙蒙亮的时候，母亲瘦弱的身影已经在生产队集体劳动的人群里了。我们清早起来，从来见不到母亲，饿了就到锅里找吃的。几十年里，这个大家庭都是靠母亲的忍辱负重支撑过来的，队上分东西，劳动力多的分得多，母亲一个人劳动就分得很少。大姐 14 岁的时候就出嫁了，二姐 12 岁的时候就已经扶着犁在田里犁地了，从天蒙蒙亮犁到中午才回家，不犁队上就不给分粮和记工分。母亲述说这些往事时，眼睛湿润了，她是为孩子们太小就承担生活的苦难而感到辛酸。

几个姐姐都没能上学。1974 年，父亲从固原县调回预旺公社，全家也搬到了预旺街上。母亲还得到生产队劳动，三个姐姐也开始挣工分了，替母亲分担了一些生活负担。三个姐姐都没进过校门，母亲自己更没有认过一个字，念过一天书，但对孩子们的教育抓得很紧，尤其对我的学习从未放松过。我在预旺完小上小学三年级直到高中毕业，假期还参加生产队劳动。上高中了，没有床，搭个木板，吃的是红薯面、玉米面，点的是煤油灯。放学回到家，总能吃上母亲做好的洋芋面。那时家里缺油，有一次吃饭，我觉得洋芋面清汤寡水没味道，看到一个小瓶里还有油，往碗里倒了点，吃着麻麻的，就告诉了母亲，母亲惊得大喊，那不能吃！后来，说起这件事，母亲记得是院子里停着一辆手扶拖拉机，给她倒了一点儿机油，润缝纫机用的。以后，从外面回来，灶台上总有母亲调好的洋芋面，散发着香味儿。那时候，我们这一代人都在同样的环境和条件下成长，无论多么艰苦，母亲悉心地关爱，和老家那些巍峨的大山一样宽厚、坚韧。

多少年来，母亲总是把好吃的留给子女，自己舍不得吃。现在条件好了，她还保留着这个习惯，却让我们特别不习惯。几十年来，母亲对每一个子女的家庭都无微不至地关心。对我们这些儿女来说，母亲就是家，每逢回到家，母亲总是嘘寒问暖，端一杯热茶，然后亲手做一顿饭，这已经是母亲几十年的习惯了。母亲烙的火烧子，是最有味道的，母亲把肉切成很细的丝，再剁碎，混上菜，用烫面包好压扁煎出来，又酥又软。还有母亲的辣椒丝拌萝卜丝，也是这些年我吃过的最好的美食之一。吃的时候，感觉母亲性格里的温和、宽厚都体现在她亲手做的一菜一汤里，影响我们一生的品行。所以，我们经常回家看母亲，吃母亲做的饭，像还生活在这个其乐融融的大家庭里。这一切都是因为母亲，母亲温暖着我们的心，也让我们想起母亲吃过的那些苦，受过的那些罪，提醒我们让母亲健康快乐地安度晚年。

我高中毕业，参加民族干部考试工作时，母亲才到中年，却已经很苍老了，直到现在，似乎都没有大的改变。随着我们长大成人，家庭生活也在逐渐改善，母亲又把重心转移到孙子辈上。替儿女们照顾儿女，又成了她生活中的大事，她像疼爱自己的儿女一样疼爱着她的孙子们。我们兄弟姊妹八个，现在加上小字辈，四代人组成了四十多口的大家庭，母亲就是圆心。无论是庆祝传统节日，还是儿孙辈结婚，都会自动汇聚到母亲那里。母亲里里外外地忙着准备饮食，无论炖只鸡或者煎了油香，还是买了水果，母亲都公平地分配给每一个儿孙，没来的都要留着，人人都心安理得地享受着母亲的这一份爱。这时候的母亲像一棵经年累月长成的大树，将晚辈都罩在阴凉里，无形地散发着传统美德的魅力：勤劳、善良、宽厚、隐忍、任劳任怨……四十多口人的大家庭，融洽相处，是因为母爱在那里。

母亲竭尽全力为子女们撑起一片温暖的天地，无论在几尺见方的灶台，还是劳动的土地上。她的背影印在身后的山梁上，那座我从小熟悉多次仰望的山塬，印在她一双脚丈量过的山间小路。现在条件好了，我让母亲搬到县城里住上了楼房，她对生活了几十年的老家还是心有不舍，说，上了年龄，老家就是根，没有老家就没有根了。母亲也曾说，有时候想起来吃过的那些苦，夜里就会流泪。其实在那些艰苦的日子里，我们从没有见过母亲流泪。

母亲用无法形容的耐性来守家，来应对生活。她得到的报酬是什么呢？那就是获得了丰富的人生智慧，而且保持了自己的纯真和善良。穷没有使母亲难过，累也没有使母亲跌倒，母亲的言行里总是体现着最朴素的思想，普通而又平实。至今，母亲眼不花耳不聋，还给儿女的家庭操心帮忙，总是以她的宽厚善良影响和教育孩子。我们兄弟姊妹多，大家对母亲的关心都有同感。现在但凡母亲有病，小病就扛过去，从不拖累儿女。有一次母亲生病住院，我因为工作忙，去医院看看就走了，没能多陪陪母亲，母亲却体谅地说，你工作忙，看看就行了。现在想起来，心中仍难以安宁。

母亲让我们懂得，照顾老人，孝敬老人是我们的传家宝，她已经用几十年的言行告诉了我们。想起来曾经住过的老家的窑洞、走过的山路以及家乡的清水河，是那么原汁原味地展现着母亲的苦和乐。

（原载《朔方》2014 年第 3 期）

【作者简介】

杨宗麒，回族，在职研究生，高级政工师。先后担任同心县田老庄乡政府副乡长，同心县预旺镇镇长，镇党委书记，同心县人口与计划生育局局长，同心县人民政府办公室主任，同心县委办公室主任，同心县委常委、宣传部部长。主编《只为你过得更好》一书。现供职于吴忠市委宣传部。

雨在天堂

马慧娟

老沙又一次抬头看着太阳

老沙蹲在田埂上不肯回家。中午的太阳在天空像个大火球，烤着他，也烤着他的玉米。他的脑门上全是细密的汗珠，多了就汇成一滴顺着鼻尖、下巴滴到脚下的土地里。老沙脸上被汗拉出一道道印记，像一条条弯曲的小河。

玉米底部的几片叶子已经枯黄，顶部的叶子不由自主地拧了起来。干旱让它们拼尽最后一丝力气仍然不能避免枯萎。灌溉的水遥遥无期，这个地方一个多月没有下雨。

老沙脚下被汗滴湿了小小的一片，看着玉米又一次无精打采，老沙的眼睛湿了。他是个勤快的农民，他一直相信只要勤快，土地就不会亏待人。

自从搬迁到这个地方，他在这片土地上付出的劳动是别人的两倍。第一年地不平整，别人都凑合着种，老沙不，他叫了辆铲车把地整了一遍，平铲车铲出的壕沟忙了半个月，结果种出的玉米还不如别人家的。

第二年，别人还是按原来的方式种玉米，老沙却种起了覆膜玉米。七月高温，覆膜的地非但没保墒，地表温度还比没覆膜的地温度高，把玉米差点烧死。老沙急了，不眠不休在地里撕薄膜，一时成了别人的笑话。等秋收，玉米又一次不如别人家的好。

近两年流行拿平地仪平地，老沙又平了一遍地，把所有的农家肥集中到地里，又换着花样地给地里上化肥。别人的地锄一遍，他骂着让家里的老婆儿子锄两遍；别人都用化肥车推化肥，他把化肥一把一把丢在玉米跟前，再拿铁锨铲土埋掉。他就不相信，他如此实诚地对待土地，土地还能亏了他？

但是现在呢，脚下的土地干得快裂开口子了，急得他想用流出的汗、滴下的眼泪拯救一颗玉米。抬头看着天空，太阳面无表情，云彩也躲得没有一片。

儿子出门打工去了，是和他吵了一架走的。儿子说他再这样种地，迟早就饿死在这片土地上了。他暴怒，不种地你吃屎啊？儿子说，人家好多人不种地照样吃香的喝辣的，没见饿死一个，你就知道守着你的地，你守着，反正我不管了。老沙一巴掌扇在儿子脸上，说你给我滚，不要再回来。

老婆早晨和一帮女人去温棚里摘辣椒去了，一个小时六块钱。天没亮就走了，棚里温度那么高，一早晨挣个二三十块钱有什么意思。可没这二三十也不行啊?老婆子十天半个月也能给他几百块，要买水票，要买化肥。老婆今年都没有给她买一件衬衫，想到这，老沙有点怨恨脚下这片土地了，它怎么就像喂不熟的白眼狼呢?

老沙被太阳晒得头晕，看着远处，大地似乎要着火了一样，翻腾着阵阵热浪，身边的水杯已经没水了。他听见有人喊他，一回头，老婆找来了。老婆头巾上还残留着几片辣椒叶子，衣服后背一片汗渍，眼睛有些失神。

老婆抱怨他，这么热的天气不在家待着跑出来干吗？老沙哼了一声不愿意回答。老婆看着低头耷脑的玉米，重重地叹口气，也不知道说什么好了。两个人就这样站在田埂上，陪着玉米一起晒着。

老沙的电话响了起来，掏出来一看，是儿子打来的。老沙把电话递给老婆，老婆白了他一眼接通了，儿子问了一圈家里的事情，然后又问玉米咋样？电话在免提上，老沙是能听到儿子的询问的，他一下子觉得委屈，好像受人欺负的小孩看见大人了。

儿子继续安顿，玉米已经那样了，让他们不要再难过了，老话说，犁得细，磨得光，造物主不慈悯没指望。他在外边已经找到活了，让老沙不要担心，干到年底，一定比玉米的收成好。

老沙又一次抬头看着太阳，太阳仍旧面无表情继续发热，想着儿子在外面每天顶着太阳要干十个小时的活，老沙开始后悔打了儿子一巴掌。

一个女人的男人打来电话

村道的树荫下，围坐着几个女人。旁边几个孩子跑着玩闹、嬉戏。说是树荫，其实也没多少阴凉。柳树上的叶子正一片片往下掉，在地上稀疏地落了一层。兰嫂子抓起一把，细长的柳叶一片金黄。才七月初，再这样下去，连个乘凉的地方都没了。

几个女人开始议论，说今年怎么就这样旱呢？她们已经两个月没有活干。钱越来越难挣，可日子还得继续，柴米油盐酱醋茶少一样都不行，人情世故缺一点都被人笑话。孩子要上学，老人要吃药，地里要灌溉、要种子化肥，牛羊要吃饲料，这些哪一样都少不了钱。

前几年还好一点，苗木基地、蔬菜大棚、葡萄园，多多少少都在雇人。只要勤快，哪个女人一年不挣个几千块钱，虽然不能发家致富，可维持这些基本的开销还是可以的。可这两年，市场上葡萄饱和，苗木降价，蔬菜大棚一改再改。能用机器的尽量不用人，能雇人的尽量少雇人。她们就这样被市场和机器替换淘汰了下来。

自来水也停了一个月，家家的水窖存水都不多。她们都有点焦虑，这样下去，日子怎么过？乡村自给自足的模式已经不复存在，曾经她们吃的面、油、蔬菜都是自己家地里产的，但是现在这些东西都要拿钱买。她们现在和城里人的消费水平差不多，却没有他们那么便利的就业条件。

村道上的蜀葵没心没肺地开着艳丽的花朵，它们没有被干旱影响。舍儿奶奶把洗脸刷牙的水、洗锅的水都积攒下来浇了这些花。让它们给这炙热的村庄增添一点靓丽。

什么似乎都萧条了，前几年随便养几只母羊，一年生两茬羊羔都够生活了，村道上天天是收羊的贩子。现在一只大羊也不过几百块钱，反倒没人要了，越来越多的人不愿意再饲养，草料那么贵，不赚钱，养它干吗?

女人在闲聊中说着各种忧虑，其中一个女人的手机响了。她男人打来电话，说天气太热，钢筋把他手上的皮都烫掉了几层，他想回家。女人的声音一下子高了起来，地里的活我都干完了，你回来干吗？别人都能干，你为什么不行？你不干活欠那么多账拿什么还？电话那边长长地沉默了一会儿，男人挂掉了电话。女人哭了起来，边哭边说自己命苦，不是她狠心不让男人回来，而是家里实在不得已。

他们春天贷了两万块钱贷款，卖了两头牛，准备在院子里盖一座新房子。本来这些钱单纯搞个主体也就够了，可在上房梁那天出事了。一个帮忙的邻居一脚踩空，从五米多高的房顶摔了下来，身体多处骨折。邻居这一摔，她家额外花了一万多给邻居看病。本来预算好的钱有了空缺，就又和亲戚借钱才把房子盖起来，门窗到现在都没安上。

这样一下子就欠了将近四万块的债务。前几天一个亲戚要账要得急，他们把一头大肚子母牛卖了，给人家还了，女人说起来心疼得不行，养了好几年的牛，眼看着一头变两头呢，就那么贱卖了。现在就指望男人在外边打工挣钱过日子，他再回来，这日子咋过?

女人的哭诉让大家都觉得心情沉重却又无能为力，每一家都有这样那样的不得已，幸福安康对她们一直是个遥远的概念。

柳树叶子还在往下掉，一片一片，起风了，天上没有云彩。

摘枸杞的人少去了一半

凌晨四点，村道上开始喧闹起来，这是属于这个季节特有的繁华。

枸杞熟了，孩子放假了，于是女人们开始拖家带口领着孩子摘枸杞，虽然一天挣个几十块钱，可总比一天花几十块钱强。太早了，孩子不愿意起来，当娘的施展各种方法。脾气好的，拿钱诱惑；脾气不好的直接拿鞋底子招呼。枸杞地不在本村，骑车要四十分钟，有三轮电动车的自己早早就走了，没车的集中在一起等着车来拉走。

大人、小孩让村道在黎明时分喧闹起来，一会儿又归于平静，走了的已经开始一天的劳作，没走的还沉睡在梦乡。

和劳作沾上关系的活没一样是轻松的，摘枸杞也一样，蹲着不行，站着也不行，一会儿腰就受不了。就那么大点颗粒，要一粒粒地摘下来，久了谁都心疯。

这两天早晨村道上突然安静下来。摘枸杞的人少去了一半。一问，原来前天路上出车祸了，一个女人半夜三更慌慌张张骑车去摘枸杞，被一辆大车追尾，车子被掀翻在路边，人跌落在路上。大车逃逸，等人发现，女人已经没了气。路过的人都见了事故现场，一时间都不想再去摘枸杞。

紧接着又有消息传来，另一个女人拉着三个孩子去摘枸杞，天黑没看清楚路，居然把车骑进了大渠，车子摔得变了形，娘仨都受伤了，好在渠里没有水。还说一个女人带着孩子摘枸杞，天气太热，孩子中暑，医院里住了一周才回来。大家心里开始胆怯，生怕自己成为下一个出事故的人。

这样的事情每年都在发生，听到的不过是少部分。外面打工的男人们，打电话安顿的第一件事情就是不要让老婆孩子摘枸杞去，挣钱事小，安全事大。

可他们的女人才没那么听话，家里那么大的开销，靠男人一个人挣钱不把男人累死才怪，摘枸杞虽然挣得少，可买菜买西瓜总够了吧。

消停了两天，恐惧的心理没那么严重了，女人们又开始跃跃欲试，三五成群结伴去摘枸杞。

前天有人给我讲了个笑话，她们早晨去的时候，路边一个女人把电动车骑进了林带，电动车挂在树上，女人长躺在草堆里，不知道什么情况。他们让司机停车下去看看，被司机一顿骂，说看什么看？现在的人你敢看吗？不说她自己骑下去了，我们去一看，还说我们把她碰下去了，赶紧走，该干嘛干嘛。等他们下午回来时，电动车不见了，女人也不见了。

她是当笑话说的，我惊愕了半天没缓过神。如果有一天我们也不知死活地躺在路边没人管，那是不是我们冷漠别人生死的报应？

高老汉梦见自己终于买到电动车了

高老汉始终没想明白，大路上七八岁的娃娃，年轻年老的女人都能骑着电动车跑，为什么家人、邻居都不让他买电动车。

他两只手抱着膝盖坐在村道的树荫里，把头枕在膝盖上，歪着脑袋看着面前来了去了的电动车，心想着自己哪天也能骑着电动车在村道上奔跑。去邻村的市场买东西，去地里割草，去镇上领低保和残疾补助。可这一切的前提都必须是他得有辆电动车。

四年了，看着别人每家都买了电动车，唯独他家没有，高老汉就气得骂老婆儿子。十亩地一年大部分是他在种，一群羊是他一个人喂，牛的草一直是他在铡。想想夏天，割那么多草，都得他一个人拿人力车拉回来，上坡时脖子都快扯断了也没人帮他一把。凭什么玉米卖了钱给儿子拿着，凭什么儿子骑着三轮摩托车而不给他买三轮电动车？老婆子太偏心了，心里只有儿子，从来不替男人考虑。

孙子站在大门口叫他回去吃饭，叫了好半天他都不回头，孙子跑到跟前趴耳朵上喊，高老汉才明白过来，站起来跟孙子一起回家。孙子十岁了，站在爷爷跟前和爷爷身高差不多。被人叫了一辈子高老汉，个子却没长高。

回到饭桌上，高老汉还是不高兴。嘴里扒拉着一口饭，脑子里始终盘算着怎么样才能给自己买辆电动车。脑子转了几圈之后，他把饭碗一扔，和老婆儿子说，我明天办贷款，贷两万。我给我买个电动车，剩下的买头牛养着。

儿子一听，抠着自己的头，咂吧着嘴，不知道说什么好，端着饭碗出去坐台阶上吃。老婆子一下子发火了，贷什么款？银行是你家开的啊。天天嚷着买电动车，你也不在镜子跟前照照你自己，一麻袋高，两麻袋粗，耳朵又背，六十几的人了，你以为你十八？去年非要骑人家车子，刚骑上没一会儿你就把人家小汽车给碰了，给人一下子赔了一千五。这钱到现在都没还给人家。你贷款，你买个电动车，你能得很？你买回来骑着把你摔死了也就算了，摔不死谁伺候你，再说，贷款谁还？啊，你看这日子还能过不？……

老婆子一通话骂得高老汉哑口无言，想起去年的那次骑车事件，确实是自己的错。可谁第一次骑车还没个磕磕碰碰，你骂吧，反正电动车我一定要买，下个月开始，我的低保钱我一分都不花，攒个几年我不信买不来一辆电动车。

可没几天，高老汉就坚持不住了，他胃有毛病，隔三差五地吃药，孙子趴在肩头一撒娇，不给一块两块不行。时间久了，他还想吃个烧鸡。这样那样的不得已，高老汉又开始取低保钱。一季度二百块的低保怎么也攒不下来。

电动车是高老汉心里挥之不去的梦想，高老汉有一次梦里笑醒了，他梦见自己终于买到电动车了，终于在老婆儿子跟前扬眉吐气了，终于可以骑着电动车奔跑了。一激动，梦醒了，脸上全是汗，一个多月没下雨，这天太热了。

他不能说自己不想当老师

五嫂子说，等高考成绩出来的那天晚上，儿子强一夜没睡。

半夜两点，强的同学发来了成绩，597 分。高出一本分数线，强松了一口气。接着面临填志愿，有人给他建议北京师范大学和陕西师范大学。这两个大学招免费师范生，上出来工作有保障。

强心里是不怎么想当老师的，可是看着自己家没有盖起来的房子、破败的院子，强沉默了。

父亲去了内蒙古打工，听说坐了十几个小时的火车才到，不知道在火车上坐着还是站着。这么热的天气，人完全裸露在野外晒着，一天要十个小时的工作时间。他的母亲，凌晨四点起来去远处的村子摘枸杞，劳苦已经把她累得干瘪瘦弱。而他的两个弟弟，一个明年要参加高考，一个初中，哪样都要花钱，这个家已经内忧外患，所以，他不能说自己不想当老师。

想起远方的父亲，他的心里满是难过，父亲大字不识一个，不善言辞，常年在外打工，自己舍不得吃、舍不得穿，却时常打电话安顿让他吃好点。父亲一回家，就让母亲变着花样地做饭给他们吃。他的大学怎么都要上四年，还有两个弟弟呢，父亲的累没完没了。他上高中时就连续两个假期跟着叔叔在工地上打小工，他干活不惜力气，不偷懒，走到哪儿都让人喜欢。只有他自己知道，他不能偷懒，他不想让父亲太累。

同学说有助学贷款，他上了大学还可以勤工俭学。可贷款迟早是要还的，勤工俭学如果能挣够自己的生活费更好。他不想再把这些负担增加给父母。他还要努力，早点工作，替父母分担两个弟弟的学费。

大门外有人在议论，说找几个人去老家工地上干活。强听见了，出去搭声，说算他一个。一个邻居说，哟，都考上大学了还去干活啊！强笑笑，肯定得去啊，不然没路费。

五嫂子连夜为强整理着铺盖，唯恐落下什么，她很心疼这个儿子，勤快、懂事。可自己不是什么富贵人家，她的儿子，必须得自食其力。

早上强一个人背着铺盖走了，没有人送他，五嫂子早就到枸杞地里挣钱去了。

（原载《民族文学》2017 年第 1 期，《小小说选刊》2017 年第 7 期选载）

【作者简介】

马慧娟，80 后，笔名溪风，宁夏作家协会会员，吴忠市作家协会理事。2014 年开始文学创作，以书写乡土散文、西海固移民风貌见长，已陆续在《民族文学》《朔方》《黄河文学》《天津文学》《回族文学》《散文选刊》《山东文学》《当代人》等报刊发表散文多篇。出版散文集《溪风絮语》《希望长在泥土里》。鲁迅文学院少数民族班第二十七期学员。现居宁夏吴忠红寺堡。

竹林意象

柳向荣

打 铁

一片竹林就是一首诗，七个名士就是七个意象。

这是一首个性张扬的诗，在这首诗里有一个文坛江湖。他们定下了一条铁的规定：没有个性莫进来。竹林只认个性不认人。

于是，嵇康决定打铁，用铁锤锻炼出来的诗句，不信就听不出响来。他是竹林的脊梁，铿锵铁骨需要亲手锻造。

阮籍选择长啸，选择六十天醉酒不醒，换来《咏怀》82首，每一首诗里都散发着浓浓的酒香，谁读了谁醉。阮籍是竹林的灵魂，没有他，竹林的寂寞就会发霉。

刘伶身子骨单薄，写诗写不过阮籍，打铁打不过嵇康，他先搞裸体艺术，亮相于江湖，然后就把自己淹在酒缸里，攥一把锄头来了。他不是来刨竹林的，是要用一把醉骨来浇灌竹林的。

阮咸知道叔叔阮籍已经走进了竹林，拼酒已经没有特别之处，他抱着琵琶来了，一曲《三峡流泉》让一片竹林如沐一场春雨，片片竹叶都晕染上酒香。

向秀像个大学生，他选择到竹林来完成毕业论文，他的选题是写《庄子》。这是个至今也没人敢动的学术难关，不注《庄子》还在，一注《庄子》就死。谁敢？

向秀敢，他知难而上，拿着自己的《庄子注》请教竹林里的嵇康，还有一个竹林外的吕安。嵇康、吕安是朋友，俩人一看乐了。嵇康说，跟我学打铁；吕安说，跟我学种菜。向秀就先进竹林学打铁，偷空到竹林外学种菜。

王戎是竹林里的小弟弟。他比阮籍小二十四岁，阮籍先是他老爸的朋友，再是他的朋友。但是，进竹林不能走后门，后门只在官场，不在竹林。他有特异功能，能直视太阳而不眨眼。他有一双贼亮贼亮的眼睛，如同雷电一般的眼力，谁也比不过的。

山涛年龄最大，是竹林里的大哥哥，要论资历算老三。他身在竹林，眼睛就会盯住官场；他身在官场，眼睛就会盯在竹林。竹林与朝堂，山涛都可以自由进出。因为他很懂“左右手理论”。但他不是纯粹的政客，他淡泊名利，却能名利双收。他做客竹林，并不想做主竹林。无论他走进竹林，还是走出竹林，他都是一个称职的大哥哥。

竹林的主人是嵇康。清幽的竹林真是一个天然的意象，千百年来仿佛就等着嵇康的到来，就等着他打铁的锤子敲打出别致的诗句，谱写出奇彩的乐章来。竹林也是嵇康的宿命，走进来就是一道奇异的人文风景，走出去就会被世俗的恶魔吃掉。

嵇康大概出生于224年，他自小丧父，是母亲和兄长把他抚养长大。他不仅仪表出众，个头高、气宇轩昂，还特别聪明，能无师自通，出口成章，妙笔生花。他好老庄，喜欢弹琴喝酒，待人宽宏又大量。他媳妇是曹操的曾孙女，辈分小，爵位也低，是长乐亭主，不是公主。跟曹氏皇族有亲，嵇康也就官至郎中，中散大夫。但是，他无心做官，立志养生，想活个几百岁是他最大的追求。他几乎毕生都在为长寿而努力，他为自己写下一句座右铭：“非汤武而薄周礼，越名教而任自然。”他决意不要到官场上折腾，不要被世俗礼教绊住，他要的是活得自然、自我。当然，他也会跑到山上采石药、吃石药，他太注重养生了，根本就不在乎治世；他只想活得快乐一些，不愿意活得憋屈郁闷。所以，他有身边的竹林、眼前的垂柳，还有手中的铁锤。刚柔相济，嵇康想，活他个九百九十九。

快乐地活着才能长寿，嵇康志在竹林，不慕朝堂。可是，问题的关键是他那卓尔不群的见识和桀骜不驯的性格，把他变成一座火山，要么长久的沉默，要么瞬间的喷发，每有议论都会引发舆论的轰动。他能从尧舜禹一直数落到诸葛亮，一针见血地臧否人物，议论时事。在他的嘴上有一个朝堂。他也总结为官之道，治世之道。他谈玄谈得竹林一片苍翠、妖冶。阮籍、山涛被他吸引到了竹林，数百的士大夫们、上千的太学生们也被他吸引着翘首竹林、仰慕竹林。

竹林的风向引领着时代的风尚，成为那个时代的心脏。嵇康就在这个心脏里，他离不开竹林。

司马昭是一个自我感觉特别良好的人，他觉得世间万物可以用两样东西摆平：一是发官帽，二是摘脑袋。他主宰着魏帝国，他是这个帝国的政治首脑，却不能成为这个时代的思想领袖。嵇康的名气太大，让他感觉很不舒服。他在这架破牛车上赚不来吆喝，就疯狂地舞剑。两个男人，一个打铁，一个舞剑。他们各自朝着不同的方向奔跑，但是竹林内外，朝堂上下，潜伏着一条轨道，彼此都无法回避地跑在同一条轨道上，拔剑相向是迟早的事。

司马昭不甘心当一个抓不住时代灵魂的车夫，嵇康不甘心做一头失去个人自由的病牛。

嵇康走出竹林，就不再是嵇康。但是眼前的竹林太小，容不下他心中的那片山林。他心中有一片比竹林更大的山林。他跟山涛说人各有志，不要勉强。你“达能兼善而不渝”，就让我“穷则自得而无闷。”你“处朝廷而不出”，就不要管我“入山林而不反”了。话是说明白了，你的幸福不是我的自由。但是，山涛还是固执地几次推荐他，让他离开竹林。因为山涛也知道，嵇康的自由太过张扬，已经遮住了别人释放出的光辉。他的自由已经陷入到别人的算计之中。可是，嵇康很是光火，他跟山涛绝交，志在死守竹林。他把打铁的锤子举得更高，他让落锤的声音砸得火星飞溅。他知道山涛的担心，但他只需要山涛的谅解。因为见证结局的时刻必将到来——

嵇康越是极端，司马昭就越是疯狂。他们俩相互逼视的目光已经可以撞击出火花了。

广陵散

嵇康心中的那片山林，蕴含在一首叫作《广林散》的名曲里。《广林散》是十大古典名曲之一，因为有聂政刺韩王的传说，此曲便藏着一个更大的江湖。在这片江湖里，有嵇康时时长啸的心声。嵇康是一个音乐人，他创作了《长清》《短清》《长侧》《短侧》等“嵇氏四弄”，与蔡邕的“蔡氏五弄”被当时推崇为乐坛“九弄”，可谓影响深远。更值得一提的是，后来隋炀帝首倡科举取士，竟然把这“九弄”选定为考试科目。但是，嵇康一生尤好《广林散》，那是他生命的底色。嵇康说：“声无哀乐，”有人说治世之音多安乐，亡国之音有哀思。嵇康说那只是音乐的表象，音乐的根本在于“和”。嵇康由此说“和心足于内，和气见于外，故歌以叙志，舞以宣情。然后文之以采章，照之以风雅，播之以八音，感之以太和，导其神气，养而就之。迎其情性，致而明之，使心与理相顺，气与声相应，合乎会通，以济其美。”

对于这段话该怎么理解？我们不妨往简单里说，核心就是一个“和”字，一个人只要内心充满平和，外表就会洋溢着祥和的气象。那么他再做任何事情，都会通情达理、趋于完美。这里有一个关键词需要注意，就是“会通”。我们可以把它解释为“融会贯通”的合成词。也就是说，“和”要通过“合”来完胜。这个“合”的过程就是融会贯通的过程，就是求“和”的过程，最终达到“和”，实现“和”，完美“和”。

魏晋玄学是王弼用老庄释经开辟的一条新径。而嵇康借助音乐这个载体，把玄学研究拓展到美学领域，提出了“和心”、“和气”、“相顺”、“相应”、“会通”、“济美”等一系列文艺美学概念，核心在于“和”，关键在于“合”。从目标到路径，嵇康的思考是清晰的。他要回答情与理的哲学思考，他要解决个人性情与社会伦理的矛盾。他选择的路径是“托于和声，配而长之，诚动于言，心感于和，风俗一成，因而名之。”用优美的“和声”来证明一个真理：美好的音乐好就好在有真性情，而真性情就是顺应自然的结果。故而，任自然才是大伦理。那些名不副实的礼教，不仅束缚了人的自然本心，也伤害了人的性情真实。所以，嵇康再一次申明：“然所名之声，无中于淫邪也。淫之与正同乎心，雅、郑之体，亦足以观矣。”也就是说，雅乐还是淫声，只是人心中的一念之差而已。心中有“和声”，岂能有“邪音”？在嵇康的心目中，有一个和谐的世界。这个世界就是一曲绝妙的音乐，它叫《广陵散》。

提到雅乐与淫声，其实就是在回答孔子关于“放郑声”的经学命题。从礼教的角度出发，《诗经》中郑国的民歌多为火辣劲爆的情歌，似乎有些放浪了，不适合承担“诗教”的使命。这是传统礼教所谓的“正”视角。而嵇康要做的是“和”文章，他极力反对的就是这种正邪之分、雅郑之辨。他认为只要顺应了人的自然本性，抒发了人的真实性情，那就是好音乐，就应该算是好名声。相反，用儒家礼教来衡量一切、区分好坏，就会丧失本真、丧失诚实，最终导致这个世界无法和谐共处，每个个体生命也无法幸福长寿。

于是，那个“雅正”的社会因为太过虚伪，对这个追求“太和”的嵇康只需要本真而言，就是一个极大的伤害。他与“它”已是水火不容和势不两立。但是嵇康心里很明白，他要追求他的长寿，但是他也要激怒那个社会。他要“越名教而任自然”，他执意要“越”得夸张，“任”得率真。

“它”固然庞大，但也具体。“它”有自己的经理人，这个人就是大将军司马昭。命中注定他是嵇康生命中最不和谐的一个音符。他先给嵇康发官帽，要嵇康到大将军府做秘书。嵇康不去，使出浑身力气在竹林里打铁。清幽的竹林都被他鼓噪得荡起风浪，犹如涛声滚滚。竹林风浪吹到司马昭的厅堂前，丝丝凉意穿心。司马昭咬咬牙，转身进屋。他隔着窗户听竹林涛声，剑在鞘中嗡嗡。

这时候，山涛走出竹林。竹林不是他的唯一，他素有济世之志，他想当官，但更会择时。他跟司马昭是表亲，他要出来做官。司马昭很高兴地说：“姜子牙想做官了吗?”山涛的官运特顺，几年工夫，官至尚书吏部郎，专门为国家选拔人才。这是山涛的长项，他会识人，更会识时务。早在他四十岁那年，还做着郡府的主簿、功曹、上计掾一类的属官的时候，他就觉察到司马懿卧病暗藏的杀机，于是辞职不干，跑进了竹林。更早的时候，他还很贫困潦倒，就预言自己将来要发达。他对妻子韩氏说："现在要忍着饥寒，我以后当作三公，但不知你能不能做公夫人耶!"果如其言，山涛后来官至司徒，三公之一。

走出竹林的山涛，耳边一直回响着嵇康恨恨打铁的声音。

第二个不和谐的音符就是公子哥钟会。他是灭蜀的英雄，蜀国大将军姜维就败在他的手下。但是，少年钟会很强势，他出身豪门，父亲是著名的书法家钟繇，官运亨通，功绩卓著，官做到太傅。钟会也是文武全才，他也好老庄。老庄自正始玄风起，是很流行的一种时尚哲学。很多人都喜欢老庄，都喜欢谈论玄学。钟会也是。嵇康是一代玄学才俊，钟会自然是羡慕身在竹林打铁的嵇康，很想跟他交友，甚至拜师。只是公子哥习气太重，他带着一个世子小分队组成的豪华车队来到竹林，喧闹声打破竹林的幽静，惹恼了嵇康。竹林的幽静只适应嵇康打铁的声音，因为嵇康挥动的铁锤中有《广林散》的韵味。

嵇康就让向秀鼓风，自己打铁。竹林幽静，铁锤铿锵。钟会被嵇康晾在一边，心高气傲的钟会恨恨地藐视嵇康，嵇康挥汗如雨如故。钟会听不出铁锤声里的玄音，自然就看不懂竹林里幽静的风景。但是，他看懂了那个挥舞铁锤的人，在拒他于千里之外。竹林崇尚简朴，讨厌奢华。钟会不懂，但是钟会会恨。

钟会转身要走，嵇康才问："何所闻而来，何所见而去?"钟会答："闻所闻而来，见所见而去。"嵇康给自己的长寿计划埋下了祸根，钟会给自己的前途也挖了个坑。

第三个不和谐音符竟然来自山涛。山涛其实很理解嵇康，他跟嵇康有很多相同的遭遇，他也是一个孤儿，家境贫困，自幼喜好老庄，跟嵇康和吕安很能谈得来。后来也跟阮籍以酒会友，惺惺相惜。他们三人可以说是竹林最早的三结义。但是，山涛的性格与嵇康完全不同，他千杯不倒，但也千杯不醉。他的酒量是八斗，八斗之间，人大多都醉了，他还能自斟自饮喝好方休。他平易、节俭、中和、谨慎、潇洒而不狂傲，放达但不放纵。他官做得大了，收入也多了，但他的生活依旧简朴，他把余财都用来接济穷亲戚、穷朋友。他也不纳妾，守着结发妻子相濡以沫。他位至三公，却能廉洁自守，不图私利，不结朋党，他每推荐一个人，都署名“山公启事”以示负责。他推荐司马炎当太子，后来司马炎称帝。他曾经几次辞官，但越辞官越大，他成了晋帝国官场的道德楷模。

而另一个竹林贤人王戎，他也官至司徒，位列三公，却是一个守财奴。他不再跟人比着盯太阳赛眼力了，而是比着看谁更有钱、更吝啬。他以攒钱为乐，以吝啬为趣。竹林七贤各具特色，他们之间没有可比性。王戎做官，跟山涛一样，一靠与权贵的姻亲关系，二靠自己识人识时务的本事。他们俩的个人生活情趣大不相同，一个散财，一个聚财，各得其所。

绝交书

还是说山涛，一个如此了解自己的人，他怎么能不了解朋友呢？他一而再、再而三地推荐嵇康出来做官，就做他的继任，为国家选拔人才。但是嵇康很不情愿，甚至有些恼火。最后，嵇康写下了著名的《与山巨源绝交书》。嵇康说他只想守在陋巷寒舍，教养子孙，跟亲戚朋友聊聊天、叙叙旧，陈说平生。浊酒一杯，弹琴一曲，才是他平生志愿。嵇康还列举了自己的性格不适合官场的九种俗套，弄不好会反受其害。这都是真心话，一个主张“和”理念的玄学大师，自然也深谙“不和”的规则。这些话其实已经透露出嵇康的担心，也暴露出司马昭的用心。但凡奇人，不为所用，既为所杀。司马昭认为嵇康就是一个奇人，竹林就是一幅奇景。

绝交书必然引起社会巨大的舆论，嵇康再一次一锤定音，重申了竹林精神：“弃经典而尚老庄，蔑礼法而崇放达。”这是一种完全不同于世俗，也有别于时局的精神。一句话，竹林跟朝堂是两码事，水火不容。嵇康要死守竹林，继续打铁。看上去绝交书是嵇康与山涛两个朋友之间的绝交，但也是嵇康与那个“雅正”的社会的绝交。嵇康的声明，让绝交书演变成一纸绝命书。山涛没办法了，他知道嵇康是死定了，没有任何挽回的余地了。他试图弥合嵇康与这个社会即将撕开的裂痕，但他欲盖弥彰的努力，功亏一篑。他从此对竹林局势保持沉默和期待。

但是，竹林内外，敢言“绝交”二字者，唯有嵇康。他执意打铁，执意轮铁锤，就是要用打铁的意志，锤炼竹林精神。他要给其他几个兄弟做出榜样，他要给那个时代走出榜样。但是，他并不让他们学他的样子，只要他们秉承竹林的精神。

刘伶醉醺醺地来了。他个头矮小，相貌丑陋，酒风最狂。他表演裸体，把天地当作房子，把房子当作衣裤，说来访的客人是钻进了自己的裤裆。他只和嵇康、阮籍两人合得来，他很专注地喝酒，还专门写了一篇《酒德颂》。他经常坐着鹿车，拉着酒壶，边走边喝酒。他是个醉鬼，后来跑到司马炎那里考策问，被斥为无用，丢官也丢份，索性更加沉湎酒中，无视礼仪，任性胡为。他来了，他也醉了，就在竹林里晒晒太阳。嵇康的心里也暖暖的。

阮咸骑着毛驴抱着自己发明的阮来了。他弹奏了一曲龟兹音乐，竹林风生水起。阮咸的阮只弹给自己的亲戚朋友听，嵇康是阮咸的知音，他们在音乐上的交流属于高山流水的层次。

阮籍抹着眼泪来了。不知道为什么，自打山涛出山之后，阮籍的眼泪就特别多。他一次坐着牛车走呀走呀，走到没有路的地方，就放声大哭。嵇康很理解阮籍大哭、大醉、长啸的郁闷。但是，他没有郁闷，他喜欢跟郁闷绝交，他习惯了狠命地打铁。阮籍就佩服嵇康的专一和刚烈。无欲则刚，说的就是嵇康。阮籍一把鼻涕一杯酒，来到竹林就是来体会这种精神的。

在阮籍的身后，司马昭的眼睛里剑光闪闪。司马昭想跟阮籍攀亲，让阮籍的女儿做自己的儿媳妇，嫁给后来称帝的司马炎。阮籍却不想，又不好推脱，就大醉六十天，让媒人没法开口。司马昭恨恨地说，我要做晋王了，就让阮籍替我写《劝进文》。阮籍只好答应下来，可是催文的人来一看，阮籍又大醉而睡。司马昭开始在心里冷笑，手握着剑就要拔出鞘了，阮籍的《劝进文》却突然送来了。司马昭一看还不错，毕竟是竹林里写出的文章，潇洒倜傥、清新壮丽，行，不改了。以柔克刚，阮籍其实一直在跟司马氏捉迷藏，阮籍也一直都在做着司马氏的官。跟司马懿和司马师父子时，他都是从事中郎。司马昭让他做散骑常侍，他自己喜欢美酒，就申请做步兵校尉，因为步兵营善酿酒。所以，他混了个阮步兵的雅号。他还当过东平相，一上任就把郡府的围墙给拆了，不给老百姓设坎，法令清楚简明，让老百姓也好理解。但是，高墙大院是权力的象征，拆掉这些象征，难道你阮籍要搞平民政治？这些作为太过超前，他不久就被调回京师，继续做他的大将军从事中郎。阮籍很是郁闷，他总是有路可走、无路可回，迷失在中途。他最想念的还是竹林，还是嵇康。

阮籍人在官场，心在竹林。他是官场上的玄学家，很多官员都很钦佩他。一次，针对一起杀母案，阮籍发表议论："嘻！杀父可以，至于杀母吗！"大家都说他喝醉了胡说。司马昭也在场，就问："杀父，天下之极恶，你怎么认为可以呢？"阮籍说："禽兽知母而不知父，杀父，禽兽之类也。杀母，禽兽不如也。"大家心悦诚服，点头如鸡啄食。如此一问，也有先例。魏帝曹丕询问邴原救君还是救父，邴原说是救父；司马昭问阮籍杀父何如杀母，阮籍说出这番道理。这中间究竟存在着一个怎样的玄理？那就是尊重人性，宽容个性。礼教已经背离人性远矣，回归人性，回归自然。这才是竹林精神的实质。

嵇康决意养生，认为身贵名贱，名利乃身外之物，追求名利伤身害体，违背天理，丧失天性。嵇康英勇，敢于与世俗绝交。阮籍却不能，他郁闷，他走在两条不相交的铁轨上，喜欢嵇康打铁，却身在官场；憎恶司马昭舞剑，却心在竹林。他以柔克刚，也以柔淬火。他活得真是太郁闷了，所以他写诗，一醉千日出好诗，一声长啸泪如海。他是"正始之音"的当然代表，他的诗赋创作无人能敌。跟"正始玄学"相伴而兴起的"正始文学"，是继"建安文学"之后又一次文学高潮。

但是，引领"正始文学"走向巅峰的阮籍，却无法摆脱自己身陷两难的困境。他任性自然却又自然不了；他超越名教却又受制于名教。这还不是阮籍最痛苦的事情。对于哲学思考，同样存在着逻辑上的两难推理，没有正确的方法论，就会出现矛盾的世界观。阮籍的郁闷就在于他找不到通往玄学所需要的路径。他练就了青白眼，把天下人分为两大类，一类视以青眼，是同志；一类视以白眼，是另类。他大哭，却是为了一个不相识的兵家才色美女早亡。他大号，却是在为母守灵之时：他饮酒二斗，大号一声，吐血数升；为母下葬，他饮酒二斗，大号一声，吐血数升。嵇康最敬重的兄长嵇喜来吊丧，阮籍给白眼；嵇康吊丧，阮籍给青眼。青白眼苦了阮籍，破解哲学难题用这种方法，有点小儿科了。“玄理”与“名教”真的就这样不相容吗？

嵇康打铁，阮籍翻眼，刘伶醉酒。这一个个竹林内外的意象，是一个个为信仰而抉择的鲜活形象。但是，他们都在用极端的方式，表现着他们所标榜的竹林精神。他们的每一次抉择，都以与当下社会“绝交”的路线展开。

嵇康发出《与吕长悌绝交书》。这一次却是一桩竹林外的风流案。他的两个好友吕巽、吕安，是一对亲兄弟。吕巽却把弟弟吕安的妻子睡了。吕安恼羞成怒，既要休妻又要起诉吕巽。嵇康从中调停，企图平息事态。可是吕巽后来又控告弟弟不孝。其实，这件事对于嵇康来说，不仅仅是伤风败俗，严重的是伤害到自己的信仰。哥哥睡弟弟的媳妇，搁哪朝哪代也不是“越名教”所能容忍的，更不能用“任自然”来遮羞。这显然是一坑浑水，蹚不得。但是，这一回，孤傲的嵇康竟然义愤填膺，写出了第二份绝交书给吕巽，并出面给吕安作保。嵇康因此下狱。

藐视礼教的嵇康下狱了。消息传出，震动朝野，社会舆论一片哗然。这时候，社会上很多有声望、名誉的人都出面了，要求与嵇康一同入狱。司马昭静观其变，嵇康在狱中发泄心中的郁闷，成就《幽愤诗》。嵇康的幽愤是深刻的，因为他终究没有在打铁上练就一副铁石心肠。情与理可以不悖，自然与名教也可以不悖。“二元悖论”不是“和合”的选择，“多元一体”也许才是唯一可行的路径而已。

司马昭可以容忍阮籍，但不能容忍嵇康。也就在这时候，钟会像幽灵一样出现了。他秘密跑到司马昭那里，提供了一份嵇康企图谋反的神秘“罪证”。司马昭需要这个，不管真伪。嵇康、吕安被判死刑。行刑当日，三千名太学生集体请愿，请求赦免嵇康，并要求嵇康入太学为师。司马昭断然不理。司马昭之心，路人尽知。

这一天，阳光灿烂，嵇康神情泰然，视死如归。他特别穿了一件新衣裳，抱着自己心爱的古琴端坐在刑场上，弹奏自己心中的神曲《广陵散》。在场的太学生们“泪飞顿作倾盆雨”。嵇康万分感慨，长叹一声：“《广陵散》于今绝矣！”说完后，从容就戮，时年四十岁。竹林的脊梁轰然坍塌。

这一年，阮籍途经广武，来到楚汉之争的鸿沟古战场，竟然格外伤感：“时无英雄，使竖子成名！”他有了一种英雄末路的预感。他的心飞向那遥远的竹林，竹林萧瑟。一场大雪把这一年的冬天送到了阮籍的门前，阮籍把自己的灵魂寄给了那片冬雪中的竹林。

这一年是263年，阮籍紧随嵇康之后离开人世，时年五十四。竹林的灵魂飘散到哪里去了呢？

这一年的大赢家是司马昭，他的两员大将邓艾、钟会征伐蜀汉帝国，取得彻底胜利，刘禅投降了。但是，真正的赢家还在竹林。竹林从此载入史册不说，更重要的是竹林永远不倒于人心。

官　场

嵇康、阮籍走了，竹林一片萧瑟。七贤还剩五位，山涛就像一个大哥哥，把四个小弟弟团结在一起。他利用职权推荐他们先后走进官场。走进官场的他们，改写了竹林精神。官场从此也有了竹林苍翠。

刘伶最终没有走进官场，不是他不愿意，而是官场不接纳他。

山涛推荐阮咸出来做官，拟任吏部郎官。山涛说他“清真寡欲，万物不能移”，肯定能做个好官。司马炎笑了，一个跟猪在一个缸里抢酒喝的家伙能做好官吗？一个给母亲一边戴孝一边骑上毛驴追着抢人家婢女做老婆，还说不能耽误了“人种”的人能做好官吗？还不是你山涛太照顾朋友了？山涛说行，司马炎就说，不要到组织部门了吧。阮咸表面上碰了一鼻子灰，心里却偷着乐。名士嘛，就应该有个名士的派，别人想那么做还做不来呢。阮咸潜心研究音律，中书监荀勖也是一个音乐人，每次跟阮咸讨论音律，自以为赶不上阮咸，很是嫉妒，就建议让阮咸出补始平太守。

王戎刚好到了而立之年，他出身豪门世族，祖父是魏幽州刺史，父亲是晋凉州刺史。嵇康赴死之时，他也跑到司马昭手下做起了小官，开始了自己的仕途。就在这一年，钟会向他讨教伐蜀良策，他说："道家有言，'为而不恃'，非成功难，保之难也。"钟会不解。后来，钟会功高盖主，被司马昭逼反身亡，时人都觉得王戎很不简单。多少年后，王戎仍旧津津乐道当年的竹林风光，经常把嵇康和阮籍挂在嘴边，作为提升自己名望的资本在炫耀。

向秀跟山涛是同乡，进竹林也是山涛引荐的。嵇康被杀，向秀触动很大，他联想到当年奚落钟会的场景，进行了一系列的反思。向秀曾因嵇康写了一篇《难养生论》，嵇康跟着就写了回复。他们的关系更像是师生，学术讨论也很民主，但是思想分野已经十分明显。魏晋玄学，嵇康得以再续，弘扬的是王弼的"贵无论"思想。而向秀一改玄风导向，提出了"崇有论"思想，把玄学思想引向儒道合流的方向。嵇康视竹林为唯一，向秀却把竹林引进庙堂，庙堂即竹林。嵇康很欣赏向秀的聪明，并不强求向秀一定要跟自己保持一致，而他自己始终矢志不移，不改初衷。

也许，竹林精神还有更深的一个层面，那就是像向秀这样的年轻人，他们的选择也在嵇康的期许之中。于是，我们发现，嵇康对竹林精神的锻造，是一个梯次推进的过程。竹林要的是七个不同个性的人，构建的是七种不同层次的格局。竹林精神是立体的，而不是平面的。对个性的最大尊重，就是对竹林的最好诠释。翻开竹林的书简，我们还可以看到一场历史性的大辩论。这场辩论的选题是"养生"，正方是嵇康，反方是向秀。他们精彩的辩论无需通过文字演绎，只把其中的最后陈述简单介绍如下：

嵇康认为养生的关键是精神。精神就像是身体的君主一样。精神焦躁在心中，身体就会受损；就像国家遇到昏君一样，下面就乱了。因此，要修炼精神，就得清虚静泰，少私寡欲，抛弃名位富贵，拒绝忧思悲情，远离人伦亲情，亲近山林自然，专心守一，和气养生。他坚信只要做到“外物以累心不存，神气以醇白独著”，“忘欢而后乐足，遗生而后身存”，就能够活到几百岁，或者上千岁。过去一直没有人能够做到，是因为他们大都心气浮躁，志虑繁杂，不能坚持。

嵇康的思考向度是：精神——身体；无欲——长寿；关注生命的个体，提出了和谐的理念，把抽象的理论当作实用的技术；但在时空概念上是模糊的。

向秀提出的反驳论据更具现实说服力。他认为世间万物都是自然而然的，没有造物主，更没有超越自然存在的精神，物各自造，人当安分自得，这才是自然而然、天理自然。他其实是说存在的就是合理的，自然的就是正确的。而嵇康的精神至上论，把人仿佛放进了现代化的真空实验室，企图获得长生不老。这在向秀看来则是不现实的，甚至是荒谬的。他认为嵇康选择的离亲弃欢、约己苦心，把长寿的希望寄托在尘露山海间，真不敢指望。即便是勤苦追求，少有所获，也不过是顾影尸居，与木石为邻，那才是不病自灾、无忧自默、无丧疏食、无罪自幽，追虚徼幸，功不答劳。那样的养生，向秀表示了强烈的质疑。

相反，向秀说人含五行而生，口思五味，目思五色，感而思室，饥而求食，自然之理，只是应该用礼节调整就可以了。至于追求富贵，更是天地人情。关乎自然，不得拒之于身外。人活着就要享受天伦之乐，吃好的穿好的。追求荣华富贵、心情愉快都没有错，这都是天理自然，符合人性的。没有人能活到九百岁、上千岁的。靠吃石药、清心寡欲、洗灵芝浴的手段取巧也是白搭，因为人的天命有限，不是通过什么外物就能够增加寿命的。这种说法本身就没有真凭实据。如果有，此人何在？谁都没有见过。而尧、舜、禹、汤、文、武、周、孔，上不过百年，下也就七十，难道就不知道导养吗？

向秀的思考向度是：自然——存在；安分——自得；逼出人性中的抽象精神，把人还原成为社会人、自然人；抹杀了时空概念，让人从古到今都一个样子，没有进化与演绎。

这是一场针锋相对的竹林之争。他们所操的哲学武器各不相同，嵇康拿的是老庄哲学的新武器“贵无论”思想，而向秀拿的是老庄哲学的传统武器“自然论”思想。嵇康用铁锤，想砸碎儒家名教；向秀却在一旁鼓风，想的却是融化儒家名教。

但是，他俩仍然是竹林知己。即便是绝交了的山涛，也依然是嵇康的知己。嵇康临死托孤，给儿子说：山涛在，你就不孤。竹林七贤就是这样，各怀其志、各执己见、各具特色，个性张扬、脾气均异，却又能够相互包容、相互支持，彼此谅解、理解万岁。

有了这场大辩论还不够，嵇康又以他年轻的生命为此着色，向秀还要为此继续深入地思考。

有了流血的教训，向秀收起自己的行囊，通过乡友的推荐来到洛阳，直面司马昭。司马昭知道他是嵇康的学生，颇带讥讽地问他：“闻有箕山之志，何以在此?”向秀坦然地说：“以为巢许狷介之士，未达尧心，岂足多慕。”

“箕山之志”就是指隐居深山过神仙生活。“巢许狷介之士”就是指像巢父和许由这样不愿意做官的人。向秀说他们并不了解尧帝求贤若渴的用心，所以隐居的生活并不值得羡慕。司马昭高兴了，他越发坚信自己手中的剑了。砍下嵇康一个人的头，就会让天下所有读书人低下自己的头。

向秀是哪一年跑到洛阳的？应该是很快。因为第二年，司马昭的剑指向刚刚灭蜀的两个功臣邓艾和钟会，随后自己也一命呜呼。这一年是 264 年。也就是说，嵇康死后不出一年，向秀就跑到了洛阳，官至散骑侍郎，转黄门侍郎、散骑常侍。他在朝不任职，享受的只是个荣誉官衔。

于是，总结提炼竹林精神的使命，就很自然地落在了向秀的肩上。他有一书叫《庄子注》，有一论曰《难养生论》，有一赋是《思旧赋》。向秀的这三著问鼎之作，其实就是竹林精神的奠基石。有了向秀三著，竹林精神可以千年不朽，万年不倒。

听鸣笛之慷慨兮，妙声绝而复寻。

停驾言其将迈兮，遂援翰而写心。

连鲁迅先生也不得其解，既然为竹林“援翰而写心”，向秀的《思旧赋》何以只180字之短。但也有一问，又有什么理由可以长篇大论?

嵇康主张超越，他那高傲的一跃，让年轻的生命化作绚丽的彩虹；阮籍寻求出路，他太郁闷了，登台一声长啸，满腔愁怨顿时飘作漫天大雪；山涛不语、刘伶醉卧、阮咸弄琴、王戎数钱，纵使向秀独自一人铺开宣纸，咬着毛笔沉思，也必将是字字滴血、句句如醉。

竹林意象，似乎就在于此。

（原载《朔方》2015年第12期）

【作者简介】

柳向荣，宁夏作家协会会员，出生于1967年，宁夏同心县人。站了13年讲台；做了13年宣传文化工作，20世纪80年代始发表作品。作品主要发表在《朔方》《黄河文学》《阅读与写作》《月读》等刊物、出版有个人诗歌散文集《第九条建言》和历史散文专著《大唐十八相》。现在同心县委政研室工作。

最后的队列

李振娟

沥青浇筑的厂大门门庭，平阔光亮如一面黑色的镜子，阳光洒下来，闪烁着无数熠熠生辉的“黑钻石”。几只麻雀盘亘在门庭上空，地面上映照着几个飘忽的小巧身影。刚上班那时，我迷恋这些，厂里人熟视无睹的这个地带在我心里是一道妙不可言的风景。没事我就在这里溜达，我还图着能遇上厂里参加各种活动的队列。当我目送着昂扬的队列走过这华丽的门庭时，心里就击鼓般涌起一股莫名的兴奋。

那时，不论一月二月三月四月，还是五月六月七月，厂里总有捷报传来：铝锭销售势头如何旺盛，又要扩建多少万吨产能。那时流行的传说是，在电力尚没有投入人类使用的19世纪初，若想把铝从化合状态分解出来，让它以纯净夺目的姿态遗世独立，只有几个在有色金属堆里摸索了半辈子的德国人能办到，他们用钠还原氯化铝，捣鼓出世所罕见的纯净铝块。拿破仑第一次遇见它就被它银光凛冽的风华倾倒。于是，拿破仑这位大梦想家为展示身份，在枫丹白露宫招待政要，一律换作奢华的铝餐具，宫廷贵妇更是佩戴着名贵无比的铝首饰相互攀比。自此，近两个世纪后的20世纪80年代，恰逢重工业风生水起，铝以工业原材料的身份再一次显赫起来。

厂子效益好了，往深里的好处我想不来，只记得那时总是招工、盖家属楼、植树、涨工资、发福利、组织文体活动。上班路上、家属院、菜市场，到处晃动着吃饱喝足后心满意足的笑脸。那时我二十出头，正青春，心思都在厂里的职工运动会、文艺汇演、技术比武上，只要车间有名额的，都不会错过。那时的我，只要站在那俨然的队列里走上一回，人就神气了，再寻常的日子也能活出光彩。

每年的职工运动会是厂里的盛典。每到开幕式，各方队穿上红色的、橙色的、蓝色的运动服，举着队旗、唱着队歌，意气风发地走出厂大门,走向体育场。此时，厂里广播正播放着《欢迎进行曲》，大门四周彩旗招展，门庭摆满盆栽鲜花，一群麻雀蹲在岗楼上大声欢叫，门庭两边站满观赏队列的职工和家属。空气中弥漫着近乎夸张的喜庆气氛。我们蓝色方队走过厂大门时，每个人胸腔里都鼓荡着一股子天地间舍我其谁的豪气，胸脯挺得老高，努着脸，像是马上要去打谷场与小伙伴们打一场较量实力的群架。我用余光悄悄朝岗楼看了一眼，执勤保安正行着标准的军礼，目光注视远方，似乎要望到理想的尽头。我庄严了心情，铿锵着步子，感觉所有人都在用赞赏的目光注视着我们。这一刻，我听到自己加重了的呼吸声。

我走队列一度上了瘾。那是 1998 年的 4 月，春风吹绿了草甸子，吹绿了白杨，吹绿了河柳，文艺青年路野、钟子海、蓝冰川已从六盘山、萧关、黄河古渡踏青回来，眼里流淌着山川的浑厚苍茫和河流的浪漫不羁，一逮住我就吟诵《走吧》(北岛)和《面朝大海,春暖花开》(海子)。但这些都不足以打动我。我加入了分厂的健美舞队，要参加厂里的健美舞大赛。两年来，我眼前不断浮现着分厂健美舞队领舞王雪琴台上的舞姿，耳边萦绕着观众哗哗的掌声。刚参加工作不久，正赶上厂里举办健美舞大赛。那天下午，厂体育馆座无虚席，舞台口深红色的丝绒幕布徐徐拉开，咔咔、噜啦啦——动感劲爆的桑巴旋律响起，霓虹灯疯狂旋转，五色光桩摇曳不定。盘着高高发髻、身着金色亮片健美裙的领舞王雪琴，抬腿、扭胯、甩头，啪！音乐戛然而止，她似笑非笑的明眸风情万种地瞟过全场。咔咔、噜啦啦——音乐再度响起，她的步子轻挑慢踏，伸臂、垂头、转身，投下一个神秘莫测的微笑，眼梢妖媚地一挑，音乐又止，我瞪大眼睛中了魔怔般当场痴住。紧接着，一段高亢的桑巴风情女声传出，她轻踏碎步抬臂摆手，一个侧腰送胯，分厂健美舞队踩踏着舞步摇手摆胯闪亮登台，引爆全场……我这才从她夺魂的魅惑中回过神来。回到家，我找来桑巴舞曲磁带，对着穿衣镜一遍一遍地练习。我渴望进入健美舞队登台表演，哪怕只是站在最后一排。

这个春天，机会终于来了。我们在分厂工会活动室跟着王雪琴刻苦训练了一个月后，如愿以偿参赛了。那天下午，我们的队列走进体育馆时，舞台已经布置好了。和往年一样，依旧是王雪琴领舞开场，霓虹灯激闪，桑巴女声风情狂野，舞台在燃烧，观众席在沸腾。随着王雪琴给出的妖娆请姿，我们在千万双目光聚焦下列队踩着奔放的旋律，曲臂托肩摆腰甩胯激情上场，我初次登台的激动和兴奋顿时淹没在海啸般的掌声中……

站在一个个整齐有力的队列里，走过春秋，走过风雨，十几二十年一晃而过。2010 年以来，时代变革，经济下行，产能过剩，工厂的效益如插入雪堆的温度计直线下滑，职工工资一降再降……再看看我们自己，白发隐隐，眼角织满细纹，眼神凝滞无光。诗意栖居工厂谈文说艺畅意人生的憧憬犹在昨日，转眼，时光已飘走了我们的容颜和青春。工厂的荣光已成往事。

工厂沉寂，喜鹊无踪，何谈活动？人们就像老式钟表一样缓慢而毫无新意地度过每一天。那天刚上班，厂房传出老生产线拉闸关停的消息，大家仿佛突然被雷电击中，怔在那里："啥，拉闸？国有企业还能说停就停？""停产了我们这些工人喝西北风去？"正在维修管道的张光明撂下手中的管钳说："我得找厂长讨个说法去！"说罢径直向厂办公楼走去。

厂房里仍在"炸锅"："停产了我们就下岗失业了，我们可都是国家职工。""自打一上班就在这条生产线上，二十年了，舍不下啊……"大家叹惋着、痛心着、不甘着、忧虑着，久久不得平复。临近下班，张光明像一个战败的士兵，敞开着工作服衣扣，散乱着头发，拎着安全帽进了厂房，疲惫地朝工友望了望，一言不发进了休息室。厂房里终于安静下来。那些曾经轰鸣着的机器，如同老牛般静卧在厂房深处，反刍着往昔的岁月。

这天，太阳依旧透过泛黄的玻璃窗照进厂房，大家像往常一样，到岗、开班前会。此时，工区区长拿着一份文件走了进来。他没像平日那样粗声大气地吆喝着问候大家，而是冷峻地环视了我们一眼，坐在长条椅上镇定了一下情绪，咳嗽了一声，觉得不妥，挪了下身子，又咳嗽了一声，盯着文件看了一会儿，像一出大戏的过门，梆子响了很久，终于不安地吐话了："刚接到厂里通知，我们生产一组今天下午拉闸，这周做好停产后续工作，回家待岗。"他一口气说完，眼里蓄满阴郁，扭过头匆匆走了。区长的话犹如一块沉重的石头，砸在每个人的心头上。休息室陷入一片死寂。

停产后的厂房静得像一座古墓，咳嗽一声都会被自己的回音吓着。没有往日轰鸣的机器轰鸣声，没有高温、粉尘。消亡时的厂房和初建时的厂房竟出奇地雷同。我拿着扫帚，张光明扛着铁锹，马立军推着手推车，一个清扫、一个掌车、一个撮尘土，都只是默默干活，没有言语。扫帚、铁锹不时发出的响动，听上去寂寞而恍惚。

一周后，停产的厂房收拾干净了。工区区长来到厂房，对大家看了看，又看了看，顿了一下，狠狠地吸完最后一口烟，踩灭烟头，也不看大伙儿，低沉着声音说："都换上工作服，穿戴整齐到厂房门口集合，准备解散。"说罢，盯着厂房看了良久，确信自己把厂房的前世今生都看进眼里装在心里后，转身寂寥地走了。随后，工友们都默默地到更衣室更换工作服，就像每次参加活动一样。作为留守厂房做最后交接的人员，这次我没有列队。站在更衣室门口，只为再看一看那一张张熟悉而亲切的面容。

戈壁的秋空，苍茫、高远，西风掠过高低错落的厂房阵阵吹来。我蹲在厂大门不远处目送即将离去的工友。下午四点的太阳照在厂大门上，拉出一片黯淡的影子。几只疲倦的麻雀收起灰色的翅膀落在岗楼上。不时有一两个下白班的职工推着自行车从侧门出去。执勤保安在岗楼外徘徊走动。这是厂大门口再平常不过的下午时光，然而今天再看时，却恍若隔世。

十多年来，一次次技术比武，一次次植树劳动，一次次职工运动会，从青春到不惑走过的那一个个队列，电影镜头般在眼前闪现。蓦地，地面上出现了一行队列的影子，我心头一惊，站起身来，只见六十个身着蓝布工作服的工友排成六行，走向厂大门。队列走得很慢，那些承载着无尽眷恋和不甘的脚步是迟疑的，似乎随时都要停下来。

终究还是走到了厂大门前。领队张组长怅然地向执勤保安指着队列说了一声，厂大门就徐徐打开了。这个即将永远告别岗位的队列，垂着头、微弓着腰，努力保持着队形，缓缓走出了沥青浇筑的工厂高大的门庭。执勤保安严肃着一张沧桑的脸，缓慢地举起手，为他们行着最后一个礼。在下午斜射的阳光下，门庭上的“黑金刚”，闪烁着金色的光点。这一刻，泪水无声地滑过我的脸颊，透过模糊的视线，我看到那一个个怅惘无助的背影，在门庭踯躅了片刻，渐次散开，各自踽踽走远了。

（原载《六盘山》2016 年第 5 期，被《散文选刊》2016 年第 11 期选载，获第二届“贺兰山文学艺术奖”）

【作者简介】

李振娟，女，70 后，宁夏作家协会会员，曾在《散文百家》《朔方》《黄河文学》《中国铁路文艺》《安徽文学》《六盘山》《国家湿地》《西藏青年》等刊物发表散文、小说、诗歌、报告文学、美术评论等近百万字，部分作品被《散文选刊》《海外文摘》转载。荣获“2010 年度中国散文年会”奖、宁夏第八次文学艺术奖、宁夏银川市首届贺兰山文学艺术奖、江山文学网《日子》主题征文优秀作品奖等。出版散文集《月亮的回音》。

千年河坛

包作军

一

如果说，位于壶口的黄河是最躁动、最奔腾咆哮的，那么金沙湾的黄河就是最柔顺、最安静美丽的。“亲爱的，我永远也不会对你讲，河水为什么这么纾缓地流淌……”这是西班牙诗人加西亚·洛尔加的诗句。这是一个喜欢河流的诗人卖关子的说法，我也不会讲出黄河这条伟大的河流为什么在金沙湾流淌得如此纾缓，如此惬意。但我会说，将黄河金岸的标志性建筑中华黄河坛选择建在这里，是宁夏人民的智慧。你看，这黄河坛背靠贺兰山山脉，隔河屹立牛首山，左傍万里黄河臂弯，右依青铜峡峡口。伫立黄河坛的高处向下望去，眼前的黄河及滩地正好形成一个太极八卦图。黄河像个顽皮孩童一样，唱着一支古老的歌谣，一如往昔的岁月，在鲜花葳蕤的原野上流淌。

河流使大地变得无比生动。大河流过高山峡谷，山鸣谷应；大河流过良田沃野，五谷丰登；大河流过亘古荒漠，万顷绿洲；大河奔向海洋，波涛翻滚……中华民族的文化和文明,是我们的先人筚路蓝缕，沿着大河创造出来的。正如余秋雨先生所言：“中国文化从根本上说是‘大河文明’。”纵观世界古代大河文明，中华文明是迄今为止世界上唯一没有衰落的大河文明。比如埃及的尼罗河文明，中东的两河文明（伊拉克底格里斯河、幼法拉底河），印度的恒河文明。剩下就只有中国的大河文明了。最了不起的是国外所有大河灌溉的流域加在一起，最多不过 20 万平方公里，而中国长江和黄河灌溉的流域面积为 500 万平方公里，超过其他所有大河灌溉总量的十多倍。可以说，黄河文明是全人类的奇迹和骄傲。

最早记载黄河的是成书于先秦时代的奇书《山海经》。若据此书所记，黄河的气势要远大于长江，它在中国古代是第一大河流，是河流中的 Number one。《山海经》记载长江的支流只有 12 条，而黄河的支流则多达 49 条。通过查阅资料，我们发现，在汉代以前，除了黄河之外，所有的水系都不能称为“河”，黄河在古代称“河”，具有唯一性和排他性。比如在《汉书·沟洫志》里，说“中国川原以百数，莫著于四渎，而河为宗”，这里所说的“河”即为黄河。“四渎”指的是长江、黄河、淮河和济河，其中古代称长江为江水，称淮河为淮水，称济河为济水，而称黄河为河或者河水。可以这样说，“河”已成为黄河的专称了，即便是《诗经》所产生的周代，周天子脚下的都城镐京附近的泾、渭两河，也只能称为泾水和渭水，其他河流就更没有资格称为“河”了。

古代的黄河，河面宽阔，水量充沛，水流清澈。我国最古老的字书《说文解字》中称黄河为“河”，最古老的地理书籍《山海经》中称黄河为“河水”，《水经注》中称之为“上河”，《汉书·西域传》中称之为“中国河”，《尚书》中称之为“九河”，《史记》中称之为“大河”。黄河之名始见于西汉，这一时期由于河水中的泥沙含量增多，有人称她为“浊河”或“黄河”，但未被普遍认可，直到唐宋时期，黄河这一名称才被广泛使用。黄河还是一条横穿《诗经》的河流，在这部诗歌总集中写到“河”的诗有 15 首，“河”出现 27 次之多。“关关雎鸠，在河之洲。”掀开《诗经》的第一页，水鸟与荇菜簇拥的古黄河就出现了。

现代考古也证明了黄河文明的源远流长，从旧石器时代到新石器时代的文化遗址，有不少都集中在黄河两岸地区，或者在黄河的支流流域。如旧石器时代晚期宁夏灵武水洞沟文化，新石器时代中期的河南仰韶文化，新石器时代晚期黄河中下游的大汶口文化、山东龙山文化等，都在黄河附近；旧石器时代中期山西临汾的丁村文化，新石器时代早期陕西西安半坡村文化等，则在黄河的重要支流汾河、渭河流域。从古代中国的都城建筑基址选择看，大都分布在黄河及其支流渭河、泾河等流域。古文献也多有记载，《史记·封禅书》云："昔三代之居皆在河洛之间，故嵩高为中岳，而四岳各如其方。"《史记·孙子吴起列传》也云："夏桀之居，左河济，右太华，伊阙在其南，羊肠在其北。"

正如中华黄河坛总设计师冯钦铎所言："中华黄河坛在设计理念上恪守三条宗旨：黄河是中华民族的摇篮地，黄河是中华民族的母亲河，黄河坛要建成中华民族共有精神家园；在布局上采用六条线：第一条是中国祭祀文化一条线，第二条线是黄河五千年文化一条线，第三条线是青铜艺术展示一条线，第四条线是皇家祭祀园林一条线，第五条线是中国传统文化术数一条线，第六条线是中国传统文化符号一条线。"天下黄河富宁夏，奔流五千四百六十四公里的黄河独爱宁夏，她用与众不同的柔情，辛勤哺育着一代又一代的宁夏人。常言道饮水思源。作为华夏新天府的塞上江南宁夏，从母亲河那里得到的太多太多……记得一位前辈说过这样的话：大河深处埋着黄金，埋着火焰，埋着汉朝的月亮、唐朝的星星……河边的石头斑驳出岁月的苍老，风吹黄沙，露出一只被岁月遗忘的陶罐，沿一片陶的花瓣，思绪抵达泥土与火焰，可以寻觅到祖辈们古老的梦幻与灵动的遐想。无数挣扎过、奔跑过的人漂泊在河滩的底部，有谁还能记起他们的面孔？如今，宁夏用气势恢宏的黄河大牌楼、集古今天下文人骚客咏颂黄河名篇的碑林大道、纳五千年华夏历史经典的大型青铜浮雕，向世人诉说着黄河母亲的深厚积淀，展示着黄河儿女向伟大母亲感恩报德的诚挚心愿，那就是：希望这条伟大的母亲河永远彩石鱼跃，渔歌唱晚，两岸花香鸟语萦绕。

二

中华黄河坛牌楼是黄河坛的正门，称得上是我国目前最大的青铜牌楼，在青铜铸造史上也是前所未有，显示了黄河文化博大精深的恢宏气魄。进入牌楼，但见碑林大道两厢分列着 18 道铜碑，上面镌刻着历朝历代吟咏黄河的著名诗篇。

在这里，可以看到《诗经·卫风·河广》《山海经·西次三经》的黄河选句，庄子《秋水》的章句，屈原《九歌·河伯》的诗句，以及自幼学过的李白、杜甫、白居易、苏轼等咏颂黄河的传世佳作。《诗经》里的风雅颂，尤其是十五国风，如同神的呼吸，吹拂着黄河两岸的农事、渔猎、畜牧、祭祀、情欲、婚嫁、生殖、兵役……几乎无一遗漏。这是一股农历里的风，温柔敦厚，而又思无邪。久远的河风剥蚀双眼的迷惘，《诗经》一声“关关雎鸠”鲜活了大河风干的记忆。彳亍岸边，听浪潮涌动，声声激荡，舐舔沉睡的歌谣。《诗经》本身就是一条河流，一条文字之河，我们的血管，业已形成那条河的支流。我们永远生活在《诗经》和黄河的下游，感受其芬芳，接受其哺养。

碑林大道入口是气势恢弘的黄河五千年照壁，涵盖中华古代和历代封建王朝主要历史事件、代表人物及所反映的传统文化。“三皇五帝夏商周，五霸七雄闹春秋。秦扫六合惜失鹿，楚忘社稷归炎刘。三国两晋南北朝，隋唐五代争未休。宋辽金元明方立，封建王朝清到头。”一条清晰的历史线路跃然铜壁。铜浮雕的背面，是黄河五千年大型文字版，按照经、史、子、集传统思路，分为“黄河之水”、“黄河之史”、“黄河之子”、“黄河之坛”4个章节，将黄河五千年历史文化精华，浓缩为一万八千字；将古代到现代的距离，浓缩于长长的一轴；将黄河新鲜的血液，从尘封的年代传递过来，让我感悟到文明的内慧和外秀。历史密如经纬的情思，在古典的阳光下，反射着青铜的光芒。看了令人心生惊异，有一种莫名的震撼。

一个文人，要么选择长江，要么选择黄河。他需要精神上的乳母。作为一个文人如果他一生中既不曾歌颂长江，又不曾赞美黄河，那么就算不得这块土地孕育出的文化人。我是在黄河边长大的，花儿是黄河边飞出的精灵，她具有无可比拟的时空穿透力，它为黄河唱出最真挚、最朴实的歌谣。“宁夏川，两头尖，东靠黄河西靠山，金川银川米粮川。”“背靠黄河面对着天，贺兰山来山套山；东山上糜子西山上谷，黄土里笑来黄土里哭。”可以说，黄河造就和哺育了广袤而肥沃的银川平原，也哺乳了我的精神和情愫。无数次，我看着那条蜿蜒流向远方的大河，想着它能带我到多远。我想，如果有机会出一本散文集的话，书名一定用这样的题目：《你是黄河我是沙》，黄河是伟大的母亲，我不过是她一握中的微细沙粒。之所以这样想，一是我自小在黄河边长大，黄河边放马、放驴，甚至还放过猪，在黄河边捉鱼、掏鸟蛋，还偷过对岸河滩上的西瓜和豌豆，黄河边的滩涂和芦苇荡里像阳光一样洒满了我童年的欢乐。在课堂上厌倦了那些单调而乏味的 aoe，iuü 之后，逃学的最佳地点就是黄河边的芦苇荡，荡子里碧水清透，有鱼有虾，渴不着也饿不着，那里几乎是我们在孩提时玩耍嬉闹的天堂，因此对黄河的感情不可谓不深。二是我的散文作品中有许许多多描写黄河以及描写黄河边村庄、人物、风情、民俗的作品。我曾经写过一篇散文，名字就叫《黄河谣》，作品表现了我们宁夏境内黄河四季不同的景致和风情，这篇文字发表后，被一家网站评为写黄河的三篇最好的文章之一。再者，我这人骨子里一向喜欢水，每到一地总喜欢去看看那里的河流和湖泊，喜欢游泳，喜欢中流击水的那种感觉，在我的圈子里，我算得上是水性最好的一个了。自己最大的梦想就是在黄河边买一套住宅，面河而居，看春暖花开。这种习性的形成，大概在我的潜意识里，一直恪守着“近水者智，近水者秀，近水者灵”、“有水皆福地”的观念。舒婷被女作家张抗抗戏称为“中国第一个完成诗意栖居的作家”，我虽然不能奢望自己像舒婷那样居住在风光旖旎的鼓浪屿海边，但能在黄河边有一扇为自己洞开的窗户，应该是一个比较现实的选择。还有一个理由，也算是紧跟一下形势，因为黄河金岸建设正搞得如火如荼，我们这些文字爱好者，不能隔岸观火，无动于衷。尤其是在我们青铜峡，有黄河楼、黄河坛、黄河书院、黄河文化园、黄河大峡谷等一系列以黄河命名的建筑和园林等景观，我想如果再出一本以黄河命名的书，是不是也为我们的黄河金岸建设添一块砖，加一片瓦，倘能真的如此，也算是一件小小的好事了。

思绪轻舞飞扬，渐渐拾阶而上，来到了同样是青铜制作的思恩牌楼前。“饮水思源”、“感恩报德”即是“思恩区”主题——展示中华传统的孝道文化，表达报效母亲河的赤子之情。牌楼两侧分列的麒麟神兽着实夺人眼球。古人云：

“麒麟显而黄河清，黄河清而圣人出。”源自黄河文化有吉祥神兽麒麟，立在牌楼两侧作为守护灵兽再合适不过了。而眼前黄河流域九省地图状的一泓水面，寓意大河上下九省，应饮水思源，共同感念母亲河的恩典。是啊，我们的母亲河穿过戈壁和沙漠，穿过城堡和战场，向着大海，向着世界延伸。一条大河，承载着一种古老的文化，一种深厚的底蕴，一种发端于雪域高原的不朽的文明。这种文明，沿着丝绸之路传递。西风瘦马、驼铃羌笛，是穿越千年而风化不了的歌声。在大河一阵近似一阵的波声中，我仿佛听到了唐时风雨的宏阔、宋时风雨的温婉，听到了历史沉重的叹息，让人不得不发思古之幽情。波涛声声，湮没了多少帝王霸主、谋臣战将、才子佳人；波涛声声，湮没了烽烟战火、断戟枯骨、秦砖汉瓦；波涛声声，掺和着战鼓的雷鸣、琵琶的幽怨，掺和着霓裳翻飞、渔歌互答；每一朵浪花似乎都浸润着迁客骚人、名流宿儒的风雅文墨，绽放着美丽而略带神话色彩的传说故事。

李白说“黄河之水天上来”，我认为此言算不得夸张。黄河上游海拔高达四千多米，下游海拔却不足百米，回头仰望，确实是滔滔洪流从天而降。曾经数次去过甘肃一个叫作天水的地方，每一次经过那里，我都会情不自禁地想起李白，想起黄河。“君不见黄河之水天上来”，其途：千折百转，峰阻山挡；其势：气贯长虹，雄骏浩荡；其韵：贺兰不墨千秋画，黄河无弦万古琴。一路从远古走来，数不清激励过多少炎黄子孙慷慨激昂！“君不见黄河之水天上来”，遇险山：环绕前行，顺势徜徉；遇低洼：蓄势待发，蕴储能量；遇平原：恢弘漫过，潇洒倜傥；遇峡谷：寻找时机，准备起航。一路从远山走来，虽然脚步深深浅浅，但终究会找得到一条可行之路，令北斗失色！“君不见黄河之水天上来”。有感慨，有企望；有激情，有欢畅。一路从远方走来，直挂云帆济沧海！

走过那么远的路途，黄河终于流到我脚下。黄河之水兮，抑或浊兮，刚刚打湿我的裤腿与衣襟。我想，如果哪一个有心人把黄河流域不同省份的民歌逐一收集起来（西部歌王王洛宾就做过类似的事），本身就是一部编年史般厚重而又有层次感的书！记载黄河的风声、雨声、涛声、桨声，也记载黄河之子情不自禁的感叹与倾诉。我曾经站在青铜峡拦河大坝上俯瞰秋天的黄河，河水一泻而下令人震撼，那是野马群的奔腾，是大河这个睿智的思想者走出黄河大峡谷这个囚室后一次酣畅淋漓的演说，也是大河对着美丽的银川平原的一次深情倾诉……

黄河坛所处的区域是礼恩区。连接两区的是99米长的农耕大道。中国是一个农业大国，农耕文化源远流长。我们的祖先，生在黄河边，长在黄河边，耕种在黄河边，生活在黄河边。走上农耕大道，二十四节气图腾柱和朝代农章带着我们踏上祖先的脚印。二十四节气图腾柱高达9米，分列道路两旁，按照春、夏、秋、冬四季，每季六节气排列。图腾柱选用青铜材料，每根柱顶有表现这个节气的花信风；柱体配有与这个节气相对应的农耕浮雕图；柱底以竹简文字说明。由于图腾柱上的农耕浮雕图历史上从未有过，专家组精心组织了一批民俗、历史、雕塑、年画等各方面雕刻专家，第一次以具象的民俗浮雕将其展示在国人面前，乃历史首创。目光穿越二十四节气图，我看到了一片麦子。日月之精华，黄河之恩泽，这一切足以让麦子坚持自己旺盛生命的伟力。麦子们背阴抱阳，吸纳吞吐，揭示生命存在的摇撼与呼喊，彰显生命成长的欢乐与歌唱，其幽微之奥妙、深远之通达，与大河对视，与节气同步。天地之间，生命激越，宏阔无限。

农耕大道中央矗立着18面汉白玉石鼓，上至夏商周，下至共和国肇始，刻着历朝历代农策赋税，逐一浏览，便可通晓中国农耕赋税的演变过程。长江流域多鱼虾，黄河流域多牛羊。前者是鱼米之乡，后者则以牛羊肉、小麦乃至高粱玉米之类杂粮为主食。黄河流域的农耕比长江流域还多了些许畜牧的气息，这里还混杂着诸多游牧民族的后裔，保留了逐水草而居的自由精神。黄河流域的风俗乃至整个历史，都是农耕文明与游牧文明相互渗透的混血儿。黄河啊，你用烤得焦熟的岁月喂养了我们这个民族，自己憔悴成一身清矍而磊落的中国骨头。五千年的黄河史，从某种意义上来说就是一部关于粮食的历史。翻开发黄的史书，粮食就是一部叙事诗。粮食同一座座江山一同生长，粮食的地位与生命与江山同轻同重，它们小小的籽粒饱满一个朝代，或者使一个朝代不堪饥馑。看重了黄河，也就看重了粮食，粮食的贫瘠与丰盈，能毁灭一个朝代或者使一个朝代新生。在中华黄河鼎的底座上刻有铭文，背面镌刻的是开国领袖毛泽东掷地有声的话语：“没有黄河，就没有我们这个民族！谁藐视黄河，谁就是藐视我们这个民族。”伟人的话语为黄河的历史，为黄河与粮食的辩证关系做了最为深刻也最为简明的诠释。

时光也极像是这眼前的大河，划过掌心和指尖，带走一切它该带走的，全然不顾某个人的意愿。就像自然的四季轮换花开花落，你只能眼睁睁地看着它或它们循环往复，物是人非。只剩下你一个人站在原地，或悲或喜地看着流水的漩涡。虽然云隔梦阻，生命的远景却总是沿着河流的时间方向，指引着我们脚下的道路。我们脉管里的潮起潮落，都是河流一浪高过一浪的涛声。大河的涛声是永恒的，它不为太阳和星辰的光环所诱惑，质朴如河边的芦苇，大片的黄泥生长着碧翠和艺术、粮食和不朽。

礼恩牌楼既选用中国传统建筑坊与楼结合的形式，在文化风格上又富有宁夏地方历史特色，融入了典型的西夏文化元素符号图案，如牌楼上方的“妙音鸟”与下方的“大力士”等，它代表着中国黄河传统文化与宁夏地域文化的完美结合。“妙音鸟”与“大力士”的艺术造型，在西夏王陵景区的宁夏历史博物馆有丰富的文物收藏。文华大道由十八竹简、朝代文脉两部分组成。十八竹简右侧分别取自四书五经；左侧为《道德经》《山海经》《水经注》等古代典籍，以青铜竹简的形式再现中华传统文化的传承有序、恣肆汪洋和典籍辉煌。在这里，时间的装订线穿过岁月的风云，连缀起四书五经、日月星云、春夏秋冬，把上下五千年的历史压缩装订成薄薄的一册，让我们这些后来人踮足仰望。“四面风雨听天籁，满架诗书日月长。”这是许多读书人梦寐以求的理想境界。一边读书，一边听大自然喃喃自语，这是何等惬意和美气的事情！这样的福分，别处是消受不到的，但在金沙湾，在黄河坛，你完全可以徜徉在微风细雨中，一面看牛首巍巍大河滔滔，一面阅读十八竹简四书五经、《泛胜之书》《山海经》《水经注》等经典古籍。

朝代文脉以“石书”形式展现，逐一观之，可知中国传统文化文脉清晰、传承有序、博大精深、源远流长。有形的黄河，有源头可探有尾端可考，但无形的中华文化，即使从“河出图”算起，也无从知道其确切的年代了。伏羲时代，龙马负图出于黄河，背上有文：一六居下，二七居上，三八居左，四九居右，五十居中，伏羲效仿河图画出八卦，其中一、二、三、四、五称为生数，六、七、八、九、十称为成数，一与六共宗居北方，因天一生水，地六成之；二与七为朋居南方，因地二生火，天七成之；三与八为友居东方，因天三生木，地八成之；四与九同道居西方，因地四生金，天九成之；五与十相守中央，因天五生土，地十成之，天数二十有五，地数三十，被认为是“凡天地之数五十有五，此所以成变化而行鬼神也”。这就是中华文明千里之行的第一步脚下的里程碑，是万世文字之祖，起源于黄河，起源于出自黄河龙马所负之图。从这河图之中，诞生了五行学说，诞生了龙的传人对天地的认识；通过它，哲人阐释了生生不息的哲学道理，觉悟了自强不息的人格铸造，演绎了治国平天下的社会大法；它对中华民族心智的启迪、血缘的认同、情感的融会、理想的统一等方面，可谓意义重大，无可替代。一条河流，或大或小，可以为一座村庄命名，可以为一个县、一个市、一个省命名，还可以为一个国家命名。从宁夏到陕西，从河南到河北，从山西到山东，大河的影子无处不在。饮水思源，它使沿岸的居民多多少少拥有某种虚拟却稳定的血缘关系。黄河流域的古老文明，是有代表性的。一条河流，甚至可以为一个民族的性格命名。

三

“国之大事，在祀与戎。”国家最大的事情，就是祭祀与战争。黄河坛属于天地、日月、山川祭祀，即自然祭祀。祭祀黄河的历史可谓久矣，《宋书·符瑞志》记载：“舜设坛于河，黄龙负图，图长三十三尺，广九尺，出于坛畔，赤文绿错。”《竹书纪年》也有这样的记载：“当尧之时，禹观于河，有长人，白面鱼身，出曰：吾河精也。呼禹曰：文命治水。言讫授禹河图，言治水事……洛书龟书是为洪范。”

长风浩荡，流云荒疏。黄河金岸，甫一落地惊风雨。而黄河坛无疑是黄河金岸诸多作品中的大手笔。河坛由方坛和圆坛组成，以应天圆地方之说。方坛边长

99.99 米，总面积 9999 平方米，选用方柱头，在东、南、西、北各方位分别雕青龙、白虎、朱雀、玄武四灵守护。中间圆坛用圆柱头，一层青水，二层青云，三层青龙，代表天地之间，黄龙腾飞。圆坛设有 5 条通道，分别为金、木、水、火、土，五行列位。每个通道上排列 12 个甲子，共有六十甲子镇守。

河坛右侧为黄河钟，坛左为黄河鼓，取“晨钟暮鼓，钟鼓齐鸣”之意。这座黄河第一大钟重 9.999 吨、高 3.6 米，饰以贺兰山岩画等黄河文化吉祥图案。中华黄河盛世金鼓是中华黄河文化圣坛的一件重要礼乐法器，也是全球金鼓之王。它凝聚黄河之精气神，通体全高 3.60 米、鼓身长 2.39 米。鼓首双凤纹寓双凤朝阳，以饕餮雷龙纹作鼓身主纹饰，回纹为辅纹饰，寓意金鼓振天。鼓座饕餮牛首纹象征农耕文化源于黄河。鼓基采用饕餮水纹寓黄河之精神。整个金鼓金声震撼，气韵悠扬，魂魄激荡，鸣盛世和谐之雅音，阐黄河文化之灵光，祈福中华安康。倏忽间，风吹过，似乎有铿铿锵锵的鼓音争鸣不已，那是时间的蛩音啊！有着歌一样的清脆悦耳的音符，有着诗一般清新优美的韵律。听着，听着，我的血液、我的心跳伴着时间的蛩音那雄浑的节奏加快了，仿佛那蛩音、那节奏，像咚咚的战鼓频催，催促我去努力，去奋斗，去为这个伟大的时代奋不顾身。

黄河坛还书写了建筑史上的多个第一：首次将浑天仪、地动仪、指南针和日晷这“四仪”摆放在一处；首次整理挖掘出六十甲子的神像；首次用青铜铸造黄河鼎、黄河钟、黄河鼓、二十四节气图腾柱；首次用十八面石鼓记录朝代农策，用十八面竹简记载朝代文脉……

黄河坛顶部安放着一尊司母河鼎，依照中华民族 “九九归一” 的理念，寓意中华民族“铸九鼎、定九州”的历史渊源。这尊司母河鼎，重达 8.9 吨，被誉为“黄河第一巨鼎”。一言九鼎，我喜欢这个词。这个青铜意味极浓的成语，是青铜铸鼎一样的威严与不悔的承诺。九鼎是周的传国之宝，代表九州。在周的礼制中只有天子才能使用九鼎，故九鼎是天子之言，不可儿戏。当今社会，鸡毛浮起，黄金沉底，诚信不再，一言九鼎已经慢慢流失，所以看到黄河鼎，仿佛看到诚信的另一种诠释。

在这里，我有幸聆听了河坛总设计师冯钦铎对青铜文化的阐释：“在我看来，用任何青铜之外的材料都难以体现五千年的黄河文明，在殷商时期、我们祖先的青铜时代，青铜中国造就了中华民族在世界文化的领先地位，我们祖先的青铜艺术堪称一绝，青铜时代是中国最辉煌的时代。现今青铜艺术上哪儿找？只能上博物馆里看老祖宗留的这些国宝，我们用青铜打造黄河坛是一种历史传承，这里面对的是黄河，是黄河的五千年文明，那么我们用青铜艺术来做黄河文化，两者是相得益彰的。”

诚哉斯言，你看那些青铜器上镂刻着的一道道海涛似的波纹，像历史额头上犁过的皱纹，锐利、蓬勃而且不屈不挠地伸展开来，透出至今也没有改变的锐气。青铜厚重，触摸青铜就像是在触摸中华民族的脊梁，令你不能也不可能保持矜傲与缄默。刻刀在青铜上游走，如龙腾，如凤舞。而这动作的起起落落之间，就蕴涵着几千年来也无法逾越的力量。

令我啧啧称奇的是，黄河坛与“九”的不解之缘，这在别处很少遇到的。黄河坛长 999 米，文华大道长 99 米，二十四节气图腾柱高达 9 米，河坛边长 99.99 米，总面积 9999 平方米，黄河第一大钟重 9.999 吨……“九”对于人类来说，魅力巨大。打开辞书，在九字项下，你会诧异于历代人们对这个九字的爱好和崇拜。凡是形容极度的事物、广大的事物，这个九字就大有用武之地。天有“九天”；地有“九州”；皇帝要镌“九鼎”；佛教要设“九喻”；古代的乐歌诗篇要叫作《九辩》《九韶》《九歌》《九章》；神话传说中的三十六天罡、七十二地煞，都是九的倍数；甚至司马迁写大禹治水的功劳也是：“开九州，通九道，陂九泽，度九山”，连续用了四个九字，以彰显禹的功业。九的魔力，不只在汉族中如此巨大，在少数民族中，它也是很有威权的。近年来，有许多少数民族的创世纪、叙事诗之类被整理出来，我们从里面可以看到不少用九作形容词的句子，如说一个人攀过许多山峰、涉过许多河流，在那些叙事诗中，就常常说成“翻过九十九座山”、“涉过九十九条河”……例如长诗《阿诗玛》中，就有许许多多这一类的词语。用九字来形容事物的极致，可以说是世界上无数地方人们共同的历史习惯了。我一直十分清晰地记得，小时候黄河边有个打鱼的甘肃老汉，他修补渔网时最喜欢唱的民歌就叫《天下黄河九十九道弯》：

天下哟，黄河九十九道弯，
亲不过我这水来，
爱不过我这山，
厚不过这黄土，
高不过这垣，
美不过羊肚子毛巾三呀么三道道兰……

四

2011 年 5 月 8 日母亲节，在黄河圣坛举行了“万人感恩母亲河，中华黄河坛落成大典”庄严仪式。作为交通运输局副局长，我曾多次去黄河坛，为落成大典踏勘车辆通行路线，亲历了黄河圣坛打造的许许多多过程和细节。记得有一次去黄河坛联系工作，遇到两个女孩，显然是那些精美的青铜礼器吸引了她们的目光，其中一个指着一个大酒杯似的器物说：“你说这个大杯子是哪个朝代的，是按比例放大的吧？”“谁知道呢，古董的样子都差不多……”我也正为这个器具在古代的用场而一探究竟时，附近一位皮肤黝黑的青年跑过来道：“你们好，那个大酒杯其实叫‘妇好爵’，是商代晚期的一种酒器，1976 年在河南安阳殷墟妇好墓出土，是目前所知商代青铜器中最大的爵。”我忙问：“为什么叫妇好爵啊？”“妇好是商朝国王武丁的王妃，是位杰出的女政治家与军事家。她多次带兵出征，立下赫赫战功，武丁因此将这个爵杯封赏给她，后人就将它称为妇好爵。爵在古代是权位的象征，寓意着前程看好，加官晋爵，所以别小看这么一个酒杯，它可大有来头啊！”我看了看眼前这个朴实的青年，问：“你是黄河坛的导游吗？”“不是，我只是个施工人员，这些青铜礼器就是我们公司生产的。”见我们别无他问，青年匆匆又回到旁边正拼接着的一件青铜礼器前，继续指挥吊装作业：“左边鼎耳有点斜，稍微往里回一点……”这个十分敬业的青年的身影让我凝望了许久。

黄河坛的总设计师冯钦铎曾经六年来一个人住在黄河边，守着一间屋子埋首冥思。可能会有人觉得这是一个很傻的人，但就是这样一个人，用自己的生命和灵魂铸造了现在的黄河坛。他以一种带有现代文明的眼光，冷静地挖掘品味着中华民族的黄河精神。他虽有学院派的背景，却绝无学院派的那种孤芳自赏的情调。他用建筑符号书写黄河文化，把黄河坛打造出具有抒情诗般的美和伦理深度，使黄河文明的奇迹和活生生的往事得以具象和升华。人言，冯总胆大如虎，心细如发，从善如流，黄河坛有这样一个人担当设计，真是幸甚。还有从青铜峡市人大、政协机关退居二线的陈培寿、郑岩松、胡生寿等老领导，他们在退居二线后依然老骥伏枥发挥余热，为黄河坛的建设，为金沙湾的发展营营役役，殚精竭虑。

参观中华黄河圣坛，如同阅读一本厚重的黄河文化大百科全书。中华黄河坛浓缩五千年文明精华，再现了五千年文化辉煌。在这里，每一个雕塑、每一个铸件、每一座建筑在落定前都经历了层层审定、把关，甚至一座桥、一条甬道、一个台阶都别有韵味。为了让中华黄河坛更好地承载黄河文化，设计者在北京、山东、南京、河南等地举办了多次研讨会，组织文化、历史、古建、规划等领域的专家，多次对黄河坛的设计细节进行研讨论证。如今，这一件件传世之作串起了散落的文化，让黄河文明的光芒穿越千年时空。

黄河流域，有着数不清的古战场。逐鹿问鼎的战争，大抵从炎黄的时代就开始了，夏、商、周，春秋、战国，愈演愈烈。翻开二十四史，中国古代的政治斗争和军事斗争，大都把黄河流域作为舞台。黄河流域，产生了在数量上占绝对优势的古都以及古战场。当然，也产生了数量惊人的古圣贤、古英雄。自先秦至北宋，共有 41 个朝代建都于黄河流域，而长江流域，只有 12 个朝代建都，且大多为躲避战乱南迁的，或者是一些短命的小王朝。如果说，长江构成中华民族的南方血统，那么黄河则构成北方血统，各衔半壁江山。林语堂认为在历史上北方人基本上作为征服者："所有以武力夺取了政权而建立自己朝代的盗匪中，没有一个是江南人。吃大米的南方人不能登上龙位，只有吃面条的北方人才可以，这是一贯的传统。"

不由想，在历史的长河中，秦皇汉武，唐宗宋祖，一代天骄成吉思汗，以文治武功，受到万世敬仰。芸芸众生莫不羡慕帝王将相豪华气派的宫殿，或垂涎他们炙手可热的权势。且看当初的帝王将相，坐拥万千之众，独享举国之盛，跺一跺脚，地动山摇；挥一挥手，江河激浪。而今，一切都踪影皆逝，又有几人被记得？奢华的阿房宫，雄浑的大明殿，如今哪里去寻？可怜那财富虚若月影，权力轻如炊烟，唯有美德与思想，如这黄河般流淌不息。植物死了，把它的生命留在种子里；诗人离去，把他的生命留在诗句里；大河流逝，把文明留给两岸的村庄和城市。"没有黄河，就没有塞上江南的富庶。"从牙牙学语到读书明志，这样的启蒙教育在每个宁夏人心中根深蒂固。《管子·水地篇》中说"书水者，地之血气，如筋脉之流通者也……"国人的传统观念中也讲究"遇水则发，以水为财"。宁夏人天生依黄河而居、与黄河相伴的生活状态，这是其他地方的人无法比拟的。这也正是宁夏人大气磅礴，敢于将普普通通一段土岸打造成黄河金岸，敢于将寻寻常常的一块荒滩打造成与上海的浦江外滩相媲美的黄河外滩，并将黄河边的一片荒野之地打造成世界级河居样本的文化力量所在。由《中国国家地理》杂志发起的十大新天府评选中，宁夏平原因富足、少灾、民族团结、社会和谐脱颖而出，成为黄河流域唯一的入选地，完全可以为我们满怀信心打造黄河金岸提供新的心理支持。

五

莎士比亚曾经在《麦克白》里这样告白："Out，out，brief candle，life is but a walking shadow。"（熄灭吧，熄灭吧，瞬间的灯火。一切烦恼只不过是人生的影子。）

在心绪不宁的时候，我会去寻一处能安顿魂魄的地方，在那里冲刷心灵的污垢，释放精神的负荷。我老婆的娘家在距离黄河坛不远的广武园林村，我常常会去那里小住几日。看书久了，便放下手中的书，披上外套，信步走出小院。翘首西望，夕阳像一个燃烧的火球，燃尽自己和万物一日的生命，终于坠入贺兰山深处，溅起点点不灭的星光。深秋夜凉，人们都早早关门闭户，此时的广武犹如因修建青铜峡水坝而淹没于水库之下的那个广武——沉寂无声。不远处，黄河浊浪排空，遣去千古寂寞，传送万古音响，那苍苍逝水流着不易的颜色。曾经令秦皇汉武、唐宗宋祖也闻声变色的惊涛骇浪，令我心湖潮涨潮落，波翻浪滚。心中的小我，顿如波浪中的一粒细砂、一片枯叶……而心潮渐退后的夜，仿佛无风的池塘，月亮似一尾银鲤，在一片清澈里轻翔。

黄河坛倚黄河，眺牛首，屏贺兰，泽夏地。春花，夏雨，秋霜，冬雪，岁月轮回，天高云淡，像大河的历史般明澈久远；粗粝的岁月，给了牛首山狂放的容颜；大禹青筋暴露的手，劈出造福后人的古峡。黄河风情，犹如一幅青铜版画，无疑是安顿心灵的好去处。历史很远，现实很近。伫立高坛之上，看一川云水，几朵红尘，一曲离殇，万载纠结。大河千年过往，似乎只留下了一声叹息！百塔百年轮回，也似乎只留下了心头的那点记忆！一花一世界，一念一尘缘，落花有意染衣袖，痴语无人与谁听？心灵深处的沧海桑田，竟是如此的寂寥。一痕山水，一个转身，山茫茫，水寂寂，历史宛在眼前，现实已经远去！

我常常会在周末的时候，呼朋引伴来到金沙湾，坐在黄河边，凝望着远方的山峦，阳光温暖地照在我们的身上，充满了爱和蜜意。对岸的原野一望无际，绿是唯一的语言，蚕豆花用白色的小手抹亮天空的眼睛。天上的云们，仿若一群娇艳的古代仕女，裙拖六幅湘江水，髻挽巫山一段云，抿着薄薄的嘴唇，飘逸地从蓝天上走过。江南四月芳菲尽，塞上桃花始盛开。桃花以贺兰山为背景，令人眼花缭乱地开着，犹如少女粉红的面颊。天空蔚蓝，山顶明净，积雪轻盈美丽，如看得见的梦。清风徐来，每一瓣桃花都仿佛一把扇子，把周围的空气扇得香喷喷的。桃树的脚下，草色近于无，顺着贺兰山遥看，却是绿意盎然。你甚至能听到小草向你奔来的脚步声。这是一个没有风，也没有沙尘，空气像玻璃一样透明的日子。萼蕊停露，蛱蝶不飞，大河之水流淌，犹若一只埙在吹，缓缓地吹，接近白鸟的飞翔，高过一切简单的抒情与歌唱。

“子在川上曰，逝者如斯夫。”在我想象中，使孔子感叹时光流逝的那条河，应该是黄河——唯有黄河才能承担起如此原始而又厚重的哲学命题。伫立大河之畔，五千年静静的时光，落在黄昏深处。秋风微凉，深入五千年的骨髓。端一杯金沙玉液，一杯的凉，河套特有的凉，端在手中的，还有夕阳的种种滋味，岁月的种种滋味……在黄河里洗洗手，洗去一些书卷气，染上一些河水里的土腥味，面孔或表情多多少少会发生一些变化。洗洗眼睛，朦胧中依稀看见了前世，又看见了来生。一只船浅浅地划破了河水的肌肤，瞬间又弥合如初。浪花翻卷，历史的沙粒漂浮起来，现实的树叶沉沦下去。花朵静静地开合，一如大地的呼吸。繁花遍野，哪一朵，为自己开放？

行文至此，忽然觉得语言是那么的苍白和无力，米开朗琪罗说：“Don’t gild the lily。”（不要给百合花镀金。）无比壮丽的黄河圣坛犹如迎风绽放、芬芳馥郁的百合花，而我所做的却似乎是在给它镀上一层虚饰而矫情的金色。

黄河，你从巴颜喀拉走来，从三江源走来，从远古的神话走来，从《诗经》走来，从三皇五帝的残杯中走来，从唐风宋雨中一路走来。从太阳金色的脸庞上，从祖先破碎的陶罐里，踽踽地走来。走过一个花香鸟语的早晨，走过一个落日熔金的黄昏，走过家乡花草葳蕤的旷野……

黄河坛浓缩了这条大河五千年的精华，萃取了这条大河五千年的精神，凝聚了海内外炎黄子孙拳拳之心。蒿草之下，或有兰香；茅茨之下，或有王侯。黄河坛很小，就像大河边的一枚绿叶；黄河坛很大，它为我们展示了整个黄河文明的春天。我坚信，假以时日，黄河圣坛一定会与天、地、日、月四坛一样驰名中外，成为中华文明之花中璀璨夺目的一朵。

（原载《朔方》2012 年第 11 期）

熬煮的光阴

马慧娟

一

玉米棒子像老太太的小脚一样，被玉米皮裹了一层又一层，只露出干涩的玉米缨皱巴巴地耷拉在玉米皮上，女人们右手胳膊上挂着一个自制的锥子，用八号铁丝拧制，一端弯成一个环形，用绳子穿起来，一端在石头上磨得尖利无比。

掰玉米全靠它。抓住锥子从玉米皮上划过，紧紧包裹着玉米的玉米皮立刻裂开口子，露出玉米羞红的身体。双手扯住裂口处的玉米皮用力一撕，玉米就完全裸露在了人面前，用力一折，玉米完整地和支撑了它几个月的玉米秆分离。女人们顺手将掰下来的玉米扔进面前装过化肥的编织袋子里，提着袋子挪向下一颗玉米。

两个孩子拖着编织袋跟在女人们的身后，一人掰着一行玉米，这是这家的姑娘和儿子。姑娘十二岁，儿子九岁，他们踮着脚尖费劲地撕扯着玉米皮，一层又一层地把玉米剥出来，折断，重复着和大人们一样的动作。

十月的太阳没有了夏天的暴虐骄横，可晒在大地上还是散发着炙热的气息。几场干霜让秋天的痕迹更明显，一片又一片的玉米地在太阳底下枯黄萎靡，叶子无力地随风瑟瑟发抖。

这片广袤无垠的土地上，到处都是玉米地。人像蝼蚁一样散落其间，一个一个掰着玉米，一片一片地进行一季的收割。天空不时飞过一群又一群大雁，用悠长的啼鸣提醒人们它们来过，季节即将转换，赶紧干完活计准备过冬吧！

女人们搭着头巾，捂着口罩，带着胶手套把自己全副武装起来，但还是无法隔绝玉米上尘土的侵袭。眼窝、鼻梁上落着黑黑的一层灰尘，衣服上沾着玉米缨的碎末，整个人看起来好像煤矿工人下井出来的样子。

姑娘被女人们远远甩在后面，姑娘有些气馁。昨天掰了二十袋子，她的手又疼又肿，可今天还要跟着掰，她觉得自己的手都不是自己的了。她停下来，大声呼喊“爸爸，爸爸”。玉米叶子被人走过去带出“哗哗”的声响，迅速淹没了她的呼喊。她喊了半天她爸爸才回应，姑娘拖着哭腔说自己手疼得掰不动玉米了。

前面回应她的不是安慰，女人们此起彼伏的笑骂和呵斥让姑娘无比伤心。他爸爸也大声说让她赶紧掰，别偷懒。姑娘终于哭了起来，越来越大声，边哭边控诉自己的爸爸：“你去看看别人家地里，谁让六年级的学生掰玉米？你把我妈放在银川享福，你让我来给你掰玉米，我的手疼得不行了你还让我掰，呜呜……”

姑娘一时哭得像风中的玉米叶一样抖动。她爸爸无奈地起身去劝抚姑娘，可姑娘哭得更厉害：“我妈咋不回来，我妈要回来肯定不让我掰玉米，呜呜……”

她爸爸叹了口气，咂吧着嘴，抠着自己的头看着面前哭得一塌糊涂的姑娘，束手无策。一年前他出车祸摔断了胳膊，医生嘱咐三年内不能干重活。家里上有父母，下有孩子，给他看病又借了债。一家人的生活咋办？无奈之下才让媳妇去银川打工。可媳妇一走，家里也开始乱套了。

这家的儿子闷声不响地跟着大人们掰着玉米，脸被晒得红扑扑的，脑门上挂着细密的汗珠。他偶尔抬头看看前面的女人们又继续闷头掰玉米，他姐姐的哭诉似乎对他没有什么影响。女人们都夸这孩子实在，不停地拿言语逗他，可这孩子一句话也不说。

他提着一个装米的袋子，掰十几个玉米就满了，他像他爸爸一样把袋子朝肩膀上一抡，横着扛起来，走向三轮摩托车，踮起脚尖使劲一甩，把袋子扔进车厢。又爬上去，提起袋子把玉米倒掉。拽着空袋子翻出车厢，继续去掰玉米。

孩子的爷爷没有戴手套，玉米叶子在他手背上留下一个个细微的伤口，他一边掰玉米一边嘟嘟囔囔地说着什么。说着什么呢？只有他自己知道，女人们是不愿意听他说话的，把他分在另外一块地里，让他一个人在窸窸窣窣的玉米叶声响中诉说，他的声音被撕裂的玉米皮淹没，如同他瘦小的身躯从来不被人注意。

转眼到了午休时间，大家都停下手里的活计，围着馒头、方便面、饮料开始吃喝起来。这家的男人殷勤地招呼着，女人们也不客气，撕开方便面的塑料袋把调料放进去，开水朝塑料袋里一倒，捏住捂一会儿，方便面也就泡软了，抄起筷子提着塑料袋就能吃。就着馒头、咸菜，倒也比光吃馒头暖胃得多。

男孩子也被女人们招呼过来一起吃方便面，他还是不肯回应女人们故意的提问，提着泡好的方便面躲在他爸爸身后，一口馒头，一口方便面。吃完方便面，孩子盯着面前的一箱茉莉蜜茶，眼里满是渴望和欢喜，舔着嘴皮盯着女人们，看能不能得到这瓶香甜的茶水。女人们故意不发话，也不看孩子脸上的表情。孩子有点着急，围着茶水盘桓，犹豫焦急着。

孩子眼看着女人们一人拿了一瓶，有的还拿了两瓶。没自己的份了。转身奔出玉米地，蹲在田埂上大哭起来。女人们顿时觉得尴尬，不好意思地面面相觑。他们只是想和孩子开个玩笑，没想到孩子会哭。

姑娘这会情绪也稳定了下来，拿了一瓶茉莉蜜茶去田埂上哄弟弟。孩子执拗地不肯接受，也不过来和女人们在一起。姐姐轻轻搂着他，不知道在他耳边低语着什么。女人们吃好又开始掰玉米，谁也顾不上管姑娘哄好弟弟没。掰了一行玉米出来一看，这孩子抱着一瓶茶水自顾自地喝着、乐着，早忘了刚才的号啕大哭！

二

一个人，一大杯水，三个馒头，一辆三轮摩托车。早晨七点钟，骑车行走在去地里的路上。晚秋的天气已经冷了，虽然穿着薄棉袄，可摩托车带起的风还是刮得人透心凉，几分钟的路程，感觉漫长得难以到达。几只早起觅食的喜鹊在路边蹦跳着，被摩托车惊起，站在树枝上幸灾乐祸地冲我“喳喳喳”大叫，扭着脖子甩着尾巴上蹿下跳，好像没占到便宜的泼妇在骂街。顾不上看它们精彩的表演，等捱到地里，风刮得我眼泪都下来了。

停好车子，手冷得有些麻木。我活动着手脚，看向远处的田野。这片土地广袤平坦，到处种植着玉米，玉米掰回家后，玉米秆在半个月内被砍得精光，只剩下一溜溜玉米茬诉说一个季节的过往。

现在的人很能攀比，你干得快，我比你还要快。现代化的机械加快了这种进程，也让农民省了不少力气。犁了几千年地的牛、驴和骡马彻底被解放，成了一种可供交易和增值的商品圈养了起来。

我不由想起以前在黑眼湾用毛驴犁地的情景，手扶木犁，甩着响鞭吆喝着那头灵性十足的白驴。我的鞭子怎么甩它就怎么走，瓷实的土地在毛驴轻快的脚步中开出黑色的土花，它是那么卖力而勤劳。

收回这些乱七糟八的想法，该干活了，捆玉米秆需要在底下先横放一根玉米秆，然后转身抱一大抱，竖着齐腰放在这根横着的玉米秆上。蹲倒用两只手交叉分别握住横放的玉米秆的首尾部分，使劲朝两边拉，还要用膝盖帮忙朝紧按。等拉不动的时候就用打绳结的方法把玉米秆拧到一起，这样一捆玉米秆就算捆好了。

一大块地里的玉米秆就被我反复重复这样的动作捆完，一捆捆整齐地摆放着。已经十一点，明子打电话说他从镇上回来了。我吩咐他去看侄子给别人拉完玉米秆了没有，完了赶快来拉这些。他说你不回来吃饭啊？我心里着急，还有一亩多玉米秆没捆，不抓紧今天是干不完的。他明天上工我又成孤家寡人了，有馒头、榨菜、开水，饿了吃一口就行。

休息了一会还没捆剩下的，侄子开车拉着明子来地里了。侄子从西宁打工回来时白白胖胖，帅气阳光，只一个多月，这个地方的劳作就让他又黑又瘦，他一边和我拖玉米秆，一边诉说自己这几天腰疼、颈椎疼得难受，说得我心疼，只能嘱咐他自己注意身体。

三个人装车还可以，我把一捆捆玉米秆抱到车前，由侄子递给装车的明子，他负责码放在车上。拉了两车一切顺利，车装好拉回去的空隙我抓紧捆剩下的。

第三车刚开始装，大哥打电话来说我三哥拉玉米秆翻车了，让侄子开车去拉一下。拉玉米秆就这样，稍微装偏就有侧翻车的危险，年年都有这样的事情发生。我催促明子也跟去看看，万一翻得厉害也好帮忙。去了有半个小时两个人回来了，说是没什么大碍，车拉起来又装玉米秆呢。这一耽搁，剩下的玉米秆被我捆完了。

第三车装了一半，明子的朋友打电话来说让他帮忙去看一车木胶板。我又是打手势又是使眼色的示意他不要同意，可这家伙仍然义无反顾地一口答应。把手里的活计一扔，在我愤怒的抱怨声中骑着三轮摩托扬长而去，扔下一句，会打发他五哥来帮忙。

水分还没蒸发的湿玉米秆实在折磨人，捆了好几天，我已经累到极致。今天又走动着一捆捆朝车前抱，腿像绑着铅块一样沉重。太阳这会儿也暴虐地晒着，玉米秆上飞扬起来的细绒毛和灰尘让人额头上似乎有千万条虫子在爬，痒得无可奈何。侄子也左一把右一把地用袖子擦拭着额头，试图让这种烦恼减轻一些。

明子这家伙总是这样不靠谱！我一边费劲地举着玉米秆递向车上的侄子，一边心里有些抱怨。还好装了十几捆后，五哥真的开着拖拉机来了。

我是不用再朝车上递玉米秆了，可总得把满地散落的玉米秆捆拖到车跟前，好让五哥递给侄子。我的两条腿抡得和风车一样在地里来回穿梭。等一三轮车，一手扶拖拉机装起来拉走的时候，我几乎没什么力气了。也饿得前心贴后背，才想起来还是中午吃的两个馒头！

还有一车没拉回家，我又一次抡起我的腿继续朝一块儿拖玉米秆。心里还忧虑着如果五哥这次不来这车玉米秆怎么装啊?一块地拖了一半，侄子一手拧着方向盘，一手拿着半个馒头啃着，和五哥一起来了。看见五哥我松了一口气，有个男人朝车上递玉米秆总是件让人轻松的事情。

不知不觉最后一车玉米秆又装起来了。夕阳用尽力气强撑着一张笑脸，红彤彤得秀着可爱的模样。我长出一口气，扯下口罩，口鼻那部分已经成了黑色，看起来有些恶心，我揉成一团塞进上衣口袋，摘下遮土的大檐帽提在手里，眼前似乎像拿掉了一座山一样轻松起来。身上的迷彩服沾满灰尘，裤子膝盖裂开口子宣告着它的委屈。

侄子和五哥用紧绳器绑车上的玉米秆，车上没地方坐，我招呼一声先走。田埂上杂草丛生，鞋子里不知道进去了什么杂物，那会儿忙没觉得，这时候却硌得脚疼。

夕阳羞涩地躲进天边的云彩里，只剩下一抹嫣红，特别迷人的景色。到了公路边，脚是真受不了了。只好不顾形象地坐在路边脱掉鞋子，在水泥路上用力地磕了几下，玉米叶、草籽、土，混杂着出来了。我才注意到我的布鞋伤痕累累，一层布已经掀起来，大拇指的地方快漏脚趾了。脱下另一只鞋继续磕着，一个骑电动车的男人经过这里，不看路却盯着我看，我耷拉着眼皮不愿意面对他的目光，心里嘀咕：不好好骑你的车，看什么看，没见过“美女”还是没见过难民？

穿好磕干净的鞋，起身，回家。一脚踏进家门，羊叫、犬吠、儿女吵闹……我凑合着吃了一碗婆婆替我蒸好的米饭，静静地坐着，什么也不去想，也懒得想，一缕炊烟中，倒也一片祥和。

三

一群女人散落在早春的田野里，扎着头巾，戴着口罩，只剩下两只眼睛在扑腾，盯着面前拇指粗的杨树苗，有些无奈地蹲下去。树苗是去年插秧长起来的，今年为了让树苗根扎得再深一些，就得剪掉去年的秧苗，让它们重新发芽。

女人们左手扶着树苗，右手拿着剪树剪子，手一松，剪子张开锋利的“嘴”钳住树苗，离地五公分，拇指和其他手指默契配合，一使劲，“咔嚓”一声，树苗应声摔在了地里。再一松手，剪子的弹簧快意地呻吟了一下又张开“嘴”，女人们挪向下一个树苗。

四百米的地一眼望去，树苗林立，密不通风，每一根树苗都要重复相同的动作剪下来。休养了一个冬天，女人们的腰身略显臃肿，蹲了没几步就气喘吁吁。只好用膝盖来回替换，半跪着前行。一根又一根的树苗倒在身后。那个叫喜宝的男人跟在女人身后，一根一根捡拾着，捡够一抱，就地一放。

太阳慢吞吞地从罗山上爬了起来，无精打采地巡视着大地，没一会儿就厌倦地躲进云层里不出来。风是个阿谀奉承的家伙，变着法子上蹿下跳，招摇舞蹈，刚抓起一把枯树叶撒落，又扯起一只塑料袋飞舞，顺带着扬一把土，没一会就把树地里弄得乱七八糟，女人们的头巾乱了，心也乱了。

剪了有一小块地，手心开始隐隐作痛，虎口像要撕裂一般，抬眼望去，一根根标杆似的树苗冷峻地站在面前，等着剪子结束它们生长了一年的枝干。天上的云越来越厚，像一群保驾护航的卫兵把太阳裹挟了去，不让它看树苗落地的悲凉。

有人摸出手机看时间，其他人赶紧问几点了，看手机的人眼睛一翻，说才八点。女人们顿时泄气，质问看时间的人，你那时间对不对？干了这么多活了才八点？

又有两个人摸出手机，一对照，时间是没错的，可时间咋过得这么慢呢？看身后剪断的树苗数量怎么也得十点才对。唉，这鬼天气，连太阳都不见了。女人们的速度慢了下来，三三两两的有人结伴去上厕所。野外空旷，女人们找个上厕所的地方真不容易，一来一去得十几分钟。十几个人换个地上了一遍厕所，时间却没有因此变得快一点。手来回不停地使劲握剪子，手背略微有些肿，肩、肘、手腕都因为用力过度而抗议起来。

女人们的队伍开始凌乱起来，手上有劲、剪子快的开始领先。中间那部分女人始终不紧不慢，落在后面的三两个最是狼狈——头巾松了，口罩挂在一边耳朵上来回甩着，半跪在地里，膝盖上顶着大大的泥包，呼哧呼哧喘着粗气，两只手握着剪子，转着圈地绞着树苗，别人剪了三四根了，她一根也没剪下来。其他人已经远远地走在前面，几个人一抬头，不乐意了，喊着让前边的女人等等她们。前面的女人心一软，折回帮她们剪几棵树苗，拉近一下距离。可没一会儿，她们又落到后面去了。连续几次，再喊，相熟的搭档失去耐心，回头笑骂：你们几个邋遢鬼，穷𡖐鬼，活该干活赶不到前面，你们说说，一把剪子二十来块，你们买一把新剪子会死啊？

一通骂惹得大家哈哈大笑，骂归骂，可也不能见死不救。走在前面的折回来帮这几个女人，几下就剪倒了一片，这样刚好和中间剪的人汇合。女人们重新排成一行开始下一轮的活计。但没一会儿，又成了前后参差不齐的队形，手已经承受不起来回的张合，速度一再减慢，这回落在后面的再喊也没人救场，几个人恨不得立马去买一把新剪子来。

喜宝是这群女人中唯一一个男人，始终跟在女人身后捡拾树苗，偶尔被脚下的树杈一绊。他一米五的身体会前倾一下但不会摔倒。喜宝快四十了吧，矮矮胖胖，一张冬瓜脸无事挂着笑容，总看见他提着一只茶杯，绿莹莹的茶水上漂着三颗大枣，蹲在他家大门口的台阶上，打量着过往的人，口齿不清地和行人打着招呼。那些人总会揶揄地夸赞喜宝是有福的男人，每到这个时候，喜宝都会咧嘴大笑，一颗多余的门牙显眼地顶出嘴唇，炫耀着主人的得意。

只有儿子出来，趴在喜宝身上闹腾着要一块钱时，他才开始狼狈起来，左右摸不出来个钱。儿子才不管他三七二十一还是二十四，躺在地上开始撒泼打滚。喜宝开始还有耐心，哄着抱着，可这孩子是越哄越得势，越闹越厉害。喜宝终于怒了，从路边的柳树上扯下一根柳枝，照着儿子的屁股就抡了下去。孩子一阵撕心裂肺的哭引来了邻居的围观。喜宝还脸红脖子粗地质问儿子再要不要钱？喜宝的家门爷爷看不下去了，掏出一块钱哄着孩子，转脸对着喜宝就是一顿骂："你个坏㞞，你一个大男人，不想着出去挣钱，把女人放在外面饭馆里能挣几个钱？你天天一个茶杯子一提蹲在大门口夸你呢？你看看别人家的房子，你再看看你们家，你连给娃的一块钱都掏不出来，你还好意思打娃？"

那天的喜宝颜面扫地，悻悻地站在村道上回也不是，不回也不是。后来一个邻居就喊他和女人们一起来干活，虽然一天七十块钱，可哄孩子总是足够的。

时间熬到了九点半，该吃馒头了，女人们总算松了一口气，提起干粮袋子三五个一坐吃了起来。天冷，水早凉了，胡乱吃几口馒头凑合一下吧，可这馒头得细嚼慢咽，三两下吃完了立马就要干活。

在没有色彩的早春，女人们的头巾成了炫目的风景。粉色、红色、浅绿色，相互映衬在一片枯黄的旷野。远处的罗山雾蒙蒙的，看似近在眼前，其实遥不可及。吃在嘴里的馒头如同刚才难以打发过去的时间，只在嘴里打转却咽不下去。喝口水冲一下，冰凉刺骨。突然大笑，有时候吃馒头不一定是饿了。

天空飞着几只喜鹊，变换各种身形表演着自己高超的飞行技能，飞累了，一个转身，潇洒地飘落在杨树苗最高的树枝上。细小的树枝经不起喜鹊的踩压颤颤巍巍晃着，好像要把喜鹊甩落在地，可这小东西甩着尾巴竭力保持着身体的平衡，愣是在那根树枝上站稳了脚跟。得意地“喳喳喳”大叫。女人们正烦着呢，谁有心情听它卖弄。一个女人弯腰捡起一块土坷垃，掷向枝头狂喊的喜鹊。土坷垃没打到喜鹊，受了惊的喜鹊扭着腰肢飞走了，临走在女人们干活的上空盘旋了几圈，似乎用这种方式表达着它的不满。

二十分钟以后，不用老板催促，天气就无情地驱逐这些女人上工。女人们甩着手有些大义凛然地走向树苗，有几个女人的手确实疼得不行了，她们开始打喜宝的主意，看能不能把剪子换到喜宝手里，再咋说喜宝是男人。她们一边念叨一边装可怜，一边看喜宝会不会主动来换一下。但是她们估计错了形势，喜宝还是那副憨憨的表情，龇着牙笑得天真无邪。就是不接女人们递过去的话，只专心地捡拾着面前的树苗。

四百米的地头在女人们的吵闹笑骂中很快出去了，时间依旧缓慢得像一头拉不动车的老牛。十一点的天气仍旧没有暖和的意思。手上的疼痛似乎支撑不到中午休息了，气氛越来越沉默，只剩下咔嚓咔嚓的剪树声和树苗落地的沉闷。忽然一声惊呼打破了这种沉默，大家一抬头，不远处田埂上的一幕触目惊心。一只大狼狗领着五六只土狗在分食一只死羊。大狼狗显然已经吃饱，半眯着眼睛卧在田埂上，冷冷地看着这群人。而那几只狗仍旧在撕扯着死羊，完全没把女人们放在眼里。而女人们也没勇气像驱赶喜鹊一样去驱赶流浪狗，只能任凭它们在面前上演血腥的场面。手底下的活计依旧在继续，狗无视着人，人忽略着狗。

远远驶来一辆三轮电动车，几个女人对双膝跪地匍匐向前的一个女人惊呼，你看你看，那个怎么像你儿子。女人抬头细看，可不正是自己在省城重点高中上学的儿子吗？他怎么回来了？是不是出啥事了？看着儿子一步步走向自己，无数的疑问涌上心头。

三十七岁的她瘦弱干瘪，皱着眉头甩着手腕，新买的头巾鲜艳悦目，却遮不住脸上时间积淀下来的沧桑。早晨她就开始忙活起来。丈夫一开春就打工去了，家里就她一个人。四头牛，二十几只羊，她牛圈里出来羊圈里进去，得早早地喂好牛羊才能去打工。三个儿子都在上学，一个月的生活费要两千多，家里还这样那样的花销。光靠丈夫一个人挣钱根本不够，自己虽然挣得不多，可好歹也补贴一下家用。

儿子腼腆地笑着，两个月不见，又长高了。仔细询问，原来今天星期六，儿子随亲戚的车回家来看看。回来看见母亲不在，一打听在这里干活就过来看看，一会儿马上就走呢。女人的心放下了，儿子抢过女人手里的剪子，半蹲着开始剪树苗，到底是男孩子，手上有劲，几下就帮女人剪倒了一大片。女人一边甩着手腕一边和儿子聊天，问东问西，儿子一边剪树一边小声地回答着。

剪了一会儿，儿子要走了，女人开始询问一起干活的女人谁装钱了。一群女人七零八碎地凑齐了五百块钱，女人拿过去递过儿子，儿子推辞着不要，说自己这个月钱够花。下个月再说。女人执意扯着儿子的手腕强行塞给儿子，儿子一看不行，数出来二百自己拿着，剩下的又塞给母亲。娘俩就这样来回地推让手里的钱。儿子一看拗不过母亲，把三百块钱使劲塞到母亲兜里转身就跑，边跑边回头嘱咐母亲别操心他。女人一看追不上儿子，只能大声喊着让儿子在学校吃好喝好，千万别亏待自己。走远的儿子挥了挥手，示意母亲忙去。女人看着儿子远去的背影，叹了口气，拿起剪子重新加入剪树的队伍，匍匐在地用双手使劲剪树。

看了无数次的手机，时间总算熬到了中午，剪倒的树苗和站着的树苗齐齐整整地拉开了分界线。女人们拖着有些跛了的腿，甩着手腕，像一群打了败仗的伤兵，懒散地走向地头休息。

（原载《天津文学》2016 年第 9 期，《散文选刊》2017 年第 4 期选载）

玉米味的月光

冰　静

记忆里，中秋的夜是玉米味的。

天还没亮，娘在厨房里准备早晨的干粮。菜刀在案板上舞动出悦耳的声音，能把人从美梦中抽离出来。每次听到菜刀和案板的摩擦声，我就知道要起床了。我迷迷糊糊地睁开眼睛，嘟着嘴很不情愿地穿衣服。旁边的哥哥总是先伸个懒腰，闭着眼睛很痛苦地挣扎一番，最后双脚使劲地捶打着炕。这时，娘总会趴在炕头，脸轻轻地贴在哥哥耳畔，轻轻地吻一下，眼角略带着泪花，静静地注视着哥哥，双手紧紧地拽着被子的一角。

我家的活真多，娘进进出出一辈子也没有干完。

我嘴里打着哈欠，整个人是半昏迷状态，在夜色中踉踉跄跄地行走。偶尔抬头，天上挂着一个明亮的翡翠，照得大地遍体光艳。庄稼地里的玉米长出了丰收的喜悦，那一片一片的玉米唰唰地响着，舞动着秋的希望。娘说早起的鸟儿有虫吃，我们半夜三更地到地里掰玉米，不知道的还以为是偷掰别人家的玉米。

那几年的玉米长势好，粗粗的杆子，籽粒饱满的棒子，一片片的玉米密不透风。娘望着一片绿地，高兴得合不拢嘴。这可愁坏了我，越是长势好的玉米掰起来越吃力。方圆数里，全是一人高的玉米。玉米叶面上长满了细细的绒毛，叶面的下面却是光滑的。我家主要农作物就是玉米，所以掰玉米也是件重要的事。我脚尖用力地踮着，胳膊举高，右手拿着一棵钉子在玉米棒子中间轻轻一划，玉米皮就这样脱落掉了；左手扶着玉米棒，再用力向下折，玉米就赤裸裸地出现在我的手中。娘双手之间的配合更是默契。娘的手不停地掰，汗水流进眼睛里，直到模糊得睁不开时，这才撩起衣襟擦拭着额头和眼角的汗水。顺着背影望去，娘干瘦，腰弯得很厉害。身上的花格子衫子十分宽大。从我上初中到高中，每到天气热起来，娘就一直穿着这件花格子衫子。娘就像机器人一样，伸手、弯腰，伸手，弯腰，一直重复这俩动作。

我刚开始还行，可掰了不到十米，就觉得手开始疼了，大一点儿的玉米得费好大劲才能掰下来。娘头也不抬专注地掰玉米，不一会儿，我就落下了一大截。想快点掰，撵上娘，可越是着急越赶不上，再加上蚊子在周围捣乱，我急得满头大汗，掀下头上的草帽子，一屁股坐在地梗上，拿着草帽扇凉。我的手掌生疼，仔细一看，一双手又红又厚实，哪像姑娘家的手，我有些自哀自怜了。

我举目四望，一片苍茫的绿洲。远处的山一座连着一座，漫山遍野的菊花开出了秋的味道。我愣愣地坐着，眼睛来回地打量着田间地头，心里突然一阵酸楚，从鼻子酸到了心里。

娘从玉米地里出来，脸上的灰尘被汗水冲得一道一道的，像极了《士兵突击》里的许三多。娘摘下头上的头巾，边走边拍打着身上的灰尘。太阳火辣辣的，照到脸上很疼。常年的辛苦劳作，让娘的体力不支。娘时不时地抬头看看天，看看我。娘手上被玉米叶子染得翠绿，身上散发着汗的香甜。我至今很迷恋这个味道。

那个时候似乎很忙，娘没有太多的时间准备中秋的节日饭菜。从地里回来，我饿得找了一块馍馍，又黑又硬，咬在嘴里像瓦片子，直崩牙，但还是一口开水一口馍地吃着。我望着馍馍走神，眼睛里充满了泪。娘着急慌忙地挑拣些嫩玉米棒子淘洗干净，放进锅里，倒了几瓢水。哥哥不停地加柴，拉着风箱，烟筒里的烟足足冒了一个小时。黄奶奶看见了，小脚跑着进屋看到底锅里煮啥肉。娘不好意思把玉米棒子往桌子上端，咬着牙一直低头站着不说话。黄奶奶自己到厨房掀起锅盖，一锅的玉米棒子。她迟疑了一会儿就悄悄地走了。不一会儿，大门咯吱响了，黄奶奶端着几个月饼、几个苹果递到了我手上。这是我第一次见月饼。我望着月饼，望着黄奶奶，眼泪汪汪地流着，钻心得疼。黄奶奶紧紧地攥着我的手，眼睛红红地看着我，嘴角的肌肉抽搐着说：“孩子，吃去！”我目送着黄奶奶远去的背影，瞬间心里有一股热流在静静地流淌。

哥哥烧锅实在，双手用力地拉着风箱，全身都鼓着一股劲，抓一把柴扔进灶头，再双手抓住风闸使劲拉。娘进来掀开了锅盖，一股焦煳味蔓延了一屋。可能是哥哥拉风闸太投入，压根就没注意。娘大发雷霆，一锅玉米，大半糊了，粘在锅底。娘心疼极了，顺手拿着擀面杖就打。哥哥聪明，娘打他要么躲，要么跑。我从小就是老牛肉，打不还手、骂不还口，眼睛也像牛眼一样，娘打一下，我抬头看一下娘，眼睛里流动着无限的反抗。我就死死地站在厨房里，全凭娘出气。打过的地方青一块紫一块，疼得人死去活来。

夜深了，月儿上了枝头，风凉飕飕的。娘说让我把玉米棒子和黄奶奶送的月饼、苹果放到外面院子正中的炕桌上献月亮。我嘟着嘴假装没听见，双手抱着自己的胳膊，望着无尽的夜空遐想。娘嘴里咬着手电筒，双手举着炕桌，小心翼翼地走着每一步。厨房的门槛很高，娘晚上的视力没有白天的一半，就怕不小心踩空，摔倒。我心里七上八下，到底要不要帮娘呢？白天还那样狠心地打我。经过一番思想斗争后，我跳起身拍了拍屁股后面的土，跑了过去，夺过娘手里的炕桌：“娘，我来吧！”很庄严地放下炕桌，点燃了三支香，认真地对着月亮鞠躬作揖。每一次鞠躬，我双眼紧闭心里默念着，希望嫦娥仙子保佑我考上大学，跳出农门，从此改变自己的命运！

玉米棒子的味在月光的照耀下渐渐地淡然，我已经不计前嫌，静静地依偎在娘的怀里望着月亮发呆。此时此刻我想起了远在上海打工的姐姐，工地上搬砖头的爹。在这举家团圆灯火阑珊的中秋，为了生计，他们背井离乡。娘流下的眼泪浸湿了我的衣领，好冰，好冷，也好疼，一下子把我从幻想中拉到现实。其实，我一直在努力刻苦地学习，尽管我不知道我能不能如愿以偿地考上大学。但是，我想到外面的世界去看一看的愿望是那么的强烈和不可遏制。真的，我很想迈过这个生我养我的小小院子的门槛，从这个古老的村庄走出去，体验大千世界的千姿百态。

娘忽然哭开了，在银色的月光下，在空旷的院子里，她的哭声是那么细小，那么微弱。秋风乍起，淹没了娘的哭声。恰在此时，我闻到了一股玉米的味儿，朴素、清爽、香甜。再看洒遍院子的月光，似乎也被玉米的味道浸润了。

玉米味月光，真好！

（原载《朔方》2017 年第 12 期）

【作者简介】

冰静，原名胡静，女，1991 年出生于宁夏固原，宁夏作家协会会员。作品刊载于《朔方》《黄河文学》《银川晚报》《宁夏文艺界》《罗山文苑》等报刊。在“寻找仓央嘉措的诗与远方”全国征文大赛中荣获散文类优秀奖。在“深入十九大建设美丽幸福红寺堡”征文大赛中荣获小说类二等奖。现居宁夏吴忠市红寺堡区。

稻花香里说地三

包作军

“青青子衿，悠悠我心，但为君故，沉吟至今。”

一直想为家乡，我的桑梓之地叶盛镇地三村写点什么，几年过去了却都慵懒得没有动笔。朋友韩万东最近履新，到我的家乡叶盛镇主政，他对我说，你是地三人应该为叶盛，为地三写点文字。七月流火，稻花飘香。今晚，夜雨过后，月白风清，我泡上一杯大麦茶，坐在电脑前，在大麦茶袅袅的清香里，回望那个美丽的小村落——地三。

老话说，天下黄河富宁夏，塞上明珠青铜峡。青铜峡市地处全国九大干渠之首，沟渠纵横，排灌便利，土地肥沃，宜于耕种。《宋史》中就有“其地饶五谷，尤以稻谷”的记载，是全国商品粮基地之一，盛产水稻，其产于叶盛镇地三村的大米更是久负盛名，被称为“地三贡米”、“地三香米”。明洪武年间，此地实行屯垦戍边，划地为号而得名，地三土质特异，所产水稻品质优良，脂肪、蛋白质含量丰富。据宁夏府志记载，宋夏之时，此地其物产最著名者，尤其是所产的地三大米，晶莹洁白，润滑爽口，软而不黏，清香可口，富有透明感，被称为“珍珠米”。西夏时就曾供宫廷食用。后人也由此称“地三贡米”、“地三香米”。

有道是，“张王李赵刘，天下遍地有”。但在地三，张王李赵刘很少有，村里的人家十之八九都姓包。而且听老辈说，村里这一百多户包姓的先人都是来自安徽合肥的包氏三兄弟，而这三兄弟据说还跟包拯的族系有着千丝万缕的联系。包拯字希仁，庐州合肥（今安徽合肥肥东）人，是赫赫有名的青天。也因此，地三包姓的人之间是不宜通婚的。我以前认识一个同村的女孩，也姓包，两个人的感情刚有个谱，父亲知道后，叹口气说，这姓李能找姓李的，姓张的也能找姓张的，唯独姓包的不能找姓包的……于是我的这段感情只好无疾而终。

我的一个老辈还在世的时候曾经托付我续修地三包姓的家谱，他给我讲述了许多他所知道的关于地三包姓的前世今生。

自秦汉之后，由于战争、瘟疫、自然灾害等原因，宁夏地区曾多次出现过空城现象，所谓空城，简而言之就是无人区。朝廷也曾多次向宁夏地区移民以实之。其中有史记载的空城事件主要有两次：一次发生在西夏灭亡之时，另一次发生在明朝初年。地三的包氏三兄弟就是明朝初年那次空城事件发生后移民而来的。

在宁夏许多地区广为流传着一首歌谣：“问我祖先何处来，山西洪洞大槐树；祖先古居叫什么，大槐树下老鹳窝。”

据史料记载，从洪武初年（1368 年）至永乐十五年（1417 年），五十余年间，明朝廷组织了八次大规模的移民活动，涉及了十八个省的四百九十多个县市的八百八十二个姓氏。山西当时算得上是人口稠密之处，而当时的洪洞县又是晋南最大、人口最多的县，担负民众外移自然首当其冲。山西《洪洞县志》以及洪洞县《大槐树志》记载，明永乐年间，当地官府曾七次在大槐树左侧的广济寺集中泽、潞、沁、汾和平阳没有土地的农民以及人多地少的百姓迁往中原等地，并给所迁之民以耕牛、种子和路费。寺旁有一棵“树身数围，荫遮数亩”的汉槐。当地官府人员在树下荫凉之处为被移之民登记造册，办理手续，按所去地点编队，然后发给一应物品。来自安徽合肥的包氏三兄弟也因为在家乡触犯刑律，好在罪责不大，被发配充实边塞之地，于是也被集中押解到大槐树下，然后依次发送宁夏、甘肃等边塞之地。

在大槐树下，一个长得像露珠一般的女子在唱：“人人尽说江南好，游人只合江南老。春水碧于天，画船听雨眠。垆边人似月，皓腕凝霜雪。未老莫还乡，还乡须断肠。”女子的嗓音真是动听，琵琶也弹得好，害得来自江南的包氏三兄弟那天晚上整夜未眠。

日暮酒醒人已远，满天风雨塞外走。几天后，包氏三兄弟拖儿带女，踏上了去往宁夏的路途。一般迁徙而来者，“处于瓦渠四里为民，号土达，使自耕食户，简其壮者充营卒，食粮征操”。包氏三兄弟以前也只是在诗书中略知宁夏，唐代诗人李益在灵州（又叫受降城）写过一首《夜上受降城闻笛》：

回乐峰前沙似雪，受降城外月如霜。
不知何处吹芦管，一夜征人尽望乡。

宋代诗人张舜民在其《西征》诗中这样写道：

青铜峡里韦州路，十去从军九不回。
白骨似沙沙似雪，凭君莫上望乡台。

明代冯清《边人苦》则道尽了垦边、戍边军民的疾苦：

边戍岁无休，边征身何怙。
修边妨耕锄，巡边历沙卤。
边儿解兵戎，边女废织组。
边妇叹室庐，边夫赋屺岵。
边衣毡褐裘，边枝刀弓弩。

因此，包氏三兄弟此行填充宁夏边塞，内心充满了悲壮：此一去“西出阳关无故人”；此一去“大漠风尘日色昏”；此一去，“黄沙百战穿金甲，不破楼兰终不还”！

临行之际，包氏三兄弟踯躅古槐树下，见栖息在树杈间的老鹳不断地发出声声哀鸣，想着此一去这一生都未必能返回故土了，不免悲从中来。为了让子女永远记住自己的家乡，有朝一日回来时能够找到自己的老家，就指着孩子们最好记的大槐树和上边的老鹳窝说：“不要忘了，以后若能回到家乡，记不住咱的村庄，就先找这棵筑满老鹳窝的大槐树，然后再慢慢找回自己的老家。”好在这些移民之后并没有忘本，不论走到天南海北，只要一说是老鹳窝底下的人，都亲热无比。宁夏地区少见老鹳而多见老鸹，后来人们就把“老鹳窝”说成了“老鸹窝”。

记忆是根长长的线，在包氏三兄弟走过的路上缠绕。但他们不可能沿着它的痕迹，一路往回，只能往更西、更北、更陌生处远行。他们步履蹒跚，身后的影子模糊，像老旧相机下的记忆。沿途有许多陌生的人，三三两两，他们互相看看，但不说话，彼此都只是对方视觉里的路人。古人云：“一生能着几两屐？”想当年，包氏三兄弟在闹饥荒的时候都不肯轻易逃荒，宁愿在家乡吃青草啃树皮吞观音土，生怕离乡背井之后，在旅行中沦为饿殍，失掉最后的权益——寿终正寝，落叶归根。

迁民当然是强制性的，人们穷家难舍、故土难离，于是用各种方法反抗着。移民官员和押解的差人，怕他们半路逃跑，在编队定员之后便把他们捆绑起来才肯上路。需要大小便时，就冲着押解的兵卒喊一嗓子：“快快解手，我要方便！”时间一长，懒得多费口舌，只需喊一声：“解手。”从此，大小便又多了一个代名词——解手。我的父亲至今还把上厕所叫作解手，即使进了城，坐上了现代化的抽水马桶也依然乡音未改。

我的那个老辈还告诉我，移民的后裔有两个特征：“走起路来背抄手，小拇指甲是两个。”背抄手走路，那是因为两手被成年累月反绑，遂成习惯。小拇指甲是两个，说的是脚的小拇指指甲盖儿上有一道竖纹，乍一看像是两个指甲。“谁是古槐迁来人，脱履小指验甲形”。唯洪洞移民有此特征。一个更为盛行的传说，说官兵怕移民路上逃跑，就让他们脱掉鞋子，在每人的小拇趾上砍一刀，作为记号。我最初在一本书上看到这句话时，连忙脱鞋解袜，把脚放到很亮的灯下，果然是脚的小拇指指甲盖儿上有一道竖纹，乍一看像是两个指甲。

包氏三兄弟到达宁夏之后，被安置到一个叫青铜峡的地方，就是宋代诗人张舜民在其《西征》诗中所写到的那个青铜峡。由于青铜峡饱经战乱，荒无人烟，他们可以随便占地。地方官吏采取的是“跑马圈地”，让他们在规定时间骑马跑一圈，马蹄所至之处，都可以划给他们耕种。包氏三兄弟据说骑马圈地的面积在新来的移民中是第三名，故随口称呼此地叫做第三，久之被叫做地三。

彼时，因战乱而荒废的秦家渠、汉延渠、唐徕渠等几大干渠的疏浚工程逐渐起步，汪洋之水，恣肆漫展。处于围垦深处的地三，地广人稀，到处是漫无边际的蒲草、芦苇，还有芨芨草，看不到几户人家，即便到距离最近的地四（如今的联丰村）、地七（如今的蒋滩村）、地十等村落也要走一两个小时的路程。在荒野中四面走动，无遮无拦。此时，哪怕是一条轻飘飘的、痕迹浅淡的小径，也会令整个世界为之倾斜——倾斜向这路指向的远方。在空敞的天空下，一片片水泽连着一片片荒野，似乎永无止境。站在高处，四望漫漫，身如一叶，能看到牲畜的脚印渐渐凌乱、焦急，看到这些脚印渐渐密集，渐渐形成无数条小路。牛马们的脚印粗鲁又突兀，羊群的蹄印往往乱糟糟一大片，轰然经过草地。然而从远处看，却又是次序井然的缕缕细线，整齐地并行向前。还有一种动物，不知是什么，蹄印分为四瓣，前面两瓣大，后面两瓣小，走路的情形应该是四平八稳，踱着方步。鸟的爪印更像是惊鸿一瞥。鸟更多的时候应该属于天空，却很少在天空中看到它们，因为地上有七十二连湖，湖中满是它们喜爱的食物。

包氏三兄弟的家和牲口棚是一样的简易得不能再简易的土坯房，墙连墙窗挨窗。人忙急了会不小心钻进牲口棚，牲畜也会偶尔装糊涂走进人的居室一窥究竟。看上去似亲戚如邻居，却又根本不是那么回事，日子久了，人和牛、马、羊、猪几乎过成了一家人，彼此谁也离不得谁。不过也是，家里没头猪、没匹马，那还能叫家吗？下雨的时候，麻雀会来在土坯房简陋的屋檐下避雨，不多久它们飞去，再来时口中衔草，怯生生地环顾四周的样子，就像是一个外来户。风从西北向东南吹，它们从东南向西北飞，一趟趟搬运，在檐下的缝隙或者隐蔽处跳跃忙碌，似乎认定此处是可以安身立命的处所。

而且包氏三兄弟还发现跟南方不同，这片土地上似乎得不到春风眷顾，“六月披袭塞外行，犹闻山头未消冰”。老天爷为什么单单不给这片土地春天呢？“惊蛰打春雷”，却丝毫看不到春天温暖的身影。“春分麦起身，一刻值千金”，在他们的老家早已是杨柳青青、花香鸟语，这里即便到了清明节依然乍暖还寒，薄衣单衫的三兄弟冷得瑟瑟发抖。就是过了阳春三月，这里还有“四月八，皮袄皮裤不敢脱”之说。这里的春天就像是被冬天这头猛兽吞吃了，只留一段尾巴在人间。春季的农历节令几乎要过完了，人们却依然在冷峭的寒风中渴望春天，树无叶、草无芽，大地一片苍黄，在不经意间已经跨入了夏天的季节，这里的桃花、杏花都盛开在夏天。这里的春天，有点像入了洞房不脱衣服的新媳妇，无论新郎官怎么着急，她总有不脱衣服的道理。也许轻易让人得到就显不出来她的珍贵，突然来个春光乍泄，新郎官肯定会没齿难忘的。塞北的春天短暂的犹如昙花一现，却也令人最难忘怀。

俗话说，人迁万里，魂系故乡。地三虽然土地广袤，但初来乍到的包氏三兄弟却只爱他们的老家安徽，其他省他们都不爱；他们也只爱安徽的合肥，因为其他地方都不爱；他们还只爱合肥的肥东县，因为其他县三兄弟都不爱……肥东乃是包公故里，吴楚要冲，人文荟萃，钟灵毓秀；地处江淮之间，居皖中腹地，是个天造地设一般的好地方。包氏三兄弟对家乡的爱狭隘、偏执，像针尖上的蜂蜜。他们会絮絮叨叨地说包公祠残缺的帽蘑该换瓦了，王朝马汉的塑像也已经年久失修，残破不堪。包氏三兄弟还会对偶尔遇到的当地土著们说，从没有在包公祠内的椽瓦上看到一缕吊灰，不知道现在怎么样了？说起来一脸的痛楚和不堪，像是有灰尘挂满了他们的眼角眉梢。三兄弟尤其想念南方老宅的那片园子，园子很安静，溶溶地在春风中立着，面对着山，面对着小河，春风里满揣着希望，垂柳披拂新绿，啄木鸟啄出一片耳语似的诗思……园子上的天空蓝悠悠的，又高又远。白云来了的时候，那大团的白云，好像撒了花的白银似的，从兄弟三个的头上经过，似乎要压到他们的草帽。劳作累了，就在园子的香樟树底下找个阴凉的地方睡了。地上是一片凉席似的青草，不用枕头，不用席子，就把草帽遮在脸上睡了。园子里有一条小溪，小溪清且浅，蓝天映照其中，落花点点漂浮。从这里可以窥见香樟树的倒影，可以看到水底泥土的颜色。几只白鸡走来，红冠飘荡，俯啄仰饮。它们的影子也映在水里，嘻嘻相欢，怡然共栖。

“姥山尖一尖，庐州出状元”。在明清两朝，合肥人在姥山岛修建了文峰塔，祈盼合肥学子能“魁星点斗，独占鳌头”。李鸿章更是遥襟甫畅逸兴遄飞：“巢湖好比砚中波，手把姑山当墨磨。姥山塔如羊毫笔，够写青天八行书”。包氏三兄弟也曾心怀“学得文武艺，货于帝王家”的初衷，也曾拥有“朝为田舍郎，暮登天子堂”的梦想，为的是儒家的修齐治平，为的是人生的波澜壮阔。但他们的这些想法在来到宁夏之后，像肥皂泡似的破灭了。很显然，在包氏三兄弟的眼里，宁夏依然属于蛮荒之地。在这样的地方怎么会有可能“学得文武艺”，又怎么可能“暮登天子堂”？于是觉得此生休矣，于是觉得万念俱灰！

尤其当三兄弟站在黄河护堤大坝上，或者河岸边，遥望黄河之水从西南天地相连之处浩浩汤汤奔涌而来。平坦如砥的河面，越到近前，越显露出波涛汹涌的本色。眼前，千军万马，豹突虎奔，俯冲到包氏三兄弟的脚下，受到护堤坝和河岸的正面阻挡，顿时暴怒异常，横冲直撞，冲撞出许多混浊的漩涡，许多漩涡汇聚在一起，就如同一锅沸腾的开水，咕咕涌涌，上下翻滚。漩涡翻滚到堤坝脚下河岸边，一波一波，前后相继，愤怒地拍打着护堤坝和河岸，喷溅着白沫。生于南方，长于南方，习惯于似水柔情的包氏三兄弟哪里见过这等场面，直看得两股战战，几欲先走。

包氏三兄弟勤勤恳恳地在地三这片土地上“火耕水耨”。何为“火耕”？何为“水耨”呢？《货殖列传·集解》语云：“烧草，下水种稻，草与稻生，高七八寸，因悉芟去。复下水灌之，草死，独稻长，所谓火耕水耨也。”说白了，“火耕水耨”就是把地里前一年留下的枯草用火烧掉，然后把水稻直播田中，待禾苗长到七八寸时，再割除杂草，灌水灭绝。这种方法宁夏种植历史上一直沿用。如公元六世纪前期的《齐民要术》，在介绍稻作技术时，也介绍过这种传统的耕作方法。从茹毛饮血到刀耕火种，从刀耕火种再到火耕水耨，是人类的又一大进步。“火耕水耨”的科学之处在于它充分地运用了“水”与“火”这两种取之不尽、用之不竭的自然资源，达到了开荒、施肥、锄草及防治病虫害的多重目的。包氏三兄弟种稻之外，还在稻田灌水后放养一些当地的草鱼，到了收获的季节，便可实现鱼米双丰收。

那时候的黄河，真的是三十年河东三十年河西。夏天一过，随着秋天的来临，黄河也就进入了主汛期。这时，包氏三兄弟又寝食不安起来，那心几乎是提到了嗓子眼。因为他们的庄稼地全在黄河滩上，如果黄河发水，那庄稼地就会变成一片沼泽。这一年的辛苦白费不说，来年断了口粮岂不等于断了全家的活路。每逢立秋这天，笃信迷信的三兄弟总是在黄河边焚纸烧香，然后跪在地上不停地磕头作揖，嘴里还喃喃自语：老天爷保佑黄河甭发大水，老天爷保佑甭淹俺的庄稼地！

尽管包氏三兄弟这般虔诚、恭敬，可老天爷依然不为所动，肆虐的黄河依旧我行我素，暴涨的洪水依旧无情地吞噬着那些即将收成的五谷杂粮、麦子萝卜……为减少损失，包氏三兄弟开始了“虎口夺粮”、“浪里淘食”。家中男女老少齐上阵，纷纷下到齐腰深的洪水里打捞庄稼，从泥里抠摸萝卜土豆。大人们一个个耷拉着脸唉声叹气，那些小孩子们却开心得不得了。他们泡在一片汪洋的庄稼地里，像鱼一样欢快地游来游去忽而比赛看谁捞的棒子多，忽而比赛看谁摸的土豆大！一个男孩子一个猛子扎下去，本以为摸到了一个大萝卜，慢慢抱上来一瞅竟是一条五六斤重的黄河大鲤鱼。看着鳞光闪闪、红须赤尾、扑啦乱蹦的大鲤鱼，一直愁容满面的三兄弟脸上这才绽开一朵灿烂的莲花！

不过，黄河由南向北横穿半个宁夏，形成“天下黄河富宁夏”的河套地区。宁夏为西套，从古至今黄河灌溉宁夏平原，哺育了宁夏世世代代人民。在千千万万像包氏三兄弟一样的移民的辛勤劳作下，宁夏河套平原河渠纵横，土地肥沃，牛羊成群，鱼米之乡，好一派塞外风光。多年以后，这里的许多景象，业已改换容颜，不似江南胜似江南。来自南方的流浪者——包氏三兄弟，无复提起彼此孩提的当年以及在南方老宅的园子里扑娥追蝶的日子。

尤其值得一提的是，包氏三兄弟种植的“白皮大稻”，不仅产量丰盈，而且也以品优质佳而著称，具备了“粒圆、色洁、油润、味香”四大优点，而且蛋白质、脂肪含量尤高，极富营养价值。用其蒸制的米饭，洁白如脂，粒粒晶莹，黏而不腻，油润香口，与著名的天津“小站米”可媲美共荣。

米饭做得好，水很重要。米饭最好吃的地方，必定是水好的地方，地三的水就非常好。不过方法也很重要，“净洗锅，少著水，柴头罨烟焰不起。待他自熟莫催他，火候足时他自美”。米饭煮熟之后，如果再将带皮猪五花肉切成方块状用稻草捆上，汆水取出，加葱、姜、糖、酱油焖上几个小时，做成一道肥而不腻、酥而不烂的红烧肉。光是白饭浇上汤汁，就已十分美味了，何况那红烧肉……三兄弟心里乐开了花：这世上竟有这么好吃的东西！虽然是一大块肉加白米饭，但炖煮得又软又嫩，那肉甚至汤匙都可以轻易将其切开，大米的味道渗入肉的每一丝纤维里，与其说口中含着食物，不如说像含着艺术品。咀嚼之间，心情变得非常愉快。相传，康熙皇帝西征葛尔丹路过宁夏，偶然品尝了地方官员供奉的地三大米，食后大悦：“清爽可口，真乃神米，何不为贡?”遂钦点为宴席主食，被称为“珍珠粳米”，又誉为“朔方贡米”。

几年前，去地三老同学家做客，一碗米饭冒着热气摆至桌前。捧碗起筷，突然看见那青花瓷碗上印着四个精巧的艺术字：一粒一香。一碗米饭，米粒当以千计，若真一粒一香，细品之下，该是有千种味道、千种香气绵绵入口了。一粒一香，千粒千香，是一种怎样的妙不可言和不可思议啊！寻常如一粒米，缥缈如一缕香，那细腻聪慧的心思，让人感觉如千般滋味入口，万种馨香绕心。

地三，是我们祖祖辈辈生长的地方；地三，也是粮食的故乡。地三，从最初的包氏三兄弟在此开拓，到张王李赵刘多姓氏杂居并处；从最初一片蛮荒之地，到最终成为在整个宁夏都颇具美誉度的村落，成为宁夏确定的十个特色产业示范我想让母亲好好和我吃顿饭。

母亲不肯来，说邻居看见了又说闲话。我固执地坚持着，说都做好了。哥和嫂子看我为难，一起给母亲说情。

我连拉带拽地把母亲叫到我家。我家的门前台阶有点高，我先上去，转身伸手拉母亲上来，她没有拒绝。我感觉到母亲手上的伤疤硌着我的手，这双手是那么陌生。

母亲进屋环视了一遍，说又挪这屋里了啊，我已经很久没来你们家了。我急忙摆好炕桌，泡好茶，拾好瓜子、苹果、橘子。这是沿袭着母亲待客的礼数，一样都不能少。

母亲上炕了，脸色缓和了下来。看见电视旁边堆着几本书，略责备地说："还一天到晚看书啊，眼睛都熬得不好了，看那么多书有什么用？我那时候生完你姐坐月子无聊，看了两本闲书，到现在眼睛和脑子没缓过来。书这东西费人精神。"

我笑笑，大声和母亲说没事。想当年母亲也是识文断字的才女，差一点成了老师，却因为父亲的执意反对，而当了一辈子农民。我有工作的舅舅姨姨们说起来就遗憾，说是父亲误了母亲的一生。可这些母亲自己是不说的，她用沉默将当年的风起云涌化为子虚乌有，陪着父亲在土地里劳苦，生儿育女。

我坐在炕沿上大声回复着母亲的提问，锅里的蒸鸡肉已经溢出清香，屋里的温度也暖起来。母亲不吃瓜子苹果，只轻轻拧开茶杯啜着茶水。

乡村的长嘴妇人捡拾起是非的细枝末节拼命传播。只几个来回，我婆婆嫌弃我的话就已经扩充了版本，顺利地送到母亲的耳中。母亲大怒，积攒多时的恶气冲我爆发开来。旧事重提，骂我当时是"睡在鸡架底下——眼让鸡屎糊了"，那么多人我不嫁，非要嫁者布，现在好了吧，自食其果、咎由自取、自作自受、自讨苦吃……这么多年，母亲还是没忘记这些词语，很好地把它们组织起来加诸在我身上，告诉我当时的选择是多么幼稚。

我欲哭无泪，只能拼命低头看着脚下，多想地下有个缝可以收留我。

由于者布的身体原因，越来越多的农活、家务压到我身上，我像一只被鞭子抽起来的陀螺。每当我一脸疲惫坐在母亲面前时，母亲恨铁不成钢的数落就如影随形。我越来越沉默，甚至讨厌两家人居住的距离。

儿子的出生稍微缓解了母亲的“脸色”。母亲为他做了小棉袄、小棉裤、缝了小被子。母亲不来我们家伺候我做月子，在自己家做好面给我端过两回。母亲做的酸汤面特别好吃。女人在月子里娘家妈伺候的惯例在我这被母亲省略了。我知道，这是母亲对我任性的惩罚。

撤了瓜子和果盘，蒸好的鸡肉和漂好的咸菜端到炕桌上了，双手给母亲奉上碗筷，续上茶水。

母亲看着香味扑鼻的蒸鸡块，笑着说：“哎呀，长本事了，会做饭了。人家不在你把鸡吃了别又回来说你。”

我笑着大声说：“没事，这就是我专门给你做的，他在你又不来我们家。快尝尝好吃不？我放的盐少，别没味道。”

我拣了几块到母亲碗里，赶紧问好吃吗。母亲说好吃，招呼我也上炕。

母亲当年的反对历历在目，我想起一句话：如果你的父母不是嫌贫爱富的人，她反对你的婚姻，你就要慎重考虑你的结婚对象。

又一次琐碎的争吵升级，家里鸡飞狗跳，简单的肢体冲撞后我离家出走了。

我坐在离家的班车上，痛不欲生。我想起争吵时哭着的儿女，想起母亲平时恨铁不成钢的责骂，想着我要走了没和母亲说会怎样？孩子没有我该怎么面对生活？太多太多的顾虑化成了不争气的泪水。但是一切都太迟了。

我在银川一家清真食堂找了份工作。我关了手机，我也没脸面给母亲打电话，只托侄子告诉母亲我好着呢。

有一天，外甥女把电话打到我工作的地方，和我说我走了母亲天天哭。我的眼泪汹涌而出。十来年的数落，让我一直以为母亲是不稀罕我的。

我是做好了被母亲劈头盖脸一通骂的准备才打电话的。但是母亲一反常态没有骂我，语气出奇的温软。她让我回来，说儿子女儿都瘦了，衣服鞋子脏得不像

供销社

李振娟

秋收了，米粜了，庄稼人把一沓攥湿的票子小心翼翼地用手绢包了，压在箱底，在心里头打起了小九九。

流了一个夏天的汗换来的这薄薄的一沓钞票，一定要花在刀刃上。

其实，早在望见那一束束稻穗谦虚地低下了头的时候，各家人心里就有了打算：换掉那口补了几个疤子的铁锅；冬天不好打发，那些烟筒快让锈吃完了，该买几节白铁皮的了；不能总在精席子上溜着，买条花床单把前年就擀好的毡拿出来铺上；老人身上没有了火力，买几斤棉花把已穿了两冬的老棉袄给拆了蓄上……

那时候村里人的生活愿望和奋斗目标几乎都陈列在供销社里。

我们村的供销社位于六个生产队的中心位置，与每个队打谷场的距离大致相等。这大概是当时建供销社时特意测量好的，讲究个公道合理。

我家属于八队，但处于七队与八队的交接处，离供销社只有两百米之遥。站在院门口抬高头便能瞅着供销社的房顶。那是一个很大的方形水泥板房顶，房檐奢侈地宽出青砖墙足有一尺多。住在供销社附近使我们比别人多了几分优越感。

我那时的大部分时光是在供销社附近度过的，准确地说，是在供销社门前度过的。让一个人成长起来的是岁月，而留在记忆中的岁月大多都与具体的地方连在一起。

离我家不远的两房子高、三房子宽的供销社在村里人眼里是宏伟的，是村里标志性的建筑。它高高地矗立在一人多高的地基台子上，面南的两个大玻璃窗户用钢筋做了护栏，两扇油了黄漆的大门又高又宽。我的活动范围随着这两扇门的开与关及时变化着。

我时时惦记着供销社里的热闹，还有那些零食，瓜子、糖果、点心……我的魂都留在那儿了。吃惯的嘴，跑惯的腿。每天吃过晌午饭，我便不假思索直奔供销社去，和几小伙伴不约而同地碰到一起。这时候，供销社的两扇大门早已敞开，门口的地面上叠了许多泥脚印，像摞在一起的旧照片。

做饭离不了放盐，买盐离不了供销社。村里人和供销社的关系就好比饭和盐的关系，是离不了的。因此，供销社一开门，就会有络绎不绝的人来光顾。

我最初的见识就是从供销社进进出出的人身上获得的。通常我们都会围绕着供销社敞开的两扇门窜进窜出，我们的眼前尽是进进出出的人。从他们在供销社停留的时间长短上，我能分辨出哪些人正忙着，哪些人没事干；从他们指着货物对售货员说话的神态上，我能判断出哪个人胆子大，哪个人胆子小；从他们看我们这些孩子的表情上，我能感觉出谁是和气人，谁是生瓜蛋。

在供销社里，我记住了很多人。我记得最牢最想见的不是住在九队的那个蹬着高跟鞋的漂亮女老师，因为她的出现让我感到羞怯。我总觉她的衣服和裤子都做小了，要不她高高的胸脯和细细的腰怎么会那么显眼。可我又觉得那样确实有种说不出的好看。女老师是村里仅有的一个骑“凤凰”牌女式斜梁锰钢自行车的女子。每当她勾着纤细的腰身，翘着紧紧裹在涤纶筒裤里的臀，优雅地蹬着锃亮的斜梁锰钢“凤凰”来供销社买东西，我都屏了声气躲在一旁歆羡地目送她来去的身影，然后随着她的离去，怅然地望着她远去的背影，梦想着丑小鸭似的自己将来能长成她的样子，并且也骑上一辆“凤凰”牌女式斜梁锰钢自行车。

我最想见到的人是站在柜台里边的售货员。他长得有点像《新星》里的那个周里京，俊朗的脸庞是那样的亲切，明亮的双眼似笑非笑，像是看着所有的顾这是一个很宿命的感喟，连道安也这样认为。但是，他想坦然面对。命运的安排，也许自有它的道理。在这一点上，他要比孔表兄看得更远，也看得更开。孔表兄不是看破他的高人。看破道安的人，还需寻找和等待。

四世纪的中国北方，战火纷飞，民不聊生。道安也不可能置身事外，他不得不离开孔家，踏入佛门当了和尚。当然，他不是来寻找高僧的，是来寻找生计的。那一年他才十二岁。但是他黑他丑，僧人们只知道他走投无路才来到这里，却不知道他还有一肚子的诗书文章。他们只让他干一些粗活杂活，把他当杂工使唤。一晃就是十年，他一个人的时候，也嘀咕那句话：一个人竟然会这样生不逢时。

但这十年的磨炼修行，让道安看明白了很多事情，也琢磨出了很多道理。他找到师傅大胆地说：请给我受戒吧。师傅看着他说：你还没有正经念过经呢。道安说，我已经可以背诵《般若经》了。师傅这才发现，道安是一个内秀超常的奇人。他给他受了戒，开始给他传授佛教经典。大乘《般若经》讲本无、讲忘我、讲尽性，跟当时的玄学有很多相通之处。如同少小学习《五经》让他受益终生一样，《般若经》也让道安受益终生。

两年后，这位没有留下名号的师傅，异乎寻常地发现，在不久的将来，道安将是一个了不起的高僧。他对道安说：你将来的佛学修养远在我之上，我不能误了你的前程，你还是另选高僧吧。至此，命运安排的合理性，开始初现端倪。行文至此，我们也许才可以称呼他为“道安”了。二十二岁以前的他，我们只能用“道安”来指认他。二十二岁以后，他用“道安”开始书写一段不平凡的人生履历。

于是，一个或将成为高僧的道安，踏上了成就高僧的旅途。他的选择是邺城。这是一座千年古都，当年曹魏在此建都，此时也是后赵的国都。这是他人生的第一次选择。但对于邺城来说，似乎显得无足轻重。因为无论如何，厚重的历史让邺城的城府太重，它没有感觉到道安的到来，是一种不可言说的“轻”。

毫无疑问，邺城的眼界不同一般。它让道安的寻找和等待，全然改变了方向。从此，道安成为被寻找和期待的对象。因为邺城有个高僧叫佛图澄，他指着道安问众僧，这个年轻人是谁的弟子？谁愿意收他为弟子？他身边的师傅们都摇摇头，没有人回应。佛图澄说，这个人做谁的弟子，就是谁的佛缘，我愿意收他做徒弟。行文至此，我等不妨稍作冷静处置，即便是挤掉一些夸张的水分，依然会惊异于佛图澄的远见。尽管从讲故事的角度，可能给人的感觉是，这个情节太过老套。但是，打破常规看人、育人、用人，从来都不落俗套。尽管他已多次与这个年轻的僧人进行了多次的交谈，已然判断出道安绝非等闲之辈，纯属可造之材。我们也依然喜欢用这样的方式来介绍他出场。因为佛图澄毕竟有一双识人的“慧眼”。我想说的是，这是一个高人发现高人的故事。道安遇见了佛图澄，一个寻找高僧的故事，突然发生逆转，演变成一个成就高僧的故事。这是我要讲好道安的故事，必须得强调的一个细节。

十四年如一日，道安师从佛图澄潜心学佛。这期间，他的天资聪颖使他脱颖而出，他已然可以代表师傅开坛讲座。已然有人开始跟他出家，请他讲经，约他辩经。他的远见卓识，促使他眺望到了佛光普照的一角。他已然看见了那座矗立在佛国的巅峰，他已然知道自己应该做些什么。现在所需要的，必须是一次无畏的攀越。他已无需等待，但他还得继续找寻。他的那些奇特之处，也开始变得神秘起来。他被尊崇为“印手菩萨”。

一切的朝向，都通往佛国。但那是一个需要彻底打理的世界。自汉明帝时白马驮经，佛教传入中国近四百年来，大量佛教典籍的译者都不留名姓，译著水准参差不齐，质量也良莠不分。很多译文相互矛盾，彼此打架，理义相去甚远。再就是礼佛的规矩、僧侣的戒律更是残缺不全，混乱不堪。匡正经义，规范戒律的打算，在道安的心中，已然盘算了不知有多少回了。他要把当下佛教界的乱象捋一捋，捋出一些规矩来，捋出一些章程来。否则，连僧人们都走不出迷津，又怎能去超度众生？雾里看花太过迷离，水中望月更觉虚幻。谁来引导“山重水复疑无路”的迷津，谁能点破“柳暗花明又一村”的超度。于是，他决定论道飞龙山，为佛教改制破题。

道安说：安世高等先达们，对佛教大义的推究，大多都不合情理。我等应甄但是，霸气里掺杂着戾气的苻坚，却在这一刻放弃了自我掂量。哪有一年内同时决定向两个方向开战的呢？以苻融为首的老臣们反对得越坚决，苻坚本人坚持得就越顽固。到这个节骨眼，历史也一点都不讲逻辑了，一切突然变得好像是一场任性的闹剧。这就是历史的诡异，它让苻坚变得异常疯狂。那场诡异的“黑旋风”，就这样把发源地选在长安。

此时，吕光的身边已有高参，这个人叫杜进。他建议吕光应该继续西进，索性征服西域三十六国，做个西域王也是件很爽的事情。吕光也就借势顺风，耗时两年拿下龟兹。但吕光有两个没想到：

一个是西域确实有鸠摩罗什，但太年轻，不像个得道高僧。鸠摩罗什最擅长宣讲龙树菩萨的中观学说，讲“不生也不灭，不常也不断，不一也不异，不来也不去”的“八不中道、实相涅槃”的《中论》思想。吕光觉得这些道理听起来好像是对的，但是大丈夫来到这个世上，不就是要建功立业，兴旺家邦吗？在吕光看来，《中论》不怎么中用。

一个是西域并不像苻坚所说的那么蛮荒。这里有珍奇瑰宝，还有美女美酒，都让吕光有些乐不思蜀了。于是，吕光就想拿鸠摩罗什说事。他说，大师如此智慧，不能一个人孤独生活，你应该娶妻成家。鸠摩罗什说，我已是出家人，怎么能再入尘世。吕光说，你父亲不也是出家人，他都能娶龟兹王的妹妹，你就不能娶龟兹王的女儿吗？鸠摩罗什执意不肯，吕光坚决不让。结果，吕光决定用酒把鸠摩罗什灌醉，让他神魂颠倒地做了龟兹王的女婿。

让一个出家人娶妻成家，我们不知道吕光是怎么想的，也没找到鸠摩罗什的正面回答。我们只知道，鸠摩罗什出身天竺望族，他们一家随父亲落户龟兹，他七岁就随母亲一起出家为僧。母亲返回印度求佛，再三嘱咐他要到中国去弘扬佛法。可是做梦也没有想到，这个中国将军却让他成家立业。鸠摩罗什突然感觉到，自己就像一只折翅的小鸟，再也飞不起来了。但是，他不想轻易地就范。他要在吕光编织的鸟笼子里，超度这只桀骜不驯的“虎”。他相信《中论》，只是他要用中国话把《中论》说清楚、讲明白。我们完全可以揣测，吕光硬是让鸠摩罗什入笼，却让鸠摩罗什找到了出笼的途径，那就是学习汉语。

于是，鸠摩罗什建议吕光：“此地凶险，不宜久留。中路自有福地可居。”吕光是有些不想回去，但他也明白，一个强大的前秦帝国，已然被那场“黑旋风”刮得四分五裂。此时的自己，不过是前秦的“弃儿”。要不要回去，的确事关吉凶与存亡。很多事情已然身不由己，但也不能全然听天由命。怎么办？那就让大家商议看，回还是不回？没想到跟他一起来的人，多数都想回家。吕光一看这阵势，只好决定带上鸠摩罗什一起东归，踏上了寻找福地的征途。

做出这个决定，是385年三月。真正出发的时间，已是这年的九月。此时的苻坚，已经自身难保。战火再一次把河西走廊烧断，西域就像是一只放飞的风筝。它要飘落何方？此时已无人问津。

吕光东归所率之师，被誉为“拥思归之士，乘战胜之气”的劲旅。稍有一点常识的人都知道，老虎下山要干什么。凉州刺史梁熙如坐针毡，高昌太守杨翰紧急献策，只需坚守高梧谷口和伊吾关，就是张良在世也无可奈何。已到安西南部宜禾的吕光，听说杨翰的计策连连叫苦，又听说苻坚伐晋已经失败，就想着干脆就此安营扎寨得了。但是，高参杜进说：“梁熙文雅有余，机鉴不足，他不会采纳杨翰的善言，这一点你尽可放心。倒是现在乘他们还没拿定主意，应该急速进军，打他个措手不及。”果然，梁熙不听杨翰等人的建议，自己又没有更好的应对之策。等吕光率部一到高昌，杨翰等人率所部纷纷投降。梁熙父子仓促应战，结果白白送了性命，丢了阵地。至此，吕光东归的大门已然敞开。他率部一路杀向玉门、酒泉、武威，犹如秋风扫落叶一般，把整个凉州尽收囊中。

吕光自领凉州刺史、护羌校尉，凉州郡县皆归附吕光。鸠摩罗什说，此处也许就是你的福地。但是，要把凉州真正收入囊中，还需清算一个人。这个人叫张大豫，是前凉君王张天锡的世子。老王爷乘淝水之战逃往东晋，小世子却窜回凉州重温旧梦。可是，吕光怎能坐听他来打鼾。几经拼杀，一直到386年九月，才算平定了张大豫，清除后患。这时候，吕光以苻坚被杀为由，下令三军缟素服丧。之后，他自称使持节、侍中、中外大都督、督陇右河西诸军事、大将军、凉州牧、酒泉公等。他建国“后凉”，年号“太安”。吕光这样做，就是要向世人证明，自己还是一个“忠孝方正”之人，是绝不辜负苻坚的人。

至此，随着苻坚的被杀、前秦的覆灭，那场戾气暴虐的“黑旋风”也就自然消灭。整个中国北方的风向是，任尔东南西北风。

一晃就是十七年。对于鸠摩罗什来说，风云还在变幻，但那只是身外之事。熟悉中土民情、掌握汉语文字，才是他为弘扬大乘佛法羽化出的一双可以自由飞翔的翅膀。这是一双渡有般若智慧的翅膀，他再也不用担心会折戟沉沙。此时的鸠摩罗什，已然有了一些得道的气象。他不但精通天文算术，也精通阴阳医术，深得吕凉文臣武将、平民百姓的爱戴。

但是，让鸠摩罗什没有想到的是，他还要再成一次家。这一次是在长安。长安早已换主，姚苌弑杀了苻坚，却承继了苻坚的衣钵，建立起“后秦”帝国。

394年，姚兴继位后秦新主。他重视文教，尊重儒生，兴办法律学校，培养帝国官员。他喜欢跟文人雅士讲经论艺。在他的治理下，后秦得以中兴。401年，姚兴出兵灭了后凉，夺回了鸠摩罗什。鸠摩罗什先是在草堂寺讲经，他博学多闻，又精通汉学，讲经译经语言生动、妙语连珠，很是契合经典妙义。每次听鸠摩大师讲经，姚兴都有一种醍醐灌顶的享受。如同苻坚推崇道安一样，他也把鸠摩罗什奉为国师。他专门兴建了一座逍遥园，供鸠摩罗什讲经译经用。他还经常把鸠摩罗什的译本拿来，与汉译本参照着一一考究，找出最让他满意的答案。在姚兴的推崇下，长安有八百多僧人学者，都愿意尊奉鸠摩罗什为导师。其中好几位高僧，都是道安的弟子。

除此之外，姚兴也在琢磨一件事：这样的智慧，怎么能后继无人？姚兴思考的结论，都能把历史从睡梦中惊醒。他竟然跟吕光如出一辙，要让鸠摩罗什继续结婚生子。

姚兴说，国师如此贤达聪慧，却没有子嗣得以继承，岂不有悖佛理？

鸠摩罗什说，我有三千弟子传承我的佛学。

姚兴说，如果能有子嗣继承家业，不是更好？

鸠摩罗什说，我是出家人，当谨守戒律。

姚兴说，国师不是也师承自己的母亲，然后再成就鸿业的吗？

鸠摩罗什竟然无法回答，他感到莫名的失败。

姚兴说，圣人既有父母，当有子嗣。国师一定要接受我的好意，请不要推脱。

鸠摩罗什彻底崩溃了。如果说，当年在龟兹，吕光多少还有些心存故意的话。那么，此时在长安，姚兴的虔诚完全是发自内心的。怎么办？鸠摩罗什无计可施、无法可使。“一切法皆为佛法。”鸠摩罗什只能面对现实，接受尘世的因缘。只不过这一次，他看见自己心中万千莲花，次第盛开。

406年，鸠摩罗什完成了《妙法莲华经》的翻译。他看到了妙音菩萨“化作八万四千众宝莲花，阎浮檀金为茎，白银为叶，金刚为须，甄叔迦宝为其台”。他告诫弟子，眼前的莲花，盛开在臭泥里。但心中的莲花，已经在般若波罗蜜里盛开。鸠摩罗什终身翻译的佛经共有七十四部，三百八十四卷。其中《中论》《百论》《十二门论》等三论，是中国佛学大乘中观思想的经典著作。他因此被尊为“三论宗祖”。

413年，鸠摩罗什在长安圆寂。传说在圆寂前，鸠摩罗什发誓：“如果我所传译的经典没有错误，我身体火化之后，舌头不会焦烂。”也许这个传说想说的是，一个被硬生生拉回到世俗中的鸠摩罗什，已然是一个得道的高僧。

即便没有这个传说，也丝毫不影响他的声望。我们依然相信，他做学说的严谨是一流的。因为有他等身的译著在，有他透彻明了的思想在。他是一个得道的高僧，他配叫那个“鸠摩罗什”。

在他的心中，永远有一朵莲花在盛开。

法　显

就在鸠摩罗什圆寂的这一年，法显“西天取经”归来。这是一个完美的接力，这是一段历史性的因缘。

我有意识地查找了一些资料，企图找到一些蛛丝马迹，看看道安、鸠摩罗什与法显之间，究竟有没有见过面，或者有没有过书信往来。他们的人生轨迹，究竟有没有契合点？循着这个假设找来找去，却发现在一种历史的大背景下，他们之间似乎延续着一种必然的大逻辑。他们是一群信念坚定的人，踏上寻找信仰的征途，一路千辛万苦，一路千难万险，却一路不改初心。他们并不是什么世外高人，甚至比常人所受的磨难还要多。只因为信仰而执着坚守，才改写了他们平凡的一生。他们的人生因此而传奇。

一个叫作慧皎的梁代僧人，把这份传奇写进了《高僧传》。继慧皎之后，唐、宋、明代都有僧人依据《梁传》再续高僧传记，彰显这些得道高僧之大德：以信仰立心，以文化立命，立高远之志，安孤寂之身。透过这些墨色的文脉，让我备受感染的是，他们追求信仰的执着精神，最终以一种文化元素的方式，参与传承、得以传承。

道安、鸠摩罗什和法显，三代佛教宗师，依次续写百年传奇。他们两两之间虽然没有见面的机缘，但都有一个共同的历史使命，那就是为佛教建章法，为僧侣立规矩。

当了大半辈子和尚，即便到了耳顺之年，法显也还是看不惯一些僧侣谈起经法来头头是道，甚至滔滔不绝，但遵守起戒律来却无所适从。甚至一些荒淫奢侈的恶俗，在一些经法造诣很高的经师身上，也还不同程度地存在。即便是道安首创佛法宪章，制定出一套僧尼规范，也只是一些包括行香定座上经上讲之法，极其简单，很不全面。道安也苦于没有一套完整的律藏，用来训诫和规范僧侣行为。他早就听说在佛国有“五百戒律”，就是不知为啥传不到中国。他十分忧心地说：“此乃最急。”求取佛国“五百戒律”真经，不仅是道安的“最急”，也是法显的“最急”。他要亲历佛国，完成求取真经的使命。

这是一场接力赛。道安跑的是第一棒，鸠摩罗什接了关键一棒，而法显跑的几乎就是冲刺的那一棒。当他发下这一愿心时，已经是六十五岁高龄。他根本不知道，这会是一场马拉松式的长跑接力赛，需要长达十四年的时间。他二十岁受大戒。什么时候到的长安？我们无从知道。我们只知道，他的这一决定，不仅改变了他的人生格局，也改变了我国佛教文化的格局。这一年是公元399年。

法显是那种说到做到的人。不知道后果的旅行，不等于就可以放弃前因的追寻。很多与他有关的史料都肯定了他的这一点，把它概括为“志行明洁，仪轨整肃”。说他“志行明洁”，我的理解是，心志与言行高度一致，明确而清晰，果断而决绝，从不拖泥带水；言行更是合规合矩，严肃认真，从不苟且变通。我们可以想象一下，他的脸上肯定写着一种冷峻，透着一股子寒气。有一件事可以佐证这一点，那就是他幼年断然出家的故事。他出生在山西平阳一个普通的龚姓人家，这个家里已有三个男孩都不到三岁夭折。等到他三岁时，父母害怕类似的事情再次发生，就把他许到寺上做了沙弥，以求佛祖佑护。几年后，他果然大病一场，父母赶紧把他送到寺上，兑现对佛的承诺，算是保住了性命。但是，对于龚家来说，他是家里的独苗，母亲希望他能够经常回来小住，就在家门外盖了间小屋，时时在门口张望着，很是期待。但是，他遁入空门便不再回头。十岁那年，父亲去世，叔父跑到寺庙跟他说，现在你母亲守寡，一个人不能独立生活，你必须还俗回家，赡养老母。可是，他很是平静地说：“我本来就不是因为有父亲才出家的，也不能因为没了父亲又要回家。出家入道是我自己愿意的。”他叔父怔怔地看着他，知道就是九头牛也拉不回他，只好作罢。不久，他母亲也凄然过世，他才回趟家送完丧就走了。周围的人们都说他至性过人，真是少见少有。实际上，他的这种看似绝情的冷漠，是他对志向坚定的持重。

愿意与他一同前往佛国求取真经的还有慧景、道整、慧应、慧嵬四人。他们一行五人从长安到张掖，先后又有六位僧人加入。再到敦煌，西出阳关，穿越白龙堆大沙漠，花了十七个昼夜，走了一千五百里路程，“上无飞鸟，下无走兽……唯以死人枯骨为标帜耳”，犹如在人间地狱穿行。在《佛国记》里，法显称此地为“沙河”。后来，他选择从海路返回，也许正是因为这次生死历险，让他仍然心有余悸。

翻阅《佛国记》就会发现一个现象。一翻过葱岭，法显就再也忍不住他内心的情感。多处文字都触及他的心灵深处，至少有两次写到了他的悲泣。如果说，他的“志行明洁、仪轨整肃”是他平日里一个坚硬的外壳，那么，当他置身佛国，一个又一个的考验，最终剥去了他坚硬的外壳，让他再也无法掩饰原来就很柔软的心灵。对法显来说，这不仅是一次取经之旅，也是一次走心之旅。

故事就从翻过葱岭说起。这里我先做一些简要的交代，在翻越葱岭之前，已有四人为筹集行资等原因，在西域就先后离开了团队。剩下七人分头行进，法显一组四人先来到弗楼沙国（今巴基斯坦白沙瓦），这里是北天竺的佛教中心。慧景在那竭国生病，留下道整照看，只有慧达一人赶来会合。之后，慧应在此病逝，慧达等人决定返回中国，法显独自赶往那竭国，与慧景、道整会合。至此，最初发起的五人，也仅剩三人。

三人翻越小雪山（即阿富汗的苏纳曼山）时，突然遇到寒风袭击。本来就有病的慧景，眼看就要被活活冻死。临死前，他抓住法显的手，让法显与道整赶紧离开这里，不要一起冻死。抱着慧景的尸体，法显大放悲声。想想这一路的生死考验、人情冷暖和饥寒交迫，这些都算不上什么，只是这路还没有走到过半，取经团队已减员大半。眼看着翻过雪山就是佛国圣地，没想到慧景却壮志未酬身先死，怎能不让法显百感交集，放声号哭？“取经的愿望还未实现，就是死也奈何不了我们！”这是一个年近七旬老人的悲痛与决绝！天地为之悲，鬼神为之泣。

这已是405年间，法显和道整来到中天竺境内的摩羯提国。这里的巴连弗邑是一个佛教中心。大概有一年多的光阴，道整就决定留下来不走了。此时，法显也先后收集到《摩诃僧祇律》《萨婆多部钞律》等六部佛教经典。但是，他不改初心，想着要把这些戒律带回祖国。之后，他只身一人一边到处寻求和抄写经律，一边独自周游南天竺和东天竺，还在多摩梨帝国（印度泰姆鲁克）写经画像两年。409年底，法显离开多摩梨，搭乘商船来到孟加拉湾，到达狮子国（今斯里兰卡）。在无畏山精舍，他又得到《弥沙塞律》等四部经典。无意间，发现一把中国的白绢团扇供在佛前。那把团扇就像一根针，刺进了他的眼睛。他触物伤情，不觉潸然泪下。这一次，他再也控制不住自己，眼泪像开闸的河水一般。但是，他已经哭不出声来。都十二年了，从最初的十一人，一路或留或亡，到现在只剩他一个人，形影相吊，心里怎不悲伤。

是该回家的时候了。411 年八月，法显先后两次搭乘商船返程回国，都遭遇海上风浪袭击。第一次，他阴差阳错地来到了苏门答腊。这是一次意外之旅，他在印尼滞留五个多月，访寺问僧，传经送宝，结下了一段佛缘。第二次，原本打算在广州登陆，却在船上水尽粮绝，海上漂泊二十多天的险境中，意外停靠在青岛码头。412 年 7 月 14 日，法显在崂山登陆，结束了他长达十三年的取经征途。这时他已经是个七十八岁的老人了。这些年，他游历了三十多个国家，固然取得了不少真经，但更重要的是，他也发现自己的一颗真心。

在他西游的这十三年里，是中国佛教最为鼎盛的十三年，也迎来了佛教戒律经典翻译的高潮。在中国南方，有道安的高足慧远创建的庐山东林寺，他不断派弟子到天竺取经，但都没有法显走得那么远。在中国北方，贵为国师的鸠摩罗什，不仅是招揽天竺高僧的“梧桐树”，更是汉译梵文经律的领袖。这两位高僧，一南一北，书信往来，诗文唱和。还有佛陀跋陀罗禅师，先是鸠摩罗什的座上宾，又在庐山跟慧远论道，之后再到建康主持道场寺，再创南国佛教中心。

所谓的五大佛教戒律经典,《四分律》《十诵律》《梵网经》都已在后秦长安翻译完成。其中后两部的汉译本，都是鸠摩罗什亲自完成。《十诵律》就是法显带回的那部《萨婆多部钞律》的汉译本。也就是说，早在法显回国前，它已经翻译完成。《五分律》在稍后的刘宋时期出现。而《摩诃僧祇律》，也叫《大众律》，一直在等着法显的归来。所以，在青岛只作短暂逗留，法显便匆匆赶往建康（南京）道场寺，与佛陀跋陀罗禅师联手翻译完成《摩诃僧祇律》。

在道场寺五年间，法显翻译的佛教经典六部六十三卷，百余万言。对于法显的贡献，季羡林先生有一个很温馨的比喻：“宛如及时的春雨。”最有影响的还是他的《佛国记》，也叫《法显传》。它记载了中亚、印度、南洋约 30 国的地理、交通、宗教、文化、物产、风俗乃至社会、经济等各方面的见闻。它是五世纪中亚、印度、南洋的第一部完整的史料，也是一部与佛学有关的游记，与法显所翻译的佛教典籍一样，也是国学经典之一。更重要的是，作为古丝路陆、海交通的最早记述，它验证了法显所到之处，不仅比张骞、甘英走得更远，而且也比任何人都走得更圆满。他走得如此空前绝后，汤用彤先生如是说：“故海陆并遵，广游西土，留学天竺，携经而反者，恐以法显为第一人。”

在荆州辛寺，法显度过他人生的最后两年。420 年终老于此，享年八十六岁。这一年，立朝百年的东晋帝国覆灭，替代它的是刘裕的宋，南北朝时期拉开了序幕。

回顾自己西游取经的经历，法显用了一个词：心动汗流。也就是说，每每想起这段经历，吓得心都怦怦直跳，都会惊出一身冷汗。他也在不断地问自己：为什么仅抱着万一的希望，就要豁出性命来历险这必死之地？他思想再三，给出了一个答案：“盖是志有所存专其愚直。”

“存志”可以理解。道安存志，有一种继往开来的担当在；鸠摩罗什存志，有一种舌头不烂的精神在；法显存志，有一种生死无畏的骨气在。

然，唯有这“愚直”最是走心。因为“愚直”，他们才有对信仰的不离不弃，才有对信念的初心不改。

（原载《朔方》2017 年第 4 期）

老院子里的旧时光

李振娟

木窗格泛着岁月的黑

午后的阳光透过一顶顶大树冠洒下一院子的斑驳。鸟鸣稀了。树上偶尔飘下一片叶子，落在地上，无声无息。土狗趴在院门口，眼睛微闭，树上倏地滴下一声鸟鸣，狗的耳朵立刻竖起，眼睛也睁开了，警觉地寻望一会儿，没了响动，又趴下了，微闭了眼睛。祖母盘腿坐在堂屋的大炕上捏着佛珠打盹儿。母亲靠在厢房的门槛上有一下没一下地做着针线。我不忍惊扰这份恬静，就坐在树墩上支起下巴捉摸院前储满古老传说的老槐树，数老屋土墙上大大小小的麻雀窝。

新鲜的阳光流泻在老屋剥蚀的土墙上，转眼间旧了。木窗格泛着岁月的黑。窗户纸发黄了，上面总有几个新戳的洞。屋檐下垒满了燕子窝，有的窝很旧很旧了，与屋檐一样镌刻着时光的记忆。常言道："燕子做窝，喜事多多。"祖母常以此为荣，有人进院子，总要给人如数家珍般讲解一番，哪个是老窝，哪个是新做的窝，哪个窝里新添了小燕子，来人啧啧夸赞，祖母的脸就笑成了菊花。

院子西边的角落里有一个用木棍搭建的干柴房。母亲分给我的任务就是拾干柴。于是无论冬夏，只要出门遇见有树的地方，我就会寻寻觅觅捡干柴。那时如果在村里碰见一个穿花衣裳，抱着一捆干柴的小姑娘，不消说就是我了。每当家里生火做饭时，看着那红红的火苗在炉膛欢快地跳窜时，心里得意极了。

我安心地待在院子里，待到太阳偏西，院子就醒过来了，动静渐渐大了起来。羊儿饿得咩咩叫，鸡栅里也闹腾起来，咯咯声不绝于耳。狗把院门撂在一边，冲着堂屋汪汪叫。母亲一会儿伙房、一会儿粮仓忙个不停，不大一会儿工夫，就把鸡食端到鸡栅里，鸡们扑闪着翅膀见了救星般涌了上来；狗食端来了，土狗感激地舔舔母亲的脚，专心地吃了起来。我按母亲吩咐把一捆鲜嫩的青草放在羊圈里，羊也消停了，静静地吃着青草。

随后，院落上空炊烟袅袅，母亲又开始进伙房给我们做晚饭了。祖母则倚在门框上，手持佛珠，慈祥地看着院子里吃食的生灵，满眼都是笑意。院子里弥漫着甜甜的幸福。每当这样的时候，我就会感受到一种安心。

亲人，动物，大自然，慢悠悠的时光……我在童话般美好的老院子里度过了童年。这一生，不论在哪里，都能听见故乡院子的鸡鸣狗吠，都有最初的人世温暖在心底最柔软的角落里静静地流淌。

躲在大树上藏猫猫

村子里几乎每家都有一个大院子。我家院子也大得很。院子里不光住着我们祖孙三代，还住着牛、羊、鸡、鸭、狗，还生长着柳树、杨树、榆树、槐树、杏树、梨树、苹果树，还有着一个小菜园。在院子里，可以躺在祖母的怀里听七仙女下凡的传说，可以依偎在母亲身边摆弄母亲的针头线脑，还可以在小菜园里扑一个下午的蝴蝶。要是有小伙伴来院子里，我们就会不约而同地玩起藏猫猫的游戏。似乎偌大的院子就是个迷宫，总有意想不到的地方等着我们去匿藏。

我们先围成一圈，伸手用“石头、剪刀、布”裁决出小“鬼”。然后，用事先准备好的大人用过的旧手帕蒙上小“鬼”的双眼，“一、二、三……十”，当小“鬼”一下一下地数到十时，解下蒙在眼睛上的手帕，我们已进入各自寻摸好的“老窝”里藏妥当。这时，小“鬼”开始找人，房顶上、豆角架下、麦秆堆里、鸡栅后、羊圈角落……小“鬼”每找到一个，就会“哇——”冲着这个藏猫猫的小伙伴大叫一声吓唬他一下。这个被找到的小伙伴就会“啊——啊——”哀叫几声，抱起头来做投降状。接着该找下一个了。要是把藏猫猫的一个不剩找出来，小“鬼”就赢了，再用“石头、剪刀、布”裁决出一个小“鬼”替换他。当然，只要有一个没找到，就算小“鬼”输了，就还得接着当小“鬼”，直到在新一轮游戏中把藏猫猫的全找出来为止。

平日里总有一两个小伙伴藏得极隐蔽，即使把小“鬼”急哭了也找不到。记得有一次，邻家的小花当小“鬼”，找寻我们六个。聪颖的小花不大一会儿就找出了五个，只剩下素日的机灵鬼东东，任由小花找遍院子里的犄角旮旯也找不见。正当小花急得团团转，羊角辫一甩一甩地就要抹眼泪了，东东这才大叫一声：“哈！我在这里！”小花应声寻去，如梦初醒：“啊，上树啦！你个猴娃子，我咋没朝高处瞧哩?”只见这个机灵鬼正骑在树杈上，揪扯着树枝仰天大笑。也难怪，院子大了去了，总有些地方让人意想不到。远房亲戚进了院子，迷路也是常有的。

要是小“鬼”在约定时间里把藏在院子各处的伙伴们全都找出来，小“鬼”就赢了。这时，小“鬼”就会朝着小伙伴们挥舞着拳头锐声大叫：“找着了！全找着了!”边喊叫边得意地跳几个蹦子，就像世界冠军站在领奖台上答谢观众那样。这样的时候，院子里就仿佛过节一样的欢乐。小伙伴们嘻嘻哈哈地说着笑着，比较着这一场里谁藏得最“浅”，一眼就被发现；谁藏得最“深”，差点急哭了小“鬼”。童稚的笑声，逗得院落上空的太阳公公都笑开了颜。

儿时，更多的时候，我和小伙伴们就在院子里藏猫猫，在蕴含着寻找与被寻找、关注与被关注、期待与被期待的趣味悠长的游戏中，欢笑着、嬉闹着，把深深浅浅的小小足迹遍布在故乡老院子的每一处角落里。

多年以后，辗转在异乡的日子里，我一次次梦回故里，和儿时的小伙伴在老院子里藏猫猫——我们屏住呼吸躲在那里，被小“鬼”急切地找寻着，心里美滋滋地偷着乐。在找寻与被找寻中，我们每一个人的存在都是那么的重要……在这样的一刻，所有的世道艰辛，一切的忧伤和疑虑都抛却在脑后了，心里盈满生命初始的淳美。

花全开了，就像树都笑了

每年清明一过，院子里梨花、桃花、杏花、槐花、苹果花……都开了。花全开了，就像树都笑了。随之，蜜蜂来了，蝴蝶来了，花朵一样的小姑娘小媳妇也来了。蜜蜂在花海中嘤嘤嗡嗡忙个不停，只顾着钻进花蕊采蜜，忘记了欣赏花朵的美丽。蝴蝶不似蜜蜂那样的工作狂，它们是唯美的浪漫主义者，正展开魅惑的翅膀，似一片片飞舞的花朵忘情地翩跹在花海中，扮靓了季节，扮靓了农家院落。

小姑娘小媳妇捧着花绷坐在果树下绣花，绣桃花绣杏花也绣梨花，那绣绷上的花儿也像是活了，艳艳地跃出绣绷与满院子的花儿相媲美。她们一针上一针下专心地绣着，不时地望一眼院里的春光，抿嘴笑了，眼睛背叛了她们，泄露了心事。这逃不过大妈大婶的眼力，于是就有人大咧咧地戏谑开了："吆吆，瞧这些小妮子聪慧的，专等着院子里的花开了来照着绣！啧啧，瞧这鞋垫、荷包俊的，谁家的小伙子有福喽！"小姑娘小媳妇听着，脸蛋儿腾红了，就像盛开了两朵鲜艳的桃花。

花开的季节，也是种瓜点豆的好时节。清早，庄稼人在满院花香中扛锹荷锄出了院门，盛载着满心芬芳走向田野；暮色中，又怀着满心欢喜回到花海般的院落里。这样的时节，晚饭一定要在花香四溢的院子里吃。繁花点点的果树下，一张油漆斑驳的八仙桌，几把油亮的椅子，一家人围坐在一起，一人捧一老碗母亲做的香喷喷的揪面片，就着两三碟自家产的小菜，边吃边谈论花事：俊俏新娘模样的艳丽桃花，邻家小妹般的素雅杏花，大家闺秀似的清新梨花……春风沉醉，庭院花香，岁月深处，温暖的亲情静静流淌。沉溺在此情此景中，我心里的美妙盛不下，溢得满脸满眼都是笑，祖母和母亲也都笑得满面春风。多年以后，已近中年，儿时满院花开的老院子，一家人果树下吃着晚饭谈论花事的情景每每入梦，让我笑醒在异乡的夜里。

在长满果树的土院里长大的我，潜意识里，花朵就是农家院落里开得热热闹闹的果树花儿，对千姿百态的观赏花是没有概念的，再名贵再艳丽的观赏花，于我都是陌生的、有距离的。有时候，在公园或者花园里，看着游人兴致勃勃地观赏各种鲜艳的花朵，我竟感到茫然。而不论在哪里，一旦看见梨花、苹果花、枣花、沙枣花……我的眼眸瞬间就会被点亮，亲切感油然而生，仿佛一下子回到了故乡。

踏上通往人世繁荣的路，离故乡越来越远。在奔忙的途中，有时候会不经意遇见满树繁花的果树。这时，不管有多忙，我都会停下脚步，望着、怀想着，故乡院子里的果树、果树下的童年时光会越空而来，直抵心灵最柔软的地方。这样的一刻，什么都可以放下了，只管安心地与果树枝头朴素的小花相守着，心田里也繁花朵朵。

每个人心里都有一处院落，那里绿树环合清风荡漾，那里洒满童年的欢笑。笑在我心里的，还有盛开在故乡老院子里的那一树树繁花。

（原载《散文百家》2015 年第 3 期，获首届“贺兰山文学艺术艺奖”）

么生动的一幅风情画啊！我早已按捺不住，在草原跳着跑着躺着，望着蓝天白云，嘴里吸吮着小草，闻着草原的清香，享受着大自然的妙趣。

西藏的草原宽宏无垠，远远望去仿佛与天连接。我是春季进藏的，那时青藏铁路还没有修建。从青海格尔木坐汽车到拉萨，条件比较艰苦，没有卧铺车，夜里还不休息。汽车在青藏公路穿行，神秘的西藏大地寂静苍凉，苍鹰在蓝天翱翔，草原随连绵起伏的高原地形蜿蜒，像给大地铺了一层厚厚的绿茸茸锦缎。高原的天空特别蓝，亦非常清澈。白云比棉花还白，一片片飘在空中。西藏草原天空的气候变化无常，说翻脸就翻脸；阳光灿烂的天气一会儿就乌云密布，或是刮风下雨。在草原你随时可看到牧民赶着马、牦牛和羊群，偶尔还看见藏羚羊一闪而过。雪山在阳光地照耀下熠熠生辉，草原深处有牧人的帐篷。夕阳西下绚丽的霞光洒满了草原，草原上弯弯曲曲淙淙小溪闪烁着光波。夜晚的草原充满了神秘，满天的星星看着月光下的草原，深夜里我毫无睡意，从窗口望着夜色笼罩的草原，西藏草原总是带给人无尽的遐想。世界上海拔最高的西藏草原，生命力最顽强，斗志最昂扬，在艰苦环境中顽强地生长，也是离天最近的草原。

七月流火时节，青海草原水草丰美，我从西宁坐车前往青海湖旅行，一路上看见茫茫草原伸向远方。青海草原相对新疆草原海拔高，但相对西藏草原海拔低。青海草原显得更开阔，七月的草原是一年中最好的季节，亦是草原风光最美的时候。小草和各种植物铮铮向荣，许多叫不上名的野花开得灿烂，清风吹过，花香扑鼻。小鸟欢快地飞来飞去，马群在广袤的草原上奔跑，小溪倒映着喝水的牛羊。树木投下阴影，草原在光影下散发着魅力。牧民的帐篷随处可见，牧民穿着各自的民族服装，有的放牧，有的在门口忙碌着。听到汽车声会放下手中的活，手放在额头向远处眺望，狗在主人跟前叫个不停，仿佛在跟主人说：“有人来了，有人来了！”草原颜色在阳光中不断变化，油菜花仿佛黄飘带飘向远方，与草原组成一首雄浑的交响曲。登上日月山，这里在历史上曾是文成公主挥泪告别亲人，踏上西藏的最后一站。我眺望祖国大好河山，遥想当年的情景，感叹沧桑岁月。放眼草原，满目翠绿生机盎然，人与自然和谐相处，草原亦不是当年的草原。

从兰州坐车向西旅行，窗口闪过不同的风光。进入河西走廊，迷人的草原风光更是旖旎多姿。碧绿的草场上，马群奔腾嘶鸣，牛羊追逐，野花争艳，百灵歌唱。七八月间，油菜花金灿灿一片，铺向远方，微风吹来，宛如潮水。远处连绵起伏的祁连山银光皑皑，雪峰在蓝天白云里忽隐忽现。这里地势平坦，又是古丝绸之路经过的地方，雪山水滋润着这块土地。它不但是甘肃重要的产粮区，因牧草丰茂，自西汉起就成为历代皇家屯马养马的场所，其山丹马历史悠久，以优良的品种和剽悍强健的体魄著称。

草原是西部游牧历史的摇篮，是众多少数民族的家园。他们逐水草而居,过着季节性迁徙放牧的生活。在历史长河中，马背上成长起来的民族，曾放出耀眼的光芒，为中华民族的历史写下了浓墨重彩的华丽篇章。一代天骄成吉思汗挥师铁蹄，驰骋疆场征战南北，足迹遍布亚洲，马蹄声曾在欧洲边境响起。西部恶劣的环境，艰苦的生存条件，逐草而居的游牧生活，造就了他们奔放豪爽，强悍坚毅的性格。草原融进了他们的血液，融进了他们的精神。在长期的历史变迁中，他们创造了灿烂的草原文化，草原文化是中华文化的重要组成部分。

在草原行走，你可以无拘无束天马行空，走进向往的大自然，远离世俗，远离那么多的烦心事。躺在草原看蓝天，呼吸新鲜空气，听风的嘶鸣，你可以什么都不做，也可以什么都不想。沐浴明媚的阳光，任凭思绪像断了线的风筝在空中飘荡。享受自然季节变化，看绿色生态，看大地多姿多彩的景象，人的心灵仿佛得到了一次净化。草原就这样深深留在我的记忆深处。我热爱草原，向往草原。在平日闲暇时，我会独自一人坐在屋里，放一首草原的歌曲，静静地沉浸在优美的旋律中，回想起在草原的美好时刻。

（原载 2012 年度《中国散文经典》）

【作者简介】

苇景林，出生于1956年2月，宁夏吴忠市人，笔名苇苇，宁夏作家协会会员。1982年开始创作，先后在《朔方》《黄河文学》《宁夏日报》等报刊发表文学作品一百多篇，并多次在区内外获奖。作品《西部的草原》荣获华文作家杂志社首届2012全国散文、中短篇小说评选散文类一等奖，并被评为2012年度最佳散文，作品编入《中国散文经典》；作品《美丽吴忠·可爱的家乡》荣获宁夏网络文化系列活动组散文二等奖，并被编入《美丽宁夏》一书。

驮垛

白利彬

驮垛是20世纪七八十年代以前，在宁夏南部广大的山区农村，人们常用的一种用驴马骡牛等大家畜为主要运输工具运送粮食作物的方式和方法。因为是山大沟深，路道险塞，新修的拉粮便道，又总是无法抵挡一场大雨的冲刷，所以，每到收获的季节，那满塬满坡满沟岔的庄稼，就要靠人去背，但人背的量太少，运送的速度又慢，远远赶不上龙口夺食的需要，于是，天降大任于“斯人”也，牲口们便被隆重地推上了驮运粮食作物的前沿，成为浩浩运粮大军的中流砥柱。

驮垛的首要任务，就是要尽可能地武装好牲口。因为要面对的是崎岖险窄的山路，一旦因载负之物的打滑不稳而弄疼或挫伤了牲口，那些不通人性、不近情理、不计后果的顽劣之物们，必将会做出许多令人深恶痛绝、无法料想的事情来。比如一头浑身驮满庄稼的驴，它会因痛而狂奔，为了能摆脱身负所累，它完全可以不顾前途险易，也不理会一时的狂躁是否会累及其身，就专挑险峻的斜坡和陡崖的边缘去放纵；再比如一头矫性的骡子，它会因痛起性，要么死活不前，要么立足原地向人发起攻击，要么就干脆是掉转身子，顺原路或者别的岔道一路飞蹿，全然不顾惜它们身后的那些一年的庄稼要靠两年做的农人的感受。

因此，每当夏末秋初开始驮运粮食作物上场的时候，人们往往都要提前一两天为牲口们备好驮垛的必需之物。一般是先要用破棉褥、破麻袋或者别的什么东西，给牲口们缝制好一个厚厚的背垫，然后在准备驮垛的时候，先将牲口的背垫衬好绑稳，再将一副前后都有绳扣的驮鞍用肚带绳捆扎结实，一头扣在牲口的拥脖或枷板上，一头则系在后鞧上。通常情况下，为防止牲口在驮垛途中因馋嘴贪食而误事，还要给它们戴上铁笼嘴。

驮垛的最关键工序是捆垛。垛不能过高过宽，也不能过于沉重，一般要视牲口的体形高低和载量大小而定。捆垛时，要先将一根结实的长绳齐腰折成两股，平铺在地上，粮食作物要按件对放在绳子中央，再压着碴口层层叠起，待叠到适当的高度后，再拉绳勒紧。一垛捆好后，再用同样的方法，在同一根绳上捆好第二垛。两垛庄稼之间，距离不能过宽，也不能过近，宽则易松，近则窄而无隙，最好是将垛捆成“八字形”，既便于牲口使劲，又便于农人抬卸、扶拽。

记得在我上小学的时候，每到暑假，我都会主动地帮父母亲去做两件事。一件是去给正在生产队里拔麦子的母亲接趟；另一件事就是待麦收结束后，替父亲拉驴给队里驮垛。那时候，我年小力单，还根本没有资格和能力像个劳力一样给家里挣工分。因此，说是去拔麦子，其实是插在母亲的趟头里扳豁豁，拉缺口，让母亲的工分能够比别人挣得轻松些。拔麦子是件极苦的差事，不仅需要很好的体力，还需具备超强的耐力，有时一天下来，汗水和麦土就把我包装成了个活泥人，鼻腔和口腔里的泥土，似乎总是洗不净、吐不完。要说最令人感到难以忍受的，还是在晚上。白天在地里蹲跪了一天，在太阳的眼皮下暴晒了一天，用手撕扯着麦子劳作了一天，一到晚上，满手的水泡、血泡，胀疼得令人无法安眠，全身的血脉经络和各关节，都被一种难耐的钻心的疼痛折磨着，白天被麦芒和麦土浸打过的皮肤，此刻也更是奇痒难耐，当你在带着一股迷蒙的睡意，东捶捶、西揉揉、上搓搓、下挠挠的时候，一个短暂的夏夜已经悄悄地过去了，鸡一叫四更，再想多睡会儿，生产队队长的嗓门，就会让你心惊肉跳。

苦熬着收完了麦子，转眼间初秋已了，地里的麦垛已经晒干夯实了。在连绵的秋雨来临之前，生产队里最重要的活计，就是组织一切劳力进行驮垛。于是乎，夜半三四点钟，清凉的月光下，乡间的小路上，山塬峁深的窄道间，到处都弥漫着人的吆喝声，牲口们的蹄踏声和鼻响声。牲口们的足迹过处，轻尘漫道，与山野村道间缓缓而起的、夹杂着浓浓麦香的曼妙雾烟，组成了一幅绝妙的田园驮运图。那图中有月影秋山的空净，有和婉悦耳的交响乐的鸣奏，有旱塬拓荒时的悲壮，也有抑郁淡泊的农人情怀，使人每置身其中，都止不住要生发出一种慷慨凄婉的情怀。

每当想起年少之时替父亲拉驴驮垛时的情景，我的脑海里便总是会浮现出一些难以涂抹的镜头。山间小道上，清风徐来，负重的羸驴摇摆不定；连日起早贪黑的不停劳作，人的脚都出现了水肿，从山麓寻道上山，一种近乎缺氧的疲惫之感常让人的理想与信念动摇错位。人的思想里已不会再有什么长远构想，只要是能登上山巅，就意味着成功在望；只要是能平安地让牲口驮着垛走进麦场，就预示着一次目标的终结。最辛苦、最可怜的是那些牲口们，在驮运完庄稼之后，它们的领头的都会被斑斑脓血所缠裹，全身的毛发都被粮食垛给磨得脱落殆尽，它们凸露的脊梁骨上，常有蚊虫鸟雀着伏其上，肆意欺虐，它们却不敢轻逐那些欺身者，因为疼痛，它们甚至连个完整的滚都不敢去打。因此，自小我就认为，旱作山区牲口们的辛劳，要远胜于人力所为，只是在平日里，我们往往都只是偏重于对我们的同类行为的一味褒扬与渲染，却从心理上彻底排除了那些异类畜牲们，在人类文明进程中所起过的作用和意义，这是不公平的。

如今，虽然“驮垛”这种劳作方式已渐渐地离我们远去了，整个社会似乎都已不再关注苦力文明了，但在那些偏远山区农人的记忆之海里，它却依然留有余香。我曾经想要将这种残存的记忆，讲给我身边的那些孩子们听，但他们只相信远古的神话与现代文明下的奇迹，并不屑于聆听他们的先人们为了生存，曾经用血肉之躯所创造下的那些不能用文字来完全表述的真实的神话与奇迹。

（原载《朔方》2013 年增刊）

【作者简介】

白利彬，出生于1970年，宁夏同心县人。同心县作家协会副主席，宁夏作家协会会员，鲁迅文学院第六期少数民族班学员，首届同心县十大杰出青年”“首届吴忠市道德模范”“首届宁夏十大杰出志愿者”。作品散见于《民族文学》《朔方》《回族文学》《百坡》等报刊。著有散文集《冲出大山——支教手记》。

乡间的邮电所

董永红

在回老家的路上，透过车窗，我指着离公路不远的那个砖墙小院对孩子们说："快看，那就是咱们乡上的邮电所。20多年前，我经常跟着你们的爷爷奶奶来这里等信。"也许他们已经习惯了如今通畅的柏油马路和信息传递的高度发达，根本无法想象过去，而那熟悉的邮电所却将我的思绪猛然牵回了从前。

20世纪80年代初，乡上只有一条通向外界的土路，从海原县城发往乡里的班车常因下雨路滑，三五天才来一次。冬天大雪封山后，几个月都见不着班车的影子。

当时哥哥独自去东北上学，父母亲轮换着每次赶集要去乡上的邮电所。一个多月过去了，还盼不到哥哥的信，母亲急得天天抹眼泪。父亲特意买了一本中国地图装在衣兜里，无论是在山坡上耕地的歇脚间隙，还是在晚饭后的煤油灯下，他总要摊开地图，拿着一丝细线一次次量算着从我们县城到东北的距离，不停地叹息哥哥不该去遥远的"天边"上学。还说从来没有出过远门的人，谁知道路上会碰到啥事。父亲一念叨，就吓得母亲彻夜难眠。好在经过两个月的煎熬，我们终于收到了哥哥的信。从信中得知，他从家里出发到县城，再转汽车到中卫花了3天时间，从中卫上火车到东北又是整整7天7夜。哥哥一到学校就给家里写了信，可信在路上走了50多天。知道他平安到达了学校，我们悬着的心总算落地了。

父母思儿心切。乡上每隔 3 天逢一次集，我们老早就打听村上谁去赶集，如有去者，无论男女老少，请他们一定去乡上的邮电所看看有无我家的信。老家距乡镇近 30 里山路，乡亲们早上出发，下午才能赶回来。倘若没有急事，人们通常一两个月才结伴到乡上买油盐等物。如果村里没人去赶集，父母只能亲自去了，回家时将帮乡亲们捎带的盐、碱等东西背回来。时间长了，乡亲们就习惯于赶集时给我家捎信了。

这年初冬，大雪早早封了山。只要逢集的日子，父母仍然踩着厚厚的积雪奔波在家和邮电所之间。有一次父亲在路上滑倒了，摔得好些天都站不稳。记得那年春节之前的最后一次逢集，我和母亲又去了邮电所。那里已经有几个外村的老乡穿着棉袄，双手缩在袖筒里蹲在门口等信。一直到下午，邮车也没有来。邮电所的老冯对满脸失望的我们说："信都压在路上了，等开春雪化才能来。你们把心放宽，回家好好过年。"

走出邮电所，空荡荡的街道冷风刺骨。返回的路上，母亲仍不时回头望着慢慢远去的邮电所。突然，不知从哪里来的一辆吉普车停在了街口。那时候乡下汽车很少，母亲还以为是送信的邮车来了，她拉着我的手转身向小车跑去。没等我们跑到跟前，小车就开走了。母亲抬起胳膊拭着额头的汗水说："他们肯定送信来了。"等我们跑到邮电所时，大门上拳头大的铁锁已结上了冰霜。

回到家，母亲就忙着给我们蒸过年的馒头。白胖胖的馒头出笼了，母亲拿着麦秆做的梅花蘸了颜色给馒头点花儿，抑制着眼泪说："我儿子在外面不知道咋受冻挨饿呢！"在我的记忆中，那个春节母亲的泪从没干过。直到来年的二月初二，我们一下收到了哥哥的几封信。母亲不识字，但能认得哥哥的笔迹。每次收到信，父亲都要给她念上十几遍，之后她就如得了宝贝似的捧在手里。

那些年，我们最期盼的就是能经常收到哥哥的信。不管是不是节日，有了他的信就是好日子，父母亲的眉头展了，我们也就高兴了。

因为家里穷，哥哥在东北上学的几年，从没回过家。第二年刚入冬，听说县粮站招临时补破麻袋的女工，母亲就跑去了。为了多挣点钱，她给自己“抢”了一大仓库麻袋，一头扎进去补了起来。进入三九寒冬后，母亲在不能有一丝火星的仓库里冻得实在受不了，只好用麻袋把自己围起来。为了赶活儿，她几乎不喝水，每天啃几个冻硬的馒头，晚上只睡三四个小时。直到第二年开春，母亲终于把山一般的几万条麻袋补完了。当她以每条麻袋 3 分钱的酬劳领到工钱时，顾不得自己冻伤的双脚和磨得滴血的双手，就急忙赶到乡上的邮电所，把钱寄给哥哥。当我们老远看到母亲一瘸一拐地从山路上往回走时，都疯跑着迎上去。母亲搂住我们，瘦得深深陷下去的眼睛里充满了柔和而慈爱的光芒。

又过了几年，我也到外面上学去了。再后来，弟弟也到外面读书了。多病的父母亲仍然步行在家和邮电所之间。记得有一年，我要交实习费，接连给家里写了几封信却得不到消息。就在我急得团团转时，终于收到了父亲寄来的钱和信。父亲在信中为没能及时给我寄钱深表歉意。我知道家里给我凑学费不容易，但总算收到了实习费，解了我的燃眉之急。直到假期回到家我才得知，父亲当时为给我凑实习费，卖羊时被羯羊撞倒，腰部受了重伤。一星期后，父亲拄着拐杖去邮电所给我寄钱，老冯问他说：“我快退休了，你还得跑几年？”父亲笑着说：“快了，等娃娃们奔上饭碗我就不跑了。”

是啊，多少年来，乡间邮电所就这样连着亲人和远方的游子，一次次寄去父母亲无尽的牵挂，也一次次收到游子报来的平安。

如今，我们一路驱车高速行驶，仅用了 5 个小时就走完了哥哥当年 3 天才能走完的路，这不由得使人惊叹时代的巨大变化。

故乡的山顶上，轻风阵阵，我们纷纷下车张开双臂纳凉。此时，老家破旧的大门口，白发苍苍的老父亲正翘首盼望着我们回家。而在村后的远山上，母亲的坟头已经被野草淹没了。

(原载《读者》(原创版)2013 年第 8 期，入选《读者》(原创版)2013 年季度精选集—秋季卷)

驯走马

白利彬

周末无聊，便去乡下休闲。在村舍对面沿山的公路上，一匹身材俊秀、顶门团白、羁鞍华丽、浑身如披枣红缎袍的马，正载着它的主人，威风凛凛地沿着公路缓缓而下。避过山的阴影，步入阳光普照的平川大道，只见那匹马阔步昂首，显得飘逸、大度而又从容。疾行时，蹄铁鸣响，节奏整齐而富含韵律，壮美奇丽的行姿中，似乎在隐隐溢泄着对不时频频回首观望的行人的鄙夷与嘲讽。

很少见过如此俊丽、华贵、飘逸、高傲而又走势奇绝的马。它疾行如风，英气慑人，虽无烈性的嘶鸣，但一旦与它那双如炬而又冷峻的目光相遇，人就会由衷而又快捷地垂下自己高昂着的头。它满身汗水蒸腾，却不打响鼻，任劳任怨中，又深透着骠悍、慷慨和勇毅。它使驾驭者显得威风八面，既高贵又阔绰，也使仰观者显得既卑怯又羸弱。它虽然背负桎梏，受人奴役，但从没有人因此而小觑它。相反的，它却以善解人意而闻名，以忠诚勇毅而颇得人们的赞赏与呵护。这种礼遇，在人所调使与豢养的所有动物中，都是绝无仅有的。

爷爷说，这是匹久经驯服的马。身正腿稳，昂首阔胸，蹄矫健而迅疾，尾向后向下斜垂于两后腿正中，呈斜线状，这就是走马奔走时特有的形体特征。如此稀罕之物，不仅今天少见，即使是向前回溯半个世纪或者更早，它也是权门豪族和大户人家的专有之物，是代表门第与身份地位的一个特照。在过去，每逢清明踏青，朋聚相邀或者是行走公门、催租收账，那些阔佬阔少们便都乘骑走马，携家眷，带仆人，以示荣耀。那个时候，大户人家的走骡子走马，栖有精舍，饲有专人，喂料精细而讲究。常往返于江湖间，经营商行的豪门富族，不仅骡马成群，而且还专辟牧场，又聘雇着专门的驯马师。驯马师的一个主要职责，就是挑选精驹良马，视东家出门骑乘的路途和栈道，而训练出体质与脚程不同的走马。

驯走马是一项长期而又艰辛的苦差，一般要经过竟挑、调使和补调三个阶段。对驯马师来说，最关键的就是要慧眼识驹。他们依据马所具备的温和与合群的脾性，先将一群小马放逐牧场，然后通过竟跑的方式，来观察马的耐性、毅力和锐气。正如人所共知的那样，马跑起来都喜欢奋力占先，它们总是要争着过一条河，跳一条沟，练习着冒险，甚至于眼看危险当前便更加起劲。而凡是在这些自发的练习中奋勇当先，肯做榜样的马，都是最勇敢、最优良的；并且，一经驯服，常常又是最温驯、最良善的。

驯马师们一旦选定了良驹，便把它们隔离起来精养。待调养过一段时间后，便牵着它们步入了驯马场。驯马场是开阔而封闭的，其间布满了各式各样高矮不同的木桩和栅栏。它们都是视马的年龄、身高和训练的阶段而量身定制的。接受初驯的马驹先在低矮的木桩和檀椽间游走，每次都练到出汗时为止；其后便依次是较高的木桩和栅栏。

小马驹在经过一两年的这样的反复空身训练后，便逐渐习惯了“绅士”的步履。这时，它们的气力也随同体骼的发育而有所增长。等待它们的又将是更加严酷的负重训练。于是，当驯马师们在这样的马背上由轻而重地驮上些土或者粮食时，驯走马便进入到最关键的阶段。待载物训练成熟平稳后，就过渡到了载人训练，每逢这样的练习来临之际，马与它的主人便开始了真正而又恒久的接触。从这个阶段起，马在其主人的授意与驱使下，不仅要学会克制自己的烈性，而且还要学会察眼观色，迎合主人的意旨。它们不仅要熟识主人的脾性和每个惯用动作中所映射而出的指令，而且还要学会与它们的主人同欢乐共患难。将一个野性十足的四足兽严训至此，这在人类的征服史上，都无疑是一项值得涂抹重彩的壮举。

补调是训练走马的最后一个环节，也是贯穿于整个走马调训过程的一个环节，在这个环节里，训马师要根据东家的意愿，适时地调整走马的缺憾与遗漏，直到让东家真正满意时为止。爷爷曾给河湟地区的一位驯马师当帮徒的时候,就最头痛这种事情的到来。有时，为了遵照东家的意旨，纠正走马的一个走姿，增减一个蹄印的距离，或者是整平马的一块背肌，完善马的一绺鬃英，都不得不推翻原有的训练方案，重新再驯。

因此，在爷爷那个时代及更早的时候，驯走马其实也是在驯人。对马的教育以丧失自由而开始，以接受束缚、灭绝天性而告终；对人而言，以抹杀个性而开始，以接受人兽折衷的性情而告终。但人却又往往是反复无常的，既学不会马的温和，也永远无法真正企及马的忠诚与烈性，人在自然中，最善于驾驭的，是生存的技巧；最乐于曲意逢迎的，是对生活好高骛远的挑剔与选择，既便是再高贵、再完美的人，也永远无法真正像走马一样，臻美而准确地遵从着生活所赋予它的方式与节奏，忠诚而沉稳地走完自己的一生的，这是爷爷半生的体悟。

（原载《民族文学》2009 年第 8 期）

箍 缸

马 悦

缸破了。

缸是咋破的无人知道，不像人病了疼了痒了是有征兆的，会呻吟，缸破是无声的。

家里有五口大缸，粗细不一高低不等，颜色也不一样，有深棕色的、浅棕色、浅黑色和墨色的，其中一个是淡黄色的。它们齐刷刷地摆放在我家的窑垴里。没有谁比母亲更爱惜缸了。每天的清早，第一缕阳光还没有扑进窑洞的时候，母亲就是拿起她破旧的抹布向缸走去。她对着缸，蹲下身子，母亲抹缸是精细的，满怀感激的样子，从缸的底部一下一下抹到缸沿上。缸沿有微凸的一圈，没有上釉，粗粝些，颜色呈乳白色，经过母亲的擦拭泛着粉色的光亮，乍看，像肥厚的抹了唇彩的嘴唇，肉嘟嘟的。缸的身子则是光滑细腻到极致，油腻腻的光亮，让人感到缸里盛的不是水而是油，有种抵挡不住的富裕。

不仅是缸，家里摆在水泥台子上的坛坛罐罐，碗架板上的瓶瓶碗碗同样发着光亮。姐姐和嫂嫂无论谁洗锅少不了要精心的擦拭，使它们铮亮夺目看一眼不忍走开，有种殷实的样子。不擦拭自然是不行的，母亲瞅见上面的尘土会骂，说别人看见了不笑话死才怪呢！这是母亲对姐姐嫂嫂说的话。缸非要母亲亲自动手抹。跟那些瓶瓶罐罐一比，缸才算是真正经得起摆放的物什，浑圆，大气。母亲是疼爱我们的，但是种种现象表明她更爱她的缸。

记不清多少个年头了，从我记事起家里就有几口大缸。冬天腌菜，夏天盛水，犹如它们的生命没有终结，生生不息。比如，家里的牛和羊，鸡和狗，养着养着就没了，不是让老爹卖了，就是给宰了。也有死掉的。家里的黄狗就是养死了，母亲说狗是老死的，一条养了七八年的狗最终是会死去的。黄狗被大哥埋在西坡长有杏树的地方，养了它一趟，是要留下记号的。没有了狗看守的家院似乎缺少很多的东西。很快，家里有了一条白色的年少的狗，毕竟年轻，尾巴打个圈傲慢地背在背上，叫声也激昂，汪汪汪的。

缸则以它沉默的姿态陪伴在一个清贫的光阴里。母亲每次抹缸的神情是饱满的，嘴角露出浅浅的笑，若有所思，几分沉醉，手伸进缸的缝隙，脸整个挨上去，贴近了，她就像打扮一个女子一般将自己的心思用尽了。

我的发辫四五天梳理一次，那要看母亲忙不忙了。姐姐自己会梳，姐姐 14 岁了，已经有了女儿家的模样，女儿家的妩媚，干完活的时候，常常一个人坐在窗子跟前纳鞋底，头垂得低低的，一句话都不说，哑巴一样。我比姐姐小 5 岁，我的发辫经常由姐姐梳理。弟弟有头发，经常让老爹拿刀子剃，秃着。好在我不是个刻意爱打扮的女子，我喜欢头发纷乱的样子。母亲不厌其烦地擦拭将自己的腰累弯了，腿也弯了，脸上的皱纹一天天地增多。母亲的确在变老，那种老是她的白盖头遮掩不了的。抹完缸的母亲立起身子向后退几步，远远地看，远远地欣赏，不同颜色的缸呈现出不同的色度来，那光亮是细柔的、温暖的、柔美的光亮与晨晖交织呼应，调适着、涤荡着向四周漫延开去……整个窑洞给光彩填满了，照亮了。

缸各有各的分工，冬天的时候，三口缸腌菜，剩下两口缸盛水。到了春夏秋三个季节，腌过菜的缸也盛水，盛甜水，盛苦水。那个时候，鸡狗羊都在家里饮水，家里人忙的话，牛和驴也饮。村里有两口井，一口甜水井，一口苦水井。甜水供人吃喝，苦水供村里牲畜饮用。我和姐姐不间断地抬水。水满不养家，可是母亲不让缸浅下去，让满着，满着踏实。有一口缸谁也不能随意碰它，就是淡黄色的那口缸，是老爹和母亲的专用缸。黄色缸里的水只能允许我和姐姐舀，姐姐月经来时不能舀。哥哥和嫂嫂更是不能，啥时候都不能，万一嫂子防不住手伸错了，舀了一马勺水，母亲立马会把缸里的水倒掉，还要冲洗上三遍，这才觉得缸干净了，缸里的水也干净了。大人们的讲究太多太复杂，我们顽童娃娃自然弄不明白。

其实，缸破是有征兆的，家里的白狗开始褪腰毛了，照往年，狗褪的是胯部的毛，要不就是脖子上的毛，如今褪的却是腰里的毛。“狗褪腰白面切折刀。”这是村里人经常说的话。每一年的春上狗都要褪一次毛的，狗褪毛要是从脖子、胯部开始预示着年成不好，庄稼不成。白狗在早春二月开始褪毛，一家人自然高兴，尤其是母亲，她真切地感受到今年的好年景。望着白狗的腰部负重似的成天堆积几块陈旧的作了锈的老毛，每个人的脸上都满是荣光。谁曾料想到，白狗褪腰的时候，家里的缸破了呢。

母亲抹缸的时候肯定没有发现缸破的迹象。母亲是精细的，若有是瞒不过她的眼睛的。那天是我拿着马勺替老爹往汤瓶里舀水，我走到缸跟前，手还没有伸进去就看到一口缸破了。是那口淡黄色的缸。一条斜斜的裂缝从缸的底部一直延伸到半腰，刀子划了一般，有细碎的水珠溢出，我把这个消息告诉了母亲，正准备洗漱的母亲刺扎了一般，鞋都没有顾上穿向缸奔过去，她的嘴大张着，半晌说道：“啊！真的破了——”

悲痛欲绝的母亲将目光投向我，我说：“不是我弄破的，真的不是我……”母亲不相信，长久地盯着我看。母亲的手里多了一个笤帚疙瘩，她一边掂量着笤帚疙瘩的分量，一边大声质问道：“是不是你？说！是不是？”我心惊肉跳，眼泪快下来了，母亲这才放过了我。那些日子，母亲看谁眼睛都直勾勾地，她把家里的人怀疑了个遍。母亲最终把目光投向老爹。老爹也老了，下巴上的胡子间白了，他很少说话，威严却在，或睡或站，或者在院子里走动，只要在家，我和姐姐就不敢大声说话，弟弟可以说。母亲跟老爹有时像一对冤家，饭桌上，母亲倒是双手给老爹端饭，倒水。老爹一句话都不说，默默地吃，默默地捋他的胡须。母亲低三下四的，像老爹的佣人。母亲很瘦又是个高个子，衣服穿在她的身上显得宽松肥大，已经娶了三个嫂嫂了，家里针尖大的事情都要从母亲心上穿过。大哥哥已经分家，在一个院子里，大哥家的事就是母亲的事。也许，在她的内心深处没有把大哥哥和大嫂嫂当两家人看待吧，家里有好吃头就喊他们。二嫂和三嫂有啥事情也找母亲，小到针头线脑，大到浪娘家走亲戚。母亲一一筹划着，安排着。哥哥们有事情是定要跟母亲商量的。三个哥哥人高马大，大男人有大男人的主意，在母亲那里他们要请示，要征求，好像不这样他们的日子过不了。在这个家，母亲是个永不生锈的轴，没有她不转，天会塌。老爹倒是分外的清闲，有的时候给牲口添添草料，对母亲要做的事情很少干预、插手，对与错，好与坏跟他毫无干系似的，只要他吃饱，该干啥干啥，母亲很少问。老爹有老爹的思想。只有母亲能读懂老爹的思想。他们很少因一件事情展开讨论或者争议。老爹那种无声的放纵促成了母亲事事果断上心的毛病。缸破了，母亲的心也乱了。母亲看老爹的目光不再充满柔和，有了质问，有了几分锐利。很少说话的老爹开口说话了，“看我干啥？是我把缸弄破的吗？问问你自己，天天抹，天天抹，那缸不破才怪呢!”这句话很管用。母亲对家人的怀疑消除了，罪过在于她自己啊!

母亲忧心忡忡。以她的话说，缸是有生命的，有它的灵气。缸会哭。天下不下雨全在缸上。无雨的时节，缸的身子是干燥的；天气若吹南风，缸的半截身子早早地湿了；有雨的话，缸的整个身子早早渗出细细密密的小水珠，那便是缸的眼泪。

那口破了的缸被抬了出来，放在窑垴一个阴暗的角落里，倒扣着，缸底上沉沉地压着一块石头，但压不住它的孤独。时常没有人的时候，我会走进它，看它无声无息的样子，身上的光泽也黯然淡去……

日子里原本就缺这少那，到处是窟窿，到处的补丁，够大人们熬心的了，然而，在每一天的筹划中，总能得到弥补，不至于我们穿着破烂，吃不饱肚子。事实上，村子里的人过得都是这样的日子，有的未必有我家好！王会计家孩子衣服上的补丁比我们的还大。日子稀得淌水，分不清贵贱贫富。母亲不这么认为，贫富不重要，重要的是把每一天的日子过出滋味来。母亲时常去村子的人家坐坐，回来后会大张旗鼓地打扫屋子，把家具重新摆放个位置。虚心的母亲汲取了每一家的优点，使我们家跟别人家有着不一样的景致。缸一破，母亲的日子出现了一个大窟窿。

那次，听完老爹的话，母亲开始沉默了。那天中午，她来到缸跟前，神情里没了往日的自信，面对缸，满脸的愧疚。缸身上的裂缝似乎比原先长了些，上面落满尘土，在渐渐淡去的光泽里，真正有了一种病态的沉郁，倒扣的缸口上沾着一层黄泥巴。更让母亲心痛的是，缸的全身出现了黄色的斑点，样子实在丑陋。母亲没有动手抹缸，怕弄疼了它。见母亲一副失魂落魄的样子，三哥说破就破了吧！至于吗？这话让母亲很生气，她说三儿子啥也不懂！我们家里啥都可以更换，唯有缸不能。五口缸在家里摆放了多少年哪！互相摸透了脾性，通上了灵性，缺一不可。缸里的水不同于井里的水，通过缸冰凉的身子一盛，水便有了神圣的意义；五口缸是我家一道风景线，这个线不能断，一断，我们的日子定会落在别人的后面。眼前的缸听母亲说奶奶在时就有，是奶奶留给母亲的。奶奶用了多少年，缸历经了多少的磕磕碰碰、岁月的侵蚀，在母亲的手里却破了。

那些天，母亲的头总是低着，不看我们，在哥哥嫂嫂面前更是话少，一个人坐在炕角，或者拿个矮凳子坐在院子里某一个角落，我们不轻易走近，让她一个人静静地想，静静地反省，母亲明显地饭量减少，身子更瘦了，她看上去是那么的沉郁，孤独。

母亲愧对的是奶奶，还是她的日子？

在母亲的字典里，看似平淡的日子，实则有很大的学问，是考验一个女人的一面镜子，一条鞭子，在这面镜子面前要求别人做好的首先自己必须做好，作为老人、三个媳妇的婆婆要有吃万担亏的胸怀，要率先垂范，永远豁达、乐观，这样才能赢得小辈人的尊重。家里的人口是村子里排上名的，大家口需要大智慧，一个锅里搅勺，磕碰是难免的，矛盾更是难免，总有一碗水端不平的时候，总有受气的时候，有多大的委屈不能说，无处说，装在心里一个人默默地承受，心里的伤口有多大，伤痛就有多深，要的是忍性和耐心。只有拿起布子，在母亲与缸的接触中、擦拭中，她的心才能平静，才能清澈如水。

一天，母亲突然向老爹说了一句话：“既然我把缸弄破了，你看我咋把它补好！”

我和弟弟被指派到了村头。我们奉命等候一个箍缸人的出现。二月的黄风吹刮着，黄尘漫卷，吹得我们满脸的杏花癣。我们饿着肚子，时刻被饥饿折磨。可我和弟弟轻易不敢回家。远处，大山抱着小山挤挤挨挨向天边延伸去……庄稼人的影子出现在山梁上，模模糊糊，时隐时现，能听见他们大声的喊话。不管春夏秋冬，远处的山梁总有忙碌的身影；不管有草没草，总有放牧的羊群。一座山梁能带给人们多大的收获，带给牲畜多少丰盛的草粮不得而知。听那激昂的喊话，咩咩欢叫，我们小小的心怦怦直跳。

弟弟突然安静了下来，他似乎接受了一个比天还要大的任务，坐在土砍上，一动不动了。黄尘落了他的一身，他的光秃的脑袋上挂满汗粒。每一年春上，村子里会来箍缸的人。他们的年龄不等，今年是个年轻人，明年是个中年人。但是，他们都是单独出现的。不论是年轻人还是中年人，他们的口音一样，皮肤也一样，黝黑光亮，穿着褪色的衣服，手里拿着一个摇鼓，圆圆的盘，一根绳子上系着一个圆球，一摇，鼓盘击响，清脆的击鼓声在村里荡漾，伴着箍缸人的吆喝声，首先把我们这些娃娃吸引去，围着他，问些不着边际的话。一张被岁月打磨得沧桑的面孔，对着我们傻傻地笑。这个时候，他从怀里拿出一个碗来，会有一双手接过去——即使不箍缸，村里人也不会让一个外地人饿着肚子走掉。我们笑闹够了终将散去。在以后的几天里，耳边偶尔传来箍缸人的吆喝声：“箍——缸——哩——”

再后来就听不到了。一个箍缸匠的出现跟他的离去一样，不会给人们留下太多的回忆……因为家里的缸好着，箍缸的人从未到过我家。缸破了，期盼箍缸匠的心情就不一样了，我们天天守候在村头。母亲也没闲着，她有了更重要的任务。把我们打发走的同时，她也向村子走去。母亲走在村巷里，母亲的脚步是坚实的，对着每一户人家，目光里充满了渴求，与其说她用眼睛看，不如说在用鼻子闻。日光毫无遮拦地照在地上，路面反射着白花花的光亮。母亲在寻找宰羊的家户。这是个不能更改的规律，必须是宰羊的家户。母亲在寻找羊肠子。家里宰羊的时候，缸是好着的。家里不会无缘无故宰羊，有亡人的祭日才宰。羊的肠子能箍缸，而且箍下的缸结实，柔性好，比竹条结实十倍。那细细的盘曲的肠子，刚从羊的肚子里扒出来沾有白花花的油，少不了还沾着油腻的浑浊的液体，它们蛇似的放在盘子里，有股气息散漫开来，肠子是鼓胀的，羊活着的气息还在，吃下的草还在，但已经没有了草的味道。二月天宰羊的人家少，母亲不死心，挨家挨户地打听，包括邻村。母亲找得很辛苦，孤单瘦弱的身影裹挟在风尘里，白盖头一飘一飘的，伸手拽住盖头的一角，看不清她的面庞，身子吹歪了，脚步吹乱。每年都有宰羊的人家，每个人家都有亡了的人，不管年老或年少，在他们的祭日上宰牲祭奠。一般锅里倒油过乜帖羊杂碎派不上用场，羊的头、蹄子、肚子、肠子单独放着，过后慢慢收拾，慢慢煮。三月初，母亲终于找到了羊肠子。那天，母亲可是开心呀！皱纹都少了许多。这些重要日子的羊肠子，有着别样的意义，现在就放在盘子里，母亲分外珍惜，带着对宰羊人家的感念，对冥冥之中羊主人的敬畏，小心地撕着羊肠子上的油。那天，家里哥哥嫂嫂姐姐我都在，母亲边撕边讲述着宰羊人家怎样慷慨地把肠子送给她，说到激动处拿袖头荡荡自己的衣襟。这是母亲一贯的动作，一兴奋就开始用袖头荡衣襟。老爹从门口进来了，母亲突然停住，望着老爹。老爹且说："找来了好……"作为老爹，跟母亲生活了大半辈子的老爹，这是对母亲最大的夸奖、安抚了。听完这句话，不知趣的母亲眼泪哗地流了下来。当着我们的面，老爹掉头走出屋子。我们不明白，一向要强的母亲为何当着老爹的面要哭。后来，长大了，成了女人，我才正真体会到一个女人在自己男人面前流泪有多么深远的意义！

洗干净的羊肠子呈现出原有的色道来，肉肉的粉色，筋抖抖滑溜溜的；肠子泡在盐水里，不会变质变味。箍缸不仅用羊肠子，还要用香油和红薯面。香油和红薯面调和在一起黏性极好！用滚烫的香油将红薯面炸了，放凉。红薯面便是紫红色的了，红胶泥一样。

箍缸的准备工作就绪，最后一道程序是给箍缸匠准备吃粮和菜蔬。母亲开始磨面了。家里很少有白面，我们的主食是红薯和高粱，这是个人人吃红薯面和高粱面的年代。麦子很缺，一袋子麦子需要很长时间的积攒。母亲把半袋子麦子拿清水拌了，捂了两天，这样磨出的面白。磨面的时候，弟弟一个人去了村头。我留下来帮母亲看驴。家里唯一一头灰驴被套进磨道里。套夹板的时候驴的眼睛早早地蒙上了。驴是乖的，母亲为何要给它蒙？还要带上笼嘴？石磨有两个眼，一个大眼一个小眼。大眼用来磨红薯玉米，小眼磨高粱。磨麦子要扫磨膛，不扫的话，磨出的面一股高粱面的味道，不纯。母亲在小眼里扎了四根细细的荆棘杆儿。一个空空的竹罗圈儿放在了磨盘上，半袋子麦子倒进去，尖尖的堆积着像座小山。一个更大的笸箩放在磨窑的土台子上，一个光滑的木架放在其中。母亲的手上带了一个顶针。厚重的石磨被拉动了，一圈一圈地转。驴子一圈一圈地走。我的手里拿着鞭子跟在麻驴的身后，磨的缝隙流下面粉，像水在流淌，我拿指尖轻轻划动，生怕面淌在地上。望着麻驴，它一身的汗，它兴奋地无声地走着那永远走不完的路，好像面是特意为它磨的。耳边响着母亲筛面时顶针敲击箩帮子的声音，悦耳清脆，心的波纹一荡一荡。母亲一身的粉尘，我一身的粉尘。麻驴也是。

“得儿……切……”

“得儿……切……”

母亲唤驴的声音哀婉深远，淹没在无尽的思绪里……

箍缸匠最终在村口出现了，期盼他的日子过于漫长，突然的出现让人惊喜万分。母亲将新磨的白面做了一顿饭，满院子的香气。路途的遥远，天气的干燥，箍缸匠那天真的是饿，吃了五碗面条。是个皮肤黝黑的中年男人。那口缸被抬到了当院，已经进入农历三月末尾，天热起来。箍缸人坐在院子里开始了他的工作。白狗汪汪地叫。白狗独守的家院被人侵犯了，它年轻的豪迈，年轻粗犷的喉咙暴烈凶猛，狂吠不止。

箍缸人精心地忙他的，拿尺子丈量着尺寸，用铅笔画着印记，这才动手给缸打眼。沿着裂开的缝隙，打出对称的眼，而且要打透，但不能打破，这需要技术。箍缸人的肩上背着一个粗皮带，皮带的两头拴着一条光滑的圆木头，那木棍是空心的，空心的木头里面有个铁杆儿，铁杆儿顶端带着一个三角形的钻头，木棍中间留有一个小小的孔，一条绳穿进孔内，随着绳子一抽一拉，钻头开始转动，缸壁钻出一个小孔，我们的心似乎也给钻出许多的小孔。母亲专门给匠人做饭，伺候他的吃喝。

给缸打眼是个漫长的过程，七八天过去了，母亲泡下的羊肠子换了三次盐水，缸的眼还没有打好。

箍缸的事还是惊动了四邻。三月份下了一场雨，人们分外的忙碌，留在家看门的老奶奶老爷爷，他们的怀里抱着小孙孙，手里牵着一个，相继来到我家。母亲又是让座又是倒茶。他们都不进屋，围着箍缸匠看，笑盈盈的，身边的小孩对眼前的事物感觉新鲜，满眼的好奇，嘻嘻哈哈，打打闹闹。箍缸匠，毕竟是匠，有匠人的风范，谁也不看，专注地打他的眼，两腮挂满汗珠子，每一个动作透着一种娴熟，操纵自如，旁若无人。头顶是蓝蓝的天空，水洗了一般的澄澈，他的身后是起伏的山峦，给淡淡的雾气笼罩着，湿湿的，润润的，有种刚刚被雨水浸过的黛青色。空气是新鲜的，阳光扑下来，院落无比的亮堂。围观的人是忍不住要夸赞一番的，啧啧啧的声音从老人们扁瘪的嘴巴里发出来，这足够箍缸匠骄傲的了，有可能他已经听惯了那样的赞叹而无动于衷，有谁能摸透他的心思呢！家里人已习惯了打眼的声响，那种不急不缓的声响，时断时续，有石头般的坚硬，似钢的柔韧，家人出进地走动，一副漫不经心，每一次从箍缸匠身边走过，也看也不看，神色里分明透着十分的满足。好似院子里正在进行着一项巨大的工程，给他们带来意想不到的收益！白狗归于安静了，不叫了，拴它的链子解除了，它在距离箍缸匠不远的地方静卧，头枕在前爪上，目光温存地看着箍缸匠。母亲忙碌的身影不难看出她的一个破了的梦即将圆满。我的双手住在下巴上蹲在一旁，聚精会神地看，我在守望什么？天高地阔，可分明我是那么的开心快乐！我的满心的快乐从这个春天向更深的日子里延续。看箍缸匠打眼的少不了弟弟。每每弟弟走进了，箍缸匠会停下手头的活来逗他。弟弟头上没毛，下面有东西。只要弟弟走进，箍缸匠就伸手去摸弟弟的小鸡鸡，摸一下喂在嘴里，摸一下喂嘴里，美滋滋的。弟弟很不耐烦，起身跑掉，边跑边向后看，那人并不追，嘿嘿嘿地笑。箍缸匠睡在院子里，他说他睡别人家的屋子不习惯。农历四月的风少了，晚上总归是安静的。月朗星稀，寂静的夜晚，能听见夜的呼吸声，确切地说是箍缸匠的呼吸声，有间断的咳嗽，一声，两声，或三四声，平静了。一个空旷的夜。母亲给他安排过一间屋子，他不睡。大概在他失眠的时候，想起亲人的时候能与星辰对望，低语，能将他一腔的思念借着月光带向远方，也大概饮惯了夜露的甘甜，能填补他寂寥的梦吧！

他就挨着缸睡。我时常见他脸上有一种很沉的东西，对他的身世我们不知道，只知道他会箍缸。没有人想起问他，一个箍缸匠，他的身世不会引起大家的兴趣，再说知道了又有何意义呢？

缸的眼终于打好了。拿水冲洗干净，那一双双对称的洞眼，就像排列有序的纽扣眼儿。眼打好就要上疤子，是铁疤子。看似简单实则繁复，一个眼对一个眼，用铁锤轻轻敲打，铁疤子镶嵌进去，牢牢地扣住，扣死。然后是缠羊肠子。泡好的羊肠子放在盘子里，箍缸匠拿起羊肠子的一头一圈一圈的绕，油炸的红薯面一圈一圈抹在肠子上，缸的身子一圈一圈粗起来。缠羊肠子更需要技术，不能过紧也不能太松，紧了肠子会断，松了漏水。柔软的肠子经过盐水浸泡更加光滑，弹性十足，越捋越长，越细。一只羊的肠子究竟有多长啊，绕了好几圈，紧紧地缠在缸身上。

我们不知道母亲给了箍缸匠多少工钱。院子里猛地静了，空了。箍缸匠啥也没有带走，又好像带走了很多。

箍好的缸在院子里放了几天，等羊肠子风干后，母亲这才叫人抬进去。缸重新回到四口缸的身边，它似乎经历了一场大病，有了一种淡定的情思。在母亲每天的擦拭中，缸一天一个模样。

那口缸的确与众不同，浑圆的腰间宛若系着一条红丝带，真像一个俊美的女子。

（原载《朔方》2015 年第 5 期）

匆匆过客

蔺小梅

二十多年来，我一直想写一篇关于母亲的文章，虽然我对母亲一点印象也没有，一切全凭亲戚邻居的回忆，但对母亲的感激还是让我不止一次的萌发想要为她写篇文章的冲动。二十多年来，数次提笔，数次失败，总是无话可说，直到有一天一位邻居说："这孩子特没心，逢年过节给她妈连张纸也不烧，她妈当年要不是为了她怎么会死呢？医生已经说了大人小孩只能保一个的。"我才感觉自己确实有些无情。在我最孤独无助、无路可走的时候，有一次梦到我的母亲，她站在我的床前，我无论怎么努力，就是看不清楚她的脸，她转身要离开的那一瞬间，我一下子翻身坐起，想去拉她的衣襟，嘴里大声地喊着："妈……妈。"我这才意识到，在我的内心深处，我一直深爱着未曾谋面的母亲。我的喊声惊醒了睡在另一个卧室的亲戚，她快速地走到我的床前，在我的脸上狠狠地拧了两下，骂着："你的死鬼妈找我算账来了，说我虐待你，对你不好。她对你好，她为什么不带你走？"临走之时，受了惊吓的这个亲戚又狠狠地拧了一下我的脸后，朝我的脸上啐了一口带有浓烈异味的唾液，疑问道："你的命怎么就这么大，怎么就死不了呢？"我赶忙闭上眼睛，想着母亲会再次来到我身边，能让我再看一眼，可是到天亮，母亲都没有再回来。

梦中竟然不止一次的出现过我的后外婆。我上小学时，看到别的小朋友都有外婆，我很羡慕，虽然养母家和后外婆同住一村，但是养母不让我去后外婆那儿。有一次放学，我偷偷地跑了过去，外公不在家，后外婆正在门口纺线，我高兴地坐在后外婆身边，看着她纺线，虽然她一直不说话，但是我仍然感觉很幸福，我也有外婆啊！正好我的同班同学从我后外婆家门口过，我们说了一会话，后外婆对我的同学特别客气，笑眯眯地说着让她关照我之类的叮嘱话。后来同学要走，后外婆说你去送送同学吧，我高兴地送走了同学返身回后外婆家，发现紧闭的大门上是一把黑铁锁。对着那把锁我足足看了有十多分钟，不愿相信这是真的。对于亲人、亲情的依赖与留恋，让我始终不死心。第二次在和同学们一起看露天电影时，又碰到了后外婆，我又一次鬼迷心窍地选择了离开同学们。上小学三年级时的我个子过小，后外婆一边看着电影一边开心地笑着，我着急地摇着后外婆的手说："我看不着，外婆。"后外婆拉着我朝远处走了又走，我还是看不着，最后她把我扶上了一个柴火堆，问我能不能看着，我高兴地说坐着都能看着，后外婆说："能看着就好好看吧。"然而我看了几眼电影后，发现柴火堆下面空无一人，看电影的人群离柴火堆有很远的距离。无尽的黑夜和恐怖包围着我，我害怕极了，电影演的什么我全然不知道，心里想的尽是怎么才能回到人群中去。自此，我再也没有去找过后外婆。虽然在我的印象中，后外婆不是一个好人，但是，在我的梦中她却出现得不少，每次都是哭哭啼啼，甚至有一次梦到她在 86 岁高龄时，还骑着自行车到我的单位，我慌忙将她扶下来。其实，后外婆也不易，她的两个女儿因病先她 20 年去世，她的大外孙女也因病于 13 岁时夭折，她去世时已没有任何亲人。现在想来，我内心里对于后外婆的同情是远远大于怨恨的。

昨天晚上梦见我的大伯拄着拐杖，在堂姐的搀扶下一摇一摆艰难地向我走来，说他要去北京看病。我问他怎么了，他把双手向我伸开，我看到的是十根淤血坏死的手指，猛然一惊，就醒了。我不能打开灯，陋室狭小，爱人睡得正香，自己一个人在黑暗的夜里前思后想，想自己对大伯常年患病的无能为力与很少帮助，从精神到物质。大伯家底子薄，子女工作不理想，收入少，大妈曾为此向我们诉过苦。但是在外流浪的我们也是举步维艰，尤其我又因了这样那样的困扰始终没能出力……

我记忆中最早的亲人离世，是养父的母亲去世，那个善良的老人 40 岁时因为脑溢血成了哑巴。养父母说，十几个孙子孙女中，哑巴奶奶给我的爱超过了任何一个亲孙子亲孙女。这一点是村上人公认的。然而在我的记忆中，只记得有一次养父母下田干活，5 岁的我和哑巴奶奶在家，她不停地用手比画一个脸盆那么大的圆，示意我去做什么，但是我怎么做都不对，最后，她愤怒地举起拐杖要打我，我一溜烟地跑开了，从此特别害怕她。不久，她就去世了，躺在一张薄薄的床板上，脸上遮着一片白布。我没看见她临走时的容颜与神情，她从此走出了我模糊的记忆。30 多年了，一次也没有梦到过她，我想，可能是因为我那时年幼无知，不懂得爱，不懂得亲情，更不懂得别离。

活着的亲人在身边，梦不到，可能是因为心里没有遗憾，想做什么立刻就可以做。而已经故去的亲人，可能因了这样那样未了的心愿，心里不舍，放不下，所以总是三番五次地梦到。静下心来想想，对每一个活着的亲人，用我们最美、最真、最善、最宽容的心去对待，否则，就会留下无法弥补的遗憾，像梦一样空茫的遗憾……

（原载《朔方》2013 年第 8 期）

夜月明

田　埂

1989 年，刚从固原师专毕业，两个人一起分在了农村。我是同心王团中学，安是同心纪家中学。

半年后，我们在同心县城结婚了。

那时候布置新房，流行用红毛线和大头针在墙上绷喜字，绷各种时兴的图案。比如一道五线谱，几个音符，一个大大的桃心；还时兴在新房里拉拉花，拉花从顶棚四个拐角出发，聚集在房顶中央的吊灯上，松踏踏地耷拉成四条弧线。结婚前一周，我和安抽空在新房绷字，绷图案，拉拉花。我还揶揄地说，就算我给“老同学”帮忙吧。房子拾掇好，安用自行车把我送回学校。我们不像是在做一件人生大事，更像是在过家家，闹着玩。

天快黑了，我被丢在空荡荡的学校院里，安骑上车子匆匆回同心了。

第二天十点钟，娶亲的汽车来了。我在梅和花的帮助下，从头到脚，换上了新娘装——红棉袄，红裤子，红绣花鞋，发上别一串粉红绢花，头上顶一块大红纱巾。我们学校教职工统共不到 20 人，男男女女，老老少少，搭配倒是很齐全，校长说我娘家远，他们就当是我的娘家老哥，嫂子，舅舅，姑妈，表妹，姐姐，上车。我和梅、花上了一辆桑塔纳，其余人统统上了一辆小面包车。

结婚后，每到周末，我俩各自从学校回来，在同心过过周末，说说单位上发生的事情，洗洗衣服，吃吃饭，或者骑上自行车，在同心街上漫无目的地瞎转，瞎玩。

纪家比较偏僻，没有市场，没有菜铺子，也不通车。每周上班走的时候，安从同心带点土豆、韭菜、白菜之类常吃的菜蔬，搭乘赶集回纪家的手扶。周末，就只能碰运气。运气好了，搭上从纪家山里往出拉石头、拉煤的大拖拉机；运气不好了，就只好等下周。

有一个周六，安没有回来，当时也没有很方便的电话，婆婆就让我和弟弟去看安，顺便给安送些吃的。婆婆把酸白菜从大缸里捞出来，装进塑料袋，很快，菜水就渗了出来，还滴滴答答地往地上淌。我想，吃的是菜，菜水反正没用，就擅自把菜水挤干，只留下菜重新装回去。我为自己的做法感到得意，这样一来，既不和一捆韭菜打架，也不怕菜水糊车。

我骑着婆家买的枣红自行车，弟弟骑着一辆加重飞鸽，我们感觉像是要去郊游。

走出县城不远，就是慢上的山路。

山路走起来很奇怪，上一个坡后，对应的一定要下一个坡。站在坡底下看公路劈开的豁口，石子路断在天上。豁口风大，去年的芨芨草，顺风斜插在割裂的山头上，有些苍凉，又有些画意。走到近处，芨芨草的根部，新生的嫩秧子，沿着老去的芨杆，默默生长着，其他地方，依然像冬天一样荒芜着。

我和弟弟翻过一道梁，走到沟底。这个沟比较宽，沟底有一座漫水桥，站在漫水桥上，顺河道看，白色的大石头，散布在干枯的河床上，阳光一照，像漂浮在水面上的气球，又像一盏盏硕大的河灯。我建议顺河湾走，我说安哥报到的时候，我去过纪家中学，学校前面有这样一条河，白石头，和这里的一模一样，一定是那里的水流到了这里。弟弟点头同意了，我们离开石子路，从漫水桥上下去，沿河上行。

河弯两边的土崖，闪着金属的光芒，那是一层一层的石英石。初次看见这种地貌，我很兴奋，认为自己发现了矿藏。我们走着，想着，想着走过一段这样的峡谷，眼前一片开阔地，那便是纪家。可是，走了好长时间，河床越来越窄，都快到山根了。我们开始怀疑是不是走错了，想沿路返回，可是漫水桥早都看不见了。我们硬着头皮继续往前走，心里开始有些害怕，期望碰到一个人。我们站在河湾里，抬头向山上看，那边山梁上有一棵矮矮的树，像长在天上。山坡上有几块庄稼地，歪歪斜斜地打在山体上。一个人，扶着犁把，和牛“睡在山地上”，缓缓蠕动。弟弟让我看车子，他嗖嗖嗖地爬上了山。

我们使出浑身的力量，照农人所指方向，沿地垄，把车子七拐八拐地扛到了山顶上，扛得人满头大汗。

站在山顶上，眼前全都是数不清的秃山荒岭。凉凉的山风吹过来，燥热一下子就消解了。放眼望去，乾坤两色，单调静谧。平缓的山坳里，散布着一些房子，星星点点地还有几棵树木。照农人指点的，那里，应该就是纪家。我和弟弟高兴得不得了，我们认为没走错路，是探到了小路，我们很自豪。

可是，山里就这个特点，看着目标就在眼前，要靠近吧，还得绕好长的路。我们先得沿着脚下的山梁，背向纪家走，拐到对面那道梁上，才朝着纪家去。

我们又走了一个多小时才到。

学校建在半山坡上。

站在学校门口，的确能看见一条干枯的河，和漫水桥上看见的一模一样，也是像河灯的白石头，原来它们是一道梁上的两道沟。

安听了我们的磨难，呵呵呵地笑出声来，当下就讲了一个更引人发笑的事情。

安说，昨天晚上，月高风清，校园里只有他和马老师，住宿生都回家了。我迅速审视了一下背后的荒山，审视了一下空荡荡的校园，审视了一下校园门口的那棵老榆树。安继续说，夜半三更，他被一种奇怪的声响吵醒了。迷迷糊糊，他听到“咚——咚——”的脚步声。夜静极了，连个狗叫声都没有，只有沉重、迟缓的脚步声，溜地面传过来。月光，把夜照得如同白昼。那声音越来越清晰，越来越清晰，直冲他的宿舍来了，夹杂着的，还有“腾嘫嘫——腾嘫嘫”的拖拽声。脚步声停止在窗前，又是“呼哧——呼哧”地呼吸声，那呼吸声听上去干涩，粗重，像传说的山怪下山。他的汗毛都竖起来了，不敢开灯，不敢出声，只等怪物打开房门。突然，惨白的月光，把一个巨大的头颅印在了窗纸上，左摆一下，右摆一下，“呼哧——呼哧”的鼻息声令人窒息，然后是“咔嚓——咔嚓”的咀嚼声。过了一会儿，那头颅从窗户上挪走了，沉重而迟缓的脚步声也渐渐远去了。他扯开窗纸一看，月光下，一头黑骡子，缰绳一端拖着一个木桩子，在校园里游动。刚才他听到的咀嚼声，是骡子在偷吃了窗台上晾晒的剩米饭。

因为我们走小路，耽误了时间，怕晚上返回不了同心，也就不敢和安多聊。安把我们拿的酸菜切了点，让我和弟弟就干粮馍吃点启程，我让安一起吃，安说他不吃。安就干站着。坏了，酸菜怎么又皮又揉，味道又苦又涩？原来失去了水分的酸菜，捂在塑料袋里，晒在大太阳下三四个小时，早都变质了。翻山越岭送来的一包酸菜，倒沟里了。

有一次下雨，安挡不上车，湿嗒嗒一路走到纪家。70 里地，走了大半天。第二天，安发现自己的小腿浮肿了。

回同心，安经常会在粮食局岔路口下车。我要是从王团回来得早，就会去接他。有一次，我等了好长时间，西边的天空，只剩最后一丝霞光，东面大路上才开过来一辆大拖拉机。拖拉机本色难辨，全身是土。安戴着高度近视镜，屈腿坐在石头上，头、脸、身子，都和石头一个颜色。安看见我，使劲拍打起驾驶室的防护栏，车没停，安无奈地抓起手边的一块小石头，向另一块大石头上捶打，反复地捶打。我骑上自行车，跟在拖拉机后面撵。一直到下一个十字路口，拖拉机才停下。安从车厢里翻出来，脚试探着踩在轮胎上，爬下了车厢，看上去，安和刚出土的兵马俑没啥两样，就两个眼珠子在镜片后面转动，我们高高兴兴地回家了。

因为我的单位离同心近，交通也方便，每周基本都能回家。二十几年前，周六早上还要上半天课。那个周六，学校的小四轮从车库里开了出来，说是要去同心办事。校长说家在同心的，都坐上，课调一下。我们几个年轻人，高兴得要死。跑回宿舍换衣服打扮收拾包包。开四轮的王目都，焦躁地坐在驾驶座上催。

我们出发了，车厢里，面对面坐着的还有好几个老师，我们的脚交叉着摆放在一起。坐我对面的花，盯着我俩的脚面看了半天，又挪了挪，说："这是我的，那是你的，这又是谁的呢？"大家一看，哎呀！这大学生啥眼神呀，两双不同颜色的袜子穿单了。一车人的笑声，壮大了小四轮的"突突"声。一群灰鸽子，扑棱棱从路边的空地上飞了起来，盘旋着落在了庄稼地边。那是我第一次坐四轮进城。

那时候，从同心到王团，没有蹦蹦车，更别说公交车了。一次，等了好长时间，来了一辆长途车，票员嫌弃我是短途，不拉，要拉就要三块钱，我自然不肯出高价。一阵讨价还价过后，车缓缓向前开了。票员把头从车窗里伸出来，冲我喊："女子！一块，跑！"我一恼，不坐了，我早都想在同心到王团这段路上走一走了。路两边有良田，有农家小院，西面远处有河流，有庙山。

车开走了。

我走在路边的田埂上，看见成熟的糜子，有的密集、茁壮，有的稀疏、瘦弱。在一块稀疏的糜子地里，我第一次看见那么多屎壳郎，它们在比赛滚粪球。一大堆马粪，一大帮屎壳郎。原野四周是寂静的，只有这一处，熙熙攘攘，热闹非凡。屎壳郎的脊背，黑黝黝地反射着阳光。以前见过的，甲壳陈旧，色泽灰暗，一副历经沧桑的瘪三相；眼下这帮，一个个溜光滑圆，干净年轻。它们看上去刚刚步入生活，"外壳"亮丽、饱满，没有丝毫奔波的痕迹，完全一副少年不知愁滋味的顽皮。它们每个滚着一个新鲜的粪球，沉醉在一堆马粪边，沉醉在它们的生活里。远处还有一块一块的秋葵，葵地边，农人放着两头牲口，牲口低着头，专心地啃食着秋草。天空干净，无云，庙山轮廓清晰。每到我走不动的时候，我就到学生家去家访，他们的院子很大，种着果树、大丽花、鸡冠花。房子很大，炕也很大，大母鸡就在人的脚跟前绕来绕去。

一路家访了四个学生，花了四个多小时，从同心到王团，40 里地，我步行了一回。累是累了点，我却很开心。

现在想起来，从同心到王团，从同心到纪家，那些路，那些生活，是我工作的起点，生活的源头；同心王团，王团同心，顺理成章地成为我的第二故乡。早先的纪家人，已全员搬迁到了平坦近便的周家河湾，过上了新农村的生活，只留那一河道的白石头，守望着昨天的故事。王团，也由一个村庄，演变成一个繁华的小镇。通车，通水，通网络；筑路，盖楼，城镇化。二十几年，做梦一样地翻过，回首往事，感受社会发展的速度，顿觉人的现状，应验了李叔同先生所说的话：一事无成人渐老，一钱不值何消说。每有月明星稀的夜晚，凝望银辉普照的高轩楼宇，神难守舍。小四轮，屎壳郎，秃山荒岭，秋葵，河石，芨芨草……挥不去的意象更迭丛生，依依心头。夜月明，笔走忧伤，感叹年华易逝，韶光难再，感知珍惜，感念发展，激励永不停息的奋斗之旅。

（原载《朔方》2015 年第 12 期）

啊，月亮

杨森翔

在无涯宇宙中闪烁的星群里，我最喜爱的要数有圆有缺的月亮了。

我爱月亮的清白、温柔与和平。

我对月亮的感情是跟童年故乡生活分不开的。那时，我的家住在靠近黄河的村子里。河水远远地从村后绕过，在村子附近留下了一个葫芦状的苇湖。一到傍晚，鸟雀归窠，牛羊入圈，湖边就成了最热闹的地方。苇荡里“呱呱鸡”叫得最欢，蛤蟆也鼓足劲大声地唱着，满天低飞的胡燕像箭一样窜上又窜下，觅捕空中的飞虫，不时送来“叽叽”的呢语。这时，那由淡紫而渐变深蓝色的天空上，显出了一颗又一颗晶莹的星星，像一只只明亮的眼睛，向着湖边放射她那清白的光；而湖水里也有许多亮晶晶的眼睛向天空张望，上下天光，浑然一体……忽然响起“扑扑”的声音，一下，两下，继而，连成一片，伴着燕鸣虫唧，奏起一首动听的小夜曲——原来，这是村里农家妇女，利用晚饭后至睡觉前的一段时间，到湖边洗衣服来了。她们把欢声笑语撒向全村的各家各户。这时，我一面听着动人的夜曲，一面望着迷乱的星空，在湖畔转悠，似乎是等待着什么，常常是大人不叫不回家。

是的，在这种时候，我有种不满足的感觉，总觉得今晚还缺少什么。缺什么呢？哦，看——

在东方天边的大山顶上，涌出了一圈淡淡的白光，白光的后面就是她——圆的或椭圆的月亮。她一露面，便移动姗姗步伐，飘过黑黪黪的大山，穿过广阔的星空，透过迷蒙的夜雾走来了。顷刻，村庄和田野便披上了一层透明的纱，湖水也银波澹荡，玉蛇齐舞。如果湖边还有未归的捣衣村妇，她们也立即变成了裹着素纱的仙子，在晚风的吹拂下，在皎洁的月光里，那款款的捣衣动作幻化为翩翩的舞姿。那么恬淡，那么温柔，那么和平！这时，在捣衣人群里会站出一位中年妇女——我的母亲——用下巴指着月亮告诉我：哪是嫦娥居住的广寒宫，哪是清桂与玉兔……我不明白她为什么不用手指着月亮。她告诉我说：月亮是那样圣洁，我们不应该对她表示尊敬么?……虽然这回答给我幼稚的童心留下了一个威严的印象，但，归根结底，她是洁白、温柔、和平的。你听，母亲不是给我们教唱：

光光月，
开白花，
有个女儿给谁家？……

这时，我便伙同其他小伙伴一起，唱着“月亮月亮光光，我跑你也跟上……”的儿歌，从苇湖这边跑到苇湖那边。而月亮也是不知疲倦、寸步不离地跟着我们跑来跑去，用她那素洁的手抚摸我们这些乡村儿女们的头，而我们呢，便一次又一次地面对光洁的月亮，争论那个谁也说服不了谁的老问题：

“假若把月亮中间的那棵老桂树砍了，月，不是更亮吗?”

“不，这正如人的眼睛里有黑眼仁子，眼才显得那样明亮!”

有时候，争论的对方或者是因为家里人的召唤，或者是自己感到了疲劳，一个个回家去了，而我却仍在月光下沉思，一直到夜露使我感到寒冷。每当这时，我便看到母亲仍在那里微笑着看我，静静地等我，于是，我便张开双臂，燕子般扑向她的怀里……

啊，多么美丽、温柔的月亮!

确实，在我的感觉里，月亮对我的吸引力，总是同她对我的关怀成正比的。当我感到寒冷，她的清辉便能点燃我心头的篝火；当我感到饥饿，她能用满天的星光为我烤制精神上的面包；当我感到口渴，她能用月晕的云彩变成及时的甘霖；当我感到忧伤，她能用自己的光辉微笑贴上我的嘴唇；当我快乐的时候，她便把她的欢乐同我融在一起，让欢乐永远伴我!

这种感觉，即使是在十年动乱时期，也依然这样。

那时，我客居异乡，一住就是七个年头。我离开了自己的故乡，离开了童年的伙伴，也离开了亲爱的母亲，只有月亮没有离开我，陪伴我度过了两千五百五十五个黑夜……

残忍的厮杀与狂热的呼喊常常使我想起家乡，想起母亲，可是，母亲托人写来的信总是说“家中万事均安，切勿远念……”我只得找个角落安静地读书。

我读李白的《静夜思》，读王建的《十五夜望月》，也读朱淑贞的《生查子》。我听人说，互相思念的亲人，不知各自流落何方，只要每年中秋夜都看看月亮，便都能看到对方。因为月亮是一面镜子。有一次，我看着月亮，流泪了。我仿佛看到母亲也流泪了，而且流得很多很多。等到读了李白的另两句诗“长安一片月，万户捣衣声”之后，这种流泪的视觉形象愈显得真切了。

同现实生活中的猜忌与斗争相比，李白诗中所描绘的那种和平与勤劳的生活是多么可贵！我反复地诵读这两句诗，一遍，两遍，以至无数遍。诗句竟然在我的心中掀起了万丈狂澜，许久也平静不下来。终于，我决定回家乡去看看，看看家乡的田野、苇湖，看看月光下捣衣的母亲！

我怀着难以遏制的激动，踏上家乡的土地。那是一个乱云飞度的仲春的黄昏，正是塞上多风的季节。

大地是多么萧索！盐碱铺在田野里，脚踏上去“扑扑”直响。朔风，打着口哨，一会儿爬上刚有点绿意的大树，一会儿又从大树上跌落到还未完全复苏的原野，吓得那些残存的枯草瑟瑟发抖。偌大的空间没有一点发光的东西，村子里黑而静。我的心有点发冷了。及至到家门前一看，门上挂着锁。母亲不知哪里去了。

我站在村子里茫然四顾，我真不知道该怎样描写当时的心情。童年记忆中的那一片美丽的湖水已经干涸，湖中间，横七竖八地摆着几道残破的田埂——这是学大寨的遗迹。看着这一切我木然了。

这时，田野深处，忽然传来了窸窸窣窣的声音，那声音先是一声紧连着一声，间或爆发出“嘎巴”的一声，后来，这声音时断时续，渐渐没有了，而代之以“踢踏踢踏”的脚步声。不一会儿，一个人影儿出现在我的眼前。她那佝偻的身躯，蹒跚的步履，被风吹散了的飘忽的头发以及手里抱着的一捆乱七八糟的东西……这是一个在寒夜里捡柴取暖的老妇人。

我默默地站在那里，看着她龙钟的身影，心里翻起一股辛酸而又同情的激流，不禁想起了老杜的“安得广厦千万间”的诗句。突然耳畔传来一个熟悉的声音；

“谁?”

顿时，我的心一酸：

“母亲?”

是母亲！母亲回来了，这时，天西边的云缝里，真的挤出了半个月亮，虽然苍白，但光芒依然是那样温柔，和蔼。借着这弯月的微光，母亲也认出是我，她高兴地喊着我的乳名，拉着就要回家。她笑着，脸上没有一点愁苦。可是我呢，久别重逢，哽咽了……

那晚，母亲陪我坐了一夜。她叙说了这几年的生活：

“……不知什么道理，不让社员养家禽家畜。现在，村子里没有鸡叫、狗咬、娃吵，倒是安静了，可也没有生气，整天死气沉沉的……”

她说话总是淡淡的，带着微笑，而我呢，却望着半个月亮从云缝中挤进又挤出，心头涌起几多哀思，几多忧愁。我动员母亲跟我一起离开这儿。母亲吃了一惊：“你让我离开故土?”

我知道，我们中国的老百姓，自古以来就有“故土难离”的思想，就是我，在客居异乡的日子里，也对故乡梦绕魂牵，我只是不忍心让母亲留在这儿受苦。

母亲懂得我的心思。她总是尽自己所能，要让我愉快。她知道我童年的爱好，就天天领我去挖艾蒿、苦菜，摘榆钱儿，晚上陪我看月亮。月亮的清白与温柔，同现实的混浊与冷酷相比较尤如一厢情愿。毕竟，那对童年美好生活的回忆，慰藉了我发苦的心。

"总会好起来的。"母亲的心总是这样善良。我就是受了母亲的感染，带着这种不知何时才能实现的渺茫希望走了，同时，也带着对故乡和母亲的惦念。

终于，十月里一声惊雷，驱散了笼罩在祖国天空的浓重阴霾。它给人们带来了多少欢乐，多少光明，希望的波澜在胸中澎湃。

一个夏日美丽而湿润的夜晚，星光灿烂，我坐在窗前，怀着憧憬与希望，一次又一次地注视着东方的天空，等待那儿出现鹅毛般轻柔、洁白、美丽的月亮。有两幅画面不断地在我眼前交替出现：一幅是儿时和平而又欢乐的村庄；一幅是几年前故乡萧索的面容。这两幅画不断交换，终于在我脑海里交织成一句诗："月弯风清思悄然。"在这种时候，我怎能不思念?我思念母亲脸上的笑容，思念能见到故乡今日的风采。我想回家！正巧，这时有人送来一封电报，打开一看，是"母病速归"!

母亲因感冒而并发肺炎、肾炎，躺在炕上，昏迷不醒，已经好几天了。回到家里后，我忙着照护母亲，夜不解衣，朝不洗面，根本没有注意我家及村子里景物的变化。我天天守在母亲的身旁，期待着她有一天能恢复健康。

有一天，我轻声呼唤她。她也像往常一样，慢慢地睁开了眼看着我。所不同的是，当时她眉眼特别舒展，笑了。虽然那笑十分微弱，但对我来讲，却是那样亲切、宝贵。接着我又看到她的眼睛朝上一抬，仿佛想看什么。过了一会儿，她轻轻地吸了一口气，嘴唇一点一点翕动起来。啊，她要说话了。我的心里不由得一阵激动，一阵酸楚。我单腿跪在她的身旁，把耳朵挨近她的嘴唇，一个很久未听过得十分微弱的、非常亲切的声音响了起来："……猪……圈好猪……"一句，两句，她重复这句话。她说话的时候，不改变那石化似的脸的表情，甚至眼睛也凝视不动。然而，她那微弱、费劲的，像一缕轻烟似的声音竭力想把内心深处的全部感情倾吐出来。可是，她实在没有力量了。歇了一会儿，她又抬起了眼皮，眼睛对着我看了看又转向窗口，透过敞开的窗子，把目光对着深邃的苍穹。……

这时，我才忽然听到：院子里确实有小猪小鸡……哼哼叽叽的声音，啊，母亲是什么时候又喂猪、养鸡、养鸭、喂兔了，这些小动物，它们不知道它们的主人病了。随着母亲的目光，我抬头从窗户向外望去，几十棵柳树和果树的倩影扑入我的眼帘，这也是母亲近年来栽植的。这时，暮色降临了，远处西山蒙上了青黛色，显得格外苍茫辽远。院子里那一片树林，抱住一轮圆圆的月亮。有几颗淡淡的星星挂在枝头，使得我们这个小小的天地显得洁亮、恬静、温柔，充满了温馨之气，给我哀伤的心灵又增添了无限欣慰。这时，远处又传来了谁家小孩子的欢叫。

我伏在窗口上，听到他们唱："青石板，板石青，青石板上钉银钉!"

我站在院子中央，也听到他们呼唤："月亮月亮光光，我跑你也跟上!"

多么纯真的歌声!多么幸福的生活!

多少年，多少代，人人赞美月亮，在月亮底下唱着共同的儿歌，编织他们温柔美丽的梦。

忽然，我产生了一个奇异的想法：如果能用人来比月亮的话，是否可把她比做母亲？是的，她就是母亲，是母亲的那颗善良的心。

"月漉漉，波烟玉。"不知是我的眼眶里注满了泪水，还是如水的月光润湿了我的眼睛？母亲，仍然含着微笑看着月亮……

啊，月亮！你通体洁白，晶莹如玉，无私地把纯洁的光洒向人间，使人间充满了温馨与宁静……

啊，月亮！我爱你，爱你的洁白、温柔、和平、宁静！是谁给你以光辉呢？我想起了伟大的恒星！

（原载《朔方》1982年第5期）

月亮悬在高空

余海堂

那年，我和妻子在小城郊区的出租房里已经住了一年多，慢慢地习惯了这种生活。这一年，我始终没有搞清这是新世纪的第一年还是第二年，就这样糊里糊涂地过着。其实，很多时候，月亮悬在高空，照进简陋的出租房，只是我没有留意罢了。

妻子已经有孕在身，她是妇产科大夫，尽管她可以为孕妇准确地推算出预产期，但她自己能否在预产期按时生产，却无法料定。妻子生产是我面临的最重要的事情之一。这一年，也是我所在的单位改制的一年，竞争异常激烈。刘欢唱的《从头再来》旋律很好听，歌词也很感人，我一直以为这首歌唱的是大都市下岗工人的辛酸故事，与我所在的这个小城很远很远。可是，改制的浪潮还是来了，我不能无动于衷。我只有更加努力工作，才能保住饭碗。妻子推算出她的预产期只剩一个多月。在我看来，她的身子仅仅是显了怀的模样，还没有到挺着大肚子慢悠悠地要人搀扶的程度。妻子很敬业，每天依然在医院里进行妇科检查、治疗和接生。我们双方的母亲都在乡下，妻子建议我最好能请一段时间的假，以防备她提前生产。时节正是春季，我母亲侍弄着田地，只能等到妻子产后再来。还好，70 岁的岳母从乡下来到我们的出租屋，我也就放心地去六十公里外的单位上班。

八点钟出发的班车，我六点多钟就挤到了车上，去迟了就没有座位了。窗口的座位给我带来了许多方便。过了一阵，我的嗅觉终究敌不过车内涌动的汽油味，我开始向着窗外呕吐起来。我的这个毛病伴随至今，其苦自不必言说。终于挨到了八点钟，这辆超载的班车总算出发了。班车摇摇晃晃地向乡间驶去，一个半小时之后，到达了我工作的地方。我在这里的供电站工作，担任站长之职，管理着一个乡的三十多台变压器。平时只有两个人值班，同事向我简单地汇报了变电站的运行状况后，就回到距离供电站不远的村子，忙着准备春耕。他是临时工，工资收入不高，家里的光阴过得很一般。

这里是一个偏僻的山区乡政府所在地，唯一的街道长约两百米。麻雀虽小，五脏俱全，乡政府一级的各类单位都很齐备，只是上班的人很少。乡政府平时仅留几个值班人员，最忙的时候是开人代会和搞计划生育，骑着摩托车的村干部来来往往地办事。有时候，会有一些日子过得不好的老百姓来要扶贫救济款。供电站不远就是学校，经常能够听到孩子们稚气而又充满活力的朗读声。

乡上原来的供销社还在，只是几十年前曾经阔气的门面房已经十分破旧，上面残留着一些老式的标语，见证着一个时代曾经的辉煌。里面的商品还算齐全，日用百货、蔬菜水果、衣料床单甚至水泥铁锹都有，昏暗的铺面显得拥挤不堪。我去了供销社，只有几位顾客，老板和我打了招呼。这里也是一个信息传播处，用不了一会儿，整个大街上的人都知道我今天到岗上班，他们关心着这条街上的每一个人，这条街上的每一个人都与他们的生活紧密联系在一起，这就是封闭的乡间、淳朴的民风。这里只有一部电话，供销社老板兼传达员。我问电话是否通着，老板说这几天刮风，信号不好。老板和我开玩笑说，上午才来上班，这一阵子就想媳妇了？我说妻子临产，每天打一个电话问问情况。

这几天，旱塬春季的沙尘暴又肆虐地刮了起来，昏天暗地，让人心里莫名地烦恼着。我坚守在变电站，时刻关注着报警信号，沙尘暴用它粗暴的方式考验着我的耐心。几个小时后，踏着风沙来了一位骑摩托的乡村电工，说他们村子附近的电线匝线吹开了在空中飘舞。我们骑着摩托车出发了，两个多小时后处理了故障，线路安稳了。

我又去供销社打电话，电话还是不通。老板爬上房顶，说是大风将电话天线吹偏了，这部电话就靠着遥远的大罗山顶的电信差转台传递信号。一会儿，老板从房顶上下来，说刚才转了一阵方向，反而将天线弄坏了，非得电信局来人维修不可。随后的几天，春季的狂风仍然刮着，时大时小，啸叫得让人心里百般无奈。音信不通，焦急也是白搭，只能心里企盼着妻子平平安安。那天晚上，我做了个梦，梦见一条小蛇盘在我的后背靠近脖子的地方，我没有感觉到惊吓。小蛇只是乖乖地盘着，很安静，没有要咬我的样子。当然，我也被惊醒了，认真地分析了这个有些突兀的梦。我读过弗洛伊德的《梦的解析》，也看过《周公解梦》，古今中外的都有。我只往对自己有利的方向思索着，今年是蛇年，民间认为蛇代表儿子，这个梦或许提示我，属蛇的孩子是儿子，而且会很平安地降生。我长长地舒了一口气，但愿一切如此！

过了几日，早晨我刚起床，班车在供电站门口停了一下，是母亲从乡下坐着班车要往我家赶。母亲打开窗子，在车上大声说，你媳妇昨夜里生下了。我问好着吗？母亲喜滋滋地说都好着呢，是个儿子。我说单位接班的人还没有来，这一趟车我是坐不上了，我赶第二趟车回去。司机不耐烦地按着喇叭，车后便扬起了一阵尘土。我赶紧到同事家喊他过来值班，他正在地里务活，嘿嘿地笑着给我恭喜。看我着急忙慌的样子，他让我想办法搭顺路的便车，实在不行就找个摩托车骑回去。我终于搭上了第二趟班车，一路心情忐忑地走近妻子的床前。妻子看着我风尘仆仆的模样，眼睛就湿了起来。随即，又笑了，我这才松了一口气。

妻子给我指了指旁边的儿子，意思是儿子睡着呢！妻子虽然脸上满是做了母亲的骄傲，但同时泛着少女一样的红晕和羞涩，毕竟是第一次做母亲！岳母嗓子嘶哑着，说妻子昨夜肚子忽然疼得厉害，她意识到自己要提前生产了，给我打电话又打不通，在邻居的帮助下才送到医院，还算顺利。比我奶奶还要大 1 岁的岳母，为了照顾自己临产的女儿，承受了非同寻常的压力。母亲在旁边埋怨我的同时，她自己也是满脸愧疚。我尽管有这样那样的客观理由，却只能保持沉默，内心自责。

过了一会儿，我端详着熟睡的儿子，模样不丑，只是有点小，小猫一样大。妻子看出了我的疑虑，也说儿子体重太轻，才三斤八两。我一听，着实吓了一跳。读过鲁迅先生的人都知道，他老人家笔下的九斤老太太曾经抱怨说，一代不如一代。妻子怀孕期间，没有耽搁一天的工作，累着了，导致胎儿脐带绕颈，营养传输不足。所幸，因为胎儿小，生得顺利。更为幸运的是，儿子虽然体重轻了些，却没有其他什么毛病，一切健康。妻子是医生，而且是妇产科医生，我没有理由不相信妻子的话。

此时，月亮悬在高空。

一会儿，月光透过窗户照了进来，照在睡在产床上的妻子身上，也照在睡在妻子旁边的儿子身上。月光如水，小时候在农村，秋收后为了看粮食，我也曾随大人在场上过夜。那时，夜里的月光很明亮，大人是为了看守场上的粮食，而我只是感到新鲜，看着月亮，寄托我的梦想。多年来，为了跳出农门，我读书、求学，曾经忽视了这古老而年轻的月光。此时此刻，月光仍平和地照着，很亮很美，就像是我小时候农村的月光，照得我心里亮堂堂的悬在高空的月亮，真的很美。

（原载《朔方》2014 年第 3 期）

【作者简介】

余海堂，70 后，宁夏作家协会会员，同心作家协会秘书长。在《朔方》《中国民族（英文版）》《宁夏史志》《吴忠日报》《吴忠文学》《同心》《古峡文苑》等报刊上发表作品多篇。

诗歌

尽余欢（组诗）

马占祥

火　焰

我喜欢红色：玫瑰红、大丽花红、初冬的乔木也红，像火
像火焰呐喊，像火焰在叙述里延续的尾声部合唱——
未曾熄灭的，未曾被定义的，未曾救赎过的字典里的释疑
那是火。是的，一句低语道尽秘密：二十二世纪在
一张旧布面的画作中留下灰烬，留下隐喻的风吹着红色

风云起

风云从不问世事，从不关注人类，说来就来
说走：麻雀还没飞起，它们就掠过河流，不见影踪
一股风——荞麦的花朵藏着万古愁
一场雨下到中年，老年，暮年的云才拧出水

让我来给你描述一场是与非的阳光照耀、苦乐花朵
以及低音阶的甜蜜。天空下的树木紧紧抱着度过年月
只是，风雨的章节翻不过去
我不好意思打搅青山辽阔。它们小，它们低于活着的云

故　事

我在半个城的四十年，多次发现山峦低矮
有些屋舍里攒着铜钱，购买去年，今年。明年还在山坡上
有十里长河，瘦，且小，风一吹，没人看见波澜
我爱着的燕芨芨草抱着梦，在半个城畔的田地里
熟睡。它忽视河流，忽视山丘
五米埋着一节骨头。十里有个故乡
我守着的：半个城里有人关着铁质门楣，拒绝苟同
像古代。我给过爱——比如某个女人
比如一杯蓬勃烟气的带有地域色彩的茶
最后，都是秘址。只有我在说
嘿！没有故事，虚妄和真实都不可信

虚构的欢乐

来，文化北街的两排槐树给你指明正道
来，荣锦苑杂货店老板用书法给你古代的香味
来，清真寺晨礼的宏大叙事里细节打开门扇
我们爱着河流
爱着云朵
我们拟定前世的欢乐里有汉语遗失的借口

河畔小令

天亮的一刻，河水也会醒来——微微泛红的光
从东山顶上漫下来，点燃河流
河流烧着的时候，没有响声，也会泛光

河流燃，河流烧，河流安静
河流里有一万吨燃料
像水。北方都烧起来了，北方啊
内蒙古、青海、甘肃、宁夏
都有山峦塌陷，都有树木披火
都换了一身红衣衫，隐藏了星河的眼眸

一条河在北方只流淌荒凉的暖色

或被误读的诗句

我会在冬天的傍晚埋下词语：在一条河边，它湿着的意义
隐秘而柔软。我会在山畔埋下词语——有棵槐树拔地而起

——我会挽着某个人的手，给土地温暖的影子
地下的火烧着。后来，书本里写的故事失去传说

今日之诗
——兼致唐果

我写的是：宁夏是全美的，适合抒情和叙事
你那里我不管——山一定清着

水——我见得不多，无非流淌
无非攫住一朵云，把浮沉的意义收起

再说一次：给你，给你夕阳断山
月出突兀。有人领受的欢愉和孤寂

只是今日，不朽之旧历
星期五闪动的：野狐、荒原、草叶和微光

大丽花辞

大丽花在路边还捧着被风吹过的雨滴。我笑它还有执念
风都走了
雨也是
我看着火车路过，穿过人群的旷野
火车和花朵都没有脚步

我只是路过

路过一个人或者几个人
一朵花或者几朵
我留着自己的去向。我会去哪里
是个疑问句

仿佛不在人间
忍着绽放的喜悦
仿佛笑我
一个路人还要写着
奔赴他乡的诗行

遥　念

还不见雪花。人间在左——左是一个祈使句

不用感叹词。我要创造的句式
“我想的人在建造寺庙”

暮年的冬天不会有雨
雨是一条淋湿的狗
咬我，咬冬天，咬着人间的尾巴

你看：风又换了靴子
趔趄、浩荡，低垂右手，把去年的种子赐予大地
来年，定会有朵花，轻轻摇曳

（原载《诗潮》2018 年第 3 期）

【作者简介】

马占祥，出生于 1974 年 2 月，宁夏同心县人，吴忠市作家协会副主席，中国作家协会会员，曾参加第二十八届青春诗会，鲁迅文学院第十七届青年作家高级研讨班，第七届青创会。出版诗集《半个城》《去山阿者歌》。

我只是静立了许久伏着窗沿

张　联

昨日初夜里
暮色柔和地宁静着
我从院外走来
西天里只留下淡淡的霞迹
寂静中走进户内
和两小儿看屏幕里的戏
一会儿暮色已深
户内一片暗光
我走近窗前要拉上窗帘
只是在低首里
看到东南天的低空里
一轮黄亮亮的月
灿灿地耀着
高出了院墙头许多
几对鸣叫着的飞燕
飞旋在院的净空上
原已是农历四月十五日
我只是静立了许久伏着窗沿

看户外岑寂的飞旋
直至银亮亮里的增光
我才拉上窗帘守屋

世界就在这淡青淡青里无语着

因为这是村子
傍晚人们总是走出来看看
看看村子的空旷
看看春日里风的徐徐刮过
和经过春风抚摸过的
新鲜的细沙
因为这是村子
天很近
地很大
落日很圆
在一种无色里
就像一只玻璃杯透明着
当你弯腰的时候
或者说一转身
落日已在浑圆的印象里消失
就像这只玻璃杯被谁
悄悄地拿掉藏了起来
暮色慢慢地浓了
世界就在这淡青淡青里无语着
日子就像无色
到底是玻璃还是落日

有一天落日和我的院门口对端

有一天落日和我的院门口对端
这个时候我的晚饭结束
静静中打开诗集
独自坐在门槛上
在一种余晖的暗淡喧嚣里
让耳朵注视发毛的夕阳
在世界的角落里
伴着自己的心跳
去完成每一行穿过心跳的频率
土地圣洁而柔和得静着祥光
穿过每一个院落乡村的淡黄色
直到落日被天空和云朵
在青色的云朵里挤压成块状
让我想起家乡的杏花已生锈
在四月这样一个生锈的时空里
一个家雀儿跳跃着过来
在断线的空中
飞过了几家旧草垛
静立闭目无思无念
等待从天外天里飘过来
那几缕淡红的消息

也许来自一角桃的粉红

风尘后的淡日依旧
所有的尘埃都不再舞蹈

不再舞蹈来自风的喘息
风尘中的落日
在那渺小的西天之上
凌赫整个寰宇
凌赫静的尘埃
在淡的光泽里洁白如玉
在静空里浑圆
滑落所有青色的降临
我的小猪沿着春的场
用那丑陋的嘴脸
嗅着暮色里的芬芳
也许来自一角桃的粉红
在我的视觉里
它渐渐完成着一个远景的迷茫
世界里没有了鸟
将如何去用六种方法
观察两只乌鸦的栖息

霞光微明里的村子古铜色

霞光微明里的村子古铜色
这是我从老屋里出来的感受
别了母亲
静静走动　独自一人
昂首看了看有霞的天空
在西北里
在温和的暮色暖意里
踩着户旁有鸡爪印的沙面

静看一只小甲虫正爬了过来
家弟正在屋顶给母亲的炕遮烟囱
揭开烟缕
一条条的霞痕排列着
那是时光耕耘着的犁痕
这犁痕正穿越那淡墨的
一株沙枣树的冠面
让那份昂着透明的面颊
再一次飘扬在
时光的隧道上

实际上是在这四月天里

实际上是在这四月天里
我一直扮成一个主妇
每天支撑着两小儿上学
不变的时间
每天像鸽子般放飞了出去
下午里他们自然归来
我扮着一个主妇
另外还照顾两只母鸡
和一头阉割了的小猪
每天都从窝里收获两个鸡蛋
这就是我的日子
女人去了内蒙古打工
我却变成了一个不怎样的主妇
主妇的生活干惯了
也觉得有趣

两顿饭虽占去了三个小时
有些随意有些不在乎
可母亲隔三差五地过来
狠狠地为我清洗着灶台灶面
只听母亲说
男人啊，毕竟是男人
我又是怎样的一个男人呢
我不敢去过多的审视

如果我将落日放在树杈

如果我将落日放在树杈
那是老屋院角的一株
有生命力的沙枣树
灰色叶片的树杈
夏日里落日已经成熟
没有陪衬的云朵
也彤彤红艳着
这时我就把它放在了树杈
不是树左
也不是树右
见它慢慢暗淡着浑圆
在淡的浓红里
在淡的浓红里绚烂
我还是把它放在
邻居的屋后吧
因为我想起了锅内
还煮着花豆的米汤

一只鸟儿正在村外叫着
我听到了什么

在一种半迷茫的飘白里晃动着时空

所有的水燕和水鸭旋转着
环绕着尖叫着盘旋着俯视着
说这是天堂
因为它们从天堂里长出了
一双纤细粉红的腿脚
还有那一对美丽的翅膀
这双腿脚能摆动所有
静着的空气
和所有流进天堂里的水
湖旁的沙丘是个岛
在洁净的干爽里长着几丛细柳
我们在现实生活里
没有看到思维里的神秘
其实自己就在神秘里
和你的一颗平常淡泊而渺小的心跳
这一刻
落日面对了整个地狱和天堂
在一种半迷茫的飘白里晃动着时空
时空持续着哑然

我不知几个世纪过去了

我们走进了柳丛

那个叫双娜的也许收获最大
她硬是让很寂寞的几朵苦苦菜
变得喧哗
那个叫牛健的
那个叫郭丽娟的
还有那个叫李波的
我没有说出什么
我们把影子藏在了柳丛里寄放
能否寄放千年
日落时我们已远远回首暮色
这条湖真的很美
如一条天女的白色飘带
冉冉地闪动在眸光的遥远里
她可否已来到了人间
可否已长大背着画荚
并不知这是她丢失的飘带
我不知几个世纪过去了
几根枯死的树干留下了什么

（原载《山东文学》2012 年第 11 期下半月）

【作者简介】

张联，60 后，中国作家协会会员，吴忠市作家协会副主席，盐池县文联副主席，盐池县作家协会主席。当代原生态自然主义诗人，“中国草根诗歌部落”的发起者。作品发表在国内多家大型文学刊物，及国外日本《蓝》等刊上，作品入编《中国新诗百年大典》《二十一世纪中国文学大系 2001—2010·诗歌卷》，《中国诗典

1978—2008》《中国当代诗库2007》《中间代诗全集》《2005：文学中国》《中国前沿诗歌聚焦》《百年新诗百种解读》《大地访诗人》《土地上的诗庄稼》《本草集》《诗志：2014，2016第一卷》《2012中国最佳诗歌》《2013中国诗歌年选》《2015中国诗歌年选》等。

去旅行（组诗）

马生智

我举意去旅行，领上我的黑狗
在毛乌素沙漠的腹地，我决定脱去那些裹在身上的东西
首饰、衣服、变色的眼镜
我让自己还原至最初的状态
我和黑狗一起，我们自由地狂奔
和着温柔的风踏着泛着金光的沙子
向着洒着金光的太阳
跑不动时我们踽踽而行
追赶着即将落山的太阳
一条黑色的狗
一个失去了眼睛的野人

三　月

门前的柳叶未吐先绿
满山桃花含苞待放
一只受孕的母羊窥视着几欲破土的草芽
谁在好汉疙瘩上极目远望
松涛叠翠经幡飘扬

八百里瀚海上八万只风筝竞相远航
在这放飞梦想的季节
一只断线的风筝
将是谁一生的忧伤

一个人的旅程

驱车。在黑夜的深处
依循微弱车灯界定的道路
一个人在记忆的旅途上找寻
唯有借助夜的遮掩才能找到的风景

感谢相向而来的车灯
他们温暖了我孤独的行程
那些与我擦肩而过的路人
我也感恩你们短暂的陪伴

端午抒怀

这孪生的沙漠——腾格里，毛乌素
可是你绝望而赴的江河?
以朔风为桨。以罗山为船
我在这沙的暗流里乘风掌舵
依循你数千年不褪色的踪迹
寻找一副钢铁般坚硬的骨头

千帆扬起，万桨搅浑了沙的河流
我以风穿松林为我划船的号子

以万桨搅翻的沙石为我长流不息的泪水
于千帆之隙孤独划进，只为找寻你的骨头

一个清闲的中午

这是一个没有风的中午
云彩在山的另一边偷懒
我也闲着，在清云湖畔
与一群被移植的杂树相伴
树们忽视着我的存在
这与我无关，我习惯一个人
背对着太阳看光与阴影争战
我知道这场战争的结果
如同知道我必将死亡的明天
以及我还能清晰记忆的昨天
这一切都与这个中午无关
这个中午我用难得的清闲
将自己放在光与阴影中间

十字路口

一座陌生的城市
人与车的暗流裹挟了我
在红灯亮起的十字路口
我看了一眼路标
右转是图书馆——
那里珍藏着我金黄的梦想
左转是农场方向——

那是栖息诗人灵魂的地方
我驾着梦想，想去农场或者图书馆
却被裹挟在直行道上
绿灯亮起的时刻
人与车的暗流推着我驶向前方

（《朔方》2016 年第 9 期）

【作者简介】

马生智，80 后，宁夏固原人，宁夏作家协会会员，中国少数民族作家学会会员，鲁迅文学院第二十九期少数民族作家培训班学员。有诗文多篇（首）散见于《朔方》《回族文学》《六盘山》《吐鲁番》《银川晚报》《固原日报》《吴忠文学》《温度》《佛顶山》等。现居红寺堡。

牧羊情歌

王学军

一

早晨是清洁的，安静把四野覆盖
太阳缓缓的，把东边的小山
染成红色
光的母亲啊，你总是乐此不疲
让我的清晨在这红雾中诞生

静静地，静静地
万物在复生
布谷鸟用歌声，在赞美
远处的炊烟，在渲染
山头上静眠的白云
在倾听，散在山坡上的羊群
安静地看着我

我应该唱一曲纵情花儿
祝福这个美妙清晨的诞生

二

夏天的午后，懒洋洋的
燥热的空气似乎凝固了

把羊群放入山谷，任其散开
躲在山顶上，撑开伞
躺在卑微的阴影下，等待凉风的抚慰
在厚重的寂寞里，静静地读书

思想跟着文字去远游
那个追风筝的故事
一个叫赛义德的书写着
一个苦难的国家，阿富汗
群山，异国情调，战乱
对人种的歧视
燥热和悲愤，从内到外
裹挟着我在暗流涌动下疲惫不堪

我的世界里，下午匆匆而至
山谷绿色耀眼，太阳光
辉煌而温柔，野花
满是姹紫嫣红

羊群如朵朵白云点缀其间
心里有暗暗的溪流在涌动

我看见，在另一个山头

两只小公羊，正在角逐中
乐此不疲

三

一瞬间是多久
我没有丈量

就如同近期持续的闷热
或者午后的漫天风沙
我看到，一瞬间天象的狰狞
雷鸣如万马奔腾
光束撕裂了下沉的天空
如幕的暴雨
这一切，尽然在一瞬间
发生和结束了

太阳疲惫的照耀着下午
我满身湿透，索性脱光衣服
把自己裸露给草原
羊群，被瞬间的事情
惊异得没有了往常的懒惰

裸着身体，阳光温暖
感觉到羊群鄙夷地
用斜眼看着东边远山
和几乎赤身露体的我

我只能顺着羊们
把面容拧向东方
原来，什么时候
一座七彩的梦
已经架通了南北大山之间的天空

四

太阳西沉，匆匆地
把身躯隐入西山
一时间，它漂浮的背影
把西天装扮得彩霞灿烂

拖着双腿，疲惫地
把面孔指向东方
我的影子也累了
在前面拖了好长好长

羊群在身后跟随
它们微闭着眼睛
这个夏日的午后
草原溢出醉人的芬芳

抬眼，眺望远方
蓝，在视野里飘荡
脚下延伸的绿野
把我的思绪带向天堂

一群野鸽子在头顶盘旋
喜鹊也在不远处歌唱
草海在舞蹈，我在低吟
这个傍晚，我是痴狂的情人

五

夜深了，寂静之中
虫鸣飘柔，远方传来狗吠
羊群在静静地反刍
我，躺在柔软的草原上
遥望漫天的星辰
从南方发源的银河
缓缓的北流
路过我的胸口
留下凉凉的温柔

起风了
一时，草海如歌
瑟瑟的音符，方圆飘动
我的心情，在旷野里
跟随草原一起欢歌

（原载《朔方》2017 年第 6 期；入选《中国乡村诗人诗选》）

【作者简介】

王学军，出生于1982年，牧羊15年，2014年春开始诗歌写作。参加第十届回族作家学者笔会(2016)，鲁迅文学院第二十七届少数民族作家班(2016)。目前已在《回族文学》《松花湖》《朔方》《原野》《长白山诗歌》《三江源》《山风》《紫江诗刊》《东方诗刊》《葫芦河》《回族文学》《民族文汇》等刊物发表了诗歌作品，并获得第七届新月文学奖散文奖(2016)、吴忠市优秀作品奖(2017)。

三月哀歌

锁桂英

三月，怀念海子
就会怯生生地萌动
因为没有大海
城西只有一条枯瘦的小河
淤泥像涨潮的海水与日俱增

春天也并不温暖
料峭的寒意总是伴着咆哮的沙尘
一阵又一阵袭来
花朵不会开放，坡上几株柠条
艰涩地固守水土

可我的怀念并不停止
城东那条铁轨狰狞着
一路向北而去
凌晨三点，总会听到
呜——哐——哐——哐——
三月，怀念你
怯生生地蔓延

赛里木湖

这天山之巅的蓝啊
就是为你量身定做的
从内地一路风尘
十七岁的你不会疲惫
一次次讨要归主的口唤

终于到了，你果断选择
这浩瀚无际，清澈湛蓝的天堂

我看到了你站立的地方
那一刻，天空被巨大的雾霾笼罩
一些人将要窒息，那一刻
你只是轻轻一跃，世界静谧
唯有这一湖的蓝，在颤抖

沐　浴

从祖先的陵园，升起一枚月亮
在九月，在夜间降临在掌心
把它折叠成一串悠远的呼唤声
挂在耳畔

跪拜在明亮的月光中
一缕湿发贴在脸颊
我终于发现

手里紧紧攥着一把
生锈的钥匙
像刚从井里捞出

粗糙的肌肤下，心潮澎湃
让我们逃离童年
逃离九月之外的事物
静静地聆听尽头的水声

网络像罂粟花一样

这小小的匣子盛满糖果
鲜花、毒品甚至是安眠药
闪烁不定，在我的手
能触及的地方
它怕光，怕摔碎玻璃的声响
黑夜一样的色泽，地狱之火
舔舐古老的村庄和上弦的新月
父亲古铜色的咳嗽
声接着一声
被巨大的黑暗埋葬

（原载《朔方》2016 年第 9 期）

【作者简介】

锁桂英，笔名香山红叶，女，出生于 20 世纪 70 年代，宁夏作家协会会员，吴忠市作家协会会员，鲁迅文学院少数民族作家班第二十四期学员。现为宁夏同心第二小学教师。

黄金龙诗歌

黄金龙

感受音乐

若轻若重
仿佛天堂之音
那些永垂不朽的灵魂
发出轻柔而有力的喊声

温柔的舌唇
舔着善良的风
蜜蜂的翅膀
把朵朵花蕊搅晕

雪花般纯净啊
勾魂摄魄的女人

语　言

其实我什么也没说
说是要用语言的

语言在这里就像
奔跑的鸟羽
喘息的阳光
爬高的炊烟
低翔的河水
像堆起了垛的山风
像孩子身边的一地向日葵
像天幕下一阵喧哗后的宁静
在语言的旁边
我看到了我自己

（原载《诗刊》2006年第11期上半月）

【作者简介】

黄金龙，出生于1959年，宁夏作家协会会员，在《黄河文学》《宁夏文艺家报》《宁夏日报》《新消息报》《中国农垦》《朔方》《诗选刊》《诗刊》《诗歌年度选本》等报刊发表300余篇作品，农垦文职人员。

张联诗歌六首

张　联

冬的雪真的刮过来了

冬的雪真的刮过来了
犹如泥浆薄薄地粉刷着原野
我们山川大地的沟沟坝坝
如油漆般的光亮油泽
你就看这样突凸着的山脊梁
丰满而紧绷着的生命力
再看它的背阴面的影子
不断地勾勒着华彩乐章
因为盘山的小路
带子一般雪白得更加耀眼了
因为被涂抹后的擦痕
总是按着山按着大地的皱纹
网状般的流向里滑动着
远远地看那几株稀疏的树吧
如精致的几枚树叶一般留痕
就是在这清晰的留痕里
我看到更多雪的泥浆
在风靡着整个的世界
你看到了原野的脸

以及它的身体
可是他并没有透露出一点消息
它只会用巨大的寂静包围着你

村口有时是没有人的

村口有时是没有人的
甚至你看不见一只鸡
或是一条狗
一切都会在指令里出现
是不是一只蚂蚁悄悄走过
或是一个甲虫的搬家
它们都是有时间的
甚至那几株守着村口的小草
它们该长多高就长多高
一个小土粒甚至也不会轻易地滚动
他们都在各自的位置里静望着
静望着茫然的村外
呈现而又隐藏着
有时突然会出现几个大人或是孩子
但也会很快消失得无影无踪
他们留给世界的是坦然和宁静
只能在你的记忆里
人生之初人生之老的姿态
都会在村口出现又隐没
所以说村口的路
常常会莫名地断开
你就不会走进村里

即使你走进来了
也会无趣地走出去
你没有你看到过多的什么
只有村里人
村口一直在等着他

老磨窑是一个敞口的窑洞

老磨窑是一个敞口的窑洞
成了这座山的口
因为它有一个石碾的舌头
舌头旁盘旋着一对青黑的驴儿
尽管它的白肚膛一闪一闪的
但是它的蹄声很响
磨眼里的小米流得很慢
他知道金豆子出来了
自有持驴鞭的老汉
放下旱烟锅去拾掇珍藏
驴进窑前排下了六颗黑粪蛋
在窑门前暴晒着它的胎气
剩下的两颗不经意间给了石磨
这一刻它才能闻到最纯真的大地之气
和它的驴粪味混合的芳香
正是这样的旋转里
知道世界上有走不完的路
和磨了又磨深了又深的
留下几根驴毛的两侧深壕
光的窑洞外面

留下深深而宽厚的黄土之色

这一定是个春季

这一定是个春季
村子里的大白公鸡
站在崖畔上鸟瞰村景
阳光使黄色的土崖
又一次白如岩石
那两株初春的小枣树
裸着瘦弱的枝条
大公鸡叫了
崖下的村脊就在晨光中显现　仍沉睡合着檐的眉影
东面亮了的几面墙壁
在幽明里
不见一个人影
黄河正从屋后流淌着　沿着河床　大地醒了
河床以外的丘陵绵延着
宇宙般的旷茫　就在天光显现的瞬间后
村曲的琴弦
正绷紧在大公鸡
白色的胸襟上
它在高唱

我们并不是经常站在村庄外

我们并不是经常站在村庄外
一个能看到村子全貌的高处

或者说它并不是大地的高处
可是我们看到了大地的空旷和苍茫
这样的两个山脉对称的走向里
或者几条缝隙的皱褶处
你首先看到窑洞再看到房屋
它们各自的脸面在不同的白色里
呈现着
一些幽暗的阴影和历史
总是和大地一色
环绕村子的是一条弯弯曲曲
长又细的带子般的村路
进来的一头你怎么也抓不住它
而出去的一头正好搭在
村外的梁头上?
所有葱绿的树站满了整个村路
一个个院面和几个宽敞的场
还有一条条的开垦出来的土地
以及小小的活物鸡和狗儿
都如油画般的油料涂满了沟沟壑壑
密密的小草们丛丛盘桓在
所有的山脊上
随着大的皱褶
你又一次感到大地的厚重和辽远
其实村子总是让大地隐藏着
只是那山梁上的路口
会给世界透露出了一点点的消息

所有的光照下来吧

所有的光照下来吧
在这个初春里
温暖了村子的所有生命
窑面的穹顶支撑着厚重的山脉
开一个门　开一个窗
院面的开阔处有一株高大的枣树
赤裸着强劲的枝杈
高过了山顶进入了天空里
展露着嫩枝嫩芽
小女孩依偎着它
注视着院中跑动的弟弟
母亲默默地搭满了衣服
在连接枣树的晒绳上
一株小杨树费劲地拽着另一边
六只鸡成了院面上的贵族
它们的姿态和步伐带着小身影
划过院面上每一处珍贵的地方
因为他们寻找到了珍物
吃饱的小猪这会儿正歪着身段
静站着晒太阳
吃不饱的狗儿还留恋着猪食盆里的残羹
最神秘处的小栅栏让一根木棒顶着
因为那是世界上最小的洞穴

（原载 2015《扬子江诗刊》第三期“百家诗萃”）

院子里的桃花开了（组诗）

马　超

三月的风
缠绵得让我忧伤
我知道
这个时候再也打不起精神
仰望天空
再也没有麻雀对我柔情细语

空荡荡的院落
将我的心封在尘埃中
推开门窗
春光涌入
我仿佛是囚禁在房间的人

院子里的桃花开了
我一直在守望
爱我的人儿
你走了咋这么久
沾满忧伤露珠的花瓣
唯有蜂儿在安慰
爱我的人儿走了

桃花凋落了一地

又一个桃花的季节

寒冷退却
早春的时节
在冰雪的缝隙里
纷纷生长
冬去春来
我一直守望着一个梦
试图在梦中找到你
可是冰封了一个世纪的世界
始终没有被融化
你匆匆的身影
在天堂的花园里悠然自得
我孤独的眼泪
滋润着小院里的记忆
又一个桃花的季节
我却没看到盛开的桃花

淡化的思念

我把一颗思念的种子
埋进久违了的土壤
干涸伴随着心碎
竟忘却了思念的滋味
用力咀嚼这难咽的心碎
只把笑颜展露到最美

我知道
从此后啊
两颗心儿不能再成为一个
只为原本就是两个地极
许多的话语藏在心的角落里
就那么藏起来吧
一个人能承担的苦
何必要两个人来分
何况，那苦涩本就是自己亲手
酿造的
招手呼唤风儿
请你把我的梦高高的升起
再重重地摔落于地
碎掉了的
永不再收拾起
当一切尘埃落定
心儿也会放逐自己
天涯海角
找一个属于自己的栖息地
静静地
静静地
枯寂了回忆
那一块属于自己的心田啊
从此播种的
只有孤寂
唯愿
在静谧中
轻轻地离去

（原载《朔方》2013 年 11 月增刊）

【作者简介】

马超，生于 1968 年，宁夏同心人，宁夏作家协会会员，宁夏书法家协会会员，同心县书法协会副主席。作品散见于《民族文学》《飞天》《朔方》《中国城乡金融报》《吴忠日报》等。

秋日遐思（组诗）

马　超

秋　风

来不及安排接风的宴席
你已把大汗淋漓的世界　擦干
失眠的人
收到了你最贵重的礼物
一个清爽的梦乡

因为读懂了世界
所以你　轻而易举地
成了赢家

秋风　忙碌着
巡视在无垠的域疆
一个秋的王国
瞬间昂立

季节的高潮　从此
迭起

果园　庄稼　林木　原野
世界在秋风里熟透
希望在秋风里埋下

秋　雨

芊芊玉手　频频
斟满大地的酒盅
情意绵绵
融进这琼浆玉液

丰收的祝福
壮行的凄楚
悲与欢
构筑了秋雨的主题

别在意她的絮叨
请原谅她的缠绵
多愁的季节里　需要
这种酣畅的表达

秋　叶

岁月洗却了铅华
虽然结局已定
心里依旧是那片衷肠
薄薄的秋叶　一片片
承受着季节的沉重

酽酽的依恋
留给无穷的日子

庄严的离别
在这个无风的时刻　举行
思绪凝成了静穆

不要在收获的季节里
涂抹伤感的色彩
用优美的舞姿
完成最后一次辉煌
绽放　是一道风景
飘零　是一种壮丽
秋叶的诠释
让人怦然心动

（原载《民族文学》2009 年第 8 期）

夏日里的秋风（组诗）

吴光石

八月的夜空
闪烁着秋的凉意
在弯月的映射下
显得些许凄凉
迷眼的路灯
星星点点
努力发出光芒
仿佛要照亮
整个马家滩的夜空

八月的黑夜

让我有无限的遐想
有一种深蓝
是我
一生向往的生活
喜欢海
是因为它悲喜自噎
谁能体会

一种透心凉
的滋味

八月的夜空
我迷恋你
从迷恋到相爱
一瞬间
让人多么羞涩
好似
一轮弯月
让我无尽的思念
我不知道
我所思念的人是谁

呵，夜色
你无情的催促
让我成了赤脚的孩子
行走在戈滩
八月的夏日
跨入秋的季节
跨入我的梦中

夏日里的秋风
追随着
我的影子
追随着你的脸颊
从我梦境的边缘走过
多想，深情地为你浅吟低唱

一曲爱的歌谣

驻进你的心里

你像一丝细雨
浸湿我的心田
没有任何征兆

你像一缕微风
略过我的发梢
留下丝丝清爽

你像一只小鸟
在树枝上叽叽喳喳鸣叫
动听的歌声
引得路人注意
但又生怕惊扰对方

哦，姑娘
每一天分分钟
只想你
每一季淡淡茶
只有你
眼遂的柔光
总被你两颊深深
的酒窝牵绊

哦，姑娘

年轻悸动的心
总是牵动绚丽通透
的灵魂
悬浮于天际的蓝
璀璨闪烁的黄
交织
暧昧
冷静

哦，姑娘
泡一杯旋转的绿
才能懂得我的想念

哦，姑娘
华灯初上
你在谁的灯下
觥筹交错
独享专爱

哦，姑娘
我想长一双羽翼
在空中划过美丽
的线条
留下爱的痕迹
至少在心痛时
可以尽情地飞翔
快乐时
尽情放声的歌唱

哦，姑娘
深夜的思念
早已挂上夜空
只是不知道
思念的姑娘是否明白我的爱恋

春　雪

春雪
我想与你来一次相约
就在西北的戈壁
就在宁东的大地

春雪
来吧
已是早春二月
大地已脱去棉衣
春雪
你真的来了
来得那么匆忙
来得那么从容
你的突然降临
没有任何征兆
在不经意间飘落
如同我慌乱的思绪

望着天地间纷纷扬扬的第一场春雪

我会茫然失措
哦，春雪
你洋洋洒洒，若即若离
你搅动了周天世界
那就让我放眼四顾吧
山川沟壑
增添你平素未曾感知的妩媚

哦，春雪
你刺眼的光芒
让我分辨不出属于自己的路
你狠狠地将大地揽入怀抱
让即将苏醒的万物
吮吸你的乳汁

哦，春雪
皎白神月，灿似芙蓉
剔透晶莹，诗意盎然
在这流金岁月里
不由得让我在天地间
探寻你诗意般的词语

我爱双马

今日双马大地
咧嘴笑了
因为光秃秃的枝干绿了

今日双马的天空
变得蔚蓝蔚蓝
因为顽皮的云朵回来了

沙丘与南湖
一夜间
许多成群结队的鸭子
在嬉戏游玩

哦，朋友
或走或来
或成为擦肩而过的人们
我相信
对双马的感情
有增无减
因为
山坡曾留下了你的影子

双马
我爱你
因为你的伟岸
你让我无法停止对你的崇敬

双马
我爱你
因为，满目锦绣的矿区
让我无法停止对你的依赖

双马
我爱你
因为，黄昏的景色
与天边云霞融为一体
一抹夕阳沁人心脾

双马
满山是你调皮的影子
双马
你高大雄伟的身躯
让我静静地躺在你的怀里
做一个炫丽的梦

哦，双马
你不但给了我无尽的喜悦
也给了我坚韧的情怀

双马的冬日

冬日早晨
双马矿区落满了雪花
大地唯美
银装素裹
矿区的路灯
好似天上的繁星
朦胧迷离
已分不清
何为天景

何为美景

东边的煤仓
成为地理性标志
在这银装素裹的世界里
一夜豪饮
以为仍在梦中

遥望湖面的薄冰
洁白如银
在这里
曾经有多少钓鱼者热闹的场景
将成为照片里回忆的缩影

冬日矿区
一轮初升的红日
双马老骥
正在阳光中沐浴

（原载《读书文摘》2017 年 8 月）

【作者简介】

吴光石，1978 年生，宁夏吴忠人，宁夏作家协会会员、吴忠市作家协会会员。先后在《人民网》《中国能源报》《中国煤炭新闻网》《读书文摘》《宁夏日报》《宁夏文艺家报》《吴忠文学》等报纸杂志发表散文、诗歌、辞赋、报告文学百余篇。代表作有《双马赋》《流金岁月》等。现供职于神华宁煤集团。

诗三首

王学军

祁连断想

大地广袤，视野忧伤
满地的鹅卵石，写满沧桑
正是初秋，可是绿色还没有到来
列车驶过，也没有向大地回眸
只留下一路疼痛的烟尘

匈奴的骑手擦身而过，走进历史
再也没有回头
背景中，祁连山是失去儿子的父亲
怀抱悲悯，守望远方

吉木萨尔日记

寂静袅袅，时间停下身影
内里，河流潺潺
窗外，天山雪峰送来凉爽

在眼睛的深处，脉脉流盼
脚下的大地正收集炎热
书写喧哗
走回自己，把沃土深耕
让鲜花遍野

早晨，在固原

晨起
喧嚣在窗外涌动
屋内，寂静卑微
野人兄弟在喃喃安睡
梦里可有曾经的美好
远处
这个时代正在构筑
走回童年的幽径
只是
那个迷茫的曾经在何方

（原载《长白诗世界》2017 年第二辑）

白色的火焰（外三首）

马存梅

那一簇簇
来自天堂的火焰
把死寂冬天的热情
点燃
那一群群
和月光争宠的小精灵
凑成这个季节最盛的花事
热烈地按响春天的
门铃
穿越疼痛和幸福
固守内心的火焰和宁静
即使受伤
也要发出钻石般的光芒

扁豆花

扁豆花开了
紫色的云
飘进了我的梦中

扁豆花
用润润的声音
羞涩地把夏天唤醒
风翻着季节的书页
在五月的花香里
洒落一地的情绪
扁豆花
像我儿时邻家的妹妹
从童谣里走来
坐在小山坡上
数着星星
柔软的笑
挂在嘴角

烽火台情思

坐在烽火台上
沿着风化的城墙
倾听历史的风声
刀戈的搏击
战马的嘶鸣
垂直的狼烟
清冷的塞月
哀婉的羌笛
低飞的胡雁
若隐若现
年迈的烽火台
无言地诉说着

千年的感伤

青铜器

青铜器的表情就是
历史的表情
是时光的内存
是后代与祖先的约定
千年的沉默
终于得以诉说
诉说那暮鼓晨钟
惊心动魄
诉说那杜鹃啼血
大义凛然
诉说那红楼梦断
百转回肠
抚开斑斑锈迹
真理又闪现光芒

（原载《民族文学》2009 年第 8 期）

【个人简介】

马存梅，女，出生于 1969 年 5 月，宁夏同心人，宁夏作家协会会员。2002 年开始诗歌创作。现为宁夏同心阿拉伯语学校教师。

雪花来自隐藏的唇齿间（外五首）

锁桂英

远山沉默，色彩只是一种奢望
风吹着吹着就不见了
仿佛安静就是用消逝的
生命做成

云舍不得走
被庭院里的一柱香烟挽留
被黑暗中的祷告挽留
被跪着的膝和举起的掌挽留
慌乱中只是轻轻一抖
雪花就遗落了

暮色是件宽大的衣袍
裹着渺小和前世的罪孽
装着波澜的内心
放下恩怨，忘记情仇

赤条的土地
任凭来自隐藏在

唇齿间的雪花
覆盖

用余生的寒冷暖你

西山的霞光一脸严肃，起风了
刮过遗落了麦茬的田野
大地是个流浪的野孩子
瑟缩在腐叶下
偷看匆忙的脚步回家
此刻，露珠想娘
你拒绝或是不拒绝
她都会想
我已无力为你生火
只是用余生的寒冷，暖你
因为被火焰灼伤的疼痛
和昙花一现
都不利于下一个季节的
生长

黄　昏

一片麦地的尽头
是两座坟墓

祖父洪亮的嗓门
把苍穹托举地老高

风声急促，催太阳落山
有人努力爬到高处

山与山之间只剩下我
不知该向哪个方向
转身

秋风掠过我的城

深秋，北风从南山坡的
羊群身边经过

苞谷的枯叶和一些涌动着的
彩色围巾
早已不再矜持

秋风掠过我的城
连城东的铁轨
都发出成熟的声响

棚户区的塔吊
伸出长长的臂膀
悠然指向远方

我们偎依在暖炕上
看炉火上中草药噗噗地
冒着热气

案几上旧的青花瓷
犹如一种信仰
撑高湛蓝的穹顶

此刻，我们温暖地踏上
你南下时
冰凉的石阶

窑山顶上的那棵树

窑山顶上的那棵树
是从天上流下来的
四十年来
它没有活过
也没有死过

窑山以东的秘密
耳语过早些年的绿
我不知道它的体内
还暗藏着多少积雪

站在山顶的模样
让天空略低
山坳里的人
紧紧攥住自己的命
再也不敢轻易消失

一座城市潜藏在拂晓

黎明之前，除了月色
依旧眷恋夜晚的鼻息
土地是静谧的
梦境结束了孕育
开始分娩

诞下一抹亮色，在东方
染红祖国的山峦
公园里的草木和白玉兰
贴着地表均匀地
呼吸

一些人的流水携带着
消极的形容词
潜伏在一株植物的根系
等待一束光亮
清洗泥土之伤

小城上空的唤礼声
空旷且悠远
唤醒了潜藏在拂晓里
小城多余的
担忧

（原载《民族文学》2017 年第 4 期）

感受生活（组诗）

黄金龙

乡　情

村子里
依然是往日的安静
那棵弓背的柳树
孤单地站在那里
像一位守护村庄的老人
把过往的日子
攒成一堆堆黄叶

偶尔会有几声呼喊　几声狗吠
整个村庄都争先拉开了窗户
窗户里闪过一双双柔弱的眼睛
望着村口　望着柳树
望着那条被目光压弯了的小路

亲　情

不知什么时候
有了这种想法

我想把自己全部打开
静静地摆放在一只掌心里
就像摆放一架陈旧的机器

我想着
让阳光为我再尽情地温暖一次
让月亮为我再真心地感动一次
哪怕只是一只风筝
为我再轻盈地滑翔一次

一不小心
这个想法传到家人的耳朵里
老伴说　你不是在做春梦吧
儿子说　老爸不会有啥病吧
儿媳说　心里有啥就赶紧说
唯有光屁股的孙子说
爷爷　你要睡不醒了我来喊你

开　春

一首好听的曲子
在三月的早晨唱响
被潮水打湿的歌声
顺着太阳升高的方向
漫过川道　漫过河床
漫过敞开肌肤的土地

唱在三月的歌声
注定要出门远行
她要唱遍每一个属于她的地方
她要唱遍每一个属于她娘的地方
她要把积攒了一个季节的秘密
及早告诉她的姐妹
告诉杏花　桃花　梨花
还有远在他乡的远方亲戚

歌声唱过
杏花开了
桃花开了
等不及化妆的梨苑也匆匆忙忙开了
整个上河川里一片红火
上河川里红着火着　唱着开着
上河川里每个眼神都乐着开着
上河川里每个心思都乐着开着

不甘落后的三月也要开了
扶着犁杖的老根也要开了
耕耘了半辈子的老牛
望着身后含苞的芽苗
它要把自己犁作一垄土地
播下种子
也要开了

大河的根

爷爷是黄昏起身的
带走了一个名字
父亲是早晨出走的
带走了一把唢呐
和拴在唢呐上的红绳

从此 一个方向
有了传唱与弹奏
有了向往与接近
有了跪拜与感恩
有了一群群举起酒杯的男人和女人
把阳光砌成高原
把日子砌成家园
把一个个带根的名字
置入雪莲与冰峰
置入大河与血性

听着唢呐声的村庄和女人
在一抬抬大红轿子前
先把自己舀进河里
再把一朵朵融化的雪莲
舀进锅里 舀进碗里
舀进声声不息的唢呐声里
再用一根扯不断的红绳
系在儿女的心里
拴在大河的根上

洗　礼

是谁把尘封的冰层用指尖敲碎
让一河清水漫过心灵的河堤

是谁用二十四浸染的红布围赶羊群
让纯白的向往穿越苍狼的腹地

是谁在七月的早晨把风叫醒
让清香的和风把一地花瓣扶起

是谁在昨天敢把今天忘记
让一场风暴在方寸间忏悔平息

是谁在一息间倒下又訇然奋起
让不变的人生永恒地站立

是谁能够直面苍茫大地
迎接一次次生与死的洗礼

（原载《朔方》2012 年第 7 期）

诗三首

岑国义

下乡扶贫所见

白发斑斑已六旬，暖阳和煦坐墙根。
腰间烟袋飘红穗，微信开开听语音。

封山禁牧

曾是沙尘遍地扬，今朝葱绿靓风光。
谁言边塞多枯寂，碧水青山入画廊。

古堡新影

横亘荒原不怨哀，自然得来胜工裁。
恢宏古朴寻天趣，次第百花一夜开。

（原载《中华诗词》2017年第7期）

方寸之间（组诗）

黄金龙

风从指间吹过
吹走了最后一张页码
我双手合一——
我知道，唯有风能将它展开
就像展开落满词语的土地

风越刮越大
我听见林中的鸟群展开翅膀
我看见群山在风中加冕
我觉得我在清水中反复淋浴
我仿佛用十指
开启了一册无字的经卷
我满含热泪
翻开了我第一章节
顿感方寸间
因为拥有而如此温暖

影　子

在去远方的途中

偶尔会看到另一个我
像一个陶然不醒的影子
在飘浮的夜色中踽踽独行

路灯把我和他合二为一
他就死皮赖脸地跟着我
和我一起拐走一条街

而远方的远方
正是万家灯火

一幢楼前亮着灯盏
他对着灯盏暗自哭泣
我并没有搭理他
我趔开了属于我的身体
只觉得天空下起了小雨……

雨中我们并没有相互握手
更没有称兄道弟
我只拍了拍他的肩膀
就像我们现个永远是陌生人

就在即将分手的那一刻
我使劲咬住嘴唇
我知道，我要去的远方
不能轻易说出

水

绿叶之上的一滴水
在四处张望
时而在 时而不在
不在的日子我会想念它

在它张望的一瞬间
我用九十九倍的放大镜
发现了它的美
纯净的美

我侧耳又听见水的声音
一种暗示的语言
就像水中的两只天鹅

我知道，水是无形的
来自天空
奔于大海

故乡的叶子

我们已经失散多年了
因为一条柏油路
我们走散了 分手了
你还嫉恨我么

在小学三年级的课本上

我第一眼就认出了你
我便大声读出了你
虽然同学们哄堂大笑
老师却夸我不容易
我便把第十个生日礼物留给了你

其实我一直没有忘记你
那些来自故乡的人们
我都在心里问过你
我把第一份思念
用捐的方式托他们捎给你
你收到了么
你长高了么
你长成了什么样子
你是不是仍然低着头
把笑声藏在怀里
让我反反复复地猜

你一定要记着
秋天到了，河水清了
在你抹口红的日子
我会策马而来
沿着这条柏油路
把你沉甸甸的身子
放倒在我怀里
故乡的叶子

（原载《朔方》2013 年 6—7 期宁夏 60 后作家专号合刊）

蓝色遐想（组诗）

金　兵

沙枣串的门帘

春风依旧
山里　不绿的树干上
写着迟到的春

耕夫依旧
山里　旱塬的黄土上
播下希望的种子

窑洞依旧
山里　沙枣串的门帘上
延续着爱的传说

牵梦爱河

窗外　月儿
把我的惆怅　拉长
思念　半挂天边
迪厅　霓虹

把我的思绪　凝固
恋曲　牵梦鹊桥

梦中　爱河
把我的痴情　放飞
激情　靠岸停泊

等待的泪

湛蓝的夏
看那绿色的风
舞动着我美丽的红裙

绿柳含情的韵
带着我飞扬的梦
畅游在浩瀚的沙海

恋人等待的泪
打湿了我靠岸的心
留下挥不去的思恋

亚尔玛的春

五道岭
嫩芽拧条绕山行
弯似蛇形蜗牛路
洞天别开
泼墨带

荒凉旱塬写春意

亚尔玛
一束梨花桃花妹
双碟不识二郎哥
山杏花开
杨柳绿
五味粉黛醉花乡

旱塬的呼唤

雄鹰展翅滑翔在
一望无际的旱塬
悲鸣的声音
诉说着大地的
荒凉与不幸
不知何时，满山的野兔、黄鼠
不见了踪影

茫茫旱塬
黄色成为这里独有的色调
昔日的油菜花不曾开
夏收秋种的喜悦不再有
旱塬无声
把呼唤写在盼雨人的脸上

蓝色遐想

瓦蓝蓝的天空吆
高高挂起的云
弯弯的山道吆
盘旋着我的车

绿茵茵的草地吆
满眼怒放的花
羞答答的娇妻吆
落座在我的身边

炎炎夏日的风吆
掠过飘逸的发
甜滋滋的笑声吆
清脆悦耳叫咯咯

（原载《朔方》2013 年增刊）

【作者简介】

金兵，出生于 1964 年，宁夏同心县人，鲁迅文学院第六期少数民族文学创作班学员，宁夏作家协会会员。自 1998 年以来从事诗歌、小说、新闻写作，其方言章回小说《亚尔玛趣话》2012 年获吴忠市民间文学作品优秀奖。现就职于国网宁夏电力有限公司吴忠供电公司。

报告文学

一篇小说所引发的维度思考

白建国

青海文友庞子麟的短篇小说《守望远方》，是一篇不错的家庭伦理情感小说。女主人公秀儿嫁给贵子，夫妻感情深厚，在秀儿怀孕期间，贵子因矿难不幸去世，秀儿生下了遗腹子，贵子的父母做工作，让贵子的兄弟柱子娶了嫂子秀儿。这篇小说乍一看，故事情节也没什么特别的，似乎有许多类似的作品。印象最深的是《朔方》曾发表过巴可成的《大马车》，写的也是丈夫大林子因灾难去世后，公爹逼丈夫的弟弟小林子娶嫂子巧玲的故事。两者不同的是，《守望远方》里的人物，在命运面前选择了顺从道义，舍己从人，让亲情和责任结合了；《大马车》则突出了人物的个性冲突，当亲情变成礼教束缚人性时，里面的小林子和巧玲都选择了抗争命运，追求个体幸福。类似的故事、迥然不同的处理方式和结局，反映了两位作者不同的匠心和技巧。

如果从语言描写和情感丰富性来看，我很欣赏《守望远方》那种细腻缠绵的刻画方式，宛如一幅精致的田园风景图，每一笔都是工笔，细节纤毫可显，人物灵动活泼，情节娓娓展开，由此可见作者的才气和功底。小说的开篇就很有画面感："秀儿来到贵子家时，正值正月，家家户户门上的对联和贵子新房门上的喜联辉映着一溜儿红。巷道里蹦来蹦去的娃娃们，见到秀儿都要停止奔跑，怯怯而又友善地打量着庄子里新来的穿着绣花棉袄好看的新媳妇，见秀儿转身走开，又笑闹着在巷子里窜来窜去。”写秀儿思念贵子，写得文气斐然，与情景形成了无缝对接的和谐关系：“红艳艳的夕阳染红了柳湾村的半边天，秀儿轻轻地把夕照下撒满碎金的泉水一瓢瓢舀进桶里。翻滚的麦浪飘来阵阵麦香，油菜子饱满的种子胀满了夹子，像要迸裂开似的。远处山上，一些不知名的灌木泛着红色，像书本上说的香山红叶一样点缀了柳湾村不一样的秋色。秀儿想着贵子这几天就要回家了，不由得感到一片红晕飞上脸颊。”这里，油菜子快要迸裂开的种子，是秀儿思念之深的含蓄表达，灌木泛着红色，与秀儿红晕飞上脸颊形成互衬关系。虽然这是小说里常用的一种笔法，但文中还是写得自然顺畅，烟火味道比较清晰。在描写人物的情感变化时，作者像是用一支小笔，轻轻地蘸墨勾勒轮廓，重点放在人物能感知到的景致描写上，通过情景场面过渡人物情感。如写柱子面对父母期望自己娶嫂子承担家庭道义时的矛盾心理：“柱子脑子里一片空白，漫无目的地沿着河滩走着。走过自家的田垄，在静谧的山丘上，柱子看到了贵子的坟冢。没膝的衰草在寒风中瑟瑟摇曳，枯黄的叶子透不出一丝生命的气息来，唯有深埋在地下的根孕育着能量，等待着来年的吐绿发芽。”衰草在寒风中瑟瑟摇曳，枯黄的叶子，深埋在地下的根，都是虚写柱子心境的变化。这种情景的交织交错关系，在作者的许多作品中都能时时感受到。这很能说明作者的文风和文脉。

印象最深的是作者那种对自己作品中人物全身心倾注感情的向善情怀，小说中的五个人物，全部写得完美，浑身散发着满满的正能量。秀儿与贵子先结婚后恋爱的情愫，写得淡雅；秀儿惊闻贵子去世的噩耗，写得内敛；对父辈的安排，秀儿与柱子几乎没有多大的曲折就接受了，写得平静。从这些描写上可以看得出，作者是一个心性纯真善良的人，一个发生了这么大变故的家庭伦理故事，被作者用波澜不惊的白描手法，靠每个人物都具有的好人道德就完成了。需要指出的是，这固然是作者寄托的理想主义和对人性的美好愿望，却有违生活的一般逻辑和常识。巴可成的《大马车》写了人物对命运的抗争，可能矛盾冲突会更加彰显，但也并非只有这一种结果才符合生活的真实。所以，《守望远方》的结局安排也是一种处理方式。作者曾经说过，真实的生活里，小叔子也娶了嫂子，对嫂子和遗腹子侄子都很好，但在酒喝多的时候，小叔子内心还是有委屈的。这是这部作品在构思情节结构、处理人物关系、设置矛盾冲突时忽略的关键点，以致整篇小说还是有一些缺陷和不足。

一部好的小说，给人心灵的震撼和冲击力是强大而持久的。这里固然有各种复杂的因素和技巧，最主要的，是好的小说从来都不是简单的，这就是维度原理。好的小说，肯定是三维以上的立体复合品，不同的读者，不同的感受，不同的角度，不同的诠释，就像诗人所说“横看成岭侧成峰，远近高低各不同”，因为作者设计的整体框架，就是一个立体多面结构。《守望远方》更像是一个平面的画轴，在作者的笔下缓缓展开，故事情节基本没有起伏，人物关系相对简单，人物之间几乎没有矛盾冲突，就是人物内心那种不太强烈的变化，都是淡淡地用景致虚写烘托。这样，故事整体结构只有时间长度和空间宽度，而且是规规矩矩的那种长方形。时间长度是按照情节发生顺序推进的，这是一种最原始的叙述方式，最不容易让读者打下深刻烙印的方式。在空间的宽度上，展现出了一些生活的画面和场景，但人物的社会背景还是显得单薄，人物命运的变化与人物的社会环境没有建立起因果关系或必要联系。在时间长度和空间宽度上，只有直线型的推进，没有上下波浪式或前后跳跃式的变化。包括写秀儿个性的形成，虽然稍稍向上拓展了她从小所受父亲影响的这一因素，但还不足以完全撑起这一唯美人物的内心世界，人物还是显得不够饱满和有精神的张力。秀儿丧夫之后的复杂心理活动，柱子接受秀儿的内心说服力，都没有在上下的维度上表现出来。《守望远方》这幅画展开来，还是比较窄长平面化的。所以说，《守望远方》整体还是一个二维的作品，在厚重感和冲击力上明显是欠缺的。相比较而言，巴可成的《大马车》在情节、人物、矛盾等方面较好地避免了平铺直叙，每个人物的个性比较丰满有张力，小说基本上在长宽高三个维度上展开，整个故事有了弹性和活力。

所谓小说的维度原理说得直白些，首先，小说的情节不能像一条笔直的柏油马路，太直的路连司机都打瞌睡，况且是没有耐心的读者；其次，小说的人物不能太脸谱化，人物内心要有强大的精神力量；还有，小说里矛盾冲突是不可或缺的元素，如果一篇小说写得过于波澜不惊，靠着一种情绪化的氛围推进情节，那是散文笔法。好的小说应当既让读者有坐过山车的那种新鲜感和刺激感，又能让读者如听了云水禅心那种走心悟道的感觉。

假设用小说维度原理来对《守望远方》重新做一番思量，那故事中的主人公应当是柱子和秀儿，小说一开始可否就写秀儿在对贵子浓浓的思念中突然惊闻噩耗的那种强烈冲击，写秀儿之后在丧夫之痛中的沉沦、挣扎、觉醒、坚强，写秀儿在生子前后的心理变化。写秀儿个性的形成应是多层次的，从小的父辈教育、生活环境的潜移默化、婚后贵子一家的影响、母性意识的觉醒等等。贵子可以安排在秀儿的追忆中出现，通过虚化这个人物，增加秀儿的情感起伏。这样，人物的长宽高都有了，也就立起来了。曾有专家说过，写小说不难，最难的是写活小说中的人物，让人读完你的小说，记住那个人物，那你就成功了！柱子的处理应当侧重于写足写满他对贵子的感情、对家庭的责任、对美好生活的设计和憧憬，写他对父辈安排的抗争和不满。如果两个人物安排结合在一起，一定不要简单化，简单的东西都是维度不足的体现。可以假定秀儿作为寡妇带着遗腹子，生活了一段时间后，也有媒人介绍，但都不是理想的人，秀儿经常对着贵子的坟头或遗像哭诉，而最终连起两个人的纽带是遗腹子，两个人与他都有血缘关系，两个人把对贵子的情感平移到了他身上，他是秀儿守望的希望，也是柱子对家庭人伦的责任，是一个好男人的担当。文中对贵子父母亲的描写有点平均着墨，其实只写父亲或母亲即可，另一个人虚虚点出，若人物平均用力，每个面目都不清晰。

能够写出既有力道、又有内涵的小说，不是一件坐而论道的事。不入其中者，不知其艰难。而小说维度原理，只是一个照明的道具，偶尔拿来照照无妨，如果作为尺度，则难入方家法眼，有时难免授人以柄。还是期待作者会有更多精品力作推出，我们就煮茗以待了！

（原载《朔方》2017 年第 5 期）

【作者简介】

白建国，笔名稻草人，出生于1965年，吴忠市文联党组书记、主席，宁夏作家协会理事。2003年起先后创办文学网站稻草人论坛、草根文坛、群人网等。

情系高原

帕米尔边防军营采访笔记

刘志海

白雪皑皑、银装素裹的帕米尔高原，我上学时在语文课本里见过它，我当兵时在电影里见过它，我做梦时在漫天雪花里见过它。时光荏苒，就在我以为有生之年不会与它零距离接触时，机会来了。在一次新闻媒体组织的走基层、下边防采访活动中，我出乎意料地和他们同行，来到了帕米尔高原。

清晨，老战友陆凤彬驾车而至，风风火火地吆喝我上车，就像发出战前指令似的。途中，老战友向我介绍了此次前往帕米尔高原的路线及行程安排，让我做好心理准备，并强调不能瞌睡，不能发脾气，不能剧烈运动。我不以为然，觉得没有他说得那么玄乎。

车子在峡谷的弯道上绕来绕去、晃来晃去。不一会儿，山路越来越陡，车速无奈地慢了下来。这时，一座巍峨的雪山出现在眼前，并且渐渐地向我们靠近。老战友介绍说，这是慕士塔格峰，海拔七千多米，是登山爱好者的圣地。我心里一惊，顿时对这座大山产生了一种敬畏感。之后，我的高原反应越来越强烈，脑袋昏沉，眼皮打架，呼吸急促，全身像散了架。老战友早有准备，拿出了一瓶红景天，让我服下两片。服药后我感觉心跳平稳了，头脑也清醒了许多。当行至一处海拔四千多米的达坂时，我又开始迷糊起来，老战友急忙停车，让我下车休息一阵。脚下已是深厚的积雪，踩上去发出的是金属般的声响。放眼远眺，白雾绕雪山，蓝天连边关，立刻联想到毛主席他老人家的诗篇“横空出世，莽昆仑……”

盛夏的帕米尔高原，冰天雪地。

中午时分，我们到达布伦口边防会晤站。驻地边防团张团长又马不停蹄地带领我们去边防哨所。经过一个多小时的颠簸，我们来到卡拉苏。两名哨兵端着冲锋枪，一动不动地站在瞭望塔上。这里的战士们太辛苦了。感慨之余，我以自己出版的《西部刀锋》《边陲胡杨》两部长篇小说相赠，借此表达我对他们的敬仰之情。到帕米尔高原走一走看一看，感受在冰天雪地里驻守的边防战士的真实生活，是我梦寐以求的愿望。如今梦想成真，我一刻也不敢浪费这宝贵的时间，便与官兵交谈起来，争分夺秒地记录起来。在他们朴实无华的讲述中，许多故事充满了令人难以想象的传奇色彩……

时间不早了，老战友催促我上车，返回布伦口。我意犹未尽，老战友表示理解，然后说他不能违反行程规定，往下还有许多活动。我当然也很理解，军中无戏言，遵守纪律、执行命令是军人的天职。更何况，我也曾经是一名军人。

接下来，我们去红其拉甫。

红其拉甫边防卡，大名鼎鼎，是许多人渴望目睹的地方。早在20世纪60年代，我们敬爱的周恩来总理在出国访问途中，当飞机抵达红其拉甫上空时，便发电报慰问驻守这里的官兵，表示深切关怀。此后，变为惯例，形成传统。党和国家领导人在出访途中经过红其拉甫时，都要发慰问电报给这里的官兵。如今能够荣幸地来到这个光荣的边防哨卡，我真有种说不出来的高兴劲儿。

绕过一道道峡谷，翻过一个个达坂，我们终于走进红其拉甫。见缝插针吧，我一会儿到班排宿舍，一会儿到营门哨位，一会儿到连队食堂。采访和交谈中，我了解到有一名叫郭涛的新战士，来自宁夏青铜峡镇，是我的小老乡。老乡见老乡，说话不拘束。郭涛侃侃而谈，说他当兵来到这个远离家乡的地方，流了不少汗，掉了不少肉，也流了不少泪。当兵不怕吃苦，可想家啊。过了几个月之后，他就适应了，不仅适应了，还喜欢上了。觉得当兵不吃亏，战友们比亲人都亲！他还想在这里多待几年，将自己打磨得更加硬朗一些……听了郭涛的肺腑之言，我备受感动，泪水盈眶。我们这一年四季都是冬天，可我觉得当兵就应该到这种地方，越艰苦的地方越能磨炼人的意志。国门需要我们年轻人来守卫。每次在电视里看到全国人民欢欢喜喜过年过节，我觉得再苦再累也值得——这是一个班长的心声，名叫王海涛，来自山东曲阜。瞧，又是我的一个小老乡！我老家在山东，当兵在宁夏，而且至今生活在宁夏。在遥远的红其拉甫，我竟然遇到了好几个老乡，难免心潮澎湃，自然感慨良多。

采访完战斗班，我又往前哨班赶去。

当我们走到山顶瞭望塔前时，忽见路上横七竖八地卧着几条狼狗和藏獒。尽管司机不停地鸣喇叭，可这几个家伙眼不睁头不抬地睡大觉，一副大智若愚、宠辱不惊的样子。见此情景，我忙向老战友请教。原来，它们晚上活动十分频繁，专门应对雪山野狼的骚扰。逢遇野狼试图闯进营区时，它们就会心齐劲足，一拥而上，将野狼撵走。等到天亮后，它们就卧在路上晒太阳睡大觉，养精蓄锐，以备晚间继续作战，驱赶野狼。时间长了，它们和哨所的战士们建立了棒打不散的友情，战士们对它们更是呵护有加，和他们嬉耍，是军营里一条不入军规的军规。老战友笑着给我解释，我听得入神。对于这样一个采访中的小插曲，我觉得非常有趣，便认真地记录下来。

车子三绕两转，好不容易来到了前哨班，四名官兵全副武装地在门口列队迎候。多么可爱的边防战士啊，炯炯的眼神、黑黑的脸庞、宽宽的胸膛——他们把青春献给了祖国西部边陲，把忠诚献给了身后的父老乡亲……

我凝望着迎风飘扬的鲜艳的五星红旗，无比激动。虽说眼前群山苍苍、白雪茫茫，但我总觉得这里的一切都是那么新鲜、那么纯净、那么美好。为什么？就因为这里有高高飘扬的鲜艳的五星红旗，有我们朝气蓬勃、无私奉献的边防战士。时间一分一秒地飞逝而去，我们又要返程了，可我想再多看几眼。咱们走吧。他的意思我明白，我的心情他也理解。

告别了光荣的红其拉甫，告别了可爱的战士，我还是有一种揪心的不忍离开的感觉。老战友也是两眼望着窗外，一言不发。没过多久，车子穿过深深的冰道，驶过崎岖的险滩，驶进我们休整的驻地——塔吉克库尔干自治县县城及部队指挥中心。

一天的高原反应，一天的高险奔波，一天的高度疲劳，我的身体实在受不了了。见此情形，卫生员立马给我输上了氧气。我躺在床上，连说句话的力气也没有。身体稍有好转时，我拔掉氧气管，在老战友的扶持下到食堂就餐。夜里，我翻来覆去地睡不着，两眼一瞪到天明。

次日早饭后，我们又开始奔向别的边防哨卡。通往边防连队的路况极差，坑坑洼洼，沙石飞扬，功率强大的越野车行驶在上面，就像惊涛骇浪中的小船一样摇晃不定。行进途中，每经过一处连队营房，老战友都会主动下车，问候一下在门口执勤的哨兵。他们之间谈笑风生，不分彼此，那份亲切劲儿，让我羡慕，也让我嫉妒。看得出，我的这个老战友，是经常深入边防连队的哨所的，对这里的一切了如指掌。他是合格的军人！我由衷地佩服他。

车子驶入最深处的营区——卡拉苏连队，老战友照例问候了官兵后，就急忙赶往前哨班。从连队营房到前哨班，只有不到十公里的路程。不到十公里的路程，时间最长不超过二十分钟吧。谁料想，车子驶入营房便进入了乱石密布的荒滩，车子一下又一下被弹起很高然后重重落地，车子只顾了躲避凸峭的石头，再加上积雪深厚，冰路陡滑，车轮不停地打转，速度就慢了下来。我们只好下车步行，艰难地登上一处冰大坂。老战友认真地看了一会儿，摇了摇头说，咱们过不去了，前边的雪太厚路太滑。我们就在这个地方照张相，留个纪念吧。

天湛蓝，云苍茫，山耸立。脚踩着雪山冷峻的脊梁，头顶着紫外线强烈的阳光，呼吸着干燥缺氧的空气，体会着帕米尔高原无与伦比的雄伟，带着一缕不能抵近采访目的地的遗憾，我和老战友照了几张相，把这宝贵的瞬间变成永恒的留念。

车子驶进连队综合训练场，一个参谋恰好带领官兵们走了进来。官兵们个个大汗淋漓，全身泥巴，唱着军歌，精神饱满，从我们身边威武地走过。老战友一看便知，说他们刚刚结束战术技术考评。老战友自豪地说，这些兵有骨气，都是刚强铁汉！我也受到了感染，心中对他们充满了无比的敬佩。

返回途中，伴随着窗外的雪山、冰川、河道，我的老毛病又犯了，头痛恶心，浑身无力，就像虚脱了一样。不知过了多长时间，迷迷糊糊中忽听有人呼唤。我从懵懂中惊醒，用力睁开眼睛一看，车子到了塔城，驶进了部队指挥中心的营房。晚上，部队将军、当地领导和我们共进晚餐。席间欢声笑语，气氛热烈，充分体现出了一个民族团结、军民鱼水情的大家庭般的温暖和谐。

这天晚上，我多喝了几杯开水，多吸了几袋氧气，一觉睡到天亮。帕米尔高原新的一天，如期来临。吃完早饭，车子缓缓离开部队指挥中心的营房。我猛然想起自己错过了骑马的机会，便不由自主地叹了口气。老战友知道了我的想法后，笑着对我说，前面有个连队，可以满足你这个不算太奢侈的愿望。闻听此言，我又兴奋了起来。

我们来到了这个有马可骑的连队。

没过多久，几名战士骑着军马从马厩那里款款而至。战士威武，军马威武，两样组合，更显得威风凛凛。此情此景，让我这个曾经的军人、退伍的老兵情不自禁。老战友不由分说，一声命令：上马！话音刚落，一个箭步冲过去，一个腾跃上马背，动作迅雷般干脆利索。我也想效仿老战友表现一下。但是，事与愿违，我只能在旁人的扶助下，吃力地爬上大黄马的脊背。大黄马并不买我的账，只一个蹶子就将我扔了下来。老战友哈哈大笑，调侃地说，没想到吧，你竟然在帕米尔高原、海拔五千二百米的地方落马了！对你这个老兵，是不是有一点儿讽刺的意味，应该印象深刻吧？听了这话，我又羞又臊、又急又气，却不得不承认老战友说得有道理。自知马难骑，无畏迎难上。我抱着豁出去的念头，在一位战士的保护下，重新骑上了一匹小黑马。小黑马也是一样，蹦蹦跳跳不停地折腾我。有了刚才的教训，我死死抱住马头，双腿夹紧马腹，总算骑着马有惊无险地走了一回。

如愿以偿后，我们继续前行……

风雨雪交加，光明与阴暗交替，车子像一枚小小的梭子，在深山峡谷里来回穿行。我紧盯着窗外的一切，峭壁上悬崖的巨石不停地向我们袭来。如果突遇地震、泥石流什么的自然灾害，穿行其中的车和人将遭遇怎样的不测，不言自明。于是，老战友提醒我说，这样的地方十分危险，不宜久留。我想在这里照张相留个纪念的要求，只能取消。问题是，我们的边防战士，在这种危机四伏、险象环生的地方，一年四季不知要走多少回？我没有向老战友打听，我默默地祈祷。

车子行至一个S形的弯道时，突然出现了一片偌大的湖面，这就是喀拉库勒湖。每逢气温升高，慕士塔格峰及其周围的山脉，就会冰雪消融。有时候会引发山洪，致使下游的农庄、农田、农场遭毁。当地政府和驻地部队投入大量人力和物力，对喀拉库勒湖先后采取了拓宽湖面河道、构筑拦河堤坝、扩建水库面积等一系列措施，有效地解除了冰雪融化形成的洪涝灾害。可见，喀拉库勒湖对当地的农牧业生产、农牧民的生命安全，以及自然环境的保护发挥着非同小可的作用。那么，喀拉库勒湖在当地农牧民心中有着怎样神圣的地位，不言而喻。

在此，我倒是可以短暂地逗留。我与老战友一起，站在平静如镜的喀拉库勒湖岸，背靠雄伟洁白的慕士塔格峰，留下了一组组珍贵的镜头。

告别了喀拉库勒湖，告别了慕士塔格峰，伴随着车子剧烈的跳动和轰鸣，我想尽情地呐喊，无拘无束地唱歌。然而，我毕竟曾经是一名军人、一个退伍的老兵，沉稳冷静是必须的。面对令我终生难忘的雪域高原、雪域天湖，还是强忍着——我要用我的笔，将澎湃的激情化作文字，涓涓流淌。

车子穿过座座山川、条条峡谷、道道河沟，顺势下山。随着海拔越来越低，冰雪越来越少，大地越来越绿，我的心跳也越来越趋于平稳，各种不良症状渐渐消失。途经一个并不怎么急骤的拐弯处，老战友特意放慢车速，心情沉重地对我说，这里是当年一名《解放军画报》记者和我们一名干部因公殉职的地方。

听罢，我探头望外，悲壮涌上了心头……

（原载《朔方》2014年第8期）

【作者简介】

刘志海，男，原兰州军区某特种部队副参谋长，中国作家协会会员。主要著作有《西部刀锋》《天边犟兵》《边陲胡杨》《巅峰亮剑》《铁血铸魂》《拂晓突袭》以及多部长篇报告文学。其中，长篇小说《天边犟兵》荣获兰州军区昆仑文艺奖，长篇纪实报告文学《西部刀锋》荣获宁夏回族自治区第七届文学艺术作品奖，共青团中央第九届精神文明建设“五个一工程奖”；先后荣获吴忠市“德艺双馨”荣誉称号、宁夏回族自治区“德艺双馨”荣誉称号。